J'AI FAILLI TE DIRE JE T'AIME

Scénariste et écrivain, Federico Moccia est né à Rome en 1963. Son premier livre, *Trois mètres au-dessus du ciel*, est rapidement devenu un best-seller. *J'ai envie de toi*, son deuxième roman, a été adapté au cinéma.

Paru dans Le Livre de Poche :

J'AI ENVIE DE TOI

FEDERICO MOCCIA

J'ai failli te dire je t'aime

TRADUIT DE L'ITALIEN PAR ANAÏS BOKOBZA

CALMANN-LÉVY

Titre original :

SCUSA MA TI CHIAMO AMORE
Publié par Mondolibri, Milan, 2007

© Federico Moccia, 2007.
© Calmann-Lévy, 2008, pour la traduction française.
ISBN : 978-2-253-12901-1 – 1re publication LGF

À mon grand ami.
Qui me manque. Mais qui est toujours là.

Caro amico ti scrivo così mi distraggo un po'
e siccome sei molto lontano più forte ti scrivero…
(« Cher ami, je t'écris pour me distraire,
Et puisque tu es très loin, plus fort je t'écrirai… »)

Lucio DALLA, *L'anno che verrà.*

It's not time to make a change
Just relax, take it easy
You're still young, that's your fault
There's so much you have to know
Find a girl, settle down
If you want, you can marry
Look at me, I am old
But I'm happy

I was once like you are now
And I know that's not easy
To be calm when you've found
Something going on
But take your time, think a lot
Why, think of everything you've got
For you will still be here tomorrow
But your dreams may not

Cat STEVENS, *Father and Son.*

1

Nuit. Nuit enchantée. Nuit douloureuse. Nuit, démente, magique et folle. Et puis encore nuit. Nuit qui semble ne jamais passer. Nuit qui au contraire parfois passe trop vite.

Elles, ce sont mes amies, c'est comme ça… Elles sont fortes. Vraiment fortes. Fortes comme des vagues, comme des ondes. Qui ne s'arrêtent pas. Le problème, ce sera quand l'une d'entre nous tombera vraiment amoureuse d'un homme.

– Eh, attendez-moi, je suis là !

Niki les regarde, l'une après l'autre. Elles sont Via dei Giuochi Istmici. Les portières de la voiture sans permis Aixam sont ouvertes et, la musique à fond, elles improvisent un défilé de mode.

– Allez, viens !

Olly déambule sans complexe dans la rue. Volume au maximum et lunettes branchées à élastique. On dirait Paris Hilton. Un chien aboie au loin. Erica arrive, grande organisatrice. Elle prend quatre bouteilles de Corona. Elle les pose contre le bord d'une balustrade et, en donnant de petits coups, elle fait sauter les bouchons l'un après l'autre. Elle sort un citron de son sac à dos et le tranche.

– Eh, Erica, mais ce couteau, si tu te fais prendre, il fait moins de quatre doigts ?

Niki rit et l'aide. Elle glisse un morceau de citron à l'intérieur de chaque Corona et, tchin !, elles trinquent avec force et les lèvent vers les étoiles. Puis elles se sourient en fermant presque les yeux, en rêvant. Niki finit sa bière la première. Elle respire un bon coup, ça va mieux. Elles sont fortes, mes amies, et elle s'essuie la bouche. C'est beau de pouvoir compter sur elles. Elle lèche la dernière goutte de Corona.

– Les filles, vous êtes superbes… Vous savez quoi ? Ce qui me manque, c'est l'amour.

– Ce qui te manque, c'est une bonne baise, tu veux dire.

– Oui, l'amour, reprend Niki, ce splendide mystère qui t'est inconnu…

Olly hausse les épaules.

Oui, pense Niki. Il me manque l'amour. Mais j'ai dix-sept ans, dix-huit en mai. J'ai encore le temps…

– Attendez, attendez, maintenant c'est à mon tour de défiler, hein…

Et Niki se lance promptement sur le trottoir, drôle de passerelle improvisée, entre ses amies qui sifflent, rient, s'amusent de cette panthère blanche étrange et splendide qui, du moins pour le moment, n'a encore frappé personne.

– Mon amour, tu es là mon amour ? Excuse-moi si je ne t'ai pas prévenue, mais je ne pouvais pas attendre demain pour rentrer.

Alessandro passe la porte de son appartement et regarde autour de lui. Il est revenu avec l'envie d'elle, mais aussi avec l'envie de la découvrir avec un autre. Ça fait trop longtemps qu'ils n'ont pas fait l'amour. Et quand il n'y a pas de sexe, parfois ça veut juste dire qu'il y a un autre. Alessandro tourne dans l'appartement mais ne trouve personne, d'ailleurs il ne trouve plus rien du tout. Mon Dieu, mais que s'est-il passé? Des voleurs? Puis un petit mot sur la table. Son écriture.

Pour Alex.

Je t'ai laissé de quoi manger dans le frigo. J'ai téléphoné à ton hôtel pour te prévenir mais ils m'ont dit que tu étais déjà parti. Peut-être voulais-tu me surprendre. Eh bien, je suis désolée. Il n'y a rien à découvrir, malheureusement. Je suis partie. Je suis partie, un point c'est tout. S'il te plaît, n'essaye pas de me contacter, au moins pendant quelque temps. Merci. Respecte mon choix comme j'ai toujours respecté les tiens.

Elena

Non, ce ne sont pas des voleurs. Alessandro pose le mot sur la table. C'est elle. Elle a volé ma vie, mon cœur. Elle dit qu'elle a respecté mes choix. Mais quels choix? Il tourne dans l'appartement. Les armoires sont vides, maintenant. Des choix, c'est ça? Même ma maison ne m'appartenait pas.

Alessandro s'aperçoit que le voyant du répondeur clignote. Aurait-elle changé d'avis? Serait-elle de retour? Il appuie sur le bouton, plein d'espoir.

« Salut, ça va? Dis, ça fait un moment que tu n'as pas donné de nouvelles… Ça ne se fait pas. Pourquoi vous ne venez pas dîner un soir à la maison, Elena et toi? Ça nous ferait très plaisir! Appelle-moi vite, ciao! »

Alessandro efface le message. À moi aussi ça me ferait plaisir, très plaisir, maman. Mais je crains de devoir subir seul un de tes dîners, cette fois-ci. Et tu me demanderas, alors, quand est-ce que vous vous mariez, Elena et toi?

Mais qu'est-ce que vous attendez ? Quand est-ce que tu me donneras un petit-fils ? Et moi je ne saurai sans doute pas quoi répondre. Je ne réussirai pas à te dire qu'Elena est partie, alors je mentirai. Mentir à ma mère. Ce n'est pas beau. À trente-six ans, en plus. Trente-sept en juin… C'est vraiment moche.

Une heure plus tôt.

Stefano Mascagni fait presque tout avec soin. Sauf s'occuper de sa voiture. L'Audi A4 break amorce à toute allure le virage du bout de Via del Golf et s'engage dans Via dei Giuochi Istmici. Une inscription, laissée par quelqu'un sur le pare-brise arrière, salue le monde. « Lave-moi. Le cul d'un éléphant est plus propre que moi » et, sur l'une des vitres latérales, « Non. Ne me lave pas. Je fais pousser la mousse pour la crèche de Noël ». Du reste de la carrosserie, on n'entrevoit que quelques bribes de gris métallisé, tellement elle est poussiéreuse. Une chemise pleine de papiers glisse et tombe de la lunette, s'éparpillant au sol. Une bouteille en plastique vide subit le même sort, va se glisser sous le siège et roule dangereusement près de la pédale d'embrayage. Une multitude de papiers de bonbons dépasse du cendrier, le faisant ressembler à un arc-en-ciel. En moins romantique, quand même.

Soudain, un bruit sourd venu du coffre. Nom d'un chien, il s'est cassé, je le savais. Zut. Non, je ne peux pas aller chez elle avec une voiture dans cet état. Carlotta appellerait la désinsectisation et refuserait de sortir avec moi, c'est sûr. On dit parfois qu'une voiture est le reflet de son propriétaire. Comme un chien.

Stefano s'arrête près d'une rangée de poubelles et éteint le moteur. Il descend en vitesse de l'Audi et ouvre le coffre. Son ordinateur portable a roulé sur le côté. Il doit être sorti du sac dans le virage. Il le prend, l'observe de tous les côtés, dessus, dessous. Il a l'air entier. Juste une vis de l'écran qui a un peu bougé. Tant mieux. Il le remet dans le sac, puis il remonte en voiture. Il regarde autour de lui, fait une grimace. Un sac géant de supermarché à moitié vide, résidu des méga-courses du samedi après-midi, dépasse de la poche du dossier du siège passager. Il s'en empare. Stefano entreprend de ramasser rapidement tout ce qui lui tombe sous la main. Il glisse tout dans le sac, tant que ça entre. Puis il descend, rouvre le coffre, prend l'ordinateur et le dépose au pied d'une benne. Il fait en sorte qu'il tienne en équilibre sans tomber par terre. Il entreprend de retirer du coffre des objets inutiles et oubliés. Un vieux sachet, la boîte d'un CD, trois canettes vides, un parapluie cassé, une boîte à chaussures, des piles périmées, une écharpe feutrée. Puis, avant que le sac ne déborde pour de bon, il se dirige vers les poubelles. J'y crois pas, regarde combien il y en a... Verre, plastique, papier, déchets solides, déchets organiques. C'est précis. Organisé. Et moi, où je le mets, ce sac ? Que des trucs différents. Bah. La grise me semble la plus adaptée. Stefano s'approche et appuie avec son pied sur la barre du bas. Le couvercle se lève d'un coup. La benne est pleine. Stefano hausse les épaules, la referme et pose le sac par terre. Il remonte en voiture et regarde de nouveau autour de lui. C'est mieux comme ça. Ah, non. Je devrais aussi aller faire laver la voiture. Il regarde sa montre. Pas possible, il est tard, Carlotta m'attend. Et il ne faut pas faire attendre une femme au premier rendez-vous. Stefano referme le coffre, remonte en voiture et démarre. Il met un CD. Concerto pour piano n° 3, op. 30, troisième mouvement, finale alla breve, de Rachmaninov. Voilà. Maintenant, tout est parfait. Avec ce « Rach 3 » Carlotta, quand elle me verra, s'évanouira exactement comme dans *Shine*. Embrayage. Première. Accélérateur. Et il repart. Grande nuit. Et grande confiance en lui pour la conduite.

Un chat bicolore avance, silencieux et curieux. Il est resté caché jusqu'à ce que cette voiture s'en aille. Puis il a bondi avec précision et a commencé sa promenade de poubelle en poubelle. Quelque chose attire son attention. Il s'approche. Il se frotte, observe, renifle. Il se gratte une oreille en passant plusieurs fois près des angles de l'écran. Un drôle de déchet, ça.

La musique sort des enceintes de l'Aixam, forte et pénétrante.

— Allez Naomi !

— Je fais ça bien, t'as vu…

Niki sourit. Diletta prend une gorgée de bière.

— Tu devrais être mannequin pour de vrai.

— Dans un an elle aura grossi…

— Mais t'es vraiment une râleuse, Olly… Ça t'embête que je me débrouille aussi bien sur cette chanson, pas vrai ? Eh, mais elle est super celle-là, comment elle s'appelle la chanteuse ?

— Alexz Johnson.

— Elle est parfaite pour défiler ! Regarde, je m'en sors bien, moi aussi…

Et Olly va au bout du trottoir, pose la main sur sa hanche droite, plie un peu la jambe et s'arrête en regardant droit devant elle. Puis elle fait une pirouette, envoie ses cheveux en arrière d'un bref mouvement de la tête et revient sur ses pas.

– Oh, on dirait une vraie !

Les filles l'applaudissent.

– Mannequin n° 4, Olimpia Crocetti !

– Giuditta, plutôt que Crocetti !

Elles se mettent toutes à chanter la chanson, qui très bien, qui mal, qui connaissant les vraies paroles, qui se les inventant. *« I know how this all must look, like a picture ripped from a story book, I've got it easy, I've got it made… »*, et une autre gorgée de bière fraîche.

– Eh, Valentino, Armani, Dolce et Gabbana, le défilé est terminé. Si vous voulez m'engager, vous savez où me trouver !

Olly fait un clin d'œil aux autres Ondes. Olly, Niki, Diletta, Erica : O.N.D.E, les Ondes.

– Bon, qu'est-ce qu'on fait ? Moi j'en ai marre de rester ici…

– On va à l'Eur[1], ou bien, je ne sais pas, moi, chez Alaska ! Allez, on fait quelque chose !

– Mais on vient juste de faire quelque chose ! Non, ça suffit, les filles, moi je rentre. Demain j'ai une interrogation, il faut que je remonte ma moyenne à cinq et demi sur dix.

– Allez, quelle barbe ! On rentrera pas tard. Et puis qu'est-ce que ça peut faire, tu te lèves tôt demain matin et tu y jettes un coup d'œil, non ?

– Non. J'ai besoin de dormir, ça fait trois soirs que vous me faites rentrer tard, je ne suis pas en acier !

– Non, en effet, tu es en sucre ! Bon, OK, fais comme tu veux, nous on y va. On se voit demain matin !

Et chacune se dirige vers son véhicule. Trois d'entre elles vont on ne sait où et une rentre chez elle. Les quatre

_____
1. Quartier du sud de Rome.

bouteilles de Corona sont encore là, sur le trottoir, vides comme des coquillages abandonnés sur la plage après une marée. Regarde un peu le bordel qu'elles ont laissé. Mais oui, bien sûr, de toute façon c'est moi la maniaque… Elle les ramasse. Elle cherche du regard et aperçoit trois poubelles éclairées par un lampadaire. Ah, ouf, il y a la verte pour le verre. C'est vrai ça, quelle horreur, les gens sont vraiment désordonnés. Tous ces sacs laissés par terre. Si au moins ils faisaient le tri sélectif. Ils ne savent donc pas que la planète est entre nos mains ? Elle prend les bouteilles et les jette une par une dans la fente ronde. Et les bouchons ? On les met où, les bouchons ? Ils ne sont pas en verre… Peut-être avec les canettes et les pots. Ils pourraient l'indiquer sur les poubelles, avec un adhésif ou un joli dessin. Ici, les bouchons. Puis elle s'arrête et se met à rire. Comment c'était, déjà, cette vieille blague de Groucho ? Ah oui…

— Papa, l'homme des ordures est arrivé.

— Dis-lui que nous n'en voulons pas.

Maniaque pour maniaque, elle jette aussi un sac resté en dehors de la benne. Puis elle l'aperçoit. Elle s'approche timidement. Je n'y crois pas. C'était exactement ce dont j'avais besoin. Tu vois, parfois ça sert d'être maniaque.

Plus tard dans la nuit. Les freins de la voiture crissent. Le conducteur descend promptement et examine les alentours. On dirait un de ces personnages à la Starsky et Hutch. Mais il ne va tirer sur personne. Il regarde au pied de la poubelle. Derrière, au-dessus, en dessous, par terre. Rien. Il a disparu. « Je n'y crois pas. Je n'y crois pas. Personne ne nettoie jamais, personne ne s'inquiète jamais des sacs laissés par terre, et ce soir il faut justement que je tombe sur un maniaque… Et Carlotta qui m'a posé un lapin. Elle m'a dit qu'elle était enfin tombée amoureuse… Mais d'un autre… »

Ce qu'il ne sait pas c'est que, justement à cause de ce qu'il a perdu, un jour Stefano Mascagni sera heureux.

2

Deux mois plus tard. Environ.

Je n'y crois pas. Je n'y crois pas. Alessandro déambule dans son appartement. Ça fait deux mois, mais il n'arrive pas encore à s'y résoudre. Elena m'a quitté. Et le pire, c'est qu'elle l'a fait sans raison précise. Ou du moins sans m'en donner, à moi. Alessandro se met à la fenêtre et regarde dehors. Des étoiles, de magnifiques étoiles. Des étoiles nues dans le ciel nocturne. Des étoiles lointaines. Maudites étoiles qui savent. Il sort sur la terrasse. Couverture en bois, grillage, splendides vases antiques dans les coins et devant chaque grande fenêtre. Un peu plus loin, de longs rideaux aux couleurs légères, pastel, un dégradé qui suit le lever et le coucher du soleil. Comme une vague autour de la maison, qui se déverse doucement à l'entrée de chaque pièce, une vague qui, une fois à l'intérieur, est visible jusque dans la couleur des murs. Mais tout ça ne fait que plus mal.

– Aaah !

D'un coup, Alessandro se met à hurler comme un fou : « Aaah ! » Il a lu que se défouler fait du bien.

– Oh, tu as fini ?

Un type se montre à la terrasse d'en face. Alessandro se cache derrière un grand buisson de jasmins sur la terrasse.

— Alors, tu as fini, oui ou non ? Oh, mais je te vois, tu sais, tu joues aux gendarmes et aux voleurs, ou quoi ?

Alessandro se déplace un peu pour se protéger de la lumière.

— Chat ! Touché. Écoute, moi je suis en train de regarder un film, alors si ça va pas, va plutôt faire un tour…

Le type rentre chez lui, referme sa baie vitrée et tire les rideaux. Et de nouveau le silence. Alessandro se fait tout petit et retourne tout doucement chez lui.

Avril. Nous sommes en avril. Et moi je suis fou de rage. Quel mufle, ce type… Je m'offre un loft dans le quartier Trieste et j'hérite du seul mufle du coin comme voisin. Le téléphone se met à sonner. Alessandro court, traverse le salon et attend. Un coup. Deux. Le répondeur s'enclenche. « Vous êtes bien au 068 08 54… », il continue, « laissez un message… ». Et si c'était elle ? Alessandro s'approche du boîtier, plein d'espoir. « … après le bip sonore. » Il ferme les yeux.

« Alessandro, mon chéri, c'est ta mère. Mais qu'est-ce que tu deviens ? Même sur ton portable, tu ne réponds pas… »

Alessandro se dirige vers l'entrée, prend son blouson, les clés de sa voiture et son Motorola. Puis il claque la porte, tandis que sa mère continue de parler.

« Pourquoi ne viendrais-tu pas dîner chez nous la semaine prochaine, peut-être avec Elena ? Je te l'ai déjà dit, ça me ferait plaisir… Ça fait longtemps qu'on ne s'est pas vus… »

Mais il est déjà devant l'ascenseur, il n'a pas eu le temps d'entendre. Je n'ai pas encore réussi à dire à ma mère qu'Elena et moi nous sommes séparés. Quelle barbe. La porte s'ouvre, il entre et sourit en se voyant dans le miroir. Il pousse le bouton du rez-de-chaussée. Dans ces cas-là, il faut faire preuve d'un peu d'ironie. J'aurai bientôt trente-sept ans et je suis à nouveau célibataire. C'est bizarre. C'est ce dont rêvent la plupart des garçons. Redevenir célibataire pour s'amuser un peu et commencer une nouvelle aventure. C'est vrai, ça. Je ne sais pas pourquoi je n'arrive pas à le prendre bien. Il y a quelque chose qui me turlupine. Les derniers jours, Elena était bizarre. Est-ce qu'elle avait quelqu'un d'autre ? Non. Elle me l'aurait dit. Bah, je ne veux plus y penser. C'est bien pour ça que je l'ai achetée. Vroum. Alessandro et sa voiture neuve. Mercedes-Benz MI 320 Cdi. Dernier modèle. Une jeep neuve, parfaite, immaculée, achetée il y a un mois à cause de la douleur causée par Elena. Ou mieux, à cause du « mépris sentimental » qu'il a ressenti ensuite. Alessandro démarre. Un souvenir remonte. La dernière fois que je suis sorti avec elle. Nous allions au cinéma. Un peu avant d'arriver, Elena a reçu un coup de fil mais elle n'a pas répondu, elle a éteint son téléphone et elle m'a souri. « C'est rien, le boulot. Je n'ai pas envie de répondre… » Moi aussi je lui ai souri. Quel beau sourire elle avait, Elena… Mais pourquoi je parle au passé ? Elena a un beau sourire. Ces pensées le font sourire, lui aussi. Ou du moins, il se force à sourire, et il prend un virage. À toute allure. Et un autre souvenir qui remonte. Ce jour-là. Celui-ci est plus douloureux. Cette conversation est imprimée dans mon cœur comme si elle avait eu lieu hier, merde. Comme si c'était hier.

Une semaine après avoir trouvé le petit mot, un soir Alessandro rentre chez lui plus tôt que prévu. Et elle est là. Alors il sourit, à nouveau heureux, gai, plein d'espoir.

— Tu es revenue…

— Non, je ne fais que passer…

— Qu'est-ce que tu fais ?

— Je m'en vais.

– Comment ça, tu t'en vas ?

– Je m'en vais. C'est mieux comme ça, Alex, crois-moi.

– Mais notre maison, nos objets, les photos de nos voyages...

– Je te les laisse.

– Mais non, je voulais dire, comment tu fais pour ne pas t'en soucier ?

– Je m'en soucie, pourquoi tu dis que je ne m'en soucie pas...

– Parce que tu t'en vas.

– Oui, je m'en vais, mais je m'en soucie.

Alessandro se lève, la prend dans ses bras, la serre contre lui. Mais il n'essaye pas de l'embrasser. Ça non, ça serait trop.

– Je t'en prie, Alex...

Elena ferme les yeux, laisse aller ses épaules, s'abandonne. Puis un soupir.

– Je t'en prie, Alex... laisse-moi partir.

– Mais où tu vas ?

Elena passe la porte. Un dernier regard.

– Tu as quelqu'un d'autre ?

Elena se met à rire, secoue la tête.

– Comme d'habitude tu ne comprends rien, Alex...

Elle ferme la porte derrière elle.

– Tu as juste besoin d'un peu de temps mais reste, merde, reste !

Trop tard. Le silence. Une autre porte se ferme, mais sans claquer. Et elle fait plus mal que l'autre.

– Tu as mon mépris sentimental, merde !

Alessandro hurle, sans savoir vraiment ce que cette phrase veut dire. Mépris sentimental. Bah. C'était pour la blesser, pour dire quelque chose, pour faire de l'effet, pour chercher un sens là où il n'y en a pas. Rien.

22

Un autre virage. En tout cas, cette voiture est parfaite, vraiment parfaite. Alessandro met un CD. Il augmente le son. Rien à faire, quand quelque chose te manque, il faut remplir le vide. Même si, quand il s'agit d'amour, rien ne suffit vraiment.

3

Même heure, même ville, juste un peu plus loin.

– Fais voir comment ça me va !

– Mais tu es ridicule ! On dirait Charlie Chaplin !

Olly déambule sur le tapis de la chambre de sa mère, elle a enfilé le costume bleu de son père, au moins cinq tailles trop grand pour elle.

– Mais qu'est-ce que tu dis, il me va mieux qu'à lui !

– Le pauvre, ton père a seulement un peu de ventre…

– Un peu ? On dirait le morse du film *Amour et amnésie* ! Regarde-moi ce pantalon !

Olly attrape la taille et l'écarte de la main.

– C'est la hotte du père Noël !

– Super ! Alors donne-nous les cadeaux !

Les Ondes se lèvent et lui sautent dessus en fouillant partout, comme si elles cherchaient vraiment quelque chose.

– Vous me chatouillez, stop ! Vous êtes trop méchantes, cette année vous n'aurez que du charbon. Et pour Diletta, un gros bâton de réglisse, comme ça elle s'habitue à la forme…

– Olly !

– Oh, mais c'est pas possible, tu ne peux pas t'empêcher de te moquer de moi juste parce que je ne fais pas comme toi, qui n'en laisse pas échapper un !

– Oui, d'ailleurs on m'appelle Terminator !

– Elle n'est pas de toi, celle-là !

Elles rient à nouveau et se jettent sur le lit.

– Est-ce que vous vous rendez compte que tout a commencé ici ?

– Quoi donc ?

– Le fait que vous ayez la chance d'avoir une amie comme moi.

– C'est-à-dire ?

– Maman et papa, par une chaude soirée, il y a plus de dix-huit ans, décidèrent que leur vie avait besoin d'une secousse, d'une décharge d'énergie, et alors, boum ! Ils finirent sur ce lit à en faire de belles !

– Quelle belle manière de parler de l'amour, Olly !

– Ouais, amour, appelons-le par son nom, sexe ! Du bon sexe !

Diletta embrasse un des coussins.

– C'est une chambre magnifique et ce lit est vraiment confortable… Regarde les photos sur la table de nuit. Ils étaient beaux, tes parents, le jour de leur mariage.

Erika attrape Niki par le cou et fait mine de l'étrangler.

– Toi, Niki, est-ce que tu consens à prendre pour époux Fabio, ici non présent ?

Niki lui donne un coup.

– Non !

– Eh, les filles, au fait… Comment ça s'est passé, votre première fois ?

Elles se tournent toutes vers Olly, puis se regardent. Diletta devient sérieuse et se tait. Olly sourit.

24

– Oh, je ne vous ai pas demandé si vous aviez tué quelqu'un ! OK, j'ai compris, je commence, comme ça vous arrêterez de faire les timides. Donc… Olly fut précoce dès le départ. Dès la crèche, elle embrasse sur la bouche son petit camarade Ilario, appelé le Sébum à cause de son énorme production de cochonneries, à commencer par les milliers de bulles qui animaient son petit visage comme de petits volcans…

– Mais c'est dégoûtant, Olly !

– Bah, il me plaisait, à moi, on faisait du tobog-gan ensemble. Ensuite, en primaire, ce fut le tour de Rubio…

– Rubio ? Mais tu le fais exprès, ou quoi ?

– C'est un nom, ça ?

– Bien sûr que c'est un nom ! Très joli, en plus. Donc, Rubio était un petit gars vraiment mignon. Notre histoire dura deux mois, sur les bancs de la salle de classe.

– Ouais, bon, comme ça c'est facile, Olly. Tu as dit la première fois, pas les histoires de cour d'école, l'inter-rompt Niki en s'installant en tailleur sur les coussins et en s'appuyant contre la tête de lit.

– C'est vrai. Mais je voulais vous montrer que certains phénomènes sont perceptibles dès l'enfance ! Alors, on passe au hard ? Vous êtes prêtes pour un récit digne de *Playboy* ? Me voilà. Ma première fois remonte à plus de trois ans.

– À quinze ans ?

– Tu veux dire que tu as perdu ta virginité à quinze ans ?

Diletta la regarde, bouche bée.

– Ben oui, pourquoi je l'aurais gardée ? Il y a cer-taines choses qu'il vaut mieux perdre que trouver ! Bref, c'était… un après-midi après le lycée. Lui, Paolo, avait deux ans de plus que moi. Une vraie bombe. Il avait piqué la voiture de son père pour m'emmener faire un tour.

— Ah oui, Paolo ! Tu ne nous avais pas dit que c'était avec lui, la première fois.

— Mais il conduisait la voiture à dix-sept ans ?

— Oui, il savait déjà un peu conduire. Bon, pour faire court, la voiture était une Alfa 75 rouge feu super nerveuse, avec les sièges en cuir beige…

— C'est d'un chic !

— Eh oui. Mais ce qui comptait, c'était lui ! Je lui plaisais beaucoup. On est allés sur l'Appia Antica, l'ancienne route romaine, et on s'est garés en se planquant un peu.

— Sur l'Appia Antica avec l'Alfa Antica.

— Très mauvaise, celle-là. Bref… Ça s'est passé là, et ça a duré très longtemps. Il m'a même dit que je m'en sortais bien, vous vous rendez compte, alors que je n'y connaissais rien… Bon, rien, pas tout à fait, j'avais vu des films porno avec mon cousin en vacances, mais de là à le faire pour de vrai…

— Mais en voiture c'est d'une tristesse, Olly… mince, c'était ta première fois. Tu n'aurais pas voulu, je ne sais pas, moi, de la musique, la magie de la nuit, une chambre pleine de bougies…

— Mais, Erica, c'est du sexe ! Tu le fais où tu le fais, peu importe où, ce qui compte c'est comment !

— J'hallucine.

Diletta serre plus fort son coussin.

— Moi, comme ça, jamais… La première fois, mais tu te rends compte ? Tu te la rappelles toute ta vie.

— Mais non, si tu tombes sur un naze tu l'oublies, tu l'oublies… Mais si tu tombes sur Paolo, tu t'en souviens toute ta vie ! Il m'a fait me sentir tellement belle…

— Et ensuite ?

– Ça a fini trois mois plus tard. Tu ne te rappelles pas, après lui il y a eu Lorenzo, dit le Magnifique, évidemment… celui qui était en seconde et qui faisait du canoë.

– Non, avec toi je n'arrive plus à tenir le compte.

– Bon, moi je vous ai raconté. Et vous ? Toi, Erica ?

– Moi, plus classique, et avec Gio', bien sûr.

– Classique dans le sens de la position du missionnaire ?

– Olly ! Mais non, dans le sens où Gio' avait réservé une chambre d'hôtel à la pension Antica Roma, celle qui ne coûte pas cher mais qui est propre, au Gianicolo. Tu sais, Niki, là où on a fait dormir ces deux Anglaises qui étaient venues pour l'échange et que ton frère ne voulait pas chez lui ?!

Soudain, la porte de la chambre s'ouvre et la mère d'Olly entre.

– Maman, qu'est-ce que tu fais là ? Sors tout de suite. Tu ne vois pas qu'on est en pleine réunion ?

– Dans ma chambre ?

– Eh, mais tu n'étais pas là. Pardon mais quand tu n'es pas là c'est un espace libre comme les autres, non ?

– Sur mon lit ?

– Bien sûr, il est tellement confortable, et puis il me rappelle toi et papa et je me sens en sécurité…

Olly prend l'expression la plus douce et tendre qu'elle peut. Une vraie tête à claques, pour dire la vérité.

– Oui, bon… ensuite tu remets tout en place et tu enlèves les plis sur le couvre-lit. Et la prochaine fois tu iras faire tes réunions à la cave, comme les Carbonari au XIXe siècle. Ciao, les filles.

Elle sort, un peu agacée.

– Donc, tu disais, la pension Antica Roma. Voilà pourquoi tu me l'avais proposée en disant que c'était bien ! Tu l'avais expérimentée !

– Eh oui ! Bref, nous y sommes allés vers cinq heures de l'après-midi, il avait tout préparé à la perfection.

– Mais il ne faut pas être majeur, pour prendre une chambre ?

– Bah, peut-être, mais il jouait au foot avec le fils de la patronne, alors elle l'a laissé faire.

– Ah.

– Ça a été très beau. Au début j'avais un peu peur, et Gio' aussi, parce que c'était la première fois pour lui aussi, on était un peu gauches. Mais finalement, ça s'est passé très naturellement… On a dormi là-bas, on n'a même pas eu faim pour le dîner. C'était la fois, Olly, où j'ai dit que je restais chez toi à cause de l'assemblée, tu te rappelles ? Le lendemain matin, on a pris un super petit-déjeuner et je suis rentrée à une heure. Mes parents ne se sont doutés de rien. J'étais bien. Je me sentais légère, un peu plus mûre, et j'avais l'impression que je ne le quitterais jamais…

– En effet, on a vraiment envie de ne jamais le quitter…, ricane Olly, et Diletta lui envoie un coup.

– Aïe ! Mais qu'est-ce que j'ai dit ?

– Toujours tes sous-entendus !

– Mais non, moi je ne sous-entends rien du tout, je file droit, c'est ça la vérité. Et toi, Niki ? Avec Fabio, non ? Sur fond de rap ?

– Euh, oui… avec lui et avec du rap, en effet. Chez lui, pendant que ses parents étaient en vacances. Il y a dix mois, un samedi soir après un concert qu'il avait fait dans un bar du centre. Il était très excité que la soirée se soit bien passée et parce que j'étais là, moi. Lui aussi, il avait tout préparé… Le salon éclairé avec des lumières chaudes et tamisées. Deux coupes de champagne. Je n'en avais jamais bu, d'ailleurs… délicieux. En musique de fond, ses derniers morceaux. Mais bon, ce n'était pas la première fois pour lui, et ça se voyait. Il était sûr de lui et il me mettait à l'aise, me protégeait. Il m'a dit que j'étais comme une superbe guitare prête à être jouée sans besoin d'être accordée et à l'harmonie parfaite...

Olly la regarde.

– Quelle chance ! Tu as toujours du cul.

– Oui, en effet, regarde comment ça s'est terminé !

– Mais quel rapport, ta première fois, personne ne peut te la voler !

Puis, d'un coup, le silence. Diletta serre plus fort son coussin. Les Ondes la regardent mais sans trop insister. Indécises et partagées entre l'envie de plaisanter et d'être sérieuses. C'est elle qui brise la glace.

– Moi non. Je ne l'ai jamais fait. J'attends la personne qui me fasse me sentir trois mètres au-dessus du ciel, comme cette inscription sur ce pont. Ou même quatre. Ou cinq. Ou six mètres. Je n'ai pas envie de faire ça comme ça, et je ne veux pas qu'on se sépare après.

– Mais ça n'a rien à voir, tu ne peux pas savoir comment ça se passera après... l'important est de s'aimer, c'est tout, non ? Sans hypothéquer sur le futur.

– Les grands mots, Erica !

– Mais c'est vrai. Il faut que Diletta se lance, elle ne sait pas ce qu'elle perd, et ça n'a rien à voir avec ce que pense Olly !

– Non, non !

– Diletta, tu dois te laisser aller. Mais tu sais combien de garçons te courent après ?! Des tas !

– Une foule !

– Une équipe de rugby !

– Une marée, pour rester dans l'esprit des Ondes !

– Écoutez, à moi il m'en suffirait d'un, mais qui me convienne...

– Moi j'en connais un qui pourrait te convenir !

– Qui ?

– Un beau cône glacé à la noix de coco ! Allez, les Ondes, on y va.

– J'ai une meilleure idée… Certaines d'entre vous n'ont jamais essayé.

– Mais quoi ?!

– Ce n'est pas ce que vous pensez… C'est complètement nouveau… Suivez-moi !

Olly saute du lit et sort de la chambre. Niki, Erica et Diletta la regardent et secouent la tête. Puis elles lui emboîtent le pas, en laissant naturellement le couvre-lit plein de plis.

4

Les lumières de la ville sont faibles. Quand tu n'es pas de mauvaise humeur, tout te semble différent, l'atmosphère n'est pas la même. Les couleurs, les lumières, les ombres, un sourire qui ne prend pas, qui ne va pas. Alessandro conduit lentement. Village Olympique, Piazza Euclide, un tour complet, puis Corso Francia. Il regarde autour de lui. Un coup d'œil au pont. Mais regarde-moi ces crétins. C'est plein d'inscriptions. Le salir comme ça. Regarde celle-là… « Patate je t'aime. » Au nom de quoi ? Au nom de l'amour… L'amour. Demandez à Elena des nouvelles de Monsieur l'Amour. Eh, Monsieur l'Amour, où êtes-vous passé ?

Il aperçoit deux jeunes gens planqués sur le pont, dans un coin non éclairé par la lune. Enlacés, amoureux, collés l'un à l'autre comme deux tendres lierres face au temps, aux jours, à ce qui sera la proie du vent.

Alessandro ne résiste pas. Il klaxonne. Il baisse sa vitre et hurle : « Eh, les abrutis ! Elle est belle, la vie, hein ? De toute façon, l'un de vous deux se barrera ! » Puis il accélère, fait un bond en avant, double deux ou trois voitures et passe un feu orange foncé. Il continue, tout le Corso Francia, puis Via Flaminia, mais, arrivé au deuxième feu, une voiture de police. Rouge. Alessandro s'arrête. Les deux carabiniers bavardent tranquillement. L'un d'eux rigole au téléphone, l'autre fume une cigarette en discutant avec une fille. Il l'a peut-être arrêtée pour un contrôle, ou bien c'est une amie qui savait qu'il était de permanence et qui est passée lui dire bonjour. Le fait est qu'au bout d'un moment le second carabinier se sent observé et se tourne vers Alessandro. Il le regarde fixement. Alessandro tourne lentement la tête, faisant semblant de s'intéresser à quelque chose, il se penche pour voir si par hasard le feu est passé au vert. Rien à faire. Il est encore rouge.

– Pardon...

Vroum. Vroum. Un type arrive sur un scooter tout déglingué, un Kymco, avec derrière lui une fille aux longs cheveux bruns. Il est baraqué, il porte un T-shirt bleu ciel moulant qui dessine tous ses muscles.

– Oh, je te parle, dis...

Alessandro se penche.

– Oui ?

– Écoute, t'es passé en hurlant pendant qu'on était sur le pont de Corso Francia. Oh, mais c'est à nous que tu parlais ? Il faut que tu t'expliques, hein ?

– Non, pardon mais vous avez mal compris, je parlais au type devant moi qui allait trop lentement.

– Oh, fais pas le con avec moi. Compris ? T'avais personne devant et remercie le ciel...

Il lève le menton et indique la voiture de police.

– … que les flics soient là. La prochaine fois, me casse pas les couilles, sinon ça va mal se terminer…

Il n'attend pas de réponse. Le feu est vert. Il met les gaz et tourne sur la Cassia. Il prend le virage le corps penché et disparaît vers lui seul sait où, vers un autre baiser, peut-être dans un lieu plus caché… Et peut-être plus. Alessandro repart tout doucement. Les carabiniers sont toujours en train de plaisanter. L'un d'eux a fini sa cigarette. Il prend un chewing-gum que lui offre la fille. L'autre a fermé son portable et feuillette le journal dans la voiture. Ils ne se sont aperçus de rien.

Alessandro continue. Au bout d'un moment, il fait demi-tour pour échapper à cette situation gênante. Si on n'est même pas libre de dire ce qu'on pense, de temps en temps. Parfois, on se sent vraiment trop à l'étroit. De l'autre côté de la rue, les carabiniers sont partis. Même la fille a disparu. Il y en a une autre, qui attend le bus. Elle est noire et on la confondrait presque avec la nuit si elle ne portait pas un T-shirt rose avec un drôle de personnage. Mais ça ne le fait pas rire. Alessandro continue à conduire lentement, il met un autre CD, puis change d'avis et passe à la radio. Parfois, il vaut mieux se fier au hasard. Quelle bombe, cette MI. Belle, spacieuse, élégante. La musique se diffuse parfaitement grâce aux haut-parleurs bien répartis. Tout a l'air parfait. Mais à quoi sert la perfection si tu es seul et que personne ne s'en rend compte ? Personne ne peut la partager avec toi, te faire des compliments, ni même t'envier.

Musique. *Vorrei essere il vestito che porterai, il rossetto che userai, vorrei sognarti come non ti ho sognato mai, ti incontro per strada e divento triste, perché opi penso che te ne andrai…* (« Je voudrais être la robe que tu porteras, le rouge à lèvres que tu mettras, je voudrais te rêver comme je ne t'ai jamais rêvée, je te rencontre dans la rue et je deviens triste, parce que je pense qu'un jour tu partiras… ») Ah, Lucio[1]. C'est peut-être un hasard, je te l'accorde, mais on dirait que tu te fous de moi. Pas mal, cette idée, pour une nouvelle carte de crédit : « Tu as tout, sauf elle. »

Alessandro appuie sur le bouton pour changer de station. N'importe quelle chanson, mais pas celle-là. Il n'y a rien de pire que de sentir que le travail devient ta seule raison de vivre.

Les berges du Tibre. Les berges du Tibre. Encore les berges du Tibre. Il monte le volume pour se perdre dans la circulation. À un feu, Alessandro s'arrête et est rejoint par une petite Mini. À l'arrière, il est écrit « Lingi », et une musique très forte sort par les vitres baissées. On se croirait en boîte de nuit. À l'avant, deux filles aux cheveux longs et raides, une brune et une blonde. Elles portent toutes les deux des grosses lunettes de soleil genre années soixante-dix, avec une fine monture blanche et d'énormes verres dégradés marron. Pourtant, il fait nuit. L'une d'elles a un petit piercing au nez. Minuscule, comme un grain de beauté métallique. L'autre fume une cigarette. Elles n'échangent pas un mot. Ça lui fait penser à la scène d'Harvey Keitel dans *Bad Lieutenant*. Il voudrait les faire descendre et faire comme dans le film, mais peut-être que le type à scooter est encore dans les parages, peut-être que ce sont des copines à lui ou, pire encore, des carabiniers. Alors il les laisse partir. Vert. Et puis, ce n'est pas comme ça qu'on affronte les choses. La rage et ce « mépris sentimental » doivent être canalisés autrement. Alessandro

---

1. Lucio Dalla, chanteur populaire italien.

l'a toujours répété, la rage doit générer le succès. Mais le succès, lui, que génère-t-il ?

La Mercedes est maintenant garée au château Saint-Ange. Alessandro marche sur le pont. Il regarde les touristes qui bavardent gaiement, enlacés, insouciants, des jeunes gens surpris par Rome, par la beauté de ce pont, par le simple fait de ne pas être au bureau. Un couple un peu moins jeune. Deux jeunes athlètes, cheveux courts et longues jambes, iPod sur les oreilles et carte pliée à la main. Alessandro s'arrête au bord du pont. Il se met debout sur le parapet et regarde en bas. Le fleuve. Il court, lent, silencieux, avide de toutes les saletés qui passent. Quelques sacs en plastique naviguent tranquillement, un morceau de bois se lance dans une course approximative avec un jeune roseau. Des rats cachés sur la rive jouent le rôle de spectateurs. Alessandro regarde plus bas, au-delà du pont, le long du cours du Tibre, et il pense au film de Frank Capra avec James Stewart, *La vie est belle*, quand George Bailey, désespéré, décide de se suicider. Son ange gardien l'arrête et lui montre quelles auraient été les conséquences pour tant d'autres gens s'il n'était pas né. Son frère serait mort, sa femme ne se serait pas mariée, elle serait restée vieille fille, tous ses enfants ne seraient pas nés et même son village aurait porté un autre nom, celui du tyran, le vieux millionnaire Potter, que lui seul a réussi à contrer.

Voilà. La seule chose vraiment importante, la seule chose qui compte pour de bon, c'est de donner un sens à sa vie. Même si, comme di Vasco, elle n'a pas de sens. C'est vrai. Mais sans moi, que se serait-il passé ? Alessandro y réfléchit. Je ne m'entends pas bien avec mes parents, ou plutôt ce sont eux qui n'ont de considération que pour les gens mariés, comme mes deux petites sœurs. Donc, sans moi, ils auraient seulement quelques soucis en moins. Et puis, si je décidais de sauter, est-ce qu'il y aurait un ange gardien pour me faire découvrir ou comprendre le sens de cette vie ? Juste à ce moment-là, il sent une main sur son épaule.

– Doc[1] ?

– Mon Dieu, qu'est-ce qu'il y a ?

– C'est moi, doc.

Un clochard aux cheveux sales, tout débraillé, pas très rassurant et tout sauf angélique.

– Pardon, doc, je voulais pas vous faire peur, z'auriez pas deux euros ?

Pas un euro, pense Alessandro, deux ! Ils partent aguerris, exigeants, ils ont déjà leur business plan, le planning précis de leurs requêtes. Alessandro ouvre son portefeuille, sort un billet de vingt euros et le lui donne. Le clochard le prend, un peu suspicieux, puis le retourne entre ses mains, le regarde mieux. Il n'en croit pas ses yeux. Il sourit.

– Merci, doc.

Dans le doute, pense Alessandro, si personne ne saute avant moi ni pour moi, j'aurai au moins laissé un bon souvenir à quelqu'un. Ma dernière bonne action. Soudain, une voix.

– Mais voici l'homme à succès, le roi des spots !

Alessandro se tourne. De l'autre côté du pont, voilà qu'arrivent Pietro, Susanna, Enrico et Camilla. Ils avancent, tranquilles et souriants. Enrico tient Camilla par le bras et Pietro marche un peu devant les autres.

– Ça alors ! Alex, mais qu'est-ce que tu fous ? Une enquête de comportement ? Tu étudies vraiment

1. En Italie, on appelle « docteur » toute personne ayant terminé ses études universitaires.

n'importe quoi, pour faire tes spots, hein ? Tu étais en train de parler avec ce type…

Il se retourne et vérifie que le type s'est éloigné.

– Je parie que ta prochaine publicité sera justement avec un clochard !

– Mais qu'est-ce que tu racontes, je me promenais, c'est tout. Et vous ? Qu'est-ce que vous faites ?

– On a été au resto, mais ce n'était pas terrible.

– Qu'est-ce qui ne t'a pas plu ?

– Rien, c'est juste que ma tante cuisine beaucoup mieux.

– Évidemment, ta tante est une Sicilienne pur jus !

– Tu es un sacré numéro, hein. Nous sommes allés manger au resto Capricci Siciliani, Via di Panico. On voulait t'appeler, mais je me suis rappelé que tu m'avais dit que ce soir il y avait une fête chez Alessia, de ton bureau, je pensais que tu y serais.

– C'est vrai, j'ai complètement oublié.

– Mais quel sacré numéro !

– Tu as fini avec ce « sacré numéro ». On dirait un spot publicitaire !

– Allez, je t'accompagne chez Alessia.

– Mais je n'ai pas envie d'y aller.

– Si, si, au fond tu as envie. Et puis, ça fera mauvais effet si tu ne te montres pas, on pensera que tu es en conflit socio-économico-culturel avec ton assistante…

– Mais il y aura tout le monde.

– Justement, il faut que tu y ailles, et puis, pardon, mais tu m'as confié un certain nombre de vos affaires, en tant qu'avocat, et donc…

– Donc ?

– Donc je t'accompagne.

Pietro s'adresse à Susanna.

– Mon amour, ça t'ennuie ? Tu vois comme il est déprimé ? Mieux vaut que j'aille avec lui, il a des problèmes de cœur… et puis, on doit parler travail.

Alessandro s'approche.

– Problèmes de… ? Mais qu'est-ce que tu racontes ?

– Non, rien, rien. Eh, vous voulez venir, vous aussi ?

Enrico et Camilla se regardent, sourient.

– Non, on est fatigués, on rentre à la maison.

– OK, comme vous voulez.

Pietro prend Alessandro par le bras.

– Ciao, mon amour, je ne rentrerai pas tard, ne t'inquiète pas.

Il tire son ami.

– Allez, allez, avant qu'elle ne change d'avis ou qu'elle ne dise quelque chose. Elle est de bonne humeur, ces jours-ci.

– Mais qu'est-ce que tu lui as dit, tout à l'heure ?

– Rien, j'ai juste inventé un bobard pour rendre plausible la thèse du soutien psychologique.

– C'est-à-dire ?

– Bah, je lui ai dit que tu avais des problèmes de cœur.

– Tu ne lui as pas dit que…

– Allez, quelle importance, nous les avocats nous avons un rapport très étroit avec le mensonge.

– Mais ce n'est pas un mensonge. C'est juste que je n'ai pas envie que tu en parles… Je ne l'ai dit qu'à toi.

– Oui, mais c'est des trucs que tu dis comme ça.

– Comme ça comment ?

– Comme ça ! Oh, mais c'est ta nouvelle Mercedes ?

– Oui.

– Alors c'est vrai. Toi et Elena vous êtes séparés. Je peux l'essayer ?

— Non ! C'est la meilleure, ça, ça fait un mois que je te l'ai dit et tu n'y crois que maintenant.

— Maintenant j'ai la preuve. Tu n'aurais jamais acheté cette voiture, c'est toi qui me l'as dit il y a quelque temps. Tu te rappelles ? Acheter quelque chose de neuf peut t'aider à te sentir mieux.

— À propos de quoi je t'avais dit ça ?

— Je m'étais acheté un nouveau téléphone portable parce que Manuela, la vendeuse de vingt ans, ne voulait plus me voir.

— Ah, c'est vrai, tu me l'avais raconté, mais j'ai du mal à suivre toutes tes histoires sentimentales. Cette Manuela, par exemple, je l'avais complètement oubliée.

— Moi, j'ai fait ce que tu m'avais dit. J'ai suivi les conseils du grand maître que tu es… je me suis acheté un portable neuf, super technologique, et surtout… Je l'ai acheté chez Telefonissimo !

— Quel rapport, je ne t'avais pas dit où tu devais l'acheter !

— Non, mais c'est là que travaille Manuela ! Elle a pensé que c'était un prétexte pour la revoir et boum… j'ai eu droit à deux petits rencards de plus.

— Mon Dieu, tu es un vrai désastre. Tu as deux enfants adorables, une belle femme. Je ne comprends vraiment pas cet acharnement, cette faim sexuelle, cet excès de consommation, partout et toujours, une véritable lutte contre le temps, et surtout contre les femmes. D'après toi, pourquoi faut-il absolument que tu te les fasses toutes ?

— Qu'est-ce qui se passe, tu es en train de me psychanalyser ? Ou tu veux m'évaluer pour une de tes pubs ? Pardon, hein, mais une histoire comme la mienne ne pourrait pas être une super pub pour une marque de préservatifs ? Imagine, on voit ce type, bon, pas moi, un autre, qui va avec plein de femmes, et à la fin il sort une petite boîte. Ceux-là… c'était quoi, leur nom, déjà ?

— Condom.

— C'est ça. Bon, en fait on ne comprend pas bien s'il se les fait toutes parce qu'il est très fort ou grâce aux préservatifs… C'est pas mal, non ? Évidemment, les mannequins pour le casting, je m'occupe de les tester avant… Toi tu t'occupes de choisir le protagoniste masculin.

— Bien sûr, c'est évident. Et mon entreprise t'interdira peut-être de faire certaines consultations légales ?

— Non, tu ne peux pas me faire ça.

Pietro tombe à genoux devant la Mercedes MI. Juste à ce moment passe une belle touriste, une femme d'un certain âge, qui sourit et secoue la tête en disant : « Ces Italiens ! »

— Allez, ça suffit, monte.

— Eh, mais ça aussi, ça pourrait être le nouveau spot pour la Mercedes, non ?

5

Même heure, même ville, mais plus loin. À l'Eur. Derrière le Luna Park, sur une grande place cachée dans la pénombre, entourée de pins, de quelques petites montagnes de verdure et d'un grand bâtiment abandonné depuis longtemps. Un groupe de jeunes gens debout contre leurs scooters, ou bien assis au bord de la route, ou encore installés dans leurs voitures, les fenêtres ouvertes et les jambes pendant nonchalamment à l'extérieur. De temps à autre, une petite bouffée de fumée s'échappe, comme un calumet qui passe de vitre en vitre, un signe de ralliement. Oui, ce sont bien elles, les Ondes, les quatre amies de sortie.

– Oh, tu le veux ? Prends-le.

– Non, je n'ai pas envie de fumer.

– Mais c'est un joint, pas une cigarette.

– Justement…

Niki l'éloigne d'elle.

– Mais qu'est-ce qui se passe ?

– Oh, tu as des problèmes ?

Diletta intervient.

– C'est toi qui as des problèmes, s'il faut que tu fumes pour être joyeuse…

Niki tente de calmer le jeu.

– Allez, fiche-lui la paix.

– Mais pourquoi tu fais toujours ça avec tout le monde, tu es incroyable, tu cherches toujours la dispute.

– Moi je lui ai juste dit que je ne voulais pas fumer, c'est elle qui veut soumettre tout le monde de force à la culture du joint, comme si c'était une secte religieuse.

– Qu'est-ce que tu es chiante !

– Moi ?!

– Mais on peut savoir ce qu'on attend ?

– Oui, tu as parlé de nouveauté, nouveauté… mais il ne se passe rien, ici…

– Sérieusement, tu n'as jamais fait le BBC ?

– C'est quoi, ça, le JT américain ?

– Le BoumBoumCar.

– Sérieusement, je ne l'ai jamais fait, pourquoi je te raconterais des bobards ?

– Bon, c'est génial, alors… Voilà, tu vois, ça c'est les gants.

– Et qu'est-ce que j'en fais ?

– Tu dois les mettre pour ne pas laisser d'empreintes.

– Mais quelles empreintes, je ne suis pas fichée, moi !

– Oui, mais si un jour ils font un contrôle et te prennent tes empreintes, ils remonteront à toi.

– Contrôle, empreintes, mais de quoi tu parles ? Pourquoi ils devraient prendre mes empreintes ?

– Ensuite, il y a ça, dit Olly en sortant de sa poche des lunettes à élastique.

– Mais ce sont des lunettes de piscine !

– Oui, comme ça elles ne tombent pas quand tu te prends le choc. Tu sais, parfois les vitres des voitures explosent !

– Quelle crétine ! Tu dis ça exprès pour me faire peur.

– C'est ça ! D'ailleurs, tu n'as pas dit que tu n'avais jamais peur ?

– Pour les interrogations orales… mais ça c'est autre chose.

– Voilà, bravo, vous m'y avez fait penser, demain j'en ai une à la première heure !

Taratata taratata taratata. Un drôle de son de trompette, de ces klaxons bourrins qui se font de plus en plus rares, explose soudain dans l'air nocturne.

– Ça y est, ils arrivent.

Cinq voitures différentes font leur entrée sur la place. L'une d'elles freine en faisant crisser les pneus, les autres la suivent en essayant plus ou moins de l'imiter. Une Fiat 500. Une Mini. Une Citroën C3. Une Lupo. Une Micra. Elles accélèrent toutes et dégazent le plus possible.

– Comment ça se fait qu'il n'y a que des petites voitures ?

– Bah, c'étaient les seules qu'il y avait, ils n'ont rien trouvé de mieux.

– Mais combien vous avez payé pour chaque voiture ?

— Cent euros pièce, on est allés les prendre chez Manna, sur la Tiburtina, tu sais, le mécanicien carrossier ?

— Je vois…

— Elles étaient déjà prêtes, le bloque-volant enlevé et les clés dessus, trop cool !

— Ils t'ont expliqué comment les préparer ?

— Un peu, oui ! Les voilà, on a déjà accroché les roues.

— Alors montez-les.

— Allez, faites les équipes.

— Moi je vais avec lui.

— Moi je viens avec toi, je peux ?

Les filles montent chacune dans une voiture. Toutes incroyablement gaies, excitées, sous adrénaline.

— Oh, que trois par voiture, hein, une seule derrière.

— Je ne vais pas y arriver…

— T'as la trouille, Niki…

— Non. C'est que ça ne m'amuse plus.

— Et toi, Diletta, qu'est-ce que tu fais, tu viens ou pas ?

— Non, mais vous êtes folles, ou quoi ? C'est quoi, ce BoumBoumCar ?

— C'est un truc génial, et toi tu es une trouillarde !

Les deux autres Ondes, Olly et Erica, montent dans les voitures en même temps que les autres filles. Un type ouvre la portière de la sienne et met la musique à fond.

— Allez, nous on parie sur vous ! Alors, je répète les règles, pour ceux qui ne les connaissent pas. La dernière voiture qui continue de rouler gagne tout. Les paris se divisent comme suit : la moitié à ceux qui sont dans la voiture qui gagne, et l'autre moitié partagée entre ceux qui ont parié sur eux.

Une fille hurle : « À vos places ! » Plusieurs types passent à toute vitesse, ferment leurs portières et placent les deux pneus dessus, reliés entre eux par une longue corde qui passe sur le toit de l'auto. Les pneus tombent de chaque côté, un peu comme la selle d'un cheval, et ils se posent contre les portières, à plat, pour les protéger des chocs. Autant que possible. Une fille en short court au milieu de la place avec un sifflet coloré et s'arrête devant les cinq voitures. Puis elle prend dans sa poche un bandana d'un beau rouge vif. Elle le lève vers le ciel avec un geste splendide, emphatique, marraine amusée de ce BoumBoumCar. Puis elle le baisse d'un coup en riant et en sifflant. « Partez ! », et elle court pour s'éloigner du centre, apeurée, et saute sur le bord de la route pour se réfugier loin de ce fol affrontement de voitures. Les voitures font crisser leurs roues et démarrent. La 500 se dirige vers la Micra, lui rentre dedans, mais la Mini la prend de côté. La Citroën C3 sombre roule vite, les dépasse toutes les deux puis met d'un coup la marche arrière et heurte la Lupo, détruisant son radiateur. La 500 arrive et emboutit le côté de la Micra, rebondissant sur les pneus de protection. Les deux vitres explosent, les filles à l'intérieur hurlent, crient, à la fois apeurées, amusées et excitées. Puis elles l'aperçoivent, et se mettent à beugler.

– Vite, dégage d'ici, Fabio arrive à toute allure.

La Micra fait une embardée et contrebraque, freine et rentre de nouveau en plein dans la 500. La vitre de la portière arrière explose en mille morceaux. Elles continuent comme ça, se détachant, s'éloignant et revenant en arrière et avançant comme des folles. Et boum, de nouveau la Micra contre la Lupo. Et boum, la Mini contre la 500, et boum, la Mini contre la Micra, et boum, par-derrière, la Micra contre la C3. Et encore, et encore, se détruisant mutuellement, l'une contre l'autre, avec un bruit sec de tôle, de portières cabossées, de verre brisé, de phares qui explosent, de garde-boue qui se froissent, de coffres pliés sur eux-mêmes comme les crampes soudaines d'une main métallique. Les pneus utilisés comme des selles rebondissent sur les portières, volent vers le haut avant de retomber. D'autres se détachent et roulent au loin, libres, vers les jeunes gens au bord de la route. Et boum, boum, boum. Peu après, le BBC prend fin. Le BoumBoumCar a son vainqueur. Les radiateurs de la Mini et de la Micra fument, leurs avants sont complètement défoncés, la 500 est toute pliée sur elle-même, l'arbre de roue fendu et les roues tordues, inclinées vers l'extérieur. On dirait un taureau frappé par la dernière banderille, qui plie les genoux et finit le museau par terre en soufflant. Les deux pneus latéraux de la Micra ont explosé sous les chocs et se sont encastrés sous la tôle sur les côtés. La Lupo est la seule qui réussit encore à avancer un peu. Elle grogne en se dirigeant vers le centre de la place. Soudain, elle perd sa plaque, qui tombe par terre avec un bruit de fer-blanc, comme ces vieilles boîtes de conserve qu'on attache derrière les voitures des jeunes mariés. Mais personne ne s'est marié ce soir, et aucun propriétaire n'aura la joie de retrouver sa voiture, maintenant qu'elles sont ainsi réduites.

— Waouh ! On a gagné !

Les jeunes au bord de la route explosent de joie.

— Je le savais ! Il ne fallait pas donner les brebis à garder au loup[1] !

Les blagues fusent, et même pire, tandis que quelqu'un, plus mesquin que les autres, s'occupe déjà de retirer les gains et de faire les comptes. Les héros conducteurs

---

1. *Lupo* signifie « loup » en italien.

sortent les uns après les autres des voitures, certains en se glissant par les fenêtres cassées, d'autres par les portières arrière, d'autres encore par le pare-brise en morceaux. Ils retirent tous leurs lunettes de piscine.

– Ouah ! Combien on s'est fait ?

– Allez, on a gagné !

– Tu partages bien, hein ? Ne nous arnaque pas.

Fabio prend les sous qui lui reviennent et les recompte rapidement.

– J'y crois pas, six cents euros ! Allez, Niki, je t'offre un dîner fabuleux, comme ça on fait la paix.

– Mais tu n'as pas compris ? Combien de fois il faudra que je te le répète ? Il n'y a pas de dîner qui tienne ! Nous ne sommes plus ensemble, toi et moi.

– Mais comment... Tu as dit...

– Je t'ai rendu toutes tes cassettes la semaine dernière et je te l'ai dit de toutes les façons possibles et imaginables. Vraiment, je ne sais plus quoi inventer pour te le faire comprendre. Fini. *Kaput. End. Auf Wiedersen.* C'est terminé...

– OK, comme tu veux. Eh, les filles, Niki et moi, on n'est plus ensemble.

– Elles étaient au courant, tu sais.

– Donc je suis de nouveau sur le marché, attention à vous.

Fabio empoche l'argent, monte sur son scooter et s'enfuit en vitesse. Les autres se regardent pendant un moment, puis haussent les épaules et font comme si de rien n'était. Olly s'approche de Niki.

– Quand il fait ça, il est vraiment...

– Il est vraiment salaud !

Diletta s'en mêle.

– Pardon, mais il a pris tout l'argent, il n'a rien partagé...

– Bah, il est comme ça, Fabio.

– Mais normalement on partage avec l'équipe, non ? dit Erica.

Niki hausse les épaules.

– Je te l'avais dit, que c'était un salaud, non ? Quelqu'un a une cigarette ?

Olly sort un paquet de sa poche. Diletta s'approche et Niki donne quelques tapes sur son T-shirt.

– Fais attention, tu es pleine de petits morceaux de verre…

– Imagine si mes parents me chopent, qu'est-ce que je leur dis, que j'ai fait le BBC ? dit Olly.

Diletta secoue la tête.

– Il vaut mieux leur dire que tu as eu un accident, mais pas avec ma Mini, hein ? Parce que sinon ils ne te croiront pas, il faudra que je la cabosse exprès. Je t'imagine déjà en bas de chez moi avec un marteau.

– Oui, elle en serait capable !

Elles éclatent toutes de rire.

– Allez, qui me ramène chez moi ? Demain j'ai l'interrogation…

Olly râle.

– Quelle barbe, ça veut dire quoi, que la soirée se termine comme ça ?

– OK, je veux bien manger vite fait une glace chez Alaska.

– Ouh, quelle aventurière, hein ? Bon, OK, OK, on se retrouve là-bas.

– Mais ensuite on rentre pour de bon, d'accord, dit Diletta, parce que, bon, avec tout ce que vous venez de faire, si vous avez encore envie de faire des dégâts…

– OK, maman Diletta. Moi, j'ai bien une idée, fait Olly en levant un sourcil, il y a une super fête !

Niki tire Diletta par son T-shirt.

46

– Allez, une glace et au lit, ça suffit !

– Salut les gars, nous on y va.

Elles s'en vont en riant. Olly, Niki, Diletta et Erica, les Ondes, comme elles s'appellent déjà depuis le collège, depuis qu'elles sont devenues amies. Elles sont belles, joyeuses, différentes. Elles s'aiment bien. Beaucoup. Niki vient de se séparer de Fabio, Olly en quitte pratiquement un par jour. Erica est depuis une éternité avec Giorgio, Gio', comme elle l'appelle. Et Diletta... Diletta est encore à la recherche de son premier petit ami. Mais elle a confiance : tôt ou tard, elle rencontrera le bon. Du moins elle espère. Oui, elles sont fortes, les Ondes, et surtout ce sont de très bonnes amies. Mais l'une d'entre elles trahira la promesse qui les lie.

6

– Eh, regardez qui est là ! Le chef ! Il est même venu avec son avocat ! Oh, chef, on n'est pas au boulot, ce soir, hein ? C'est une fête, pas une réunion ! plaisante Alessia en ouvrant la porte. Elle s'écarte et fait une petite révérence, laissant Alessandro et Pietro entrer. Il y a beaucoup de monde.

– On ne vous espérait plus. Mais j'ai gagné mon pari, vous êtes passés !

Pietro s'approche, passe un bras autour du cou d'Alessandro et lui chuchote à l'oreille : « Tu as vu, je te fais toujours faire bonne figure, il faut que ton staff croie en toi, sinon quel chef tu fais, hein chef ?

Alessandro retire son bras.

— Pour commencer, le premier qui m'appelle chef est suspendu pour deux jours.

Et tous en chœur :

— Chef, chef !

— D'ailleurs, non, je retire ce que j'ai dit, le premier qui m'appelle chef travaille double pendant deux jours !

— Pardon, chef, euh, non, pardon Alex !

— Si je suis très familier avec toi, je gagne quelque chose ? Je ne sais pas, moi, des petites vacances ?

— Travail double dans tous les cas, pour tentative de corruption.

— Bon, il y a quelque chose à boire, ici ?

Alessia, l'assistante d'Alessandro, s'approche avec un verre plein.

— Voilà, du Muffato, c'est ce que tu aimes, n'est-ce pas, ch… ?

Alessandro lève un sourcil en la regardant d'un air méchant.

— Cher ami, je voulais dire cher ami, je le jure.

— Ce n'est pas très à propos non plus. Allez, amusez-vous comme si je n'étais pas là, et même comme si nous n'étions pas là.

Pietro lui vole son verre des mains et en boit avidement une gorgée.

— Eh, comment ça, comme si nous n'étions pas là ? Moi je suis là, un peu que je suis là ! Il est bon, ce vin, qu'est-ce que c'est ?

— Du Muffato.

— Je pourrais en avoir un autre, demande Alessandro à Alessia, qui remplit un autre verre et lui passe.

— Comment ça se fait que tu ne sois pas venu avec Elena ?

Pietro le regarde et fait semblant de s'étrangler. Alessandro lui donne un coup de coude.

– Elle ne pouvait pas, elle avait du travail.

Alessia lève un sourcil.

– Ah. Il y a aussi des choses à manger sur la table, si vous voulez. Moi je vais mettre des boissons au frais. Faites comme chez vous.

Alessia s'éloigne, sa robe légère et moulante met bien ses formes en valeur.

Pietro s'approche d'Alessandro.

– Mmh, vraiment bon, ce Muffato… Et ton assistante aussi est vraiment bonne. De visage, elle n'est pas terrible, mais elle a un de ces culs… Tu n'as jamais tenté ta chance ? D'après moi, elle en pince pour toi.

– Tu as fini ?

– En fait je viens de commencer. Pardon, mais pourquoi tu ne lui as pas dit que toi et Elena vous êtes séparés ?

– Nous ne nous sommes pas séparés.

– Bon, d'accord, elle t'a quitté.

– Non, elle ne m'a pas quitté.

– Et alors, qu'est-ce qui s'est passé ? C'est la meilleure, ça. Elle a disparu, quand même.

– Elle n'a pas disparu. Elle a besoin d'un moment pour elle.

– Qu'est-ce que ça veut dire, un moment pour elle ? C'est pire qu'une pause pour réfléchir… un moment pour elle. Elle est partie de la maison, elle a emporté toutes ses affaires, alors que vous étiez sur le point de vous marier. Mais tu dis qu'elle ne t'a pas quitté, qu'elle prend un moment pour elle.

Alessandro se tait et boit. Pietro insiste.

– Alors, qu'est-ce que tu dis ?

– Que c'était une connerie de lui demander de m'épouser. Ou plutôt, non, c'était une connerie de tout te raconter, ou non, de t'emmener à cette fête, et même mieux, de te laisser avoir des rapports de travail avec mon bureau, de rester ton ami…

— OK, OK, si tu es aussi susceptible que ça, ça ne m'amuse pas. Je m'en vais.

— Mais non, ne pars pas.

— Qui a parlé de partir ? Il y a plein de canons ici, je ne suis pas aussi idiot que toi qui veux te gâcher l'existence ! Je voulais dire que je m'en vais plus loin, à la pêche.

Pietro s'éloigne en secouant la tête. Alessandro se verse un peu de Muffato puis se dirige vers la bibliothèque, pose son verre et fouine parmi les livres d'Alessia. Ils sont rangés par taille et par couleur, certains par genre. Sur le canapé, quelqu'un rit, des types debout près de la table parlent fort, nouvelles en tous genres, cinéma, foot, télé. Alessandro prend un livre, l'ouvre, le feuillette et s'arrête. Il tente de lire quelque chose. « Si vous croyez au coup de foudre, vous chercherez toujours l'étincelle. » Mais ce n'était pas le slogan du film *Closer*, ça ? C'est quoi, ce livre ? Si le destin s'y met aussi… Quand tu viens de te séparer, tu as l'impression que le monde entier en a après toi. Tout le monde s'arrange pour te le faire sentir encore plus.

— Bonsoir.

Alessandro se retourne. Devant lui se tient un jeune homme petit, un peu chauve, rondouillard mais au visage sympathique.

— Tu ne te souviens pas de moi ?

Alessandro plisse les yeux en cherchant dans sa mémoire. Rien.

— Tu ne te rappelles pas, n'est-ce pas ? Allez, écoute bien ma voix… tu l'as entendue des milliers de fois.

Alessandro le regarde mais rien ne lui vient à l'esprit.

— Alors ?

— Alors quoi, tu n'as rien dit !

– OK, tu as raison. Alors… *Bonjour, c'est le bureau…* Allez, c'est facile, vraiment tu ne te rappelles pas ? Tu as entendu ma voix des milliers de fois… *Bonjour, service marketing…* Allez, je travaillais avec Elena !

Encore. Mais c'est une blague ? Vous m'en voulez tous ?

– Mais si, une fois tu es passé la voir, moi j'avais le bureau à la droite du sien.

– Oui, c'est vrai, maintenant je m'en souviens.

Alessandro essaie d'être gentil.

– Non, moi je pense que tu ne t'en souviens pas du tout. Quoi qu'il en soit, je n'y suis plus, ils m'ont changé de service, ou plutôt ils m'ont donné deux jours de vacances. Demain j'ai un entretien parce que je commence un nouveau travail, toujours au sein de la boîte, hein… Comment ça se fait qu'Elena ne soit pas venue ?

Alessandro n'en croit pas ses oreilles. Encore.

– Elle avait du travail.

– Ah oui, c'est possible, elle travaille toujours tard.

– Ce n'est pas seulement possible, c'est comme ça.

– Oui, bien sûr, je disais c'est possible… juste comme ça, pour dire quelque chose.

Quelques instants de silence. Alessandro tente d'échapper à cette situation embarrassante.

– Bon, moi je vais prendre quelque chose à boire.

– Bien, moi je reste ici. Je peux te demander juste une chose ?

Alessandro soupire, inquiet mais essayant de ne pas le montrer. Il espère juste que l'autre ne lui parle pas encore d'Elena.

– Bien sûr, dis-moi.

– D'après toi, pourquoi les gens ne se souviennent jamais de moi ?

— Je ne sais pas.

— Comment ça, toi qui es un grand publicitaire, toi qui as eu l'intuition d'un tas de campagnes, toi qui sais toujours tout… Quoi qu'il en soit… Je m'appelle Andrea Soldini.

— Enchanté, Andrea… Et quoi qu'il en soit… Je ne sais pas toujours tout.

— Oui, bon, en gros tu n'as pas d'explication à me donner ?

— Je ne sais pas. Moi je fais des publicités qui cherchent d'une manière ou d'une autre à mettre un produit en valeur, je ne peux quand même pas faire un spot sur toi.

Andrea baisse les yeux, déçu. Alessandro se rend compte qu'il a été impoli et tente de récupérer la situation.

— C'est-à-dire, là je ne vois pas du tout. Je veux dire… Je ne peux pas faire un spot sur toi, là tout de suite. Maintenant je vais prendre quelque chose à boire et j'y réfléchis, OK ?

Andrea s'illumine et sourit.

— Merci… sérieusement, merci.

Alessandro soupire. Bon, au moins il s'en est sorti.

— OK, alors je vais vraiment me chercher quelque chose à boire.

— Bien sûr. Tu veux que j'y aille pour toi ?

— Non, non, merci.

Alessandro s'éloigne. Regarde-moi ça. J'avais vraiment besoin d'aller à une fête ce soir et de tomber sur un type comme lui. Bah, il doit être sympathique, au fond. Mais bon, je ne peux pas perdre mon temps à me demander pourquoi quelqu'un ne fait pas d'effet, pourquoi on ne se souvient pas de lui. Il dit qu'il était dans le bureau de droite. Je ne me rappelle même pas qu'il y avait un bureau à droite. De deux choses l'une, Alex :

soit tu n'avais d'yeux que pour Elena, soit ce type passe vraiment inaperçu. Il te reste à espérer qu'on ne te confie jamais une campagne publicitaire sur un produit comme Andrea Soldini. Cette idée amuse Alessandro, et avec ce sourire, le premier de la soirée, il se dirige vers le buffet et prend quelque chose à manger. Tout près, deux filles superbes, des étrangères, lui sourient.

— C'est bon, n'est-ce pas ? dit l'une d'elles.

Alessandro sourit pour la deuxième fois de la soirée.

— Oui, c'est bon.

L'autre fille sourit à son tour.

— C'est bon… Ici tout est bon.

Alessandro lui sourit, à elle aussi. Troisième sourire.

— Oui, c'est bon.

Elles doivent être russes. Puis il se tourne. Sur le canapé, non loin de là, Pietro le regarde. Il est assis à côté d'une belle fille brune, aux cheveux longs, qui se penche en avant et rit à quelque chose qu'il vient de lui dire. Pietro lui fait un clin d'œil de loin et lève son verre comme pour trinquer. Il bouge les lèvres en prononçant : « Tu attaques fort ! »

Alessandro lève la main, comme pour dire « advienne que pourra », puis il se verse un autre verre de Muffato et, après avoir contrôlé qu'Andrea n'est plus sur son chemin, il se rend sur la terrasse, laissant ses trois sourires à la table du buffet. Il pose ses coudes sur la rambarde et sirote son vin. Il est bon, frais comme il faut en cette soirée pas trop chaude pour un mois d'avril. Des voitures au loin, sur la rive gauche du Tibre qui court lentement, en silence. De la terrasse, le fleuve a même l'air plus propre. Quand je pense que je pourrais être là, naviguant vers Ostia, accompagné par une horde de rats. Comme dans ce film qu'ils montrent toujours dans *Blob*, ce type qui va sous l'eau, vers le fond. Ou bien comme à la fin de *Martin Eden*, quand il nage vers le fond, mordu par un serpent de mer, et qu'il veut mourir après avoir découvert que la femme qu'il aime est stupide. Stupide. Stupide comme la mort qui nous attend, désœuvrée. Si je m'étais jeté, je suis sûr que je serais mort, à la différence de James Stewart, mordu à la fois par un serpent de mer et par un rat... Mon ange gardien s'en est allé depuis longtemps.

— À quoi tu penses ?

Alessia arrive de derrière.

— Moi ? À rien.

— Comment ça, à rien ? Il ne t'arrive jamais de ne penser à rien. Ton cerveau est directement sous contrat avec notre entreprise.

— Bah, alors ce soir ils lui ont donné une autorisation de sortie.

— Tu devrais t'en prendre une toi aussi, de temps en temps. Tiens, dit-elle en lui tendant un verre. J'étais sûre que tu l'aurais déjà terminé. Celui-là, c'est un Passito di Pantelleria. Encore meilleur, à mon avis. Goûte-le.

Alessandro boit lentement.

— Oui, c'est vrai, il est bon. Délicat...

Un vent léger, un vent du soir malicieux, tente de mettre un peu d'ambiance. Alessia s'appuie elle aussi à la rambarde et regarde au loin.

— Tu sais, c'est tellement agréable de travailler avec toi. Je te regarde, quand tu es dans le bureau. Tu passes ton temps à te promener, à tourner en rond sur le tapis... toujours en rond, désormais tu as laissé une trace. Un arrondi à la Giotto. Et de temps en temps tu regardes vers le plafond, mais tu regardes au loin... C'est comme si tu voyais plus loin que ce plafond, plus loin que l'immeuble, plus loin que le ciel, plus loin que la mer, tu vois loin, tu vois des choses...

– Oui, des choses que vous, humains… Allez, ne te moque pas de moi.

– Non, je suis sérieuse, je le pense. Tu es en parfaite harmonie avec le monde et tu réussis à rire de ce qui se passe parfois et que nous sommes contraints de subir… Comme par exemple une histoire d'amour qui finit. Je suis sûre que, si c'était la tienne, tu arriverais à en rire.

Alessandro regarde Alessia. Ils se fixent pendant un moment, mais elle est un peu gênée. Alessandro prend une autre gorgée du Passito qu'elle lui a apporté et regarde à nouveau entre les toits des maisons.

– C'est l'avocat qui te l'a dit, pas vrai ?

– Oui, mais j'aurais compris toute seule. Je crois que cette Elena ne mérite même pas ton « mépris sentimental ».

Alessandro secoue la tête.

– Il t'a dit ça aussi.

Alessia se rend compte que cette fois, c'est lui qui est gêné.

– Allez, cher ami, si tu savais combien j'en ai quitté, moi… et combien m'ont quittée !

– Non, je ne sais pas. Personne ne vient me raconter tes histoires.

– Pardon, tu as raison. Mais n'en veux pas à ton ami. Pietro voudrait juste te voir à nouveau joyeux. Il m'a chargée de te faire sourire. Enfin, il aurait peut-être mieux fait d'envoyer une de ces Russes, non ?

– Mais qu'est-ce que tu racontes…

Il n'y a rien de pire, quand tu te sens mal, que quelqu'un tente de te charger de ses problématiques stupides. D'abord, ce type qui veut que tout le monde se souvienne de lui. Voilà, tu vois, j'ai déjà oublié son nom. Ah, oui : Andrea Soldini. Et maintenant, Alessia et son désir d'être au centre de l'attention. Ou mieux, d'être elle-même le remède adapté. Quelle fatigue… Alessandro s'approche d'elle. Elle est tournée de l'autre côté, elle regarde au loin, vers une route qui disparaît derrière un virage. Alessandro lui pose un bras sur l'épaule. Elle pivote, légère, et sourit. Mais il la précède et l'embrasse sur la joue.

— Merci. Tu es un médicament prodigieux. Tu vois, tu agis en quelques secondes… je souris déjà !

— Dégage ! Alessia sourit et hausse les épaules. Il faut toujours que tu te moques de moi.

— Mais non, je suis sérieux.

Alessia le regarde.

— Il n'y a rien à faire. Vous, les hommes…

— Ne me sors pas l'habituel « vous êtes tous les mêmes », parce que c'est un spot éculé, et je ne m'attendrais vraiment pas à ça de toi.

— En effet, je te dis autre chose : vous, les hommes, vous êtes tous à votre manière victimes d'une femme. Mais ça vous sert. Et tu sais à quoi ? À vous justifier du mal que vous ferez à la suivante.

Alessia fait mine de s'en aller, mais Alessandro l'arrête.

— Alessia ?

— Oui, je t'écoute ?

— Merci.

Alessia se tourne.

— Pas de quoi.

— Non, sérieusement. Ce Passito est délicieux.

Alessia secoue la tête, puis sourit et retourne dans l'appartement.

7

Glacier Alaska. Les Ondes sont assises sur des chaises en métal placées à côté de l'entrée. Olly a les jambes allongées et posées sur une chaise devant elle.

– Mmm, ici la glace est vraiment à tomber !

Elle la lèche goulûment, et donne aussi un petit croque.

– À mon avis, ils mettent une drogue dans le chocolat noir. C'est pas possible, l'effet qu'il me fait.

Juste à ce moment-là, deux types passent devant elles. L'un d'eux porte un blouson en tissu noir avec écrit derrière « Surfer ». Celui de l'autre est rouge et porte l'inscription « Fiat ». Ils bavardent, plaisantent et entrent chez le glacier.

– Oh, la dernière « Fiat » me fait aussi un certain effet.

Niki rit.

– Et tu ne ferais pas un peu de « surf », aussi ?!

– Non, ça non… j'ai déjà donné.

– Olly, mais tu te moques de nous ! Je ne peux pas croire que tu sois sortie avec lui aussi.

– Moi, intervient Diletta, je pense qu'elle le dit exprès parce que je suis là. Elle veut me faire enrager. Elle veut que je pense à tout ce que je suis en train de perdre.

– Mais je ne suis pas sortie avec lui. Juste quelques petits tours en voiture.

Un scooter arrive à toute allure, le conducteur freine à un millimètre d'elles, descend et le met en hâte sur la béquille.

– Ah, vous êtes là !

C'est Gio', le petit ami d'Erica.

– Je vous ai cherchées partout !

– On est allées faire un tour.

– Oui, je sais.

Erica se lève et l'enlace. Ils s'embrassent légèrement sur la bouche.

– Mon amour… j'adore quand tu fais le jaloux.

– Qui parle de jalousie ? J'étais inquiet. Il y a eu une descente de police à l'Eur, il y avait un BoumBoumCar, ils ont arrêté plein de gens pour vol de voitures, paris clandestins et association de malfaiteurs.

– Eh, boum, boum pour de bon ! Association de malfaiteurs, on aura tout vu.

Olly lève les jambes de la chaise et mord une dernière fois dans sa glace.

– Et bande armée, aussi, tant que tu y es !

– Je suis sérieux ! C'est Gangi qui me l'a dit, il y était, il a réussi à s'échapper quand ils sont arrivés.

– Mince, alors c'est vrai, dit Diletta en se levant. Gangi était bien là-bas.

– Alors vous aussi, vous y étiez, dit Gio' en regardant Erica d'un air fâché.

– J'y suis allée avec elles.

– Je m'en fiche que tu y sois allée avec elles, je ne veux pas que tu y ailles, un point c'est tout.

– Bien sûr, intervient Olly en secouant la tête, tu es jaloux de Fernando, celui qui prend les paris.

– Mais qu'est-ce que tu racontes… Je suis inquiet pour elle, un point c'est tout. Imagine si elle s'était fait arrêter. Ils ont arrêté des gens, hein ! Tu n'as peut-être pas bien compris.

– Bah, s'ils l'avaient arrêtée… ils l'auraient arrêtée, répond sereinement Olly.

Gio' serre le bras d'Erica.

– Mon amour, pourquoi tu ne me l'as pas dit ?

Erica se libère de son étreinte.

— Encore. On dirait mon père. Lâche-moi un peu ! Je te l'ai dit, j'étais avec mes amies.

Puis elle ajoute doucement :

— Et je n'ai pas envie qu'on se dispute devant elles, arrête un peu.

— OK, comme tu veux.

Le portable de Niki se met à sonner. Elle sort le petit Nokia de la poche de son pantalon.

— Mince, c'est ma mère, qu'est-ce qu'elle veut, à cette heure-ci ? Allô, maman, quelle bonne surprise ?

— Où es-tu ?

— Pardon, mais tu ne me dis même pas bonsoir ?

— Bonsoir. Où es-tu ?

Niki soupire et lève les yeux au ciel.

— Pfff. Je suis à Corso Francia, je mange tranquillement une glace avec mes amies. Qu'est-ce qu'il y a ?

— Ah, tant mieux. Excuse-moi mais on vient de rentrer à la maison, ton père a allumé la télé et au JT de minuit ils ont dit qu'ils arrêtaient des jeunes à l'Eur. Ils ont dit les noms et il y avait le fils de nos amis, Fernando Passino…

— Qui ?

— Tu sais, celui que tu vois de temps en temps, allez, ne fais pas semblant de ne pas comprendre ! Tu le connais, Niki, ne me mets pas en colère, il est dans le groupe que vous fréquentez. Bon, ils n'ont dit que les noms des majeurs, bien sûr, mais j'ai eu peur que tu y sois toi aussi.

— Mais maman, qu'est-ce que tu racontes ? Pour qui tu me prends ?

Niki écarquille les yeux, ses amies s'approchent, curieuses. Elle agite la main comme pour dire « vous n'imaginez pas ce qui s'est passé ! ».

— Mais maman, pourquoi ils les ont arrêtés, je n'ai pas compris ? Qu'est-ce qu'ils ont fait ?

– Bah, je n'ai pas bien entendu, quelque chose avec des voitures, du vol de voitures, je n'ai pas bien compris... Ah, si, un truc genre stumpcar.

– Mais non, c'est le BoumBoumCar, maman.

– Oui, c'est ça. Mais comment tu le sais ?

Niki serre les dents et tente de rattraper le coup.

– Giorgio vient d'arriver, le copain d'Erica, il nous l'a raconté. Il a entendu ça à la radio mais on n'arrivait pas à y croire.

Olly et Diletta rient sous cape. Puis Olly mime une griffe avec sa main et imite un chat en train de glisser sur une vitre. Niki essaye de lui donner un coup de pied, et surtout de ne pas rire.

– Ah, tu vois que je ne te raconte pas d'âneries, continue la maman, tu as vu, ça s'est vraiment passé. Écoute, tu veux bien rentrer à la maison ? Il est presque minuit.

– Maman, c'est Cendrillon que tu voulais pour fille ? Allez, j'arrive. Ciao ! Bisous, bisous, bisous, je t'aime.

– Oui, bisous, bisous, bisous, mais tu rentres, hein ?

Elles raccrochent.

– Merde, mais alors ce que nous a dit Gio' est vrai.

– Mais pourquoi je vous aurais menti ? Pour quelle raison ?

– Allez, les filles, on rentre, on en apprendra plus demain dans le journal.

Les Ondes se dirigent qui vers sa voiture sans permis, qui vers son scooter.

Olly monte sur son scooter, met son casque et démarre.

– Sale soirée, pas vrai ?

Niki sourit et monte elle aussi sur son scooter.

– Tu sais ce que je pense ? À mon avis, c'est Gio' qui a appelé la police, comme ça il s'est débarrassé de Fernando pour un moment.

Diletta rit.

– Ce qui est sûr, c'est que vous êtes de vraies vipères !
Moi, je crois qu'avec vous, le secret c'est de toujours
rester jusqu'à la fin, comme ça vous ne pouvez pas trop
médire.

– Ah, oui ? En effet, sourit Niki. De toute façon, avant
de m'endormir, c'est sûr, j'enverrai à Olly un texto avec
une méchanceté à ton sujet. Désolée, mais rien ne peut
nous arrêter.

Sur ces mots, elle démarre son scooter, met les gaz et
s'éloigne en écartant les jambes, en les levant au vent,
amusée de goûter à cette stupide, petite, splendide
liberté.

8

Alessandro est sur la terrasse. Il regarde au loin en
quête de qui sait quelle pensée. Un peu de mélancolie
et la dernière gorgée de Passito, un peu plus sucrée.
Puis il rentre, pose son verre dans la bibliothèque, près
d'un livre. *Aphorismes. Le Sable et l'Écume.* Gibran. Il
en feuillette quelques pages. « Par sept fois j'ai méprisé
mon âme. La première fois, ce fut quand je la vis, crain-
tive de pouvoir toucher les sommets. La deuxième
fois, ce fut quand je la vis boiter devant un estropié.
La troisième fois, ce fut quand elle eut à choisir entre
vie ardue et vie facile, et qu'elle choisit la vie facile. La
quatrième fois… » Stop. Je ne sais pas pourquoi, mais
quand tu te sens mal, tu as l'impression que tout a un
double sens. Alessandro le referme et part à la recherche
de Pietro. Rien. Il n'est pas au salon. Il regarde mieux

parmi les gens, dans les coins, il se déplace et passe devant quelqu'un… Ah. Ce n'est pas « quelqu'un ». C'est Andrea Soldini, et il est avec une très belle fille, grande. Andrea lui sourit. Alessandro lui rend son sourire mais continue à chercher Pietro. Rien. Il ne serait quand même pas… Il ouvre la porte de la chambre à coucher. Rien. Juste quelques vestes jetées sur le lit. Les armoires sont ouvertes. Il se dirige vers la salle de bains, tente de l'ouvrir. Elle est fermée à clé. Il réessaye. Une voix masculine à l'intérieur dit : « Occupé ! Si c'est fermé, c'est fermé, non ? » C'est une voix profonde et vraiment agacée. Quelqu'un de vraiment occupé. Et ce n'est pas Pietro. Alessandro va à la cuisine, la fenêtre est grande ouverte. Un rideau clair et léger joue avec le vent. Et avec deux personnes. Il se pose contre le dos d'un homme, le caresse presque alors que celui-ci plaisante avec une belle fille, assise les jambes écartées sur une table. L'homme se tient devant elle, debout entre ses jambes. Sa main est levée au-dessus de la tête de la fille et laisse pendre une cerise. Il la fait descendre tout doucement puis la relève, tandis que la fille, faussement dépitée, rit et boude de n'avoir pas réussi à l'attraper avec sa bouche. Elle a envie de cette cerise, et peut-être de plus encore. Cet homme le sait, et il rit.

– Pietro !

Pietro se tourne vers Alessandro. La fille en profite pour manger la cerise qu'elle attrape avec sa bouche dans les mains de Pietro.

– Regarde ce que tu as fait. Elle m'a volé la cerise, c'est ta faute.

La fille rit et mâche la bouche ouverte. Sa langue prend une teinte cerise et ses mots se colorent de rouge, de parfum, de désir, de sourire.

– Elle est bonne ! J'ai gagné, j'ai droit à une autre. Allez, une cerise en appelle une autre. C'est toi qui l'as dit, tout à l'heure…

– Bien sûr, voilà.

Pietro lui en donne une autre et la Russe crache d'abord le noyau de celle qu'elle vient d'avaler dans un verre, visant en plein centre, puis elle attrape l'autre et la met dans sa bouche. Pietro s'approche d'Alessandro.

– Voilà, tu vois, le jeu est terminé. Moi je voulais continuer à la faire souffrir un peu… une cerise en appelle une autre… elle en avait de plus en plus envie, et moi à la fin je lui donnais la cerise, mais aussi… boum…

Pietro pince Alessandro entre les jambes.

– Une banane !

Pietro rit alors qu'Alessandro est quasiment plié en deux.

– Tu es vraiment stupide.

La Russe secoue la tête et rit, puis mange librement une autre cerise. Alessandro s'approche de Pietro et lui dit doucement :

– Donc, tu as deux enfants, bientôt quarante ans, et tu en es encore là. Moi, dans trois ans, je serai comme toi ? Je suis inquiet. Très inquiet.

– Pourquoi ? Tu sais, en trois ans, beaucoup de choses peuvent changer. Tu pourrais te marier, avoir des enfants, et puis draguer toi aussi une étrangère… Tu peux y arriver, tu peux faire aussi bien que moi, et même mieux. C'est toi qui me l'as dit ! Avec cette publicité pour Adidas, *Impossible is nothing*, et tu ne l'appliques pas à toi-même ? Allez, merde, tu peux le faire. On va chez toi ? Allez, prête-moi ton appart, juste pour ce soir.

– Et puis quoi encore, tu es fou ?

– C'est toi qui es fou ! Putain, mais quand est-ce que ça me tombera à nouveau entre les mains, une Russe comme ça ? Tu as vu comme elle est belle ?

Alessandro s'éloigne un peu de l'épaule de Pietro.

– Oui, en effet…

– Comment ça, « en effet » ? C'est une vraie bombe. Une Russe, jambes interminables. Regarde, regarde comment elle mange les cerises… Imagine quand elle mange…

Pietro siffle en le pinçant entre les jambes.

– Oui, la banane. Aïe, allez, arrête…

La Russe rit à nouveau. Pietro, pour tenter de convaincre Alessandro, lui montre une enveloppe dans la poche de sa veste.

– Regarde ça, j'en ai fini avec le procès de Butch & Butch. Vous êtes à nouveau dans le circuit, vous avez une clause qui vous garantit deux autres années. J'ai déjà envoyé la lettre recommandée, allez, j'aurais dû attendre une semaine avant de le faire, mais je te la donne ce soir. D'accord ? Imagine, tu vas faire sensation au bureau. Tu ne seras plus le chef. Tu seras le grand chef. Mais en échange…

– Bon, ça va, viens prendre un verre chez moi. Et invite aussi…

Alessandro indique la Russe.

– Bravo, tu vois qu'avec toi les négociations finissent toujours par aboutir ?!

– Bon, mais rappelle-toi qu'on est pas dans *Juste un baiser*. Moi je ne veux pas d'ennuis, d'accord ? Tu règles ça tout seul avec Susanna, tu ne m'impliques pas dans vos histoires.

– Régler ça ? Facile. Je dirai que je suis resté chez toi jusqu'à tard. C'est la vérité, non ?

– Oui, oui… la vérité.

– Et puis, pense à combien ça va être bon. Autre chose que cette salade… Cerises, bananes et elle. C'est ça, la vraie salade russe !

– C'est ça. Dis-moi, pourquoi, au lieu de devenir avocat, tu ne t'es pas lancé dans le cabaret ?

– Tu aurais écrit mes textes ?

– Bon, je t'attends là-bas. Je vais dire au revoir à Alessia. D'ailleurs, à ce propos…

– Oui, je sais, je n'aurais pas dû lui dire pour Elena, mais je l'ai fait pour toi, je le jure. Le jour où tu te la feras, tu penseras à moi…

– C'est ça, je penserai à toi.

– D'accord, alors quand tu te la feras tu ne penseras pas à moi. Mais ensuite tu y réfléchiras et tu comprendras que tout aura eu lieu grâce à moi.

– Tu n'as pas compris. Je n'aurai jamais d'histoire avec Alessia.

– Et pourquoi pas ?

– Je ne veux pas d'histoire au boulot.

– Pardon, mais alors, Elena ?

– Quel rapport, elle n'est entrée dans la boîte qu'après. Et puis, elle est dans un autre département, ça n'a rien à voir.

– Et alors ?

– Alors, Alessia est mon assistante.

– C'est encore mieux, tu peux te la faire au bureau. Pratique, non ? Vous vous enfermez et personne ne peut rien vous dire.

– OK, voilà ce qu'on va faire. Merci beaucoup pour tout. Ça va comme ça ? Maintenant, je vais lui dire au revoir, et puis on s'en va. J'en ai marre.

Alessia, au salon, bavarde avec une amie.

– Ciao, Alessia, nous on y va, on se voit demain au bureau. J'ai appris qu'on était convoqués chez le vrai chef, mais je ne sais pas pourquoi.

– Bah, on le saura bien assez vite.

Alessia se lève et l'embrasse sur les deux joues.

– OK, ciao, merci d'être passé, ça m'a fait plaisir. Dis au revoir de ma part à ton garde-corps…

– Oui, mon colporteur-de-ragots. Je l'emmène toujours, au cas où j'aurais oublié de raconter à quelqu'un une de mes histoires privées…

Alessia balance la tête en arrière et ouvre les bras, comme pour dire « allez, pardonne-lui ! ».

Alessandro salue poliment l'autre fille sur le canapé, qui se contente pour toute réponse de lever le menton en esquissant un sourire.

Il n'y a plus personne à qui dire au revoir. Bien. Alessandro se dirige vers la porte de l'appartement. Au bout du couloir, il trouve Pietro avec la Russe. Mais ils ne sont pas seuls.

– Et elles ?

Deux filles, quasiment les mêmes que la mangeuse de cerises, se tiennent debout près de Pietro.

– Elle a dit qu'elle ne viendrait pas sans ses amies. Allez, c'est seulement pour boire un verre. Et puis, pardon, mais ce sont vos mannequins, non ? Pour votre campagne actuelle ? C'est toi qui les as choisies.

– D'accord ; mais je les ai choisies pour travailler.

– Il faut toujours que tu exagères. Tu sais, aujourd'hui beaucoup de gens emmènent du travail chez eux.

– Ah, voilà. Pardon, mais pendant que toi tu travailles, moi je vais devoir faire la conversation aux deux autres ? Au moins, j'aurais pu aller me coucher. Demain je me lève tôt, sérieusement, j'ai une réunion importante. Non, vraiment, ça ne va pas être possible.

– Mais moi, comme d'habitude, j'ai pensé à tout. Regarde !

Andrea Soldini se matérialise derrière Pietro.

– Alors, on y va ?

Cherchant à avoir l'air sûr de lui, il enlace une Russe et précède Pietro hors de l'appartement. Pietro regarde Alessandro et lui fait un clin d'œil.

– Tu vois ? C'est lui qui s'en occupera, Soldini, un causeur-né. Il était au bureau à droite de celui d'Elena, dit Pietro en faisant un autre clin d'œil à Alessandro.

– Oui, je sais.

– Mais tu t'en souvenais ?

– Moi ? Non, c'est lui qui me l'a dit.

Ils sortent tous, accompagnés d'un sachet de cerises que Pietro a caché dans la poche de sa veste. Devant la résidence, ils montent en voiture.

– Mince ! Elle est vraiment belle, cette Mercedes, c'est la nouvelle MI, pas vrai ?

Andrea se met à tout toucher, puis sautille, amusé, sur la banquette arrière.

– Elle est super confortable, en plus !

Pietro s'installe entre les filles.

– Oui, elle n'est pas mal… Mais ces deux-là sont un véritable enchantement… et puis, regarde ça…

Il sort de sa veste une bouteille de Passito.

– Encore fraîche et tout juste débouchée ! Je vous en prie.

D'une autre poche, il sort des verres.

– Pardon, hein, ils sont en plastique. Dans la vie, on ne peut pas tout avoir, mais il faut aspirer à tout. Parce que le bonheur n'est pas un point d'arrivée, mais un style de vie…

Alessandro, qui conduit, le regarde dans le rétroviseur.

– Tu l'as entendue où, celle-là ?

– Désolé de le dire, mais ça vient d'Elena.

Elena. Elena. Elena.

– Mais tu la voyais souvent, Elena ?

– Pour le travail, toujours uniquement pour le travail.

Puis, pour plaisanter, Pietro glisse une main entre les jambes d'une des Russes, mais sans la toucher. Il l'effleure à peine. Puis il lève la main, comme s'il avait trouvé quelque chose.

– Et voilà.

Il ouvre sa main.

– Une vraie cerise ! Voilà pourquoi elles sont aussi sucrées !

Et il l'offre à une autre fille, assise à côté de lui, qui la mange de bon cœur et rit.

– Mmm. Elle est bonne.

Pietro lève un sourcil.

– La soirée est prometteuse.

– Pardon, Alessandro, mais on va chez toi, c'est ça ?

Alessandro acquiesce à Andrea.

– Et alors ?

– Et alors qu'est-ce qu'elle va dire, Elena, quand elle nous verra arriver avec ces trois petites cerises ?

Pietro se penche en avant et lui donne une claque sur l'épaule.

– Bravo ! Elle est bonne !

Puis il croise le regarde d'Alessandro dans le rétroviseur et se reprend.

– Hum, excellente observation. Qu'est-ce que tu réponds ?

– La vérité. Elena est partie pour le travail, elle rentre dans deux jours.

– Ah, d'accord, alors on est plus tranquilles.

– Je ne vous demanderai qu'une chose.

– Attends, je devine : pas un mot sur cette soirée, c'est ça ? dit Pietro.

– Oui, c'est ça. D'ailleurs, je vais même vous en demander une deuxième : ne me parlez plus d'Elena.

– Pourquoi ? demande Andrea avec ingénuité.

– Parce que je me sens coupable.

Pietro écarquille les yeux, puis croise le regarde d'Alessandro dans le rétroviseur et, par un clin d'œil, promet le silence absolu. De toute façon, quand on est amis…

9

Nuit de fenêtres ouvertes pour accueillir un signe du printemps. Nuit de couvertures qui protègent et de souvenirs qui laissent des doutes et un peu d'amertume dans la bouche. Niki se tourne et se retourne. Le passé, parfois, rend les coussins inconfortables. Mais qu'est-ce que l'amour ? Y a-t-il une règle, une manière, une recette ? Ou tout n'est-il que hasard, auquel cas il ne reste plus qu'à espérer avoir de la chance ? Des questions difficiles, alors que l'horloge en forme de planche de surf, sur la table de nuit, indique minuit. Fabio. Drôle, ce jour-là. Beau, aussi. Je me le rappelle encore. Septembre. Air doux et ciel bleu foncé de début de soirée. Lui et les autres, un concert improvisé dans une baraque abandonnée, une scène à inventer, pendant que sur un mur en carton-pâte quelques *writers* s'adonnent à un concours de sprays et graffitis. Et nous, arrivées là par hasard, grâce au téléphone arabe de la rue. J'aime son style. Paroles de feu pour des chansons funky qui griffent le cœur. Et Olly qui n'arrête pas de dire qu'il est canon. Et moi qui, quand elle le dit, sens un drôle de soupçon d'agacement. Parce qu'il est mignon. Je m'en rends compte. De temps en temps, nous nous regardons, et il se tourne vers moi pendant qu'il chante. Émotion de deux êtres qui jouent à distance sur une scène improvisée, entre le scratch et les gens qui font du popping, cette danse rapide et explosive sur des rythmes agités. Et puis, surprise, je le retrouve au lycée, dans une autre section, et je découvre que nous avons le même âge, qu'il me regarde et me sourit. Oui, il est vraiment mignon. Commencer à sortir ensemble après les cours, pour un tour de scooter, une glace, quelques bières dans un centre social, des concerts dans des caves. Jusqu'à ce que tout ça devienne un baiser au milieu des sons et des couleurs d'un samedi soir dans une boîte. Puis le voyage continue, et le voyage devient une soirée tous les deux seuls ici, à la maison, mes parents à un de leurs dîners et mon frère qui dort chez Vanni. Une maison trop grande pour un amour peut-être trop petit. Lui avec une fleur. Une seule parce que, dit-il, au moins elle est spéciale, unique, elle n'est pas perdue dans un bouquet où elle se confond. Un baiser. Pas seulement un. Un autre. Et un autre encore. Des mains qui s'enlacent, des yeux qui se cherchent et qui trouvent des espaces et des panoramas nouveaux. Cette fois-là. Moment unique. Que tu voudrais sans fin. Qui devrait être le début de tout. Se découvrir vulnérables et fragiles, curieux et doux. Une explosion. Moi qui réunis les Ondes à l'école le lendemain, qui leur raconte tout, qui me sens grande. Lui qui me cherche, vient me chercher et me dit : « Tu es à moi. Tu ne me quitteras jamais. Nous sommes trop bien ensemble. Je t'aime. » Et encore : « Où tu étais ? Qui c'était, celui-là ? Mais pourquoi ce soir tu ne viens pas avec moi au lieu d'aller danser avec tes copines ? » Et comprendre que, peut-être, aimer est autre chose. C'est se sentir léger et libre. C'est savoir qu'on ne prétend pas au cœur de l'autre, il ne nous est pas dû, on n'y a pas droit par contrat. Il faut le mériter chaque jour. Et le lui dire. Lui dire à lui. Et comprendre en écoutant ses réponses qu'il faut peut-être changer. Il faut partir pour retrouver la voie. Fabio qui me regarde, en colère, debout devant le portail. Et qui dit que non, que je me trompe, que nous sommes heureux ensemble. Il me prend par un bras, le serre fort. Pourquoi, quand quelqu'un que tu veux s'en va, tu essayes de le retenir avec les mains ? Tu crois ainsi accrocher son cœur ? C'est le contraire. Le cœur a des jambes que tu ne vois pas. Et Fabio s'en va en disant que je le lui paierai, mais l'amour n'est pas une dette à rembourser, il ne fait pas crédit, il n'accepte pas les ristournes.

Deux larmes coulent doucement, timides et inquiètes de salir le coussin. Niki l'enlace complètement. Et, pendant un instant, elle se sent protégée par cette couverture qui la sépare du monde.

Minuit et demi. Niki se tourne à nouveau. Le coussin la gêne. Comme une pensée pointue placée sous le matelas. Le bruit d'un verrou qui s'ouvre. Un rayon de lumière arrive du couloir.

– C'est sûr, les Frascari sont vraiment un couple absurde ! Mais tu l'as entendu, lui ? Se fâcher parce que sa femme ne s'est pas inscrite avec lui à son cours de tango ! Mais si elle n'aime pas danser, elle !

Simona pose les clés sur la console, comme d'habitude. Niki entend le bruit. Elle l'imagine. Elle les écoute parler.

– Oui, mais pour lui ça serait un geste d'amour. Il sait qu'elle n'aime pas danser, mais pour une fois il voudrait qu'elle fasse quelque chose pour lui.

– Oui, mais tu ne peux pas prétendre que quelqu'un, sous prétexte qu'il t'aime, supporte de faire quelque chose qui ne l'intéresse pas ! Il devrait lui dire : « Ma chérie, fais ce qui te plaît, et puis le soir à la maison on se raconte notre journée ! » C'est plus amusant, comme ça, au moins il y a de l'échange…

– Oui, je sais, par exemple toi tu vas faire de l'aérobic pendant que je joue au tennis.

– Et je n'ai jamais rêvé de te demander de te mettre des bouées et de suivre le cours avec moi et dix-neuf autres femmes !

– Oui, qu'est-ce que je ferais, moi, au milieu de vingt femmes, habillé comme une invention de Léonard de Vinci ?! Mmm… attends… vingt femmes, tu as dit ?!

– Idiot ! De toute façon, elles sont toutes névrosées. Tu es tombé sur la meilleure…

Le bruit d'une chaise que l'on déplace, comme si on la poussait. Puis le silence. Ce silence plein. Profond. Le silence des baisers. Celui qui parle de rêves et d'enchantements, de trésors cachés. Les plus beaux. Niki le sait. Et tout en serrant plus fort son coussin elle pense que le vrai amour est peut-être celui dont s'aiment ses parents. Un amour simple, fait de journées ensemble, chacun avec ses propres occupations et ses propres hobbys. Un amour fait d'éclats de rire et de plaisanteries quand on rentre le soir, de petits déjeuners préparés le matin, d'enfants à élever, de projets qui restent à faire. Oui, mes parents s'aiment. Et ils n'ont pas été le premier amour l'un pour l'autre. Ils se sont connus après avoir aimé d'autres gens. Peut-être que je dois voyager avant de

comprendre quelle est la bonne destination pour moi.
Peut-être que chaque fois que tu aimes, c'est la première
fois.

10

– Quelle belle maison, dit une des Russes.

Alessandro la regarde et sourit. Elena ne l'avait jamais
dit ! Il a à peine le temps d'ouvrir la porte qu'Andrea
Soldini se glisse à l'intérieur et commence à tourner dans
le salon.

– Très belle… Ah, attends, je les avais vues, ces
photos. Oui, Elena les avait apportées au bureau parce
qu'elle devait les faire encadrer. Elles vont vraiment bien
ici… Ce sont des photos de tes travaux, non ?

– Oui.

Alessandro fait entrer Pietro et les trois Russes.

– Alors, ça, c'est le salon, là la salle de bains pour les
invités, là-bas la cuisine, continue-t-il suivi par le petit
groupe, la chambre d'amis, avec une autre salle de bains,
OK ? Si par hasard vous deviez vous en servir…

Pietro et Andrea se regardent en souriant.

– Oui, fait Andrea, si par hasard.

– Voilà, l'important est que tout se déroule dans le
plus grand silence. Parce qu'il est…

Alessandro regarde la pendule.

– … presque deux heures, et moi je vais me coucher… Là-bas.

Il indique une grande chambre au fond du couloir qui
part du salon.

– Eh, je ne me rappelais pas que c'était comme ça, ici, dit Pietro d'un air satisfait.

– En effet, ce n'était pas comme ça. Elena a voulu faire des travaux.

– Mais, comment, justement maintenant, alors que…

Puis Pietro se souvient de la présence d'Andrea.

– Justement maintenant ?

– Non, je disais, mais justement maintenant… D'habitude on les fait plutôt en été, les travaux, pas en hiver !

– C'est vrai… Excuse-moi, Alessandro, mais alors je comprends pourquoi tu es aussi stressé.

– Mais je ne suis pas stressé.

– Si, pour être stressé, tu es stressé. Tu veux une cerise ?

– Non, merci, je vais me coucher.

– Une salade russe ?

– Non plus.

– Tu vois que tu es stressé !

– Bon, allez, bonne nuit. Ne faites pas de boucan et, quand vous partez, fermez la porte doucement, les voisins se plaignent quand elle claque.

Pietro hausse les épaules.

– Absurde. On devrait leur faire un procès.

Alessandro s'enferme à clé dans sa chambre, se déshabille rapidement, se lave et se glisse dans son lit. Il allume la télé et zappe un peu à la recherche de quelque chose, mais rien n'éveille sa curiosité. Il se lève. Il ouvre l'armoire qui était celle d'Elena. Vide. Il regarde dans les tiroirs. Rien que quelques petits paquets parfumés en tissu qu'elle avait faits elle-même. Il en prend un. Chèvrefeuille. Un autre. Magnolia. Un autre encore. Cyclamen. Rien qui ne sente son odeur. Il se glisse à nouveau dans le lit, éteint la télé, la lumière, et ferme lentement les yeux. Dans l'obscurité, avant de s'endormir complètement, des images confuses, des souvenirs. La fois où ils étaient allés au cinéma et que, après avoir demandé les billets, il s'était rendu compte qu'il avait laissé son portefeuille dans la voiture. Il avait fouillé dans ses poches pendant un moment, très gêné, et Elena avait posé l'argent sur le guichet, en disant à la caissière, une blonde très mignonne : « Excusez-le, il est pour la parité entre hommes et femmes mais il refuse de l'admettre, et pour me faire payer il fait chaque fois la même scène. » Il aurait voulu s'enfoncer cent pieds sous terre. Ou quand elle lui avait coupé le souffle en entrant dans la chambre à coucher, cette chambre à coucher, ne portant qu'un baby-doll léger, transparent... Et puis sur ce canapé... boum, boum, boum... avec envie. Avec passion. Avec rage. Avec désir. Boum, boum, boum. Mais ils ne faisaient pas tant de bruit que ça... Boum, boum, boum. Alessandro se réveille en sursaut.

– Qu'est-ce qu'il y a ? Qu'est-ce qui se passe ?

– C'est Ilenia.

– Ilenia qui ?

– Ilenia Burikova.

Mais qui es-tu, voudrait répondre Alessandro, je ne te connais pas.

– C'est Ilenia.

Puis il se rappelle, il y a des Russes chez lui. Il se lève, ouvre la porte de la chambre.

– Tu m'entends ? Le type se sent mal...

– Mais qui ?

– Celui dont je ne me rappelle pas le nom. Mon amie Irina est en train d'appeler les secours.

– Les secours ? Appeler les secours ? Mais qu'est-ce que tu racontes ?

Alessandro enfile à la hâte un T-shirt et court dans le couloir. Il n'a pas le temps d'arriver au salon, il voit Irina sur la terrasse, elle est penchée sur la rambarde et hurle comme une folle.

– À l'aide ! À l'aide ! Un homme se sent mal. Vite, appelez tout le monde, un homme presque mort !

Les lumières de l'immeuble d'en face s'allument. Le voisin et sa femme sortent.

– Oh, ne hurle pas, pourquoi tu beugles comme ça ? On a déjà appelé une ambulance.

Alessandro sort sur la terrasse, prend la Russe par la main et tente de la faire rentrer.

– À l'aide, à l'aide, à l'aide, il se sent mal, à l'aide !

On dirait un disque rayé.

– Ça suffit ! Tu as vu le bordel que tu fais ? Mais qui est-ce qui se sent mal ?

– Là-bas, dans la salle de bains !

Alessandro lâche la Russe et s'élance. Andrea Soldini est allongé par terre, accroché à la cuvette des toilettes, il respire avec difficulté. Quand il aperçoit Alessandro, il tente de sourire. Il est en nage.

– Je me sens mal, Alex, je me sens mal…

– Ça se voit. Allez, détends-toi, ça va aller mieux…

– Non, je suis cardiaque, je suis désolé, je me suis fait une ligne de coke…

– Quoi ? Mais tu es con ou quoi ? Pietro, Pietro, où es-tu ?

Alessandro aide Andrea Soldini à se rasseoir. Puis il sort de la salle de bains en le tenant par un bras et il essaye de le faire marcher. La porte de la chambre d'amis s'ouvre. Pietro, essoufflé, sort en remettant sa chemise, tandis que la Russe apparaît sur le seuil en souriant et en mangeant une cerise. Mieux que n'importe quel spot publicitaire, pense Alessandro en secouant la tête.

– Alors, qu'est-ce qui se passe ?

– Il a sniffé de la coke et il se sent mal… Mais moi je voudrais bien savoir qui a apporté de la coke chez moi, putain !

Andrea a du mal à respirer.

– Mais non, ce n'est de la faute de personne, on m'en avait donné un peu chez Alessia.

– Chez Alessia ?

– Oui, mais je ne dirai pas qui me l'a donnée.

– Qu'est-ce que ça peut me foutre, qui te l'a donnée. C'est toi qui l'as apportée ici !

– Je l'ai prise pour faire bonne figure avec les Russes.

Pietro lui soutient l'autre épaule et l'aide à marcher.

– Et en effet, c'est ce qu'on peut appeler une bonne figure. Tu es blanc comme un cierge. Tu aurais dû leur donner des cerises.

Veruska est restée sur le seuil de la porte.

– Pietro, viens dans la chambre, j'ai envie… C'est pour quand, la salade de fruits dont tu m'as parlé ?

– Eh, j'arrive, j'arrive, tu ne vois pas qu'on a un type en compote, ici ?

Les deux autres Russes arrivent de la terrasse. Elles ont l'air plus tranquilles.

– Tout va bien, l'ambulance est arrivée. Il y a aussi les carabiniers, ils montent…

Alessandro pâlit.

– Comment ça, les carabiniers ? Qui les a appelés ?

– Nous, nous bien en règle. Tout OK avec les permis de travail.

– Mais qui a parlé de permis de travail, on a d'autres problèmes, ici.

Il se penche vers Andrea.

– Mais tu es sûr que tu n'as plus rien ?

– Oui, bon, en fait… juste un tout petit peu, un petit sachet sous les toilettes.

– Sous les toilettes ? Mais tu es fou ! C'est dedans, qu'il fallait la jeter.

Alessandro se précipite dans la salle de bains, trouve le sachet avec un peu de poudre blanche à l'intérieur et a à peine le temps de la jeter dans les toilettes qu'on frappe à la porte.

– Ouvrez.

Alessandro tire la chasse d'eau et court ouvrir.

– Me voilà !

Devant lui, deux brancardiers avec une civière, et derrière deux infirmiers. Les premiers regardent à l'intérieur et aperçoivent Pietro qui soutient Andrea. Ils entrent.

– Vite, allongez-le, déboutonnez le col de sa chemise. De l'air, de l'air, il faut qu'il respire.

L'un des deux remarque les Russes mais l'autre, professionnel, le rappelle à l'ordre.

– Allez, le sphygmomanomètre, qu'on prenne sa tension.

– Bonsoir. Alors, qu'est-ce qui se passe, ici ?

Les carabiniers présentent leurs cartes et entrent. Alessandro a tout juste le temps de lire. Pasquale Serra et Alfonso Carretti. L'un des deux fait le tour du salon et contrôle la situation. L'autre tire un carnet de sa poche et note quelque chose.

Alessandro s'approche de lui.

– Qu'est-ce que vous faites, qu'est-ce que vous écrivez ?

– Rien, je prends des notes. Pourquoi, vous êtes inquiet ?

– Non, pas du tout, c'était comme ça, pour comprendre.

– C'est nous qui devons comprendre. Alors, on a été appelés pour – je lis – fête bizarre.

– Fête bizarre ?

Alessandro regarde Pietro avec inquiétude.

– C'est une fête tout à fait normale. Et puis, fête… Même pas une fête, nous sommes juste quelques amis et nous nous sommes retrouvés ici pour boire un verre tranquillement.

– Je vois, je vois, acquiesce le carabinier. Avec des Russes… c'est ça ?

– Oui, ce sont des mannequins avec qui nous avons tourné un spot…

– Donc, pour le travail…, continue le carabinier, elles ont aussi dû venir ici. Disons que vous continuiez à travailler, c'est ça ? Elles ont dû faire des extras, en quelque sorte… c'est ça ?

– Pardon, mais qu'est-ce que vous voulez dire par « elles ont dû » ?

Pietro comprend qu'Alessandro est en train de s'énerver.

– Excusez-moi, vous pourriez venir un instant ?

Il emmène le carabinier à la cuisine.

– Je peux vous offrir quelque chose ?

– Merci, pas pendant le service.

Pietro s'approche de façon complice.

– Voilà, tout ça est un peu de ma faute. Nous étions à une fête et ça marchait plutôt bien pour moi avec une des Russes…

– J'ai compris, et alors ?

– Non, attendez, je vais vous la présenter… Veruska, tu peux venir un instant ?

Veruska s'approche, souriante, vêtue d'un long T-shirt qui la couvre bien tout en mettant en valeur ses longues jambes nues.

– Oui, dis à moi, Pietro.

– Dis-moi, dis-moi, on dit dis-moi.

– Ah, OK, dis-moi…, dit la Russe en riant.

– Veruska, je voulais te présenter notre carabinier…

Il porte la main à sa visière et la salue.

– Alfonso, enchanté.

– Voilà, tu vois, Veruska, comme il a un bel uniforme ?

Veruska fait la maligne et touche un bouton de la
veste.

– Oui, plein de boutons tout petits. Petits comme des
cerises.

– Voilà, c'est bien. Vous voyez, Alfonso, Veruska
retrouve dans l'uniforme les valeurs de la terre, les ori-
gines les plus simples. Bref, nous étions tranquillement
en train de bavarder avec nos amies russes… Rien de
plus.

– Je sais, je sais… mais si les voisins nous appellent
pour tapage et fête bizarre, vous comprenez…

– Je comprends. Il est de votre devoir d'intervenir…

– Exact.

Ils retournent au salon. Andrea est toujours étendu
sur le brancard, mais il a repris un peu de couleur. Les
deux autres Russes et Alessandro sont à ses côtés.

– Comment ça va ?

– Mieux…, dit Andrea.

L'un des brancardiers se lève.

– Tout va bien, il avait une drôle d'arythmie, et
comme il est cardiaque on lui a fait un cardiotonique.

Pietro attrape la balle au vol.

– Oui, il devrait boire moins de café.

– Oui, au maximum un le matin, et surtout jamais le
soir.

Le carabinier range son calepin.

80

– Tout va bien, alors on peut y aller. Essayez de baisser la musique. Je crois que vos voisins sont plutôt sensibles au bruit.

– Oui, ne vous inquiétez pas, de toute façon chacun va rentrer chez soi, maintenant. La fête est finie pour ce soir.

Alessandro regarde Pietro.

– Oui, oui, bien sûr…

Pietro comprend qu'il n'y a plus rien à faire.

Les brancardiers reprennent leur civière et se dirigent vers la sortie, suivis des carabiniers. Mais soudain, celui qui n'a pas ouvert la bouche, Serra, se bloque.

– Pardon, mais je peux vous demander quelque chose ? Est-ce que je peux utiliser les toilettes ?

– Bien sûr, dit Alessandro en lui montrant gentiment le chemin.

Mais quand il entre dans la salle de bains, il aperçoit le petit sachet qui flotte parmi les bulles de la chasse d'eau. Il se dirige vers les toilettes et appuie sur le bouton, puis il sort rapidement en fermant la porte derrière lui.

– Excusez-moi, j'avais complètement oublié que cette salle de bains a un problème de chasse d'eau. Je vous en prie, venez par là… vous utiliserez ma salle de bains personnelle.

Il l'accompagne et le fait entrer. Puis il ferme la porte et reste là, comme s'il faisait le guet, en souriant de loin à l'autre carabinier. Mais Alfonso Carretti, curieux et soupçonneux, se dirige vers la première salle de bains. Alessandro pâlit. Pietro est plus rapide et, avant qu'il n'ouvre la porte, il s'interpose.

– Je suis désolé, mais ici la chasse d'eau ne fonctionne pas. L'autre sera libre dans un instant. (Pietro sourit.) Et puis, je voulais vous dire, Alfonso, que vous avez été vraiment gentils. Il est parfois difficile de faire la différence entre une visite et une perquisition. Parce que, pour cette dernière, il faut un mandat, autrement il y a tout de suite abus de pouvoir de la part d'un officier public, ce qui fait partie des délits de perquisition illégale.

Il sourit encore…

– Vous voulez une cerise ?

– Je n'aime pas les cerises.

Pietro le regarde en face. Il n'a pas peur. Ou du moins il ne le montre pas. C'est là sa force, depuis toujours. Tranquille, serein, habitué à bluffer, même pendant les procès les plus compliqués. Alessandro revient au salon avec l'autre carabinier.

– Merci, vous avez été très aimable.

Alfonso lève un sourcil et regarde une dernière fois Pietro, puis Alessandro.

– Ne nous donnez pas l'occasion de revenir. La prochaine fois, si nous revenons, nous aurons un mandat…

Et ils s'en vont en fermant bruyamment la porte. Alessandro sort sur la terrasse. Son voisin a éteint la lumière et est retourné dormir avec sa femme. Alessandro éteint lui aussi les lumières extérieures et regarde en bas, dans la rue. Il voit sortir les brancardiers et les carabiniers. Il regarde l'ambulance s'éloigner, sirène éteinte, puis la voiture de police, sur les chapeaux de roue. Alessandro rentre dans l'appartement et ferme la baie vitrée.

– Bien. Bravo. Si vous vouliez me faire passer une nuit de terreur, vous avez réussi.

– Ça pourrait être une idée pour un nouveau spot.

– Pietro, ça ne m'amuse pas, je n'ai pas envie de plaisanter. Allez, il est trois heures et demie. Tout le monde dehors, moi je vais dormir. Demain j'ai un rendez-vous important à huit heures et demie et je ne sais même pas de quoi il va s'agir. Emmenez vos amies russes, faites ce que vous voulez…

– Allez, n'exagère pas, tu vas nous faire sentir coupables…

– Eh, dit une des Russes, chez nous invités toujours sacrés.

– Oui, d'ailleurs quand on viendra tourner un spot en Russie, tout se passera sûrement beaucoup mieux, n'est-ce pas ? Mais là on est ici. Et ce n'est absolument pas de votre faute… Mais moi je dois dormir… Je vous en prie.

Andrea s'approche d'Alessandro.

– Excuse-moi si j'ai fait tout ça, c'était juste pour les impressionner.

– Mais non, je suis content que tu te sentes mieux.

– Merci, Alex, merci vraiment.

Et le drôle de groupe sort de la maison. Alessandro ferme enfin la porte et donne deux tours de clé pour être sûr qu'il ne se passera plus rien cette nuit-là. Dehors le monde. Avant de se rendre dans sa chambre, il va à la salle de bains, celle à la chasse d'eau prétendument cassée. Le sachet a disparu. Puis il regarde plus attentivement, sur le côté. Derrière le lavabo, il y a une petite feuille roulée. Un billet de cent euros. Il se penche, l'attrape et le déroule. Il est encore plein de poudre blanche. Il ouvre le robinet et le met sous le jet d'eau. Il le lave bien. Et voilà. Toutes les preuves ont bel et bien disparu. Puis il l'étend sur le bord du lavabo et va dans sa chambre. Il éteint la lumière, enlève son T-shirt, se glisse sous les draps et s'allonge. Il écarte les bras et les jambes, cherchant à nouveau un peu de tranquillité.

Quelle soirée… Je me demande où est Elena, en ce moment. Quoi qu'il en soit, je comprends pourquoi Andrea Soldini ne travaille plus dans son bureau. Elle a dû le faire chasser. Une chose est sûre, je ne sais pas s'il fera un jour impression au premier contact, mais en tout cas moi je ne l'oublierai jamais ! Et sur cette dernière pensée, Alessandro s'endort.

11

Chambre indigo. Elle.

Ça fait maintenant deux mois qu'il est là, sur son bureau. Gris clair, un peu poussiéreux, écran quinze pouces, fermé. Qu'est-ce que je fais, je l'allume ? La fille hésite devant ce mystérieux portable. D'accord, mais comment on peut oublier un ordinateur sur une poubelle ? Il faut vraiment être un thon[1]. D'ailleurs, pourquoi on dit thon ? Est-ce que les thons sont stupides ? Je ne crois pas. Ils sont rapides, ce sont des migrateurs, je l'ai entendu l'autre soir à la télé. Et puis, Ivo aussi me l'a dit, le chef de la thonaire de Portoscuso, l'année dernière en Sardaigne. De toute façon, quelqu'un qui oublie un PC doit être un peu bizarre. La fille s'assied au bureau. Elle ouvre le portable. Elle aperçoit un petit autocollant en bas, près de l'écran. « Anselmo 2. » Je n'y crois pas. Normalement, là, on écrit le nom de l'ordinateur. Anselmo 2 la vengeance. Allons donc. Mais... Ça ne serait pas le nom du propriétaire ? Anselmo. Bah. Elle appuie sur le bouton d'allumage. Il n'est pas à moi... je ne devrais pas. Mais, si je ne l'allume pas, comment je fais pour savoir à qui il est, éventuellement pour le lui rapporter ?

---

1. En italien. Dans ce cas, l'expression signifie « être gourde, cruche ».

L'écran bleu de Windows s'allume, le logo sonore retentit. Ça alors. Regarde-moi ça. Il n'a même pas mis de mot de passe. N'importe qui peut l'allumer, comme ça, sans protection… Sur le bureau apparaît l'image d'un coucher de soleil sur la mer. Les couleurs du ciel sont vives et chaudes et les vagues légères. Une mouette, au fond, suit son chemin. Pas beaucoup d'icônes. Elle essaye d'ouvrir Outlook. Je suis curieuse. Voyons un peu ses mails. Pas beaucoup de dossiers. Voyons, voyons… dans les messages reçus, beaucoup viennent de « Maison d'édition ». Un écrivain ? Mais un homme ou une femme ? Puis « Bureau ». Bah, ça doit être des trucs de boulot. Puis d'autres noms, Giulio, Sergio, AfterEight et autres surnoms. Des coucous, des liens, des vidéos, des blagues. Quelques invitations. Voyons un peu les messages envoyés. Beaucoup à cette Maison d'édition, et puis les mêmes noms qu'avant. Une fille revient souvent. Carlotta. Tous les messages sont signés SteXXX. Ah, tant mieux, il ne s'appelle pas Anselmo 2. Bon, je continue. Elle ouvre un autre mail. Stefano. Ah, donc c'est un homme. Puis encore un autre. « Salut, j'ai essayé de t'appeler aujourd'hui mais ton portable était éteint. Est-ce que je peux avoir l'honneur de t'inviter à dîner samedi ? J'en serais très heureux. » Heureux. C'est un homme. L'honneur ? Mais comment il parle, celui-là ? Je suis en train de commettre un délit. Violation de la vie privée. Non, au pire violation de poubelle. Qu'est-ce que ça peut faire. Je suis une voyeuse. Non, je suis une liseuse. Elle rit toute seule. Puis elle fouine encore et finit par les « Documents ». Fais voir. Ah, voilà… « Photos ». Elle ouvre le dossier jaune. Beaucoup de paysages et de photos d'animaux, de bateaux, de détails en tous genres. Aucun personnage. Aucun visage. Pas même de photos porno. Tant mieux. Elle ferme et revient au bureau. L'une des icônes s'appelle Martin. Peut-être que c'est son nom. Elle l'ouvre, le dossier contient plusieurs documents Word. Elle choisit au hasard et clique.

Elle était trop occupée à tenter de concilier ce discours gauche et embrouillé et l'ingénuité de ces pensées avec ce qu'elle lisait sur son visage. Jamais vu autant d'énergie dans les yeux d'un homme. Voilà quelqu'un qui peut faire n'importe quoi était le message qu'elle lisait dans ce regard, un message qui s'accordait mal avec la faiblesse des mots utilisés. Sans compter que son esprit était trop raffiné et agile pour pouvoir apprécier au mieux la simplicité.

Mais qu'est-ce que c'est ? Un livre ? Il n'y a rien d'indiqué. Serait-il écrivain ? En effet, il y a les mails de la « Maison d'édition ». La fille continue de parcourir le document.

En se la rappelant maintenant, depuis sa nouvelle position, sa vieille réalité de terre, mer et bateaux, marins et femmes de petite vertu, elle semblait petite mais se fondait dans ce nouveau monde et semblait s'étendre avec lui. Son esprit tendu à la recherche d'une unité, il resta en suspens en s'apercevant qu'il y avait des points de contact entre ces deux mondes.

Ça a l'air pas mal, en fait. Deux mondes. Différents. Des points de contact… Elle ferme le fichier et éteint l'ordinateur. Et là, sans raison particulière, elle sent quelque chose qui grandit à l'improviste à l'intérieur d'elle-même. Une nouvelle curiosité. Une vague excitation. L'idée de se plonger dans un autre univers. Une échappatoire à une pensée qui lui tourne depuis quelque temps dans la tête. Et, pour la première fois depuis bien longtemps, la fille sourit.

12

Bonjour, le monde. Niki s'étire. Tu me fais un cadeau, aujourd'hui ? Je voudrais me lever de ce lit et trouver une rose. Pas rouge. Blanche. Pure. Toute à écrire, comme si c'était une page vierge. Une rose laissée par quelqu'un qui pense à moi et que je ne connais pas encore. Je sais, c'est un contresens. Mais ça me ferait sourire. Je la prendrais et je l'emporterais en cours.

Je la poserais sur ma table, comme ça, sans rien dire. Les Ondes seraient toutes curieuses.

– Eh, qui te l'a offerte ?

– Fabio ?

– Il retente sa chance ?

– Lui, m'offrir une rose ? Au mieux, un chardon séché !

Elles rient. Mais moi je ne réponds pas encore. Je les laisserais patienter toute la matinée. Et puis, la dernière heure venue, je détacherais un pétale à la fois et, avec un stylo bleu, j'écrirais, une lettre à la fois, la phrase de cette chanson magnifique : *C'è un principio di allegria, fra gli ostacoli del cuore, che mi volglio meritare...* (« Il y a un début d'allégresse, parmi les obstacles du cœur, que je veux mériter... ») et puis je lancerais ces pétales par la fenêtre. Le vent les emporterait. Peut-être que quelqu'un les trouverait. Les remettrait dans l'ordre.

Lirait la phrase. Et viendrait me chercher. Peut-être lui. Oui, mais lui qui ?

Alessandro se réveille en sursaut et se tourne brusquement vers le réveil. Il a déjà sonné.

Non, mon Dieu, pas ça. Zut, zut, zut. Il sort du lit à toute allure, trébuche dans ses chaussons. Mais quand est-ce que je l'ai éteint ? Ou alors je ne l'ai carrément pas entendu ? Ou bien, cette nuit, avec tout ce bordel, je ne l'ai pas programmé ? C'est impossible. Il fait une sorte de glissade jusqu'à la cuisine, prépare la cafetière, allume le gaz et la met sur le feu. Puis il court à la salle de bains, attrape le rasoir électrique et, tout en se rasant, fait des tours dans la pièce. Il essaye d'effacer au mieux les signes de la soirée de la veille. C'est le jour de la femme de ménage, aujourd'hui. Zut, il faut que je contrôle un peu… Il entre dans la chambre d'amis. Trouve un bol. Encore des cerises. Ce n'est pas possible. Il les prend et jette le tout dans la poubelle de la cuisine, puis il revient à la salle de bains des invités, vérifie bien les toilettes, le lavabo, par terre, dans tous les coins. Bien. Aucune trace. Il ne manquerait plus que ça. Publicitaire célèbre arrêté pour drogue. Moi, anti-drogue par excellence ! Bien sûr, dans notre milieu… Personne ne me croirait. Dans le doute, il tire à nouveau la chasse d'eau de la salle de bains. Il met de la musique au salon et retrouve un peu de bonne humeur grâce à une chanson de Julieta Venegas. Il se met presque à danser. Il bat le rythme en se rasant. Mais oui, merde alors, il faut que je sois heureux. Je n'ai que trente-six ans, j'ai réussi un tas de choses, j'ai gagné plusieurs prix pour mes publicités. Bon, mes parents voudraient que je me marie, et ça arrivera peut-être. Ou peut-être pas. Quoi qu'il en soit, je sais que je peux plaire un peu. Pas mal, même. Il se regarde un peu mieux dans le miroir du salon, s'approche et examine son visage. Pas un peu. Je peux plaire, et comment ! Attention. Attention... Chère Elena, c'est toi qui vas souffrir, à t'en mordre les doigts. Tu reviendras et moi, avec beaucoup d'élégance, je te ferai entrer. Il y aura des fleurs. Et avec cette grande certitude, ne serait-ce que parce que c'est la seule qu'il a à sa disposition, il boit son café. Alessandro ajoute un peu de lait froid. Puis, sur les notes de *And it's supposed to be love*, d'Ayo, il se glisse sous la douche et se laisse aller sous le jet d'eau fraîche. Qu'est-ce que ça va bien pouvoir être, cet entretien tout à l'heure ? Mince, je suis en retard... trop en retard. Pris d'angoisse, il sort rapidement de la douche et entreprend de se sécher. Je dois faire vite, très vite.

— Mais, Niki, tu n'as pas pris ton petit déjeuner.
— Si, maman, j'ai bu un café.
— Tu ne manges rien ?
— Non, j'ai pas le temps, putain, j' suis en retard.
— Niki, je t'ai dit cent fois de ne pas parler comme ça.
— Oh, maman, mais même pas quand je suis en retard ?
— Non, même pas. Tu prends ton scooter ?
— Oui...
— Ne roule pas trop vite, hein, pas trop vite.
— Maman, tu me dis ça tous les matins. Tu vas finir par me porter la poisse.
— Niki, comment tu parles !
— Quelqu'un qui porte la poisse porte la poisse. Si tu veux, je peux dire porter malheur, mais il s'agit toujours de poisse.
— Pardon, mais tu crois vraiment que ta mère qui te dit d'aller lentement au lycée veut ton malheur ? Et

puis, je te le dis tous les matins, et jusqu'ici tu n'as pas eu d'accident, donc je continue à le dire. Ne roule pas trop vite.

– OK, OK. Ciao, bisou !

Niki embrasse sa mère en passant. Elle met les écouteurs sur ses oreilles et descend l'escalier en courant, sautant même les dernières marches. Au point que l'écouteur droit se détache de son oreille. Elle le remet tout de suite pour mieux entendre *Bop to the top*, de High School Musical. Elle passe la porte d'entrée, va au garage, monte en vitesse sur son SH50, donne un coup de pédale, allume le moteur et sort à toute allure. Elle s'arrête un instant, regarde à gauche puis à droite, vérifie que personne n'arrive et s'insère dans la circulation du matin.

Alessandro roule vite dans sa Mercedes neuve. Il a acheté quelques journaux. Il est important de se tenir informé. Peut-être qu'à la réunion ils vont me demander quelque chose sur les dernières nouvelles, et moi je ne le saurai pas… Je ne peux pas me le permettre. Alors, de temps en temps, quand il est ralenti, ou à un feu rouge, il jette un coup d'œil au *Messaggero*[1] ouvert sur le siège passager. Puis il redémarre. Ça roule assez bien. Alessandro roule à bonne allure, autant qu'il peut. Il est en retard. Il est en retard… mais il feuillette quand même le journal.

Niki aussi est vraiment en retard. Un putain de retard. Elle a encore ses écouteurs sur les oreilles, elle écoute de la musique et accélère. De temps en temps elle danse

---

1. Quotidien de Rome, équivalent du *Parisien*.

en essayant de suivre le rythme. Elle regarde sa montre à son poignet gauche, en cherchant de calculer si elle peut récupérer quelques minutes, si elle arrivera avant que ce casse-pieds de gardien de l'école ne ferme définitivement la porte d'entrée. Elle descend le Viale Parioli le plus vite qu'elle peut, en accélérant et en doublant une voiture en double file. Puis elle tente de prendre un virage pour revenir sur sa file.

Alessandro arrive de la Mosquée. Il n'y a personne. Il s'insère sur Viale Parioli tout en lisant cette nouvelle incroyable dans le journal. Des jeunes gens volent cinq voitures pour procéder à un affrontement très particulier. Le BoumBoumCar, le BBC, le nouveau jeu dangereux des jeunes riches qui s'ennuient. Je n'y crois pas. Sérieusement, ils font de ces trucs… Mais il n'a pas le temps de finir sa phrase. Il braque violemment. Tente de l'éviter. Rien à faire. La fille lui arrive dessus à toute allure sur son scooter et s'écrase contre son aile droite. Boum. Un choc terrible. La fille apparaît à la hauteur de la vitre, puis glisse vers le bas. Alessandro freine à fond, ferme les yeux, serre les dents, les journaux glissent du siège. Sous le choc, le volume du lecteur CD monte tout seul. La musique inonde la voiture. *She's the one*. Alessandro reste un instant immobile sur son siège. Les yeux fermés, en serrant le volant entre ses mains. En suspens. Quelques klaxons, quelqu'un double nerveusement. Un conducteur curieux, un distrait, un autre encore cynique. Alessandro descend, inquiet. Il fait lentement le tour de la Mercedes, la musique continue. Puis il la voit. Là, par terre, allongée, immobile. La tête renversée. Elle a les yeux fermés, on dirait qu'elle est évanouie. Mon Dieu, pense Alessandro, qu'est-ce qui lui est arrivé… Il se penche un peu en avant. Tout doucement, Niki ouvre les yeux. Elle le voit, à l'envers, et lui sourit.

– Mon Dieu, un ange.

– Hélas, je ne suis que le conducteur.

– Mince, dit Niki en se relevant tout doucement, mais tu regardais où, conducteur ? Tu pensais à quoi en conduisant ?

– Je sais, mais pardon, j'avais la priorité.

– Quoi, mais qu'est-ce que tu racontes ? J'ai bien vu que tu avais un stop, mais toi tu ne m'as pas vue arriver ! Aïe, mon coude me fait mal.

– Fais voir… c'est rien, il n'est même pas éraflé. Regarde plutôt l'aile de la voiture.

Niki se tord pour regarder derrière elle.

– Et regarde ce que tu m'as fait là. Mon pantalon est déchiré au niveau des fesses.

– Je croyais que c'était la mode.

– Qu'est-ce que tu racontes, espèce de débile, il était neuf, je viens de l'acheter, Jenny Artis, tu connais ? J'ai payé ça une fortune, et sûrement pas pour le bousiller en une journée. Tu te rends compte que je ne l'avais même pas encore lavé ? Tu me l'as baptisé. Tu sais coudre ?

– Tu plaisantes ?

– Tu m'aides à relever mon scooter, au moins ?

Alessandro, malgré l'aide de Niki, peine à dégager le SH.

– Eh, mais tu fais un peu de sport ?

– Ça m'arrive…

– Allez, tire…

Ils finissent par y parvenir, mais le scooter glisse entre les mains de Niki, qui s'appuie contre la Mercedes.

– Aïe !

– Encore ! Fais attention, non ?

Niki arrange le petit bonnet qu'elle porte sous son casque.

– Mon Dieu, qu'est-ce que tu es pénible, on dirait mon père.

– C'est que vous n'avez aucun respect pour les choses.

– Là, on dirait mon grand-père. Et puis, s'il y a quelqu'un qui ne respecte pas les choses, c'est bien toi. Regarde ce que tu as fait à mon scooter… La roue avant est toute tordue et les deux amortisseurs se sont pliés en finissant sous ta maudite voiture.

– Allez, qu'est-ce que c'est, une roue, il suffit de la changer.

– Oui, bien sûr, mais là je dois aller en cours, donc…

Elle ouvre en vitesse le coffre sous le siège, en sort une grosse chaîne et accroche la roue arrière à un poteau tout près.

– Donc quoi ?

– Donc tu m'accompagnes au lycée.

– Je n'ai pas le temps, je suis en retard.

– Et moi, putain, je suis très en retard. Donc c'est moi qui gagne. Allez, on y va. Et puis, je pourrais appeler la police, une ambulance et te faire perdre un temps fou. Tu as intérêt à m'accompagner à l'école, ça sera beaucoup moins long.

Alessandro y réfléchit quelques secondes, puis il cède.

– Allez, monte.

Il ouvre la portière et l'aide.

– Aïe, tu vois ? J'ai pris un coup derrière. Ça me fait très mal…

— N'y pense pas.

Alessandro monte à son tour et démarre.

— Où je t'emmène ?

— Au Mamiami, après le pont Cavour, quartier Prati.

— Tant mieux. Moi aussi je travaille dans ce coin-là.

— Tu vois, parfois il y a des coïncidences. Tu écoutes toujours la musique aussi fort ?

— Ah, excuse-moi, le volume a monté tout seul sous le choc.

— Sympa, c'est Robbie !

— Ah, oui.

— Il est super, le clip de cette chanson, tu l'as vu ?

— Non.

— Il est prof de patinage sur glace, il entraîne deux jeunes gens pour une compétition importante, mais un des deux se blesse, alors il prend sa place et gagne la compétition.

— Ah, une bonne vieille histoire morale à l'anglo-saxonne.

— Bah, pour moi c'est juste un clip génial. Voilà, tourne ici, c'est plus court.

— Mais là on ne peut pas, c'est seulement pour les bus et les taxis…

— Justement, tu es en train de me déposer, non ? Tu es presque un taxi. Allez, tu t'en fiches, il n'y a personne. Allez, coupe par ici, là-bas il y a toujours du monde, même ma mère le fait.

— OK.

Alessandro, pas très convaincu, prend le couloir de bus. Mais alors qu'il vient d'en doubler un, il s'aperçoit qu'il y a un policier qui le regarde commettre l'infraction en souriant, moqueur, comme pour dire « allez, allez, moi je m'occupe de toi ». Il sort un bloc de la poche de son uniforme.

Niki se penche par la fenêtre juste au moment où ils passent devant lui et crie à tue-tête : « Jaloux ! » Puis elle regarde Alessandro, amusée.

— Je déteste les policiers.

— Bien sûr. Mais s'il y avait une seule possibilité pour qu'ils ne me mettent pas d'amende, on l'a grillée.

— Oh, tu exagères. Qu'est-ce que c'est, une amende. De toute façon, il te l'avait déjà faite… Et puis, tu as dit la même chose pour la roue de mon scooter.

— Tu es impossible, tu l'as fait exprès pour pouvoir me dire ça. Nous ne nous entendrons jamais.

— Nous n'avons pas besoin de nous entendre. Nous devons seulement essayer de ne pas nous rentrer… De ne pas faire d'accident. Dis-moi la vérité. Tu pensais à autre chose, n'est-ce pas ? Peut-être que tu regardais une belle fille en profitant du fait d'être seul.

— Je vais toujours seul au bureau, et je ne me laisse pas facilement distraire…

Alessandro lui sourit et la regarde avec suffisance.

— Il en faut plus pour me distraire.

Niki se vexe, puis elle aperçoit le journal à ses pieds.

— Voilà pourquoi ! Tu étais en train de lire ! Elle ramasse le *Messaggero* et l'ouvre.

— Mais non, je jetais juste un coup d'œil.

— Justement. Je le savais, je le savais, j'aurais dû appeler l'ambulance, la police, tu sais ce que ça aurait pu te coûter !

— Comment ça, au lieu d'être contente de ne t'être rien fait…

— Bah, une fois qu'on a évité le drame, il faut penser à comment l'exploiter, non ? Tout le monde fait ça.

Alessandro secoue la tête.

— J'aimerais bien parler à tes parents.

– Ils ne te laisseraient pas entrer à la maison, pour eux leur fille a toujours raison, quoi qu'il arrive. Tourne à droite ici, on est presque arrivés. Voilà, mon lycée est au bout de la rue…

Niki ouvre le journal et aperçoit les photos des voitures détruites. Puis elle lit l'article sur le BoumBoumCar. Elle écarquille les yeux.

– Je n'y crois pas.

– Pourtant, c'est vrai, voilà ce que j'étais en train de lire… et tu as bien failli détruire ma voiture de la même façon.

– Tu voudrais avoir raison, hein…

– Pense qu'il y a des gens qui font ça pour de bon, des jeunes comme toi…

Niki survole l'article en cherchant des noms, des faits, des traces de ses amis. Puis elle l'aperçoit : Fernando, celui qui prenait les paris.

– Non, ce n'est pas possible !

– Qu'est-ce qu'il y a, tu connais quelqu'un ?

– Non, je disais ça parce que ça me paraît absurde. Bon, on est arrivés. Arrête-toi.

– C'est là ?

– Oui, merci. Bon, en fait tu me devais bien ça.

– Oui, oui, allez, descends, je suis en retard.

– Et pour l'accident, comment on fait ?

– Tiens.

Niki lit : « Alessandro Belli, Creative Director. »

– C'est un rôle important ?

– Assez.

– Je le savais, je le savais, j'aurais dû te faire un procès !

Niki sort de la Mercedes en riant. Elle prend son casque, son sac à dos, et aussi le *Messaggero*.

– On s'appelle.

– Eh, mais c'est mon journal, ça.

– Oui, et remercie-moi de ne pas prendre ton CD, aussi ! Homme distrait qui cause la douleur des femmes…

Puis elle ferme la portière, mais frappe à la vitre. Alessandro la baisse.

– Si c'est une fausse, dit-elle en secouant la carte de visite, j'ai appris ta plaque d'immatriculation par cœur… Pas de blagues avec moi, ça ne marchera pas. À propos, je m'appelle Niki.

Alessandro secoue la tête, sourit et démarre en faisant crisser les pneus. Dramatiquement en retard.

Plusieurs filles entrent dans l'établissement. Olly arrive juste à ce moment-là.

– Eh, Niki, on est toutes les deux en retard, comme d'habitude, hein ? Pas mal, le type, belle voiture. Je ne l'ai pas bien vu mais de loin il avait l'air mignon. C'est qui, ton père ?

– Tu es vraiment bête, Olly. Tu le connais, mon père. Tu veux savoir qui c'était ? Mon prochain petit ami.

Et tout en disant ces mots Niki l'embrasse, la serre fort et la force à monter l'escalier en courant, comme elle. Olly, arrivée en haut, s'arrête soudain.

– Mais tu es folle ? Ils vont nous faire entrer. C'était l'occasion de sécher !

– Regarde, lis.

Niki montre le journal à Olly.

– L'article sur le BBC. Si on était restées un peu plus longtemps, on se serait fait arrêter aussi.

– Allez, ça aurait été génial, imagine, nous dans le journal, on serait devenues célèbres !

– C'est ça, oui !

– Tais-toi, va, aujourd'hui je vais me faire interroger.

Elles entrent dans le préau juste à temps. Le gardien, heureux, ferme la porte en laissant dehors quelques retardataires.

13

Alessandro arrive au bureau tout essoufflé.

— Salut, Sandra. Leonardo est arrivé ?

— Il y a trois minutes. Il est dans son bureau.

— Pfff…

Alessandro se dirige vers la porte mais Sandra l'arrête.

— Attends. Tu sais comment il fonctionne, il doit être en train de boire son café en feuilletant le journal…

Puis elle indique le téléphone, la ligne est occupée.

— … et il passe le sempiternel coup de fil à sa femme.

— OK, se détend Alessandro en se laissant tomber sur le canapé. Tant mieux. Pff… J'ai bien failli ne jamais arriver.

Il ouvre un peu le col de sa chemise, le déboutonne.

— Maintenant, il ne reste plus qu'à espérer que le coup de fil à sa femme se termine bien…

— Ça, ça me paraît difficile, chuchote Sandra. Elle veut le quitter, elle ne peut plus supporter… certains aspects de son comportement.

— Et donc ? Il y a de l'orage dans l'air ?

— Ça dépend. S'il ouvre la porte et me demande de lui faire envoyer la même chose que d'habitude, tu as une chance.

— La même chose que d'habitude ?

– Oui, c'est un code. Des fleurs avec petit mot, préparé à l'avance.

Sandra ouvre un tiroir et lui montre une série de billets, tous au nom de Francesca, chacun avec une phrase différente, une par jour, tous signés par lui.

– Sandra, tu sais que le fait d'être sa secrétaire ne te donne pas le droit d'être aussi curieuse ?

– Je sais, mais c'est moi qui ai dû trouver toutes ces phrases ! J'ai dû aller chercher le meilleur du meilleur des poètes modernes mais inconnus. Et j'en ai trouvé des belles…

Elle lit un billet.

– Écoute celle-là… « Moi je resterai même quand tu ne m'auras pas et je t'aurai même sans te posséder. » Complexe, énigmatique, mais forte, non ? De toute façon, dit Sandra en refermant le tiroir, si celui qui l'a écrite devient célèbre un jour, je crois qu'il ne lui pardonnera jamais de la lui avoir volée.

– Ou ça sera plutôt Leonardo qui dira qu'on a copié sa phrase !

– Ah, oui, ça c'est certain. Et même… il dira que c'est justement grâce à ça que le type est devenu célèbre !

Un jeune homme apparaît au bout du couloir. Grand. Maigre. Veste décontractée. Cheveux blonds, coiffés en arrière, yeux bleus, intenses, beau sourire et lèvres fines. Trop fines. De traître. Il boit un peu d'eau et sourit. Sandra, inquiète, vérifie vite que le tiroir est fermé. Elle ne partage pas son secret avec tout le monde. Puis elle reprend son air professionnel. Le type s'approche d'elle.

– Toujours rien ?

– Non, je suis désolée, il est encore au téléphone.

Alessandro regarde le jeune homme. Il l'a déjà vu mais ne se rappelle pas où.

– Bon, alors attendons.

Il vient vers Alessandro et lui tend la main.

– Enchanté, Marcello Santi.

Puis il sourit.

– Oui, je sais, tu es en train de te dire que nous nous sommes déjà rencontrés.

– En effet… mais où ? Je suis Alessandro Belli.

– Je sais, j'étais dans le bureau en face de celui d'Elena, je faisais partie de la direction, ressources publicitaires.

– Mais oui, bien sûr.

Alessandro sourit en pensant : « Voilà pourquoi je le déteste déjà. »

– Nous avons même déjeuné ensemble, une fois.

– Oui, mais j'ai dû partir vite.

Oui, pense Alessandro, en effet, et d'ailleurs j'ai dû payer pour toi et ton assistante.

– Quelle coïncidence.

– On m'a appelé pour cet entretien.

Ils se regardent. Alessandro plisse les yeux, tente de comprendre ce qui se passe. Qu'est-ce que ça veut dire ? Qu'est-ce que c'est que cette histoire ? Est-ce que mon poste serait en jeu ? On nous a appelés tous les deux pour un entretien ? C'est lui, le nouveau directeur que cherche Leo ? Il veut me donner la nouvelle devant lui ? Non seulement je lui ai payé le resto cette fois-là, mais maintenant il faut aussi que je lui offre mon « dernier repas » ? Il regarde Sandra pour y comprendre quelque chose. Mais elle, qui a parfaitement compris ce qu'Alessandro voudrait savoir, secoue légèrement la tête et se mord un peu la lèvre inférieure, comme pour dire : malheureusement, je ne sais rien. Soudain, le voyant de la ligne externe s'éteint. Quelques secondes plus tard, Leonardo sort de son bureau.

– Ah, vous voilà. Désolé de vous avoir fait attendre. Je vous en prie, entrez, entrez… Vous voulez un café ?

– Oui, volontiers, dit tout de suite Marcello.

Alessandro, un peu déçu de s'être fait devancer, ajoute :

– Oui, moi aussi, merci.

– Bon, alors deux cafés, Sandra, s'il vous plaît, et… si vous pouvez envoyer la même chose que d'habitude où vous savez ? Merci.

– Bien sûr, docteur, répond-elle en faisant un clin d'œil à Alessandro.

– Alors je vous en prie, installez-vous.

Leonardo ferme la porte de son bureau derrière lui. Marcello prend ses aises. Il est tranquille, presque effronté avec ses jambes légèrement croisées. Alessandro, plus tendu, tente de s'asseoir confortablement dans ce fauteuil qui semble se dérober sous lui. Il choisit finalement de se pencher en avant, les coudes sur les genoux. Il frotte doucement ses mains l'une contre l'autre.

Marcello s'en aperçoit et sourit intérieurement. Puis il regarde autour de lui, en prenant son temps.

– Il est beau, ce tableau, c'est un Willem De Kooning, n'est-ce pas ? Expressionnisme américain.

Leonardo lui sourit, satisfait.

– Oui…

Alessandro les regarde et ne perd pas une minute.

– Ça, en revanche, c'est une lampe Fortuny, de 1929, je crois. La base en acajou est magnifique. C'est une lampe qui a eu du succès, il y a longtemps.

– Bravo, c'est comme ça que vous me plaisez. Légèrement compétitifs. Et pourtant, rien n'a commencé, je ne vous ai encore rien dit. Voilà, nous en sommes exactement à ce moment… la naissance.

Leonardo s'assied et pose ses mains sur le bureau, l'une devant l'autre, comme pour protéger quelque chose que les deux autres ne peuvent pas voir.

– Qu'est-ce qu'il y a, là-dessous ? Qu'est-ce que je cache ?

Cette fois, Alessandro est plus rapide.

– Tout.

– Rien, dit Marcello.

Leonardo sourit et lève les mains. Sur la table, il n'y a rien. Marcello pousse un soupir de satisfaction. Puis Leonardo regarde Alessandro droit dans les yeux. Celui-ci soutient son regard, déçu. Mais soudain, Leonardo laisse tomber quelque chose de l'une de ses mains, restées en l'air. Stomp. Un bruit sourd. Marcello change d'expression. Alessandro, lui, sourit.

– Tout à fait, Alessandro. Tout. Tout ce qui nous intéresse. Ce paquet de bonbons marquera pour nous un tournant. Il s'appelle « LaLune », comme la Lune mais tout attaché. Et c'est la Lune que nous devons attraper, conquérir. Comme le premier homme, en 1969. Celui qui a été dans l'espace, qui a mis pour la première fois le pied sur la Lune, en affrontant l'univers et tous ses secrets… Nous devons être comme cet Américain. Mieux encore, nous devons affronter les Japonais et, pour être précis, nous devons « conquérir » ce bonbon. Le voici.

Leonardo ouvre le paquet et renverse des bonbons sur la table. Alessandro et Marcello s'approchent, les regardent avec attention.

– Des bonbons en forme de demi-lune, au goût de fruit, tous différents, un peu comme notre bonne vieille glace arc-en-ciel.

Marcello en prend un, le regarde.

– Je peux ?

– Bien sûr, goûtez-les, mangez-les, pénétrez-les, vivez avec LaLune, prenez-vous d'affection pour eux, ne pensez à rien d'autre qu'à ces bonbons.

Marcello le met dans sa bouche. Il mâche lentement, avec élégance, il ferme les yeux comme s'il goûtait un grand vin.

– Mmm, c'est bon.

– C'est vrai, dit Alessandro qui entre-temps en a goûté un à son tour, moi je suis tombé sur un à l'orange.

Puis il revient à des considérations plus techniques.

– Bah, l'idée des mains qui s'ouvrent, vides, puis qui laissent tomber le bonbon, LaLune, du haut, ce n'est pas mal… Demandez LaLune.

– Oui, mais malheureusement les Américains l'ont déjà faite l'année dernière.

– Oui, intervient Marcello, les mains étaient celles de Patrick Swayze. Belles mains. Ils les avaient choisies pour le film *Ghost*, elles modelaient le vase en argile pendant la scène d'amour, les mains qui transmettaient leur émotion à Demi Moore. Dans le spot, on ne voyait que ces mains. Payées, d'ailleurs, deux millions de dollars…

– Voilà, dit Leonardo en se laissant aller dans son fauteuil, à nous, ils nous en offrent quatorze. Et en plus l'exclusivité pour deux ans pour tous les produits LaLune. *TheMoon*, tout attaché, en anglais. Ils vont faire du chocolat, des chewing-gums, des chips et même du lait. Des produits alimentaires avec cette petite marque dessus. Et nous, nous avons la possibilité de gagner quatorze millions de dollars, et en plus l'exclusivité. Nous. Si nous réussissons à battre l'autre agence qui a été chargée de créer ce spot. La Butch & Butch… Oui, parce que les Japonais, qui ne sont pas stupides, ont pensé…

Juste à ce moment, on frappe à la porte.

– Oui ?

Sandra entre avec les deux cafés et les pose sur la table.

– Ici, vous avez le sucre et le lait. J'ai aussi apporté un peu d'eau.

– Bien, servez-vous. Merci, Sandra. Et est-ce que vous avez envoyé…

– Oui.

– Avec quelle phrase, cette fois-ci ?

– « Tu es le soleil caché par les nuages quand il pleut. Je t'attends, mon arc-en-ciel. »

– C'est bien, c'est même chaque jour un peu mieux. Merci. Si vous n'étiez pas là…

Sandra sourit à Marcello, puis à Alessandro.

– Vous me le dites chaque fois. Toujours des compliments, mais jamais d'augmentation !

Et elle sort en souriant.

– Vous l'aurez, vous l'aurez, votre augmentation, soyez confiante !

Leonardo se verse un verre d'eau. Soyez au moins aussi confiante que moi, se dit-il intérieurement en pensant à la phrase…

– Alors, nous disions…

Marcello sirote lentement son café. Alessandro a déjà fini le sien.

– … que les Japonais ne sont pas stupides. Non, je dirais plutôt qu'ils sont géniaux. Ils nous ont mis en compétition avec la Butch & Butch, la plus grande agence, notre concurrent direct, que nous devrons affronter, et surtout battre. Et comme moi, même si je ne suis pas toujours aussi génial qu'eux, je ne suis ni lent ni stupide, je les ai copiés… Je copie toujours, moi. À l'école, on m'appelait Copycopy. Les Japonais nous opposent à la Butch & Butch ? Bien, moi j'oppose Alessandro Belli à Marcello Santi. Avec à la clé quatorze millions de dollars, deux ans d'exclusivité avec LaLune, et pour vous le rôle de creative manager pour l'étranger, avec naturellement une augmentation de salaire conséquente… et réelle.

En une fraction de seconde, Alessandro comprend tout. Voilà le pourquoi de ce bizarre entretien à deux. Puis il sent le regard de l'autre sur lui, alors il se tourne. Leurs regards se croisent. Marcello plisse les yeux, goûte au défi. Alessandro lui tient tête, immobile, sûr de lui. Marcello lui sourit, serein, sournois, convaincu, malin.

– Bien sûr, en voilà une bonne idée…

Et il tend la main vers Alessandro, marquant ainsi le départ de ce grand défi. Alessandro la lui serre. À ce moment-là, son portable sonne.

– Oups, excusez-moi.

Il lit le numéro sur l'écran mais ne le reconnaît pas.

– Excusez-moi, vous voulez bien ?… Allô ?

Il répond en se tournant un peu vers la fenêtre.

– Eh, Belli, ça va ? J'ai eu sept, j'ai eu sept !

– Tu as eu sept ?

– Oui ! Ça faisait des lustres que ça ne m'était pas arrivé ! Tu m'as porté bonheur ! Je crois que je n'ai eu sept qu'une fois dans ma vie, en sixième et en sport. Oh, mais tu es là ? Ou bien tu t'es évanoui ?

– Mais qui est à l'appareil ?

– Comment ça, qui est à l'appareil, c'est Niki, voyons !

– Niki ? Mais Niki qui ?

– Comment ça, Niki qui ? Tu te moques de moi ? Niki, la fille du scooter, celle que tu as renversée ce matin.

Alessandro se tourne vers Leonardo et sourit.

– Ah, oui, Niki. Excuse-moi, mais là je suis en réunion.

– Oui, et moi je suis au lycée, plus exactement dans les toilettes des hommes.

Quelqu'un frappe à la porte.

– Oh, mais combien de temps il te faut ?

Niki prend une voix masculine.

– Occupé.

Puis elle chuchote quasiment dans le portable :

– Écoute, il faut que je raccroche, il y a quelqu'un à la porte. Tu sais que c'est vraiment absurde ? Ici, au lycée, on n'a pas le droit de parler au portable. Tu te rends compte ? Imagine, je dois dire un truc urgent à ma mère…

– Niki…

– Eh, qu'est-ce qu'il y a ?

– Je suis en réunion.

– Oui, tu l'as déjà dit.

– Donc je vais raccrocher.

– OK, alors je ne dois pas dire un truc urgent à ma mère mais à toi. Écoute, tu viens me chercher à une heure et demie à la sortie du lycée ? Non, tu sais, parce que j'ai un problème, et je crois que personne ne pourra m'accompagner.

– Mais je ne sais pas si je pourrai, je ne crois pas, j'ai une autre réunion.

– Tu pourras… tu pourras…

Et elle raccroche. Puis elle sort des toilettes. Elle se trouve nez à nez avec le professeur qui vient justement de lui mettre sept. Niki glisse discrètement le portable dans sa poche.

– Niki, mais c'est les toilettes des hommes, ça.

– Oh, pardon.

– Je ne crois pas que tu te sois trompée. En plus, ce sont les toilettes des profs...

– Alors, doublement pardon.

– Écoute, Niki, ne me fais pas regretter le sept que je viens de te mettre...

– Je vous promets que je ferai tout pour le mériter.

Le professeur sourit et entre dans les toilettes.

– Alors, avant que le cours de Mme Martini ne commence...

– Oui...

Niki le regarde avec des yeux innocents.

Le prof devient sérieux.

– Éteins ce portable.

Et il ferme la porte derrière lui. Niki sort son portable de sa poche et l'éteint. Elle crie à travers la porte.

– C'est fait, prof! Je l'ai éteint.

– C'est bien, et maintenant sors de nos toilettes.

– Je suis sortie, prof!

– C'est bien. Ton sept est maintenu.

– Merci, prof!

Niki sourit et se dirige vers sa salle. Mme Martini vient d'entrer. Niki s'arrête à la porte, rallume son portable et le met sur silencieux. Puis, avec un sourire encore plus large, elle entre dans la classe.

– Alors, les Ondes, comment on va le fêter, mon sept?

14

Alessandro se tourne et éteint son portable.

– Tout va bien, tout va bien...

– Excuse-moi, dit Leonardo en souriant, mais j'ai entendu. Elle a eu sept. Je ne savais pas que tu avais une fille.

– Non, sourit Alessandro, un peu gêné, c'était ma nièce.

– Bien, ça veut dire qu'elle est intelligente. Elle va grandir, avoir d'autres bonnes notes, et peut-être qu'un jour, qui sait, elle fera partie de notre équipe !

Leonardo se penche sur la table.

– À condition que ce jour-là, nous existions encore. Parce qu'il s'agit de notre dernière chance. La France et l'Allemagne nous ont déjà dépassés. L'Espagne n'est pas très loin de nous. Si nous ne parvenons pas à nous emparer de ces quatorze millions de dollars et de ces deux ans d'exclusivité avec LaLune, notre siège…

Leonardo croise les mains et imite une mouette qui bat doucement des ailes pour s'élever.

– … s'envolera.

Puis il ouvre à nouveau les mains et ces ailes, comme brisées, se transforment en poings qui s'abattent avec force sur le bureau.

– Mais nous ne nous laisserons pas faire, n'est-ce pas ? Là, je m'adresse au futur creative director, dit-il en les regardant tous les deux d'un air de défi, s'amusant presque de l'incertitude qu'il laisse planer. Je ne sais pas de qui de vous deux il s'agira. Je sais seulement qu'on ne cédera pas aux Espagnols. L'étranger ne passera pas ! Et maintenant, je vais vous présenter vos assistants personnels. Ils ont abandonné toutes leurs autres missions. Ils vous suivront comme votre ombre. Et même plus qu'une ombre. Parce que, une ombre, c'est silencieux, ça suit mais n'a pas la capacité d'anticiper. Alors qu'eux, ils vous aideront à trouver tout ce dont vous avez besoin, ils anticiperont la moindre de vos pensées.

Il décroche l'interphone.

– Sandra ?

– Oui ?

– Auriez-vous la gentillesse de faire entrer les assistants, dans l'ordre que je vous avais indiqué ?

– Bien sûr.

La porte du bureau s'ouvre lentement.

– Voici Alessia.

Alessandro se lève d'un bond.

– Bien sûr, Alessia ! Très bien ! Elle est parfaite pour ce travail, ça va être une aventure incroyable. Et puis, ne pas devoir s'occuper de tous les autres produits, se consacrer entièrement à LaLune, c'est un très bon choix. Je suis heureux de travailler avec toi !

Mais Alessia se tait, elle a presque l'air déçue.

– Qu'est-ce qui se passe ?

Leonardo intervient.

– Elle sera l'assistante de Marcello. Vous vous connaissez trop bien tous les deux, Alessandro. Vous ne sauriez pas vous surprendre, vous n'avez rien de nouveau à vous raconter. Mais là, il s'agit de créer des rapports explosifs. C'est le seul moyen d'arriver à des résultats extraordinaires.

Marcello se lève et la salue.

– Enchanté, on m'a dit beaucoup de bien de toi. Je suis sûr que nous ferons de grandes choses ensemble, Alessia.

– Je suis très honorée.

Et ils se serrent la main. Alessandro se rassied, un peu déçu mais aussi curieux de savoir qui sera son assistant.

– Et pour toi… voici ton ombre parfaite.

Alessandro se penche pour voir qui arrive. Et là, il voit entrer… Il s'arrête sur le seuil du bureau de Leonardo. Il sourit. Alessandro n'en croit pas ses yeux.

– Non…

Il se laisse tomber dans le fauteuil, avachi contre le dossier au point de disparaître dedans. Leonardo farfouille dans ses papiers en murmurant : « Comment il s'appelle, déjà, j'oublie toujours… Ah, oui, voilà. » Satisfait, il attrape une feuille et la lève en souriant.

– Ton nouvel assistant est… Andrea Soldini.

Immobile près de la porte, Andrea Soldini sourit.

– Bonjour tout le monde.

– Alors, je te présente Alessandro, à qui, à partir d'aujourd'hui, tu devras tout donner. Presque jusqu'à en mourir.

Alessandro le regarde et hausse un sourcil.

– Ah, voilà, hier soir tu t'entraînais, en fait…

Leonardo le regarde, curieux.

– Vous vous connaissez ?

– Oui.

– Mais vous n'avez jamais travaillé ensemble…

– Non.

– C'est tout ce qui m'intéresse. Très bien ! Allez, dehors, au travail. Je vous rappelle le jeu, le défi, la compétition, la grande histoire. Nous avons la possibilité de présenter deux projets. Moi, je m'en remets entièrement à vous. Celui qui trouvera la bonne idée pour le spot de LaLune, c'est-à-dire celui qui nous fera gagner la campagne, cette personne deviendra notre directeur créatif pour l'étranger.

Marcello sort avec Alessia. Ils sourient. Alessandro se dirige lui aussi vers la porte. Un peu abattu, il regarde Andrea Soldini. Rien à faire. Il a l'impression d'avoir perdu d'avance.

– Ah, au fait…

Leonardo les rappelle un instant.

– Il y a quelque chose que je ne vous ai pas dit. L'autre, celui qui perdra, sera envoyé à l'antenne de Lugano. Que le meilleur gagne !

15

Une route. Une route de banlieue. Une route embouteillée, polluée. Du linge étendu, des poubelles cabossées, des inscriptions sans amour, improvisées. Sa route. Mauro est au volant d'un vieux Kymco défoncé, le casque calé sur la tête mais détaché au niveau du cou. Il porte un blouson Levi's élimé, sale de tout ce temps où il ne faisait pas attention à lui. Il éteint le moteur et accroche le scooter en bas de chez lui, sur la petite place faite de briques éclatées par le soleil, avec sa rambarde rouillée par la pluie. Tout près, un rideau de fer baissé, une vieille épicerie laissée à l'abandon, avec imprimées devant de vieilles pêches, qu'on aura même du mal à gratter. Saveurs anciennes d'une tranche de vie désormais passée. Mauro sonne à l'interphone.

– Qui est là ?

– C'est moi, m'man.

Un clic. Le portail s'ouvre et Mauro entre. Il referme derrière lui la porte en verre jauni tenu par un entrelacement de fer forgé rouillé. En bas à gauche, une vitre est cassée, un ballon envoyé par un jeune footballeur resté dans l'anonymat. Deux mouches jouent à se poursuivre. Mauro grimpe les marches deux à deux sans perdre haleine. Il est riche du souffle de ses vingt-deux ans. C'est le reste qui lui manque. Trop. Tout.

– Salut, m'man.

Un rapide baiser sur cette joue humide de sueur domestique.

— Dépêche-toi, ils sont tous à table.

La mère soupire et retourne à la cuisine. Elle sait que Mauro se dirige vers la table sans l'avoir fait, alors elle le lui dit.

— Et lave-toi les mains. Je les ai regardées, tu sais ? Elles sont crasseuses.

Mauro va à la salle de bains, les passe rapidement sous un jet d'eau froide pour les laver. Mais parfois même le savon ne suffit pas à enlever les signes d'une journée. Il s'essuie avec une petite serviette rose passée et élimée, en partie trouée et déjà un peu tachée. Encore plus, maintenant. Il sort, remonte son pantalon, l'ajuste, puis s'assied à table.

— Salut, Eli'.

— Salut, Mau'.

C'est sa petite sœur qui l'appelle comme ça. Elle a sept ans et un visage gai et amusant, plein de fantaisie et de tout ce qu'elle ne sait pas encore. Elle ne connaît pas encore les difficultés qui l'attendront au tournant pendant les prochaines années.

Avec sa fourchette, Mauro coupe un morceau d'omelette et le met dans sa bouche.

— Tu pourrais attendre ta mère, non ?

Renato, le père, lui donne un coup sur l'épaule tandis que Carlo, son grand frère, le regarde d'un air impassible.

— P'pa, c'est que j'ai faim, moi.

— Justement. C'est pour ça que tu vas attendre. Parce que tu as faim et par respect pour qui te donne à manger. Ton frère pourrait manger, lui. Pas toi. Toi, tu dois attendre ta mère.

Annamaria arrive de la cuisine, portant un grand plat. Elle le pose au centre, mais il lui échappe des mains et il rebondit sur la table en faisant un grand bruit.

– Voilà…

Elle s'assied, met de l'ordre dans ses cheveux en les envoyant un peu en arrière, fatiguée par cette énième journée faite de choses si semblables entre elles.

Renato se sert en premier, puis laisse tomber la louche dans la soupière. Carlo la ramasse, prend un peu de pâtes aux flageolets et sert Elisa, la petite, qui attrape maladroitement sa cuillère, comme si c'était un petit poignard. Elle se jette sur son assiette, affamée de vie.

– Tu en veux, m'man ?

– Non, je vais faire une petite pause. Passe-le à ton frère.

Carlo tend le plat à Mauro, qui se sert généreusement. Puis regarde sa mère.

– Vraiment, tu n'en veux pas, m'man ? Il n'y en aura bientôt plus, tu sais.

– Non, vraiment. Finis, toi.

Mauro racle le fond puis commence à manger. Ils sont tous penchés sur leurs assiettes. Sans contrôle. Sans limites. Leur silence n'est brisé que par le bruit des couverts et par quelques voitures qui passent au loin. Et les parfums. Les parfums d'autres maisons semblables à celle-ci. Des maisons chantées par Eros, des maisons de banlieue. Dans cette chanson qui l'a emmené au loin pour tenter de les oublier. Des maisons décrites dans les films ou racontées dans les romans par ceux qui n'y ont peut-être jamais mis les pieds et qui pensent savoir. Des maisons faites de sueur, de faux tableaux, d'affiches jaunies, de calendriers obsolètes, mais qui rappellent une victoire que le temps n'efface pas, le but d'un footballeur, un championnat, n'importe quelle raison pour faire la fête. Renato finit de manger le premier et éloigne son assiette.

– Ah !

Il se sent mieux. Il est debout depuis six heures du matin. Il se verse de l'eau.

– Alors ? Qu'est-ce que tu as fait aujourd'hui ?

Mauro lève la tête de son assiette. Il ne pensait pas qu'on allait s'en prendre à lui. Il espérait au moins finir de manger.

– Hein ? On peut savoir ? Alors, qu'est-ce que tu as fait aujourd'hui ?

Mauro s'essuie la bouche avec la serviette encore pliée près de son assiette.

– P'pa, qu'est-ce que j'en sais, moi. Je m'suis levé, je m'suis baladé un peu. Et j'ai accompagné Paola qui faisait un casting…

– Et puis ?

– Et puis… je l'ai attendue, et quand elle a fini j'l'ai raccompagnée chez elle. Et puis j'suis rentré. Tu as vu, non ? J'étais en retard, même. Ce scooter est trop lent et y avait des embouteillages.

Renato hausse les épaules.

– Bien sûr, qu'est-ce que ça peut te faire… ici, le dîner est assuré. Nous on bosse tous pour que tu puisses te faire des journées comme ça…

Carlo coupe un morceau d'omelette et le met dans son assiette. Renato le regarde, et s'adresse à Mauro.

– Regarde-le, regarde-le… Ton frère ne te dit rien parce qu'il t'aime bien. Mais il devrait te mettre des coups de pied au cul. Lui, il se lève à six heures pour aller travailler, pour faire le plombier. Il va réparer des tuyaux, lui, pour te faire faire tes tours en scooter, pour accompagner Paola… Mais qu'est-ce que ça peut me faire, à moi, que tu doives accompagner Paola…

114

Carlo avale une bouchée d'omelette et regarde Mauro dans les yeux. Mauro croise son regard, puis se nettoie la bouche une seconde fois et balance sa serviette sur la table.

— Bon, moi je sors. J'ai plus faim.

Il repousse avec sa jambe la chaise en paille désormais usée et rebelle, puis se dirige rapidement vers la porte.

— Bien sûr…, fait le père, il a mangé… il s'en fout. Mais ce soir, Annamari', tu vas me faire le plaisir de mettre le verrou, que ce mufle ne puisse pas rentrer.

Elisa le regarde sortir. Annamaria ramasse son assiette vide.

— Tu veux un peu d'omelette, ma chérie ?

— Non, j'ai pas envie.

— Alors je t'épluche une pomme.

— Non, une pomme non plus, j'ai pas envie.

— Écoute, ne t'y mets pas toi aussi, hein… Tu vas manger une pomme, un point c'est tout.

Elisa baisse un peu la tête.

— D'accord.

Dehors. Mauro enlève la chaîne de son scooter et la jette dans le coffre. Il part à toute allure, sans même mettre son casque. Il va au bout de la route, accélère dans la campagne. Puis, arrivé à la bretelle qui mène à la Casilina, il s'arrête. Il met le scooter sur sa béquille et sort ses cigarettes de sa poche. Il en allume une, tire nerveusement dessus. Derrière lui, un coucher de soleil ennuyé cède la place aux étoiles du soir, entre les arcs d'un vieil aqueduc romain. Soudain, il a une idée. Il prend dans la poche arrière de son jean son Nokia acheté sur eBay. Il cherche son nom, l'appelle.

— Salut, Paola, j'te dérange ?

– Non, non, je viens de finir de manger. Qu'est-ce qu'il y a, qu'est-ce qui se passe, tu es bizarre ? Tu t'es disputé avec tes parents ?

– Mais non. J'avais envie de parler un peu avec toi.

Il lui raconte ce qu'il a mangé, ce qu'il a fait depuis qu'il l'a ramenée chez elle.

– Au fait, ça s'est passé comment, le casting ?

– Bah, une amie à moi qui est dans le milieu m'a dit que j'ai de bonnes chances.

– C'est ce que je te disais. Toi, ils vont te prendre. Et puis, y avait que des thons. Tu étais la meilleure, j'te jure. J'dis pas ça parce que tu es ma copine.

Ils continuent à bavarder. Mauro retrouve vite sa bonne humeur. Et Paola un peu d'espoir de devenir quelqu'un.

16

Alessandro sort du bureau de Leonardo. Il n'en revient toujours pas.

– Je n'y crois pas…

Andrea Soldini le suit comme une ombre, au sens propre du terme.

– C'est-à-dire, moi je devrais me confronter à ce type ? Mes prix, mes victoires, mes succès, tout est remis en jeu, et pour qui ? Pour quelqu'un qui ne sait rien. Je n'en ai jamais entendu parler, de ce Marcello Santi. Qu'est-ce qu'il a gagné ? Quels prix ? Je ne peux même pas citer un de ses spots.

– Bah, ça…, intervient Andrea Soldini un peu hésitant, il a fait celui des bonbons Golia, celui de la boisson

Crodino, il a fait aussi, par exemple, celui du café où la tasse monte au ciel comme une montgolfière. Et puis, il y a aussi celui des moustiques... Il en a gagné pas mal, lui aussi.

Juste à ce moment-là arrive Alessia, qui en rajoute une couche.

— Il a aussi fait celui de la Saila, où il y a une belle fille qui danse.

Alessandro regarde autour de lui.

— Où il est passé ?

— Il est allé choisir les autres membres de son staff. Je suis désolée que nous ne puissions pas faire ensemble cette compétition si importante.

— Je sais, mais ce n'est pas de ta faute. Et je sais aussi que le travail est le travail, et que tu feras tout pour le faire gagner, comme il se doit.

— Ne serait-ce que parce qu'en septembre, de toute façon, mon cher Alessandro, moi je suis déjà mutée à Lugano, et si tu perds... tu me rejoindras !

— Bien sûr, si je perds ! Bien sûr... Alors, avant tu travaillais avec moi et maintenant tu travailles contre moi, avec mon concurrent direct. Mais en plus tu me souhaites de perdre ! Mais bien sûr, bien sûr...

Andrea hausse les épaules.

— Oui, mais elle le fait pour être avec toi... à Lugano.

Alessandro le regarde et ferme les yeux.

— Merci, tu es gentil. Ce n'est pas que je n'aime pas Lugano. Au contraire. C'est que je ne supporte pas de perdre.

— Bien, alors nous ferons notre possible.

— Tu vois, ça ne va déjà pas. Ça ne suffit pas, tu dois dire « nous allons gagner ».

– Oui, d'accord, nous allons gagner, et encore merci pour hier soir, hein… Je suis très content que tu n'aies rien dit à personne, et surtout… Bah, ça ressemble à un signe du destin de se retrouver ici, toi et moi, tu comprends ? Hier, quand je t'ai parlé de cet entretien que je devais passer, je ne savais encore rien, tu te rends compte ? Au fond, mieux vaut que ce qui s'est passé se soit passé hier soir…

– Pourquoi donc ?

– Ça nous a liés. En quelque sorte, je te dois la vie, je serai ton ombre pour de bon. Et puis, après hier soir, je suis sûr d'une chose…

– Quoi donc ?

– … tu n'oublieras plus jamais mon nom.

– Oui, évidemment, comment je pourrais t'oublier, après ça ? J'espère juste qu'après tout ça tu ne me laisseras pas un mauvais souvenir.

– Non, tu peux en être sûr.

– Non, c'est toi qui dois en être sûr. Parce que, si on perd, je te tue.

Il s'arrête devant une petite salle.

– Maintenant je vais te présenter mon staff.

Il ouvre la porte. À l'intérieur deux filles sont assises à la table. L'une dessine, l'autre feuillette un journal, tandis qu'un jeune homme est appuyé contre un meuble ; il trempe un sachet de thé dans une tasse, l'air ennuyé. Il tire à coups réguliers sur le fil du sachet pour le faire infuser le plus possible.

– Voici Giorgia.

La fille qui dessinait lève les yeux et sourit.

– Et voici Michela.

La fille pose son journal, le referme, le regarde et sourit.

– Et puis, lui, c'est Dario.

Dario plisse les yeux pour mieux examiner le nouveau venu.

Alessandro prend la situation en main.

– Je vous présente Andrea Soldini. Bon, nous avons un concours très important à passer et à gagner. Je vous dis juste que le gagnant deviendra directeur créatif étranger, tandis que le staff perdant mourra. Le groupe pourra être démembré, et surtout moi je pourrais être muté à Lugano. Compris ? Nous n'avons pas d'autre choix que de gagner.

Dario le regarde, interrogateur.

– Et notre staff manager Alessia ?

– Elle appartient à l'ennemi. Ou plutôt, elle s'est transformée en ennemi. Andrea Soldini est votre nouveau chef de projet.

Dario n'arrive pas à y croire.

– Tu veux dire… Alessia, avec toute son expérience, sa compétence, son ironie, sa détermination… est à la tête de l'autre staff. Et c'est qui, leur directeur créatif ?

Alessandro sourit en essayant de minimiser l'importance de sa réponse.

– Bof, un certain Marcello Santi.

– Quoi ?!

Dario et les deux filles n'en reviennent pas.

– Un certain Marcello Santi ? Mais il a gagné plein de prix. C'est le nouveau créatif par antonomase, le directeur le plus novateur du marché en ce moment. Leonardo l'avait mis au marketing après avoir réussi à l'arracher à la concurrence.

Alessandro écoute, étonné.

– Et en plus, continue Dario en regardant Andrea Soldini, il a Alessia. Bon, les gars, je vous salue.

– Où tu vas, Dario ? demande Giorgia.

– Me chercher un nouveau boulot. Il vaut mieux s'y prendre tout de suite, avant qu'il ne soit trop tard.

Alessandro l'arrête.

– Allez, pas de blague. C'est justement quand le jeu devient dur… que les durs commencent à jouer.

Au même moment, Andrea Soldini se met devant Dario, bloquant la porte et donc toute possibilité de sortie.

– … Ne t'occupe pas du futur. Ou bien, occupe-t'en, mais en sachant que ça t'aide autant que de mâcher un chewing-gum pour résoudre une équation d'algèbre. Tu n'as sans doute jamais pensé aux vrais problèmes de la vie, ceux qui te prennent par surprise à quatre heures de l'après-midi, par un mardi paresseux. Fais une chose chaque jour où tu as peur : chante !

Alessandro est très étonné. Giorgia et Michela assistent à la scène en souriant. Dario applaudit.

– Bravo ! Si ce n'était pas la scène finale du *Grand Cahuna*, ça ne serait pas mal.

Alessandro se tourne vers Andrea.

– Oui, en effet, c'est bien ça… Je la connais par cœur !

Dario tente de pousser Andrea pour s'en aller. Alessandro le rejoint et le prend par le cou, le tenant contre lui.

– Allez, Dario, on compte sur toi, nous. Il est important que tu restes, que vous tous restiez en ce moment difficile. Laisse-moi au moins vous raconter de quoi il s'agit. Voilà, le produit est un bonbon qui s'appelle LaLune, tout attaché, naturellement il est en forme de demi-lune, aux fruits, goûts mixtes, très bons. Voici le paquet.

Il cherche dans sa poche et trouve un paquet, piqué dans le bureau de Leonardo.

– Je ne peux pas vous en dire plus.

Il libère Dario, qui prend le paquet et le regarde. Il est blanc avec des petites demi-lunes multicolores à l'intérieur.

– Ça me rappelle la glace arc-en-ciel.

– Oui, j'ai dit la même chose, sourit Andrea Soldini, satisfait.

Dario lui fait un petit sourire forcé.

– Il a dit ça, lui aussi ?

Puis Alessandro prend Dario par le bras, l'éloigne un peu des autres et lui met un bonbon dans la bouche.

– Mmm, au moins ils ont bon goût.

– Alors, tu vas travailler dessus ?

– Bien sûr, mais je n'ai pas encore compris…

– Qu'est-ce que tu n'as pas compris ?

– Deux choses. Premièrement : pourquoi sans Alessia ?

– Parce que Leonardo a voulu redistribuer les cartes. Il a dit qu'on la connaissait trop bien… Qu'on était trop à l'aise avec elle.

– Oui, je comprends, mais avec elle on a toujours gagné. À l'aise, mais on a toujours gagné.

Alessandro hausse les épaules comme pour dire : je ne peux rien y faire.

– Moi aussi, j'en suis désolé.

– Et deuxièmement : pourquoi tu ne m'as pas choisi comme staff manager ?

– Parce que Andrea Soldini m'a été imposé par Leonardo.

– En plus il est pistonné ! Ah, voilà, on peut le dire, c'est un pistonné.

– Non, ce n'est pas ça. Leonardo ne se souvenait même pas de son nom. Je crois qu'il est vraiment bon. Il a juste besoin qu'on lui laisse une chance. Tu peux faire ça, Dario ?

Dario le regarde pendant un petit moment. Puis il soupire, croque LaLune et l'avale. Il sourit et fait signe que oui.

– D'accord… Pour toi.

Alessandro fait mine de s'en aller. Dario l'arrête.

– Excuse-moi, je ne voudrais pas faire de gaffe. Comment tu as dit qu'il s'appelait, déjà ?

17

Le couloir se remplit comme un torrent après la pluie. Couleurs, éclats de rire, jeans, lecteurs MP3, sonneries de portables et regards qui volent d'un côté à l'autre et rebondissent contre les murs, contenant peut-être des messages secrets à délivrer. Les Ondes sortent de cours. Olly enlève l'aluminium autour de son sandwich.

– Mais il est énorme !

– Oui. Tomates, thon et mayonnaise.

– C'est toi qui le prépares ?

– Mais non ! C'est Giusi, la jeune fille qui nous aide à la maison. Elle dit que je mange trop de cochonneries industrielles, alors elle me prépare des sandwiches maison.

– Moi je vais me prendre un snack aux céréales.

Diletta s'éloigne, court en faisant exprès de drôles de petits sauts qui font voler ses cheveux détachés.

– Noooon ! C'est impossible ! Je vais t'envoyer Giusi ! hurle Olly en riant.

Le distributeur au bout du couloir, dans une espèce de petit hall, près des fenêtres. Des élèves sont regroupés devant les boutons de choix. Diletta en connaît quelques-uns.

— Pour moi, un *tramezzino*[1].

Un garçon habillé en North Sails, mais avec l'air de quelqu'un qui ne va pas souvent à la mer, se tourne vers la fille à côté de lui.

— Tu veux celui à la sauce tartare ? Eh bien, viens le chercher.

— Il y en a aussi à la sauce tartare ? Allez, offre-m'en un, je te paye une pizza samedi.

Mais la fille n'a pas l'air convaincue.

— Allez, pizza et cinéma.

— Bon, ça va, ça va… Mais tu vois, il ne prend pas ma pièce.

— Comment ça ?

— Il ne la prend pas.

Diletta regarde la fille devant elle dans la queue. Elle a mis un euro dans la fente mais la machine n'a de cesse de la refuser. Le faux marin fouille dans sa poche. Il trouve un autre euro et réessaye. Rien à faire.

— Ça marche pas ? dit le type qui est en train de remplir le distributeur d'à côté, celui avec les boissons.

— Non, répond la fille.

— Il est déchargé. T'as une semelle ?

— Une semelle ?

— Oui, une semelle en gomme sous tes chaussures.

— Oui. Et alors ?

— Prends l'euro, mets-le par terre et frotte ta semelle dessus.

_____

1. Petit sandwich au pain de mie en forme de triangle.

– Ouais, bien sûr, et moi je suis le pape, dit le garçon.

– Alors fais comme tu veux, reste à jeun.

Et il se remet à s'occuper de son distributeur. Les deux jeunes gens, vexés, le regardent d'un air mauvais et s'en vont. C'est le tour de Diletta. Entre-temps, elle a tourné et retourné son euro dans ses mains, en espérant que Dieu sait quel rite physique et énergétique lui permettra de ne pas subir le même sort. Elle le glisse dans la machine. Stomp. Le bruit de la pièce résonne, inexorable et cynique, dans le tiroir du bas. Rien à faire. Elle le prend et retente sa chance. Rien. Encore une fois. Rien. Diletta s'énerve et donne un coup de pied au distributeur. Le type la regarde de travers.

– Eh, mam'selle, c'est à l'euro, qu'il faut donner le coup de pied. Ça coûte, ces machines, qu'est-ce que vous croyez ?

– Attends, je vais essayer.

Une voix derrière Diletta la fait sursauter. Elle se tourne. Un grand brun, le visage un peu doré par le soleil d'avril, les yeux vert espoir, la regarde, un peu embarrassé, et sourit. Il glisse à son tour un euro dans la fente. Plink. Un bruit différent. Ça a marché.

– Pendant que tu essayais, j'ai fait ce qu'a dit le monsieur.

Le type lâche sa machine pour le regarder.

– Au moins, lui, il va manger quelque chose. Réfléchissez-y, mesdemoiselles et messieurs.

– Qu'est-ce que tu prends ?

La voix se remet à parler.

– Hein, quoi ? Euh, le snack aux céréales.

Le jeune homme appuie sur le bouton et le snack tombe dans le tiroir. Il se penche et le prend.

– Voilà.

– Merci, mais il ne fallait pas. Tiens, un euro.

– Mais non, de toute façon tu as bien vu, il ne marche pas. Ça ne me sert à rien.

– Non, prends-le. Tu sais comment le recharger. Je n'aime pas les dettes.

– Dettes ? Pour une barre de céréales ?

– Je n'aime pas ça, c'est tout. Merci, en tout cas.

Elle s'en va, le snack à la main, sans un mot de plus. Le jeune homme est un peu perplexe. Le type du distributeur le regarde.

– Oh, moi je crois que tu lui plais.

– C'est sûr. Un vrai coup de foudre.

Diletta rejoint les Ondes. Olly a déjà avalé son sandwich.

– C'était bon ! Autre chose que vos barres de céréales. Ah, les filles, l'appétit est exactement comme le sexe : plus c'est gros, mieux c'est !

– Olly ! Tu es dégoûtante.

Diletta déballe son snack et en prend une bouchée.

– Qu'est-ce que tu as ?

– Je suis énervée. Le distributeur ne voulait pas prendre ma pièce.

– Tu l'as forcé ?

– Mais non. Un mec m'a aidée…

– Quel mec ?

– Qu'est-ce que j'en sais. Un mec. Il me l'a acheté.

– Aha ! Tu vois, Niki, il y avait un mec !

Et elles se mettent à hurler toutes les trois en chœur.

– Enfin un mec, enfin un mec !

Et elle bousculent Diletta, qui prend un air agacé mais finit par éclater de rire. Puis elles s'arrêtent d'un coup. Diletta se tourne, Niki et Erica aussi. Olly continue seule à crier « Enfin un mec », puis elle s'arrête net elle aussi.

– Oh, mais qu'est-ce qui se passe ?

– C'était lui, le mec, dit Diletta avant d'entrer dans la salle de cours.

Le jeune homme s'est arrêté devant elles. À la main, il a le même snack aux céréales que Diletta.

« Enfin un mec » sourit.

18

– Bien, alors cherchez-moi tout ce qu'il est possible de trouver sur toutes les publicités de bonbons jamais sorties en Italie. Non, d'ailleurs, en Europe. Mais qu'est-ce que je dis : dans le monde !

Giorgia regarde Michela et sourit en indiquant Alessandro.

– Il me rend folle quand il est comme ça.

– Moi aussi, il se transforme en l'homme idéal. Dommage que, une fois la compétition terminée, il redevienne un parmi tant d'autres. Froid, insensible à tous les sujets, sauf à un… Et, surtout, déjà pris…

– Alors tu ne sais pas la nouvelle ? Il s'est séparé.

– Non, incroyable. Mmm… alors il devient plus intéressant. Il se peut que mon appétit perdure après la campagne… Vraiment, il s'est séparé d'Elena ? Voilà pourquoi ils sont tous allés chez lui hier soir… les Russes… maintenant, je comprends.

– Quelles Russes ? Quelle soirée ? Ne me dis pas qu'ils sont partis avec nos mannequins.

Dario arrive.

– Vos mannequins ? Mais ce sont les mannequins de notre société, la Osvaldo Festa, du moins jusqu'à aujourd'hui, puisqu'elles avaient encore un jour de tournage, et donc un jour sous contrat. Et puis, elles font un peu partie de la communauté, elles sont nos mascottes. Vous êtes jalouses ?

– Nous ? Mais pour qui tu nous prends ?

Alessandro arrive précisément à ce moment-là.

– On peut savoir ce que vous avez à vous raconter ? Vous allez vous mettre au travail, oui ? Allez, travaillez, pensez, faites marcher vos petits cerveaux, ou du moins ce qu'il en reste. Moi, je n'irai pas à Lugano, et puis je ne veux pas vous perdre !

Giorgia donne un coup à Michela.

– Tu vois, il m'aime !

L'autre pouffe et secoue la tête.

– Toi ? Il a parlé au pluriel, tu sais, je suis concernée aussi !

– Allez, au travail !

Andrea Soldini s'approche d'Alessandro qui est occupé à regarder le paquet de bonbons. Il l'a posé sur la table. Il le fixe. Il ferme les yeux. Il imagine. Il rêve. Il cherche l'inspiration… Andrea lui tapote l'épaule. Il se secoue, un peu agacé.

– Hein ? Qui est-ce ?

– Moi.

– Moi qui ?

– Andrea Soldini.

– Oui, je sais, je plaisantais. Dis-moi…

– Je suis désolé.

– De quoi ? Tout reste à jouer. Si on part comme ça, ça ira mal…

– Non, je parlais d'Elena.

– Elena, quel rapport avec Elena ?

– Bah… ça s'est terminé comment ?

Andrea se tourne vers Giorgia et Michela qui font semblant de rien et se mettent à chercher dans leurs ordinateurs respectifs.

– Non, rien, pardon, je me suis trompé… je pensais…

– Voilà, bravo, penser, c'est exactement ce que tu
dois faire. Mais penser aux bonbons LaLune. Rien qu'à
ça. Toujours, sans interruption, de jour, de nuit, même
quand tu rêves. Ces bonbons doivent être ton cauchemar, ton obsession, jusqu'à ce que tu trouves une solution. Et si tu n'en trouves pas, alors tu devras penser à
LaLune quand tu te réveilles, aussi. Voilà, ne te laisse pas
distraire. LaLune… LaLune… LaLune…

Un portable sonne.

– Et quand nous sommes en réunion, quand nous faisons le brainstorming, dans la tourmente créative de nos
cerveaux, à la chasse à l'idée pour LaLune, alors éteignez
vos maudits portables.

Giorgia s'approche et lui tend son Motorola.

– Tiens, boss. C'est le tien.

Alessandro la regarde, un peu gêné.

– Ah, oui, c'est vrai. Bon, quoi qu'il en soit, je préfère
boss que chef.

Puis il s'éloigne pour répondre.

– Oui, allô, qui est à l'appareil ?

– Pourquoi tu n'as pas encore enregistré mon
numéro ?

– Allô ?

– C'est Niki.

– Niki…

– Celle que tu as renversée ce matin.

– Ah, excuse-moi, bien sûr, Niki… Écoute, je suis
très occupé.

128

– Bon, ne t'inquiète pas, je vais t'aider, moi. Mais fais quelque chose pour moi. Enregistre mon numéro, comme ça quand je t'appelle ça m'économisera le temps où tu me demandes qui c'est et moi je dois te rappeler notre accident, et surtout ta faute…

– OK, ça suffit, je te promets que je vais le faire.

– Et surtout, fais-moi plaisir, enregistre-le sous « Niki », hein ? Niki et rien d'autre… C'est bien mon nom. Je ne suis l'abréviation d'aucun autre nom ! Ne confonds pas avec Nicoletta, Nicolina, Nicole ou autres choses dans le genre.

– J'ai compris, j'ai compris. Rien d'autre ?

– Si, il faut qu'on se voie pour régler le problème.

– Quel problème ?

– L'accident, non ? Mon scooter. On doit faire cette feuille, comment ça s'appelle…

– Le constat.

– Oui, le constat, d'ailleurs je te l'ai dit tout à l'heure… Tu te rappelles, n'est-ce pas ?

– De quoi ?

– Tu dois venir me chercher pour m'accompagner chez le garagiste. Moi je ne peux pas y aller, sans scooter.

– Et moi je ne peux pas rester sans travail. Je dois trouver une solution importante en très peu de temps.

– Combien de temps ?

– Un mois.

– Un mois ? Mais en un mois, on trouve une solution à tout… En un mois, on a même le temps de se marier à Las Vegas.

– Mais nous sommes en Italie et ici c'est beaucoup plus compliqué que ça.

– Bon, il ne s'agit pas de se marier, non ? Du moins pas tout de suite.

— Écoute, Niki, je suis dans la panade. Je ne peux pas rester au téléphone.

— J'ai compris. Tu l'as déjà dit. Moi je vais te les régler, tes problèmes. Je t'attends à une heure et demie au lycée. Tu te rappelles où c'est ?

— Oui, mais…

— OK, alors, ciao, à tout à l'heure.

— Écoute, Niki… Niki ? Niki ? Allô ?

Elle a raccroché.

— Bon, moi je vais dans mon bureau. Continuez à travailler. LaLune, LaLune, LaLune. Vous entendez ? La solution est dans l'air. LaLune, LaLune, LaLune.

Alessandro sort en secouant la tête. Niki. Il ne manquait plus que ça. Giorgia et Michela, restées seules, se regardent. Giorgia fait un drôle de grognement. Michela s'en aperçoit.

— Qu'est-ce qu'il y a ?

— J'ai l'impression que le boss s'est vite remis.

— Tu crois ?

— Bah, une impression.

— Espérons. Quand on est aussi nerveux, on travaille mal.

Andrea Soldini se met au centre de la table. Il sourit en ouvrant les bras.

— Une fois, j'ai lu quelque chose de très beau. Amour… Moteur. C'est vrai, non ? L'amour fait tout tourner.

Dario secoue la tête.

— Moi je vais chercher des publicités en rapport avec les bonbons.

Avant de sortir, il s'approche de Michela et prend un air triste.

— Je ne sais pas pourquoi, mais Alessia me manque cruellement…

Andrea Soldini prend un bloc-notes et l'ouvre.

– Alors, on va se partager le travail. Objectifs et sous-objectifs, non ? Comme nous a appris le boss. Déjà, quelqu'un va se renseigner sur Marcello Santi. Ce qu'il fait. D'où il vient. Ce qu'il mange. Ce qu'il pense. Comment il travaille.

Michela le regarde, curieuse.

– Et pourquoi ?

– Parce qu'il est bon de connaître notre adversaire. Moi j'en sais peu sur lui, très peu. Quelques succès et une histoire qui ne me plaît pas, mais qui n'a rien à voir avec notre travail.

– Quelle histoire ?

– J'ai dit que ça n'avait rien à voir avec notre travail.

– Alors pourquoi tu en parles…

– OK, dit Michela en levant le bras, moi je m'occupe de Marcello Santi.

– Parfait, alors les autres font les recherches sur le produit et pensent aussi à un logo pour LaLune.

– Je m'occupe du logo, dit Giorgia.

Dario se tait. Andrea le regarde.

– Et puis, il va aussi falloir inventer un nouveau packaging, qu'est-ce que j'en sais, une nouvelle boîte pour les bonbons, un présentoir différent de tous les autres.

Dario se tait toujours. Andrea pousse un long soupir.

– Bon, si on s'organise, tout sera plus simple. Je suis le staff manager, c'est vrai, mais pour moi nous sommes avant tout une équipe qui doit gagner.

Dario secoue la tête et sort de la pièce. Je ne sais pas pourquoi, pense-t-il, mais Alessia me manque de plus en plus.

19

– Allô ? Alors, tu m'as enregistrée ?

– Oui.

– Bien. Alors ?

– Alors quoi ?

– Mais tu en mets un temps, dépêche-toi…

– Je suis presque arrivé.

– Allez, parce que si ma mère arrive et qu'elle me chope, ça va être le bordel.

– Pardon, mais pourquoi tu dis que…

Clic.

– Allô ? Allô, Niki ?

Alessandro regarde son téléphone. Il n'y croit pas. Elle a encore raccroché. C'est une manie. Il secoue la tête puis tourne à droite et accélère vers le lycée. Niki l'attend au coin. Elle court vers la Mercedes, se jette presque dessous. Elle essaye d'ouvrir la portière mais elle est fermée automatiquement de l'intérieur. Elle frappe à la vitre.

– Allez, ouvre, ouvre…

– Doucement, tu vas casser la vitre.

Alessandro appuie sur un bouton du tableau de bord. Toutes les sécurités se débloquent. Niki se précipite à l'intérieur et s'allonge quasiment par terre, puis elle le regarde d'un air suppliant.

– Allez, démarre !

Alessandro se penche de son côté et ferme la portière qu'elle a laissée ouverte. Puis il démarre tranquillement, zigzague lentement entre les voitures qui attendent la sortie des élèves des autres classes puis s'éloigne. Niki se relève tout doucement. Elle regarde dehors.

– Là-bas, tu vois la femme près de la Coccinelle ?

– Oui, je la vois.

Niki se baisse à nouveau pour se cacher.

– C'est ma mère. Ne t'arrête pas, ne t'arrête pas, accélère.

Alessandro conduit tranquillement.

– Nous l'avons dépassée, tu peux te relever.

Niki se rassied sur le siège et regarde dans le rétroviseur. Sa mère est loin.

– Belle femme.

Niki le regarde de travers.

– Ne parle pas de ma mère.

– Je lui faisais juste un compliment.

– Pour toi, ma mère n'existe pas, même un compliment n'existe pas.

Le portable de Niki se met à sonner.

– Non ! La voilà qui m'appelle ! Zut, je pensais qu'elle allait attendre un peu… Le temps que je respire… Arrête-toi ici.

Alessandro, obéissant, se gare sur le bord de la route. Niki lui fait signe de se taire. Chut. Elle ouvre son portable pour répondre.

– Maman !

– Où es-tu ?

– Je suis chez Olly. On est sorties un peu plus tôt, aujourd'hui.

– Mais tu ne te rappelles pas que je devais passer te prendre, tu devais laisser ton scooter pour qu'on aille chez le coiffeur ?

Niki se tape la main contre le front.

– C'est vrai, maman… mince, j'ai complètement oublié, excuse-moi.

Simona, la mère de Niki, secoue la tête.

– Tu es vraiment dans les nuages, en ce moment, hein ? Ça doit être les examens qui approchent, ou le garçon qui ne te quitte pas d'une semelle… comment il s'appelle, déjà ? Fabio.

— Maman, tu veux vraiment parler de ça maintenant ? Je suis chez Olly.

Niki regarde Alessandro comme pour dire : j'exagère, n'est-ce pas ?

— Et puis, maman, de toute façon, nous ne sommes plus ensemble.

— Ah, enfin une bonne nouvelle.

— Mais, maman ?!

— Qu'est-ce qu'il y a ?

— Tu crois vraiment que c'est une chose à dire ? Et si je me remets avec lui ?

— Justement, c'est pour ça que je te l'ai dit, pour que tu ne te remettes pas avec lui ! Et puis, on s'est fait une promesse, non ? On doit toujours tout se dire.

— OK, ça va. Écoute, je vais aller manger quelque chose avec Olly, je rentrerai tard, ne m'attends pas, hein ?

— Pardon, Niki, mais tu n'as pas de devoirs ?

— Ciao, maman…

Trop tard. Simona se retrouve avec un portable muet à la main. Niki a raccroché. Elle le met sur silencieux et bloque le clavier. Elle prend appui sur une main et glisse le téléphone dans la poche arrière de son pantalon. Alessandro la regarde et sourit.

— Tu mens beaucoup à ta mère ?

— Pas tant que ça… Par exemple, c'est vrai que je me suis séparée. Et puis, qu'est-ce que ça peut te faire, tu n'es pas mon père.

— Justement, c'est pour ça que je te le demande, au moins tu me réponds, sinon tu ne me le dirais jamais.

— Mon Dieu, ce que tu es philosophique. Tourne là, allez, vite.

Niki attrape le volant et l'aide presque à prendre le virage. Alessandro fait une petite embardée, se retrouve à moitié en sens interdit, mais réussit à se remettre sur la route.

– Stop ! Mais qu'est-ce que tu fais ? Lâche ce volant ! Un peu plus et on se prenait le poteau.

Niki se réinstalle sur son siège.

– Tu es un peu maniaque, hein ?

– Quel rapport, si tu me défonces l'avant, ça sera parfait, cette voiture sera bonne pour la casse.

– Tu exagères.

– Mais tu as vu la bosse que tu m'as faite sur le côté avec ton scooter ?

– La bosse… une égratignure. Tu exagères. Je te l'ai dit, tu exagères.

– Bien sûr, qu'est-ce que ça peut te faire, de toute façon c'est ma voiture.

– Voilà, là on dirait vraiment ma mère. C'est ce qu'on étudie, en ce moment. La propriété… Attention !

Alessandro pile net. Un type sur un Kymco en sale état, une brune collée contre lui, fonce sans s'arrêter au stop. Ils ne se rendent compte de rien. Ou alors ils s'en fichent complètement. Alessandro baisse la vitre.

– Crétins !

Mais ils sont déjà loin.

– Mais tu as vu ? Ils ne se sont pas arrêtés au stop, ils n'ont même pas regardé… Après, on dit que les accidents…

– Allez, ne sois pas lourd. Le principal, c'est qu'on les a vus et évités, non ? Ils ont peut-être un rendez-vous très important…

– Oui, habillés comme ça.

– Peut-être un casting. Ils ont besoin de travailler. Il n'y a pas que des fils à papa, tu sais ? Mon Dieu… Ce que tu es vieux jeu. Tu juges encore les gens sur comment ils sont habillés ?

— Ce n'est pas l'habillement… c'est tout l'ensemble. Le manque de respect. De valeurs. Ils sont peut-être comme ces jeunes dans les livres de Pasolini, des banlieues romaines, indigentes… il faudrait les aider, leur faire comprendre les choses…

— Pasolini ? Ouais, c'est ça. Peut-être qu'au contraire ils viennent d'une banlieue chic, les Parioli par exemple, et qu'il y a plein de billets sous leur siège défoncé. Mais qu'est-ce que tu en sais ? On dirait vraiment mon père !

— Écoute, tu m'as forcé à venir te chercher, jusqu'ici tout va bien… mais il faut aussi qu'on se dispute ?

— Non, absolument pas. Tu sais, si tu te les étais pris, je ne t'aurais jamais servi de témoin…

— J'ai compris. Tu as envie de te disputer.

— Non, je te l'ai dit. Je te fais juste remarquer que ce matin tu étais distrait et tu m'as renversée. Ou tu nies ça aussi ?

Alessandro la regarde.

— Je ne serais pas ici.

— Ah, tant mieux, c'est toujours ça. Voilà, tourne à la prochaine.

— Mais on va où ?

— Chez le garagiste, je lui ai envoyé un texto, il m'a promis qu'il m'attendait… Maintenant, prends encore à droite… Voilà, ralentis, ralentis, c'est juste là. Voilà.

Mais le rideau de fer du mécanicien est déjà baissé.

— Nooooon ! Il ne m'a pas attendue… Il a fermé. Et maintenant ? Zut. Comment je fais ?

— Comment tu fais… De toute façon, maintenant tu as un chauffeur personnel, non ?

– Mais aujourd'hui je dois faire un tas de trucs sans toi.

– Ah, oui, bien sûr.

– Qu'est-ce que ça veut dire, « bien sûr » ?

– Bien sûr, je n'étais pas prévu. Tu ne pouvais pas prévoir d'aller dans ces endroits avec moi.

– Bien sûr que non, on ne se connaissait pas…

Niki descend de la voiture.

– Tu es juste un accident.

Et elle referme la portière.

– Oui, je sais. Mais un accident peut être positif ou négatif, ça dépend de quel point de vue tu te places. De comment ta vie change à partir de ce moment… non ?

Niki s'approche de son scooter, garé près du rideau de fer. Elle donne deux coups à la pédale, essaye de le faire démarrer. Rien à faire.

– En attendant, je le vois comme quelque chose qui a mis Milla KO.

– Milla ? Qui est-ce ?

– Mon scooter !

– Pourquoi Milla ?

– Pourquoi il devrait toujours y avoir un pourquoi ?

– Mon Dieu, mais qu'est-ce que tu es ennuyeuse, toi alors…

Niki l'entend à peine, elle se glisse sous le scooter.

– Je le savais, il a enlevé la bougie. Ça veut dire qu'après le choc il ne démarrait vraiment plus.

Elle se relève et s'approche de la Mercedes.

– Quelle barbe.

Elle s'essuie les mains sur son jean délavé, qui prend immédiatement une teinte de gras foncé. Puis elle fait mine de monter.

– Pardon, mais qu'est-ce que tu fais ?

– Comment ça, qu'est-ce que je fais, je monte.

– J'ai compris, mais regarde dans quel état tu es, tu es toute sale. Attends, prends ça.

Il lui passe un chiffon en daim beige clair, jamais utilisé auparavant. Niki lui sourit et se nettoie les mains.

– Quoi qu'il en soit, Milla c'est pour Camomilla, peut-être parce que faire du scooter me détend… Au fond, c'est vrai, il y a un pourquoi… Tu sais, c'est vraiment parfait, entre nous.

– Quoi entre nous ?

– Nous sommes tellement différents. Sur tout. Nous risquons de tomber éperdument amoureux l'un de l'autre.

Alessandro sourit et démarre.

– En tout cas, on peut dire que tu es directe.

– Où est le mal ? À quoi ça sert de faire des détours ? Le monde s'en occupe, de faire des détours, non ? Moi je vais tout droit.

– Pourquoi tu es comme ça ?

Alessandro se tourne et la regarde, essaye de l'étudier.

– Déception amoureuse ? Fille de parents séparés ? Tu as subi des violences quand tu étais petite ?

– Non, grande. Justement ce matin. Un type avec une Mercedes… Eh, moi je suis directe, mais toi tu vas loin. Et puis, tu n'as rien compris. Je ne sais pas pourquoi je suis comme ça. Et puis, qu'est-ce que ça veut dire, pourquoi ? Je te l'ai dit, parfois il n'y a pas de pourquoi. Moi je suis comme ça, c'est tout, je dis ce que je pense. C'est encore autorisé, non ?

Alessandro lui sourit.

– Bien sûr, bien sûr, tu as toute la vie devant toi.

– Toi aussi. La vie finit quand on arrête de la vivre. Ça te plaît ?

– Oui.

– C'est de moi. Copyright. Mais je te le prête volontiers. Dis-toi, plutôt, que je vis un moment de rare bonheur. Je me sens libre, heureuse, tranquille. D'ailleurs, j'ai peur qu'en le disant ça s'échappe…

Alessandro la regarde. Elle est mignonne. Elle est gaie. Elle est très jeune.

– Et surtout, je suis très contente de mon choix.

– Ta section au lycée ?

– Mais non. Hier soir j'ai confirmé à mon copain que je le quittais définitivement. Effacé. Rayé de la carte. Désintégré. Évanoui. Évaporé…

– J'ai compris, j'ai saisi le concept. Bah, si tu emploies ces mots ça veut dire que ça a été une histoire importante.

– Pas du tout.

– Oui, bon, OK, tu veux faire la dure avec moi. Je pense que tu as été très malheureuse.

– Pas aujourd'hui. Par contre, le soir où il est allé au concert de Robbie Williams avec un copain… Oui. Tu comprends, il ne m'a pas emmenée. Il ne m'a pas emmenée, il a emmené son copain, tu te rends compte ?! Là, oui, j'ai été très malheureuse. Pour le reste, je me suis toujours bien amusée, et quand j'ai décidé que c'était terminé, je n'en ai plus rien eu à faire.

– J'ai compris. Alors pourquoi tu t'acharnes comme ça ?

– Parce que je n'ai pas décidé tout de suite d'en finir, je n'ai pas écouté mon cœur.

– Peut-être que tu n'étais pas encore prête.

– Ce n'est pas ça. Je me suis menti à moi-même. Quand tu laisses traîner les choses, c'est comme ça. Ça faisait deux mois que j'avais décidé. Je me suis menti à moi-même pendant deux mois, et ça ça ne va pas. On peut mentir à tout le monde, mais pas à soi-même.

– Bah, mieux vaut tard que jamais, non ?

– Voilà, là on dirait ma tante.

– Qu'est-ce que tu veux que je te dise ? Tu préfères que je me taise ?

– Voilà, ça c'est ce que fait toujours mon frère.

– Maintenant j'ai compris pourquoi tu te sens si bien avec moi, tu as l'impression d'être avec toute ta famille.

Niki rit.

– Elle était bonne, celle-là. Je te jure, tu m'as fait rire… Je te regarde sous un jour nouveau. Sérieusement, je te jure, je suis sincère.

– J'ai gagné des points ?

– Quelques-uns, mais tu es encore très loin, avec l'accident, mon Milla, tu es au moins à moins vingt au classement… Et puis, tu fais semblant de t'habiller comme un jeune.

– C'est-à-dire ?

Alessandro se regarde.

– Costume foncé et Adidas, chemise bleu trop claire, col déboutonné sans cravate.

– Et alors ?

– Tentative désespérée de rattraper le temps perdu. Au moins, Proust se contentait d'écrire sur le sujet, il ne se promenait pas habillé comme ça.

– À part qu'à son époque il n'y avait pas d'Adidas et que ceci est ma tenue de travail. Quand je suis avec des amis, je suis beaucoup plus décontracté.

– C'est-à-dire que tu as l'air d'essayer encore plus désespérément de passer pour un jeune infiltré parmi nous. Comme pour dire : eh, les jeunes, regardez-moi, je suis l'un d'entre vous ! Mais tu ne l'es plus. Tu t'en étais rendu compte, n'est-ce pas ?

Alessandro sourit et secoue la tête.

140

– Je suis désolé, mais tu t'es fait une fausse idée de moi.

Niki recroqueville ses jambes contre sa poitrine et pose ses chaussures sur le siège. Il lui donne un coup sur les jambes.

– Enlève-les !

– Lourd, lourd.

Puis elle le regarde d'un air fourbe. Elle a eu une idée.

– Alors on fait un jeu. Qu'est-ce qui t'a plu, chez moi ?

– Pourquoi, il y a forcément quelque chose qui devrait m'avoir plu ?

– Bon, en général, quand tu rencontres quelqu'un, il y a toujours quelque chose qui te plaît et quelque chose qui ne te plaît pas, non ? Je ne sais pas, moi, tu peux ne pas aimer un parfum trop fort, des cheveux trop longs, une façon de mâcher un chewing-gum, d'être agité, de mettre les pieds sur les sièges de ta voiture... par exemple, je suis sûre que mes seins ne t'ont pas plu.

Elle les serre dans ses mains.

– C'est vrai, en ce moment ils sont un peu petits, j'ai maigri. Je suis en plein tournoi de volley... Tu sais, on est troisièmes... Mais bon, ça n'a rien à voir. Quoi qu'il en soit, j'ai bien vu que ce n'est pas la première chose que tu as regardée quand on s'est rencontrés.

– Non, en effet, la première chose, ça a été l'aile de ma voiture.

– Arrête ! Tu sais, il y a des adultes, bon, des gens comme toi, quand ils te voient pour la première fois, ils regardent d'abord tes seins. Qu'est-ce qu'ils cherchent, dans un sein ? Quel secret, quel mystère d'une femme peut se cacher dans un sein ? Alors, qu'est-ce qui t'a plu, chez moi ?

Alessandro la regarde un moment, puis revient tranquillement à sa conduite et sourit.

– Ce qui m'a plu, c'est ton courage. Après l'accident, tu t'es tout de suite relevée. Tu n'as pas eu peur. Tu n'as pas perdu de temps. Tu as immédiatement affronté la réalité. C'est fort… sérieusement. C'est dans ces moments-là, dans les choses douloureuses et imprévues, qu'on voit les vraies qualités d'une personne.

– Alors, si on se base là-dessus, toi tu es terrible ! Tu hurlais comme un fou ! Tu as eu peur pour ta voiture.

– Mais non, c'est parce que j'avais bien vu que tu n'avais rien.

– Oui, c'est ça… je n'en crois pas un mot…

Niki reprend son sérieux.

– Et qu'est-ce qui ne t'a pas plu, chez moi ?

– Bon… alors… voyons…

La liste a l'air longue.

– Ah, non, non, attends, j'ai changé d'avis… je ne veux absolument pas le savoir !

Alessandro s'amuse.

– Bah, si tu refuses de faire ton autocritique, tu ne t'amélioreras jamais.

– Qui a dit que je voulais m'améliorer ? Je suis déjà largement au-dessus de la moyenne de toutes les filles que je connais… Je n'ai même pas envie de devenir mieux que ça. Je ne serais plus sympathique à personne, c'est sûr… Or la sympathie est une chose fondamentale. Elle naît de l'imperfection. Par exemple, il y a quelque chose qui m'a tout de suite frappée chez toi, à part le drame que tu faisais pour ta voiture, c'est justement ta sympathie. Ce qui m'a le moins plu, en fait… il n'y a rien.

Alessandro la regarde et lève soudain un sourcil.

– Mmm… trop de compliments. Ça sent l'entourloupe. Alors ?

– Mais non, tu vois, tu te méfies. C'est ce que je pense. Je te l'ai dit tout à l'heure, je dis toujours ce que je pense.

– Et les mensonges à ta mère, alors ?

– Justement. Dans ce cas-là, je dis toujours ce qu'il lui ferait plaisir d'entendre.

Niki remonte ses jambes et met à nouveau ses pieds sur le siège. Elle entoure ses genoux de ses bras.

– Enlève tes pieds du siège…

– Mais qu'est-ce que tu peux être barbant !

Niki les pose sur le tableau de bord.

– Enlève-les de là aussi.

– Très barbant !

– Allez, je te ramène chez toi. Tu habites où ?

– Ça y est, je t'ai trouvé un défaut. Tu es trop maniaque. Rien ne doit jamais t'échapper. Maintenant qu'est-ce qu'on fait, où on va, pourquoi ?… Mais pourquoi tu veux tout contrôler ? Tu es un comptable des émotions. Un répresseur de folies. Un calculateur du hasard. On ne peut réduire la vie à des calculs. Pardon, mais qu'est-ce que tu fais, comme travail ?

– Je suis créatif.

– Et comment tu fais pour créer, si tu détruis et tu suffoques le moindre imprévu ? La création naît d'un éclair, d'une erreur par rapport au cours habituel des choses. On ne fait rien correctement tant qu'on n'arrête pas de penser à la manière dont on le fait.

– Une vraie philosophe.

– Ce n'est pas de moi. C'est de William Hazlitt.

– C'est qui ?

– Je ne sais pas. Je sais juste qu'il a dit ça… Je l'ai lu dans mon agenda.

Alessandro secoue la tête, résigné.

– Tu es en terminale, non ? L'année du bac. J'ai lu quelque part que c'est le point maximum de connaissance d'une personne…

– Qu'est-ce que c'est que cette bêtise…

– Ensuite, chacun choisit sa route, en quelque sorte. On se spécialise, on choisit une université, et à partir de là on en sait beaucoup plus sur la matière qu'on a choisie, mais seulement sur celle-là.

– Écoute, quand tu parles comme ça, ça m'angoisse.

– Pourquoi ?

– Tu vois la vie comme un manque de liberté. La vie est une liberté, elle doit l'être, tu dois faire en sorte qu'elle le soit.

– En effet, personne ne te l'interdit… Tu es libre de choisir ce que tu vas étudier à l'université, par exemple. Qu'est-ce que tu vas faire ?

– Je veux faire du surf.

– Fais comme si je n'avais rien dit.

– Écoute, j'ai une idée. Tourne là. Va tout droit, toujours tout droit. La dernière à droite.

– Mais c'est en sens unique !

– Encore ? Mon Dieu, qu'est-ce que tu es lourd !

– Je ne suis pas lourd, je suis responsable, je veux éviter un choc frontal. Toi, en revanche, tu es une irresponsable. Comme les deux en scooter, tout à l'heure. Si tu prends cette rue en sens interdit, tu peux causer un accident très grave.

– Pour l'instant, celui qui cause des accidents graves, c'est toi. À moins que…

– Quoi ?

– Ça n'ait été un plan pour faire ma connaissance.

– Oui, tu parles d'un plan… Je t'aurais arrêtée et demandé comment tu t'appelais, plutôt que de détruire ma voiture…

– Dommage, j'aurais préféré que tu me rentres dedans exprès pour faire ma connaissance…

– Pourquoi il faut que tu fasses la petite fille, parfois ?

– Mais je suis une petite fille, papa. Voilà, tourne à droite. Ici, on peut.

– Et puis…

– Et puis, on est arrivés dans le centre. Via del Corso, tu connais ?

– Bien sûr que je connais, et je sais aussi qu'on ne peut pas s'y garer.

– Qu'est-ce que ça peut te faire, allez, on va faire un petit tour. Toi qui es un créatif, tu as besoin de respirer les gens, de créer avec eux, pour eux. Voilà…

Niki attrape à nouveau le volant et le tourne brusquement avant de le tirer vers elle.

– Tourne là. Il y a une place, gare-toi, gare-toi !

– Du calme, on va se prendre quelqu'un.

Niki lâche le volant.

– OK, mais mets-toi ici, c'est parfait.

– Parfait pour prendre un PV, ça oui, mais toi, les panneaux d'interdiction de stationner, tu ne les lis pas.

– À cette heure-ci, les contractuelles sont en train de déjeuner.

– Toutes, c'est vrai, elles sont toutes en train de déjeuner. Elles ne font jamais de tours, les contractuelles…

– Allez, arrête de parler, on y va !

Niki descend en riant, sans lui laisser le temps de répondre, alors qu'il n'a même pas complètement arrêté la voiture. Alessandro secoue la tête et se gare à la place qu'elle lui a indiquée. Il descend et ferme la voiture.

– Si elles me mettent un PV, on partage, hein…

Niki le prend par le bras.

– Oui, bien sûr… D'abord tu te payes une voiture super chère, ensuite tu te plains pour un PV.

– Mais le PV n'est pas une option, je ne l'ai pas choisi, je ne l'ai pas demandé…

– En tout cas, tu es un vrai créatif, ça c'est sûr… tu sors toujours la bonne réplique au bon moment sur le bon sujet… Si j'avais été aussi rapide, j'aurais pu échapper à un certain nombre de dettes?

– Incroyable. Si jeune, tu as déjà des dettes…

– Quel rapport? Les *dettes d'école*[1]!

Un portable sonne.

– Trop fort, tu as mis la sonnerie de Vasco Rossi. Ça ne te ressemble pas, c'est trop fort, cette musique ne te ressemble pas.

En effet, pense Alessandro, ça ne me ressemble pas. C'est Elena qui me l'a mise. Mais ça, naturellement, il ne le dit pas à Niki. Il prend le téléphone dans la poche de sa veste et regarde le numéro.

– Excuse-moi mais je dois répondre, c'est le bureau… Oui, allô?

– Salut, Alex, c'est Giorgia. On est tous prêts. On a rassemblé du matériel, des cassettes, tous les spots de l'histoire. Il y en a plein sur les bonbons. Peut-être que si on se les passe rapidement ça nous donnera une idée.

Alessandro regarde Niki. Devant une vitrine, elle penche la tête à droite puis à gauche, elle observe un pantalon. Puis elle se retourne vers Alessandro, lui sourit et fronce le nez, comme pour dire: non, il ne me plaît pas.

– OK, alors commencez à les regarder.

– Et toi, tu reviens à quelle heure?

– Plus tard. Dans un petit moment.

---

1. Système équivalent à celui du rattrapage universitaire.

Niki, en écoutant ces mots, secoue la tête. Elle sort un papier de son sac à dos et écrit rapidement dessus, puis elle le lui tend. « Pas question. Aujourd'hui tu travailles sur l'inspiration libre. Dis-lui. Créativité et folie. Et merde ! » Niki lui met sous le nez, tellement proche qu'Alessandro a du mal à lire.

– Attends, Giorgia, excuse-moi, hein…

Alessandro regarde le papier. En effet, Niki a raison. Puis il reprend le téléphone et le lit à voix haute.

– Pas question, aujourd'hui, inspiration libre, créativité et folie… Et…

Il s'arrête, regarde Niki et secoue la tête pour le gros mot.

– Et zut… Il faut bien, de temps en temps, non ?

Alessandro ferme les yeux en attente de la réaction de sa copywriter. Silence pendant un moment.

– Tu as raison, Alex. Bravo, je crois que c'est une excellente solution. Décrocher un peu. Je pense que cette pause portera ses fruits. On fait comme ça. On se voit demain matin. Ciao.

Et elle raccroche. Alessandro regarde son téléphone d'un air perplexe. Incroyable. Puis il le range dans sa poche.

Niki sourit et hausse les épaules.

– Tu as vu ? Elle était d'accord avec moi.

– Bizarre, je n'aurais jamais cru. D'habitude, elle panique, elle travaille comme une folle au bureau…

– Combien de temps tu as dit que vous avez, pour ce projet ?

– Un mois.

– C'est presque trop.

– Je ne dirais pas ça.

– Si, parce que tu vois, les meilleures solutions, tu les trouves comme ça, elles sont là, dans l'air, prêtes

147

pour nous. Il suffit de les cueillir. Ça dépend toujours du moment qu'on est en train de vivre. Trop penser à quelque chose, ça peut tout gâcher.

– Ça aussi, c'est de William Hazlitt ?

– Non, en toute modestie, ça c'est de moi.

20

– Ferme les yeux, Alex. Ferme-les. Respire les gens.

Niki marche les yeux mi-clos, dans la foule qui l'effleure, et regarde en haut, vers le ciel.

– Tu les sens ? Ce sont eux… Ce sont les gens qui doivent guider ton cœur. Ne pense à rien et respire.

Puis elle s'arrête, ouvre les yeux. Alessandro est immobile, derrière elle, les yeux fermés, il tente de humer l'air. Il entrouvre un œil et la regarde.

– Je sens une odeur vraiment bizarre.

Niki sourit.

– Évidemment. Une calèche vient de passer par ici.

Par terre, près d'Alessandro, on voit encore les « traces » des chevaux.

– Voilà pourquoi je trouvais que c'était des gens de m…

– Bravo. Bonne blague. Non, vraiment, amusante. Mais quel rôle tu as, dans ton entreprise ?

– Un rôle important.

– Carrément. Tu es un super pistonné, alors.

– Pas du tout. Diplômé d'une prestigieuse faculté d'économie et de commerce, la Bocconi de Milan, puis master à New York, et me voici, sans aucune aide extérieure.

– Mais, au moins, dis-moi que tu ne sors pas ce genre de blagues au bureau.

– Bien sûr que si, tous les jours.

– Mais qu'est-ce que tu fais, exactement ?

– Directeur créatif.

– Directeur créatif… Voilà pourquoi tout le monde rit à tes blagues ! Essaye un truc. Écris-les, et fais-les dire par la femme de ménage. On verra, au bout de deux jours, si tout le monde rigole ou bien si elle pleure, toute seule, parce qu'elle a été virée.

– Tu es jalouse.

– Non, je suis réaliste. Et puis, au pire, je pourrais être jalouse de quelqu'un qui invente une variante géniale pour une planche de surf gun, peut-être en améliorant la poupe roundtrail pour prendre des virages plus larges. Ou bien, je pourrais être jalouse de celui qui a eu l'idée de construire un reef artificiel au kilomètre cinquante-huit de la Via Aurelia. Incroyable, ce truc. Mais je ne suis pas jalouse d'un directeur créatif, ça non. Explique-moi plutôt ce qui se cache vraiment derrière ce titre.

– C'est-à-dire ?

– C'est-à-dire, à part sortir des blagues, qu'est-ce que tu fais, dans ton entreprise ?

– J'invente ces publicités que tu aimes tant, où il y a une belle musique, une belle fille, et où il se passe quelque chose de beau. Bref, moi je pense à tout ce qui te reste en tête, de sorte que quand tu vas faire tes courses ou quand tu rentres dans un magasin, tu ne peux pas ne pas acheter ce que je t'ai suggéré.

– Ah, présenté comme ça, ça sonne bien. En gros, tu arrives à convaincre quelqu'un de faire quelque chose…

– Plus ou moins.

– Alors, tu pourrais parler à ma prof de maths, qui ne me laisse jamais tranquille ?

– Pour les miracles, nous sommes en train de nous équiper.

– Éculée, celle-là. Je la connaissais.

– C'est moi qui l'ai inventée, il y a des années, mais on me l'a volée.

– En fait, moi je la connaissais comme ça… Nous faisons le possible, nous essayons l'impossible, pour les miracles, nous sommes en train de nous équiper. C'était même dans le téléfilm *Dio vede et provvede* !

– Tu es incollable, tu sais tout, hein ?

– Ce qui me sert. Viens, viens, on entre là, aux Messageries musicales ?

Et elle l'entraîne, en le tirant presque, vers un grand magasin plein de CD, livres, DVD, mais aussi de cassettes audio et vidéo.

– Eh, salut, Pepe.

Niki dit bonjour à un vigile à l'entrée. T-shirt noir, pantalon noir et gros biceps blancs aussi tendus que son crâne rasé.

– Salut, Niki. Déjà en balade, en plein après-midi, hein ?

– Oui, j'avais envie, il fait chaud… et vous avez la clim, là-dedans.

Pepe prend la pose et imite une publicité.

– Ouh, Niki… Il fait chaud…

Niki rit.

– Pas aussi chaud que ça, Pepe !

Ils entrent dans le magasin et se perdent dans les centaines de rayons. Niki prend un livre et le feuillette. Alessandro s'approche.

– Eh, tu sais, ce spot dont te parlait ton ami Pepe, l'autre énergumène, c'est nos concurrents qui l'ont faite !

– Pepe n'est pas un énergumène. C'est un garçon très gentil. Une très belle personne. Tu vois comme tu te laisses tromper par les apparences, par l'image ? Des muscles, un T-shirt noir, un crâne rasé, donc c'est un méchant.

– Moi, je travaille sur les apparences, sur l'image. C'est toi qui m'as dit de me mélanger aux gens, non ?

– Non, moi je te dis de les respirer, les gens. Pas de les regarder superficiellement. Il te suffit d'un T-shirt noir et de deux muscles pour le cataloguer. Il a une maîtrise de biotechnologies.

– Mais je n'ai porté aucun jugement.

– Tu lui as directement mis une étiquette, c'est pire.

– J'ai juste dit qu'il a cité la pub de nos concurrents.

– Alors vos concurrents sont très forts. Ils gagneront.

– Merci. Tu me donnes envie de retourner au bureau.

– Bravo, comme ça tu vas perdre, c'est sûr. Tu dois respirer les gens, pas les fauteuils de ton bureau. Peut-être que Pepe lui-même pourrait te donner l'inspiration. Mais toi tu n'as pas été sympa avec lui.

– Encore ? Mais d'après toi, est-ce que je suis stupide au point de ne pas être sympa avec un type comme lui ?

– Devant lui, non, mais derrière, dans son dos, si… Tu l'as fait !

– Ça suffit… je me rends !

– Regarde, ils ont les CD de Damien Rice… *O* et *B-Sides*… Il y a même le dernier, il est magnifique, *9*. Laisse-moi écouter un peu…

Niki prend les écouteurs et choisit la piste 10.

– Quel beau titre, regarde : *Sleep Don't Weep*…

Et elle l'écoute, en bougeant la tête, puis elle enlève le casque.

– Oui, oui, je me l'achète. Ça m'inspire. C'est beau, romantique. Et puis, tu sais quoi, je m'achète aussi

O, il y a plein d'autres chansons, à part *The Blower's Daughter*...

– Belle musique, même si *Closer* était un film plein de rêves brisés.

– Alors ça ne va pas pour nous... La bande-son de notre histoire doit être positive, non ?

– Pardon, mais quelle histoire...

– Chaque instant qui passe est une histoire... Ensuite, tout dépend de ce que tu décides d'en faire.

Alessandro la regarde. Niki lui sourit.

– N'aie pas peur... Voilà, celle-là, *Eskimo*, elle n'était pas dans le film, elle est magnifique... Allez, on y va.

Ils se dirigent vers les caisses. Niki prend son porte-feuille dans son sac pour payer mais il est plus rapide qu'elle.

– Pas question, c'est moi qui te les offre.

– Mais tu sais, après, je ne me sentirai redevable de rien, hein ?

– Tu es trop suspicieuse et méfiante. Avec qui tu sors, d'habitude ? Disons qu'il s'agit d'une petite indemnisation pour l'accident de ce matin.

– Minuscule, alors. J'ai encore tout mon scooter à réparer.

– Je sais, je sais.

Ils sortent et reprennent la Via del Corso, qui est noire de monde.

– Regarde : ils n'ont pas d'argent, ils habitent en banlieue, et ceci est leur seul passe-temps. Il y a de la musique, le métro, les magasins, quelques spectacles de rue... tu vois ce mime ?

Un vieux monsieur peint en blanc se bloque dans mille positions différentes pour quiconque lui met quelques centimes dans son pot.

– Regarde l'autre, là-bas...

Ils rejoignent un groupe qui s'est arrêté pour regarder quelque chose. Au bord du trottoir, un autre vieux monsieur, tiré à quatre épingles, canotier sur la tête, chemise claire, veste en lin et nœud papillon foncé, a sur son épaule une pie voleuse. Le monsieur sifflote quelque chose.

– Allez, Francis, allez… Danse pour ces messieurs-dames !

La pie fait toute une série de pas, elle se déplace le long du bras du monsieur en suivant le rythme. Elle arrive à la main, puis revient à l'épaule.

– Bravo, Francis, maintenant fais-moi un bisou.

Et la pie voleuse se jette sur le grain de blé qu'il tient entre ses dents et lui vole délicatement. Puis, avec un petit saut, l'oiseau fait tomber le grain dans son bec et l'avale. Niki applaudit gaiement.

– Bravo, Francis, bravo, tu es trop fort, bravo à tous les deux !

Niki cherche dans ses poches, trouve une pièce et la fait tomber dans le petit nid posé tout près.

– Merci, merci, vous êtes trop gentille.

Il enlève son chapeau et fait une révérence, découvrant son crâne dégarni.

– Mes compliments ! Mais vous avez mis longtemps pour lui apprendre tout ça ? La musique, les commandes, et tout le reste ?

Le monsieur sourit.

– Vous plaisantez, mademoiselle ? C'est Francis qui m'a tout appris. Moi je ne savais même pas siffler !

Niki lance à Alessandro un regard enthousiaste.

– Allez, ne sois pas radin. Donne-lui quelque chose, toi aussi…

Alessandro ouvre son portefeuille.

– Mais je n'ai que des gros billets…

– Donne-lui celui-là !

Niki prend un billet de cinquante euros et le met dans le nid de la pie. Alessandro n'a pas le temps de l'arrêter, de toute façon c'est trop tard. Le monsieur s'en rend compte, en reste sans voix, puis sourit à Niki.

– Merci… venez… mettez un de ces petits grains dans votre bouche.

– Moi ? Mais ce n'est pas dangereux ?

– Mais non ! Francis est très fort. Tenez.

Niki obéit et se met le grain dans la bouche. Francis prend immédiatement son vol, s'arrête à un millimètre de sa bouche, suspendu dans les airs, en battant légèrement des ailes. À ce moment-là, Niki ferme les yeux tandis que Francis allonge le bec et lui dérobe le grain de blé. Niki sent un petit coup, elle a un frisson de peur. Puis elle rouvre les yeux.

– Au secours !

Francis est déjà retourné sur l'épaule de son patron.

– Vous avez vu, vous avez réussi !

Niki bat des mains, toute contente.

– Bravo ! Vous avez été parfaite !

Un type passe derrière eux, un bourrin aux cheveux longs, accompagné de copains du même calibre.

– Oh, la belle, si tu y tiens tant que ça, à embrasser un oiseau, j'te prête le mien ! Il est bien dressé !

Et ils éclatent d'un rire vulgaire, en s'éloignant.

– Même pas en rêve ! Et puis, il n'arriverait jamais à sortir de sa cage…, leur crie Niki.

De loin, le bourrin lui fait un geste explicite pour l'envoyer balader.

– Tu veux que je leur dise quelque chose ? demande Alessandro.

– Mais non, c'est déjà réglé. Et puis, ne fais pas ça. Le type avec qui j'étais avant démarrait au quart de tour.

S'il avait été là, tu sais ce qui se serait passé ? Une bagarre, des ennuis… Il se battait pour un oui ou pour un non. Je ne supportais pas ça.

— D'accord, mais il a été lourd, ce type, non ?

— Tu sais, ceux qui aboient ne mordent pas. C'était juste une mauvaise blague. Ça ne vaut pas la peine de perdre son temps. Et puis, mon ex, je l'ai justement quitté pour cette raison. Maintenant, qu'est-ce que je fais, je sors avec toi et tu fais la même chose ?

— Sauf que toi et moi ne sortons pas ensemble.

— Ah non ?

— Non.

— Bizarre, on est dans la rue tous les deux…

— Oui, mais nous ne nous ne sommes pas donné rendez-vous.

— Mais qu'est-ce que tu vas t'inventer, comme problèmes ? Tu as une femme jalouse ?

— Non, en ce moment je n'ai pas de femme du tout.

— Ah, tu t'es séparé, toi aussi ?

Et même s'il lui semble absurde d'en parler avec elle, il n'arrive pas à lui mentir.

— Eh oui.

— Alors, qu'est-ce que ça peut te faire ? Profite du moment, c'est tout ! Quel lourd, toujours à tout préciser.

Niki accélère le pas et passe devant lui. Alessandro reste là, devant le vieux monsieur qui le regarde, sa pie voleuse sur l'épaule, lève un sourcil et sourit.

— La demoiselle a raison.

Et puis, se disant qu'il pourrait changer d'avis, le vieux regarde Alessandro, sourit et glisse les cinquante euros dans sa poche.

Alessandro la rejoint.

– Niki, attends. OK, on est sortis, mais on n'est pas vraiment sortis. On doit encore la faire, notre sortie, d'accord ? C'est mieux comme ça, non ?

– Si tu le dis.

– Allez, ne te fâche pas.

– Moi ? Mais qui a parlé de se fâcher ?

Elle éclate de rire et passe son bras sous celui d'Alessandro.

– Écoute, plus loin il y a un endroit où ils font des pizzas délicieuses, Via del Lupo. Ça te dit, un morceau de pizza ? Via Tomacelli, il y en a un autre où ils font un pain à se damner, il y a même une superbe terrasse, on peut y monter, c'est magnifique. Et puis, il y a un autre endroit, Corso Vittorio, où ils font des salades, ça s'appelle L'Insalata Ricca. Tu aimes les salades ? Ou bien, tout près d'ici, il y a un glacier délicieux, Giolitti, et même mieux, il y en a un autre qui fait d'excellents cocktails de fruits, Pascucci, près de la Piazza Argentina.

– Piazza Argentina ? Mais c'est loin.

– Mais non, une petite promenade. Alors, on y va ?

– Où ça ? Tu as dit huit choses en l'espace de deux secondes !

– OK, alors on prend les cocktails de fruits. On va faire un truc : le dernier arrivé paie pour l'autre !

Et elle s'enfuit en courant, belle, gaie, avec son pantalon moulant, son sac en toile, ses cheveux châtains au vent, attachés par une barrette bleue. Et ses yeux bleus ou verts, selon la lumière. Alessandro reste à la regarder. Il sourit intérieurement. Puis, d'un coup, c'est comme s'il décidait d'envoyer balader toutes ses pensées. Il s'élance lui aussi, derrière elle, il court à en perdre haleine Via del Corso. En avant, toujours en avant, puis à droite vers le Panthéon, les gens qui le regardent, qui sourient, curieux, qui s'arrêtent un instant de parler avant de revenir à leurs propres vies. Alessandro peine à rejoindre Niki. Voilà, pense-t-il, on dirait un de ces vieux films, genre *Gardiens et voleurs*, avec Totò et Aldo Fabrizi, quand ils courent le long de la voie ferrée, en noir et blanc. Mais Niki ne lui a rien volé, elle. Et il ne sait pas que, en réalité, elle lui offre déjà beaucoup.

Niki rit et de temps à autre se tourne pour voir où il est.

– Eh, je ne pensais pas que tu étais aussi en forme, hein !

Alessandro est sur le point de la rattraper.

– Je vais t'avoir, je vais t'avoir !

Niki accélère un peu, tente de maintenir un pas plus rapide. Mais Alessandro ne la lâche d'une semelle. Puis, d'un coup, il ralentit, s'arrête presque. Niki se tourne et l'aperçoit plus loin. Arrêté. Elle prend peur et ralentit, elle aussi. Elle se retourne. Alessandro met sa main dans la poche de sa veste et en sort son portable.

– Allô ?

– Alex ? C'est Andrea, Andrea Soldini.

Alessandro tente de reprendre son souffle.

– Qui ?

– Allez, arrête, je suis ton staff manager.

Puis, à voix basse :

– Celui à qui tu as sauvé la vie, chez toi, avec les Russes…

– Mais oui, je sais qui tu es, tu ne comprends jamais les blagues ? Allez, dis-moi, qu'est-ce qui se passe ?

– Mais qu'est-ce que tu as, tu es essoufflé ?

– Oui, je suis occupé à respirer les gens à fond, pour être plus créatif.

– Mais… Bon, j'ai compris. Le sexe après avoir mangé, c'est ça ?

– Je n'ai pas encore mangé.

Et puis, le sexe, je ne sais pas combien de temps ça fait que je n'en ai pas vu la couleur, a-t-il envie d'ajouter.

— Alors, qu'est-ce qu'il y a ? Dis-moi.

— Non, je voulais te dire, je suis en train de regarder nos vieilles pubs et j'ai eu toute une idée de montage. Quand tu reviens, je t'en parle.

— Andrea…

— Oui, je t'écoute.

— Ne me fais pas regretter de t'avoir sauvé.

— Non, compte sur moi.

— Voilà, parfait. On se rappelle plus tard.

— Je peux t'appeler, si j'ai une autre idée ?

— Si vraiment tu ne peux pas t'en empêcher.

— OK, chef.

Andrea raccroche. Je n'ai pas eu le temps, pense Alessandro, de lui dire le plus important. Je ne supporte pas qu'on m'appelle chef.

Entre-temps, Niki l'a rejoint.

— Alors, qu'est-ce qui se passe ?

— Rien, c'est le bureau, ils n'arrivent vraiment pas à se passer de moi.

— Mensonges. Ils t'appellent chef et tu te sens important, pas vrai ?

— Si, c'est vrai.

— La même règle vaut pour tout le monde, ne l'oublie pas. Le pape est mort, on en fait un autre.

— Ah, oui, alors tu sais ce que je te dis ? Qui perd paye, même en suspens…

— Eh, ça ne vaut pas, ça ne vaut pas ! Je suis revenue en arrière pour voir comment tu allais !

— Qui te l'a demandé ?!

— Mais qu'est-ce que ça veut dire, cette histoire de suspens ?

158

– Je t'explique quand on arrive, là j'ai besoin de tout mon souffle pour gagner.

Alessandro rit et se remet à courir. Il accélère, longe en courant les ruines du Panthéon, au-delà de la place, près de l'hôtel, toujours tout droit. Son portable sonne à nouveau. Alessandro ralentit mais ne s'arrête pas. Il le sort de sa veste et regarde l'écran. Il n'en croit pas ses yeux. Il se tourne vers Niki, qui gagne du terrain.

– Mais c'est toi qui m'appelles !

– Eh oui, à la guerre comme à la guerre. Tous les moyens sont bons. Tu m'as fait revenir en arrière et tu es reparti en traître, non ? Ce téléphone sera ta perte !

– Oui, mais je ne suis pas tombé dans le piège. Rappelle-toi que c'est toi qui m'as dit d'enregistrer ton numéro !

– Tu vois, on regrette toujours d'avoir été gentils.

Ils continuent à courir.

– Dis-moi ce que ça veut dire, cette histoire de suspens, sinon je ne paye pas.

– On décidera là-bas, si tu payes ou non… sinon ça ne vaut pas.

Ils continuent à courir l'un derrière l'autre, et finissent par arriver chez Pascucci.

21

– Preum's !

Alessandro s'appuie contre la devanture du bar.

– Bien sûr, tu m'as bien eue, quel magouilleur tu fais !

– Tu es mauvaise perdante.

Ils sont tous deux sur le seuil, pliés en deux pour essayer de reprendre leur souffle.

— Jolie course, non ?

— Oui, et dire que je joue tous les jours au volley. J'étais sûre de gagner facilement, sinon je ne t'aurais jamais proposé…

Alessandro ouvre la bouche pour récupérer et se relève.

— Désolé. Tapis roulant à la maison. Vingt minutes tous les matins… avec un écran devant où défilent des bois et des montagnes, des paysages qui aident à garder la forme et surtout à battre les filles comme toi.

— C'est ça ! Si on la refaisait, tu perdrais.

— Bien sûr, maintenant que tu sais que je ne dure que vingt minutes, tu es avantagée. Le secret, après une victoire, c'est de ne pas la remettre en jeu. Il faut savoir se retirer au bon moment. Tout le monde peut être un bon joueur, mais n'est pas un vrai vainqueur qui veut.

— C'est de toi, ça ?

— Je ne sais pas, il faut que je me décide. Je ne me rappelle pas si je l'ai volée à quelqu'un.

— Alors, pour l'instant, ça ne me semble pas terrible.

— Mais pourquoi, si c'est quelqu'un d'autre qui l'a dit, ça n'a pas la même valeur ?

— Ça dépend qui est ce quelqu'un d'autre.

— *Excuse me…*

Un couple d'étrangers leur demande gentiment de s'écarter. Ils n'arrivent pas à entrer dans le bar.

— Oh, *certainly, sorry…*, dit Alessandro en se déplaçant.

— Voilà, tu m'as battue à la course grâce à ton tapis roulant et à tes trucs dégueulasses, mais moi, j'aurais facilement gagné en anglais. Tu pourrais me prendre comme *account international*.

Alessandro sourit, ouvre la porte en verre, la laisse passer puis referme.

– Tu sais ce qu'on disait toujours après le foot, quand on bavardait... les gagnants font la fête, les perdants s'expliquent.

– Bon, ça va, j'ai compris, je n'ai plus qu'à payer, d'accord. Je paie toujours mes paris quand je perds.

– Bien, alors déjà, paie ça. Pour moi, un mélange aux fruits des bois.

Niki regarde les différents parfums dans les barquettes.

– Pour moi, kiwi et fraise. Alors, qu'est-ce que c'était, cette histoire du suspens ?

– Ah, oui, c'est vrai. Bon, si tu veux, tu peux ne pas payer, vu que tu ne la connaissais pas. Ça serait plus juste que tu ne paies pas, d'ailleurs.

– Commence par me la raconter, ensuite je déciderai si je paie ou non.

– Eh, mais tu démarres au quart de tour !

Niki essaye de lui envoyer un coup de pied mais Alessandro fait un bond sur le côté.

– OK, OK, ça suffit. Je te raconte l'histoire du suspens. C'est une tradition napolitaine. À Naples, ils sont très généreux. Quand ils vont dans un bar, en plus du café qu'ils boivent, ils en offrent un à la personne qui entrera après eux. Il y a donc un café « en suspens », pour quelqu'un qui ne peut pas se le payer.

– C'est chouette, ça me plaît. Et si le barman fait semblant de rien ? Il garde les sous, s'il ne dit rien à celui qui entre après, qui demande un café mais qui n'a pas d'argent ?

– Le « suspens » est basé sur la confiance. Moi je paie, le barman accepte mon argent, et ce faisant il me promet implicitement qu'il le fera. Je dois lui faire confiance. Un peu comme sur eBay, quand tu paies un objet et que tu fais confiance à la personne qui te l'envoie chez toi.

– Oui, mais au bar tu ne peux pas laisser d'évaluation !

– Mais, de toute façon, au bar, c'est facile, c'est juste le prix d'un café. Ça serait beau de pouvoir faire confiance aux inconnus, même pour les choses les plus importantes. Parfois, on ne peut même pas se fier à nos proches, alors à un barman…

Niki le regarde. Elle sent dans le ton de sa voix quelque chose de profond et de lointain.

– Tu peux avoir confiance en moi.

Alessandro sourit.

– Bien sûr, au pire je fais jouer l'assurance de la voiture !

– Non, au pire tu te fais une belle frayeur.

– Pour quoi ?

– Parce qu'il te faudra recommencer à croire en tout ce à quoi tu as cessé de croire.

Ils restent ainsi, en suspens, leurs regards faits de sourires et d'allusions, de ce qu'ils ne connaissent pas encore, de curiosité et d'amusement. Ils ne savent pas encore s'ils prendront ce petit sentier qui s'éloigne de la grand-route pour entrer dans le bois. Mais qui parfois est si beau, plus que la fantaisie elle-même. Soudain, une voix vient interrompre leurs pensées.

– Voilà vos cocktails. Pour vous, mademoiselle, kiwi et fraise, et pour vous fruits des bois.

Niki prend le sien. Elle commence à le boire avec la paille, en fixant Alessandro d'un air gai, sans trop de pensées, d'un regard propre, plein et transparent. Puis elle s'arrête.

– Mmm, c'est bon, vraiment bon. Le tien te plaît ?

– Délicieux.

– Il est comment ?

– C'est-à-dire ?

– Qu'est-ce qu'il y a, dedans ?

– Ah, alors il faut dire « à quoi il est ? ». Aux fruits des bois.

– Mon Dieu, tu es pire que Mme Bernardi.

– C'est qui, ça ?

– Ma prof d'italien. Tu es aussi tatillon qu'elle. Allez, tu avais parfaitement compris ce que je voulais dire, non ?

– Oui, bon, ça dépend de ce que tu voulais dire exactement, tout est question d'interprétation, alors… Tu sais que l'italien est la langue la plus riche en nuances et en intonations ? C'est pour ça qu'on l'étudie dans le monde entier, c'est parce que nos mots permettent d'exprimer exactement la réalité.

– C'est vrai, tu n'es pas comme Mme Bernardi.

– Ah, voilà, je préfère ça.

– Tu es pire !

Et elle se remet à boire avec sa paille. Elle le finit et aspire le fond en faisant de grands bruits, sous les yeux scandalisés de quelques touristes âgés et sous ceux, amusés, d'Alessandro. Elle est en train de boire les dernières gouttes quand…

– Zut.

– Qu'est-ce qu'il y a ?

– Rien, mon portable.

Niki le sort de la poche de son jean.

– Je l'avais mis sur vibreur.

Elle regarde le numéro qui s'affiche.

– Quelle barbe, c'est la maison.

– Ils veulent peut-être juste te faire un petit coucou.

– J'en doute. Ça doit être les trois questions habituelles.

– C'est-à-dire ?

– Où tu es, avec qui, à quelle heure tu rentres. Bon, j'y vais… je me lance…

Niki ouvre son téléphone.

– Allô ?

– Salut, Niki.

– Maman, c'est toi, quelle surprise !

– Où es-tu ?

– Je fais un petit tour dans le centre.

– Avec qui ?

– Encore avec Olly.

Elle regarde Alessandro et hausse les épaules comme pour dire : ras-le-bol, encore un mensonge.

– Niki…

– Qu'est-ce qu'il y a, maman ?

– Olly vient d'appeler. Elle a dit que tu ne répondais pas au téléphone.

Niki lève les yeux au ciel. Merde, merde, merde. Alessandro la regarde sans rien comprendre à ce qui se passe. Niki tape des pieds par terre.

– Mais non, maman, tu n'as pas compris. J'étais avec Olly avant, mais ensuite elle n'a pas voulu venir dans le centre, alors je l'ai laissée. Je lui ai dit que je rentrais à la maison, mais ensuite j'ai décidé de venir ici quand même, toute seule. Elle m'a déposée à mon scooter.

– Impossible. Elle m'a dit qu'elle t'avait accompagnée chez le garagiste à la récréation. Quand est-ce que tu es allée le chercher ?

Merde, merde, merde. Même scène que tout à l'heure avec Alessandro, qui comprend de moins en moins.

– Mais maman, tu ne comprends rien ! Ça, c'est ce que je lui ai dit, parce que je n'aime pas sa façon de conduire. J'ai peur derrière elle, je ne voulais pas monter avec elle.

– Ah, oui, et alors avec qui tu vas rentrer ?

– J'ai rencontré un ami.

– Ton petit ami.

– Non, maman… C'est du passé, ça… Je te l'ai dit, nous sommes séparés. C'est un autre ami.

– Je le connais ?

– Non, maman, tu ne le connais pas.

– Et comment ça se fait que je ne le connaisse pas ?

– Qu'est-ce que j'en sais, maman, peut-être qu'un jour tu feras sa connaissance, qu'est-ce que j'en sais…

– Moi, je sais seulement qu'on est en train de se raconter des mensonges. Nous ne nous étions pas fait la promesse de toujours tout nous dire ?

– Maman.

Niki baisse un peu la voix et se tourne.

– Je suis avec lui, là. On ne peut pas reprendre cet interrogatoire plus tard ?

– OK. Quand est-ce que tu rentres ?

– Bientôt.

– Quand, bientôt ? Niki, tu as des devoirs à faire.

– Bientôt, maman, je t'ai dit bientôt.

Elle raccroche.

– Ouf, ma mère est vraiment lourde, quand elle s'y met…

– Pire que Mme Bernardi ?

Niki sourit.

– Elles se valent.

Puis elle s'adresse au serveur.

– Vous pouvez m'en faire un autre ?

– Le même ? Toujours kiwi et fraise ?

– Oui, il était délicieux.

Alessandro termine le sien et jette le verre en plastique dans la poubelle près de la caisse.

– Niki, mais tu en prends un autre ?

– Qu'est-ce que ça peut te faire, c'est moi qui paie ?

– Mais non, ce n'est pas ça. Ça ne va pas faire trop, deux ?

– Tu sais, il n'y a qu'une personne qui batte ma mère et Mme Bernardi.

– Je crois savoir de qui tu parles.

Niki s'approche de la caisse, mais Alessandro la devance.

– Stop, c'est moi qui paie.

– Tu plaisantes ? J'ai perdu un pari et je paie, il ne manquerait plus que ça. Alors, trois cocktails de fruits et un « suspens ».

La caissière la regarde avec curiosité.

– Je suis désolée, nous n'avons pas de cocktails au suspens.

– Mais non, je vous explique. Si quelqu'un entre et veut un cocktail mais n'a pas d'argent pour le payer, dites-lui qu'il y a un cocktail en suspens. Et faites-lui préparer…

Niki donne dix euros à la caissière. Qui compte quatre cocktails et lui rend la monnaie, deux euros.

– C'est une bonne idée, ça. C'est de vous ?

– Non, de mon ami Alex. C'est-à-dire, en réalité, c'est une tradition napolitaine. En gros, maintenant tout repose sur vos épaules.

– Sur mes épaules, et pourquoi ?

– Nous vous faisons confiance. Le suspens est entre vos mains.

– Oui, bien sûr, vous me l'avez expliqué… et je l'offrirai à quelqu'un qui en a besoin.

– Bien.

Niki prend le cocktail qu'on lui a préparé et se dirige vers la sortie, mais elle s'arrête à la porte.

– Ne serait-ce que parce que nous, on pourrait rester tout l'après-midi à la porte pour contrôler… Au revoir.

Alessandro regarde la caissière.

– Excusez-la, elle est très méfiante.

La caissière hausse les épaules. Alessandro rejoint Niki, qui sirote son cocktail en marchant.

– À bon entendeur… c'est comme ça avec toi, hein, Niki ?

– Ma mère m'a appris que faire confiance, c'est bien, ne pas faire confiance, c'est mieux. Et je pourrais continuer pendant des heures. Ma mère m'a appris des tonnes de proverbes. Tu y crois, toi ?

Et ils continuent à parler, à se promener, à discuter de tout et de rien, des voyages qu'ils ont fait, de ceux dont ils rêvent, de fêtes, de bars qui viennent d'ouvrir, de ceux qui ont fermé et de mille autres nouveautés, capables de s'écouter, de rire et d'oublier, pendant un moment, leurs vingt ans d'écart.

– Tu me fais goûter ton cocktail ?

– Ah, tu vois…

– Si tu as repris le même, c'est qu'il devait être bon.

– Tiens.

Niki lui passe.

Alessandro écarte la paille et boit directement dans le verre, puis il le lui rend.

– Mmm, tu as bien fait d'en reprendre un, il est délicieux…

– Tu n'as pas utilisé ma paille. Ça te dégoûte tant que ça ?

– Non, c'est que j'ai pensé que ça pouvait te gêner, toi. Boire avec la même paille, c'est un peu comme s'embrasser…

Niki le regarde et sourit.

– Non, c'est différent. C'est très différent…

Silence. Ils se regardent fixement pendant un moment. Puis Niki lui repasse le verre.

– Tu en veux encore un peu ?

– Oui, merci.

Cette fois, Alessandro boit directement avec la paille. Et il la regarde. Il la fixe. Intensément.

– Voilà, là c'est comme si tu m'avais embrassée…

– Et ça t'a plu ?

– Mmm, oui, c'était bon. Un baiser qui avait du goût, un goût de kiwi et fraise !

Ils se regardent, se sourient. Pendant un instant, ils ne savent plus lequel des deux est le plus mûr. Ou le plus immature. Soudain, ils sont ramenés à la réalité par le Motorola d'Alessandro qui sonne. Niki soupire.

– Qu'est-ce que c'est ? Encore le bureau ?

Alessandro regarde l'écran.

– Non. Pire. Allô ?

– Salut, mon trésor, ça va ?

– Salut, maman.

– Tu es au bureau ? Tu es avec le directeur ? Tu es en réunion ?

– Non, maman.

Alessandro regarde Niki et hausse les épaules, puis il couvre le micro de sa main.

– La mienne est pire que Mme Bernardi et la tienne réunies.

Niki rit.

– Et alors, où tu es ?

– Via del Corso.

– Ah, tu fais du shopping.

– Non, je travaille. Une recherche. Nous étudions les gens pour mieux comprendre comment pénétrer le marché.

– Ah, c'est bien, ça m'a l'air d'être une très bonne idée. Au fond, ce sont les gens qui choisissent, n'est-ce pas ?

– C'est vrai.

– Écoute, tu viens dîner chez nous vendredi soir ? Il y aura aussi tes sœurs avec leurs maris et enfants. Tu pourrais venir avec Elena, non ? Ça nous ferait plaisir.

– Maman, là je ne peux pas te dire, il faut que je regarde mon agenda.

– Oh, ne joue pas à ça avec nous.

– Mais je ne joue pas, j'ai vraiment un agenda chargé.

– Et tu es en train de flâner dans le centre !

– C'est une étude de marché, je te l'ai dit.

– Raconte ça à tes supérieurs, pas à moi. Tu dois être en vadrouille avec un de tes fainéants de copains, en train de t'amuser… Bon, alors fais en sorte d'être là vendredi soir, d'accord ?

Et elle raccroche. Niki lève un sourcil.

– Dis-moi une chose. Quel âge tu as ?

– Trente-six.

– Ah, bon, je te donnais plus.

– Merci…

– Tu n'as pas compris. Je ne parlais pas de l'âge. À la manière dont tu t'habilles, dont tu t'exprimes, à ta culture…

– Tu te fiches de moi ?

– Non, je suis sérieuse. Mais, dis-moi, j'aimerais comprendre… quand j'aurai trente-six ans, est-ce que ma mère continuera à me casser les pieds comme ça ?

– Tu sais, un jour, ça te manquera, qu'elle te casse les pieds.

Niki prend une dernière gorgée et lance son verre dans une poubelle.

– Panier !

Puis elle prend Alessandro par le bras.

– Voilà, c'est quand tu dis des trucs comme ça que tes trente-six ans me plaisent !

Ils s'éloignent, en courant un peu, mais pas trop. Ils bavardent, tranquillement, sans arrière-pensées, sans coups de fil. Ils reviennent ainsi jusqu'à l'endroit où ils s'étaient garés, et, là, une surprise les attend. La Mercedes a disparu.

– Pff… on me l'a volée.

– Mais non, elle n'était pas là… peut-être un peu plus loin…

– Non, non, c'était là, je m'en souviens. Je n'arrive pas à y croire, on me l'a piquée en plein après-midi, en plein centre, Via della Penna. C'est absurde.

– Non ! Ce qui était absurde, c'était d'espérer la retrouver ici.

Une voix dans leur dos. Un policier, particulièrement zélé, a tout écouté.

– Vous vous êtes garé dans une zone d'enlèvement demandé. Vous n'avez pas lu le panneau ?

– Non, j'étais distrait.

Il regarde Niki en faisant un sourire forcé.

– Et maintenant, où je vais la chercher ?

– Ils vous l'ont emportée soit à Ponte Milvio, soit au village Olympique.

Et il s'en va, son carnet à la main, prêt à verbaliser quelqu'un d'autre.

– Bien sûr… et maintenant, comment on fait pour y aller ?

– Facile. Viens. Je dois vraiment tout t'apprendre ?

Niki le prend par la main et se met à courir. Elle traverse la Piazza del Popolo, le traînant presque derrière elle. On dirait deux touristes qui essaient d'arriver à temps à un musée avant la fermeture. Ils montent dans le petit tram qui remonte la Via Flaminia. Ils se jettent sur les premières places qu'ils voient. Alessandro, tout essoufflé, cherche son portefeuille, voudrait payer, mais Niki l'arrête et lui susurre :

— De toute façon, on descend bientôt.

— Oui, mais si un contrôleur monte ?

— On descend à la prochaine !

Mais en fait, non. Il reste deux arrêts. Et, à l'avant-dernier, un contrôleur monte.

— Billets, s'il vous plaît.

Alessandro regarde Niki et secoue la tête.

— Mais pourquoi est-ce que je t'ai écoutée ?…

Elle n'a pas le temps de répondre, déjà le contrôleur se dirige vers eux.

— Billets.

Niki tente le coup. Elle se justifie par tous les moyens, bat des paupières, fait appel au PV qu'ils viennent de prendre, raconte de drôles d'histoires de voiture volée, d'amour qui vient de se terminer, et aussi la légende du suspens, un geste généreux qui témoigne de leur honnêteté. Mais rien. Il n'y a pas moyen. Ce billet qu'ils n'ont pas acheté devient un billet de cinquante euros en moins pour Alessandro.

— Je vous ai fait une ristourne. C'est comme si un de vous deux avait eu un billet. D'accord ?

Un truc de fous, pense Alessandro, pour un peu je devrais même le remercier. Quand ils descendent, Niki ne perd pas une minute. Elle court de nouveau à en perdre haleine, en le traînant derrière elle, en le faisant presque trébucher, et elle ne s'arrête que devant la petite baraque de la fourrière.

— Bonsoir… Nous sommes venus chercher une voiture.

– Elle était garée où ?

– Via della Penna.

– Oui, elle vient d'arriver. Une Mercedes MI, pas vrai ? Ça fait cent vingt euros, plus soixante de transport. En tout, cent quatre-vingts euros.

Alessandro tend sa carte de crédit. Après avoir payé, ils le laissent entrer dans le parking.

– La voilà, c'est bien celle-là ?

Niki court vers une Mercedes garée dans la pénombre. Alessandro essaye de l'ouvrir de loin. Les quatre clignotants s'allument.

– Oui, c'est celle-là.

Niki monte, suivie par Alessandro. Ils sortent lentement du parking. Il fronce les sourcils.

– Cet accident avec toi est en train de me coûter cher. Si je t'avais proposé de sortir de façon plus classique, j'aurais fait des économies.

– Mais non, l'argent est fait pour circuler, ça aide l'économie nationale. Et puis, tu es bien directeur créatif, non ? C'est une étude de marché, tu as vu des gens, tu as goûté à une réalité différente de la tienne. En plus, dans la colonne de tes dépenses du jour, tu peux déduire les miennes.

– C'est-à-dire ?

– Les huit euros des cocktails de fruits.

– Oui, bien sûr. Dès qu'un poste se libère, je te fais engager comme comptable.

– Tourne ici, tourne à droite.

– Tu es pire qu'un GPS cassé.

Ils passent le Cineporto et se retrouvent au milieu d'un immense espace complètement vide. Il y a juste quelques voitures garées au fond.

– Eh bien, qu'est-ce qu'il y a, ici ?

– Rien.

– Et alors, qu'est-ce qu'on fait là ?

Alessandro la regarde d'un air perplexe. Il lève un sourcil.

– D'habitude, ce sont les petits couples qui viennent ici.

Et il lui sourit.

– C'est vrai. Mais aussi ceux qui apprennent à conduire.

– Et nous, on fait partie de quel groupe ?

– Le deuxième. Allez, pousse-toi, laisse-moi essayer de conduire ta voiture…

– Tu plaisantes ?

– Écoute, ne fais pas le difficile. Allez, de toute façon, maintenant il est trop tard pour aller au bureau. Nous avons fait une étude de marché et, pour une somme ridicule, je t'ai donné un tas d'indications utiles. Je t'aurais coûté bonbon… Maintenant, sois un peu altruiste. J'ai déjà mon code de la route, tu sais. Laisse-moi m'entraîner un peu.

– OK, mais tu vas lentement et on ne sort pas d'ici.

Alessandro descend et fait le tour de la voiture, par-derrière. Il la regarde à l'intérieur se déplacer d'un siège à l'autre en escaladant le levier de vitesse. Elle s'installe, glisse dans le lecteur l'un des CD qu'elle a achetés aux Messageries et monte le volume. Alessandro n'a pas le temps de refermer la portière qu'elle a déjà démarré en trombe.

– Attention, doucement, doucement ! Et mets ta ceinture !

La Mercedes pile, puis repart à toute allure. Alessandro se penche du côté de Niki.

– Mais qu'est-ce que tu fais, tu en profites ?

– Qu'est-ce que tu racontes ? Je te mets ta ceinture !

Alessandro la fixe sur le côté du siège. Puis il regarde Niki. Elle essaye de changer de vitesse, mais elle se trompe de pédale et freine.

– Attends, mais il n'y a pas d'embrayage ?

– Non, il n'y en a pas.

– C'est-à-dire ?

– C'est-à-dire que ce levier auquel tu t'agrippes comme un poulpe, ce n'est pas le levier de vitesse… Ça s'appelle un automatique. Plus exactement, 7G-Tronic, pourvu du système « direct selection ». Il suffit de l'effleurer de la main, ça enclenche la vitesse D.

– Ah, mais alors ça ne vaut pas. Ça ne me sert à rien, comme ça.

Niki redémarre en trombe, tourne, accélère. Elle ne s'aperçoit pas qu'une autre voiture vient justement d'entrer sur la place. Elle freine comme elle peut mais elle fonce droit dessus, lui éclate son phare arrière et une partie de son aile. Alessandro, qui n'avait pas eu le temps de mettre sa ceinture, se cogne la joue contre la vitre.

– Aïe, ce n'est pas possible, tu es un vrai désastre.

Il se touche le nez plusieurs fois, inquiet, et regarde sa main en y cherchant du sang.

– Il n'y en a pas, dit Niki. Allez, tu n'as rien.

Alessandro ne l'écoute même pas. Il ouvre la portière et descend. Niki l'imite.

– Eh, monsieur, mais vous regardiez où ? J'avais la priorité !

Le monsieur sort de sa voiture.

– Quoi ?!

Il est grand, gros et costaud, une cinquantaine d'années, cheveux bruns et mains noueuses. Un de ces types qui, s'ils veulent, peuvent te faire mal. Très mal.

– Oh, les jeunes, mais vous vous fichez d'moi ? Moi j'viens de la droite. Tu m'as même pas vu. Tu m'as pris en plein dans le mille, mieux que du tir à la carabine. Encore heureux que t'aies freiné au dernier moment, sinon on s'rait pas là pour en parler. Regarde ça, regarde les dégâts que t'as faits...

– Oui, mais vous ne regardiez pas. J'ai bien vu, vous étiez occupé avec la dame.

Une dame sort de la voiture.

– Pardon, mais qu'est-ce que vous racontez ? On n'était même pas en train de parler...

Alessandro décide d'intervenir.

– OK, OK, du calme, l'important est que personne ne soit blessé, non ?

Le type secoue la tête.

– Moi ça va. Et toi, Giovanna ? Tu as pris un coup sur la tête ? Le coup du lapin ? Tu as mal au cou ?

– Non, Gianfranco, non.

– Parfait.

Alessandro remonte dans sa voiture, Niki le suit.

– Mon nez est enflé ?

– Non, pas du tout, tu es parfait. Écoute, je crois que ces deux-là sont venus ici pour faire des trucs, non ? Ils portent tous les deux une alliance. Donc ils sont mariés. Si tu dis que tu appelles la police et que tu veux faire un procès-verbal, ils vont peut-être prendre peur et s'en aller.

– Tu crois ?

– C'est sûr.

– Niki... Jusqu'ici, tu as eu tout faux... Le stationnement, le ticket de bus. Tu es sûre que tu veux tenter le coup avec le PV ?

Niki se met les mains sur les hanches.

– Ils n'étaient pas bons, les cocktails ?

– Délicieux.

– Alors, tu vois que je n'avais pas faux sur tout. Donne-moi encore une chance…

– OK.

Alessandro sort de la Mercedes.

– Je pensais avoir des constats, mais non. Je crois que je vais devoir appeler la police, au moins ils en auront… et aussi des PV.

La femme regarde l'homme.

– Gianfranco, mais ça va prendre un temps fou…

Niki regarde Alessandro d'un air satisfait. Elle lui fait un clin d'œil. Gianfranco réfléchit en se touchant le menton. Niki intervient.

– Vu la situation… On n'a qu'à faire comme s'il ne s'était rien passé : vous vous en allez, et nous aussi.

Gianfranco la regarde d'un air perplexe. Il ne comprend pas.

– Et la voiture que tu m'as démolie ?

– Les dangers du métier, ose Niki.

– Quoi, tu plaisantes ? La seule fois où je sors avec ma femme, pour être un peu seuls, qu'on n'en peut plus, les enfants sont toujours à la maison avec dix copains, je cherche un endroit pour être tranquille avec elle, et par ta faute il faut que je paie ? Tu es une petite maligne… C'est moi qui vais l'appeler, la police, et tout de suite, on attendra le temps qu'il faudra ! Un an, s'il le faut !

Gianfranco prend son portable et compose un numéro. Niki s'approche d'Alessandro.

– Fais comme si je n'avais rien dit…

– OK.

– Mais tu as des constats, dans la voiture ?

– Bien sûr, j'ai fait croire que non pour mettre en pratique ta splendide théorie des amants.

– Alors va les chercher…

– Mais ils sont déjà en train d'appeler la police.

– Il vaut mieux que tu les prennes… Fais-moi confiance !

– Mais ils vont comprendre qu'on a bluffé !

– Alex… Je n'ai pas mon code et j'ai dix-sept ans.

– Mais tu m'avais dit… arghhh, je renonce, avec toi.

Alessandro plonge dans la voiture et en ressort une seconde plus tard, une feuille à la main.

– Gianfranco, regardez ! J'ai trouvé un constat ! Quelle chance, pas vrai ?

22

Chambre indigo. Elle. C'est difficile. Comme si la terre se dérobait sous tes pieds. La route que tu connaissais, les mots que tu savais, les odeurs et les saveurs qui te faisaient sentir en sécurité… décider de tout effacer. Sentir qu'autrement tu n'iras nulle part, tu resteras ici, à faire semblant de vivre. Mais l'amour qui se termine était-il un vrai amour ? Je suis désolée. Je ne veux pas qu'il souffre. Il ne le mérite pas. Il a toujours été gentil avec moi. Il tient à moi. Il s'inquiète. Il est même un peu jaloux. Hier, j'étais sur le point de le lui dire, je me suis sentie mourir. Il me parlait de sa journée, de son nouveau travail, du voyage qu'il veut faire avec moi en août prochain pour fêter mon bac. Elle allume le portable. Elle ouvre le dossier jaune. Elle choisit un dossier au hasard.

Il se vit avec les yeux de la fantaisie tandis qu'il conversait avec cette douce et belle jeune fille assise à côté de lui, dans une pièce pleine de livres, de tableaux, de goût

*et d'intelligence, traversée par une lumière claire et une
atmosphère chaude et brillante…*

Elle cesse de lire. Elle se sent comme cette jeune fille.
Elle voit cette pièce pleine de livres. Elle observe ces
tableaux. Elle sent cette lumière blanche qui l'éclaire et
la rend belle. Et lui, ce lui, il n'a pas les traits de son
petit ami, mais de quelqu'un de nouveau, tout à imaginer. Quelqu'un capable d'écrire ces mots qui la font
rêver. Pour autant que ça soit vrai. Pour autant qu'on ait
besoin d'un rêve.

23

Un peu plus tard, dans la voiture. Alessandro murmure
quelque chose tout bas. Niki s'en aperçoit.

— Qu'est-ce que tu fais, tu pries ?

— Non, je comptais combien j'ai dépensé… Alors,
entre l'assurance pour la perte de bonus, le PV de la voiture, l'amende dans le tram, la dépanneuse, l'accident…
j'aurais pu t'acheter un scooter neuf.

— Oui, mais la valeur affective de Milla, qu'est-ce que
tu en fais ?

— Je peux éviter de répondre à cette question ?

Niki se tourne vers l'extérieur.

— Ce que tu es vulgaire !

Alessandro lance quelques regards dans sa direction,
mais elle reste tournée de l'autre côté. Elle bat des doigts
sur le tableau de bord, en suivant le rythme de la musique
de Damien Rice. Alessandro s'en rend compte et éteint
l'autoradio. Niki se tourne brusquement vers lui, puis

elle s'approche de la vitre et souffle dessus. Avec son index, elle écrit quelque chose. Alessandro appuie sur un bouton, le toit s'ouvre, l'air qui entre sèche la vapeur et efface l'inscription de Niki. Elle soupire.

— Mon Dieu, ce que tu es antipathique.

— Et toi, tu es insupportable quand tu fais la petite fille.

— Mais je te l'ai déjà dit… je suis une petite fille ! Et quand tu es comme ça, tu as l'air plus jeune que moi.

À ce moment-là, le son d'une sirène retentit de plus en plus fort. Une voiture de police passe dans la direction opposée, roulant à toute allure. Niki se lève et passe sa tête par le toit ouvrant. Elle hurle comme une folle :

— Allez doucement, bande de crétins !

Juste au moment où ils croisent la voiture de police, Alessandro la tire par son T-shirt pour la faire tomber sur le siège.

— Du calme, reste là. Pourquoi tu cries ?

Il entend un sifflement. Il regarde dans le rétroviseur. La voiture de police a pilé net et est repartie à toute blinde dans leur direction.

— Voilà, voilà, je le savais. Tu es contente, maintenant ? Mets ta ceinture, au moins, fais quelque chose d'utile !

— Tu vois, quand même, j'avais raison. S'ils nous suivent… ça veut dire qu'ils n'avaient rien d'important à faire.

— Niki, je t'en supplie… tais-toi. Maintenant, tu te tais !

La voiture de police se met à côté d'eux et leur fait signe de s'arrêter. Alessandro acquiesce et se rapproche lentement du trottoir. Les carabiniers descendent. Alessandro baisse la vitre.

— Bonsoir, monsieur l'agent.

– Bonsoir. Permis et carte grise, s'il vous plaît.

Alessandro se penche et ouvre la boîte à gants. Il prend l'enveloppe où il range les papiers de la voiture et la leur tend. Pendant ce temps, l'autre carabinier fait le tour du véhicule, contrôle la vignette d'assurance. Puis il remarque le clignotant cassé et l'aile abîmée.

– Tout est en règle, il me semble, dit le premier.

Mais il ne lui rend pas les documents.

– Nous avons vu votre amie gesticuler, qu'est-ce qu'elle criait ?

– Rien du tout.

– Excusez-moi mais je veux qu'elle réponde elle-même.

Alessandro se tourne vers Niki. Elle le regarde.

– Rien. J'ai juste crié que moi aussi je veux entrer dans la police. Mais vous ne prenez pas les femmes, non ?

– Les temps ont changé, mademoiselle.

Mais là, l'autre carabinier s'approche d'Alessandro, ils se regardent et ils se reconnaissent. Alessandro n'en revient pas : Carretti et Serra, les deux carabiniers qui sont venus chez lui la veille.

– Bonsoir ! Encore vous… cette fille est russe, elle aussi ?

– Non, elle est italienne, d'ailleurs elle voudrait entrer dans la police. Elle a beaucoup d'estime pour vous.

Alfonso Serra ne la regarde même pas.

– Bon, reprenez vos papiers. Et vous, ne vous penchez plus par le toit ouvrant. C'est dangereux, de distraire les voitures qui roulent dans l'autre sens.

– Bien sûr. Et merci.

– Vous avez de la chance qu'ils nous aient appelés pour un braquage, sinon…, ajoute-t-il en regardant fixement Alessandro. Entre l'histoire des Russes de hier soir et aujourd'hui cette jeune fille, on n'en serait pas restés là…

Sans lui laisser le temps de répondre, les deux carabiniers remontent dans leur Alfa 156 et repartent sur les chapeaux de roue. Alessandro met le contact et démarre en silence.

– Je voudrais te ramener chez toi… et rentrer sain et sauf chez moi.

– Où t'attendent les Russes…

– Quoi ?

– Oui, j'ai bien entendu ce qu'a dit le carabinier, qu'est-ce que tu crois, je ne suis pas sourde… De toute façon, ça ne m'étonne pas de toi. Typiquement le genre à aimer les étrangères. Tu leur promets un travail, un spot publicitaire, allez, tu vas devenir une star, et tout le reste… pour les mettre dans ton lit, et dans celui de tes copains. Bravo. Tu es sordide… Ramène-moi chez moi, va…

– Écoute, c'était juste une fête entre amis. Mais il se trouve que mes casse-pieds de voisins ont appelé la police en disant qu'on faisait trop de bruit, ce qui n'était pas vrai.

– Bien sûr, bien sûr… tu l'as dit toi-même : les gagnants font la fête, les perdants s'expliquent. Et tu es en train de t'expliquer.

– Quel rapport, je parlais du foot.

– C'est ça…

– Et puis, je ne te dois aucune explication.

– Bien sûr, bien sûr…

– Écoute, sérieusement je n'ai rien à cacher, et puis je n'ai aucun compte à te rendre.

– Prends la prochaine à droite et va tout droit… Bien sûr. Et si le carabinier n'avait pas été là, tu me l'aurais racontée, n'est-ce pas, ta soirée avec les Russes ?

– Tu exagères. Pourquoi j'aurais dû te la raconter ? Et puis, je te l'ai déjà dit, il n'y a rien à raconter.

– Au bout de la rue à gauche. Quoi qu'il en soit, tu ne me l'aurais pas dit.

– Mais tu es qui ? Ma fiancée ? Non, donc je n'ai rien à te raconter ! De quoi je dois me justifier ? On est en couple, peut-être ?

– Absolument pas. On est arrivés. Numéro 35. Voilà, c'est mon immeuble.

Soudain Niki plonge sur lui et se précipite sous le tableau de bord.

– Merde !

– Eh, mais qu'est-ce qui se passe ?

– Chut, mes parents !

– Et alors ?

– Comment ça, et alors ? S'ils me voient avec toi, je te raconte pas…

– Mais tu viens de dire qu'on n'était pas un couple ?

– Ça ne change rien.

Alessandro regarde Niki, coincée entre ses jambes.

– S'ils te voient comme ça, ça va chauffer pour moi aussi. Va leur raconter que tu te cachais, rien de plus !

– Tu es obsédé, hein ? C'est sûr, tu es habitué à tes Russes…

– Encore ! Désolé, mais je ne rentrerai pas dans ton petit jeu de jalousie.

– Je ne suis pas jalouse. Dis-moi ce que sont en train de faire mes parents.

– Mais rien… Alors, ta mère – je t'ai déjà dit que c'était une belle femme, n'est-ce pas ? – est devant une voiture, elle regarde autour d'elle, comme si elle cherchait quelque chose.

– C'est moi qu'elle cherche !

– C'est possible. En tout cas, c'est vraiment une femme élégante… aïe ! Mais qu'est-ce que tu fais, tu me mords ?

Alessandro se masse le quadriceps.

– Je t'ai dit de ne jamais me parler d'elle… Et estime-toi heureux que je ne t'aie mordu que la jambe !

Elle le mord à nouveau.

– Aïe !

Alessandro se masse au même endroit.

– Dis-moi ce que ma mère est en train de faire.

– Elle a sorti son portable, elle est en train de composer un numéro.

Une seconde plus tard, le téléphone de Niki sonne.

– Allô ?

– Allô, Niki. Je peux savoir où tu es ?

– Rien, maman, je suis en train de rentrer.

– Tu as une drôle de voix.

– Quelle voix, maman ? C'est ma voix.

– Je ne sais pas… comme si tu étais pliée en deux…

– Oui… J'ai un peu mal au ventre.

Niki sourit à Alessandro.

– En tout cas, maman, rien ne t'échappe, hein ?

– Non, sauf toi ! Écoute, nous on sort, on va au cinéma avec les Maggiori. Ton frère est seul à la maison. Je veux qu'au plus tard dans un quart d'heure tu sois rentrée. Tu m'appelles du fixe et tu me passes ton frère.

– J'y serai.

– Je veux que tu m'appelles avant que le film ne commence.

– Maman, fais-moi confiance… c'est comme si j'étais déjà arrivée.

La mère raccroche. Niki entend une voiture démarrer, alors elle se relève tout doucement et elle contrôle la rue. Elle aperçoit la voiture de ses parents qui s'éloigne.

– Ouf, ils sont partis.

– Bah, ça s'est bien passé.

– Si tu le dis…

Ils se taisent pendant quelques instants. Niki sourit.

– C'est toujours des moments bizarres, non ?

Alessandro la regarde. Il pense que ça fait longtemps qu'il n'est pas sorti avec une autre fille qu'Elena. Très longtemps. Et là, avec qui il sort ? Avec une mineure. Bon, ce n'est pas si mal. Quitte à changer de vie, autant le faire de façon radicale. Mais la réalité est différente. Il ne voulait pas changer de vie, lui. Il était bien avec Elena. Très bien. Et surtout, il n'a jamais choisi de sortir avec cette Niki.

– À quoi tu penses ?

– Moi ?

– Qui d'autre ?

– À rien.

– C'est impossible, de ne penser à rien.

– Non, vraiment, je ne pensais à rien.

– Ah non ? Essaye de ne penser à rien pour de bon…

Ils se taisent.

– Tu vois ? C'est absolument impossible. Mais bon, ça te regarde, si tu ne veux pas me le dire…

– Écoute, si tu ne me crois pas, je ne peux rien y faire…

Niki le regarde une dernière fois et lui sourit.

– Bon, moi j'y vais…

– Je descends, je t'accompagne à la porte.

Ils sortent de la voiture et marchent en silence jusqu'à l'immeuble de Niki.

Alessandro se met devant elle, les mains dans les poches.

– Bon, eh bien voilà. Journée intense, hein ?

– Ça…

– On s'appelle.

– Oui, bien sûr, il faut qu'on s'occupe de notre accident.

Niki lève le menton en direction de la Mercedes.

– Je suis désolée de t'avoir fait une bosse devant,
aussi…

– Ne t'inquiète pas. Je m'y suis déjà habitué.

– On peut toujours faire comme si tout s'était passé
en même temps. J'ai sûrement moins de dégâts que toi.

– Aucune assurance ne croira qu'un scooter a mis ma
voiture dans cet état ! À moins que tu ne l'aies balancé
directement de ton balcon !

Niki rit.

– Et pourquoi pas ? Ils le font bien, au stade.

– OK, OK, je n'ai rien dit.

– Mais bon, du calme, ne me fais pas sentir coupable
plus que de raison, je vais y réfléchir et je trouverai une
solution.

Elle se penche et l'embrasse sur la joue, puis elle s'enfuit en courant. Alessandro sourit en retournant vers sa
voiture. Il en fait le tour pour évaluer les dégâts. Après
ça, il sourit un peu moins. Il monte et allume le contact,
quand un texto lui arrive. Il se remet à sourire. Ça doit
être Niki. Mais d'un coup, il pense au *Petit Prince*. Et ça
l'inquiète un peu. Mince. Est-ce que je serais en train de
faire comme le renard ? Je me laisserais dresser ? C'était
comment, ce beau passage, déjà ? « Tu t'assoiras d'abord
un peu loin de moi. Je te regarderai du coin de l'œil et tu
ne diras rien […]. Le langage est source de malentendus.
Mais chaque jour, tu pourras t'asseoir un peu plus près
[…] Si tu viens, par exemple, à quatre heures de l'après-
midi, dès trois heures je commencerai d'être heureux. Plus
l'heure avancera, plus je me sentirai heureux. À quatre

heures, déjà, je m'agiterai et m'inquiéterai ; je découvrirai le prix du bonheur ! Mais si tu viens n'importe quand, je ne saurai jamais à quelle heure m'habiller le cœur… Il faut des rites. » C'est vrai. Il faut des rites. Et moi, je suis déjà en train d'attendre un texto d'elle ? Alessandro ouvre le message. Non. C'est Enrico. Le renard se lève et s'en va, sortant de la scène de ses pensées.

« On est chez Sicilia in bocca, Via Flaminia. Il y a tout le monde, on mange du poisson. Qu'est-ce que vous faites ? Vous nous rejoignez ? »

« J'arrive », répond rapidement Alessandro à l'aide de l'écriture intuitive. « Mais je suis seul. » Message envoyé. Il démarre. Peu après, son portable sonne. Numéro caché. Je ne supporte pas les numéros cachés. Qui ça peut bien être ? Trop de possibilités. J'aurai plus vite fait de répondre.

– Allô.

– C'est moi.

– Moi qui ?

– Moi Niki. Tu m'as déjà oubliée ?

Non, pense Alessandro. Comment je pourrais ? De toute façon, notre rencontre a laissé des traces. Mais il ne le lui dit pas. Il se dit qu'il battrait à nouveau Mme Bernardi, et peut-être aussi la mère de Niki. Le renard entre en scène et se couche, tranquillement. Il écoute.

– Je t'ai appelé en faisant *67# parce que je suis à la maison. Je n'ai plus de crédit.

Elle ne va quand même pas me demander de lui recharger sa carte, pense Alessandro.

– Je voulais juste te dire que j'ai passé un très bon après-midi avec toi. Je me suis bien amusée.

Alessandro se sent un peu coupable d'avoir eu cette pensée. Même le renard le regarde d'un air mauvais.

– Moi aussi, Niki.

Le renard se tranquillise.

– Tu sais ce qui m'a le plus plu ?

– Le cocktail de fruits ?

– Non, crétin. Que tu me fais me sentir femme.

Alessandro sourit.

– Tu es une femme.

– Oui, merci, je sais. Mais parfois on ne te fait pas sentir complètement femme. Et puis, tu veux savoir le plus beau ? C'est la première fois que quelqu'un… oui, bon… Il y a quelque chose de très beau qu'aucun homme n'avait jamais fait avec moi…

Alessandro est perplexe.

– Bon, j'en suis très heureux.

Il continue à réfléchir, mais sans résultat.

– Alors, tu as compris ?

– J'ai bien une idée, mais je préfère que tu le dises, toi.

– OK… C'est que quand tu m'as raccompagnée en bas de chez moi, tu n'as pas essayé de m'embrasser. Sérieusement. Ça m'a plu. C'est la première fois qu'un homme arrive jusqu'à ma porte et ne tente pas sa chance. Bravo ! Tu es unique ! Ciao. On s'appelle bientôt, bonne soirée.

Comme d'habitude, elle raccroche sans lui laisser le temps de répondre.

Alessandro en reste sans voix. Bravo. Tu es unique. Elle voulait dire, tu es le seul couillon ! Et, sans bien savoir comment interpréter ce coup de fil, il accélère vers la Via Flaminia.

24

Mauro donne de temps en temps un coup de pied à la roue arrière de son Kymco défoncé, posé sur sa béquille, en la faisant tourner. Il fume une cigarette. Un peu plus loin, cinq ou six Winston bleues ont déjà subi le même sort. Il regarde à nouveau la route. Et la voit.

Mauro éteint sa cigarette et court à sa rencontre.

– Mais où tu étais ? Où tu es allée, merde ? Hein, où tu étais ?

Paola avance tranquillement. Elle est heureuse. Elle a un sourire magnifique.

– Ils m'ont prise, ils m'ont prise !

– Mais pourquoi tu ne m'as pas appelé ?

– Je n'avais plus de crédit, même pas pour un texto, et ma mère était en ligne sur le fixe. Ils m'avaient appelée pour un *recall*…

– Un quoi ?

– Un *recall* ! Quand ils t'appellent pour refaire le casting… J'y suis allée en bus… Je ne pouvais pas t'attendre, et puis j'ai pris le métro, de toute façon ce n'était pas loin, c'était encore à Cinecittà.

Elle l'enlace, l'embrasse, douce, sensuelle comme elle sait l'être. Quand elle veut.

– Mais qu'est-ce qui t'inquiète ? Tu n'es pas heureux ? Ils m'ont prise !

Mauro fait encore un peu la tête. Il se libère de son étreinte.

– Merde, je te l'ai déjà dit cent fois… je n'aime pas que tu y ailles seule.

Paola lève les yeux au ciel.

– Bon, c'est pas que j'aime pas que tu fasses des castings, au contraire, mais j'aime bien t'accompagner.

– Pardon, mais aucune autre fille ne se fait accompagner par son copain.

– Eh, merci, c'est parce qu'ils en ont rien à faire, eux. Moi je tiens à toi. Et puis, autre chose, je te l'ai déjà dit cent fois, quand tu vois que tu n'as presque plus de crédit, dis-le-moi, non ? Tu le sais, que ma mère bosse au tabac du coin… Je l'appelle et je fais recharger ta carte. Ou bien je te la recharge directement moi-même, ailleurs.

Puis il se tait. Oui, mais avec quel argent je la recharge, pense-t-il. Mais ce n'est certainement pas le moment de lui dire.

Paola ouvre son grand sac aux hanses larges.

– Regarde, après le casting je suis allée à Cinecittà 2 et je t'ai acheté ça…

Elle sort un petit ours en peluche avec le maillot de l'AS Roma.

– Magique ! Trop cool, merci, mon amour…

– Tu as vu ? C'est le petit ours Totti, comme ton capitaine, un petit gladiateur… poilu.

– Oh, il est trop mignon.

– Sens-le, sens-le.

Paola l'appuie contre le visage de Mauro. Il l'éloigne, en se grattant le nez.

– Oh, comme ça tu me fais éternuer, allez !

– Mais tu ne sens pas ?

Mauro le remet sous son nez, cette fois plus doucement. Paola sourit.

– J'y ai mis un peu de mon Batik, comme ça quand tu te mets au lit avec tu penses à moi. Mais pourquoi tu ris ? J'en ai mis trop ?

Mauro sourit et le glisse dans la poche intérieure de son blouson.

– Non… Non, c'est que j'ai tellement envie de toi que ce petit ours ne va pas me suffire, ma belle… tu es mieux qu'Ilary, la femme de Totti.

Mauro l'embrasse avec la langue, la serre contre lui, en lui faisant sentir qu'il est excité.

– Sérieusement, j'ai envie. On va dans le garage, dans la voiture de ton père ?

Paola touche le bas de son ventre.

– Je ne peux pas. Elles sont arrivées aujourd'hui, juste pendant que j'étais en train de faire le casting. Heureusement qu'ils en avaient, là-bas.

– Qui en avait ?

– La publicité que je fais est justement pour ça…

Elle sort de son sac un paquet de vingt-quatre serviettes hygiéniques.

– Ça doit être l'émotion, mais elles sont arrivées en avance. J'ai de la chance, ils m'en ont offert un paquet !

– Mon amour, mais tu plaisantes ?

Mauro s'écarte d'elle.

– Mais sérieusement, tu vas faire la publicité pour ces trucs ? Comme si tu disais à tout le monde que tu as tes règles ?

Paola s'énerve.

– Écoute, mais qu'est-ce que tu as, ce soir ? Tu cherches la dispute ? C'est une chose naturelle ! Ce n'est pas vulgaire, qu'est-ce qu'il y a de mal ? Chaque femme, chaque mois, en a besoin. D'habitude, les hommes se fâchent quand il n'y en a pas besoin, plutôt…

– J'ai compris, mais je trouve ça vulgaire.

Paola s'approche de lui et l'embrasse dans le cou.

– Tu es trop nerveux. Allez, tu m'accompagneras pour le tournage, tu verras qu'il n'y a rien qui puisse te gêner, hein ? Écoute, ça te dit d'aller manger une pizza ? C'est moi qui t'invite.

– Non, dit Mauro en se dirigeant vers son scooter. On y va, mais c'est moi qui t'invite.

– Comme tu veux, je voulais seulement fêter ça !

– Tu m'as déjà offert le petit ours, non ?

– D'accord… On va au Paradiso ? C'est pas loin, et puis il y a toujours tout un tas d'acteurs.

– D'accord, on y va.

Mauro lui passe le casque, puis met le sien. Paola s'assied derrière, son grand sac coincé entre elle et le dos de Mauro.

– Oh, Paol', tu te rends compte qu'un jour tu seras célèbre, et que peut-être les gens iront au Paradiso pour te voir manger ?

Il lui sourit en la regardant dans le rétroviseur.

– Allez, te fiche pas de moi.

– Mais pourquoi ? Je suis sérieux. C'est vrai, tout peut arriver…

Juste à ce moment-là arrive une grosse moto, qui s'arrête à leur hauteur. Le type lève la visière de son casque.

– Salut, Mauro… Dites, vous faites quoi ?

Mauro sourit.

– On va manger une pizza.

– Je suis venu te chercher en bas de chez toi, mais tu étais déjà parti. J'avais besoin d'un coup de main.

– Merci, mais je te l'ai dit, je ne peux pas.

– Dis-moi quand tu te décides. Je t'offre cette moto, quand tu veux. Comme ça, quand tu vas bouffer une pizza, tu vas plus vite. Et surtout, c'est plus pratique pour ta copine. Allez, Mau', les femmes aiment le confort, tu sais… Oublie jamais ça !

Le type baisse sa visière. Il passe la première et s'éloigne rapidement. Seconde, troisième, quatrième. Il

191

a déjà disparu. Mauro accélère lentement. Paola s'appuie contre son épaule.

— C'était qui, ce bourrin, Mau' ?

— Mais rien.

— Comment ça, rien ? Allez, dis-moi.

— Je t'ai dit… rien. J'étais à l'école avec lui, ça faisait des années que je l'avais pas vu. On l'appelait la Chouette, il était sympa.

— Peut-être. Mais moi il m'a tout l'air d'un bourrin, et dangereux, en plus. Et puis, cette connerie sur les femmes qui aiment le confort ? Les femmes aiment l'amour, dis-lui quand tu le reverras, à la Chouette.

Mauro sourit et lui touche les jambes. Paola lui caresse la main.

— Non, d'ailleurs, ne lui dis pas. Il ne comprendrait pas.

Mauro accélère vers le Paradiso, un grand restaurant pas loin de Cinecittà. Mais son scooter, le vieux Kymco, ne va pas bien vite. Il avance tranquillement dans la nuit. Sa roue arrière est légèrement dégonflée. Et il transporte deux passagers pleins d'illusions et d'espoirs.

25

Les voitures de ses amis sont toutes garées devant Sicilia in bocca. Avant d'entrer, il l'aperçoit, là, devant, et il ne résiste pas. Il sourit rien qu'à l'idée. Il y réfléchit. Finalement, il choisit la meilleure solution. De toute façon, maintenant, après cette journée… Juste après l'avoir fait, il prend son portable et écrit un texto. Envoi. Et puis, si ça ne vient pas à un directeur créatif, à qui alors ? Il entre dans le restaurant. Il est enveloppé par les odeurs de mets siciliens, les arômes et les épices.

– Non ! Le voilà ! Incroyable !

Ses amis sont tous à une table dans le fond. Enrico et Camilla. Pietro et Susanna. Flavio et Cristina. Alessandro leur fait un signe de loin et les rejoint.

– On ne pensait pas que tu viendrais !

Cristina le regarde.

– Et Elena ?

– Elle avait une réunion. Elle devait travailler tard. Elle vous embrasse.

Sans en dire plus, il s'assied à une place libre, en bout de table. Cristina regarde Flavio et lui fait un signe comme pour dire : tu vois, c'est moi qui avais raison. Alessandro ouvre le menu.

– Tout a l'air bon, ici. Toutes les meilleures recettes siciliennes…

Enrico lui sourit.

– Tu te rappelles quand on voulait faire ce voyage à Palerme ?

Camilla lève les yeux au ciel.

– Ça y est, ils vont recommencer avec leurs souvenirs, comme des vieux.

Enrico ne l'écoute pas.

– Allez, quand on devait partir, tu avais ton dernier examen à la fac, et puis ton mémoire. On est partis avec la Citroën de ton père, Pietro était là aussi.

– Bien sûr, dit Pietro, c'est la fois où on a grillé le moteur…

– Oui, et vous n'avez pas voulu partager les frais !

– Bien sûr, pardon Alex, mais tu serais quand même parti sans nous, non ? Tu aurais quand même pris la voiture et ça te serait quand même arrivé, donc nous on n'avait rien à voir là-dedans !

– J'aurais mieux fait d'y aller tout seul, alors !

– Ça non. Parce que, grâce à nous, tu avais rencontré ces petites Allemandes…

– Bien sûr, intervient Susanna, à chaque histoire ils sortent des étrangères.

– Tu ne savais pas ? Ce sont justement elles qui nous ont décerné le prix du latin lover à l'étranger.

– Oui, mais c'est bizarre que ça ne fonctionne qu'hors d'Italie.

Cristina prend un gressin.

– On voit bien que les étrangères ont le voyage dans le sang.

Susanna et Camilla rient. Enrico continue.

– En tout cas, elles étaient magnifiques. Grandes, blondes, très belles, sportives, on aurait dit un spot pour la bière Peroni.

– Oui, celui dont je me suis occupé pour de bon, cinq ans plus tard…

– En attendant, on avait déjà fait le casting !

Enrico et Flavio éclatent de rire. Alessandro aussi. Puis il se rappelle les Russes et reprend son sérieux. Pietro s'en aperçoit et change immédiatement de sujet.

– Dommage, Flavio, que tu ne sois pas venu, tu te serais bien amusé. Vous vous rappelez, le soir où on s'est baignés nus à Syracuse ?

– Oui, toujours avec ces étrangères…

– Oui, et toi tu nous as même piqué nos vêtements ! Tu pensais nous jouer un tour, mais en fait le nu nous a aidés !

– C'est bon, ça, ça pourrait être un spot. Mais pourquoi tu n'étais pas venu, Flavio ? Tu faisais ton service ?

– Non, c'était l'année d'après.

– Vous étiez déjà ensemble, toi et Cristina ? Parce que l'hiver d'après, quand on est partis à la montagne…

Pietro fait semblant de se rappeler quelque chose…

– Non, non, rien…

Cristina sourit, parfaitement consciente de leur petit jeu.

– Oui, oui, là aussi, il y avait des étrangères, des Suédoises… et puis, même si c'était vrai… il n'aurait rien fait du tout ! Il a toujours été tristement fidèle.

– Non, non, attends… pire ! Là-bas, pendant une soirée à l'hôtel, une strip-teaseuse est venue pour un show porno. Sérieusement, les gars, vous vous rappelez ?

– Un peu, oui… Comment elle s'asseyait sur ses genoux !

– Oui, elle se baladait dans le public, elle choisissait un type au hasard, toute nue, et puis elle se mettait un peu de chantilly sur elle et elle se faisait lécher tout entière.

– Oui, c'était terrible. Dans le public, il y avait même des enfants. Je pense qu'ils ne s'en sont jamais remis. Il y en a même un qui est devenu le collègue de Pacciani, le serial killer, le fameux « Monstre de Florence ».

– Pietro, mais qu'est-ce que c'est que cette blague ? C'est horrible.

– Mais, mon amour, ce sont ces parents, qui sont horribles. Laisser leurs enfants assister à un truc de ce genre. Toi, tu emmènerais les nôtres voir un show sans savoir de quoi il s'agit ?

– Moi non. Le problème, c'est que c'est plutôt toi qui les emmènerais voir un spectacle de ce genre.

– Oui, mais quel rapport, moi je ferais ça dans un but éducatif.

– Oui, bien sûr…

Le serveur arrive.

– Bonsoir, vous voulez commander ?

– Oui, merci.

Susanna rouvre le menu mais elle est indécise.

– Vous vous rappelez la fois où on était au Bucchetto, et le serveur nous avait fait changer de table, tellement on avait changé d'avis pour les commandes ?

– Encore ? soupire Camilla. Tu recommences avec les souvenirs ? Ça veut dire quoi, ça, que la vie est seulement au passé ? La vie, c'est maintenant.

– Oui, dans le vieil hôtel de la terre, chacun dans sa chambre.

– Jolie phrase. On dirait un slogan.

– Je répète, continue Camilla. Ne regardez pas en arrière, sinon vous ne voyez pas le présent. Il faut toujours faire attention au présent.

Le serveur, qui a assisté à toute la scène, demande gentiment :

– Vous voulez que je revienne plus tard ?

Cristina prend la situation en main.

– Non, non, excusez-nous, on va commander tout de suite. Alors, moi, j'ai envie de légumes : une *caponata*…

Le portable d'Alessandro se met à sonner. Il regarde l'écran et sourit. Il se lève de table.

– Excusez-moi… écoutez, moi je vais prendre un carpaccio d'espadon, et puis des paupiettes à la messinoise…

Il s'éloigne, sort du restaurant. Tout le monde le regarde.

– Allô…

– Je n'y crois pas ! Tu as été parfait jusqu'ici, mais là tu t'es planté en beauté.

– Mais, Niki, je t'ai juste rendu un service…

– Oui, mais il y a un petit détail : je ne t'avais rien demandé. Tous les garçons font ça, ils pensent qu'ils peuvent me conquérir avec l'argent. Mais ils se trompent.

– Mais, Niki, vraiment…

– Et puis, cette phrase… Salut, je t'ai rechargée. Tu m'as rechargée. Et maintenant c'est moi qui vais te recharger. C'est d'un goût.

– C'était pour être gentil, tu sais.

– Mais c'était vulgaire. Et puis, tu ne m'as pas rechargée… Tu as rechargé mon portable ! Ce n'est pas la même chose. Peut-être que les Russes apprécient ces trucs-là, mais pas moi.

– Écoute, c'était un geste…

– … excessif. Cent euros. Qu'est-ce que tu voulais prouver ?

– J'avais une dette envers toi, et donc…

– Et donc on ne peut plus sortir ensemble.

– Là c'est toi qui es lourde.

Niki se tait.

– Eh, qu'est-ce qui se passe ?

– Je réfléchis. De toute façon, avec tout ce que tu m'as rechargé, je peux prendre mon temps…

– Allez, ne le prends pas mal, je voulais juste être gentil. On va faire comme ça : tu me dois cinquante cocktails de fruits.

– Non, quarante-sept et demi.

– Pourquoi ?

– Parce que ces bâtards de la compagnie téléphonique se prennent cinq euros sur la recharge.

– OK, alors je leur demanderai deux cocktails et demi. Allez, blague à part… Ça va ? On fait la paix ?

– Mmm. Il faut que j'y réfléchisse.

– Allez, si tu continues comme ça tu vas finir par être plus lourde que Mme Bernardi.

– Non, ça non. Bon, OK, tu m'as fait rire. On fait la paix.

Alessandro n'a pas le temps d'ajouter un mot, Niki a déjà raccroché. À ce moment-là, Pietro, Flavio et Enrico sortent du restaurant.

– Avec cette histoire de ne plus pouvoir fumer à l'intérieur, on a une bonne excuse pour sortir ! Eh, c'était Elena ? Vous avez fait la paix ?

– Non, c'était une amie.

Pietro tire sur sa cigarette et le regarde avec curiosité.

– Une amie ? Et depuis quand une amie a-t-elle accès à ton portable ?

– Une amie, façon de dire, on a eu un accident.

– Âge ?

– Dix-sept.

– Problèmes en vue.

– Oui, pour toi qui es un grand malade. Pour moi, c'est juste un accident. Au mieux, on restera amis.

– Excès de confiance en toi. Gros problèmes en vue.

Pietro prend une autre bouffée, puis jette sa cigarette.

– Les gars, moi je rentre. Déjà, elles nous accusent de ne parler que du passé, je ne voudrais pas qu'elles aient des soupçons sur le présent aussi. Et puis, de toute façon…, ajoute-t-il en fixant Alessandro, on ne sort pas d'un restaurant juste pour parler d'un accident.

Flavio le suit.

– Je viens aussi.

Enrico tire tranquillement sur sa cigarette.

– Elle est mignonne ?

– Très.

– Aujourd'hui je t'ai appelé, au bureau. Tu n'étais jamais là.

– Je me suis baladé avec elle.

– Bien, je suis content que tu sois sorti avec une fille.

– Tu sais, avec Elena, c'est un moment un peu particulier…

– Alessandro…

– Oui ?

– Tout le monde le sait, qu'elle t'a quitté.

– Ce n'est pas qu'elle m'a quitté…

– Alex, ça fait un mois qu'on ne l'a pas vue, et puis chez toi il n'y a plus aucun objet à elle.

– C'est Pietro qui te l'a dit ? Je n'aurais pas dû l'inviter, l'autre soir.

– Alex, on est tes amis, on a toujours été là pour toi, on t'aime. Si tu ne nous le dis pas, à nous… à qui tu vas le dire ?

– Tu as raison. Pourquoi tu m'as appelé au bureau ?

– Un truc délicat, je n'ai pas envie d'en parler maintenant.

– OK, mais demain tu me dis ?

– Bien sûr. Viens, on rentre.

Alessandro et Enrico rejoignent la table.

– Ah, vous tombez bien, les hors-d'œuvre viennent d'arriver.

Alessandro s'assied.

– Bon, avant de manger, je voudrais vous dire quelque chose.

Tout le monde se tourne vers lui.

– C'est quoi, la prière avant le dernier repas ?

Susanna donne un coup de coude à Pietro.

– Chut !

Alessandro regarde ses amis. Il fait un petit sourire pour cacher sa gêne.

– Non… Elena et moi, on s'est séparés.

26

Chez Niki. Roberto, son père, est couché. Il lit. Simona prend son élan et se jette près de lui en riant. Elle glisse sur le côté et tombe le bras sur lui. Il se plie en deux, frappé au ventre.

– Aïe, tu m'as fait mal, et tu m'as fait peur !

– Tu ne m'as pas reconnue ?

– Tu es ma femme, non ?

Simona lui donne un autre coup dans le ventre, cette fois-ci délibérément.

– Aïe, mais tu m'en veux, ce soir ?

– Comment ça, moi je te fais une interprétation parfaite, digne d'un Oscar, et toi rien. Je ne t'ai pas rappelé Julia Roberts dans *Pretty Woman*, quand elle court, heureuse, et se jette sur le lit ?

– J'y ai pensé, l'espace d'un instant, mais je ne pensais pas que ma femme soit capable de ça.

– C'est-à-dire ?

– Être heureuse d'avoir imité une prostituée.

– Réducteur.

Simona soupire.

– Parfois, tu es terrible, tu sais. Tu mets vraiment un mariage à l'épreuve.

– « Un » mariage ? Mais lequel ?

– Le nôtre.

– Alors sois tranquille, il est déjà fini.

– Et toutes ces choses que tu m'as dites l'autre soir ? En fait, maintenant que j'y pense, ça ne te ressemblait pas.

– C'était juste pour coucher avec toi.

Simona lui saute dessus et le frappe gentiment, en plaisantant et en riant.

– Crétin, méchant. De toute façon, tu t'es fatigué pour rien.

Simona se redresse et se met à côté de lui. Elle hausse un sourcil et sourit.

– J'aurais couché avec toi de toute façon. Tu n'avais pas besoin de me forcer.

– Voilà, alors c'est vrai, le mariage est le tombeau de l'amour. Tu vois notre rapport comme un contrat. Mais tu sais qu'il y a des gens qui fixent un jour de la semaine, pour leur rapport hebdomadaire?

– Vraiment? Incroyable. Quelle tristesse…

– Au moins, nous on fonctionne en random.

– Oui, quelle témérité!

– Alors, on peut savoir à quoi est dû tout ce bonheur?

– C'est Niki.

Roberto ferme son livre et le repose sur la table de nuit.

– Je crois que l'envie de lire le soir m'a définitivement passé… Attends un instant…

Il se met à pousser de longs soupirs.

– J'ai lu un article où ils disaient qu'il y a une solution à tout. Je suis en train de faire de l'entraînement autogène. Je passe en revue tout ce que tu pourrais me dire et je prépare mon âme et mon esprit au tremblement de terre émotif que pourrait causer une nouvelle concernant Niki.

– Ça me semble une excellente idée.

Roberto continue à s'oxygéner, en prenant de longues inspirations.

– En effet, mais tôt ou tard mon cœur lâchera. OK, je suis prêt.

Il ferme les yeux.

– Tu es prêt?

– Oui, je te l'ai dit. Vas-y.

– Bien.

Simona lisse sa chemise de nuit.

– Alors, l'autre jour, Niki et moi, on est sorties…

– Jusqu'ici, tout va bien.

– … et on a fait du shopping.

Roberto ouvre un seul œil et la regarde de travers.

– Voilà, je le savais, je le savais, je ne m'étais pas préparé à ça !

Il frappe du poing contre le lit.

– Que mon entraînement autogène aille se faire foutre et bénir. Je le sais. Demain, il va m'appeler.

– Mais qui ?

– Mon banquier. Vous m'avez mis sur la paille, c'est ça ?

– Mais ce que tu peux être crétin.

– En plus de mon livre sur l'entraînement autogène, j'en ai aussi lu un sur le shopping compulsif. Je crois que ça fait plus de dégâts que le divorce.

– On s'est acheté de tout et de rien.

– Plus de tout ou plus de rien ?

– Ne sois pas radin. Notre shopping était plutôt l'occasion d'échanger, de partager, d'intensifier notre rapport mère-fille, quelque chose qu'on ne peut ni ne doit quantifier. Niki avait envie de s'ouvrir. C'est important, non ?

– En effet. Vos épisodes ressemblent à ceux d'*Amour, gloire et beauté*, alors tout est clair. J'ai compris.

– Quoi ?

– Je vais bientôt être grand-père. Et lui, le père de mon petit-fils, est le neveu du frère du gendre du voisin du directeur de ma banque, un agent secret au passé trouble qui s'est racheté en faisant du bénévolat en Ouganda. Ils vont le faire adopter ?

– Qui ?

– Mon petit-fils.

– Non.

– Alors ils vont s'enfuir en Amérique, à mes frais, pour perpétuer la tradition désormais ancienne de la fuite ?

– Non.

– Pire. J'ai compris. Ne me dis rien. Mon banquier n'a pas à s'inquiéter. Il devra démissionner pour avoir accepté un client comme moi, capable d'un découvert aussi profond que le puits de Saint-Patrice. Ils vont se marier, n'est-ce pas ?

– Non. Mais pourquoi tu te fais tous ces films dramatiques ?

– Parce que les épisodes de la vie de ma fille ont toujours quelque chose du thriller.

– Mais ils parlent d'amour…

– Oui, mais pas de Mariù, comme dans la chanson de Pavarotti, « Parle-moi d'amour, Mariù ».

– Ah ah, elle était bonne, celle-là. Tu es de bonne humeur, hein ?! Bah, c'est normal. Ta fille a la tête sur les épaules. Elle est tranquille, sereine… même trop, parfois.

– Bon, après cette dernière affirmation, je peux tout aussi bien reprendre ma lecture. On n'y comprend rien, avec toi. Tu es la maman la plus absurde du monde. L'exact contraire de toutes les autres. Mais tu te rends compte, maintenant tu es déçue parce que Niki est posée et tranquille ? Il ouvre un livre et secoue la tête.

– Mon amour ?

– Oui ?

– Tu ne crois pas que c'est justement pour ça que tu m'as épousée ?

– Si je dois être sincère, parfois je me demande vraiment quelle raison m'a poussé à faire ce pas définitif il y a vingt ans.

– Tu regrettes ?

– Non, mais…

Il la regarde d'un air suspicieux.

– Tu m'as fait boire une potion magique pour que je te fasse ma demande ? Sinon, ça ne s'explique pas.

– Je te déteste. Tu es vexant. Demain, je sors avec Niki pour de bon, et pas pour parler. Pour faire du shopping, du vrai shopping. On va tellement faire chauffer ta carte de crédit que tu t'enfuiras avec ton banquier.

– Pas mal, comme dans *Le Secret de Brokeback Mountain*.

– Mais vous ne vous réfugierez pas dans le Wyoming. Au mieux, vous irez dans les Abruzzes, endettés jusqu'au cou.

– Quoi qu'il en soit, il s'agit d'un chantage pécuniaire. Ça va, ça va, je vais parler. J'ai compris pourquoi je t'ai épousée.

Roberto se tourne, la regarde intensément, attend un instant en silence pour créer du suspense puis lui sourit.

– Alors ? Je suis nerveuse.

– Simple. Verbe conjugué à trois temps.

– C'est-à-dire ? Je ne comprends pas.

– Je t'aimais. Je t'aime. Je t'aimerai.

Simona lui sourit.

– Sauvé in extremis. J'avais même déjà trouvé ta punition. Offrir une carte de crédit à Niki.

– Mon amour, ne tombe pas si bas.

Roberto l'enlace et l'embrasse.

– Alors ? Tu ne m'as pas répondu. Tu es sortie avec Niki, tu as vidé mon compte, et ensuite ? Qu'est-ce qu'elle t'a raconté ?

– Elle m'a parlé d'un garçon.

– Mon Dieu, qu'est-ce qui s'est passé ?

– Ils se sont quittés.

– Aïe… Je n'ai même pas le temps de savoir que ma fille est avec quelqu'un que c'est déjà terminé… et comment elle va ? C'est lui ? Dans ces cas-là, ça fait baisser l'estime de soi.

– Non, c'est elle.

– Tant mieux. C'est-à-dire, je suis désolé, mais je suis content que ça soit elle qui ait décidé… Mais tu ne me racontes pas tout. Qu'est-ce qu'il s'est passé d'autre ? Je dois m'inquiéter, d'autres nouvelles renversantes m'attendent ?

– Elle ne s'est pas beaucoup ouverte. Mais je crois qu'il a été son premier petit ami. Et que c'est avec lui qu'elle a vécu sa première fois…

– Tu en es sûre ?

– J'ai essayé de lui en faire dire plus mais elle était trop gênée… Je n'ai pas eu envie d'insister.

– Pardon, mais si « tout ça » a vraiment eu lieu, je ne comprends pas… Après quelque chose d'aussi important… ils se séparent ?

– Je crois que « tout ça » s'est passé l'an dernier.

– L'an dernier ? Mais Niki avait…

Roberto fait rapidement le calcul. Simona lui vient en aide.

– Seize ans.

– Seize ans. Mon Dieu, seize ans.

– À seize ans, certaines filles jouent à la poupée, même si ce ne sont plus les Barbie de mon époque. Aujourd'hui, elles ont des Bratz. D'autres lisent des Winx. D'autres sont déjà en Amérique. Certaines ont des blogs sur Internet, téléchargent des fichiers sur leur iPod. D'autres encore tuent leurs parents. Ou tombent amoureuses, et font l'amour. Tu as de la chance que Niki entre dans cette dernière catégorie.

– Bien, alors je suis très heureux d'avoir cette chance.

Roberto reprend sa lecture, et revient à la dernière phrase qu'il a lue. « Si je peux dire "je t'aime" à quelqu'un d'autre, je dois être en mesure de dire "j'aime tout le monde en toi, j'aime le monde à travers toi, je m'aime moi aussi". » Le message lui semble limpide.

Simona prend elle aussi son livre posé sur la table de nuit. D'un autre genre. *D'amour et d'ombre*, d'Isabel Allende. Mais il est clair que tous deux pensent à autre chose. Il règne un drôle de silence dans la chambre, un de ces silences si chargés qu'il est agréable de les interrompre. Roberto pose le livre sur son ventre, ouvert mais retourné.

– Écoute, mon amour, je peux te demander un service ?

Simona met un doigt dans son livre pour ne pas perdre la page.

– Bien sûr, dis-moi.

– Niki pourrait n'avoir encore jamais été avec personne, n'est-ce pas ?

– La probabilité est très faible.

– Bien. Quand tu auras une certitude à ce sujet, tu me le diras…

– Bien sûr.

– Alors je crois que la Niki's Love Story aura beaucoup d'épisodes. Et j'espère qu'ils ne seront pas tristes mais pleins de moments heureux, d'éclats de rire, de joie, d'enfants et de succès.

Simona est tout émue.

– Oui, je le souhaite moi aussi. Et j'espère surtout que nous serons prêts.

Roberto lui sourit.

– Oui, nous serons prêts. Nous le sommes déjà. Et toi tu es une mère magnifique. Je te demande seulement de me raconter ce qui se passera, quoi que ce soit, sans faire trop de détours. Là, on dirait un vrai thriller.

– D'accord ! Je te le raconterai genre spot publicitaire !

Et Simona ne sait pas à quel point elle a raison. Ils rient et se replongent dans leurs livres respectifs, complices et proches. Puis Roberto allonge un pied et le pose sur le sien. Il veut la sentir. Il veut sentir sa chaleur. Et surtout, il ne veut pas la perdre, au nom de ce verbe conjugué à trois temps.

27

Bonjour, le monde. J'entends la radio. Une chanson de Mina. Je voudrais la dédier à Fabio, quand je le croiserai dans le couloir. Oui, c'est tout à fait adapté. *Come te lo devo dire che non mi piaci, hai le spalle molto grosse anche più di me, come te lo devo dire che con i tuoi baffi nascondi teneri sorrisi e il sole che c'è in te, come te lo devo dire che non ce n'è…* (« Comment je dois te le dire, que tu ne me plais pas, tu as les épaules larges, plus larges que moi, comment je dois te le dire, que tes moustaches cachent des sourires tendres, et le soleil qu'il y a en toi, comment je dois te le dire, qu'il n'y en a pas… ») C'est vrai. Il n'y en a pas. Et quand il n'y en a pas… Ben, il n'y en a pas. Non. Je sais ce que je vais faire. Ce matin j'ai envie de manger deux portions de céréales au chocolat. Mince. Il va falloir que maman m'accompagne. Quelle barbe.

Pas de scooter. Eh, mignon, ce type, quand même. Dommage qu'il m'ait détruit Milla. Mais il était vraiment gentil. Tout inquiet. Bon... après s'être inquiété pour l'aile de sa voiture, certes ! Un peu... voilà, un peu trop « sens de la propriété ». Et aussi... Un peu... mentalité vintage. Mais sympa. Allez, aujourd'hui, je l'appelle. J'ai envie d'entendre... un air de nouveauté.

– Bon, moi je ne vous dis qu'une chose : je ne veux pas quitter Rome.

Andrea Soldini et les autres le regardent entrer, souriant, comme Alessandro n'a pas été depuis longtemps.

– Donc, nous devons gagner. Alors, expliquez-moi bien dans quelle direction nous allons.

Ils parlent tous en même temps. Ils lui montrent de vieilles publicités, des petites photos, des gravures des années soixante, mais aussi des produits américains, et même japonais. Tout un monde qui a toujours tourné derrière un simple bonbon.

– Nous devons privilégier un *target* jeune, mais aussi adulte...

– Oui, ça doit être amusant, mais sérieux... De qualité, mais populaire, libre mais aussi concret.

– Ça doit donner l'idée d'un bonbon.

Tout le monde se tourne vers Andrea Soldini

Et sur cette dernière affirmation, Dario secoue la tête.

– Directeur du staff créatif... C'est certain, c'est un génie.

Alessandro a envie de rire mais il ne le montre pas.

– Allez, on est bien partis, je le dis sérieusement. J'ai toujours voulu avoir une équipe soudée, qui ne fait pas attention à ce que dit chacun, qui ne pense pas encore et toujours à marquer des points, comme si on était en compétition entre nous.

Alessandro s'arrête un instant. Andrea Soldini regarde Dario et lui sourit, comme pour dire « tu entends ce qu'il dit ? Hé, hé… Tu t'es mal comporté ». Dario n'en croit pas ses yeux, il secoue de nouveau la tête et finalement il est bien obligé de rire, lui aussi, et d'accepter cette défaite pour le groupe.

— OK, OK. On se met au travail. Andrea… Fais-moi une synthèse de tout ce qu'on a sous la main.

Andrea sourit et se dirige vers un grand tableau où il se met à dessiner des traits pour faire un schéma avec tout ce qu'ils ont trouvé sur les bonbons, tous temps et pays confondus.

— Alors, les images gagnantes, les plus belles, sont celles d'un bonbon français. Le slogan ? Un Américain qui faisait une grimace au Vietnam, *Elle te veut*. Elle, bien sûr, c'était le bonbon.

Et il continue à parler, à expliquer l'incroyable culture qui s'est construite depuis toujours pour accompagner tous les bonbons à travers le temps. Alessandro écoute, curieux et captivé. Mais il ne lâche pas son portable des yeux. Puis un sourire mélancolique, à l'intérieur de lui, en voyant qu'aucun message n'arrive. Et une pensée. Douce comme un bonbon. Moi je l'appellerais Elena. Il sourit en écoutant et suit sans les voir les lignes qu'Andrea continue de tracer sur le tableau. Quand même, il se donne du mal, le garçon. Il regarde les autres qui prennent des notes, qui suivent en gribouillant dans leurs blocs-notes, capturant de temps à autre une idée. Giorgia continue de dessiner le logo, Michela jette sur le papier des phrases et des slogans, en soulignant certains qui lui semblent pas mal et qui peuvent servir de point de départ pour une autre réflexion. Nous sommes en plein brainstorming, pense Alessandro, et moi je veux rester à Rome.

Andrea Soldini trace un grand trait bleu en dessous de tout ce qu'il a écrit.

– Voilà ! Ceci me semble être le matériel le plus intéressant que nous avons trouvé, et c'est là-dessus que nous devons travailler. Tu as des suggestions, une idée, un parcours ou un autre à nous indiquer, Alex ? Nous sommes tout ouïe. Si tu as des indications, nous, tes fidèles guerriers, soldats, serviteurs…

– Peut-être qu'il vaut mieux dire simplement amis ou collègues.

– Oui ? Bon… Bref, nous, si tu as une idée… on la suit.

Alessandro sourit, puis ouvre les bras et les pose sur la table.

– Je suis désolé de vous décevoir. Ça m'a fait très plaisir d'écouter tout le travail que vous avez fait, mais pour l'instant je n'ai aucune idée. Je ne sais pas dans quelle direction aller.

Les jeunes gens le regardent étonnés, en silence, ils baissent tous les yeux devant lui qui les soutient tous, sans aucune crainte, en souriant.

– Je sais où je ne veux pas aller, ça oui. À Lugano. Et je sais aussi que nous allons vite trouver quelque chose tous ensemble. Donc, au travail, rendez-vous à la prochaine réunion ! Vous avez fait du bon travail, jusqu'ici.

Ils rassemblent tous leurs chemises, leurs papiers, tout ce qu'ils ont laissé sur la table de réunion, et ils sortent de la salle. Sauf Andrea Soldini, qui s'approche de lui.

– Je sais que Marcello et les siens ont de l'avance. Il y a quelqu'un dans leur groupe que je tiens beaucoup à cœur, à qui je suis très lié. Oui, qui me rendrait service, qui me le doit, voilà.

– Andrea, mais pourquoi tu ne vas jamais droit au but ? On ne comprend jamais ce que tu veux dire vraiment, où tu vas…

– Nulle part. J'aimerais bien trouver un raccourci pour le succès. Par exemple, on pourrait savoir à quel point ils en sont et les doubler avec une idée différente, ou bien faire quelque chose qui rende la leur banale et éculée. Je n'ai pas l'impression d'avoir pris de détours.

– Non. Mais ça ne serait pas une route correcte. Ça non. Et moi je préférerais gagner sans raccourcis.

Alessandro lui sourit. Andrea hausse les épaules.

– Je savais que tu étais comme ça. Elena me le disait. Je voulais juste savoir jusqu'à quel point tu l'étais vraiment.

Andrea se tourne et se remet au travail. Juste à ce moment, le portable d'Alessandro sonne. Un message. Il regarde autour de lui, méfiant. Il s'aperçoit qu'il ne reste plus qu'Andrea dans la pièce. Il peut l'ouvrir tranquillement. Il espère juste que ça sera ce qu'il attend depuis maintenant plusieurs mois. « Mon amour, pardonne-moi, je me suis trompée. » Ou bien « je plaisantais ». Ou peut-être « tu me manques atrocement ». Ou bien, présomptueusement, « mais je ne te manque pas ? ». Ou absurde « je meurs d'envie de faire l'amour avec toi ». Ou, impératif, « baise-moi tout de suite ». Ou, fou, « je sais, je suis une pute, mais je veux être ta pute »… Bref, n'importe quel message, mais signé d'elle : Elena. Alessandro reste quelques secondes en suspens, son téléphone à la main. Cette attente avant de lire. Cette petite enveloppe qui clignote sans révéler encore tout ce qu'elle contient, et surtout qui ne dit pas si ça vient d'elle ou pas… Il n'en peut plus, il l'ouvre.

« Eh, qu'est-ce que tu fais ? Tu fais semblant de travailler, hein ? Rappelle-toi, rêve et suis mes conseils :

211

légèreté. Un sourire et tout te semblera plus facile. Allez, j'exagère. Un bisou. Et bon travail. »

Alessandro sourit et efface le message. Il avait pensé à tout sauf à elle. Niki.

28

– Eh, à qui tu as envoyé ce texto ?

Olly se pointe derrière Niki. Amusée, fourbe, soupçonneuse. Les mains sur les hanches, elle la regarde de travers, comme elle fait toujours.

– Alors ?

– À personne.

– Ah, voilà… Bon, déjà le fait que tu aies envoyé un message à personne veut dire que tu mens. Quelque chose ne va pas. Tu t'en rends compte, toi aussi, non ? Allez, tu as dit une connerie !

Olly lui saute dessus et lui passe le bras autour du cou, en lui serrant fort la tête. Puis, de sa main libre, elle se met à lui frictionner les cheveux avec son poing fermé.

– Aïe, tu me fais mal. Olly, aïe ! Stop, tu es bête ou quoi ?

Diletta et Erica arrivent et se mettent devant elles, les cachant au reste du couloir.

– Vas-y, Olly, torture-la, on te couvre ! Fais-la parler, cette hypocrite !

Niki fait un drôle de mouvement vers l'arrière et réussit à échapper à l'étreinte d'Olly. Elle se déplace, reprend son souffle, se masse la tête et le cou.

– Aïe, mais vous êtes folles. Vous êtes des Ondes rebelles…

– Bien sûr, on se rebelle contre toi ! Depuis quelques jours, on dirait que tu ne fais plus partie du groupe… Qu'est-ce qui t'arrive ?

Erica sourit.

– Elle est tombée amoureuse. Regarde comme elle a changé.

Diletta lève un sourcil.

– C'est vrai, elle a même une nouvelle coiffure !

Niki la regarde, interdite.

– Tu es complètement à côté de la plaque ! C'est peut-être parce qu'Olly m'a frictionné les cheveux que je suis toute décoiffée. J'ai une tête de caniche, non ?

Olly insiste.

– Alors, on peut savoir à qui tu envoyais ce message, oui ou non ? Nous, on t'aime bien, tu sais. C'est moche que tu ne parles pas, c'est comme si tu ne voulais pas partager avec nous quelque chose de beau. On est tes amies, tes Ondes…

Niki sourit.

– OK, je vais vous expliquer. Je ne vous ai rien dit parce que pour l'instant il n'y a rien à raconter. Certaines choses, si tu les racontes avant qu'elle se soient passées… ben, tu te brûles les ailes. Compris ?

– En gros, tu es en train de dire qu'on porte malheur, si j'ai bien compris… Toutes sur elle, les filles ! Elle ne nous la fait pas, celle-là !

– Mais non, ce n'est pas ce que je voulais dire !

Niki tente de se protéger comme elle peut. Elle se roule en boule comme un hérisson. Olly, Diletta et Erica essayent de la faire bouger par tous les moyens, elles lui sautent dessus en la tenant par les bras, jusqu'à ce que ça marche. Olly, rapide comme l'éclair, glisse sa main dans la poche arrière de son jean et lui pique son portable.

– Maintenant, les filles, je vais vous lire à haute voix ce qu'elle a écrit !

– Non, merde, tu es vraiment une salope ! Olly !

– Salope ou pas, je suis inquiète pour mon amie. C'est vrai, ça fait quelques mois que tu t'es séparée de ce pseudo auteur-compositeur, ou vrai mec, ou jeune garçon, ça dépend… Et c'est justement dans un moment comme ça que tu pourrais tomber dans les bras de n'importe qui, en pensant qu'il est génial. Moi, je serai tes yeux !

– Écoute, je ne suis tombée dans les bras de personne. C'est ça que je n'arrive pas à te faire comprendre.

– Il n'y a rien à comprendre.

Olly lève le portable vers le ciel.

– *Verba volant, scripta manent* : les paroles s'envolent, les écrits restent.

– Oh, c'est la seule phrase de latin que tu connais, tu la répètes chaque fois ! En plus, là, ça n'a rien à voir, rit Diletta, la seule vraie cultivée du groupe. Et même, tu sais quoi ? Dans ce cas, vu qu'il s'agit du portable, c'est bien le cas de dire… *scripta volant* !

– OK, dit Olly, ce que tu voudras, *volant, manent*, mais ce sont toujours des mots. Je lis à haute voix pour tout le monde. « Dossiers envoyés », voilà…

Elle va ouvrir le message quand elle entend une voix derrière elle :

– Oui, c'est bien. Lis-la pour moi aussi, je suis curieux.

Diletta et Erica se tournent. Elles comprennent la situation en un quart de seconde, et lâchent Niki. C'est Fabio, son ex-petit copain. Il les regarde. Il sourit. Puis, fanfaron, il se met au centre.

– Qu'est-ce qui se passe, j'ai gâché la fête ?

Il a l'air sincèrement déçu. Il a toujours été excellent acteur. Olly est un peu embarrassée, elle ferme le portable de Niki et le met dans sa poche.

— Allez, je voulais juste m'amuser un peu, moi aussi... je ne voulais pas gâcher un moment de divertissement.

Niki s'approche de lui.

— Salut, Fabio.

— Salut, Niki.

Fabio la regarde dans les yeux, avançant un peu vers elle.

— C'était pour moi, ce message ?

Niki le regarde. Les amies se regardent. Elles pensent toutes la même chose : qu'est-ce que ça peut te faire ? Niki. Dis-lui oui... Fais-lui croire ça, qu'est-ce que ça te coûte ? Ne cherche pas les ennuis...

Niki sourit. Elle a peut-être entendu ces pensées. Mais, comme d'habitude... Niki, c'est Niki.

— Non, ce n'était pas pour toi.

Fabio la regarde encore un peu dans les yeux. Un moment qui dure une éternité. Mais Niki ne détourne pas le regard. Fabio sait qu'elle est comme ça. Il finit par sourire.

— Oui, bien sûr. Si tu avais quelque chose à me dire, tu me le dirais, comme tu as toujours fait, en me regardant dans les yeux. N'est-ce pas, mon amour ?

— Oui, mais ne m'appelle pas mon amour.

— C'était peut-être un message pour tes parents, ou pour ton frère, ou pour une amie. De toute façon, tu sais quoi ? Je n'en ai rien à faire.

— Tant mieux, Fabio.

— Je ne comprends jamais si tu te moques de moi, quand tu réponds comme ça. Moi, je suis en train d'écrire une chanson pour toi, rien que pour toi. Pour tout ce qu'il y a eu entre nous... et cette chanson sortira.

Ce que j'ai fait écouter pour l'instant a beaucoup plu, et ce morceau sur toi est encore meilleur. J'ai trouvé le nom de scène avec lequel je sortirai mon disque…

Fabio attend un peu pour faire monter le suspense et les regarde.

– Fabio… Fobia. Ça te plaît ?

– Oui, beaucoup. C'est très original.

Fabio secoue la tête.

– Tu sais pourquoi ça n'a pas marché entre nous ? Parce que tu as toujours été jalouse. Avec moi, tu n'étais pas au centre de l'attention.

Fabio lance un regard à Diletta, Olly et Erica, puis il sourit.

– À bientôt.

Et il s'éloigne, le pantalon porté bas sur les hanches, le corps musclé, les épaules larges, les cheveux rasés d'un côté et un peu plus longs de l'autre. Et ce bandana clair, bleu clair, qui fait ressortir ses yeux bleus plus foncés.

Erica sourit et tente de dédramatiser un peu.

– En tout cas, quel canon… Je veux dire… Il est beau !

– Déjà que c'est un salaud, si en plus il était moche !

Olly rend son portable à Niki.

– Quel que soit le message que tu as envoyé, ne me dis rien. J'espère seulement que tout ça se passera comme tu veux.

Niki sourit et le met dans sa poche.

– Si tu le dis, Olly. Toi qui as toujours eu un faible pour Fabio…

Diletta intervient.

– Moi je crois qu'il a redoublé toutes ces années parce qu'il ne voulait pas perdre Niki.

– Pourquoi, il a redoublé ?

– Tu ne savais pas ? En plus, c'est absurde, aujourd'hui, avec le système du rattrapage, tout le monde passe.

En attendant, Niki efface le message d'Alessandro, pour ne plus courir de risque.

– En tout cas, je voudrais bien lire le texte de la chanson qu'il a écrite sur moi.

– Ça aussi, il l'a copié. Tu ne savais pas ? Comme Eamon quand il s'est séparé de sa femme.

– C'est vrai, dit Olly en souriant. Comment elle s'appelait, déjà, cette chanson ?

– *Fuck it.*

Diletta se met à la chantonner. « Tu vois, je ne comprends pas pourquoi tu me plaisais tant. Je t'ai tout donné, toute ma confiance… Je t'ai dit que je t'aimais, et maintenant tout a fini à la poubelle. »

Et elle rappe, elle bouge comme le meilleur rappeur black, un drôle de croisement entre Eamon et Eminem.

« Au diable les cadeaux, je pourrais tous les jeter. Au diable ces baisers, ils ne veulent rien dire. Au diable toi aussi, je ne te reveux pas… Tu pensais pouvoir me cacher les choses, yeah. Mais t'es fait prendre, salope, je l'ai entendu dire. Tu t'es moqué de moi, tu as même fait du sexe oral. Et maintenant, tu veux me revenir… »

Diletta fait une sorte de pirouette pour terminer la chanson. « Yeah. »

Niki sourit.

– Fabio Fobia ne sera pas aussi fou… Je le dénonce, s'il écrit un truc comme ça. De toute façon, en dehors du fait que je ne veux absolument pas me remettre avec lui… Je dois dire que dans ce texte il y a bien quelque chose qui me concerne…

– Quoi ? Les cadeaux jetés ?

– Le sexe oral ?

Niki secoue la tête.

217

– Désolée, je ne dirai rien.

Et elle s'éloigne.

– Allez, les Ondes… On la torture !

Mais Niki se met à courir. Les Ondes la poursuivent dans les couloirs du lycée. Elles tentent de la rattraper. Et, surtout, de la faire parler.

29

Alessandro vient de s'enfermer dans son bureau. Il regarde une photo posée sur sa table. Il la prend, l'approche de son visage, la tourne et la retourne dans ses mains. Naturellement, c'est lui avec Elena. Il sourit. Une pensée optimiste. L'espoir de se remettre ensemble. Un souvenir. Ce soir où ils sont allés voir « Alegria » du Cirque du Soleil. Ça ne lui disait pas du tout. À elle si, beaucoup. Rien que pour cette raison, il avait trouvé des places au premier rang. Pour elle, pour la voir sourire. Pour regarder, à travers ses yeux surpris, les voltiges de ces funambules aux corps parfaits. Elle, enchantée par ces musiques, ces lumières, tous les effets scéniques. Et respirer ainsi, à travers son sourire, les émotions de ce spectacle mondial. Comprendre que son seul vrai spectacle à lui, c'était elle. Et maintenant ? Il ne reste plus qu'à sortir d'une salle vide. Qu'en sera-t-il, du spectacle de ma vie ? Il n'a pas le temps d'aller au bout de sa pensée.

Toc toc. Quelqu'un frappe à la porte, interrompant sa vaine recherche d'une réponse difficile.

– Qui est-ce ?

– C'est moi, Soldini. Je peux ?

– Entre.

Andrea entre timidement.

– Pardon si je te dérange, peut-être que tu étais juste-ment sur le point de trouver l'idée dont nous avons tant besoin. Simple et forte, qui va droit au cœur, gagnante et exaltante…

– Oui, oui, dis-moi, qu'est-ce qu'il y a ?

Alessandro le coupe, il ne veut pas admettre qu'il pensait à Elena, seulement, uniquement et surtout tota-lement à elle.

– Il y a un ami à toi qui est passé te dire bonjour. Il a dit que vous aviez rendez-vous. Un certain Enrico.

– Pas un certain Enrico. Enrico Manello…

– Mais pourquoi tu t'en prends à moi, en bas ils ont appelé ton bureau mais tu n'y étais pas, on était en réunion. Moi j'essaye juste de t'aider…

– OK, OK, fais-le entrer.

– Et pour l'autre chose ? Rien ? Tu es sûr ?

– Quelle autre chose ?

– Le raccourci.

– C'est-à-dire ?

– Je peux me renseigner pour savoir où ils en sont, quelle est leur idée…

– Soldini !

– OK, OK, je n'ai rien dit. Mais tu sais, là aussi je vou-lais juste t'aider.

Il ouvre la porte, sort et fait entrer Enrico.

– Salut, mon grand. Tu es vraiment venu, je pensais que c'était une de tes blagues.

Alessandro le fait asseoir. Puis il se rend compte que son ami est bizarrement sérieux. Il essaye de le mettre à l'aise.

– Tu veux boire quelque chose ? Un café, un thé, un Coca, un Chinotto ? J'ai même du Red Bull, regarde…

Il ouvre un petit frigo à la porte transparente.

– Nous en avons à volonté !

Il est plein de canettes bleu métallisé.

– Tu sais, c'est nous qui avons fait leur grande campagne gagnante, et ils ont été très généreux.

– Non, merci, je n'ai envie de rien.

Alessandro s'assied en face de lui. Puis ils aperçoit la photo de lui et Elena souriants, et il la déplace délicatement en la cachant derrière des dossiers. Il s'installe plus confortablement dans son fauteuil.

– Alors, dis-moi tout, mon ami. Qu'est-ce que je peux faire pour toi ?

– C'était une photo d'Elena, que tu as cachée, pas vrai ?

Alessandro en reste interdit.

– Oui, mais je ne l'ai pas cachée, je l'ai juste déplacée.

Enrico lui sourit.

– Tu n'as jamais pensé qu'Elena pouvait te tromper ? Ben oui, vous vous êtes séparés, non ? C'est toi qui nous l'as dit hier soir !

– Oui, c'est vrai.

– C'était il y a combien de temps ?

– Elle est partie de la maison il y a plus de deux mois.

– Et tu ne t'es jamais dit qu'elle aurait pu te tromper, peut-être avec l'un d'entre nous ? Oui, pourquoi pas avec moi.

Alessandro s'assied tout droit sur son siège, puis le regarde droit dans les yeux.

– Non, je n'y ai jamais pensé.

Enrico lui sourit.

– Bravo. C'est beau, tu sais ? Je ne sais pas si vous vous remettrez ensemble. Mais c'est vraiment beau. C'est-à-dire, moi je vous souhaite de vous remettre ensemble si c'est ce que tu veux, mais dans tous les cas c'est beau que tu aies vécu sans le drame de la jalousie, jusqu'à il y a plus de deux mois. Et c'est magnifique que, maintenant que vous êtes séparés, tu penses qu'elle ne t'a jamais trompé... vraiment, c'est très beau.

Alessandro le regarde.

— Je ne comprends pas. Je me trompe ? J'ai tort ? Tu as quelque chose à me dire ?

— Non, pas du tout. Tu fais très bien. C'est un problème qui me concerne, et moi seul.

Ils se taisent. Alessandro ne sait plus quoi penser. Enrico se frotte le visage avec les mains, puis les pose sur le bureau et le regarde intensément dans les yeux.

— Alex, j'ai peur que Camilla me trompe.

Alessandro se laisse aller en arrière dans son fauteuil et pousse un long soupir.

— Pardon, mais tu ne pouvais pas me le dire tout de suite ? Tu m'as fait toute cette scène, tu m'as fait peur, je suis allé dans toutes les directions possibles et imaginables, je me suis inquiété...

— Je voulais savoir jusqu'à quel point tu pouvais me comprendre. La jalousie. La jalousie, tu ne sais pas ce que ça veut dire... Tu as de la chance, tu n'es pas jaloux, la jalousie est une bête qui te mange de l'intérieur, qui te consume, te déchire, te dévore, te tord, te ronge...

— Oui, bon, j'ai compris... j'ai compris, ça suffit.

— C'est pour ça que je t'ai posé toutes ces questions. Je te l'ai déjà dit, tu ne peux pas comprendre.

— D'accord, je ne peux pas comprendre.

— Oui, mais ne sois pas ironique.

— Je ne suis pas ironique. J'essaye de comprendre, mais tu dis que je ne peux pas...

– Alors, je vais essayer de te faire comprendre. Tu as vu ce film avec Richard Gere, *Infidèle* ?

– Oui, je crois même qu'on l'a vu tous ensemble.

– Oui, tu étais avec Elena. Tu te rappelles l'histoire ?

– Oui.

– Peut-être que tu ne te la rappelles pas bien. Je vais te la raconter. Elle, la superbe Diane Lane, joue Connie Summer. Elle est mariée à Richard Gere, Edward. Ils sont beaux et ils ont l'air heureux. Ils ont un fils de huit ans, un chien, et ils mènent une existence enviable dans le quartier de Soho. Un jour de tempête, Connie rencontre un bellâtre, un type aux cheveux longs. Elle tombe, se blesse à un genou, et accepte son invitation à monter dans son appartement pour la soigner. Juste parce qu'il l'a aidée... Ensuite, ils se mettent à baiser comme des fous pendant tout le film.

– Qu'est-ce que tu es réducteur. Ce n'est pas aussi simple.

– C'était pour te faire comprendre.

– Oui, mais je te jure que j'avais déjà compris...

– Bah, de toute façon j'ai détesté ce film, mais ce qui est important, c'est ce qui s'est passé après, je m'en souviens très bien. Le film venait de se terminer, on était en train de sortir de la salle, Elena a regardé Camilla et Camilla lui a souri. Tu comprends ?

– Je comprends. Mais, le problème, c'est ce que je comprends. On ne sait pas pourquoi elles se sont souri, au fond. Peut-être qu'il s'était passé quelque chose... Peut-être qu'elles s'étaient cognées, ou que Camilla avait laissé tomber quelque chose, ou que sa veste était restée coincée dans son siège...

Enrico secoue la tête.

– Non, non... je suis désolé. C'était un signal. C'est sûr, elles s'étaient fait des confidences qui avaient un rapport avec le film. Bon. Ensuite on est allés manger, mais ça n'a pas d'importance parce qu'il ne s'est plus rien passé…

– Pardon, Enrico, mais je ne crois pas que tu aies assez d'éléments pour pouvoir dire, histoire de rester dans le sujet, que tu as vraiment compris quelque chose…

– Ah non ? Et tu te rappelles la scène où Richard Gere s'aperçoit que sa femme ne sait pas quoi mettre pour sortir, elle a préparé deux paires de chaussures sous la chaise où elle a posé sa robe ?

– Oui, je crois que oui.

– Eh bien, la semaine dernière, Camilla avait deux paires de chaussures sous sa chaise.

– Mais peut-être qu'elle en avait oublié une la veille !

– Non, Camilla n'oublie jamais rien.

– Alors c'est qu'elle était indécise. Mais je n'ai pas compris… Cette fois, c'est vraiment moi qui ne comprends pas. Si une femme est indécise, ça veut forcément dire que c'est une pute ?

– Qu'est-ce que tu as dit ?

– OK, je disais ça comme ça, tu es en train de me faire perdre ma patience, avec cette histoire. Je n'y comprends vraiment plus rien ! De toute façon, je ne peux pas appeler Elena. Ça fait deux mois qu'on ne s'est pas parlé, je me vois mal l'appeler pour lui dire « salut, pardon, hein, mais est-ce que Camilla a une histoire avec un autre ? ».

– Non, bien sûr que non, je ne voulais pas te demander ça…

Enrico se plie en deux sur lui-même.

– Qu'est-ce qu'il y a ?

Alessandro le regarde, inquiet.

– Rien que de l'entendre, je me sens mal.

– Écoute, Enrico, analysons calmement les choses. Comment ça va, entre vous ?

– Bien.

– Qu'est-ce que ça veut dire, bien ?

– Pas mal.

– C'est-à-dire ?

– C'est-à-dire, je suis jaloux, je suis jaloux à en mourir, et donc ça va très mal.

– OK, OK, mais vous êtes bien ensemble ? Je veux dire, vous faites l'amour ?

– Oui.

– Comme d'habitude ? Plus ou moins.

– Comme d'habitude.

Pendant un instant, Alessandro se rappelle les derniers moments passés avec Elena. Elle était splendide, belle, aimante, et puis aussi osée, désireuse, pleine d'envies, chaude. Elle l'embrassait avec passion, elle lui embrassait les doigts des mains, et puis partout, plus bas, même les orteils, dans sa folie érotique. Deux jours plus tard, elle s'en est allée en lui laissant un mot. Il secoue la tête et revient aux soucis de son ami, qui le regarde d'un air perplexe.

– À quoi tu penses ?

– À rien.

– Alex, dis-moi, parce que tu n'as pas compris à quel point je me sens mal. Tout ce que je ne sais pas me rend fou.

Alessandro soupire.

– Je pensais que je faisais bien l'amour avec Elena, ça va comme ça ?

– Ah. Bien, moi j'ai toujours été bien avec Camilla, nous faisons l'amour tranquillement, je dirais. Mais récemment, ça a changé. Elle me semble plus, plus…

– Plus ?

– Qu'est-ce que j'en sais ! Je ne sais pas.

– D'accord, mais tu disais… plus…

– Elle a plus d'envies, voilà, je te l'ai dit.

– Elle a peut-être moins de choses en tête, ou bien elle fait ça parce qu'elle a envie d'un enfant.

– Elle prend la pilule.

– Écoute, en gros, moi je crois que tu veux te gâcher inutilement l'existence.

– Ah, oui ?

– Oui. On dirait que tout va pour le mieux. Si tu veux un enfant, demande-lui d'arrêter la pilule.

– Je l'ai fait…

– Et elle ?

– Elle a dit qu'elle allait y réfléchir.

– Tu vois… elle n'a pas dit non. Elle a dit qu'elle allait y réfléchir, c'est déjà quelque chose, c'est beau d'avoir un enfant, non ? C'est important, c'est un pas définitif, c'est ce qui te liera plus que n'importe quoi d'autre à cette femme, plus que le mariage. Pour toujours.

Au moment où il termine sa phrase, Alessandro se rend compte de combien elle est vraie, de combien tout ceci lui manque dans sa vie, et de combien sa mère le lui rappelle dès qu'elle peut, et ses deux sœurs, et même son père, et tous ceux qui l'entourent. Même les spots publicitaires de son agence, plein de familles heureuses et d'enfants. Mais cette fois, c'est Enrico qui le sauve.

– Chaque fois qu'elle rentre à la maison, elle éteint son portable ou elle le met sur silencieux.

– Peut-être qu'elle n'a envie de parler à personne. Elle travaille dans un cabinet comptable, ils ont toujours tout un tas d'ennuis.

– Elle enlève même le son des messages qu'elle reçoit.

Alessandro se rend et se met en arrière dans son fauteuil.

– Qu'est-ce que tu veux que je fasse? Dis-moi, Enrico.

– Je voudrais que tu ailles là…

Il sort de la poche de sa veste une page d'annuaire arrachée. Il la pose sur le bureau, du bon côté, sous les yeux d'Alessandro qui lit.

– Tony Costa. Détective privé. Preuves, témoignages documentés avec photos légalement valables pour séparations, divorces, gardes d'enfants. Discrétion maximale, prix minimal.

Alessandro secoue la tête.

– Mais pourquoi tu veux t'embarquer là-dedans?

– J'ai bien réfléchi, il n'y a pas d'autre solution. Et même, pour être précis, ma solution… c'est toi.

– Moi?

– Oui, toi. Moi je n'aurai jamais le courage d'aller là-bas, de monter, de parler avec ce Tony. J'imagine déjà comment il me regarderait, ce qu'il penserait, comment il sourirait derrière ses moustaches.

– Qu'est-ce que tu en sais, s'il a des moustaches?

– Les détectives en ont toujours. Ça leur sert à se cacher, tu ne savais pas? Et puis, de toute façon, il se dirait : encore un couillon! Un cocu qui porte de l'eau à mon moulin.

Bah, pense Alessandro en regardant la feuille, mais sans le dire, il y a écrit « prix minimal ». Au moins, cette farce ne coûtera pas trop cher.

– OK, Enrico. J'irai. Pour toi.

– Merci. Je me sens déjà mieux…

– J'espère seulement que tu n'auras pas de regrets et que cette histoire ne ruinera pas notre amitié.

– Et pourquoi ça la ruinerait? Je sais que je peux compter sur toi. Je l'ai toujours su, et ceci n'en est qu'une énième confirmation…

– Non, tu sais pourquoi je te dis ça, Enrico ? Parce que trop souvent un ami, pour faire du bien, se retrouve au milieu, et au final celui qui se fait larguer, c'est lui… Peut-être que ça sera de ma faute si les choses se mettent à aller mal entre vous…

– « La jalousie éteint l'amour comme les cendres éteignent le feu », disait Ninon de Lenclos. Mais pour moi, ça ne vaut pas. Moi, sans la jalousie, je ne me sentirai que mieux. Et quoi que tu découvres, j'espère que nous resterons amis.

– Moi aussi, je l'espère.

– À dire vrai, j'espère aussi que ce Tony ne découvrira absolument rien.

Enrico promène son regard dans la pièce. Il est plus détendu, maintenant.

– Tu sais, je le trouve vraiment bien, ton bureau. Le plus absurde, c'est que je n'étais jamais passé avant aujourd'hui.

Puis il sourit, un peu gêné.

– C'est parce que je n'avais pas eu besoin…

Alessandro sourit et se lève de son fauteuil.

– Il n'y avait pas besoin cette fois non plus. Tu m'as juste fait une visite, une belle surprise. Tu es sûr que je ne peux rien t'offrir, même pas un café ?

– Non, merci, vraiment, ça va. Tu sais ce qui me plaît, chez toi ? C'est que tu es vraiment solide.

– Pourquoi ?

– Tu es là, serein, à aider un ami. Passer un peu de temps avec toi m'a déjà détendu. Je passerais bien toute la matinée ici !

– Tu plaisantes ? Tu ne sais pas le drame que nous sommes en train de vivre, dans cette boîte ? Tu es tombé au pire moment de ma vie professionnelle.

– Bah, au moins, côté vie privée, tu es tranquille…

— Je ne saurais pas dire laquelle est la plus compliquée…

— Mais pourtant, hier soir, quand tu as dit que vous
étiez séparés, toi et Elena, tu avais l'air serein.

— Si ça tourne mal pour moi à l'agence, je me lance
dans une carrière d'acteur. Pas besoin de me forcer pour
faire semblant, d'après ce que tu me dis…

— C'est vrai, tu ne vas pas bien ?

Juste à ce moment-là le portable d'Alessandro sonne.
Il le sort de sa poche et répond sans même regarder qui
c'est.

— Allô ?

— Allô, c'est moi, Niki.

— Eh, quelle surprise.

Il se tourne vers Enrico, sourit, puis va près de la
fenêtre.

— Que me vaut ce coup de fil ? Tu n'es pas en cours ?

— Si, je suis cachée dans les toilettes des profs ! Mais
j'avais envie de t'entendre.

— Ah, je comprends… et tu penses finir tôt ?

— Comment ça, aux toilettes ? Qu'est-ce que tu veux
dire ?

— Tu n'as pas compris, hein…

— Ah, j'ai compris, j'ai compris. Tu es en réunion ?
Excuse-moi.

— Non, je suis avec un ami qui est passé me dire bonjour.

Il se tourne vers Enrico et lui sourit.

— Et alors, pourquoi tu parles en langage codé, si tu
es avec un ami ? Je ne te comprends vraiment pas. Tu es
l'énigme de ma vie. La plupart de mes amies jouent au
sudoku, moi ça me semble quasiment impossible, mais à
côté de toi c'est d'une facilité déconcertante.

— OK, Niki, tu voulais me dire quelque chose ?

– Mon Dieu, quel ton susceptible… Tu es vexé ?

– Non, mais je n'aime pas parler au téléphone quand je ne suis pas seul.

– OK, je vais faire vite. Alors… Le garagiste reste ouvert. Stop. Il me l'a juré. Stop. Accompagne-moi, *please*. Stop. Télégramme arrivé ?

– Oui, oui, je passe devant le lycée à l'heure habituelle.

– OK, parfait. Tu me fais un bisou ?

– Non.

– Allez, j'ai encore une interro, et toi tu me portes bonheur.

– Bon, c'est fait.

– Merci… grand timide !

Niki raccroche. Alessandro remet le téléphone dans sa poche et, quand il regarde Enrico, celui-ci lui sourit. Il a l'air plus calme.

– Pardon, hein, mais je ne pouvais pas ne pas écouter ta conversation… Niki, à l'heure habituelle, devant le lycée. Mais c'est qui, ta nièce ? Non, ça ne peut pas être une des filles de tes sœurs, elles sont trop petites… Bon, d'accord, aujourd'hui elles sont très précoces, mais je ne pense pas qu'à trois ans elles t'appellent déjà de leurs portables. Ah, je sais : une cousine à toi ? Peut-être du côté de ton père…

– Écoute, pas la peine de te creuser la cervelle, c'est la fille dont je vous ai parlé hier soir au restaurant, celle dont j'ai fait la connaissance par hasard. On a eu un accident, hier.

– Et vous êtes déjà aussi intimes que ça ?

– Oui.

– Quel âge elle a, déjà ?

– Dix-sept ans.

– Ah. Alors c'est mal parti. Ou plutôt, c'est bien parti. Voilà pourquoi tu t'es remis de la crise avec Elena. Cette Niki est ta distraction. Ce n'était pas qu'un accident…

– Si elle devenait une distraction, ça serait un grave accident.

– Tu sais, c'est nous qui ne voulons pas regarder les choses en face. À dix-sept ans, une fille est déjà une femme. Mais tu te rappelles, nous, à vingt ans, ce qu'on faisait ? On était peut-être plus des hommes que maintenant. À part les années en plus, il n'y a pas grand-chose qui change au lit. Bon, on a juste quelques soucis ou problèmes en plus, qui nous condamnent à quelques prestations en moins.

Alessandro lui sourit.

– Écoute, Enrico… J'irai chez Tony Costa pour toi, mais n'essaye pas d'enquêter sur ma vie privée. Et il y a une bonne raison pour que je te demande ça : ça te ferait très peur.

– Tu en as déjà fait de belles, hein ?

Enrico lui fait un clin d'œil.

– Non, à cause du vide absolu que tu trouverais.

– Écoute, tu m'as dit beaucoup de choses, maintenant c'est à mon tour de te parler… Amuse-toi avec cette Niki ! Et puis… et puis advienne que pourra. Quand Elena reviendra, tout recommencera comme avant, et même mieux qu'avant.

Il ouvre son cartable en cuir plein de documents et de dossiers comptables. Il en sort un CD sur lequel il est écrit *Love relax*.

– Tiens. C'est pour toi.

– C'est un beau titre… *Love relax*.

– Ça te plaît ? C'est moi qui l'ai fait. C'est une compilation de ma composition, les plus belles chansons mixées, une succession qui ne peut échouer avec une femme. Je voulais l'utiliser un de ces soirs pour convaincre Camilla de faire un enfant, mais je suis content de te la donner pour que tu l'utilises avec Niki.

– Tu plaisantes ? Ça n'a rien à voir…

– Ça a à voir, ça a à voir… Et tu le sais. De toute façon, j'en ai une copie sur l'ordinateur, je m'en graverai un autre. Il y a un morceau que j'adore, avec toutes les plus belles phrases de Battisti. Il s'appelle « Les questions de Lucio ». Genre : « Qu'est-ce que tu en sais, toi, d'un champ de blé, nostalgie d'un amour profane… » Et puis, après je te donne la réponse.

– Vraiment ?

– Oui. Écoute la beauté de ces paroles… « Qu'est-ce que tu en sais, toi, d'un champ de blé ? » C'est vrai, ça, qu'est-ce que tu en sais… C'est-à-dire, à moins d'être là, au milieu des épis, comment tu peux le comprendre… J'ai fait aussi des parallèles avec le cinéma, par exemple dans *Chambre avec vue*, l'acteur Denholm Elliott est à Florence, et puis à un moment il va peindre dans un champ et il effleure le blé de sa main, au moment où arrive l'actrice qui joue Lucy, puis ils s'embrassent. De même que dans *Gladiator*, Russell Crowe touche toujours les épis de la main droite quand sa bien-aimée, qui a été tuée, lui manque. C'est le contact avec la terre qui nous donne le pain, comme quand nous rencontrons celle que nous désirons… l'amour naît en nous. Et puis, il y a « nostalgie d'un amour profond », mais ça c'est un peu plus difficile à comprendre, à mon avis…

– C'est sûr. Et tu penses que toutes ces explications plairont à Niki ?

Enrico le regarde, puis ferme les yeux et fait signe que oui avec la tête.

– Elle est déjà tienne.

– Il y a juste un petit détail.

Alessandro ferme le cartable d'Enrico et l'accompagne à la porte.

– Lequel?

– Moi, je ne veux pas d'elle.

– OK, fais comme tu veux. Mais je t'en prie, va vite chez Tony.

– Pour ça, tu peux être tranquille…

Alessandro ferme la porte et retourne à son bureau. Il s'écroule dans le fauteuil. Il ne manquait plus que ça. Il prend le CD et l'examine. Pas mal, quand même. *Written in your eyes*, d'Elisa. *Le chiavi di casa*, de J Ax. *Una canzone per te*, de Vasco. *Canciones de amor* de Venegas. *Sei parte di me*, de Zero Assoluto. *Tu non mi basti mai*, de Dalla. Et puis, plein de titres de Battisti. Alessandro regarde mieux. Il a même mis *Never Touch That Switch*, de Robbie Williams, que j'adore. Je me demande combien de temps il met, Enrico, à faire un CD, à télécharger les titres et à tout mixer. Il y tient vraiment, à Camilla. C'est un très beau couple, ils s'aiment et ils s'entendent bien, et moi, sans raison, je dois aller chez ce Tony Costa! Quelle histoire. En plus, comme si ça ne suffisait pas, moi aussi j'ai des doutes, maintenant. Et si Elena avait eu quelqu'un d'autre? Et si elle sortait avec un autre, un de mes amis? Pas Enrico. À moins qu'il ne soit un vrai génie et qu'il ait monté toute cette histoire juste pour éloigner les soupçons qui auraient pu planer sur lui. Flavio? Non, Flavio ne ferait jamais ça, il a trop peur de Cristina et d'être découvert. Et Pietro? Pietro. Il ne reste que Pietro. Et là, malheureusement, je ne sais vraiment pas quoi penser. On est très amis, c'est sûr, mais pour coucher avec une femme il renoncerait à son honneur. Alors, l'amitié, n'en parlons pas! Et puis, comme si ça ne suffisait pas, Elena lui a toujours plu, il me l'a toujours dit. Quand on est allés voir *L'amico del cuore*, en sortant il m'a dit : « Écoute, si j'avais peur avant une opération, je ferais la même chose avec toi. Je te demanderais de me laisser passer une nuit avec Elena… » Je m'en souviens, on a rigolé, et moi je lui ai tapé dans le dos. « Il n'y a aucun problème. Tu vas très bien. »

Soudain, on frappe à la porte.

– Entrez.

C'est Andrea Soldini.

– Nous on va manger un morceau, mais pas à la cantine. On veut être plus tranquilles, continuer le *brain*, on va prendre une salade dehors. Tu es des nôtres ?

– Oui, mais par la pensée. Je dois aller chercher Niki au lycée.

Ce disant, Alessandro prend sa veste et sort de la pièce. Andrea Soldini lui sourit.

– Je ne savais pas que tu avais une fille.

– Moi non plus.

30

Sortie des cours. Un fleuve de jeunes se déverse dans les couloirs. Certains rentrent chez eux. D'autres prennent d'assaut le distributeur automatique. Diletta fait la queue avec Niki.

– Tu l'as finie, ta version ?

– Non, et toi ?

– Les trois quarts.

– C'est Sereni qui me l'a passée. Elle me devait un service.

– Pourquoi ?

– Je lui ai prêté mon T-shirt Extè pour la fête de samedi. Elle me doit au moins six versions.

– Ah. Vas-y, c'est ton tour.

Niki met un euro dans la fente. Plink. Le bon bruit. Elle appuie sur le bouton du gâteau au chocolat.

– Mais qu'est-ce que tu fais ?

– Quoi, tu ne lis pas Benni ? Le monde – selon Socrate, le grand-père de Margherita – se divise entre : ceux qui mangent leur chocolat sans pain ; ceux qui ne peuvent pas manger de chocolat s'ils ne mangent pas de pain avec ; ceux qui n'ont pas de chocolat ; ceux qui n'ont pas de pain. Moi, c'est tout à la fois.

– Bon.

– Salut.

Diletta se retourne. Des yeux vert espoir, encadrés par un visage légèrement hâlé, la regardent.

– Je t'ai rapporté ton euro. Il est chargé, maintenant.

– C'est quoi, une carte de téléphone ?! plaisante Niki qui est en train d'ouvrir son gâteau.

– Tu n'aurais pas dû. J'ai une pièce.

– De toute façon, aujourd'hui tu n'en as pas besoin. Tu t'en serviras la prochaine fois.

– Dans quel sens ?

Le garçon sort de sa poche un snack aux céréales.

– Je t'en ai acheté un.

Diletta le regarde, perplexe.

– Il ne fallait pas.

– Je sais. Mais j'avais envie.

Niki les observe l'un après l'autre, comme s'ils disputaient un match de tennis.

– Oui, mais je te l'ai dit, je n'aime pas les dettes.

– D'accord, alors tu ne me dois rien.

Niki intervient.

– Allez, Diletta, n'en rajoute pas. Il t'a acheté un snack, pas une boîte de truffe noire de chez Norcia. Bravo ! J'apprécie le geste !

Il tend le snack à Diletta.

– Non, merci, je n'en veux pas.

Elle s'éloigne. Niki la regarde, puis se tourne vers lui.

– Tu sais, elle est un peu bizarre, mais elle est super. Elle joue au volley, de temps en temps elle prend des ballons dans la tête, et après elle réagit comme ça. Mais ça finit par lui passer.

Il tente de sourire mais on voit bien qu'il est un peu vexé.

– Écoute, tu n'as qu'à me le donner.

– Mais non, c'était pour elle.

– Tu n'as pas compris. Donne-le-moi, je lui donnerai plus tard.

Elle lui prend des mains et part en courant, mais prend le temps de lui demander.

– Comment tu t'appelles ?

– Filippo.

Il a à peine le temps de répondre, elle est déjà loin et lui reste là, un euro chargé dans une main et un rêve en moins dans l'autre.

31

– Qu'est-ce qu'il y a, pourquoi tu dis rien ?

Mauro conduit vite malgré la circulation.

– Oh, pourquoi tu dis rien ?

Paola lui donne un grand coup sur l'épaule.

– Fais pas semblant de pas entendre, je te parle. Qu'est-ce que t'as, t'es fâché ?

– Non, j'ai rien.

– Oui, tu fais cette tête-là et t'as rien... Tu me racontes ça à moi ? Encore...

Mauro prend la rue de Paola mais dépasse l'immeuble.

– Oh, mais t'es gâteux, ou quoi ? J'habite au 35 !

Mauro continue encore un peu, puis arrête le scooter et descend. Paola fait de même. Elle enlève son casque.

– Quand tu es comme ça, tu es insupportable. Qu'est-ce qu'il y a, qu'est-ce qu'il y a, on peut savoir ce qu'il y a ?

– Rien, rien et rien.

– Rien, c'est une réponse de crétin. Depuis que j'ai fini de tourner, tu n'as pas ouvert la bouche une seule fois, tu n'as dit au revoir à personne et tu fais une tête de trois pieds de long... Alors ? Mon Dieu, je suis obligée de te traiter comme un petit garçon.

– Rien. Il y a un truc qui ne m'a pas plu.

– Quoi ? La scène qu'on a tournée ? On jouait au basket. C'est pour ça qu'ils m'ont choisie, non ? Parce que je suis grande et parce que j'ai fait un peu de basket. Et à la fin, j'ai souri à la caméra et j'ai dit ma première réplique, la première réplique de ma vie : « Je ne peux pas perdre... » Je n'ai même pas nommé le produit... Et toi, tu en fais toute une histoire. Tu ne peux pas être heureux pour moi ? Non, dis-moi. C'est quoi, ce qui ne t'a pas plu ?

– Jusque-là, rien.

– Et alors quoi ?

– Quand tu es allée voir le réalisateur.

– Voilà. Voilà... Je le savais.

Paola tourne autour du scooter, sous le coup de la colère.

– Bien sûr, je le savais… Tu sais ce que j'ai fait ? Je suis allée dire au revoir au réalisateur, comme le font toutes les filles gentilles et bien élevées, et d'ailleurs il m'a demandé si tu étais mon petit ami…

– Oui, j'ai vu que vous parliez.

– Ah.

– Et puis il t'a donné une feuille.

– Oui, une feuille…

Paola fouille et la sort de son sac.

– La voilà. Et tu sais ce qu'il y a écrit dessus, hein, tu le sais ? Regarde. Regarde.

Elle lui colle sur le visage. Mauro, agacé, détourne la tête.

– Comme ça j'arrive pas à lire.

– OK, alors je vais lire, moi. Il y a un numéro. 338… et ainsi de suite. Sauf que ce n'est pas son numéro. Tu comprends ? C'est celui d'un photographe. Un photographe ! Et puis, il y a aussi une adresse. Et tu sais pourquoi ? Parce qu'il a voulu être gentil. Parce qu'il a pensé que j'étais avec quelqu'un. Cette feuille, c'est pour toi.

Elle lui lance avec rage.

– Il m'a dit qu'ils cherchent un garçon pour un autre spot, un type de banlieue, beau, dans ton genre… Tu comprends ? Il t'a fait des compliments et il m'a conseillé un photographe pas trop cher pour que tu te fasses faire des photos. Et ça, c'est son numéro, tu vois ? Et en dessous, c'est l'adresse où tu dois aller avec ces photos. Tu as compris, maintenant ? Moi j'ai été gentille, le réalisateur a été généreux, et toi tu es un con, tu m'as gâché ma journée.

Mauro tente de l'enlacer.

– Mais, mon amour, comment je pouvais savoir, moi ?

– Avant de faire la tête, c'est pas plus simple de demander ? Parler ? Dialoguer ? Ne pas faire comme les animaux ?

– Pourquoi, comment ils font, les animaux ?

– Ils grognent, comme toi.

Mauro se met à imiter un petit cochon. Il appuie son museau contre le ventre de Paola en poussant et en grognant, il essaye de la faire rire, mais elle est encore fâchée.

– Aïe, lâche-moi, tu me fais mal.

Elle s'écarte et croise les bras.

– Allez, ça suffit, arrête. Tu ne me fais pas rire. Tu m'as énervée. C'est absurde, j'ai toujours l'impression d'avoir un petit garçon en face de moi. Mais, au moins, les petits garçons grandissent. Toi, c'est le contraire.

– Toujours… allez, n'exagère pas, pas toujours, quand même… C'est la première fois que je te fais une scène de jalousie.

– Quoi ? Mais tu fais ça chaque fois que tu en as l'occasion.

– Mais quand ?!

– Ben oui, on se voit presque toujours tous les deux, quelles scènes tu pourrais faire ? Mais dès que je parle à quelqu'un, comme aujourd'hui, surtout pour te rendre service à toi, ça y est, tu t'emballes.

– Mais, mon amour, la jalousie… c'est un signe d'amour.

– Ah ouais, et tu l'as lue où, celle-là ? Dans un chocolat Perugina ?

– Allez, mon amour, on va pas se disputer…

– Ça suffit, je suis fatiguée, je travaille depuis ce matin sept heures. Je veux rentrer, on s'appelle plus tard…

Paola prend son sac, posé sur le scooter, et s'éloigne. Mauro remonte sur son Kymco, démarre et la rattrape.

– Allez, mon amour, ne fais pas ça…

– Non, ça va, ça va me passer, mais pour l'instant, stop.

– Je vais faire les photos demain. Tu m'accompagnes ?

– Non, vas-y tout seul. J'ai peut-être un autre entretien.

– Avec le réalisateur ?

– Tu insistes ? Alors tu cherches vraiment la dispute.

Mauro s'arrête un peu avant son immeuble et descend de scooter.

– D'accord, on ne se dispute pas. Allez, fais-moi un bisou.

Paola l'embrasse pour tenter de se débarrasser de lui. Mauro remonte sur son scooter.

– Demain, je fais les photos, et puis je vais à cette adresse que tu m'as donnée, ça va ?

– Ça va. Ciao.

– N'éteins pas ton portable, je t'appelle plus tard pour te dire bonne nuit…

Paola referme le portail.

– Si je peux, je le laisse allumé. Sinon, je l'éteins… Tu sais que mes parents écoutent tout, ils sont toujours derrière moi…

– OK… Mais d'après toi, ce réalisateur, il est pédé ?

– Oh, dégage !

Paola, agacée, secoue la tête et entre dans l'immeuble. Mauro la suit du regard, puis il met la feuille dans la poche de son blouson et s'en va.

Arrivé à la petite place en bas de chez lui, il arrête son scooter, met la chaîne. Mais quand il se relève, quelqu'un sort de l'obscurité.

– Mauro ?

– Qui c'est ? Oh, putain, Carlo, tu m'as fait sursauter.

Son frère s'approche de lui.

– Pardon, je ne voulais pas te faire peur. Écoute, j'ai eu une grande conversation avec papa, aujourd'hui. Hier, tu n'es même pas rentré à la maison. On t'attendait, tu n'as même pas prévenu… Tu n'en fais toujours qu'à ta tête, hein ?

– Oh, me casse pas les couilles, Carlo, j'ai oublié, ça va… Je suis grand, hein, j'ai vingt-deux ans, pas trois, alors si pour une fois je ne rentre pas…

– Tu es grand, mais pas dans les faits. Tu as laissé tomber l'école, tu n'as même pas terminé, et ça fait quatre ans que tu te balades, en faisant quoi ?

– Comment ça, en faisant quoi ?

– Tu fais quoi ? Tu ne comprends plus l'italien ?

– Pff…

Mauro passe à côté de Carlo mais ne s'arrête pas.

– Mais c'est pas vrai ! On dirait notre père…

– Non, lui, il t'aurait mis des coups de pied au cul. Il te l'a promis.

– Alors je ne rentre pas.

– Allez, ne fais pas l'idiot. Tu ne comprends vraiment pas ?

Mauro retourne au scooter, enlève la chaîne et la met dans le coffre.

– Mau', pourquoi tu viens pas travailler avec moi, j'ai besoin d'un assistant. Tu apprends le métier, c'est pas difficile et ça gagne pas mal… S'il y a bien un truc qui ne manque jamais, c'est les tuyaux qui fuient et les chiottes à installer. Si tu deviens bon, on peut prendre plus de boulot, et puis une fois que tu as compris comment ça marche tu te débrouilles tout seul.

Mauro monte sur le scooter et démarre.

– Aujourd'hui j'ai trouvé un travail, mais je ne te dis rien, parce qu'à cause de vous ça pourrait bien ne pas marcher. Vous me portez la poisse.

Il met les gaz, laissant son frère seul sur la place.

32

Arrivé devant le lycée de Niki, Alessandro arrête la voiture et regarde distraitement autour de lui. Des filles bavardent en se fumant leur cigarette d'après les cours. Deux élèves, se fichant du passage éventuel de leurs parents, s'embrassent avidement, appuyés contre un scooter. Le garçon, la bouche complètement ouverte, est penché sur la fille et actionne sa langue de façon quasi funambulesque. Mon Dieu ! Si j'avais une fille et que j'assistais à une scène de ce genre, qu'est-ce que je dirais ? Peut-être que j'arrêterais de passer devant l'école. De toute façon, qu'est-ce que je pourrais y faire ? Ils iraient s'embrasser dans un parc, ou dans les toilettes, ou n'importe où. Tant que ça en reste là... Le garçon, comme s'il avait entendu ces pensées, glisse sa main sous le T-shirt de la fille, qui ouvre un œil, contrôle rapidement les alentours, puis sourit et se détend, l'embrasse à nouveau et le laisse faire. Juste à ce moment-là, un bourrin s'approche d'eux. Alessandro observe la scène. Est-ce qu'une bagarre va éclater ? Une de ces bagarres dont il lit toujours le récit dans les journaux mais auxquelles il n'a jamais assisté ? Mais non. Le bourrin attend un peu, puis décide d'intervenir.

– Oh, vous vous poussez de mon scooter, je voudrais rentrer chez moi ?

L'embrasseur fou lève un bras au ciel.

– Ouais... il fallait que tu choisisses juste celui-là, hein ?

Le bourrin lève la tête.

– Ben oui, c'est le mien.

– D'accord, d'accord. Je te dis seulement qu'elle était à deux doigts de le griffer, ton scooter...

Alessandro sourit, mais soudain il sursaute. La portière de sa voiture s'ouvre et Niki plonge à l'intérieur.

– Allez, allez, vite, démarre, vite !

Alessandro ne se le fait pas répéter deux fois. Niki se jette par terre tandis qu'il dépasse l'entrée de l'école et tourne au coin de la rue. Il la regarde, recroquevillée sous le siège passager.

– Eh, tu peux te relever, hein...

Elle s'installe tranquillement à côté de lui. Alessandro la regarde d'un air sérieux.

– Écoute, mais on doit vraiment faire toute cette scène chaque fois parce que ta mère est à la sortie ? Je ne comprends pas, on n'a rien fait de mal, on a juste eu un accident, comme bien d'autres gens.

– Mais ma mère n'est pas passée, aujourd'hui.

– Et alors ? Tant mieux... Pourquoi tu t'es cachée ?

– Parce qu'il y avait mon ex...

Alessandro la regarde et écarquille les yeux.

– Ton ex ? Et alors ?

– Rien. Il ne comprendrait pas. Et surtout...

– Et surtout ?

– Surtout, il a la main leste.

– Écoute, moi je ne veux pas entrer dans vos histoires.

– Allez ! Il ne va rien se passer, rassure-toi. C'est pour ça que je me suis cachée.

242

– Mais moi je ne veux pas que tu te caches, je ne veux pas qu'il y ait la moindre possibilité, le moindre risque. Je ne veux même pas le connaître, ton ex. Je ne veux…

– Eh ! Trop de « je ne veux pas » ! Tu sais ce que me disait toujours mon père ? Seuls les « je ne veux pas » du roi sont des ordres.

– Mais qu'est-ce que tu racontes ? Ce sont les désirs du roi ! Moi, dans ce cas, je ne veux pas, c'est tout.

– Bravo, très belle phrase. Moi j'en connais une de Woody Allen : « Les ennuis sont comme les feuilles de papier toilette : tu en prends une, tu en as dix. »

– Et qu'est-ce que ça veut dire ? Que, comme on a eu un accident, on va avoir dix autres ennuis ?

Niki hausse un sourcil.

– Serait-on en train de se disputer ?

Alessandro la regarde.

– Non, nous éclaircissons certains points.

– Ah, voilà, pour améliorer notre relation.

Alessandro la regarde à nouveau et sourit.

– Non, pour la terminer.

Niki pose ses pieds sur le tableau de bord.

– Je ne vois vraiment pas pourquoi. On vient de se rencontrer. Pour être exacte, tu viens de me rentrer dedans, moi je n'ai rien dit, on est en train de faire connaissance… Et toi, qu'est-ce que tu fais ? Tu dis que tu veux mettre un terme à notre relation !

– Enlève tes pieds du tableau de bord.

– OK, je les enlève si on continue à avoir de bons rapports.

– De bons rapports ne se basent pas sur des conditions, nous n'avons pas signé de contrat.

– Ah, oui ? Alors je laisse mes pieds sur le tableau de bord.

Alessandro essaye de les lui enlever, avec sa main.

— Qu'est-ce que tu fais ? Attention, je vais me mettre à crier, je vais te dénoncer ! Tu m'as renversée, tu as détruit mon scooter, tu m'as enlevée et tu veux me violer !

— En fait, moi je voudrais juste que tu enlèves tes pieds du tableau de bord.

Alessandro essaye de nouveau de les lui enlever, alors Niki se penche à la fenêtre et crie « Au secours ! Aaaah ! ».

Un type, immobile devant une petite remise, avec juste un scooter devant, la regarde, abasourdi.

— Niki, mais qu'est-ce que tu fais ? Qu'est-ce qui se passe ?

Elle se rend compte qu'ils sont juste devant chez le garagiste.

— Ah, rien… Salut, Mario.

Elle descend en faisant semblant de rien. Mario regarde Alessandro d'un drôle d'air. Niki essaye d'arranger les choses.

— Mon ami m'aidait à répéter une scène que je dois jouer au théâtre !

Mario fronce les sourcils.

— Ça aussi. Je savais que tu faisais plein de sport, mais le théâtre, ça, je savais pas…

— C'est bien pour ça que j'en fais !

Mario rit en frottant ses mains sales de graisse et d'huile sur sa combinaison de mécanicien. Niki se tourne vers Alessandro et lui sourit.

— Tu as vu ? Je te couvre chaque fois.

Puis elle s'éloigne, et Alessandro essaye de répondre : « Chaque fois, mais quand ? » Mais Niki est déjà sur son scooter. Elle essaye de bouger la roue arrière à droite, puis à gauche.

— Ça a l'air parfait !

Mario reprend son sérieux et s'approche.

– C'est parfait. J'ai changé la jante avant, je t'ai réparé la roue arrière et je l'ai redressée. Le châssis s'était un tout petit peu tordu, et heureusement j'ai réussi à le recentrer. Et puis, vu que les pneus étaient lisses, je te les ai changés.

– Eh, mais ça va me coûter combien, tout ça ?

– Rien…

– Comment ça, rien ?

– Je te l'ai dit, rien. Tu as dit que ce n'était pas de ta faute, pas vrai ?

– Bien sûr que non, sourit fièrement Niki en regardant Alessandro.

Mario hausse les épaules.

– Alors, tout ce que j'ai fait en plus, on le comptera à celui qui t'est rentré dedans. Et puis… il était vraiment en piteux état, ton scooter ! Je me demande à quoi il pensait quand il t'est rentré dedans, hein ? Tu aurais dû aller à l'hôpital, Niki, te faire donner quelques jours et quelques points par ton assurance. C'était l'occasion ou jamais !

Niki regarde Mario et sourit, en essayant de le faire taire. Mais Mario ne se rend compte de rien, il en rajoute même.

– Tu aurais dû lui faire payer plus cher que ce que lui a coûté son permis, quand il l'a acheté !

Alessandro n'y tient plus.

– Écoutez, peut-être que j'étais un peu distrait quand que je lui suis rentré dedans, mais j'ai eu mon permis honnêtement. C'est clair ?

Mario regarde Niki. Puis Alessandro, sérieux. Puis de nouveau Niki. Il sourit.

– J'ai compris… vous êtes encore en train de répéter, hein ?! Vous me faites la scène du théâtre.

Alessandro lève la main et l'envoie balader. Puis il se dirige vers sa voiture, ouvre la portière et s'assied à l'intérieur. Mario regarde Niki.

— Oh, il est susceptible, ton ami.

— Eh, je sais, il est comme ça. Mais tu verras, il va s'améliorer.

— Bah, si t'es capable de faire des miracles.

Niki prend le scooter et allume le moteur. Puis elle s'approche d'Alessandro, qui baisse sa vitre.

— Ça va ? Il marche ?

— Oui, c'est parfait, merci. Tu as été très gentil de m'accompagner.

Mario tire le rideau de fer du garage.

— Qu'ils sont mignons, les tourtereaux ! Vous faites une autre scène, hein ? Bon, moi je vais manger. Invitez-moi pour la première.

Mario met en marche un vieux Califfone et s'éloigne. Niki sourit à Alessandro.

— Il est comme ça, mais c'est un très bon mécanicien.

— Si en plus il avait été mauvais ! Ça aurait été le pompon !

— Mais comment tu t'exprimes ! Tu ne sais plus distinguer la réalité... tu confonds la simplicité et la beauté de la vie avec l'irréalité de tes publicités. « Ça aurait été le pompon. » Tu es vraiment *out*.

Niki secoue la tête et démarre. Un peu plus loin, Alessandro la rejoint et baisse à nouveau sa fenêtre.

— Eh, mais pourquoi il faut toujours que tu te vexes ?

— Tu sais, la réalité ne devrait jamais être offensive, sinon ça veut dire que quelque chose ne va pas.

Niki sourit et accélère un peu. Alessandro la rattrape.

— Ah, oui ? Eh bien, en l'occurrence, ton scooter, les roues neuves, le châssis réparé... tu dois tout ça à mon *irréalité*.

Niki ralentit, se laisse presque doubler.

– Alors, à tout ça, tu peux aussi rajouter un plein.

Alessandro se penche à la vitre.

– Pourquoi ?

– Parce que je n'ai plus d'essence.

Alessandro ralentit, gare la voiture sur le bas-côté, tire le frein à main et descend.

– Pardon, je n'ai pas compris. Ce brave mécanicien, il ne pouvait pas te mettre un peu d'essence, que tu puisses au moins rentrer chez toi ?

– Mais qu'est-ce que tu racontes ? Tu ne sais pas ça ? En général, ils t'enlèvent ton essence. Pour travailler, ils doivent allonger le scooter par terre, alors ils sont obligés de l'enlever, sinon ça coulerait de sous la selle.

– Alors qu'est-ce qu'on fait, maintenant ?

– Mets-toi derrière avec ta voiture. Tu as un tuyau ?

– Un tuyau ?

– Oui, pour aspirer un peu dans ton réservoir…

– Non, je n'ai pas de tuyau.

Alessandro remonte dans sa voiture et fait marche arrière.

– Et pourquoi j'aurais un tuyau, d'abord ?

Niki ouvre le petit coffre avant du scooter.

– Quelle chance… moi j'en ai un !

Elle sort un tuyau vert, de ceux pour arroser les plantes, long d'environ un mètre cinquante.

– J'étais sûre que mon frère me l'avait piqué.

– Ton frère ? Mais quel âge il a ?

– Onze ans.

– Et il a un scooter ?

– Non. Mais son copain, un certain Vanni, qu'à la maison on appelle Fil de fer, lui a communiqué sa passion pour les voitures téléguidées à explosion…

– Et donc ?

– Donc ils vont tous les jours au Foro Italico, et mon frère utilise mon essence pour leurs courses.

– Bravo.

Niki a fini de déboucher le bouchon de son réservoir, elle ouvre celui de la Mercedes d'Alessandro. Elle y insère brusquement le tuyau, plusieurs fois.

– Voilà, c'est fait. Écoute, j'ai dû faire sauter ta rétine.

– C'est-à-dire ?

– C'est-à-dire, pour entrer avec le tuyau, j'ai dû rompre la rétine qui sert de filtre… La prochaine fois que tu prends de l'essence, tu demandes qu'on te la remette, d'accord ?

– Oui, bien sûr… De toute façon, je ne suis plus à un dégât près.

– Voilà, tiens.

Niki lui passe le tuyau vert.

– Qu'est-ce que je dois faire ?

– Aspire.

– Quoi ?

– Aspire là-dedans et fais monter l'essence tout doucement. Le tube est un peu transparent, tu vois. Quand ça arrive presque en haut, tu mets le pouce au bout et tu le tiens plus bas que le réservoir de la voiture.

– Et ensuite ?

– Ensuite, tu le mets dans le réservoir de mon scooter et tu enlèves le pouce. L'essence sortira toute seule.

– Pas mal. J'en avais entendu parler, mais je ne pensais pas…

– Bah, tu sais… tu n'as jamais entendu parler d'un certain Archimède…

– Je connais la loi des vases communicants, mais je ne pensais pas que cette méthode était encore utilisée aujourd'hui.

Niki secoue la tête et rit.

– Tu sais combien d'essence on a dû te piquer dans ta vie, avec cette méthode ?

– Tu crois ?

– C'est sûr.

Alessandro prend le tuyau et le porte à sa bouche, mais il s'arrête.

– Pardon, mais si c'est si facile… pourquoi tu ne le fais pas toi-même ? C'est toi qui as besoin d'essence. C'est dangereux, n'est-ce pas ?

– Mais non. Je ne le fais pas parce que je ne supporte pas l'odeur de l'essence. Je n'arrive pas à sucer… dans ce cas.

Puis elle le regarde exprès d'un air provocant. Alessandro hausse un sourcil, elle secoue la tête.

– Et pas non plus dans la plupart des autres cas. Allez, suce.

Alessandro ne se le fait pas dire deux fois. Il aspire avec force, accroché au tuyau. Une, deux, trois fois.

– Mais rien ne sort !

Il ressaye en tenant le tuyau plus bas, et il ne s'aperçoit pas que toute l'essence lui arrive dans la bouche.

– Beurk !

Il enlève le tuyau de sa bouche et se met à tousser, à cracher.

– Quelle horreur, quelle horreur ! Pouah !

Niki prend le tuyau et le lève, interrompant ainsi le flux d'essence. Alessandro s'appuie contre la voiture.

– Mon Dieu, je me sens mal. J'ai dû en boire… Il faut que je vomisse ? Je me suis auto-empoisonné.

– Mais non.

Niki s'approche de lui. Alessandro reste immobile. Elle s'approche un peu plus de lui, de son visage, tout doucement. Alessandro pense à une drôle de manière de le remercier, là, sur la route, devant tout le monde.

Tout le monde… Les gens qui passent. Et pour l'instant, il n'y a personne. Alessandro ferme les yeux. Niki, avec son parfum léger, s'approche un peu plus. Encore. Et encore… Alessandro pousse un long soupir. Soudain, Niki s'arrête. Elle est tout près. Elle se met à renifler. Une, deux, trois fois.

– Je n'y crois pas !

Alessandro ouvre les yeux.

– À quoi tu ne crois pas ?

– Mais ta voiture marche au diesel ?

– Oui, pourquoi ?

– Parce que mon scooter marche à l'essence, voilà pourquoi ! Heureusement que tu as bu. Tu sais ce que ça aurait fait, comme dégâts ?

– Non, je ne sais pas, et je ne veux pas savoir.

– Pardon, mais tu ne pouvais pas le dire avant ? On n'aurait pas perdu tout ce temps. C'est toi qui le dis : le temps, c'est de l'argent.

– Alors, ma chemise et ma veste aussi, c'est de l'argent.

Niki referme le réservoir du scooter, puis celui de la Mercedes.

– Allez, je te les porterai au pressing, d'accord ? Rappelle-toi de me les laisser, tout à l'heure.

– Oui, bien sûr, je te laisse ma veste et ma chemise, et je vais torse nu au bureau.

– Pardon, mais tu as dit que tu étais un créatif. Un créatif est un artiste, non ? Si tu as envie de te balader comme ça, qui trouvera quelque chose à y redire ? Écoute, tu n'aurais pas un petit bidon, dans ta voiture, comme ça on pourrait aller chercher de l'essence et revenir ?

– Je ne me promène pas avec un bidon dans mon coffre…

– En effet, je m'en doutais… Il n'y a pas d'autre solution, alors. Monte en voiture, va.

Alessandro monte. Niki reste sur son scooter, près de la voiture, du côté passager. Alessandro ne comprend pas.

– Pardon, mais tu ne viens pas ? Tu m'as dit que tu n'avais plus d'essence…

Il la regarde de travers.

– Ne me dis pas que c'était une blague.

– Mais non, ce n'était pas une blague, je n'ai vraiment plus d'essence. Allez, démarre, mais doucement, sans à-coups, hein ? Je m'accroche.

– Quoi ?

Alessandro la regarde, hors de lui.

– Je m'accroche à la .vitre. Je garde le bras tendu, et toi tu m'emmènes à la première station-service, comme ça on met de l'essence, enfin, j'en mets, tu paies et on se dit au revoir. Ou plutôt, moi je te dis au revoir.

Alessandro secoue la tête, met le contact et enclenche l'embrayage automatique. La Mercedes démarre lentement.

– Voilà, tout doucement, comme ça.

Le bras de Niki se tend, elle met toute sa force pour tenir. Le scooter commence à bouger, elle lâche un peu la prise et tend complètement le bras. La Mercedes avance, le scooter aussi, à côté. Niki lui sourit.

– Bravo, tu as fait un démarrage parfait.

Alessandro la regarde.

– Merci.

– Mais regarde la route, quand même…

Alessandro tourne la tête, tout en lui souriant.

– Tu as raison.

Mais il recommence à la regarder. Niki est toute penchée vers l'avant mais elle lui sourit, elle aussi.

– La route !

– Je voulais voir si tout allait bien. Tout va bien ?

Soudain, une voix dans leur dos.

– Non, ça ne va absolument pas.

La voiture de police se met à la hauteur de celle d'Alessandro. Une palette sort par la fenêtre et fait un mouvement vertical.

– Non, je n'y crois pas.

Il arrête lentement la voiture. Et quand il descend, il y croit encore moins. Les mêmes carabiniers. Serra et Carretti. Maintenant, il se souvient même de leurs noms. Serra se dirige vers lui en tapant sa palette contre la paume de sa main.

– Alors ? Vous êtes un vrai récidiviste. Qu'est-ce que vous faites, vous jouez à qui perdra le plus de points de permis le plus vite possible ? Non, mais expliquez-nous, hein ! Parce que là, on ne comprend vraiment pas.

Alessandro tente un sourire.

– Non, c'est moi qui ne comprends pas. J'ai l'impression que vous me suivez.

Carretti s'approche, l'air sérieux.

– Nous, on patrouille. Nous avons nos tours, nos rondes, et surtout notre zone. Et vous êtes dans notre zone. Donc, ou vous changez de quartier, comme ça vous croiserez nos collègues, ou vous changez de manières… ce qui est peut-être la meilleure solution.

Niki descend du scooter, arrange son T-shirt en essayant de se donner un peu de contenance.

– Oui, vous avez raison, mais c'est de ma faute. Je n'avais plus d'essence et je lui ai demandé de m'accompagner à une station-service.

Alessandro intervient, mais décide de ne pas raconter leur tentative avortée d'aspiration.

– Et comme moi, malheureusement, je n'avais pas de bidon…

– Bien sûr, parce que sinon vous vous seriez baladé avec un bidon d'essence ?

– Oui, bien sûr. Qu'est-ce que je pouvais faire d'autre ?

– Alors vous avez eu de la chance… Parce que, dans ce cas, on aurait dû vous emmener directement chez le commandant pour vérifications. Cette essence aurait pu servir pour des cocktails Molotov, par exemple…

– Des cocktails Molotov ? Mais alors vous n'êtes pas en train de patrouiller. C'est après moi, que vous en avez ! Pardon, mais je vous l'ai déjà expliqué : la jeune fille était en panne d'essence !

– Qu'est-ce que vous faites, vous haussez le ton ?

– Non, c'est que quand vous n'aidez pas les gens, j'ai du mal à vous comprendre…

– Écoutez, c'est plutôt nous qui ne vous comprenons pas. Vous créez des problèmes, c'est tout.

– Moi ?

Niki intervient.

– OK, OK, ça suffit, on ne se dispute pas. Vous savez s'il y a une pompe à essence près d'ici ?

Serra regarde Carretti, qui ferme les yeux comme pour dire « mais oui, allez, on laisse tomber… ».

– Oui, juste derrière. Mais éteignez le contact de la voiture et allez-y en poussant le scooter.

– OK, merci, vous êtes très gentils, dit Niki.

Les carabiniers remontent dans leur voiture. Serra se penche.

– Pour cette fois, c'est bon. Mais nous ne voudrions pas vous retrouver dans d'autres situations désagréables. S'il vous plaît, ne créez plus de problèmes.

Ils démarrent en trombe.

Niki se met à pousser le scooter. Alessandro prend ses clés, ferme la portière et appuie sur le bouton de la télécommande, qui enclenche l'alarme. Il lui court après et la rattrape.

– Allez, mets-toi là, je vais t'aider à pousser…

Ils avancent en silence. Niki lui sourit.

– Surtout, ne crée pas de problèmes, Alex, hein ?

– Oui, bien sûr, c'est vrai, depuis que je te connais je ne fais que ça.

– Non, ils te connaissaient déjà, à cause des Russes…

– Ah, oui, c'est vrai.

Ils continuent à pousser. Alessandro soupire sous le soleil.

– Je pue le gasoil, je suis en nage et je risque même de prendre feu… Ceci était ma pause-déjeuner.

– Allez, qu'est-ce que tu es lourd, amuse-toi un peu, au moins ça change de l'ordinaire, non ?

– Ça, c'est certain.

– Mais il y a quelque chose que je ne comprends pas : pourquoi est-ce que les carabiniers repartent toujours sur les chapeaux de roue ?

– C'est quoi, une question de l'émission « Tu sais pourquoi » ? Bah, c'est peut-être un défaut de leur voiture. Le meilleur, ça aurait été que tu t'accroches à eux avec ton scooter, ha ha ! Voilà, on est arrivés.

– Tu as dix euros ?

– Bien sûr…

Alessandro met la main dans sa poche et les prend dans son portefeuille. Niki met le billet dans la machine automatique de la pompe.

– Note-le…

– Laisse tomber… De toute façon, j'ai perdu le compte, dit Alessandro en souriant.

– Ah bon, alors dans ce cas je ne paie pas le pressing !

Niki détache la pompe et la glisse dans le réservoir du scooter. Puis, quand l'écran indique dix euros, elle se met à sauter sur le tuyau de la pompe qui traîne par terre. Elle saute de plus en plus fort.

– Qu'est-ce que tu fais ?

– Je mets de l'essence, non ? Regarde, le compteur continue à tourner. 10, 10,05, 10,20, 10,45, 10,70, 11… C'est le seul moyen pour compenser la hausse du prix du pétrole !

Alessandro l'arrête.

– Oui, et si les carabiniers repassent, ils nous mettent directement au trou.

Juste à ce moment-là :

– Niki ! Niki ! Heureusement que je t'ai trouvée !

Mario, le mécanicien, à bord de son Califfone, freine devant eux.

– Mario, qu'est-ce que tu fais là…

– Niki, j'ai un truc très important à te dire… Il ne faut pas que tu roules avec ton scooter, pour l'instant. C'est comme s'il était en rodage. Les roues neuves sont recouvertes de cire… Au premier freinage, tu te retrouves le cul par terre !

– Merci, Mario !

Le mécanicien sourit.

– Je t'en prie… De rien… C'est que je m'inquiétais, moi !

– Tu as vu ?

Niki regarde Alessandro.

– Je t'ai dit que c'était un excellent mécanicien !

– Je t'en prie, c'était mon devoir… vous m'avez embrouillé, avec toutes vos scènes de théâtre.

Mario démarre son Califfone et s'éloigne en secouant la tête.

– Et maintenant ?

– Maintenant quoi ?

– Maintenant, comment je vais à Fregene ? J'ai une compétition là-bas, cet après-midi.

Niki penche la tête sur le côté et ouvre les yeux, essayant par tous les moyens d'avoir l'air plus mignonne.

– Une compétition à laquelle je tiens depuis très longtemps…

– Noooon, noooon, pas question, hein… inutile de faire ça !

Niki s'approche.

– Allez, mais pourquoi tu fais toujours le dur, au lieu de m'aider ?

– Je ne t'aide pas ?! Depuis que je te connais, j'ai créé une sorte d'« Urgences Niki ».

– Voilà, tu vois comme tu es gentil, eh bien, continue comme ça, non ?

Alessandro croise les bras.

– Il n'en est pas question. Sur cette histoire de Fregene, je serai inébranlable.

33

Un peu plus tard. Sur l'Aurelia, direction Fregene.

– Si tu m'accompagnes en faisant la tête, alors les « Urgences Niki » ne fonctionnent plus.

– Il n'est écrit nulle part que je dois sourire.

– Non, mais ça serait plus sympa.

Alessandro fait un sourire forcé.

– Ça va, comme ça ?

– Non, ça ne va pas, ce n'est pas naturel. Si c'est comme ça, moi aussi, je fais la tête.

Niki se tourne de l'autre côté. Alessandro la regarde, tout en conduisant.

— Je n'arrive pas à y croire, on dirait deux gamins.

Niki se tourne vers lui.

— Le problème, c'est que tu penses vraiment que je suis une gamine ! Écoute, on va faire une chose : je te rembourse l'assurance, le constat et tout le reste. D'accord ? Comme ça tu as une bonne raison pour m'accompagner et, surtout, beaucoup plus important, pour sourire. OK ?

Alessandro sourit.

— Tu vois ? C'est exactement ce que je voulais te montrer...

— Quoi donc ?

— Tu as beau être plus vieux que moi, là, c'est toi, le gamin.

— Écoute, je n'ai pas envie de discuter. Allez, je t'accompagne à ta compétition, d'accord ? Pour l'assurance et tout le reste, on ne change rien.

— Non, non. Maintenant, je l'ai dit, on fait comme ça.

— OK, comme tu veux, mais alors le mécanicien, c'est moi qui le paie.

— Oh, tu veux toujours avoir le dernier mot, hein...

— Oui, sinon les Urgences Niki ne font pas leur travail. Mais tu me dis de quelle compétition il s'agit, au moins ?

— Non, tu verras bien. Pourquoi tu ne veux pas avoir la surprise ? Si je te le dis, tu vas te faire des idées. C'est beau d'avoir un temps pour tout... D'ailleurs, je peux dire une chose ? Je trouve que tu ne prends pas assez de temps pour toi.

— Tu crois ?

Alessandro la regarde.

— Oui, je crois.

Alessandro prend son portable.

– Qu'est-ce que tu fais ?

– J'appelle le bureau pour leur dire que je prends du temps pour moi…

Il appuie sur le bouton vert. Niki le regarde. Alessandro secoue la tête.

– Allô, Andrea ? Oui, c'est moi.

Pause.

– Oui, je sais… je sais… Bon, je t'explique : je prends du temps pour moi.

Pause.

– Comment, qu'est-ce que ça signifie… Pour être plus créatif… Où je suis ?

Alessandro regarde Niki, puis hausse les épaules.

– Je me balade… Oui, il y a du monde. Oui… Il y a de la circulation, oui.

Pause.

Niki prend dans son sac une feuille préparée à l'avance et la lui passe rapidement. Alessandro la prend, la lit et ne cache pas sa surprise. Puis il la répète à haute voix.

– Être créatif ne veut pas dire être prisonnier du temps des autres. N'avoir ni limites ni frontières, jusqu'à trouver l'idée parfaite qui te dédommage de tout le temps qui n'est plus… et qui en réalité existe encore, mais sous d'autres formes…

Alessandro n'est pas totalement convaincu par ce qu'il a lu. Cependant, il lui semble tout de même que cette drôle de phrase a fait son effet. Il regarde Niki d'un air satisfait tout en écoutant Andrea Soldini.

– OK, OK, ça suffit, j'ai compris… Non, je t'ai dit que non. Ne prends pas le raccourci. OK. Mais non, je t'ai dit que non. Tu ne peux pas faire ça. Oui, on se voit demain matin au bureau.

Alessandro raccroche. Niki le regarde, enthousiaste.

– Ah, là, tu me plais. Ils vont encore plus croire en toi, ils vont trouver des idées, des pistes. Tu les excites, avec cette liberté. Fais-moi confiance.

– OK, je te fais confiance. C'était une belle phrase, merci.

– Je t'en prie.

– Non, sérieusement. Ça donne un sens à tout ce que nous sommes en train de faire. Comment ça t'est venu à l'esprit ?

– Ce n'est pas de moi. J'ai cherché ça hier soir sur Google.

– Ah, je n'aurais pas imaginé.

– Mais moi je savais que ça me serait utile.

Alessandro la regarde avec d'autres yeux.

– Écoute celle-là… Tu connais la différence entre une femme et une petite fille ?

– Non.

– Aucune. Chacune essaye souvent d'être l'autre.

– Ça aussi, tu l'as trouvé sur Google ?

– Non, ça, c'est de moi.

Niki sourit. Peu après, ils prennent la sortie pour Fregene. Niki s'agite, parle et pose les pieds sur le tableau de bord, tranquille, insouciante. Elle rit. Et quand il fait semblant de s'énerver, elle les enlève. Alessandro baisse la vitre. Il respire l'air chaud des derniers jours d'avril. Au bord de la route, de petits épis sont pliés par le vent. Le parfum de la végétation, déjà gorgée d'été, emplit la voiture. Alessandro le respire, fermant presque les yeux. C'est vrai, pense-t-il. Je ne prends jamais assez de temps pour moi. En plus, peut-être qu'une idée va me venir, qui sait. Il se sent plus tranquille. Peut-être parce qu'il a l'impression de voler ce temps qu'il s'offre.

– Voilà, gare-toi ici, on est arrivés.

Niki descend de la voiture.

– Allez, viens, on y va, on est en retard.

Elle court, monte sur une dune de sable, puis sur des planches séchées par le soleil, qui mènent à une vieille baraque.

– Salut, Mastino. Je suis arrivée ! Donne-moi les clés.

– Salut, Niki. Tout le monde est déjà là.

– Oui, je sais.

Alessandro arrive, essoufflé.

– Voici mon ami Alessandro. Alex, attends-moi ici. Et ne regarde pas, hein ?

Il s'arrête devant le monsieur qu'elle a appelé Mastino.

– Bonjour…

Mastino le regarde avec curiosité.

– Vous aussi, vous faites partie du groupe des fous ?

Non, voudrait lui répondre Alessandro, moi je travaille aux Urgences Niki, mais ça serait trop long à expliquer.

– J'ai juste accompagné Niki qui a eu des problèmes avec son scooter.

– Cette fille a toujours des problèmes. Mais elle est forte, hein ? Le cœur sur la main. Vous voulez boire quelque chose ? Un petit verre, un apéritif, un peu d'eau…

– Non, non, merci.

– Vous savez, Niki a un compte ici. Vous pouvez prendre ce que vous voulez.

– Non, vraiment, merci.

En fait, je voudrais manger, je meurs de faim, pense Alessandro. Vous savez, c'est ma pause-déjeuner… Un peu longue, me direz-vous. Alessandro se sent mal, il préfère ne pas y penser. C'est vrai, quel idiot, je dois me convaincre que je suis en train de prendre du temps pour moi. À ce moment-là, Niki sort d'une cabine, au fond. Elle porte une combinaison bleue, moulante, et ses longs cheveux blonds sont retenus par un élastique. Dans ses mains, une planche de surf.

– Et voilà ! Tu avais compris ?

Alessandro est pantois.

– Non.

– Qui sait, peut-être qu'un jour ça te tentera d'essayer, toi aussi… Tu as déjà surfé ?

– Moi ? Non. Une fois, quand j'étais ado, j'ai fait du skateboard.

– Eh bien, c'est un peu la même chose… mais dans l'eau !

– Oui, mais je suis tombé presque tout de suite…

– Bah, ici, au moins, tu es sûr de ne pas te faire mal ! Mastino, prépare quelque chose, on va manger.

Puis elle prend Alessandro par la main et l'entraîne dehors.

– Viens, viens avec moi.

Elle le tire derrière elle, sur la plage, ils courent ensemble vers la mer. Alessandro la suit péniblement, ses chaussures s'enfoncent dans le sable, il porte encore son costume de travail et sa chemise sent le gasoil. Mais Niki ne lui laisse pas le temps.

– Voilà, assieds-toi ici, sur le ponton. Je reviens tout de suite…

Elle court vers l'eau, puis s'arrête, pose sa planche et revient vers lui.

– Alex ?

– Oui ?

Elle l'embrasse légèrement sur la bouche, puis le regarde dans les yeux.

– Merci de m'avoir accompagnée.

Il en reste sans voix.

– Oh… ben… il n'y a pas de quoi.

Niki sourit. Puis elle retire l'élastique qui lui tient les cheveux.

– Tiens-moi ça, s'il te plaît.

Elle le lui laisse dans les mains et s'enfuit.

– Bien sûr.

Niki plonge dans l'eau avec sa planche. Elle monte dessus et se met à pagayer avec ses bras. Elle va vers le large et rejoint les autres, là où les vagues sont plus hautes. Alessandro se touche les lèvres. Puis il regarde sa main. Comme s'il cherchait encore ce léger baiser… Mais il ne trouve qu'un petit élastique. Un cheveu blond y est resté accroché, rebelle, qui s'agite au vent. Alessandro le dégage doucement de l'élastique, lève la main et le lance vers le haut, l'abandonnant à une liberté inconnue. Puis il regarde à nouveau la mer. Niki est sur sa planche, avec les autres. Une vague arrive, certains pagaient rapidement avec leurs bras, d'autres la laissent passer. Niki tourne sa planche, fait quelques brasses et réussit à la prendre. Elle se met à genoux, puis debout. Elle fait un petit saut et atterrit au centre de la planche, parfaitement en équilibre. Elle se penche en avant, ouvre les bras et surfe sur la vague, les cheveux foncés par la mer, sa combinaison bleue moulante mouillée. Elle se promène sur la planche, arrive jusqu'à la pointe et se laisse porter par la vague. Ensuite, elle revient en arrière et déplace son poids en la faisant tourner un peu, puis elle monte, atteint le sommet et descend à nouveau, glissant doucement, entre l'écume légère et les regards envieux de ceux qui ont laissé passer la vague.

34

Un peu plus tard. Des mouettes rasent les vagues près de la plage. Niki sort de l'eau, sa planche sous le bras.

– Waouh, je les ai éclatés ! J'ai pris plus de dix vagues. Tu as vu comme je filais ? Je n'en ai pas perdu une seule.

– Tu en as pris quatorze… Tiens, ton élastique.

Niki sourit.

– Merci. Viens.

Ils retournent à la cabane sur la plage.

– Allez, moi je vais prendre une douche rapide. Toi, en attendant, assieds-toi ici.

Niki aperçoit Mastino derrière le bar.

– Eh, tu peux nous apporter tout de suite une de tes bonnes *bruschette*[1], pendant que je prends ma douche ?

Le vieux monsieur derrière le bar sourit.

– Vos désirs sont des ordres, princesse. Vous voulez aussi deux daurades ? J'en ai des toutes fraîches.

Niki regarde Alessandro qui acquiesce.

– Oui, merci, Masti, ça sera parfait. Moi je prendrai aussi une salade verte avec des tomates, mais pas trop mûres, hein ?

– Vous en voulez aussi, Alesssandro ?

Avant d'entrer dans la douche, Niki le regarde de travers.

– Masti ! Mais tu peux le tutoyer ! Aujourd'hui, c'est un gamin…

Et elle sourit en disparaissant derrière la porte.

---

1. Sorte de tartine de pain grillé, souvent frotté à l'ail et garni de tomates fraîches, mais aussi de jambon, de fromage, de fruits de mer…

Un peu plus tard, ils sont assis à table. Niki a encore les cheveux mouillés quand elle mord dans sa *bruschetta*. Elle regarde Alessandro.

– Elles sont bonnes, pas vrai ? Moi, je viens ici exprès.

Alessandro mord dans la sienne.

– J'ai tellement faim que je ne ferais pas la différence entre ces moules et des palourdes.

Niki rit.

– En effet, ce sont des tellines !

– Elles me semblaient bien un peu petites.

Niki prend une autre bouchée, enlève un peu d'huile qui a coulé sur son menton avec le dos de sa main, qu'ensuite, bien élevée, elle essuie sur sa serviette.

– Allez, le moment est venu de travailler.

– Mais non, quel rapport, on est ici pour se détendre.

– On s'est bien détendus, maintenant je suis sûre qu'on va avoir une idée fulgurante, encore mieux que les vagues que j'ai prises. Allez, chacun son tour… Nous avons fait le contraire de ce qui se fait d'habitude : d'abord le plaisir, ensuite le devoir… et puis, ensuite, peut-être qu'on se fera encore plaisir…

Alessandro la regarde. Niki sourit et prend une pose sensuelle. Elle attrape la *bruschetta*, la porte à sa bouche et mord dedans à pleines dents, puis ramasse quelques tellines et les avale.

– Je te l'ai dit… j'en suis folle ! Allez, raconte !

Alessandro prend une petite bouchée de sa *bruschetta* et lui laisse ce qui en reste. Il remet dessus les tellines qui sont tombées dans l'assiette et la lui tend. Niki croque dedans, lui attrapant aussi le doigt.

– Aïa !

– On dit « aïe ». Non mais, quel gamin ! Alors, tu me racontes, oui ou non ?

– Alors, il y a des Japonais qui veulent lancer un bonbon.

– Super.

– Mais je n'ai encore rien dit.

– Non, mais cette histoire me plaît déjà !

Alessandro secoue la tête et lui raconte tout : le nom du bonbon, LaLune, la compétition avec le jeune créatif.

– Je suis sûre que c'est un type odieux, un snob qui se sent génial mais qui n'a rien fait d'intéressant, en réalité.

– *No comment*, dit Alessandro en souriant.

Il continue son récit. Le risque de partir à Lugano, le raccourci de Soldini, le logo qu'il faut trouver, et l'idée d'ensemble pour toute la campagne.

– OK, j'ai tout compris. Je vais te la trouver, ton idée ! Tu es prêt ? Au lieu de faire cette belle blonde qui danse avec les bonbons dans sa main… comment elle s'appelle ?

– Michelle Hunziker.

– C'est ça, elle… Nous on va faire un paquet qui danse entre toutes les filles qui veulent le manger.

– Ça a déjà été fait, c'était Charms, il y a longtemps.

Alessandro se demande si elle était déjà née. Mais ça, il préfère ne pas lui dire. Niki appuie son menton sur la paume de sa main.

– Zut, ils m'ont piqué mon idée, alors !

Alessandro rit.

Mastino s'approche et pose des assiettes sur la table.

– Mes amis, voici les daurades et les salades ! S'il y a quoi que ce soit, appelez-moi, je suis derrière.

– OK, Masti, merci !

– Mmm, ça a l'air bon…

Niki ouvre le poisson avec sa fourchette.

– Cette odeur ! Plus frais, c'est impossible…

Elle en porte un morceau à sa bouche.

– Il est tendre… Mmm, vraiment délicieux.

Mais elle saisit une petite arête avec deux doigts.

– Bah, une arête !

– Bien sûr, si tu le manges comme ça… tu veux que je te le prépare ?

– Non, j'aime bien le manger comme ça. Je mange, mais en même temps je réfléchis, hein… Je suis sûre que je vais avoir une autre idée magnifique qui ne m'a pas encore été piquée !

Alessandro sourit.

– OK, d'accord.

Il nettoie méthodiquement son poisson. Il la regarde manger. Elle s'en aperçoit et grommelle quelque chose, la bouche pleine.

– Je réfléchis, tu sais ?

– Fais, fais…

Une chose est certaine. Un *brainstorming* de ce genre, je n'en ai jamais fait. Niki s'essuie la bouche avec sa serviette, puis prend son verre et boit un peu d'eau.

– OK, j'en ai une autre ! Tu es prêt ?

– Tout à fait prêt.

Il remplit son verre.

– Elle est super, celle-là…

– Vas-y.

– Alors… On voit une ville, et d'un coup tout se transforme en paquets de bonbons, et en dernier en bonbons LaLune. LaLune est une cité de douceur !

Cette fois, c'est au tour d'Alessandro de boire. Et Niki lui remplit immédiatement son verre.

– Alors ? Qu'est-ce que tu en dis ? Ça ne t'a pas plu, hein ? Tu as failli t'étouffer.

– Non, je réfléchis. Pas mal. Ça me rappelle un peu celle du pont, qui était en fait le chewing-gum que le protagoniste pliait dans sa bouche.

Niki le regarde et secoue la tête.

– Jamais vue…

– Mais si, tu sais, le chewing-gum du pont de Brooklyn.

Niki frappe du poing sur la table.

– Mince, ils me l'ont piquée, celle-là aussi ! Bon, mais l'idée de la ville est différente.

Alessandro mange un peu de salade.

– Elle est différente, mais elle est vieille dans le sens où elle renvoie à celle-ci. Il faut quelque chose de nouveau.

Niki mange elle aussi un morceau de tomate.

– Zut, alors il est difficile, ton boulot… Je pensais que c'était beaucoup plus facile.

Alessandro sourit.

– Si c'était aussi facile, je n'aurais jamais pu avoir la voiture que tu as décidé de me détruire !

Niki y réfléchit un instant.

– Oui, mais tu aurais un scooter comme le mien et tu saurais faire du surf ! Et puis, tu aurais déjà mangé plein de fois les bonnes choses de Mastino.

– C'est vrai.

Alessandro lui sourit.

– Mais je t'ai rencontrée.

– Oui, c'est vrai. Alors c'est un excellent travail. Tu as de la chance.

Il se regardent un peu plus longuement que d'habitude.

– Écoute, Niki…

Juste à ce moment, son portable sonne. Alessandro le prend dans sa poche. Niki soupire.

– Encore le bureau…

– Non, c'est un ami.

Il répond.

– Oui, Enrico.

– Salut. Excuse-moi mais je n'ai pas pu m'en empêcher. Alors ? Comment ça s'est passé, chez Tony Costa ?

– Ça ne s'est pas passé.

– Comment ça ? Qu'est-ce que ça veut dire ? Il n'a pas voulu se charger de l'affaire ? Ça coûtait trop cher ? Qu'est-ce qui s'est passé ?

– Rien, c'est juste que je n'y suis pas encore allé.

– Comment ça, tu n'y es pas encore allé ? Alex, tu n'as pas compris, moi je suis mal, je suis très mal. Chaque moment qui passe est une torture pour moi.

Silence.

– Tu es où, là, Alex ?

– En réunion.

– En réunion ? Mais tu n'es pas au bureau. Je t'ai appelé là-bas.

– C'est une réunion à l'extérieur.

Alessandro regarde Niki, qui sourit.

– Une réunion très créative.

Enrico soupire.

– OK, j'ai compris. Pardon, mon ami. Excuse-moi, excuse-moi, tu as raison, mais tu es la seule personne sur qui je peux compter. Je t'en prie, aide-moi.

Alessandro, en entendant son ton désespéré, reprend son sérieux.

– OK, tu as raison, c'est toi qui dois m'excuser. J'y vais tout de suite.

– Merci, tu es un vrai ami. On s'appelle plus tard.

Enrico raccroche. Alessandro prend la serviette sur ses genoux, la pose sur la table.

– Il faut qu'on y aille.

Il fait mine de se lever, mais Niki l'arrête en posant la main sur son bras.

– OK, on va y aller, mais tu allais me dire quelque chose, avant…

– Avant quand ?

Niki penche la tête sur le côté.

– Avant que ton téléphone sonne.

Alessandro sait parfaitement de quoi elle parle.

– Ah, avant…

– Oui, avant…

– Mais rien…

Niki lui serre le bras.

– Non, ce n'est pas vrai. Tu as dit : « Écoute, Niki… »

– Ah, oui. Euh… Écoute, Niki…

Alessandro regarde autour de lui, puis la fixe à nouveau.

– Voilà, j'étais en train de te dire… Écoute, Niki, je suis heureux de t'avoir rencontrée, nous avons passé une très belle journée et c'est toi qui m'as offert du temps. Et surtout… C'est beau de découvrir des choses comme ça !

Alessandro indique quelque chose dans le dos de Niki, qui se tourne et l'aperçoit.

– Ça ?

– Oui, ça.

Un filet de fer tendu, avec à l'intérieur du papier bleu et une sorte d'axe en plâtre qui le traverse.

– Ça vous plaît ?

Mastino sourit.

– Ça s'appelle *La Mer et le Rocher*. C'est beau, non ? C'est une sculpture d'un certain Giovanni Franceschini, un jeune dont, à mon avis, on entendra parler. Je l'ai payée très cher. J'ai investi. C'est-à-dire, je ne l'ai pas payée… mais ça fait plus d'un an qu'il mange ici à l'œil, grâce à cette sculpture ! Donc, ça veut dire que ça vaut très cher…

Alessandro sourit.

– Voilà, tu vois, sans toi je n'aurais jamais découvert *Le Rocher et la Mer*.

Mastino le corrige.

– *La Mer et le Rocher*… Pardon, mais après tout ce que j'ai investi, vous ne pouvez pas me le dénaturer !

– Vous avez raison. Je suis désolé.

Alessandro prend son portefeuille.

– Combien je vous dois ?

Niki se lève d'un bond et lui range son portefeuille.

– Masti, mets ça sur mon compte…

Mastino sourit et se met à débarrasser.

– C'est déjà fait, Niki. Reviens bientôt.

Alessandro et Niki se dirigent vers la sortie. Niki s'arrête devant la sculpture. Alessandro la rejoint.

– *La Mer et le Rocher*… C'est beau, non ?

Niki le regarde d'un air sérieux.

– Tu sais, je n'aime pas ça.

– Les sculptures ?

– Non, les mensonges.

35

La Mercedes roule à bonne allure sur le chemin du retour. Un après-midi tranquille durant lequel quelqu'un a fait l'expérience d'une liberté nouvelle : prendre du temps pour soi. Mais, parfois, on est incapable d'accepter un cadeau, même de soi-même.

– Je te ramène à ton scooter ?

– Pas question. Aujourd'hui, c'est notre après-midi. Et puis, je suis en train de mettre au point de nouvelles idées pour ton bonbon.

Alessandro la regarde. Niki a baissé la vitre et le vent lui emmêle les cheveux, et lui sèche, aussi. Elle a un papier à la main et un stylo dans la bouche, qu'elle tient comme une cigarette, tout en rêvant à l'idée d'un grand spot.

– OK.

Niki lui sourit, puis écrit quelque chose sur son papier. Alessandro tente de lire.

– Ne regarde pas. Je te le dirai quand ça sera prêt…

– OK. Le définitif.

– Quoi ?

– C'est comme ça qu'on appelle le travail fini.

– OK, alors quand ça sera le moment je te donnerai le définitif.

– Oui, c'est bien… Si seulement tu pouvais vraiment trouver la bonne idée. Je pourrais prendre plein de temps pour moi !

– Tu vas voir, je vais y arriver, je serai la muse inspiratrice de la publicité pour ces bonbons.

– Je l'espère sincèrement.

Ce disant, il met son clignotant et prend la sortie vers la Casilina.

– Eh, mais on va où ?

– Quelque part.

– Je vois… On est sortis de la voie rapide.

– Je dois faire une course pour un ami à moi.

– Celui du coup de fil de tout à l'heure ?

– Oui.

– De quoi il s'agit ?

– Qu'est-ce que tu es curieuse ! Ne te laisse pas distraire. Pense à la publicité.

– Tu as raison.

Niki écrit encore quelque chose sur son papier. Alessandro suit les indications du GPS et s'arrête devant une petite rue donnant sur la Casilina. Au bord de la route il y a des vieilles voitures rouillées, certaines avec les vitres cassées, d'autres les pneus troués. Des poubelles cabossées, des cartons abandonnés et des sacs en plastique ouverts et griffés par des chats maigres en quête désespérée d'un remède à la diète à laquelle ils sont forcés depuis trop longtemps.

– Voilà, c'est là.

Niki regarde autour d'elle.

– Eh, mais c'est quoi, ces amis ?! Qu'est-ce qu'ils ont à voir avec un endroit comme ça ?

– C'est une course un peu spéciale.

Niki le regarde d'un air suspicieux.

– Écoute, si tes amis les carabiniers passent par ici et qu'ils nous arrêtent pour trafic de drogue, ensuite c'est toi qui expliques à mes parents que j'étais juste là pour t'accompagner…

– Mais qui a parlé de trafic de drogue ? Ça n'a rien à voir. Reste dans la voiture et appuie sur ce bouton quand je sors, pour t'enfermer à l'intérieur.

Alessandro descend de la voiture et se dirige vers la porte de l'immeuble. Il entend le bruit de la voiture qui se verrouille. Il sourit. Puis, en cherchant le nom sur l'interphone, il pense à ses « amis » carabiniers et au fait qu'ils étaient vraiment sur le point de l'arrêter pour trafic de drogue… Tout ça à cause de ce Soldini et de sa peur qu'on l'oublie. En tout cas, cette soirée, on s'en souviendra… Je me demande ce qu'ils fabriquent, au bureau. Espérons qu'ils aient une bonne idée. Bah… quel idiot ! Il ne faut pas que je m'inquiète… Niki est là pour ça ! Puis il sourit, inquiet. Espérons. Finalement, il trouve ce qu'il cherchait. Tony Costa. Troisième étage. La porte est ouverte. Alessandro entre et prend l'ascenseur. Sur le palier, il avise une porte verte où il est écrit « Tony

Costa. Détective privé ». Exactement comme dans les vieux films américains. En général, dans ces films, quand quelqu'un sonne, ou bien on lui tire dessus, ou bien la porte explose. Mais finalement, personne n'est jamais blessé. Rassuré, il sonne. Une sonnerie vieillotte, qui s'accorde bien avec la pourriture et l'odeur de l'escalier, le vieil ascenseur et aussi les paillassons usés par des armées de pieds qui ont tenté de se nettoyer avant d'entrer. Alessandro attend devant la porte. Il n'entend rien. Il sonne à nouveau. Du bruit à l'intérieur. Un drôle de remue-ménage. Puis une voix profonde, chaude, exactement comme le doublage de Robert Mitchum dans *Marlowe*, ou de Bruce Willis dans *Le Dernier Samaritain*.

— Un instant… j'arrive.

La porte s'ouvre mais l'homme devant lui ressemble à tout sauf à ces deux acteurs. Au mieux, il fait penser à James Gandolfini, dans *Les Sopranos*. Ce qui est un peu inquiétant. Il est un peu plus petit, mais tout aussi large. Le type le regarde d'un air renfrogné.

— Oui ? Qu'est-ce qu'il y a ?

— Je cherche Tony Costa.

— Et pourquoi vous le cherchez ?

— C'est vous ?

— Ça dépend.

Alessandro décide de ne pas résister.

— J'aurais besoin de lui, bon, en fait je voudrais lui confier une affaire.

— Ah, oui, alors c'est moi. Entrez.

Tony Costa le fait entrer, puis il referme la porte. Il remonte son pantalon tombant, et rentre même sa chemise tandis qu'ils se dirigent vers le bureau.

— Voici Adèle, mon assistante.

Tony Costa indique sans se retourner une jeune femme qui fait son apparition sur le pas de la porte, en se rhabillant un peu elle aussi.

– Bonsoir.

– Bonsoir.

Adèle se dirige vers une autre pièce, juste derrière, mais avant de sortir elle ferme la porte. Pas assez vite, cependant, pour empêcher Alessandro de constater qu'il s'agit en fait d'une chambre à coucher. Tony Costa s'assied à son bureau et lui indique une chaise.

– Je vous en prie, asseyez-vous.

Alessandro s'installe en face de lui, tandis qu'Adèle vient s'asseoir à une table sur la droite. Alessandro s'aperçoit que Tony Costa porte à l'annulaire une grosse alliance large. Elle brille, abîmée par le temps entre ses doigts grassouillets. Adèle, qui range quelques papiers, ne porte qu'une petite bague à la main droite. Qui sait. Il a peut-être interrompu quelque chose entre le patron et sa secrétaire. En tout cas, une chose est certaine : un type aussi entraîné que Tony Costa ne peut se faire avoir par personne, et ce qui se passait dans le bureau d'à côté ne l'intéresse finalement pas tant que ça. Il le regarde.

– Vous voulez boire quelque chose ? Une goutte de ça ?

Il lève une bouteille de thé glacé posée sur la table, déjà entamée.

– Désolé, il est chaud, le frigo est cassé.

– Non, merci.

– Comme vous voulez.

Tony Costa s'en verse un peu.

– Adèle, écrivez : réparer le frigo.

Puis il sourit à Alessandro.

– Vous voyez ? Vous avez déjà servi à quelque chose, vous m'avez rappelé ce que je dois faire.

Puis il vide son verre de thé d'un trait.

– Ah ! Ça a beau être chaud, c'est toujours un plaisir. Alors, qu'est-ce qu'on peut faire pour vous, monsieur… ?

– Alex. Hum, Alessandro Belli. Ce n'est pas pour moi, c'est pour un ami.

– Bien sûr, bien sûr, un ami.

Tony Costa regarde Adèle et sourit.

– Le monde est fait d'amis qui rendent toujours service à d'autres amis… Alors, de quoi s'agit-il ? Des documents de travail, un chèque en bois, une trahison…

– Une hypothèse de trahison.

– De la femme de votre ami, n'est-ce pas ?

– Exact. Moi je ne pense pas qu'elle le trompe.

– Et alors, qu'est-ce que vous venez faire ici ? Jeter votre argent par les fenêtres ?

– Au pire, c'est l'argent de mon ami.

– Écoutez, moi je ne dirai à personne que vous êtes venu chez moi. Je suis tenu au secret. Ça va contre mon intérêt, ne serait-ce que parce que si vous voulez que je suive cette femme, je serai vraiment un mauvais détective si je ne m'apercevais pas que vous êtes son mari… N'est-ce pas ?

– C'est exact. Mais je ne suis pas son mari. Son mari, c'est mon ami. Moi je suis leur ami à tous les deux.

– Ah, vous êtes l'ami de sa femme.

– Oui, mais pas ami dans ce sens, je suis son ami, c'est tout. Voilà pourquoi je suis certain qu'il n'y a personne d'autre. Mais mon ami est obsédé, il en devient complètement paranoïaque.

– « La jalousie éteint l'amour comme les cendres éteignent le feu », disait Ninon de Lenclos.

Alessandro n'en croit pas ses oreilles. Enrico lui a dit la même chose.

– Oui, bon, c'est peut-être vrai, mais en tout cas, si je suis venu, c'est pour avancer…

– Comme vous voulez. Mais en tout cas, les choses sont claires. Adèle, vous notez ?

Adèle montre sa feuille.

– Pour l'instant, j'ai juste écrit Alessandro Belli, qui est l'ami des deux.

– En effet…

Tony Costa se verse un autre thé glacé.

– Alors, j'ai besoin de l'adresse de la femme qu'il faut suivre. Elle a des enfants ?

– Non.

– Tant mieux…

– Pourquoi ?

– Ça me fait toujours de la peine de briser un mariage quand il y a des enfants.

– Peut-être que vous n'aurez rien à briser.

– Bien sûr, bien sûr… Nous verrons.

Tony Costa prend une feuille qu'il passe à Alessandro.

– En attendant, écrivez le nom, le prénom et l'adresse de la personne à suivre.

Alessandro prend la feuille et aperçoit un stylo dans un pot.

– Je peux ?

– Bien sûr, je vous en prie.

Alessandro écrit rapidement quelque chose sur la feuille.

– Voilà, le nom de la femme, de son mari, et leur adresse.

Tony Costa vérifie l'écriture.

– Parfait. C'est lisible. Maintenant, je voudrais aussi mille cinq cents euros pour me mettre au travail tout de suite.

– Voilà.

Alessandro ouvre son portefeuille, en sort trois billets de cinq cents euros et les pose sur la table.

– Vous me donnerez l'autre moitié quand je vous remettrai les preuves de ce que le mari soupçonne.

– Bien sûr… ou bien vous ne pourrez rien me prouver.

– Bien sûr, mais dans ce cas-là aussi, vous payerez. La vérité est la vérité, quand on la découvre on paye.

– Très bien.

Alessandro sort de sa poche une carte de visite et la lui tend en mettant son doigt sur un numéro.

– Voilà, je voudrais que vous m'appeliez à ce numéro.

– Bien sûr, comme vous voulez.

Tony Costa prend le stylo et entoure le numéro. Celui de son portable. Alessandro se dirige vers la sortie.

– Quand est-ce que j'aurai de vos nouvelles ?

– Je vous appelle dès que j'ai quelque chose à vous montrer.

– Oui, mais en gros ? Vous savez, pour le dire à mon ami.

– Bah, je pense que dans quelques semaines tout devrait être éclairci… la vérité est la vérité, ce n'est pas compliqué.

– Très bien, merci. Alors on s'appelle.

Alessandro sort. Adèle rejoint Tony Costa. Ils restent là, au milieu du bureau mal éclairé, sur le vieux tapis bordeaux usé, une plante aux feuilles jaunies dans un coin et une grande carte de Rome accrochée au mur dans son sous-verre ébréché. Alessandro fait un signe de la main, puis ferme la porte de l'ascenseur. Il appuie sur le bouton du rez-de-chaussée. L'ascenseur part exactement au moment où Tony referme sa porte vitrée. Alessandro s'imagine le détective et son assistante. Ils reprendront sans doute leur enquête sur le plaisir, avant de s'occuper de Camilla. Camilla. La femme de son ami Enrico. J'ai été témoin à leur mariage, pense Alessandro, et aujourd'hui j'ai été témoin du fait que bientôt quelqu'un la filera sans qu'elle le sache. Alessandro regarde sa montre. Tout s'est passé en une dizaine de minutes, environ. Il sort de l'immeuble. Il suffit d'une dizaine de minutes pour détruire la vie de quelqu'un. Bah. Si ce quelqu'un veut se la détruire. Alessandro décide de ne pas y penser et se dirige vers la voiture. Niki l'aperçoit, sourit et appuie sur le bouton qui déverrouille les portières.

– Eh, il était temps ! Tu ne peux pas savoir toutes les idées que j'ai eues.

Alessandro monte dans la voiture et démarre.

– Raconte-moi.

– Non… Ce n'est pas encore assez clair dans ma tête.

– Comment ça, tu as eu plein d'idées, mais confuses ?!

– Allez, laisse-moi tranquille… Je te le dirai quand ça sera le moment.

Niki met ses pieds sur le tableau de bord. Mais, au regard que lui jette Alessandro, elle les enlève immédiatement.

– Bon, voilà ce qu'on va faire : si mon idée te plaît, bon, je veux dire, si tu l'utilises, alors tu me devras tout un jour de balade en voiture où je pourrai mettre mes pieds sur le tableau de bord, d'accord ? Affaire conclue ?

– D'accord.

– Non, tu dois promettre.

– Quoi donc ?

– Ce que je viens de dire.

– Mais rien de plus, hein… Je veux être sûr de bien comprendre ce que je promets. Parce que, pour moi, une promesse c'est une promesse…

— Oh, mais tu es lourd, dis !

— Non, c'est une question de précision.

— Alors : une journée avec les pieds sur le tableau de bord.

— Ça marche… Promis.

Alessandro sourit. Niki lui tend la main, il la serre.

— Alors, qu'est-ce que tu as fait, là-haut ?

— Rien, je te l'ai dit, une course pour un ami.

Niki remonte ses cheveux en chignon et les fait tenir avec le stylo.

— Ton ami veut savoir si sa femme le trompe.

Alessandro la regarde, interloqué.

— Eh, comment tu le sais ?

— Il y avait écrit « Tony Costa, détective privé » sur l'interphone. Ce n'était pas compliqué de deviner…

— Je t'avais dit de rester dans la voiture.

— Et moi je t'avais demandé de me dire ce que tu faisais.

— Je n'ai pas envie de parler de cette histoire.

— OK, alors c'est moi qui vais en parler. Qu'est-ce qu'il y a de pire que de vouloir savoir quelque chose que quelqu'un ne veut pas te raconter ? Par exemple : tu as dit que tu t'étais séparé de ton amie, non ?

— Je n'ai pas non plus envie de parler de cette histoire.

— OK, alors, là aussi, c'est moi qui vais en parler. Voilà, toi par exemple. Tu voudrais savoir si elle t'a trompé ?

Alessandro pense : qu'est-ce qui se passe ? Pourquoi tout le monde s'intéresse à mon histoire ? Mais Niki le sort de ses pensées.

— Est-ce que ce n'est pas pire ? Oui, je veux dire, ça a sans doute été une belle histoire, pourquoi il faudrait que tu sois mal… Bon, par exemple, moi je me suis séparée de mon copain, non ? Et alors, le passé, c'est le passé.

Ça suffit, il n'y a rien à savoir. Ça a été une belle histoire. Mais c'est du passé… ce n'est pas plus simple, comme ça ? Mais bon, peut-être que savoir qu'elle t'a trompé te ferait du bien. Mais à quoi ça sert ? Qu'est-ce que tu veux, une raison pour aller mieux ? Tu as besoin qu'il y ait quelqu'un d'autre au milieu pour pouvoir te passer d'elle ? Moi je crois que ce qu'on ressent est important. Bien sûr, si pour toi ce n'est pas terminé… alors là, c'est autre chose. Là, c'est sûr, tu es mal…

Niki lui lance un regard curieux.

– Alors ?

– Alors quoi ?

– Ben, tu es encore mal ?

Juste à ce moment-là, le portable d'Alessandro sonne. Il le prend et regarde l'écran.

– C'est le bureau.

– Pfff. Ton bureau te sauve chaque fois !

– Allô ?

– Allô, Alex…

Alessandro couvre le micro avec sa main, puis dit à Niki :

– C'est mon chef.

Elle le regarde comme si elle lui disait « Et alors, qu'est-ce que je peux y faire ? »

– Oui, Leonardo, j'écoute.

– Où es-tu ?

– Je me promène. Je suis en train de rassembler un peu de matériel.

– Bravo, ça me plaît, ça. Le produit est pour les gens, et c'est parmi les gens qu'il faut chercher… Tu as trouvé une bonne idée ?

– J'y travaille. J'ai pris pas mal de notes.

– Ah…

Silence à l'autre bout de la ligne.

– Allô, Leonardo ?

– Oui, excuse-moi. Je ne devrais pas te le dire. Bon, Marcello et son équipe m'ont présenté un projet.

Autre silence. Alessandro déglutit.

– Oui ?

– Oui.

– Et comment il est ?

Silence, mais un peu plus court.

– Bon.

– Ah, bon ?

– Oui. Bon… mais classique. Bref, je m'attendais à mieux, de sa part, je ne sais pas comment dire… quelque chose de plus fort. C'est-à-dire, pas de plus fort, mais pas conservateur, voilà… révolutionnaire. Oui, c'est ça, révolutionnaire, nouveau. Voilà, nouveau… Nouveau et surprenant.

– Nouveau et surprenant. C'est exactement ce à quoi je suis en train de travailler.

– Je le savais. Je le savais, il n'y a rien à faire. Au final, le plus révolutionnaire, c'est toujours toi. C'est-à-dire… tu es toujours nouveau et surprenant.

– J'espère.

– Comment ça, j'espère ?

– Non, je voulais dire, j'espère que ça va te plaire.

– J'espère aussi… Écoute, demain j'ai une réunion toute la matinée, mais tu crois que tu pourrais me montrer quelque chose dans l'après-midi ?

– Oui, je pense que oui.

– OK, alors à quatre heures dans mon bureau. Au revoir. Continue à te promener parmi les gens. Ça me plaît, cette nouvelle façon de chercher. Nouveau et surprenant. Se promener… il n'y a vraiment rien à faire, tu es un vrai révolutionnaire, à ta façon.

Et il raccroche.

– Allô… Leonardo…

Alessandro regarde Niki.

– Il a raccroché.

– Bon, tout est plus simple, maintenant.

– C'est-à-dire ?

– Il ne nous reste plus qu'à trouver une idée nouvelle et surprenante.

– Bien sûr, très simple.

– En tout cas, j'ai les idées plus claires. Tu vas voir, avant quatre heures demain je te donnerai une de mes idées nouvelles et surprenantes.

Alessandro prend son portable et compose un numéro.

– Qu'est-ce que tu fais, tu le rappelles ? Tu déplaces le rendez-vous ? Mais moi, pour quatre heures, je suis sûre d'y arriver, il n'y a pas de problème…

– Non… Allô, Andrea ?

– Oui, chef. Quel plaisir de t'entendre. Comment ça se passe ?

– Très mal.

– Pourquoi, il y a des embouteillages ?

– Non, parce que demain après-midi j'ai rendez-vous avec Leonardo. Il faut présenter un projet.

– Mais on n'est pas encore prêts ! Qu'est-ce qu'on peut faire ?

– Je ne sais pas. En tout cas, il faut qu'on trouve une idée nouvelle et surprenante.

– Oui, chef.

– Et puis, tu peux faire autre chose.

– Dis-moi, chef.

– Prends immédiatement ce raccourci !

– Parfait, je n'en attendais pas tant !

Alessandro raccroche.

– Mais qu'est-ce que c'est, ce raccourci ?

– Oh, rien.

– Mais pourquoi tu réponds toujours « oh, rien » ? C'est pire que quand on me disait, quand j'étais petite, « c'est pour les grands ».

– Oh, rien… c'est pour les grands.

– Quand tu es comme ça tu es insupportable. Allez, pousse-toi, laisse-moi conduire…

– Quoi ?

Niki lui monte dessus.

– Mais tu es folle ? On a déjà eu un accident, attends au moins d'avoir dix-huit ans, pour faire d'autres dégâts !

– Pas question… et puis, pourquoi tu veux me porter malheur ? Pourquoi j'aurais forcément un accident ?

– Disons que la probabilité est élevée…

– Nooon… Allez, pousse-toi.

– Non.

– Mais, pardon, tu as vu comme je m'en suis bien sortie, avec les deux carabiniers ? Je les ai convaincus… allez ! Juste un petit peu… Et puis, peut-être que j'aurai une autre idée pour tes bonbons, en conduisant.

– Ce ne sont pas mes bonbons.

– Allez… Descends !

– Mais tu as dit que ça n'allait pas avec cette voiture parce qu'elle est automatique.

– Oui, mais j'ai réfléchi, elle est tellement grosse que si j'arrive à me garer avec, alors j'y arriverai avec toutes les autres !

Alessandro sort de la voiture.

– Le problème, c'est si tu n'y arrives pas avec celle-ci…

Niki met sa ceinture pendant qu'Alessandro fait le tour.

– De toute façon, après l'accident qu'on a eu par ta faute, il faudra bien que tu ailles chez le carrossier, non ? Alors, un choc de plus ou de moins…

Alessandro monte et met lui aussi sa ceinture.

– Mieux vaut un choc de moins.

Niki sourit, puis tripote le GPS.

– Qu'est-ce que tu fais ?

– J'essaye ce truc, de toute façon je n'en aurai jamais dans ma voiture. Mes parents m'en achèteront une sans options. Comment on enlève le son ?

– Le son ?

– Oui, celui qui parle comme Star Trek et qui dit « trois cents mètres – tourner à droite ».

– Ah, comme ça.

Alessandro presse une touche sur l'écran et « no audio » apparaît.

– Bien.

Niki règle le GPS, puis s'aperçoit qu'Alessandro la regarde fixement.

– Ne me regarde pas !

Alessandro se tourne de l'autre côté.

– OK, mais où tu veux aller ?

– Tu verras. Voilà.

– Démarre lentement, je t'en prie.

Mais Niki ne l'écoute pas, elle appuie sur l'accélérateur et fait un bond en avant.

– J'avais dit lentement.

– Pour moi, c'est lentement, ça.

Alessandro secoue la tête.

– Je me rends.

Niki sourit et conduit plus lentement, cette fois. Elle passe au milieu des voitures, met le clignotant, tourne. De temps à autre, Alessandro l'aide, prend le volant et corrige la courbe.

– Eh, tu sais que tu es meilleur que tous mes amis enseignants ?

– Comment ça ? Ce n'est pas ton père, qui te fait l'auto-école ?

– Mon père n'a pas le temps.

Alessandro la regarde, elle lui sourit. C'est bizarre.

– Mon père s'est bien amusé à m'apprendre.

– En effet, il t'a transmis un certain calme, de la patience et de la tranquillité.

– Moi je veux trouver le temps pour apprendre à mes enfants…

– En attendant, tu l'as trouvé pour moi. C'est beau…

Elle lui sourit.

– Et moi je t'entraîne pour quand tes enfants arriveront !

– Oui, c'est vrai.

Alessandro la regarde, puis pense… C'est vrai… mais qui sait quand. J'aimerais bien avoir un enfant. Il me manque juste la personne avec qui le faire. Elena est partie. Il s'assombrit. Et me voici en compagnie d'une fille qui est comme une gamine qui n'a grandi qu'à moitié, et qui en plus m'a forcé à l'adopter. Bah… Niki met le clignotant et se gare.

– Qu'est-ce que tu fais ? On ne continue pas la leçon ?

– Non, on est arrivés.

Niki enlève sa ceinture et descend.

– Où ça ?

Alessandro descend lui aussi.

– Tu as une autre compétition ?

– Non, il est huit heures et demie et j'ai faim. Attends une seconde, je vais prévenir mes parents.

Elle compose un numéro.

– Allô, maman… Oui, j'ai travaillé chez une copine… Je sais. Elle était un peu déprimée, je lui ai tenu compagnie… Non. Non, tu ne la connais pas.

Niki sourit à Alessandro.

– Là on va aller manger… Si tu m'appelles et que mon portable ne prend pas, on est chez Zen Sushi, Via degli Scipioni… Oui… Regarde dans les pages jaunes, tu le trouveras, ou bien passe, si c'est urgent. Non. On est venues manger ici, elle avait faim, elle a insisté… Et c'est elle qui m'invite. Oui. Et non, elle tient à payer. Elle est comme ça ! Non, tu ne la connais pas, mais je te la présenterai bientôt. OK, d'accord. On va travailler encore un peu, ensuite je rentre à la maison. Je ne rentrerai pas tard, promis. Non, promis, je rentre tôt. Salut, bisou, dis bonjour à papa.

Niki raccroche.

– J'ai dit que tu payais, comme ça elle croira vraiment que je suis avec une amie qui va mal, qui m'oblige à aller dîner avec elle, et puis je lui ai donné l'adresse du resto parce que ça la rassure, tu sais…

– Ah, j'ai compris. Mais en fait ?

– En fait c'est la même chose, c'est toi qui offres, et j'espère que ça te plaira. Excuse-moi, hein, mais si je te remets le logo dessiné et l'idée qui va avec, ce n'est pas gratuit.

Le portable de Niki se met à sonner.

– Oh, ça prend… Qui ça peut être ?

Elle décide de répondre.

– Allô ?

– Eh, où tu es ?

Niki se tourne vers Alessandro.

– C'est Olly. J'avais dit que je l'appellerais…

– Nous, on est sur la place où ils font le BBC. Tu avais dit que tu viendrais, ce soir… et aussi que tu le ferais.

– Je mentais…

– Bon, mais viens quand même !

– Vous êtes vraiment là-bas ?

– Oui !

– Encore ? Vous n'en avez pas marre ?

– Non, on n'en a pas marre. C'est génial. Ton ex est en train de se donner en spectacle. Il est à moitié bourré et il te cherche comme un fou. Il m'a demandé pourquoi tu n'étais pas avec les Ondes !

– Parce que je suis avec un mec génial…

– Quoi ? C'est qui ? Raconte-moi tout, tout de suite !

Olly sourit, à l'autre bout du fil.

– Ah, j'ai compris… Ce n'est pas vrai, tu me racontes des salades, c'est ça ?

– Non, tu sais que je ne mens jamais.

– Et si Fabio te chope ?

– Qu'est-ce que ça peut me faire, nous nous sommes quittés parce qu'il ne me laissait même plus sortir avec vous. Et maintenant que je ne suis plus avec lui, il faudrait que je m'inquiète ? Pas question. Écoute, Olly, là je vais éteindre mon portable. Dis à Fabio que je vais me coucher, de toute façon il n'aura pas le courage d'appeler chez mes parents, et demain je te raconte tout…

– Non, non, attends, attends, Niki, attends…

Trop tard. Niki a raccroché. Elle regarde Alessandro, qui est encore sous le choc.

– J'ai éteint le mien. Pourquoi tu n'éteins pas le tien ? Comme ça on passe une soirée tranquille pour bien terminer cette journée.

Niki sourit et le précède dans le restaurant. Alessandro prend son téléphone, le regarde, et décide de ne pas attendre, du moins pour ce soir, l'éventuel coup de fil d'Elena. Cette idée lui procure un certain plaisir. Il l'éteint avec satisfaction et le met dans sa poche. Il entre dans le restaurant avec une drôle de sensation de liberté. Peu après, ils mangent. Rient. Plaisantent, comme l'un de ces nombreux couples heureux d'être ensemble, de ceux qui rêvent, qui ont encore tout à découvrir, de ceux qui ont encore un peu peur, et un peu non... Comme ce qu'on ressent quand on est sur la plage et qu'il fait chaud. D'un coup, on a envie de se baigner, alors on se lève de la serviette. On s'approche de l'eau, on avance, mais elle est froide. Parfois même très froide. Là, certains laissent tomber et retournent s'allonger, souffrir de la chaleur. D'autres se lancent. Et seuls ces derniers, après quelques brasses, peuvent goûter à cette sensation unique et un peu sotte de totale liberté, même envers soi-même.

36

Lune haute dans le ciel, pâle, lointaine. La même lune pour tous. Lune pour les riches, les pauvres, les tristes. Lune pour les gens heureux... Lune, lune, tu... « N'aie pas confiance en un baiser à minuit... S'il y a la lune, n'aie pas confiance... » Cette vieille chanson.

Mauro se gare devant le pub. Il descend. Il ouvre le coffre, plein de stries, irrémédiablement abîmé. Un peu de mousse en dépasse. On dirait une vieille brioche pourrie. Comme sa jeune vie, au fond. Il enlève le bouchon du réservoir et secoue le scooter. Les exhalaisons d'essence et un petit cliquetis lui font comprendre qu'il peut faire encore un peu de route.

— Au moins, je pourrai rentrer chez moi, va.

Il entre dans le pub, s'approche du bar.

– Une pinte de blonde.

Le serveur, entre deux âges, une cigarette éteinte à la bouche et l'air endormi, prend un verre accroché au-dessus de sa tête. Il le rince, le retourne en faisant sortir le peu d'eau resté au fond, et le met sous le robinet à pression. Il tire la manette, la bière sort, fraîche et mousseuse, remplissant rapidement le verre d'un demi-litre. Puis il prend une spatule et la passe sur le bord, en tenant le verre à quarante-cinq degrés, pour enlever la mousse en trop. Enfin, il plonge le verre dans l'eau pour nettoyer les gouttes de bière sur l'extérieur du verre, pour qu'elles ne tachent pas les mains.

– Méthode belge.

Il le tend à Mauro, qui le prend et le porte à sa bouche, avide et assoiffé.

– Tu m'en sers une autre ?

Derrière lui, une voix, et tout de suite, une tape sur l'épaule.

– Oh, mon frère, y fallait une nuit comme ça pour se boire c'te bière, non ?

C'est la Chouette. Qui lui sourit et lui parle de tout et de rien, de grandes fanfaronnades et peut-être aussi de choses vraies.

– Tu t'rappelles, celui qu'ils appelaient l'Homme de main ? J'l'ai rencontré l'autre soir dans le centre, il avait une jeep, trop belle, j'sais même pas pourquoi je te le dis. La nouvelle Hammer, plus petite, jaune avec les bords noirs, et puis une bombe atomique dedans… Oh, mais la tienne elle est pas mal non plus, hein ? Et grande, en plus. Comment elle s'appelle ?

– Paola, fait Mauro, un peu agacé qu'on parle de sa femme en ces termes.

Mais au fond, pense-t-il, ce sont des compliments de faubourg.

– Elle est belle, ça, il y a rien à dire. Tant qu'elle se contente d'un scooter…

La Chouette le regarde et lève un sourcil, puis prend une gorgée de bière et s'essuie la bouche avec la manche de son blouson. Il pose bruyamment son verre.

– Mais pourquoi tu m'files pas un coup de main ? C'est d'la balade, tu sais. C'est que Memo, celui qui traînait avec moi, tu t'rappelles, il s'est fait pincer. Allez, tu l'as vu des tas de fois, un gros avec des yeux ronds. Oh, ça fait un bail que je m'le trimballe avec moi.

– Qui ça, le Hibou ?

– Voilà, bravo. Il est vraiment con, au gros supermarché sur l'autoroute il y a toujours les poulets dehors, comme s'il le savait pas. Et puis, jamais faire les choses tout seul… Il a été gourmand. Il voulait manger tout seul, et maintenant il se retrouve au trou, et là c'est les affreux qui lui donnent à becter.

La Chouette rit. Puis il y réfléchit, et s'assombrit.

– On avait fait au moins dix coups ensemble et jamais un problème, merde, pour le Hibou et la Chouette.

Mauro lui sourit.

– Allez, il va sortir, tu verras.

– Ouais, c'est ça, il avait déjà deux sursis, il en a au moins pour cinq ans.

Mauro hausse les épaules et boit sa bière, parce qu'il ne sait plus quoi répondre. La Chouette le regarde, soudain lucide et fourbe.

– Écoute, mais pourquoi tu viens pas faire un tour avec moi ? Allez, j'ai repéré deux trois trucs faciles, tu chopes ce qu'il faut avec ta main gauche et c'est au moins cinq mille d'un coup…

Mauro secoue la tête.

– Non, non.

La Chouette insiste. Il lui tape dans le dos.

– Allez… on se met ensemble, comme quand on était à l'école, qu'on jouait sur les terrains derrière la place de l'Anagnina… Tu t'rappelles, le championnat des Castelli… Ils nous appelaient les étoiles jumelles, comme dans la chanson d'Eros, mais au pluriel.

– Je me rappelle pas.

– Allez, je t'ai même trouvé un surnom…

– Attends, laisse-moi d'viner… l'Effraie !

– Mais qu'est-ce que tu fais, tu te fous de ma gueule ?

– Tu te vexes, ou quoi ?

– Avec toi, jamais… Après qu'ils m'ont pincé le Hibou, j'ai décidé de changer de rapace, non ? Je te vois toujours tout seul, t'as pas confiance. T'as juste une femme, putain, ça me plaît, ça. J'avais pensé le Faucon. Ou l'Aigle. Tu le sais, que les aigles s'accouplent en vol ? Ça a rien à voir, j'ai vu ça à la télé. Oh, c'est le pied, non ?

La Chouette fait un geste avec son poing fermé, mimant un acte d'amour rebelle, rapide, affamé, rageur, sauvage.

– En vol, mais tu t'rends compte ?

Mauro lui sourit.

– Mais moi je veux continuer à baiser les pieds sur terre… L'idée de finir en cage me dit rien. L'idée de ne plus voir Paola, ça me dit encore moins…

La Chouette prend une grande gorgée de bière. Mauro termine la sienne. L'autre dit, un peu résigné :

– Comme tu veux, Mau'… moi j'suis là. Dommage, quand même, le retour des étoiles jumelles…

Mauro sourit.

– Si tu m'appelles pour faire un foot, je suis déjà sur le terrain.

La Chouette sourit à son tour.

– Laisse, laisse, c'est moi qui offre.

– Non, non, ce soir c'est moi.

Il paie les deux bières. Puis il sort du bar et lui fait un signe de loin, en levant le menton, tout simplement, comme on fait entre amis.

37

Chambre indigo. Elle.

Personne, parmi toutes les femmes qu'il avait enten-dues parler, n'avait une voix comme elle. Le moindre son qu'elle prononçait faisait croître son amour, chaque mot le faisait trembler. C'était une voix douce, musi-cale, le fruit de la culture et de la gentillesse. Quand on l'écoutait, on sentait résonner dans ses oreilles les cris perçants des femmes indigènes, des prostituées et, moins dures, les rengaines faibles des ouvrières et des filles de son milieu.

La lumière de la lampe en verre opaque Ikea colore l'écran d'un jaune chaud et enveloppant. La fenêtre de la chambre est ouverte et un vent léger fait bouger les rideaux. La jeune fille, rêveuse, lit ces mots qu'elle sait être d'amour. Chaque jour, ils la font se sentir un peu différente. Quelle chance, pense-t-elle, d'être passée par là ce soir-là. C'est sûr, c'est étrange : à l'endroit où on jette les ordures, moi je trouve Stefano et ses mots. Je me demande comment il est. À qui il les adresse. Qui est cette femme qui a une si belle voix ? Sa copine ? Cette Carlotta des mails ? Je me demande s'il est en train de lui écrire, en ce moment. Je me demande comment est

292

son visage. Peut-être qu'il est grand, avec les cheveux bruns. Peut-être qu'il a les yeux verts. J'aimerais bien qu'il ait les yeux verts. Les yeux verts me font penser à une course dans un pré. La jeune fille continue à lire.

Je n'ai jamais reculé. Tu sais que j'ai oublié ce que signifie s'endormir le cœur en paix ? Il y a des millions d'années, je m'endormais quand j'en avais envie et je me réveillais quand j'étais suffisamment reposé. Maintenant, je bondis à la première sonnerie du réveil... Je me demande pourquoi je l'ai fait et je réponds : pour toi... Il y a longtemps, je voulais devenir célèbre, mais aujourd'hui la gloire ne m'importe plus. Tout ce que je veux, c'est toi. Je te désire plus que la nourriture, les vêtements, la célébrité. Je rêve de poser ma tête sur ton torse et de dormir pendant un milliard d'années... Elle se sentait irrémédiablement attirée par lui. Ce flux magique qui avait toujours émané de lui coulait maintenant de sa voix passionnée, de ses yeux brillants et de la vigueur qui bouillait à l'intérieur de lui... Tu m'aimes. Tu m'aimes parce que je suis différent des hommes que tu as connus et que tu aurais pu aimer.

Lire sur l'amour, un amour aussi grand, l'émeut. Et en même temps elle sent qu'elle n'éprouve pas ces choses, elle ne se sent pas comme ça en pensant à lui. Elle éteint l'ordinateur. Une autre larme coule, sans vergogne, et lui mouille le genou. Elle rit et renifle. Puis elle s'arrête. Reste silencieuse. Puis s'énerve. Elle sait très bien qu'elle ne peut rien faire contre tout ça...

38

Assis devant ce drôle de petit tapis roulant culinaire, Niki et Alessandro rient et plaisantent, parlent de tout et de rien. Ils attrapent au vol des petites assiettes pleines de spécialités japonaises fraîchement préparées. On paye en fonction de la couleur de l'assiette choisie. Niki en prend une orange, les plus chères. Elle goûte un demi-sashimi et remet l'assiette sur le tapis roulant. Tout de suite, Alessandro regarde autour de lui d'un air inquiet. Il ne manquerait plus qu'ils se retrouvent nez à nez avec Serra et Carretti, les deux carabiniers, venus pendant leur temps libre. Ils rient encore. Se racontent une autre anecdote. Une autre curiosité. Puis, sans le vouloir, sans malice, sans trop y penser, Niki se retrouve chez Alessandro.

– Mais c'est magnifique ! Mince, mais alors tu es vraiment quelqu'un d'important… Tu es un homme à succès !

– Bah, disons que jusqu'ici ça se passe bien pour moi.

Niki déambule dans l'appartement. Elle se tourne et lui sourit.

– On verra demain comment ça va avec mes idées, non ?

– Oui, c'est ça.

Alessandro sourit, mais préfère ne pas y penser.

– Écoute, Alex, je te jure, j'adore ton appart'. Et puis, il est tellement vide… C'est super, vraiment ! Il n'y a rien de trop, juste ce canapé au milieu, la télé, la table, et là-bas l'ordinateur. C'est le rêve ! Et puis… Non, je n'y crois pas !

Elle entre dans le bureau. Une grande bibliothèque et des photos. En couleurs, en noir et blanc, abîmées, décolorées. Avec les phrases les plus célèbres. Et des jambes, des femmes, des voitures, des boissons, des visages, des maisons, des cieux. Des images de sa grande créativité, les plus différentes, accrochées au mur, tenant grâce à de fins fils de nylon, les cadres bleus zingués par un petit rebord jaune ocre.

– C'est génial ! Mais ce sont toutes des pubs que j'ai vues… Noooon ! Je n'y crois pas.

Niki indique une photo, des jambes de femmes qui enfilent des collants. Différents, bizarres, colorés, sérieux, fantaisistes.

– C'est toi qui l'as faite, celle-là ?

– Oui, elle te plaît ?

– Si elle me plaît ? Je suis folle de ces collants. Tu ne peux pas savoir combien j'en ai acheté. Mais je les file toujours. Soit parce que je me pose les mains sur les jambes et j'ai une petite peau qui dépasse. Tu sais, je me ronge les ongles… soit parce que je me cogne dans quelque chose, bref, j'en change en moyenne quatre ou cinq fois par semaine et je les ai toujours achetés chez eux.

– Et moi qui pensais qu'ils avaient eu du succès grâce à ma publicité. En fait, c'est juste que tu passes ton temps à filer tes collants !

Niki s'approche d'Alessandro et se frotte un peu contre lui.

– Eh, ne fais pas le modeste avec moi, et puis, sens…

Niki soulève un peu sa robe, prend la main d'Alessandro et la pose sur le haut de sa cuisse. Elle approche son visage de lui et le regarde d'un air naïf, avec ses grands yeux, faisant exprès de grimacer, puis d'être malicieuse, et ensuite petite, puis grande, puis… mais toujours belle. Et désirable. Et une voix basse et excitante.

– Tu vois… Je n'en porte pas toujours, moi, des collants…

Puis elle éclate de rire et s'éloigne en faisant retomber sa robe, en la remettant en place. Puis elle enlève ses chaussures et porte sa main à ses cheveux, les ébouriffe, les libérant du carcan de leur élastique.

Elle se tourne et lui demande en souriant d'un air malicieux :

– Eh, mais on peut avoir quelque chose à boire, dans cette maison ?

– Hum, bien sûr, bien sûr…

Alessandro tente de reprendre ses esprits, il se dirige vers le meuble où il range les alcools.

– Qu'est-ce que tu veux, Niki, un rhum, un gin tonic, une vodka, un whisky…

Niki ouvre la porte de la terrasse.

– Non, c'est trop fort, tout ça. Tu n'aurais pas un Coca ?

– Un Coca ? Tout de suite.

Alessandro va à la cuisine. Niki sort sur la terrasse. La lune est haute dans le ciel, traversée par quelques petits nuages. On dirait une amie qui lui fait un clin d'œil. Alessandro, dans la cuisine, verse le Coca et coupe un citron. Niki lui crie de loin.

– Alex, tu mettrais un peu de musique, aussi ?

– Oui.

Il prend le verre, y met un peu de glace, puis va à sa veste et fouille dans les poches. Il trouve le CD que lui a offert Enrico. Incroyable : il est double. Il en prend un au hasard, le met dans la chaîne hi-fi accrochée au mur. Il appuie sur play. Un autre bouton assure la diffusion dans toute la maison. Il rejoint Niki sur la terrasse.

– Voilà ton Coca.

Niki le prend et en boit une gorgée.

– Mmm, c'est bon, c'est parfait avec le citron.

Juste à ce moment-là, la musique démarre.

Che ne sai tu di un campo di grano, poesia di un amore profano… (« Qu'est-ce que tu sais d'un champ de blé, poésie d'un amour profane… ») *Love relax* puis, tout de suite après, la voix d'Enrico, « voilà, ici Lucio voulait souligner l'impossibilité d'expliquer, de comprendre, d'interpréter, de relier cet amour à la beauté d'un champ de blé, comme ces émotions qui parfois, soudaines, comme portées par le vent, ne sont pas explicables, d'où la question : qu'est-ce que tu sais d'un champ de blé… Une question qui restera sans réponse, alors que le pourquoi des autres paroles est plus clair, en revanche… »

Un autre morceau de Lucio Battisti commence. *Guidare come un pazzo a fari spenti nella notte…* (« Conduire comme un fou dans la nuit, tous feux éteints… ») et, de nouveau, la voix d'Enrico : « Voilà, ici il est clair qu'il y a eu, avant qu'il ne compose la chanson, une conversation entre Lucio et Mogol. En effet, on comprend clairement à travers les paroles que… »

– Hum, excuse-moi, je me suis trompé de CD.

Alessandro retourne en courant dans le bureau, arrête le CD, le sort et voit que dessus il est écrit « Interprétations variées ». Il prend l'autre, « Atmosphère uniquement ». Très bien. Il le met en espérant que cette fois ça aille mieux. Il appuie sur le bouton, attend que la musique démarre. Voilà. Alessandro prend la pochette du CD et regarde les titres indiqués par Enrico. Il sourit. Ce sont leurs chansons. Le cheminement d'une amitié. Il regarde les premiers titres, ils lui semblent parfaits. Il ne connaît pas le quatrième mais il fait confiance à son ami. Il retourne sur la terrasse. La lumière est éteinte.

– Eh, il fait sombre.

Alessandro tente d'atteindre l'interrupteur.

– Non, laisse comme ça, c'est plus beau.

Niki est là, pas loin de lui, au milieu d'un buisson de jasmins. Elle en a cueilli quelques-uns, elle est en train de mordiller l'extrémité d'une fleur.

– Mmm, Coca-Cola et jasmin… un rêve qui m'étourdit.

Alessandro prend son verre et s'approche.

– On pourrait lancer une nouvelle boisson sur le marché. Jasmin-Coca. Qu'est-ce que t'en penses ?

– Compliqué. Les gens aiment les choses simples.

– C'est vrai, moi aussi.

– Et toi, Alex, tu me sembles tellement simple.

Alessandro pose son verre.

– Ça sonne comme une offense…

– Pourquoi ? Simple. Simple dans ton âme…

– Parfois les choses les plus simples sont les plus compliquées à atteindre.

– Oh, ne fais pas le compliqué. Sérieusement ! Ensemble, on va y arriver… Et puis, tes désirs sont clairs. Les choses que tu veux. On peut les voir, les lire, et puis, même si je n'avais pas compris… C'est ton cœur qui me les a suggérées.

– Je me demande bien ce qu'il t'a dit… Parfois il ment.

Niki rit et se cache derrière un jasmin. Petit. Trop petit pour son sourire splendide.

– Avec moi, il a été sincère…

Niki mord un autre jasmin. Elle en suce le nectar.

– Goûte, c'est délicieux. Tu m'embrasses ?

– Niki, mais moi…

– Chut… Qu'est-ce qu'il y a de plus simple qu'un baiser ?

– Mais, toi et moi… c'est compliqué.

– Chut… Laisse parler ton cœur.

Niki s'approche, pose sa main sur le cœur d'Alessandro. Puis son oreille. Elle l'écoute. Il bat fort, ce cœur ému. Niki sourit.

– Écoute, je l'entends.

Elle s'écarte de son torse et le regarde dans les yeux. Elle sourit dans la pénombre de la terrasse.

– Il a dit non…

– Non quoi ?

– Qu'entre toi et moi, ce n'est pas compliqué. C'est simple…

– Ah, oui ?

– Oui. Et ensuite je lui ai demandé : qu'est-ce que je fais, je l'embrasse ?

– Et qu'est-ce qu'il t'a répondu ?

– Il m'a dit que tu compliques les choses, mais que ça aussi, c'est simple…

Alessandro se rend. Niki s'approche lentement. Elle l'embrasse. Douce. Tendre. Soyeuse. Légère. Comme un jasmin. Comme Niki. Elle prend les bras d'Alessandro, qu'il a le long du corps, et se les met autour du cou. Elle continue à l'embrasser. Plus passionnément. Alessandro n'arrive pas à y croire. Zut. Mais elle a dix-sept ans. Vingt ans de moins que moi. Et le voisin ? S'il nous voyait ? Alessandro entrouvre un œil. Nous sommes cachés par les buissons de jasmins. J'ai bien fait de mettre toutes ces plantes sur ma terrasse. Et Elena ? Mon Dieu, Elena a les clés de la maison ! Mais surtout, elle est partie. C'est elle qui est partie. Et elle n'a aucune intention de revenir. Peut-être. Mais ensuite, Alessandro abandonne toutes ces pensées. Fatigantes. Inutiles. Difficiles. Dont il voudrait qu'elles le mènent quelque part, mais qui ne mènent à rien. Et il se laisse aimer. Comme ça, avec un sourire. Un simple sourire. Niki enlève les bretelles de sa robe et la laisse tomber à terre. Puis elle l'enjambe avec ses Adidas noires montantes, de boxeur, et elle reste comme ça, en culotte et soutien-gorge, rien de plus. Le dos appuyé contre les jasmins, noyée dans toutes ces petites fleurs, perdue dans ce parfum, comme une rose délicatement éclose par hasard dans ce buisson. Elle, parfumée par nature, la peau qui sent encore la mer, les bras forts, les jambes aux muscles longs et vifs et le ventre plat, légèrement plissé par des muscles bien élevés qui ne se montrent pas trop. Niki, naturelle, saine, comme il se doit pour une passionnée de surf. Et maintenant d'Alessandro. Un peu plus tard, ils sont déjà en haute mer. Sous la lune, entre les délicates fleurs de jasmin entrouvertes, jouant maintenant avec une autre fleur. Nuit. Avec une caresse, dessiner les contours de ce qu'on ressent. Ou du moins essayer. Et se perdre dans ses longs cheveux encore légèrement humides. Et se débattre presque avec ce désir suffoqué, timide, gêné, se sentir déshabillé, découvrir avoir peur d'oser. Mais en avoir envie. Très. Et continuer ainsi, dans le courant du plaisir. « Vraiment, c'est incroyable, elle est magnifique, cette compilation. » Et continuer encore, sur ces notes, doucement, en rythme avec le battement de leur cœur. Une chanson classique, et puis une autre, et une autre encore… Se trouver d'un coup au milieu d'une tempête… *I was her she was me, we were one we were free*… parmi les vagues hautes… *and if there's somebody calling me on, she's the one*… et le vent de la passion… *we were fine all along*…

Alessandro, les yeux fermés, se perd dans cette marée qui sent son odeur, l'odeur de Niki, de ses baisers, de son sourire, de ses longs soupirs, de cette douce jeune fille qui sent le jasmin, et bien plus encore.

Quelques étoiles plus tard. Niki, nue, traverse le salon. Fière, elle marche avec arrogance, sans aucune timidité.

Elle fait glisser la porte-fenêtre puis disparaît, pour réapparaître peu après et s'asseoir devant lui, sur ce petit lit. Elle croise les jambes et pose son sac au milieu, couvrant poliment sa nudité. Niki fouille dans son sac. Alessandro est assis face à elle. Il n'a que sa chemise, déboutonnée. Et l'air perturbé. Encore incrédule que « tout ça » se soit passé entre eux.

– Ça te dérange si je fume ? De toute façon, on est dehors, non ?

– Oui, oui, vas-y…

Niki s'allume une cigarette et tire dessus, puis envoie une bouffée de fumée vers le ciel.

– Tu sais, chez moi je ne peux jamais fumer… Mes parents ne savent pas que je fume.

– Bien sûr.

Alessandro se demande s'ils savent tout le reste.

– À quoi tu penses ? Et ne me dis pas « à rien », comme d'habitude, hein…

– OK. Je me demandais si tes parents savent tout le reste… Oui, bon, que tu…

– Que je ne suis plus vierge ?

– On peut le dire comme ça.

– Tu es fou ? Ils n'ont même jamais eu le courage d'aborder le sujet avec moi, alors, me demander s'ils savent… Du moins je pense. C'est-à-dire, une fois, Fabio, mon ex, a oublié une boîte de préservatifs chez moi, et je ne l'ai jamais retrouvée. Ou bien c'est mes parents qui l'ont trouvée, ou bien c'est la femme de ménage, ou bien mon frère, mais à l'époque il avait dix ans, donc je ne pense pas que ce soit lui qui s'en soit servi.

Alessandro, en pensant aux préservatifs, à son petit copain, son ex, et à ce que Niki a dit, a une drôle de sensation. Il ne comprend pas. Il ne veut pas y croire. Ce n'est pas possible. Jalousie ? Niki tire à nouveau sur sa cigarette, puis se rend compte que quelque chose ne tourne pas rond.

— Eh, qu'est-ce que tu as ?

— Rien.

— Tu es bizarre.

— Non, vraiment, je n'ai rien.

— Tu vois que tu dis toujours qu'il n'y a rien ! Comme les enfants. Dis la vérité, ça t'embête que j'aie parlé de mon ex, des préservatifs et de tout le reste. Allez, dis-le. Tu peux le dire. Sérieusement.

— Ben, un peu.

— Waouh ! Incroyable.

Elle jette sa cigarette par le balcon et lui saute dessus, complètement nue.

— Je suis heureuse ! Tu me plais. Bon, en réalité je ne supporte pas la jalousie, c'est-à-dire que quelqu'un soit jaloux de moi. Moi je pense qu'on s'aime ou on ne s'aime pas. Donc la jalousie n'a pas de sens. Pourquoi on devrait être ensemble si on ne s'aime pas ? Et toi, qui as l'air d'un vrai glaçon, tu es jaloux de moi ! Ça pourrait bien me rendre folle.

Elle l'embrasse passionnément sur la bouche.

— Tu sais, à dire la vérité, moi aussi j'étais un peu comme ça, tout à l'heure. Je me baladais dans ton appart' et je me demandais où tu l'avais fait... où tu avais fait l'amour avec ton ex ! Et alors je me suis dit : pas sur ce petit lit au milieu des jasmins, ça c'est sûr. Tu ne l'avais jamais fait là, pas vrai ?

— En effet, sur ce lit, je n'ai fait que prendre le soleil...

— Voilà, bravo !

Niki l'embrasse encore.

— Mais, ce soir, c'est moi que tu as prise... Et tu sais le plus absurde ? Cette compilation est parfaite. Elle te fait te sentir bien. C'est-à-dire, tu t'es rendu compte qu'on a joui en même temps sur cette chanson, *Eskimo*, celle qui me plaît tant…

— Non, en fait je n'y avais pas fait attention.

— Mais oui, c'est ça, moi j'ai bien vu que tu t'en rendais compte. Ça m'a plu, tu ne peux pas savoir.

Niki se tourne et se pose sur Alessandro, qui s'abandonne à son tour sur le lit, en remontant un peu le dossier. Niki prend une longue inspiration.

— Voilà, c'est pour des moments comme ça que ça vaut la peine de vivre, non ?

Alessandro ne sait pas trop quoi dire.

— Je ne sais pas ce qui m'est arrivé. C'est-à-dire, je sais que ça peut te sembler absurde, mais quand on s'est rentrés dedans, bon, quand tu m'es rentré dedans, voilà, dès que je t'ai vu, j'ai su que c'était toi…

— Qu'est-ce que tu veux dire ?

— Que c'est toi. Moi je crois au destin. Toi, c'est toi, tu es l'homme de ma vie…

— Niki, mais on a vingt ans d'écart !

— Et alors ? Quel rapport ? Aujourd'hui, dans le monde, il se passe tout et n'importe quoi, et toi tu te formalises pour une différence d'âge, alors qu'il s'agit d'amour ?

— Moi non. Mais va l'expliquer à tes parents…

— Moi ? C'est toi qui vas leur expliquer. Toi, tu sais être convaincant. Tu es tranquille, serein, tu inspires la tranquillité et la sérénité. Regarde, c'est notre première sortie et tu as déjà réussi à m'emmener dans ton lit…

— Dans mon petit lit, plutôt. Et puis, quoi qu'il en soit, je ne me rappelle pas avoir fait beaucoup pour te convaincre !

Niki se retourne et lui envoie un coup de poing.

— Aïe !

– Crétin. Ou plutôt, salaud. Qu'est-ce que tu crois, que je couche avec le premier venu ?

– Non, avec le premier qui te rentre dedans…

– Ça sent la mauvaise blague, ça. Tu sais, avant, je n'ai été qu'avec Fabio. Et j'aurais préféré que ça n'arrive pas, maintenant que je te connais.

– Niki, mais qu'est-ce que tu dis ? On se connaît à peine.

– Excuse-moi, je te l'ai dit, j'ai parlé avec ton cœur, et donc… tu es l'homme de ma vie.

– Ça va, je me rends…

Alessandro se tait. Niki aussi, mais pas pour longtemps.

– OK, c'est vrai, on ne se connaît pas très bien. Disons qu'on a fait connaissance un peu à l'envers. Mais on peut se connaître mieux, non ? Toi tu m'apprends à conduire, moi je te donne un coup de main pour ton boulot…

Alessandro décide de ne pas se disputer.

– Il doit y avoir un moyen pour donner un sens à cette histoire.

– OK, là, ça me semble acceptable.

Niki regarde sa montre.

– Il faut qu'on y aille. J'ai dit à mes parents que je rentrais tôt.

Elle se lève et ramasse ses vêtements sur le lit.

– Ça aurait été bien de pouvoir rester, pas vrai ?

Alessandro reboutonne sa chemise.

– Ça aurait été très bien.

– Pense à quand on vivra ensemble, ça sera magnifique, après avoir fait l'amour on restera enlacés, on dormira ensemble, le lendemain on prendra notre petit déjeuner ensemble, on mangera ensemble, on sortira ensemble et le soir on sera encore ensemble…

– Niki…

Alessandro la regarde, bouche bée.

— OK, OK, bien sûr… quand on se connaîtra un peu mieux.

39

Un peu plus tard, sur la route. Alessandro regarde Niki qui conduit.

— Eh, tu te débrouilles bien, maintenant, Niki. On peut arrêter les cours.

— Si tu dis ça, je fais tout de suite un accident.

— OK, tu n'es pas douée du tout.

— Voilà, bravo !

Niki sourit.

— On aura peut-être aussi un accident ensemble, mais avec quelqu'un d'autre !

— Mais dans cette projection sur notre futur, est-ce qu'il y aura aussi des moments où on pourra ne pas être ensemble ?

— Très peu…

— J'en avais bien peur…

Ils arrivent au scooter, qu'ils ont laissé à la station-service. Niki descend, enlève la chaîne, la range dans le coffre et met son casque.

— Vas-y, si tu veux… Je serai vite rentrée, d'ici.

— Non, je préfère t'accompagner.

— Tu vois ? Tu parles, tu parles, mais tu ne peux pas te passer de moi.

Alessandro lui sourit. En réalité, il est inquiet. Il ne manquerait plus qu'il lui arrive quelque chose. La dernière personne avec qui elle a été vue, c'est moi, je serais sûrement recherché. Il imagine déjà les deux carabiniers, heureux de pouvoir enfin faire leur travail jusqu'au bout.

– Oui, c'est vrai, je ne résiste pas… Passe devant, je te suis.

Niki démarre avec son scooter, Alessandro la suit avec la Mercedes. Les berges du Tibre. Piazza delle Belle Arti, Valle Giulia, Via Salaria, Corso Trieste, Nomentana. Arrivés en bas de chez elle, Niki enlève son casque, le range dans le top-case et prend la chaîne. Elle l'accroche à la roue, à son poteau habituel, et elle ferme le cadenas. Puis elle monte dans la Mercedes.

– OK. Merci de m'avoir escortée.

– C'était un plaisir.

– Écoute, tu peux satisfaire une de mes curiosités ?

– Bien sûr, la vie n'est qu'une curiosité à satisfaire…

– Joli, ça… c'est une publicité ?

– Oui, la mienne. Dis-moi.

Niki expire doucement sur la vitre, au-dessus de l'assurance, puis, sur la buée qui s'est formée, elle dessine un cœur avec dedans les lettres A et N. Puis elle fait un *4-ever*.

– Qu'est-ce que ça veut dire ?

– Alex et Niki *forever*. Comme ça, chaque fois qu'il y aura de la buée sur ta vitre, au lieu de t'énerver tu penseras à moi et tu souriras…

– OK, je sourirai. Alors, qu'est-ce que tu voulais me demander ?

– Si tu as préparé ton discours pour mes parents.

– Niki ! Tu plaisantes, pas vrai ?

– Non. Tôt ou tard, ils vont vouloir faire ta connaissance. Ils vont vouloir savoir avec qui je sors… tu as peur ?

– Moi, peur, pourquoi ?

– Ben, disons que tu es sorti avec leur fille de façon un peu particulière.

– Mais ça je ne dois pas le mettre dans le discours, si ?

– Non, non, bien sûr.

Soudain, Niki regarde devant elle.

– Ah, les voilà. Salut, maman. Comme ça, je te les présente tout de suite.

. Alessandro manque de s'évanouir. Il regarde devant lui mais ne voit personne. Il se tourne vers Niki, puis à nouveau vers la route, essayant avec terreur de distinguer quelque chose.

– Alex… je plaisantais.

– Ah…

– Tu as cru mourir… Je t'ai vu.

– Tu as mal vu. C'est que je ne voyais personne.

– Oui, oui, vaillant chevalier. Pardon, mais tu as fait plein de spots magnifiques… invente une publicité pour toi-même ! Peut-être qu'ils seront heureux de t'acheter, eux…

– Oui, bien sûr, sois tranquille, je vais y penser dès ce soir… En attendant, j'espère que le produit leur plaira !

– D'après moi, tu pourrais avoir la cote. Mes parents sont tellement bizarres, parfois… Bon, j'y vais.

Elle l'embrasse rapidement sur les lèvres.

– Dors bien, fais de beaux rêves. Et ne va pas sur la terrasse. L'odeur des jasmins pourrait te donner de drôles d'idées.

Ce disant, elle prend son sac, court vers la porte de son immeuble, puis, sans se retourner, disparaît. Alessandro met le moteur en marche et prend la route du retour. Mon Dieu, dans quel pétrin je me suis fourré. Moi avec une fille de dix-sept ans. Si mes parents le savaient. Si mes deux sœurs le savaient, elles qui sont mariées et ont des enfants. Si mes amis et leurs femmes le savaient…

Si Elena le savait, et surtout, si les parents de Niki le savaient… Et comme ça, sans s'en apercevoir, il rentre chez lui. Il n'a jamais conduit aussi vite. Peut-être parce que, d'un coup, il a senti le besoin d'échapper à tous ces « si ». Il prend l'ascenseur et ouvre la porte de son appartement. Il s'enferme à double tour. Pff… Sensation de soulagement. Le CD continue de tourner, tout bas. Les chansons, l'une après l'autre. C'est le moment de Ligabue, *L'amore conta*. Belle compilation, quand même. Et puis un souvenir. Et un autre. Et un autre encore. Des petits flashes. D'amour. Des saveurs, des parfums, des détails, les plus beaux moments d'un film inoubliable. Et *ce* qui s'est passé… C'est vraiment une belle fille. Et douce. Et généreuse. Et drôle. Et spirituelle. Et osée. Et tendre. Et… Et elle a dix-sept ans.

Alessandro prend la bouteille de rhum, s'en verse un petit verre. Il faudrait un peu de jus de poire. Mais non, pourquoi est-ce qu'il faut toujours quelque chose d'autre pour être satisfait ? Il suffit de profiter du moment, Niki elle-même le dit, et il vide son verre d'un trait. Rien que du rhum. Du rhum pur. Dix-sept ans. Est-ce que je pourrais me faire arrêter ? Bof. Je ne sais pas. Puis, presque malgré lui, il se retrouve sur la terrasse. La musique légère se diffuse dans l'atmosphère. Il s'approche lentement du lieu où tout s'est passé… Le lieu du crime, il aurait presque envie de dire. Mais il préfère ne pas y penser sous cet angle. Dans un coin, par terre, il aperçoit le verre de Coca avec la rondelle de citron. Et sur le petit lit, un peu caché, son élastique à cheveux, abandonné. Puis il s'immerge presque dans le buisson de jasmins, respire longuement en se remplissant de leur parfum. Juste à ce moment-là, la lumière de la terrasse d'en face s'allume. Une femme apparaît et crie :

– Aldo, Aldo… Mais où es-tu ?

– Je suis là, Maria… Ne hurle pas !

– Tu ne viens pas te coucher ?

Soudain, un homme sort de la haie, entrant ainsi dans le halo de lumière du lampadaire de la terrasse. Ça doit être Aldo. Il regarde vers Alessandro. La femme rentre. « Allez, demain matin on se lève tôt. » L'homme la suit. Il éteint la lumière dehors, puis celles du salon, puis du couloir, et disparaît à nouveau dans l'obscurité. Alessandro se relève du buisson de jasmins. Aldo. Il s'appelle Aldo. Il a peut-être fait le voyeur, ce soir. De toute façon, de là, il n'a absolument rien pu voir. Alors, un peu rassuré, Alessandro rentre lui aussi. Il ferme la porte-fenêtre. Une chose est sûre. Au moins pour ce soir, il ne m'a pas dénoncé.

40

Bonjour, le monde. Ta Niki au rapport. Attends, je m'étire un peu… Je ne réalise pas encore. Ça a été incroyable ! Ça suffit, n'y pense pas, Niki. Retour à la normale. *Fly down*… Les pieds sur terre. Pas trois mètres au-dessus du ciel… Plus on monte haut… et plus on se fait mal quand on retombe ! Oh, mais je ne voudrais pas me porter malheur toute seule, hein ?! Voilà. *Low profile*. C'est mieux. Alors… Qu'est-ce que je mets, ce matin ? Il y a cours de philo. Quelle barbe. Aucune envie. Il va expliquer… comment il s'appelle… Popper, je crois. Ça ne me dit rien qui vaille. Alors il faut que je mette quelque chose de coloré, ça fera antidote. Niki ouvre son armoire. Elle scrute un peu les cintres. Jean Onyx rose avec T-shirt rayé. Non. J'ai l'air d'une bonbonnière.

Jupe stretch avec pull en V. Trop écolière. Pantalon léger bleu ciel, vintage, avec T-shirt jaune sans manches à col roulé. Allez. Popper, tu ne m'auras pas. Je te battrai avec les couleurs d'une journée ensoleillée. Puis, tout en sortant les vêtements de l'armoire, elle réfléchit. Qu'est-ce que je suis heureuse, moi ?! Trop ! Mais j'ai une de ces trouilles…

Avant les cours, les filles se retrouvent devant le lycée. La première copie un devoir, la deuxième s'étire, encore endormie, une autre encore fume avec une expression qui en dit long sur le fait qu'elle franchira ou non la porte d'entrée. La troisième, plus absurde que les autres, se met un peu de fard et vérifie sans arrêt son aspect dans le rétroviseur de son scooter. Ou bien elle veut marquer le coup avec le nouveau prof, ou bien elle essaye, grâce à son maquillage, d'obtenir un avertissement en moins. Pas elle. Elle, elle se sent plus adulte que jamais. Elle marche, effrontée, amusée, euphorique comme jamais. Bah, au fond c'est vrai. D'une manière ou d'une autre, elle a déjà acquis sa maturité[1].

– Les Ondes, vous êtes prêtes ? J'ai rencontré l'homme de ma vie !

– Non, impossible, mais qu'est-ce que c'est que cette histoire ?

– Et tu nous dis ça comme ça ? Mais tu es folle ! Raconte tout, tout de suite !

Olly, Diletta et Erica sont excitées comme des puces. L'une arrête de copier, l'autre de se maquiller, la dernière jette sa cigarette.

– Voilà pourquoi tu n'étais pas joignable, hier soir. Alors, raconte ! Vous l'avez fait ? Mais c'est qui, on

1. En Italie, le baccalauréat se nomme « l'examen de maturité ».

le connaît ? Allez, crache tout ! Ne joue pas avec nos nerfs !

Olly la prend par le bras.

– Si tu ne nous racontes pas tout, mais alors tout, et tout de suite… je te jure que je le dis à Fabio.

Niki n'en croit pas ses oreilles. Elle se tourne vers elle et la regarde dans les yeux.

– Quoi ?

– Je te le jure.

Olly croise ses doigts sur sa bouche et les embrasse. Puis elle porte la main droite à son torse et lève la gauche. Ensuite, convaincue de s'être trompée, elle inverse tout, la gauche sur le torse et la droite en l'air. Finalement, elle soulève juste les deux doigts de la main droite.

– Parole d'honneur. Oh, je ne sais pas comment ça fonctionne, tous ces gestes, mais si tu ne racontes pas tout, je parlerai, ça c'est sûr.

– Traître, tu n'es qu'une sale traître. OK…

Pendant un instant, elle semble sur le point de parler, mais elle se libère d'un coup de l'étreinte d'Olly.

– À cause d'une sale espionne, les Ondes sont dissoutes !

Elle s'échappe en riant comme une folle. Elle monte deux à deux l'escalier du lycée, tandis que Diletta, Erica et Olly elle-même lui courent après.

– On l'attrape ! Allez, on l'attrape ! On la fait parler !

Elles courent à en perdre haleine derrière Niki, dans l'escalier, en s'aidant de la rampe. Elles tirent, poussent, tentent de gagner de la vitesse. Elles prennent le couloir des salles de cours. Diletta, qui est toujours la plus en forme de toutes, qui ne boit pas, ne fume pas et qui voudrait faire tellement de choses… mais qui va toujours se coucher trop tôt, rejoint Niki en un instant. Olly peine plus que les autres et hurle à son amie :

– Plaque-la ! Plaque-la ! Arrête-la ! Jette-toi… allez, chope-la !

Diletta atteint son but, elle l'attrape par son blouson, la tire, elles trébuchent et tombent par terre. Diletta finit sur elle, Erica arrive et s'arrête à un millimètre d'elles, puis enfin Olly, essoufflée, mais elle ne parvient pas à s'arrêter et finit sur Erica. Elles tombent sur Niki et Diletta. Toutes les quatre, par terre, rient et plaisantent. Les trois amies montent sur Niki et se remettent à la torturer, la chatouiller, la faire parler.

– Stop, stop ! Je suis en nage. Je n'en peux plus. Stop, enlevez-vous de là.

– Parle, d'abord !

– Stop, stop, je vous en prie, j'ai envie de faire pipi, aïe, j'en peux plus, enlevez-vous, aïe !

Olly lui prend le bras et le tourne.

– D'abord, tu parles, OK ?

– OK, OK !

Niki finit par se rendre.

– Il s'appelle Alessandro, Alex, mais vous ne le connaissez pas, il est plus âgé que nous.

– Combien plus âgé ?

– Pas mal…

Olly lui monte sur le ventre.

– Aïe, aïe, tu me fais mal, Olly, allez !

– Dis la vérité. Vous avez baisé ?

– Mais non, et puis quoi encore.

Olly lui prend à nouveau le bras, tandis que les autres la tiennent. Olly essaye de lui tordre genre prise de judo.

– Aïe, tu me fais mal !

– Alors, parle ! Vous avez baisé, oui ou non ?

– Un petit peu.

– Les filles.

Niki, Olly, Diletta et Erica voient de grandes chaussures s'arrêter juste devant leurs visages. Des mocassins usés, très foncés. Tout doucement, elles lèvent les yeux. C'est le directeur. Elles se relèvent d'un bond, tentent de s'arranger au mieux. Niki, encore un peu endolorie, est plus lente que les autres.

– Excusez-nous, monsieur le directeur, on est tombées, et puis à la fin, bon, oui, on rigolait un peu… oui, on plaisantait…

– Ben… en fait, elles étaient en train de me torturer…

Erica, qui est la plus efficace dans ce genre de situation, donne un coup de coude à Niki pour la faire taire, puis prend la situation en main.

– C'est bien de venir au lycée la joie au cœur, non ? Le ministre de l'Instruction le dit toujours, dans son discours de début d'année : les enfants, vous ne devez pas vivre l'école comme un chagrin mais comme l'occasion de… pas vrai, Diletta, qu'il dit ça ?

– Oui, oui… tout à fait vrai, dit Diletta en souriant.

Le directeur, lui, reste très sérieux. Il contrôle sa montre.

– Très bien. Le cours va commencer.

Diletta intervient.

– Mais j'ai vu que la prof d'italien était absente.

– En effet. C'est moi qui la remplace. Donc, si vous aviez la gentillesse de vous rendre dans la salle… la joie au cœur, nous éviterions ainsi d'inutiles discussions dans le couloir.

Le directeur les précède vers la salle. Elles suivent toutes les quatre lentement cette figure austère. On dirait un peu une maman cane et ses petits canetons. Olly agite la main, comme pour dire : mon Dieu, qu'il est lourd. Mais, naturellement, elle le fait sans se faire voir d'Erica, qui est devant. Puis Olly prend Niki par son blouson et la tire vers elle :

— Eh, mais qu'est-ce que ça veut dire, baiser « un petit peu » ?

— Je plaisantais. « Un tout petit peu » est très réducteur… Ça a été plus que tout ce que j'ai ressenti jusqu'ici… et plus que ce que je pouvais imaginer… bref : un rêve !

Puis elle sourit et entre en classe. Olly, sur le pas de la porte, la regarde, agacée.

— Mon Dieu, je te déteste quand tu fais ça ! F. C. Foutue chanceuse !

41

Alessandro vient d'arriver au bureau. Il s'est habillé de façon particulièrement élégante. Peut-être juste pour faire bonne impression, vu qu'il n'a pas la moindre idée de ce qu'il dira à la réunion de l'après-midi avec son directeur, Leonardo. Et surtout, de l'idée qu'il proposera.

— Bonjour tout le monde.

Il salue les secrétaires du couloir en souriant.

— Bonjour, Marina. Bonjour, Giovanna.

Il dit aussi bonjour à Donatella, la standardiste, qui répond par un signe de la main et se remet à pianoter sur son ordinateur. Il marche lentement, sûr de lui. Effronté, serein, tranquille. Oui. C'est ce qu'on montre qui se vend. Il ne se rappelle pas où il l'a entendu, mais c'est tout à fait à propos. En fait, il s'en rappelle aussi deux autres. D'abord, la première loi de Scott : même si quelque chose va mal, tout aura probablement l'air d'aller très bien. Et c'est cet air qu'Alessandro cherche à prendre. Mais il y a aussi la loi de Gumperson : la probabilité que quelque chose arrive est inversement proportionnelle à sa désirabilité. Non. La première est mieux. Si tu marches vite, tout le monde comprend que la situation t'a échappé. Mais non. Tu es encore le premier, le plus fort, le maître indiscutable de la situation. Alessandro décide de se faire un café. Il va à la machine, prend dans la boîte à côté une capsule où il est écrit « Café Expresso » et la met dans le réceptacle. Il place le gobelet en carton sous le bec. Il appuie sur un bouton vert. La machine se met en marche et le café sort, noir, fumant, décidé. Le contraire exact de la situation. Alessandro contrôle le niveau du café et appuie sur « stop ». Il laisse les dernières gouttes tomber et enlève le gobelet. Il se tourne et lui rentre presque dedans. Marcello. Son antagoniste. Il est là, devant lui. En plus, il sourit.

– Eh, tout juste, hein ? Moi aussi j'ai envie d'un café.

Il prend lui aussi une capsule, la glisse dans la machine, place le gobelet et lance le tout. Puis il sourit à nouveau.

– C'est bizarre… parfois on a envie des mêmes choses au même moment.

– C'est vrai. Mais, le secret, c'est que le hasard n'a rien à voir là-dedans. Donner à tout le monde envie de la même chose, et décider du moment… C'est à ça que nous travaillons…

Marcello sourit et arrête la machine. Il prend deux sachets de sucre de canne et les verse l'un après l'autre dans le gobelet. Il remue avec le bâtonnet en plastique transparent.

– Tu sais, hier j'ai présenté ma première idée.

– Ah, oui ?

Marcello le regarde pour comprendre s'il est vrai qu'il ne le savait pas encore.

– Oui. Tu ne savais pas ?

– Je l'apprends à l'instant.

– Je pensais que Leonardo t'en avait parlé.

– Non, il ne m'a rien dit.

Marcello prend une gorgée de son café, puis le remue à nouveau avec le bâtonnet.

– Tu sais, je suis assez satisfait du travail. Je pense que c'est nouveau. Pas révolutionnaire, mais nouveau. Voilà, nouveau et simple.

Alessandro sourit. C'est vrai, pense-t-il, mais Leonardo veut quelque chose de « nouveau et surprenant ».

– Pourquoi tu ris ?

– Moi ?

– Oui, tu souriais.

– Non, je pensais que tu mets deux sachets de sucre dans ton café. Moi, je le prends noir.

Marcello le regarde à nouveau. Il fronce les sourcils, essaye de l'étudier, de comprendre ce qu'il cache.

– Oui, mais le résultat ne change pas. C'est toujours de café qu'il s'agit.

Alessandro sourit encore.

– Mais la différence peut être grande ou petite…

– Oui, la différence est qu'il peut être noir ou non.

– Non, c'est plus simple. Ça peut être un bon café, ou bien il peut être trop sucré.

Alessandro finit son gobelet et le jette dans la poubelle. Marcello aussi boit la dernière gorgée. Puis il savoure les grains de sucre restés au fond, les croque. Alessandro est un peu agacé par le bruit. Marcello le regarde puis se tourne, curieux.

– Toi, Alex, tu as quel âge ?

– Trente-sept dans quelques mois.

Marcello jette son gobelet.

– Moi je viens d'en avoir vingt-quatre. Et pourtant, je suis sûr que tous les deux on a bien plus de choses en commun que ce que tu peux imaginer…

Ils restent quelques instants sans rien dire. Puis Marcello sourit et tend la main.

– Allez, bon match, allons travailler et que le meilleur gagne.

Alessandro lui serre la main. Il a envie de lui dire : tu sais, à propos de ton âge et de la douceur de la vie, eh bien hier soir j'ai passé une soirée fantastique avec une fille de dix-sept ans… Mais il n'est pas sûr que ça soit vraiment un bon point pour lui. Alors il sourit, fait demi-tour et se dirige vers son bureau. Mais, après avoir fait quelques pas, il met sa main dans la poche de son pantalon. Il ne cherche pas ses clés. Il cherche un peu de chance. C'est de ça, qu'il a besoin. Dans la vie, il n'est pas si simple de trouver des sachets de sucre pour adoucir les choses. Juste à ce moment-là passe le directeur.

– Eh, Alex, bonjour. Ça va ?

Alessandro sourit en retirant immédiatement la main de sa poche, et lui fait un signe avec son index et son pouce formant un rond.

– Oui, tout va bien !

– Bien. Tu as l'air en forme. C'est comme ça que je t'apprécie. Bon, alors à quatre heures dans mon bureau.

– Bien sûr ! À quatre heures.

Juste après, Alex regarde d'un air inquiet la pendule au-dessus de son bureau. Dix heures et quelques minutes. J'ai à peine six heures pour trouver l'idée. Une grande idée. Une idée formidable, splendide, gagnante. Et surtout, nouvelle et surprenante. Et puis, chose fondamentale, une idée qui me permette de rester à Rome. Alessandro entre dans le bureau. Andrea Soldini et les autres sont tous autour de la table.

– Bonjour tout le monde, comment ça va ?

– Pas mal, chef.

Andrea s'approche de lui avec des feuilles. Il lui en montre quelques-unes. Des vieilles publicités de bonbons, avec des scénarios et des personnages tous plus différents les uns que les autres. Des cow-boys et des Indiens, des filles de couleur, des sportifs, et même un monde galactique.

– Hum, chef. Alors, ça, ce sont les publicités pour des bonbons les plus significatives de tous les temps. Voilà, celle-là est très forte, elle a fait un tabac sur le marché coréen.

– Coréen ?

– Oui. Ils se sont bien vendus…

Alessandro prend la feuille et la regarde.

– Mais c'était quel genre de bonbons ?

– Bah, c'étaient tous des bonbons aux fruits.

– Oui, mais vous n'avez pas lu ? Vous n'avez pas contrôlé le produit ? LaLune, en plus de ceux aux fruits, a plein de goûts nouveaux. Genre menthe, cannelle, réglisse, café, chocolat, citron vert…

Dario regarde Andrea Soldini et lève un sourcil. Comme pour dire : je l'avais bien dit, ce type est nul. Andrea s'en aperçoit, mais cherche un moyen pour se rattraper.

– On pourrait les accrocher aux nuages…

– Oui, la lune accrochée aux nuages…

Giorgia sourit.

– Ce n'est pas mal. Genre : accroche-toi à… et puis, le nom du goût. Plein de lunes accrochées aux nuages.

– Si au moins ils avaient des goûts un peu plus novateurs, par exemple aubergine, champignon, chou, brocoli…

Alessandro s'assied à la table.

– Oui, et tout ça accrochés à des nuages… il ne nous reste plus qu'à espérer qu'il ne pleuve pas. OK, allez, montrez-moi quelques dessins de logos.

Michela lui apporte un dossier avec dedans tous les lettering du nom LaLune. Andrea pose près de lui un dossier jaune où il est écrit « Top Secret » et, entre parenthèses, « le raccourci ». Alessandro le regarde. Andrea hausse les épaules.

– C'est ce que tu m'avais demandé, non ?

– Oui, mais avec un peu de discrétion. Il ne manque plus que des enseignes lumineuses, sinon comment ils vont pouvoir le lire, du Japon ?

– Grâce au satellite !

Mais Andrea comprend vite que sa blague ne tombe pas très à-propos. Il tente de rattraper le coup.

– Tu sais, chef, Michael Connelly a dit que la meilleure façon de passer inaperçu est de se faire remarquer.

Alessandro a envie de dire : ça doit être pour ça que personne ne se rappelle jamais de toi. Mais il préfère laisser tomber.

– OK, voyons un peu ce qu'ils ont fait.

Andrea se penche tout doucement et, une main devant la bouche, il lui dit :

– Le directeur n'est pas très content. Il a trouvé ça trop classique. Bref, il n'y a rien qui…

Alessandro enlève les élastiques de la chemise. Au centre, il y a tout un monde avec des fleuves, des lacs, des montagnes. Tout est en forme de lune, et parfaitement dessiné. Et en dessous, en rouge, avec un lettering genre *Jurassic Park*, le titre : *LaLune : terre de découvertes*. Andrea soulève la première feuille. Dessous, il y en a une autre. Le même dessin, avec un autre titre : *LaLune. Sans frontières*.

– À vingt-quatre ans, il n'a rien inventé… Le lettering de *Jurassic Park* est vieux, et puis, « sans frontières », on dirait cette émission… comment c'était, déjà ? « Jeux sans frontières ». Et « terre de découvertes » ? Mais c'est quoi, le bonbon de Christophe Colomb ?! Alors c'est un spot pour un œuf ! Pas pour une lune. Allez, ça ne va pas être difficile de les battre, Alex, non ?

Alessandro le regarde, puis referme le dossier.

– Eux, au moins, ils ont rendu quelque chose…

– Oui, mais rien de très surprenant.

Andrea le regarde.

– Et toi, chef ? Tu as eu une idée ?

Michela et Giorgia s'approchent, curieuses. Dario prend une chaise et s'assied, prêt pour la révélation. Alessandro tambourine un peu sur le dossier jaune. Il les regarde l'un après l'autre. Du temps. Du temps. Il faut du temps. Et surtout… Tranquille et serein. Première loi de Scott. Ce n'est qu'ainsi que tu éviteras de perdre le contrôle de la situation.

– Oui. Quelques-unes… Quelques bonnes idées, curieuses… mais j'y travaille encore.

Dario regarde la pendule.

– Il est dix heures et demie. La réunion est à seize heures, c'est ça ?

– C'est ça.

Alessandro sourit, l'air sûr de lui.

– À seize heures, je suis sûr que nous aurons la bonne idée. Allez, on fait un peu de brainstorming.

Puis il prend le dossier jaune et le montre à tout le monde.

– On n'aura pas de mal à battre ça, pas vrai ?

Il tente de donner encore plus confiance au groupe.

– Pas vrai ?

Du moins, il essaie…

Un oui général, un peu faible quand même, fait vaciller pendant un instant tout l'enthousiasme d'Alessandro. Michela, Giorgia et Dario vont à leurs ordinateurs. Andrea reste à sa place, assis près de lui.

– Alex ?

– Oui ?

– Mais l'idée des nuages, ça ne te plaît vraiment pas ?

– Non. Ce n'est ni nouveau ni surprenant.

– C'est mieux que leur raccourci.

– Oui, mais ça ne suffit pas, Andrea. Pour rester à Rome, ça ne suffit pas.

Alessandro ramasse les feuilles de la recherche sur les publicités passées. Il les regarde lentement, une par une, en cherchant désespérément un éclair d'inspiration, n'importe quoi, une étincelle, une petite flamme qui puisse réveiller sa passion créative. Rien. Le noir complet. Puis soudain, dans son esprit, une lueur lointaine s'allume, un lumignon, un faible espoir. Et si c'était elle qui avait la bonne idée ? La fille au surf, la fille aux pieds sur le tableau de bord, la fille aux jasmins… Niki. Et à cet instant précis, Alessandro comprend. Oui, c'est ça. Son seul espoir de trouver une solution est entre les mains d'une fille de dix-sept ans. D'un coup, Lugano lui semble très très proche.

42

Troisième heure de cours. Mathématiques. Pour Niki, c'est une promenade. Dans le sens où elle ne comprend absolument rien, et donc mieux vaut laisser son esprit aller se promener. Ne pas se fatiguer. De toute façon, les devoirs sur table, c'est toujours Diletta qui les lui passe, et la prof ne l'envoie jamais au tableau. Donc, pourquoi changer les choses puisque tout se passe si bien jusqu'ici ? Niki vient de finir d'écrire. Elle prend la feuille quadrillée et la plie parfaitement. Une, deux, trois fois, puis la pointe, puis deux petites ailes auxquelles elle fait chacune deux petites encoches, au bout. Les gouvernails. Si tu en mets un au-dessus et l'autre en dessous, il fait même des pirouettes. Elle le regarde. En tout cas, il est mieux comme ça, c'est sûr. Et plus rapide. Puis elle jette un coup d'œil à la prof, au tableau.

– Alors, vous avez compris ? Dans ce cas, vous ne devez prendre en compte que les derniers chiffres.

Dès que la prof se remet à écrire, Niki se lève de sa place, sort dans la rangée, en plus, devant elle, il y a cette bûcheuse de Leonori, et elle envoie avec force le petit avion en direction d'Olly.

– Aïe !

Elle a touché Giudi, la voisine d'Olly, à la tempe. L'avion finit sur la table et Olly, plus rapide qu'un serpent, le saisit après cet atterrissage catastrophique et le cache dans son casier, sous son cahier. La prof, au tableau, se retourne.

– Qu'est-ce qu'il y a ? Qu'est-ce qui se passe ? Je n'ai pas été claire ?

Niki lève la main et se justifie.

– Non, excusez-moi, c'est moi. J'ai dit : ah, voilà. C'est que tout à l'heure je n'avais pas bien compris.

– Et maintenant, c'est clair ? Sinon, je réexplique ce passage.

– Non, non, c'est très clair !

Diletta éclate de rire mais se couvre la bouche avec sa main. Elle sait que tout ceci ne peut absolument pas être clair pour Niki. Ça fait au moins cinq ans que ce n'est pas clair, depuis qu'elles sont dans la même classe, et surtout depuis qu'elle lui passe tous les devoirs.

– Alors, on continue. Maintenant, il faut prendre en compte la somme obtenue et recommencer à la parenthèse suivante.

La prof se remet à écrire au tableau et à expliquer, tandis qu'Olly prend l'avion sous son cahier. Elle le déplie et le lisse des deux mains, curieuse de lire le contenu qui a résisté à ce vol aventureux.

– « Olly, toi qui es si forte et qui as eu huit en éducation artistique, est-ce que tu pourrais me dessiner ces idées ? Je t'explique. D'abord, il s'agit… » et suivent les descriptions de deux idées, qu'Olly trouve un peu confuses mais originales, et marrantes. Elles ont pour protagoniste une jeune fille. Le message se termine par une promesse : « Alors, tu me les fais… maintenant ? Tu te rappelles ? Les Ondes ont promis de s'aider toujours et quoi qu'il en soit, dans tous les moments difficiles. Et si ça ne te suffit pas, espèce de voleuse opportuniste et affreuse affairiste, je suis prête en échange à t'offrir : A. un dîner au restaurant de Corso Francia. Cher mais très bon, comme tu le sais ; B. une semaine de glaces gratuites chez Alaska, même le plus gros cornet, et dans tous les cas pour 2,50 euros minimum ; C. ce que tu voudras, à condition que ça ne soit pas excessif pour moi. Du genre, t'arranger une sortie avec mon père, qui te plaît tant… ça, n'essaye même pas de me le demander. »

Olly arrache une feuille de son cahier et écrit rapidement une réponse. Puis elle la roule en boule. Elle regarde la prof qui est toujours tournée. Alors elle la lance, plus adroite que la meilleure des *playmakers*, et la boule atterrit pile au milieu de la table de Niki, qui l'ouvre immédiatement.

– Quoi ? Je devrais bosser pour toi après que tu as refusé de partager, même pas en paroles, tes plans obscurs sales et obscènes… Pas question… Ou bien : parle, garce !

Après avoir lu le mot, Niki s'appuie au dossier de sa chaise en la regardant et en s'apitoyant sur son sort.

– Allez, dit-elle à voix basse, presque sans faire sortir de son. *Please*.

Elle unit les mains comme si elle priait. Olly secoue la tête.

– Pas question. Je veux tout savoir… Tu dis tout, sinon je ne dessine rien.

Niki arrache une autre feuille, y écrit rapidement quelque chose et, vu que la prof est toujours en train d'écrire, la roule en boule et la lui lance. En plein dans le mille. Cette fois Giudi, qui l'a vue arriver, se baisse pour l'esquiver. Olly l'attrape au vol avec sa main droite. Juste à temps. La prof se tourne et regarde Niki.

– Ce passage est clair pour vous, Cavalli ?

Niki sourit.

– Oui, très clair.

– Et pour vous, les filles ?

Plusieurs élèves, plus ou moins convaincues, acquiescent. La prof est rassurée. Ses explications sont compréhensibles.

– Bien, alors je continue.

Elle se remet à écrire, totalement inconsciente du fait que ses calculs sont parfaitement obscurs pour la plupart des filles, ou au moins pour deux d'entre elles. De toute façon, elles savent toutes que les maths ne tomberont pas au bac[1].

Olly, amusée, ouvre le message qui vient d'arriver.

– Sincèrement, c'est moins que la moitié de ce que tu as fait toi... Mais bon, je te raconte tout à la pause. *Scripta manent. Disegnam pure!* S'il te plaît, tu peux dessiner mes deux idées?

Olly la regarde d'un air sérieux. Puis, à voix basse, de loin, elle lui dit clairement, de manière qu'elle puisse bien lire sur ses lèvres :

– Attention, si tu ne me dis pas tout... tout ce que j'aurai dessiné...

Elle saisit la feuille du message, pour renforcer la menace.

– ... je le déchire. C'est clair?!

De sa place, Niki lève la main gauche, puis la droite, puis elle croise les doigts, les embrasse, bref, elle jure pour Olly en lui disant clairement : « Promis! »

Olly la regarde une dernière fois et Niki lui sourit. Alors, conquise par son amie, elle ouvre sa trousse pleine de crayons et de feutres, puis prend dans son casier son album à dessins et en sort une feuille blanche. Et, comme le plus grand peintre, elle enlève le bouchon de son feutre noir, regarde la feuille où Niki a écrit ses idées. Puis elle s'arrête, cherchant l'inspiration. Elle finit par la trouver et se plonge sur la feuille, trace des traits sûrs et décidés pour donner corps aux fantaisies drôles, bizarres, amu-

---

1. En Italie, seules deux matières sont choisies pour l'examen chaque année parmi toutes celles étudiées.

santes et, d'ailleurs, curieuses de son amie Niki. Pendant ce temps, la prof continue, certaine de n'avoir jamais été aussi claire dans ses explications.

43

Alessandro regarde l'horloge sur son bureau. Deux heures quarante. La réunion est dans un peu plus d'une heure. Et ils ne sont pas encore prêts.

– Alors, comment ça va ?

Michela court jusqu'à la table et lui montre un nouveau croquis. Alessandro le regarde. Une fille tient la lune comme si c'était un ballon. Ça ne va pas du tout. C'est tout sauf nouveau. Et tout sauf surprenant. Alessandro est détruit. Déprimé. Mais il ne doit pas le montrer. Il prend un air tranquille et sûr de lui. Pour ne pas laisser la situation lui échapper. Il sourit à Michela.

– C'est bien.

Elle sourit.

– Mais nous n'y sommes pas encore.

Michela s'effondre. Son sourire disparaît d'un coup. Vite. Trop vite. Peut-être qu'elle aussi, au fond, elle savait que ça n'allait pas.

– Il faut quelque chose de plus… de plus…

Il ne trouve même pas le mot pour exprimer ce qu'il voudrait. Mais Michela le comprend.

– Oui, j'ai compris… Je vais essayer.

Alessandro se laisse tomber dans son fauteuil en cuir. Giorgia arrive.

– J'ai fait quelques autres logos.

Alessandro ouvre distraitement la chemise et regarde les logos. Ils ne sont pas mal. Des couleurs vives, claires, gaies. Mais s'il n'y a pas l'idée, à quoi sert un bon titre ?

– Ils ne sont pas mal. C'est bien.

Giorgia le regarde, perplexe.

– Je continue ?

– Oui, essaye de donner à travers l'écriture le goût du chocolat, de la cannelle, du citron vert…

– Ce n'est pas facile sans le dessin du produit, mais je vais essayer.

– Oui, vas-y.

C'est vrai. Il le sait. Sans une vraie idée, on ne va nulle part. Juste à ce moment, l'interphone retentit. C'est Donatella, la standardiste.

– Oui ?

– Excusez-moi, docteur Belli, mais il y a…

– Je ne suis pas là, je suis sorti. Je ne sais pas quand je rentrerai. Je suis parti. Je suis allé sur la lune, voilà…

Et il raccroche l'interphone, mettant fin à toute possibilité de communication.

Et zut ! Il y a des moments sacrés. Pendant lesquels on ne peut pas être dérangés. Et puis, si ces moments sont dramatiques, c'est encore pire. On n'existe plus pour personne.

Et zut ! Il regarde sa montre.

Trois heures et quart. On n'y arrivera jamais. Et dire que hier je pensais réussir. Merde, je n'aurais pas dû sortir. À la mer, en plus, regarder ces gens faire du surf, et puis le déjeuner chez Mastino, et prends du temps pour toi… Et maintenant, qui va me trouver un job ? Quel crétin d'avoir donné raison à une fille de dix-sept ans. Alessandro regarde son portable. Aucun message. Je n'y crois pas. Elle ne m'a même pas appelé. Rien. Dire qu'elle devait me sauver, me donner l'idée. Je vais te la trouver, moi, sois tranquille. Elle prenait des notes, elle posait des questions, elle réfléchissait. Mais rien. Pas de nouvelles. Puis, pendant un instant, il pense aux jasmins et à tout le reste. Il a presque honte. Mais qu'est-ce que tu voulais d'une fille de dix-sept ans, Alex ? Elle est libre. Elle n'a pas d'engagements. Elle a la vie devant elle. Elle t'a peut-être déjà oublié, et puis les jasmins, aussi… et même l'accident. C'est mieux comme ça. Mais bon… Ça ne me coûte rien d'essayer. Il prend son téléphone et écrit. « Salut Niki… Tout va bien ? Tu as eu un accident avec quelqu'un d'autre ? Je dois venir te sauver ? » Puis il réfléchit un peu. Mais si, c'est elle qui me l'a dit. « Tu veux m'envoyer une de tes belles idées ?… » Puis il sourit. Autant être gentil. « Elles me manquent. Une idée parfumée au jasmin. » Et il finit par un beau point d'exclamation. Il cherche le nom dans les contacts, le trouve. Niki. Il envoie le message. Il attend quelques secondes. Message envoyé. Alessandro prend le téléphone et le pose sur la table. Puis il le fixe. Une seconde, deux, trois. Soudain, l'écran s'allume. Message reçu. Alessandro appuie sur « lire ».

C'est elle ! Elle a répondu. « J'en ai deux. Elles sont pas mal. D'après moi, bien sûr… Un baiser au jasmin ! »

Alessandro sourit et répond : « Bien ! Je suis sûr qu'elles sont très fortes, exactement comme toi… sur un surf ! » Puis il hésite. Il ne sait pas comment lui dire. « Mais pourquoi tu ne me les racontes pas par texto ? » et il envoie. Il attend, impatient, le téléphone à la main. Une seconde plus tard, un autre message arrive. Il l'ouvre immédiatement. « En fait, j'aurais préféré te les donner en mains propres… »

Alessandro tape à toute vitesse. « Mais on n'a pas le temps ! La réunion est à quatre heures. » Il regarde sa montre. « Dans une demi-heure. Il te faut combien de temps, pour venir ici ? » et il envoie.

Une seconde plus tard, la réponse arrive : « En fait, je suis déjà ici. La fille de l'accueil m'a dit que tu ne voulais pas être dérangé… »

Alessandro n'y croit pas. Il court vers la porte, l'ouvre, sort dans le couloir et la voit. Niki est assise toute droite sur le canapé de la salle d'attente. Elle porte une veste bleu foncé, une jupe rayée colorée, des collants bleu ciel et des chaussures montantes, de boxeur, des Adidas bleu foncé. Elle s'est fait deux couettes et elle lui sourit, un carton à dessins rouge sous le bras. Niki lui montre et lui fait un clin d'œil. Dessus, il y a écrit « Les idées d'Alex ».

Alessandro court à sa rencontre. Puis il se rappelle et ralentit, sûr de lui et tranquille. Toujours maître de la situation.

– Salut, Niki, quelle bonne surprise ! Mais comment tu m'as trouvé, comment tu as fait pour arriver jusqu'ici ?

Niki se lève du canapé, met la main dans sa poche et en sort sa carte de visite.

– Avec ça. Tu me l'as donnée quand tu m'es rentré dedans. Il y a l'adresse de ton bureau… Ensuite, c'est assez simple.

Alessandro la prend par le bras.

– Tu as raison. Pardon. Viens, je vais te présenter mon équipe.

– D'accord.

Ils avancent dans le couloir. Les collègues qui passent la regardent avec curiosité. Pas tellement pour la manière dont elle est habillée. Surtout parce qu'elle est belle.

– Eh !

– Qu'est-ce qu'il y a ?

– Tu ne m'embrasses pas ?

Alessandro lui fait un petit bisou sur la joue.

– Mais ce n'est pas ce que je voulais dire…

Alessandro sourit et lui dit doucement.

– Je travaille ici… je ne peux rien me permettre.

Niki lui sourit.

– OK, je serai sérieuse. On est une équipe, non ?

Alessandro la regarde. Il est heureux qu'elle soit venue. Elle n'a pas oublié. Elle est forte, cette fille.

– Oui, une belle petite équipe…

Puis il s'écarte pour la laisser entrer dans son bureau.

– Viens, je vais te présenter les autres.

Il ferme la porte derrière eux.

– Alors, voici Niki. Niki, Giorgia, Michela, Dario et Andrea.

Ils lui sourient tous, un peu intrigués par cette très jeune fille, très mignonne, un peu fantaisiste dans son habillement, mais surtout qui porte un carton à dessins sous son bras.

– Eux, c'est ma *team*.

Il le dit fièrement, à nouveau maître de la situation, malgré que la réunion avec son chef soit dans moins d'un quart d'heure et qu'il n'ait pas le début d'une idée. Du moins, il n'en avait pas jusqu'ici. Avant l'arrivée de Niki. Dario, à la fois sceptique et curieux, s'approche.

– Et qui c'est ? Un autre raccourci ?

Alessandro perd d'un coup sa confiance en lui. Et aussi sa tranquillité. Bref, il perd le contrôle de la situation.

– Ben, non, elle c'est… ben, elle c'est… elle…

Il la fixe, les regarde en cherchant une suggestion, un appui, une indication quelconque, de la part de n'importe qui.

– Bon, elle, bon, vous avez compris… elle, c'est…

– Je suis Niki. Une fille comme les autres. J'ai écouté les idées d'Alex et, comme j'avais une dette envers lui…

Elle regarde Alessandro en souriant.

– Et comme elle sait dessiner, elle a essayé de les mettre sur le papier, comme je lui avais demandé.

Niki pose le carton sur la table.

– Alex, j'ai fait de mon mieux, j'ai mis les couleurs et la passion que j'ai senties dans tes mots, quand tu me racontais ce que devait être LaLune. J'espère que je ne te décevrai pas.

En disant ces mots, elle a vraiment l'air innocent, et rêveuse, et ingénue. Et petite fille. Très. Alessandro pense aux jasmins. Et une légère rougeur, la couleur de l'embarras. Il efface immédiatement ce souvenir.

– Bien ! Alors, voyons ce qui est ressorti de ces idées décrites comme ça, dans le désordre… par un après-midi ensoleillé…

Il avance les mains, il ne sait vraiment pas à quoi s'attendre. Puis il ouvre lentement le carton.

Giorgia, Michela et Dario se penchent. Curieux, excités, amusés. Alessandro ressent la même chose. Mais plus confus, plus fort. Il a du mal à respirer. Incroyable. Sur le papier, une fille parfaitement dessinée, colorée, vivante, forte, expressive, nouvelle… Elle est assise sur une lune au centre de la feuille. La lune a les deux pointes tournées vers le haut, elle est à l'envers et la fille est assise dessus. Des pointes partent deux cordes qui se perdent plus haut, parmi les nuages. C'est une balançoire. La lune est une balançoire dans les nuages d'une nuit étoilée. Un bleu intense tout autour, et la lune est d'un bleu très clair, coloré avec de la purpurine. Elle trône fièrement dans ce ciel plus sombre. La fille est habillée un peu comme

Niki. Ils restent tous sans voix. Andrea Soldini est le premier à sourire, puis Dario, Giorgia, et même Michela, qui n'est pas l'auteur de ce dessin. Seul Alessandro ne sourit pas. Il est sur le point de s'évanouir, tellement il est heureux et tellement cette idée lui plaît. Il inspire profondément, très profondément, serein, tranquille. Pour ne pas perdre le contrôle de la situation. Mais cette fois, il n'y arrive vraiment pas.

– Merde, mais c'est magnifique !

Tout le monde est d'accord.

– Oui, sérieusement, c'est vraiment fort.

Michela effleure la feuille.

– Tu as travaillé au pantone, non ?

Giorgia pense déjà au logo. Dario et Andrea Soldini se regardent en souriant, pour la première fois d'accord sur quelque chose, depuis qu'ils se connaissent. C'est vraiment une bonne idée. Nouvelle. Et surprenante, pense Alessandro. Du moins pour moi. Je ne m'y attendais pas du tout. Soudain, toute la journée précédente prend un autre sens. Ce temps qu'il a été presque contraint de s'offrir, il vient de lui être remboursé. Et avec intérêts, en plus.

– Niki, c'est le plus beau cadeau que tu pouvais me faire.

Il la prend par les épaules, heureux.

– Bravo. Tu as vraiment fait un travail splendide.

– Mais, Alex…

Niki le regarde en souriant, un peu timide.

– Je n'ai rien fait. C'est toi qui as tout fait ! Moi je n'ai fait que réaliser l'exécutif de ce que tu voyais, des mots que tu prononçais… Comment tu disais ? Le définitif, c'est ça ?

Alessandro laisse tomber ses bras le long de son corps. Mince. Elle utilise même les bons mots. Le définitif... Mais d'où elle vient, la fille aux jasmins ? De LaLune ?

Alessandro s'assied dans le fauteuil en cuir, se laissant enfin aller, se libérant de toute la tension accumulée.

– OK, il me semble qu'on est vraiment bien partis...

Andrea Soldini le regarde, perplexe.

– Bien partis ? On est bien arrivés, oui !

Michela s'approche de Niki et lui tend la main.

– Toutes mes félicitations, vraiment. Ceci n'est pas un dessin, c'est un tableau...

– Merci !

Niki les regarde tous et sourit, contente du résultat, de leur avoir donné un coup de main. Puis elle met de côté le dessin de la fille sur la balançoire de la lune. En dessous, il y a une feuille complètement blanche, mais d'un blanc léger, comme un calque.

– Et puis, j'ai aussi fait cette autre idée dont tu m'as parlé.

Elle regarde Alessandro d'un air interrogateur.

– Tu t'en souviens, non ?

Alessandro la regarde, il ne sait pas du tout de quoi elle parle. Tout le monde se tourne vers lui, attendant une réponse. Alessandro fait semblant de réfléchir.

– Mais... oui, bien sûr, j'ai compris. Bon, en réalité j'ai dit ça comme ça, pour parler, je trouvais ça drôle et bizarre, oui, voilà, amusant...

Il regarde les autres en tentant de minimiser un peu l'idée suivante, ne serait-ce que parce qu'il n'a pas idée de quoi il peut s'agir. Puis il redevient sérieux. Rigide, même. Qu'est-ce qu'il peut bien y avoir sous cette feuille blanche ? Son visage exprime la curiosité, comme un enfant qui a déjà oublié le jeu précédent et qui, tout excité, veut ouvrir son prochain cadeau. Niki sourit. Aucun problème. C'est elle qui donnera à l'enfant ce qu'il veut. Telle une jeune et élégante torera, elle enlève le voile blanc.

— Olé !

De nouveau, ils plongent tous avec curiosité pour découvrir cette nouvelle idée d'Alessandro. Surtout lui. Sur cette feuille, des nuages légers, doux, dégradés, comme de la barba à papa, flottent sur un ciel bleu nuit, replié sur lui-même comme une grande, unique vague pleine d'étoiles. Et là, une fille en maillot de bain, les bras écartés et les jambes légèrement pliées, glisse sur un surf en forme de lune, nouveau et surprenant. Tous restent sans voix.

— Mais celui-ci est encore mieux !

Andrea Soldini secoue la tête, désormais définitivement conquis.

— Alex, tu es un génie !

Dario lève le bras et indique le nouvel arrivant.

— Et ce n'est que maintenant qu'il le découvre !

Giorgia et Michela sont en pleine extase.

— Alex, c'est vraiment magnifique !

Personne ne trouve les mots pour exprimer à quel point ce dessin leur plaît. Alessandro, abasourdi, regarde bouche bée le second dessin. Puis le premier. Puis le second. Finalement, il ferme la bouche.

— Bien ! Niki, tu as été exceptionnelle !

— Je suis heureuse d'avoir pu réaliser tes idées.

Alessandro se lève d'un bond. Il prend les feuilles et les met soigneusement dans la pochette rouge où il est écrit « Les idées d'Alex ». Il la ferme et la glisse sous son bras. Puis il prend Niki par la main.

— Allons-y.

Et il sort du bureau en courant, la traînant derrière lui. Niki peine à le suivre dans cette course joyeuse, pleine d'enthousiasme.

– Salut… À bientôt… je pense !

Elle prend ainsi congé de l'équipe.

Alessandro court dans le couloir. Il s'arrête devant la porte de Leonardo. Il demande à la secrétaire, qui interrompt sa conversation téléphonique :

– Il est là ?

– Oui… il est seul… mais…

Elle regarde sa montre.

– Vous avez rendez-vous dans dix minutes…

– J'ai fini plus tôt.

Alessandro frappe à la porte.

– Entrez.

Il entre, laissant Niki sur le pas de la porte.

– Salut, Leonardo. Voici nos projets !

– Eh, tu m'as devancé, j'allais t'appeler.

– Je suis venu un peu en avance parce que je dois filer.

– Quoi ? On ne fait pas là réunion ?

– En attendant, regarde-les… et dis-moi s'ils te plaisent… On s'appelle plus tard et on fait la réunion demain matin, ou quand tu veux.

Leonardo prend la pochette rouge « Les idées d'Alex ».

– Déjà, la pochette me plaît. Mais où tu vas ?

– Je vais respirer un peu les gens, ceux qui m'ont inspiré ces projets… et prendre un peu de temps pour moi !

Il sort en courant, mais s'arrête sur le pas de la porte.

– Ah ! Elle, c'est Niki. Niki Cavalli. Ma nouvelle collaboratrice.

Leonardo n'a pas le temps de dire « Enchanté » qu'ils ont déjà disparu. Ils filent vers les ascenseurs. Niki le freine un instant.

– Attends…

Elle lui lâche la main, court vers le canapé où elle était assise et prend ses affaires, puis elle le rejoint en souriant.

— Mes affaires de cours, et puis un sac pour cet après-midi.

— Tu es trop forte !

Il va vers l'ascenseur et appuie sur le bouton, en espérant qu'il arrive le plus vite possible. Deux, trois, quatre, cinq, six. Enfin à l'étage. Juste au moment où ils entrent dans l'ascenseur, Leonardo apparaît au fond du couloir.

— Eh, Alex !

Alessandro se retourne. Le directeur tient les deux feuilles dans ses mains, le regarde. Il tient les deux publicités en l'air, dans le vide, il les agite avec ses bras.

— Alex, c'est magnifique, vraiment !

Alessandro appuie sur rez-de-chaussée et sourit tandis que les portes se referment.

— Je sais… Nouveau et surprenant !

L'ascenseur se referme. Leonardo baisse les bras et regarde à nouveau les deux publicités. Colorées, vivantes, amusantes. Puis il sourit et, en faisant bien attention de ne pas les abîmer, il retourne dans son bureau.

Dans l'ascenseur, Alessandro regarde Niki. Il ne sait pas quoi lui dire. Ils se taisent. Niki s'appuie contre la paroi. Elle penche la tête sur le côté. Alessandro s'approche d'elle. Il l'embrasse légèrement sur les lèvres, puis s'écarte.

— Merci, Niki.

— Chut.

Niki met son doigt devant sa bouche puis le retire doucement, attire Alessandro à elle et l'embrasse lentement. Encore. Douce. Chaude. Tendre. Passionnée. Puis elle sourit.

– Voilà, là, tu me plais. Ça, c'est le genre de merci que j'adore.

Alessandro l'embrasse à nouveau. Longtemps. Avec douceur. Soudain, il entend quelqu'un s'éclaircir la voix.

– Hem.

Ils se retournent. La porte de l'ascenseur est ouverte. Ils sont arrivés. Un couple avec des sacs de courses se tient devant eux. Heureusement, ce ne sont pas des collègues, pense Alessandro. Avec un « excusez-nous » poli, ils libèrent l'ascenseur. Ils courent hors de l'immeuble et montent en voiture. Cette fois, Niki ne veut pas conduire.

– OK, je conduis… mais rappelle-toi que, quand tu veux, tu as tous les cours gratis que tu veux.

Niki sourit.

– Eh, je ne savais pas que tu dessinais aussi bien.

– En effet… C'est Olly, une amie, qui les a faits. Elle est très forte, elle a dit que c'était facile, avec d'aussi bonnes idées…

– Oui, vraiment, tu as trouvé des idées excellentes. Mais c'était ça, que tu notais dans ton cahier, hier ?

– Oui. Quand tu te moquais de moi.

– Je ne me moquais pas de toi. Je te taquinais pour te pousser à être créative. C'est une méthode de travail. Pousser l'orgueil et l'ambition à la productivité.

– Eh bien, tu t'es trompé. Quand tu faisais ça, rien ne me venait à l'esprit. L'idée de la lune qui est un surf m'est venue à la mer…

– Et celle de la balançoire dans le ciel nocturne ?

– Après les jasmins…

Alessandro la regarde.

– Tu as des idées splendides, fille aux jasmins…

– Nous avons des idées splendides… Nous sommes une équipe, non ? Et nous devons toujours être capables de prendre du temps pour nous.

– C'est vrai.

– Et de ne pas nous laisser distraire.

– C'est vrai.

– On va voir si c'est vrai !

Niki se penche vers lui et lui couvre les yeux de ses mains. Alessandro fait une embardée.

– Eh, mais qu'est-ce que tu fais !

Il ralentit et s'arrête sur le côté, sans rien y voir.

– On a failli avoir un accident !

– Bof, un choc de plus ou de moins.

– On l'a déjà dit, ça.

– Alors ?

Niki a toujours ses mains sur les yeux d'Alessandro.

– Alors quoi ?

– On va voir, si tu n'étais pas distrait. Comment je suis habillée ?

Alessandro pousse un soupir.

– Alors, veste bleue, jupe rayée. Collants rigolos.

– De quelle couleur ?

– Bleu ciel.

– Et puis ?

– Et puis, chaussures Adidas de boxeur, bleu foncé.

– Rien d'autre ?

– Rien d'autre.

Niki libère les yeux d'Alessandro qui les ferme et les ouvre, retrouvant la vue.

– Et alors ? Qu'est-ce que tu en dis ?

– Pas mal.

– Sur quoi je me suis trompé ?

– Tu n'as pas dit que je n'ai pas de soutien-gorge.

Alessandro la regarde un peu mieux. Il plisse les yeux pour regarder dans sa veste.

– Sans soutien-gorge ? Impossible ! Alors, le surf fait vraiment des miracles !

Niki lui donne un coup et rit.

– Crétin !

Ils s'en vont ainsi, s'offrant un peu de temps rien que pour eux. Ils vont déjeuner à l'Insalata Ricca, puis se promener dans le centre, prendre un café à Sant'Eustachio et, tant qu'ils y sont, voir une exposition de photos au petit musée du Quirinale. Salgado. Magnifique. Photos en noir et blanc. L'Afrique. Des enfants. Des animaux. Pauvreté et richesse d'une nature sans confins. Alessandro et Niki se perdent et se retrouvent de photo en photo, en lisant les commentaires sous ces moments immobiles, fixés en cet instant, qui durent une éternité. Le temps. Soudain, Niki regarde sa montre.

– Mince, mais j'ai un match, moi !

Elle le traîne dehors, vers qui sait quel autre rendez-vous.

44

Diletta fait trois pas, saute juste au bon moment et écrase la balle avec force et violence. Déterminée. Puis elle retourne derrière, à la fin de la queue. L'entraîneur lance un autre ballon.

– Allez, les filles, allez ! Encore, c'est bien, encore… Allez, on commence bientôt…

Une autre fille prend son élan et saute, mais avec moins de conviction.

– Plus décidée ! Allez, les filles, la semaine prochaine c'est la finale.

L'entraîneur ramasse un autre ballon et le lance. Et une autre fille saute. Et smashe. Et un grognement. Et d'autres ballons qui rebondissent sur le lino de la grande salle de sport. Et des cris de jeunes filles, et d'autres échos lointains, de tant de petits ballons, et les goûts de sueurs différentes, de fatigue chaude, d'esprit sportif.

Diletta rejoint Erica et Olly, assises sur les gradins.

– Oh, mais Niki n'est pas encore là ? Qu'est-ce qu'elle fait, elle a perdu la tête ? Sans elle, on est finies.

Elle se tourne vers l'entraîneur.

– Mince, Pierangelo est fou de rage.

Olly met un chewing-gum dans sa bouche et se met à le mâcher.

– Un peu… Il est fou de Niki, il doit être jaloux.

– Mais qu'est-ce que tu racontes ? Tu es obsédée, tu vois du sexe partout.

Olly mâche la bouche ouverte.

– Non, c'est toi qui dors… Qu'est-ce que tu crois ? Où tu penses qu'elle est, Niki ! Elle a trouvé quelqu'un qui lui plaît… c'est avec lui qu'elle s'*entraîne* !

Diletta prend le ballon qu'elle tient dans ses mains et le presse gentiment contre Olly, qui se laisse tomber en arrière et pose les mains par terre.

– Aïe !

– Et remercie le ciel que je n'aie pas smashé comme il faut, je t'aurais tuée…

Juste à ce moment-là, l'entraîneur lance un ballon à une autre fille. Puis il la voit arriver, au fond de la salle. Il met ses mains sur ses hanches.

– Ah, enfin, Niki ! Tu crois que c'est une heure pour arriver ?

Niki arrive, essoufflée, son sac sur l'épaule, Alessandro derrière elle.

– Tu as raison, pardon, prof ! Je vais me changer et j'arrive.

Elle passe son sac avec ses livres, un peu de maquillage et tout le reste à Alessandro, qui la suit.

– Tu me le tiens ?

– Bien sûr.

Il prend son portable et son portefeuille dans sa veste et les glisse dans le sac.

Niki aperçoit Olly et Erica sur les gradins. Elle les salue de loin. Les deux amies lui rendent son signe de la main, et naturellement continuent à fixer Niki et Alessandro, curieuses. Puis Olly se tourne vers Erica.

– C'est lui… Incroyable. Alors tout ce qu'elle nous a raconté est vrai !

Erica secoue la tête.

– Je suis sans voix… Mais… il est vieux !

Olly sourit.

– Si ce qu'elle nous a raconté est vrai… il est vieux, mais ça n'a pas que du mauvais.

– Olly !

– Oh, qu'est-ce que ça peut te faire… Et puis, tu peux parler. Moi je pense que Giorgio, dans son comportement, est plus vieux que lui.

Alessandro s'est rendu compte de la stupeur des amies de Niki.

– Mais ça fait combien de temps qu'elles ne t'avaient pas vue ? Elles te fixent d'une manière…

– Depuis ce matin, en cours. Tu vois… celle avec le T-shirt rouge, dit-elle en indiquant Olly. C'est la dessinatrice !

– Ah, celle qui est si douée !

– Oui. Bon, là, je dois vraiment aller me changer, ensuite je t'explique… elles ne parlent pas de moi. Mais de toi. Elles m'ont torturée, j'ai dû tout leur dire… Bon, je file, à tout à l'heure.

Niki prend son sac et court vers les vestiaires.

– Elles t'ont torturée ? Tu as dû tout dire ? Mais tout quoi ?

Mais Niki est déjà loin, elle ne peut pas l'entendre.

Alessandro prend ses affaires et rejoint les deux jeunes filles. Il est un peu gêné. D'une certaine manière, il a vraiment l'impression d'être, façon de parler, « hors du temps ».

– Bonjour, je suis Alessandro.

– Salut, moi c'est Olly, elle c'est Erica, et celle qui joue, là-bas… la grande, sportive, c'est l'autre amie de Niki, Diletta. Lui, c'est notre prof et entraîneur. Nous, on est remplaçantes. On ne s'entraîne même pas, parce qu'il nous a punies.

– Il est comment, cet entraîneur ?

Alessandro dépasse sa gêne initiale et s'installe à côté d'elles. Erica lui sourit.

– Très bon. L'année dernière, avec lui, on est arrivées deuxièmes, cette année on a bon espoir de gagner.

Olly s'appuie contre le dossier et allonge ses jambes sur le siège devant elle.

– Oui, mais même si on gagnait le championnat, lui, tout ce qui l'intéresserait, c'est d'être à ta place !

Erica lui donne un coup de coude. Alessandro la regarde, intrigué.

– C'est-à-dire ? Il voudrait travailler dans la pub ?

Olly regarde Erica.

– Disons qu'il aimerait faire *certaines* publicités…

– Oui, bien sûr, parce que lui, seul le résultat final lui importe, dit Alessandro, mais en réalité, derrière, il y a

tout un travail de réunions interminables. De fatigue…
De créativité. Parfois, on travaille toute la nuit.

– Bien sûr…

Olly rit et regarde Erica.

– Parfois vous travaillez toute la nuit… Mais c'est agréable, non ?

Alessandro ne comprend pas de quoi elle parle.

– Toi, par exemple, tu as fait deux dessins fantastiques. C'était bien toi, n'est-ce pas ?

Alessandro regarde Olly. Elle acquiesce.

– Combien de temps tu as mis ?

– Bah… l'heure de maths, et puis une autre heure après la récréation.

– Seulement deux heures ? Vraiment exceptionnel, alors.

– Mais non, c'est rien, c'est juste quelque chose que j'aime beaucoup…

Alessandro s'assied plus confortablement, il croise ses bras sur ses genoux.

– Écoute, Olly, je ne sais vraiment pas comment te remercier, toi et Niki m'avez sorti d'une situation délicate. Je voudrais me racheter. Qu'est-ce que je peux faire pour toi ?

Olly regarde Erica et hausse un sourcil.

– Oh, ben, moi j'aimerais bien faire une de ces interminables réunions nocturnes… mais je ne crois pas que Niki serait d'accord !

Juste à ce moment-là, Niki sort des vestiaires. Elle porte un maillot blanc portant l'inscription « Mamiani », le nom de son lycée. En dessous, elle a un short bleu très moulant et de grosses chaussettes montantes rayées bleu et blanc. Niki fait signe à Alessandro de la rejoindre.

– Prends le sac !

Alessandro se lève, sourit à Olly et Erica et la rejoint.

– Excusez-moi.

Il tend le sac à Niki.

– Tiens !

Elle fouille dedans et trouve l'élastique qu'elle cherchait.

– Eh, ça te va super bien. Je t'imagine déjà sur le terrain.

Niki lui sourit.

– Je suis passeuse…

Elle s'attache rapidement les cheveux.

– Qu'est-ce que tu me disais, tout à l'heure ? Qu'elles t'ont torturée ? Que tu as dû parler ?

– Oui, j'ai dû leur raconter, pour hier soir… Et puis, pendant que j'y étais, j'ai menti.

– C'est-à-dire ?

– Je leur ai raconté certains détails… des choses qu'on n'a pas encore faites, elles ont adoré. Tu vois, *9 semaines et ½* ? Ben, comparé à ce que tu m'as fait, c'est un film très ennuyeux…

– Mais, Niki !

Trop tard, Niki court et rejoint l'équipe, qui est déjà en train de se mettre en place sur le terrain.

– Allez !

L'entraîneur prend le ballon et le passe à Diletta.

– C'est toi qui commences, allez, maintenant on peut enfin y aller, la princesse nous a fait l'honneur d'arriver…

Il jette un regard noir à Niki. Il va s'asseoir sur le banc de touche, tandis que Niki lui tire la langue en cachette, faisant rire les joueuses qui sont près d'elle. Ensuite, ils décident de quelques schémas, et le jeu démarre.

Alessandro a enfin compris ce que Niki a raconté à ses amies, et reconstruit tout de suite ce qu'elles entendaient par « ces interminables réunions ». Il décide de ne pas retourner sur les gradins et de regarder le match de là où il est. Je n'arrive pas à y croire… Elle m'a fait passer pour un obsédé. Il la regarde mieux. Il secoue la tête. Niki se penche en avant pour remonter ses chaussettes. Son short bleu moulant se tend encore plus. Alessandro frissonne légèrement. Pendant un instant, il a l'impression de sentir une odeur de jasmin. Il essaye de penser à autre chose. Il pense aux dessins. À Leonardo. À ses collaborateurs. Au défi. Au jeune directeur créatif. À Lugano, qui pour l'instant s'est éloignée. Mieux qu'une douche froide. Ah… Ça va mieux. Et là, son portable sonne. C'est Enrico. Alessandro sourit et répond.

– C'est fait.

– Quoi donc ?

– Comment ça, quoi donc ?… Tony Costa, je suis passé chez lui.

– Ah, bravo, merci, tu es un vrai ami, je savais que je pouvais compter sur toi. Tu vas me raconter tout ça. Mais tu es où ?

– Moi ? Hum…

Juste à ce moment-là, Niki se lance en avant pour smasher une balle courte. Elle finit à terre, son ventre frottant contre le sol lisse. Son T-shirt se relève un peu, mais elle réussit à attraper cette balle difficile. Le jeu continue.

– Moi ? Je suis en pleine réunion créative.

Diletta décolle et smashe.

– Point !

Tout le monde applaudit.

– Avec ce bordel ?

– Eh oui… une réunion créative parmi les gens.

– Mais tu m'avais dit que tu te libérerais. Tu devrais déjà être ici.

– Ici, où ?

– Comment ça, où, la fête surprise ! Aujourd'hui, c'est l'anniversaire de Camilla.

Alessandro regarde sa montre.

– Mince, j'avais complètement oublié… OK, je termine un truc et j'arrive.

– Allez, dépêche-toi.

Enrico raccroche. Alessandro essaie d'attirer l'attention de Niki, mais le match est très serré et se prolonge. Alors Alessandro prend le sac de Niki et va retrouver Olly et Erica.

– Salut les filles. Excusez-moi mais je dois vraiment filer : j'avais oublié un rendez-vous. Dites à Niki que je l'appelle tout à l'heure.

– OK, on lui dira. Ne t'inquiète pas, va, ne te mets pas en retard…

– Merci !

Elles le regardent sortir en courant de la salle de sport.

– À mon avis, il est marié.

– Olly ! Pourquoi il faut que tu voies du louche partout ?

– Qui a parlé de louche ? Au contraire. Un homme marié, ça pourrait être idéal. Il ne te casse pas les couilles, il ne te demande jamais avec qui tu sors, à qui tu parlais au téléphone, où tu vas, ce que tu fais, *et cætera*. Il fait ce qu'il doit faire, et apparemment lui il le fait bien… Et surtout, il ne veut pas t'épouser ! C'est l'idéal…

Erica la regarde avec tristesse.

– Tu sais ce que je pense ? Je ne sais pas ce qui t'est arrivé, mais tu as peur de l'amour.

– Moi, peur de l'amour ? J'ai peur de me retrouver dans une situation comme la tienne… tu ne peux pas t'en passer, tu es habituée, mais en réalité tu voudrais t'en passer… mais tu as peur… *Tu* as peur ! Et pas de l'amour. De ne pas savoir être seule, chère Erica. On sait ce qu'on quitte, on ne sait pas ce qu'on trouve.

– Quand tu parles comme ça, on dirait Giorgio.

– Ah oui? Alors, je peux te donner un conseil? Quitte-nous tous les deux!

45

Alessandro arrive tout essoufflé. Il est passé chez lui, il a pris une douche en vitesse, il a mis une chemise propre et il est sorti en courant, espérant arriver à temps. Et il a réussi.

– Allez, il ne manquait plus que toi…

Enrico court à sa rencontre à l'entrée des Canottieri Roma. Il le prend par la veste et l'entraîne en courant en bas de l'escalier. Ils entrent à toute allure dans le restaurant. Quelques couples qui s'ennuient sont en train de dîner. Quatre hommes âgés, mais très élégants, mangent en souriant, presque en s'étudiant, avant leur bridge hebdomadaire. Alessandro et Enrico rejoignent les autres invités, environ une trentaine, cachés derrière un grand paravent, tout au fond du restaurant. Enrico le pousse vers les autres. Reste là, cachez-vous bien, elle va arriver…

Alessandro dit bonjour à Flavio, Pietro, leurs femmes respectives, et puis aux gens qu'il connaît et qui sont le plus près de lui.

– Salut… aïe, ne poussez pas… on se croirait dans le métro.

– Pourquoi, ça t'arrive de prendre le métro, toi?

– Jamais… mais j'ai toujours imaginé ça comme ça…

– Chut, elle va nous entendre… chut !

Peu après, Enrico et Camilla descendent l'escalier qui mène au restaurant. Leurs amis, cachés en silence, reconnaissent leurs voix.

– Mon amour, pendant un instant j'ai cru que tu avais oublié…

– Mais non, ce matin j'ai fait exprès de faire semblant d'oublier, je voulais te le souhaiter…

– Comme tu es mignon… tu as même mis les fleurs que j'aime sur la table. Mais je suis curieuse : pourquoi ici, aux Canottieri ? Non pas que ça ne me plaise pas, hein, ne va rien t'imaginer, mais juste pour savoir… il y a plein de restaurants moins chers… Regarde, tu aurais pu choisir n'importe lequel, sauf peut-être celui d'Alberto… Là, c'est vrai que ce n'est pas cher, mais on mange vraiment mal…

– C'est parce qu'on est là !

Une fille derrière le paravent décide de sauver Camilla, vu que le pauvre Alberto est là aussi, caché avec eux. Tout le monde sort.

– Bon anniversaire, Camilla !

– Bon anniversaire !

Quelqu'un se met à chanter.

– Joyeux anniversaire, joyeux anniversaire !

Camilla rougit, toute gênée.

– Merci, quelle belle surprise ! Je ne me suis rendu compte de rien ! Mon Dieu, vous m'avez bien eue !

Certains lui donnent des cadeaux, un bouquet de fleurs. Les autres n'ont rien apporté, ils ont participé à un cadeau collectif proposé par Enrico. En quelques minutes, Camilla croule sous les paquets. Même le pauvre Alberto lui donne son cadeau, une bouteille de vin, en souriant, et l'embrasse même sur la joue. Il fait peut-être semblant de n'avoir rien entendu. En tout cas, la bouteille est meilleure que ce qu'on mange dans son restaurant, c'est certain. Enrico rejoint Alessandro qui bavarde avec Flavio et Pietro. Il le prend par le bras.

— Excusez-moi, vous voulez bien ?

Il l'entraîne à l'écart. Pietro les regarde.

— Ils font des cachotteries !

Flavio hausse les épaules. Alessandro et Enrico s'arrêtent pas très loin des autres.

— Alors ?

— Alors tout est arrangé, Enrico. Je suis passé chez lui et il a accepté l'affaire.

— Pour combien ?

— Trois mille euros. Mille cinq cents tout de suite, je les lui ai déjà donnés, et mille cinq cents une fois le travail terminé.

— OK.

Enrico sort son portefeuille.

— Mais non, Enrico, pas ici... on va nous voir. On réglera tout ça tranquillement un de ces jours.

— OK, merci...

Enrico remet le portefeuille dans sa poche, puis il regarde sa femme de loin. Elle est avec ses amis. Beaucoup sont encore en train de l'embrasser ou de lui donner des cadeaux.

— Tu as vu ? Tu as remarqué ?

Alessandro regarde dans la même direction qu'Enrico.

— Quoi donc ? Ils lui souhaitent son anniversaire, et puis ?

— Non, regarde bien.

Alessandro se force, plisse les yeux pour capter le moindre détail, mais ne remarque rien.

– Tout me semble normal, elle rit, elle plaisante avec ses amis, elle bavarde. Elle est gaie.

– Ses cheveux. Regarde ses cheveux.

Alessandro se force encore mais ne remarque vraiment rien.

– Écoute, tout me semble normal. Pourquoi, qu'est-ce qui a changé ?

– Comment ça, qu'est-ce qui a changé ? Elle s'est fait une frange.

– Et alors ? Elle s'est coupé les cheveux… Qu'est-ce que c'est, un thriller ?

– Non, une comédie. 1973. *La Bonne Année*. Un film de Claude Lelouch avec Lino Ventura et Françoise Fabian. Il finit en prison, elle va le voir. Je me rappelle leur dialogue. Lui : « Tu as changé de coupe de cheveux ? » Elle : « Oui, pourquoi, je ne te plais pas ? » Lui : « Si, si. C'est que, quand une femme change de coupe de cheveux, ça veut dire qu'elle va bientôt changer d'homme. »

Enrico se tait et le regarde fixement. De temps en temps, il jette un coup d'œil à Camilla, au fond.

Alessandro le regarde et secoue la tête.

– Alors… franchement, je me rappelle aussi d'autres répliques… du genre : « Qu'est-ce que c'est, une femme ? – C'est un homme qui pleure de temps en temps », pardon, mais ça vaut mieux. Et puis, de toute façon, c'était un film !

– Oui, mais les films s'inspirent de la réalité… elle s'est coupé les cheveux, et peut-être qu'elle a vraiment quelqu'un d'autre.

– Écoute, moi je suis désormais sûr d'une chose… cet argent, il n'y avait pas meilleur moyen de le dépenser. Je suis sûr que Tony Costa va enfin te débarrasser de ce doute irrationnel, OK ?

– OK…

– Je vais aller prendre quelque chose à boire.

Mais à ce moment-là Enrico regarde Camilla. Elle a arrêté de discuter avec ses amies, elle prend son portable dans sa poche, lit sur l'écran le nom de celui qui l'appelle et s'éloigne de ses amies pour avoir un peu d'intimité. Alessandro regarde Enrico et essaye de le rassurer.

– Aujourd'hui, c'est son anniversaire. Tu sais combien de gens vont l'appeler pour le lui souhaiter ? C'est peut-être une de ses amies que tu as oublié d'inviter, ou bien une cousine lointaine qui vient de s'en souvenir…

– Oui, bien sûr. Ou bien quelqu'un qui lui répète à quel point il a aimé sa nouvelle coupe de cheveux…

Alessandro hausse les épaules et l'abandonne. Il part à la recherche d'un verre de vin. Il va au buffet.

– Un peu de rouge, s'il vous plaît.

Un serveur poli prend une bouteille.

– Tout de suite, monsieur.

Alessandro regarde le verre se remplir. Puis un souvenir lointain. Soudain. Elena. Quelques jours avant qu'elle ne parte. Et ce souvenir devient réalité. Présent. Envahissant. Elena entre dans la chambre, Alessandro est à l'ordinateur.

– Mon amour… Je te plais ? Qu'est-ce que tu en dis ?

– De quoi, mon amour ?

– Tu n'as pas remarqué ? Je me suis coupé les cheveux ! Et j'ai fait une teinture plus foncée.

Alessandro se lève, s'approche d'elle et l'embrasse sur la bouche.

– Si c'est possible, tu es encore plus belle qu'avant, mon amour…

Elena s'éloigne. Et sourit. Sûre d'elle. Trop sûre d'elle. Est-ce que c'est là que je me suis trompé ? Je lui ai donné trop de certitudes ?

— Je vous en prie…

— Quoi ?

— Votre verre, monsieur…

Le serveur lui passe son verre, et le souvenir s'estompe.

— Merci.

Tout en buvant, il remarque qu'Enrico le regarde de loin. Il lui sourit. Tout va bien, Enrico… Tout va bien. Il y a des souvenirs que ça n'a pas de sens de partager, même avec un ami. Même s'ils font mal. Même s'ils sont douloureux. Voilà, on pourrait dire ça : en amour, la douleur est proportionnelle à la beauté de l'histoire qu'on a vécue. Jolie maxime. Alessandro regarde à nouveau Enrico. « Et toi, mon ami… vas-tu souffrir ? Et si tu souffres… combien souffriras-tu ? » Alessandro lui sourit. Enrico, un peu perplexe, lui rend son sourire. Alessandro pose son verre vide sur une table. Proposer une maxime de ce genre à quelqu'un qui pense que sa femme le trompe veut dire autre chose. Que tu n'es pas son véritable ami.

46

— Allez, montre-toi un peu.

Olly et Erica s'approchent de Niki qui prend sa douche. Elle est en train de se savonner, elle met la tête sous le jet et enlève le savon de ses yeux.

– Mais quoi ?

– On veut voir si tu en portes les signes…

– Qu'est-ce que vous êtes bêtes !

Niki bat des mains sous le jet d'eau pour les éclabousser. Peu après, assise sur un banc du vestiaire, perdue dans son gros peignoir, elle se frictionne les cheveux avec une petite serviette bleu ciel, de la marque Champion. Ses amies sont toutes autour d'elle.

– Alors, tu vas nous raconter la vérité sur cette histoire, oui ou non ?

Niki enlève la serviette et la met autour de son cou.

– Encore ? Mais je vous ai déjà raconté.

– Oui, encore. Ça me plaît et ça m'excite.

– Tu es malade…

– Non. Et je vais te dire la vérité.

Olly dit, en regardant Erica et Diletta :

– Moi je ne crois pas que ce type soit un étalon.

Niki attrape sa serviette comme si c'était un fouet et tente de frapper Olly, mais celle-ci est plus rapide et esquive le coup. Ou presque.

– Aïe ! Tu as failli m'avoir ! Crétine !

– Pourquoi il faut toujours que tu me fasses dire des choses que je n'ai pas dites ?

– OK, tu as dit que tu t'étais sentie très bien, qu'il n'avait pas été frileux, que ça t'avait plu, qu'il t'avait amenée jusqu'au bout.

– Olly !

– Ben quoi, c'est toi qui l'as dit, non ?! Et alors, tout ça, ça ne fait pas un étalon ?

– Non. Je t'ai aussi dit qu'il était gentil, mignon, altruiste, prévenant, délicat. C'est ça qui me fait me sentir bien… espèce de vicieuse.

– L'étalon, c'était plutôt son ex, Fabio, intervient Diletta.

Olly se tourne et la regarde méchamment.

— Qu'est-ce que tu en sais, toi ?

— Ben, ça se voit… À sa façon de faire, de bouger…

Olly l'interrompt, amusée.

— Et toi, qui n'as encore jamais essayé aucun type de garçon, du small à l'exra-large, tu te permets de juger ? Ou bien tu l'as testé, ce Fabio Fobia, et tu ne nous as rien dit ?

— Bien sûr. C'est toi qui dis ça, toi qui lui baves derrière…

— Espèce de sale…

Olly fait mine de la frapper. Niki se lève et s'interpose.

— Eh, du calme, du calme. Les Ondes !

Tout doucement, aidée par Erica, elle les fait se rasseoir.

— Mais vous êtes devenues folles ? Il suffit qu'on parle de mecs et vous vous déchaînez comme des affamées. Vous avez la réaction hormonale de gamines de douze ans.

— Ou pire, phéromonale, sourit Erica.

Olly la regarde.

— Phéro quoi ?

— Je vois… Encore une qui a bien suivi le cours de chimie de ce matin…

— Je ne pouvais pas. J'étais occupée à faire des dessins pour l'étalon.

— Écoutez, dit Niki en remettant la serviette sur ses épaules. Alors. Comprenons-nous bien. Ça, nous ne l'avons encore jamais affronté. Premièrement. Aucun homme, small, medium, extra-large ou étalon, ne devra jamais nous séparer. Promettez !

— Promis.

– Deuxièmement. Nous devons toujours tout nous raconter, de nos désirs à nos pensées, de nos peurs à nos bonheurs. Trop souvent je vois des gens qui ont peur d'admettre qu'ils vivent quelque chose d'incroyable, de splendide, de merveilleux, même avec leurs propres amis. Vous promettez ?

– Promis !

– Troisièmement. Celle qui se mettra avec Fabio ou qui fera quelque chose avec lui… je la plains…

Ses trois amies la regardent d'un air étonné.

– Dans le sens où elle se mettra avec un bel égoïste…

Elle regarde Olly.

– … à tous les points de vue… si tu veux tout savoir.

Diletta donne un coup à Olly.

– Comme tu vois, je n'ai pas encore essayé, mais je m'y connais mieux que toi…

Olly hausse les épaules en faisant une grimace antipathique. Erica s'approche de Niki.

– Quoi qu'il en soit, Alessandro me plaît. Bon, c'est sûr, il est vieux… Mais quel âge il a ?

– D'après toi ?

– Bof… Vingt-huit. Vingt-neuf…

– Il va avoir trente-sept ans.

– Quoi ? Il a vingt ans de plus que toi ?

– Presque vingt ans. Pourquoi ça vous étonne tant que ça ?

Olly sourit.

– Moi je ne suis pas étonnée, au contraire… Ça m'excite, je te l'ai dit ! Un type plus âgé… bien plus âgé… Bah, ça me plaît ! Il n'aurait pas un copain ?

– Plusieurs.

– Alors présente-les-moi, non ?

– Je crois qu'ils sont tous mariés.

— Lui aussi, n'est-ce pas ?

Erica la regarde d'un air suspicieux.

— Non.

— Tu es sûre ?

— Oui, il s'est séparé de sa compagne il y a quelques mois. Ils allaient se marier…

Olly joint les mains et regarde vers le ciel.

— Bon Dieu, il me plaît encore plus. Écoute, ses amis mariés feront très bien l'affaire. Et puis… au cas où, il y a le divorce, non ? Au cas où…

— Et si son ex revient ? demande Erica.

Niki tente de la frapper elle aussi avec sa serviette.

— Oh, mais qu'est-ce que vous avez toutes contre moi ? Vous vous acharnez, ou quoi ? Vous voulez me porter la poisse ?

— Mais qu'est-ce que tu racontes !

— Tu es folle ?

— Écoute, Olly, si tu veux vraiment m'aider, tu pourrais aussi me faire un logo.

— C'est-à-dire ?

— Un titre pour tes dessins. Je suis en train de peaufiner une idée pour le slogan. Toi, en attendant, pense aux couleurs et aux polices que tu veux utiliser.

— Couleurs, polices… écoutez-moi ça. Mais bon, je me suis renseignée, tu sais ? Dans le monde de la pub, il y a un tas de fric qui tourne.

— Et donc ?

— Donc, tu m'exploites.

Niki s'assied sur le banc.

— Qu'est-ce que tu veux ? Dis-moi.

— Un dîner avec lui et un de ses amis.

Elle tend la main à Niki, qui la regarde, indécise. Olly sourit.

— Pas de dîner, pas de logo…

Niki secoue la tête.

– OK, OK, mais ensuite, ce que tu fais, c'est ton problème. Moi je ne veux pas rentrer dans vos histoires !

L'entraîneur arrive dans le vestiaire.

– Bravo, les filles, bravo à toutes. Bravo, Diletta. Niki, tu as été excellente, malgré ton retard.

Puis il s'approche d'une des remplaçantes.

– Ah, écoute, j'ai parlé au médecin, tu dois mettre un peu de Lasonil et bien t'échauffer, avant de recommencer à jouer.

Erica le regarde.

– Il est fort, quand même, notre entraîneur. Et bel homme, avec ça.

Niki sourit.

– Oui, mais il est trop vieux.

– Et puis, moi je pense qu'il vient ici pour nous voir à moitié nues après le match…

– Olly, mais tu vois le sexe partout !

– Le sexe *est* partout. L'important, c'est de l'avoir compris…

Elle se tourne vers Diletta.

– Ce que je ne comprendrai jamais, c'est pourquoi tu t'es punie toute seule.

47

– Alors ? Combien je te dois, pour le cadeau de Camilla ?

– Et puis quoi, encore… c'est moi qui te dois plein d'argent ! Allez, on verra tout ça après.

– OK, comme tu voudras…

Enrico entraîne Alessandro avec lui dans un coin reculé du restaurant.

– Je suis curieux…

Enrico regarde autour de lui. Il scrute au-delà des baies vitrées du restaurant, vers le jardin, entre les plantes et, plus loin, vers les berges du Tibre.

– À ton avis, il est déjà au travail ? Tu crois qu'il nous filme ? Qu'il enregistre ce qu'on dit ?

Alessandro regarde sa montre.

– À mon avis, il est encore au lit avec Adèle.

– Au lit avec Adèle ?

– Sa secrétaire.

– Quoi ? Attends, je n'ai pas compris. Lui qui devrait enquêter sur les amants, sur les trahisons, il a choisi ce métier pour se taper une fille sans être découvert.

– Qu'est-ce que j'en sais… Peut-être. Je disais ça comme ça. Quand je suis arrivé à son bureau, ils avaient l'air très occupés. Quoi qu'il en soit, je lui ai donné l'adresse et tout le reste, comme je te l'ai dit. Nous en saurons plus dans quelques jours. Et ce ver qui est en train de te manger le cerveau disparaîtra enfin.

– Ou bien il finira de me le manger. Et il m'aidera à effacer Camilla de ma vie.

Alessandro soupire.

– Écoute, au moins pour ce soir, laisse-la vivre. C'est son anniversaire.

Il s'éloigne, se dirigeant vers la sortie. Enrico est sur des charbons ardents. Il a à peine le temps d'ajouter :

– Je t'appelle quand, demain ?

– Quand tu veux.

Alessandro la cherche parmi les gens. Juste au moment où il l'aperçoit, Camilla découvre qu'elle vient de recevoir un message sur son portable. Elle l'ouvre, le lit, sourit. Alessandro est à quelques pas d'elle.

– Camilla ?

Elle referme son téléphone et baisse instinctivement le bras qui le tient. Ils se font la bise.

– Encore bon anniversaire. C'était délicieux, et j'ai passé un très bon moment.

Camilla regarde son mari de loin. Elle lui sourit. Son sourire est tendre et doux, mais aussi légèrement voilé.

– Enrico m'a fait une superbe surprise…

Alessandro regarde Enrico et pense à ses peurs. Puis il regarde Camilla et pense au message qu'elle vient de recevoir. Et si Enrico avait raison ? Bah, inutile de me mettre des doutes en tête, moi aussi. Maintenant, on a payé quelqu'un pour régler le problème. Qu'il le règle lui-même. Alessandro lui sourit.

– Oui, c'était vraiment une belle surprise… et réussie.

– Oui, c'est vrai, Enrico est très fort pour ce genre de choses.

– Allez, Camilla, à bientôt.

– Oui, Alex, à bientôt.

Mais pendant qu'Alex s'éloigne, Camilla le rappelle.

– Excuse-moi, j'ai quelque chose à te dire.

Alessandro s'arrête, elle le rejoint.

– Je ne sais pas si ça va te faire plaisir ou pas, mais je n'ai aucune raison de te le cacher.

Camilla marque une petite pause.

– J'espère que ça ne t'embêtera pas… tout à l'heure, j'ai reçu un message. C'était Elena. Elle s'est rappelé que c'était mon anniversaire.

Alessandro sourit.

– Ça me fait plaisir. Après tout, vous vous entendiez bien, toutes les deux. Ça ne m'embête pas du tout.

Il sourit encore.

– À bientôt.

Il sort du restaurant. Camilla le regarde s'éloigner. Qui sait s'ils se remettront ensemble ? Et, surtout, pourquoi se sont-ils séparés ?

48

Alessandro conduit dans la nuit. Bien sûr. Elle a dû l'écrire dans son fichu téléphone-agenda super technologique du bureau, avec toutes ses alertes mail et ses rendez-vous. Elena a toujours été douée pour les relations au sein de l'entreprise. Elle réussissait toujours à obtenir le meilleur. Et qu'est-ce qu'elle fait, maintenant ?… Elle ne m'appelle pas, moi, mais elle envoie un message à Camilla pour son anniversaire. Quelle salope…

Peu après, il arrive chez lui. Encore énervé, il claque la porte derrière lui. Puis il décide de mettre un peu de musique pour se détendre. Il choisit soigneusement : la bande-son pour un spot japonais. Il prend un Coca dans le frigo et s'allonge sur la chaise longue du salon, en cuir véritable. Le seul meuble choisi par Elena qui lui plaise. D'ailleurs, tous les meubles du salon ne sont pas encore arrivés. Il se rappelle encore la discussion d'Elena au téléphone. Elle hurlait comme une folle contre les fournisseurs parce qu'ils étaient en retard d'un mois pour la livraison. Et aujourd'hui, ils n'ont toujours rien livré. Alessandro se demande s'il peut encore annuler la commande. Le plus beau, c'est que c'est elle qui a fait tout l'appart', elle a imposé ses choix, elle s'est battue parce que la livraison tardait, elle m'a obligé à payer l'acompte, moi j'ai payé, et à la fin elle est partie. Pouf.

Disparue. Plus aucune nouvelle. À part le message de ce soir… pour Camilla. C'est sûr, nous les hommes, parfois on se fait vraiment couillonner. Mieux vaut ne pas y penser, va… Alessandro prend une gorgée de Coca. Voilà, dans ce genre de moments, il serait bon d'avoir le vice de fumer. Ou encore mieux, de fumer de l'herbe. Juste pour se détendre un peu, pour rire de tout ça… Plutôt que d'en pleurer. Quelques vagues souvenirs de moments épars. Elena et lui le long du sentier de cet amour vécu. Un désir. Et un autre souvenir. Quand ils ont fait connaissance, par hasard, à la présentation d'une nouvelle voiture. Alessandro l'avait trouvée sympathique, cette manager qui parlait en faisant des digressions, en ouvrant des parenthèses, des parenthèses et encore des parenthèses, et puis des sous-histoires, en se perdant dans un ruisseau de paroles. On ne comprenait plus bien où elle voulait en venir. Alors elle souriait… « Qu'est-ce que je disais ?… » et elle finissait par retrouver le fil. « Ah, oui, bien sûr… » Et une autre plaisanterie. Et un sourire. Et un moment érotique, elle et ses bas enlevés avec lenteur. Elle et sa peau qui se découvre et qui resplendit. Et tellement. Et tout. Et trop. Puis, soudain, une gêne. Alessandro s'agite sur sa chaise longue. Il se demande avec qui elle le fait, maintenant. Mais non. Elle ne le fait pas. Ce n'est pas possible. Alors, pourquoi elle est partie ? Peut-être que c'était juste un moment. Mais oui, ça doit être ça. Elle n'est pas du genre à terminer une histoire pour en commencer immédiatement une autre. Non. Pas elle. Impossible qu'elle recommence comme ça, d'un coup, en une seconde, à faire avec un autre toutes ces choses splendides, osées, sales, sensuelles, savoureuses qu'elle sait faire. Toutes ces choses qui commencent par un *s*… pourquoi, dans le fond ? Et toi, alors ? Ça te semble normal que soudain, presque sans la connaître, tu te sois, disons… amusé avec la fille aux jasmins ? Avec Niki, une fille de dix-sept ans. Avec tous ces *s*, mais aussi, *z*, et *a, b, c*, et je ne sais combien d'autres lettres de l'alphabet érotique ? Mieux vaut ne pas y penser, ne penser à rien.

À ce moment précis, on sonne à la porte. Alessandro, qui s'était assoupi, en tombe presque de sa chaise longue. Il se lève d'un bond et regarde sa montre. Minuit et demi. Qui ça peut être, à cette heure ? Elena ? Mais Elena a les clés. Enfin, elle est tellement bien élevée qu'elle pourrait sonner. Maintenant que j'y pense, depuis qu'elle est partie, elle n'est passée qu'une fois à la maison. Ce jour où je l'ai trouvée en rentrant. Elle voulait prendre ce souvenir, ce stupide souvenir de Venise… Et elle l'a pris. Quelle salope.

Alessandro regarde par le judas. Il ne comprend pas bien de quoi il s'agit. Et surtout… qui c'est.

Une feuille blanche lui bouche la vue. Dessus, un drôle de petit dessin. Puis il entend une voix, ouatée par la porte fermée.

— Allez, je t'ai entendu, tu es derrière la porte… Quoi, tu ne l'as pas reconnu ? Ta ta ta ta ta ta ta…

Silence. Puis à nouveau.

— Ta ta ta ta ta ta !

Maintenant, Alessandro distingue mieux le dessin. C'est une nageoire.

— C'est le squale qui sonne à ta porte ! Et si tu ouvres il te mange !

Niki… Alessandro sourit et ouvre la porte.

— Ou bien, c'est toi qui le manges… Je t'ai apporté de la glace !

— Merci ! Excuse-moi, je ne comprenais pas…

— Oui, oui…

Niki entre dans l'appartement, un sachet à la main.

– Allez, ferme…

Alessandro ferme la porte et met le verrou.

– Ici il faut une fille comme moi pour te servir de garde du corps. Et puis, pourquoi tu t'inquiètes, ta maison est vide, qu'est-ce qu'il y a à voler ?

Alessandro s'approche d'elle.

– Ben, maintenant, toi…

– Que c'est gentil…

Niki l'embrasse tendrement et légèrement sur la bouche. Puis elle s'éloigne.

– Et maintenant, la glace !

Niki l'apporte à la cuisine et Alessandro décide de changer de CD.

– Eh, tu as des bols pour la mettre ? Mais gros, hein ? Je veux en manger plein.

– Ils devraient être au fond.

– Mais au fond où ?

Niki ouvre tous les placards de la cuisine. Elle trouve le bon, en haut.

– Voilà, j'ai trouvé !

Une pile de bols et de grandes tasses, sur la dernière étagère du haut. Niki se penche, prend les deux premières et essaye de les attraper. Elles font un petit bond.

– Oups !

Elle les enlève de la pile mais l'un des deux va trop loin, se cogne contre le haut du placard et tombe sur le côté. Niki est rapide comme l'éclair. Elle pose le sachet qu'elle tenait dans l'autre main, se penche et l'arrête avant qu'il ne touche terre.

– Pff…

– Un de tes meilleurs smashes, hein ?

Alessandro apparaît à la porte de la cuisine. Niki se relève, le joli bol bleu ciel, entier, à la main.

– Eh, tout juste !

Alessandro la regarde. Ces bols bleus. Ils font partie d'un service en verre acheté à Venise pendant l'un de ces nombreux week-ends passés à se balader en Italie. Un soir, lors d'un dîner en tête à tête, ils s'étaient servi des verres. En rentrant du travail, il avait dressé une jolie table. Il s'était mis aux fourneaux, il avait choisi la musique, mis des bougies… Elena s'était assise au salon. Elle avait critiqué son choix pour la musique et préféré mettre un autre CD. Puis elle l'avait rejoint à la cuisine, pieds nus, elle s'était assise sur un des tabourets hauts et elle l'avait regardé cuisiner. Alessandro leur avait versé un peu de champagne. « Alors, comment s'est passée ta journée ? » Ils avaient parlé de tout et de rien, ils avaient ri en parlant de quelqu'un, beaucoup, trop, et soudain Alessandro, en se tournant, avait cogné son verre contre le mur de la cuisine et l'avait ébréché. Elena avait cessé de boire. Elle avait aussi cessé de rire. Elle avait pris le verre, constaté le dégât, détaché un morceau de cristal, puis elle avait jeté le tout à la poubelle. « Je n'ai plus envie de manger ». Elle était allée au salon, elle avait étendu ses jambes sur le grand coussin du canapé et avait fait une tête de trois kilomètres, la tête de quelqu'un qui n'a pas envie de parler, qui a pris une décision et qui s'y tient. Elena était comme ça. Cette collection, elle l'avait laissée à Alessandro. Peut-être parce que désormais, il manquait un verre.

Alessandro prend le bol des mains de Niki, ouvre la porte de la petite terrasse de la cuisine. Puis il regarde Niki. Puis il regarde le bol. Et il le laisse tomber, le brisant en mille morceaux.

– Mais, Alex… pourquoi tu fais ça ?

Alessandro sourit et ferme la porte-fenêtre.

– Parce que peut-être que tu pensais que j'y tenais beaucoup, mais en fait ce n'est pas le cas.

– Je comprends, mais tu ne pouvais pas juste me le dire ? Tu n'es pas normal.

– Si, au contraire. Un bol se brise ? Eh bien, ça ne change pas notre vie...

– Et d'après toi, c'est normal ?

– Oui, mais en y repensant je peux comprendre que ça semble compliqué.

– Très... Je me demande bien quelle est l'histoire de ces bols...

Alessandro comprend qu'elle ne peut pas comprendre. Et il se sent un peu coupable.

– Allez, on se la mange, cette glace ?

– Eh, mais tu ne vas pas essayer de me montrer que tu n'y tiens pas tant que ça en la jetant par la fenêtre, hein ?

– Non, sois tranquille, là je ne serais vraiment pas *normal*...

Ils la mettent dans les bols, chacun dans celui de l'autre. Niki contrôle le sien.

– Moi seulement chocolat, noisette et sabayon.

– Léger.

– Ne me mets pas celle aux fruits, ça ne me dit rien, elles sont délicieuses mais je les préfère en été.

Alessandro indique un parfum blanc.

– Et ça, c'est quoi ?

– Coco. Oui, tu peux m'en mettre un peu.

– Pardon, mais tu as dit seulement en été...

Niki ne résiste pas, elle prend sa petite cuillère, la plonge dans son bol, ferme les yeux et en mange un peu.

– Mmm, c'est bon, c'est délicieux. Non, le coco, ce n'est pas pareil. Et puis, avec le chocolat, ils font comme ces barres chocolatées...

– Les Bounty !

– Oui, c'est ça ! Je les adore…

– On a fait une de leurs pubs.

Niki soupire.

– Oh, mais tu penses toujours au travail.

– Non, je disais ça comme ça. C'est un souvenir.

– Tu ne dois pas avoir de souvenirs, là…

Alessandro pense au chocolat, au verre, à tout le reste… Et il décide de mentir.

– D'accord.

Elle sourit, ingénue.

– Parce que maintenant, c'est maintenant. Et nous, c'est nous…

Niki trempe sa cuillère dans le bol d'Alessandro et mange un peu de sa glace. Puis elle se sert dans la sienne et met un peu de chocolat dans la bouche d'Alessandro. Dès qu'il la referme, Niki prépare une autre bouchée. Mais en fait, sans lui laisser le temps d'avaler, elle lui étale tout autour de la bouche. Comme quand on boit un capuccino et qu'on se retrouve avec des moustaches. Et puis, tout doucement, Niki se rapproche. Chaude, sensuelle, désirable. Elle se met à lécher ces moustaches, et un baiser, et un coup de langue, et une petite morsure. « Aïe. » Et puis un sourire. Et ces baisers ont le goût de chocolat, de vanille, de coco. Elle continue, en souriant, à le lécher, tendrement affamée. Puis, sans le vouloir, elle s'appuie sur lui.

– Eh, mais il te reste… un Bounty…

Alessandro l'embrasse, ils se laissent aller, éteignent les lumières. La glace fond un peu. Et eux aussi… Ils se laissent prendre par les saveurs. Ils exagèrent, ils plaisantent, ils colorent les draps de goût, d'envie, de jeux joyeux, légers, osés, extrêmes… Pendant un instant, Alessandro pense : et si Serra et Carretti faisaient irruption maintenant ? Les deux carabiniers. À l'aide. Non.

Un peu de vanille coule lentement entre ses épaules, du chocolat et de la vanille plus bas, encore plus bas, avec douceur, lentement le long de ce doux sillon. Et la langue de Niki, et son rire, et ses dents, et un baiser… Et toute cette glace qu'il ne faut pas gâcher… En encore. Encore. Et chaud et froid, et se perdre dans ces saveurs. Et d'un coup… pouf, tous les problèmes sont oubliés.

49

Nuit. Nuit profonde. Nuit d'amour. Nuit de saveur. Dans le lit.

– Eh, Alex… mais tu dormais.

– Non.

– Si… Tu respirais plus lentement… Et puis, tu n'as même pas entendu que je me rhabillais…

– Vraiment, tu t'es déjà rhabillée ?

– Oui. Je sens le chocolat, le coco et la vanille. Si je croise mes parents, qu'est-ce que je leur dis ?

– Que tu sors avec un vendeur de glaces !

– Crétin.

– Attends, je m'habille.

– Non, reste au lit.

– Non, je n'ai pas envie que tu rentres seule.

– Mais non, c'est Olly qui m'avait déposée mais je vais prendre un taxi… J'adore l'idée que tu restes au lit pendant que je m'en vais…

Alessandro y réfléchit un instant. Mais Niki le regarde, et c'est comme si elle lui disait : allez, fais-moi confiance, laisse-moi partir.

– OK, je t'en appelle un.

– C'est déjà fait. Il doit être en bas.

– Alors, laisse-moi au moins te donner de l'argent.

– Déjà pris. Vingt-cinq euros, ça devrait suffire… je te l'ai dit, tu dormais.

– Mais…

– Je n'ai rien pris d'autre. Allez, fais-moi confiance, j'aurais pu te vider ton appart'. Y compris tes cartes de crédit ! Et même ton service bleu, avant que tu le casses tout entier.

Elle va à la fenêtre.

– Le taxi est arrivé !

Niki court vers le lit.

– Ciao.

Elle l'embrasse sur la bouche.

– Mmm, tu sens la myrtille, c'est bon…

Elle s'arrête au milieu de la pièce, un doigt sur la bouche.

– Mais moi je n'avais pas apporté de myrtille…

Et elle sourit, effrontée, elle sort en courant et elle ferme doucement la porte. Alessandro entend l'ascenseur qui s'arrête à l'étage, puis la porte qui s'ouvre. Niki qui monte. Un petit soubresaut dans le vide. Les portes de l'ascenseur qui se referment. Il démarre. Commence à descendre. Puis Alessandro entend le bruit de la porte de l'immeuble. Ses pas rapides. Une portière qui s'ouvre. Le temps de dire l'adresse au chauffeur. Une voiture qui démarre dans la nuit.

Un peu plus tard. Un son. Le portable. Alessandro se réveille. Il s'était déjà rendormi… Un message. Il le lit.

Tout va bien. Je suis rentrée. Je n'ai pas croisé mes parents. Le vendeur de glaces est sain et sauf. J'ai fait des économies, je te dois douze euros ! Mais je veux un

baiser pour chaque euro que je te rends. Bonne nuit. Je
vais rêver de bols bleus qui volent.

Alessandro sourit et éteint son portable. Il se lève pour
aller aux toilettes, puis va à la cuisine. Mmm, ce chocolat était délicieux… mais j'ai une de ces soifs. Alessandro
ouvre le robinet. Il fait couler l'eau. Puis il prend un verre,
le premier qu'il trouve, et il boit. Il le remet dans le lavabo
et, avant de retourner dans sa chambre, il s'aperçoit que
le petit déjeuner est déjà prêt sur la table. Tasse, serviette,
petite cuillère, même la cafetière est préparée. Il n'y a plus
qu'à la mettre sur le feu. Elena ne l'avait jamais fait. Et
puis, un Post-it collé sur la feuille où elle avait dessiné le
squale. « Ensuite, ne dis pas que je ne pense pas à toi… »
En dessous, un petit dossier, blanc cette fois. Il le tourne.
En rouge, il est écrit : « Le logo d'Alex ». Alessandro en
reste sans voix. Je n'y crois pas. Je n'ai pas eu le courage
de lui demander si elle y avait pensé… Et non seulement
elle y a pensé, mais en plus elle l'a fait faire par son amie
et elle me l'a apporté ! Alessandro secoue la tête. Elle est
vraiment forte, Niki. Puis il ouvre lentement le dossier.
Un magnifique logo aux caractères flamboyants resplendit dans un ciel bleu nuit. Il est réalisé sur un transparent,
afin de pouvoir le superposer facilement aux dessins déjà
prêts. Et puis, le slogan. Ce slogan. Alessandro le lit. Il est
parfait. En dessous, il y a un autre Post-it.

J'espère que ça te plaira… Moi, ça me plaît beaucoup !
J'aimerais bien que cette phrase soit pour moi. Oui, exac-
tement comme ça a été ce soir… n'est-ce pas que j'ai été
ta "LaLune" ? Oups. Pardon… Qu'est-ce que j'ai dit ! Je
sais qu'il y a certaines choses qui ne se demandent pas.
Bonne nuit.

Alessandro sourit. Il a de la chance. Puis il regarde à nouveau le logo. Oui, Niki a raison, c'est un slogan magnifique. Et puis, autre chose. Ne t'excuse pas.

50

Une lumière beige diffuse qui éclaire avec douceur les rideaux beiges en coton léger élégamment accrochés aux fenêtres. La porte de la salle de bains s'ouvre.

– Je n'y crois pas… Je n'y crois pas.

Simona, la mère de Niki, saute sur le lit. Roberto arrête de lire et la regarde, un peu agacé.

– Tu me rappelles Glenn Close, dans *Les Copains d'abord*, quand elle se retourne dans le lit, défoncée à la coke, l'homme dont elle a toujours été amoureuse est mort et elle voudrait que son mari mette enceinte sa meilleure amie qui veut un enfant mais qui ne trouve pas d'homme. Tu as quelque chose de ce genre à m'annoncer ? Ou bien je peux continuer à lire ?

– Niki n'est plus vierge.

Roberto pousse un long soupir.

– Je le savais. La soirée a été trop agréable pour qu'il n'y ait pas d'embrouille à la fin…

Il pose sur ses jambes son livre ouvert.

– Alors, de deux choses l'une : 1. Tu veux que je saute sur le lit en hurlant comme un forcené, puis que j'aille dans sa chambre faire un scandale. Et ensuite, que je sorte en pyjama à la recherche du garçon qui a fait ça et que je le force à l'épouser ; ou bien 2. Je continue à lire en te disant des trucs du genre j'espère que ça s'est bien passé pour elle, qu'elle a trouvé un garçon qui la fasse se sentir femme, ou bien n'importe quelle autre phrase pour que tu puisses croire que je prends cette nouvelle avec sérénité ?

Roberto regarde Simona et lui sourit.

– Alors, qu'est-ce que tu préfères ?

– Je veux que tu sois toi-même ! On ne comprend jamais quel genre d'homme tu es.

– C'est normal, il me semble. J'aime ma femme, j'aime mes enfants, j'aime cette maison, j'aime mon travail. Là où j'ai un peu moins de chance, c'est que je voudrais m'entendre encore mieux avec toi… Mais je savais bien que tu ne serais pas contente que je te laisse deux options. J'aurais dû dire, comme quand on était petits et que la prof nous demandait : « Parlez du sujet que vous voulez. » Voilà, là j'aurais eu une chance de ne pas me disputer avec toi.

– Tu es insupportable quand tu es comme ça.

Roberto secoue la tête, met le marque-page dans son livre et le pose sur la table de nuit. Puis il se tourne et tente d'enlacer sa femme, mais Simona fait la tête. Elle se débat un peu et tente de se dégager.

– Mon amour, allez, ne sois pas comme ça… Tu sais que tu me plais encore plus quand tu fais ça, tu prends un risque, hein ?

Et il l'embrasse doucement dans les cheveux, se perdant dans ce parfum de shampoing à peine sucré.

– Arrête tout de suite…

Elle sourit, tendre et ingénue.

– Tu me donnes des frissons.

Puis elle se laisse embrasser dans le cou, sur l'épaule, dans le décolleté. Roberto baisse doucement une de ses bretelles…

– Non, mais tu te rends compte ?

– … De quoi, mon amour ?

– Niki… a fait l'amour.

– Oui, je me rends compte, par contre je ne me rends plus compte de combien de temps ça fait qu'on ne l'a pas fait, nous…

Simona se libère de la douce étreinte de Roberto, s'éloigne un peu et remet sa bretelle en place.

– Voilà, tu vois comment tu es… tu es comme ça.

– Comment « comme ça » ? Je suis le même qu'avant, je suis normal.

– Non, tu es froid et cynique.

– Mais qu'est-ce que tu racontes, Simo ! Tu exagères. Mais tu sais combien de maris et de pères, après une nouvelle de ce genre, auraient mis la faute sur leur femme, plutôt que sur leur fille ?

– Oui, et d'ailleurs je n'en aurais jamais épousé un comme ça.

– Oui, mais tu ne peux pas toujours te cacher derrière ces justifications.

– Je ne me cache pas. Je le pense vraiment.

Simona passe ses bras autour de ses jambes. Roberto la regarde et s'aperçoit qu'elle a les larmes aux yeux.

– Mon amour, qu'est-ce qu'il y a ?

– Je suis fatiguée, déprimée et terrifiée.

Une larme coule.

– Mais qu'est-ce que tu dis ?

– Je dis, je dis… Niki va partir, elle va nous laisser. Dans pas longtemps, Matteo sera adulte, il partira lui aussi et moi je resterai seule. Toi, tu tomberas amoureux d'une femme plus jeune et plus belle, tu feras exprès de te faire pincer, comme font beaucoup d'hommes pour avoir la conscience tranquille, et avoir une excuse pour s'en aller, ou bien tu me le diras pour te sentir plus honnête…

Elle le regarde, essaie de sourire un peu et se sèche avec le dos de sa main, en reniflant. Mais une autre larme coule et écoute son discours avec curiosité avant de tomber.

– Non. Tu n'auras pas le courage de me le dire… Tu te feras pincer. C'est mieux, non ?

Et elle éclate de rire, d'un rire nerveux.

– Mon amour, tu es en train de te faire un film. Un mauvais film.

– Non, parfois ça se passe comme ça. Quand un amour commence, un autre se termine.

– D'accord, parfois ça arrive, mais pour l'instant on est tous heureux pour Niki, et pourquoi notre amour devrait-il s'arrêter ? Peut-être que c'est un autre, qui s'arrête, non ? Par exemple, les Carloni. Ceux de l'appartement n° 6. Au lieu de s'occuper de leurs propres problèmes, ils passent leur temps à fouiner dans les affaires des autres. Au moins, s'ils se séparent, on aura un problème en moins dans cet immeuble !

Il la prend à nouveau dans ses bras, la reconquiert doucement, la serre contre lui. Il l'embrasse et la regarde dans les yeux, tendrement et intensément, un regard d'homme.

– Moi je t'aime, je t'aime depuis toujours et je t'aimerai toujours. Et même si j'ai eu peur quand on s'est mariés, maintenant, vingt ans plus tard, je peux le dire : je suis heureux d'avoir eu l'air d'un empoté quand j'ai demandé ta main à tes parents… « Je pourrais avoir la main de votre fille ? » Tu te rappelles ce qu'a répondu ton père ? « Et comment elle va faire, pour vous faire la cuisine ? »

Simona hésite entre rire et continuer à le regarder d'un air un peu suspicieux.

— Mais tu ne vois donc pas ?

Elle se touche la peau du visage, la tend en partant des pommettes, lentement, la tire vers l'arrière, vers les oreilles.

— Tu vois ? Le temps qui passe…

— Non, sourit Roberto, moi je vois le futur, je vois un amour qui ne veut pas diminuer et je vois une femme très belle…

Il l'embrasse à nouveau, doucement. Des baisers tendres de complicité, des baisers au goût différent, comme un vin qu'on a laissé vieillir, qui est devenu profond, dense, légèrement épicé, avec des arômes qui rappellent la vanille et le bois, persistant, chaud. Des baisers qui descendent tout au fond, là où ses doigts se dirigent, vers le bord de la petite culotte de Simona, qui frissonne, et sourit, et jette la tête en arrière et dit :

— Éteins la lumière.

— Non, je veux te voir.

Et alors, en riant, elle tire le drap au-dessus de sa tête, disparaît dessous et le mord doucement à travers son pyjama, tendrement, avec sensualité. Et quelque chose se produit. En une fraction de seconde, ils perdent le sens de tout ce temps et redeviennent des enfants.

51

Bonjour le monde. Je n'aurais jamais cru. Le prof de philo m'a vraiment étonnée, avec ce hors programme.

De temps en temps il sert à quelque chose, lui aussi. Au lieu de reprendre son explication de Popper, il a dit :

— Aujourd'hui, je vais faire une folie.

— Parce que, d'habitude ? a susurré Olly.

— Vous avez entendu parler de Cioran ?

— Ça se mange ?

— Non, Bettini, ça ne se mange pas. Emile Cioran. Un philosophe… Non, Scalzi, inutile de chercher dans la table des matières de votre manuel. Il n'y est pas. Je me concède une petite transgression. Je vous explique Cioran parce que ça me plaît. Et parce que je pense que ça vous intéressera.

Et le prof a souri. Moi je ne comprenais pas.

— Cioran est né à Rășinari, en Roumanie, en 1911. À dix-sept ans, il a commencé des études de philosophie à l'université de Bucarest…

— Mais alors c'est un moderne, je veux dire, il est d'aujourd'hui ?

— Oui, De Luca, il est du XXe siècle. Qu'est-ce que vous croyiez, que la philosophie s'était arrêtée il y a deux cents ans ?

Et après plein de bla-bla, il l'a dite. Il a dit cette phrase que je n'oublierai jamais.

— Un livre doit fouiller dans les blessures, il doit même les élargir. Un livre doit être un danger.

C'est ce Cioran qui l'a dit. Alors, moi j'ai levé la main. Le prof m'a vue.

— Cavalli, qu'est-ce qu'il y a ? Vous voulez aller aux toilettes ?

— Non. Je voulais dire qu'à mon avis cette phrase peut aussi s'appliquer à l'amour.

Silence. Tout le monde s'est tu. Pourtant, je n'avais pas l'impression d'avoir dit une absurdité.

– Cavalli… vous êtes sortie de votre hibernation. Le printemps vous fait du bien. Vous m'en voyez heureux. Votre association mentale est remarquable. Je vous donne un bon point.

Olly s'est mise à me faire plein de grimaces et à me tirer la langue, et elle m'a dit tout bas :

– Il en est heureux, tu as compris ? Il en est heureux !

Erica m'a fait un clin d'œil et Diletta a levé le pouce, genre empereur romain avec les gladiateurs. Je suis sauvée. Je ne serai pas jetée en pâture aux lions. Génial. Merci, Cioran.

52

Leonardo est enfermé dans la salle de réunion avec les autres dirigeants. Ils regardent les deux dessins du staff d'Alessandro : la fille sur la balançoire et la fille sur le surf.

– Rien à faire, Belli est toujours le plus fort. Il a du talent, du style et de l'originalité.

Leonardo hausse les épaules.

– Peut-être que c'est le fait de l'avoir confronté à ce jeune, il a eu un peu de pression, ça l'a poussé à faire encore mieux que d'habitude, non ?

– Excellente stratégie.

Leonardo continue.

– Écoutez ça : hier, avant de m'apporter ces deux dessins, il était en pleine *full immersion* au milieu des gens. Il a passé tout avant-hier à Fregene, dans les vieilles cabanes, parmi les nouveaux jeunes, leurs tendances, leurs goûts, leurs envies. Alessandro est parfait pour une chose, ne jamais se croire intelligent ou supérieur. Il se nourrit du peuple, des gens, il marche à côté d'eux, dans leur ombre. C'est un vampire des émotions et des sentiments, un Dracula des tentations…

Leonardo regarde sa montre.

– Il m'avait dit qu'il m'apporterait le logo ce matin, qu'il allait y travailler toute la nuit. Et moi qui ai pris exprès de nouvelles dessinatrices pour faire des lettering qui nous surprennent.

Le président pose sa tasse de café.

– Et surtout, qui surprennent les Japonais.

Leonardo sourit.

– Oui, bien sûr.

Juste à ce moment-là, la sonnerie de l'interphone retentit. La voix de la secrétaire annonce :

– Excusez-moi, docteur, mais le docteur Belli est arrivé.

Leonardo appuie sur le bouton.

– Je vous en prie, faites-le entrer.

Il se lève et se dirige vers la porte. Il l'ouvre, puis s'adresse aux autres.

– Messieurs, le prince des banlieues…

Alessandro entre, tranquille.

– Bonjour tout le monde.

Avec le sourire de qui en sait long mais ne veut pas trop le montrer. Bref, de qui sait au moins une chose, avec une certitude absolue : il n'ira pas à Lugano.

– Voici le travail de cette nuit.

Il pose le dossier blanc sur la table de réunion, au centre. « Le logo d'Alex. » Par chance, la nageoire du squale est en dessous. Niki lui a expliqué que le squale est la signature d'Olly, dessinatrice et surtout famélique « squale » mangeuse d'hommes. Avant de devenir

« Onde ». Mais ça, c'est une autre histoire. Alessandro ouvre lentement le dossier. Tous les dirigeants se lèvent de leurs fauteuils en cuir, l'un après l'autre, même le président. À ce moment-là, le logo d'Alessandro resplendit dans toute sa netteté au centre de la table. Ces mêmes mots que Niki aurait voulu s'entendre dire la veille au soir. Ce que tant de filles aimeraient s'entendre dire. Surtout si elles se sentent « LaLune » pour quelqu'un. Leonardo prend le dessin dans sa main. Il sourit, puis lit à haute voix. « Ne demande pas "LaLune" … Prends-la ! »

D'un coup, silence dans la salle. Presque religieux. Tout le monde se regarde. Tout le monde voudrait le dire, mais il y a toujours un peu la crainte d'être le premier à parler. L'indécision, la peur de ne pas être parfaitement en phase avec le choix ultime. Celui du président. Lui seul peut réellement se permettre cette liberté. Le président se lève, regarde Alessandro. Puis il regarde Leonardo. Puis il regarde à nouveau Alessandro, et sourit. Il dit ce que tous auraient tant voulu dire.

– C'est parfait. Nouveau et surprenant.

Applaudissement général.

– Bien !

Leonardo prend Alessandro par les épaules. Tout le monde se lève pour aller le féliciter. On lui serre la main, on lui tape dans le dos, on lui sourit, on lui fait un clin d'œil.

– Bravo, bravo, vraiment bravo !

L'un des jeunes dirigeants prend les deux dessins et le logo, met le dossier sous son bras et se dirige rapidement vers la porte du bureau.

– Je vais de ce pas les monter sur les deux dessins, on fait une impression pour chacun et on les envoie au Japon.

– Très bien, vas-y.

Alessandro accepte le café qu'on lui offre.

– Merci.

Quand tu as du succès, tu as trop d'amis. Quand tu échoues, s'il te reste un ami, c'est déjà beaucoup. Leonardo boit un café, lui aussi. C'est le directeur qui les leur a apportés à tous les deux.

– Maintenant, il n'y a plus qu'à attendre deux semaines.

– Mais comment ça ? On ne les envoie pas par Internet ?

– Tu veux toujours te moquer de moi, hein ? Prince des banlieues. Deux semaines, c'est le temps qu'il leur faut pour réunir tout leur staff et se fier à je ne sais quelle étude de marché, sans doute différente de celle que tu as faite toi pour trouver cette excellente solution…

Alessandro sourit.

– Oui, bien sûr.

– Et donc, il ne nous reste plus qu'à attendre.

Alessandro finit son café et se dirige vers la sortie. Tout le monde le salue, lui sourit, lui fait encore des compliments. Mais il ne pense qu'à une chose. Aller se reposer. Aller fêter ça. Il sort dans le couloir, fait un bond et frappe ses pieds l'un contre l'autre, latéralement, heureux de pouvoir exprimer sa joie. Juste à ce moment-là, il tombe sur Marcello, son jeune concurrent. Il lui sourit et lui fait un clin d'œil. Puis il s'arrête, indécis et perplexe. Mais il décide de tenter le coup. Il lui tend la main.

– À la prochaine…

Alessandro reste en suspens, dans l'attente… Que va-t-il faire ? La serrer ? S'éloigner sans répondre ? Faire semblant de lui tendre la main et lui mettre une baffe ? Marcello attend un bon moment. Il doit être en train de faire du *training* autogène, lui aussi. Être tranquille et

serein, tranquille et serein. Il y arrive. Marcello sourit.
Puis il tend la main à Alessandro et lui serre.

— Bien sûr, à la prochaine.

Alessandro le salue et s'éloigne, rassuré. Et surtout,
définitivement vainqueur. Ça, ce sont les vrais succès.

53

Fêter ça. À la maison. Tranquilles. Quelque chose à
dire. Quelque chose à boire. Rire. Pendant un instant,
n'avoir peur de rien. Éteindre le portable. Et se perdre
sans hâte.

— J'ai adoré ce film, tu sais, où il y a la petite fille qui
joue dans *Léon*…

— Mais alors c'est un film pour les jeunes.

— Pourquoi, tu te crois vieux ? Et puis, elle a grandi,
elle aussi.

— Attends, attends, je cherche sur Google.

Alessandro va à l'ordinateur.

— Voilà, c'est elle. Tu vois ? Nathalie Portman. Le
film, c'est *Closer*…

— Fais voir.

Niki s'assied sur ses genoux et s'appuie contre lui.
Elle rit tout en essayant de surfer. En avant. En arrière.
Il ouvre une autre page. Une nouvelle recherche.

— Voilà ! Il y a même la bande originale. Elle est magnifique. Attends, je télécharge le preview…

Alessandro la regarde. Elle est superbe, petite fille
amusée qui balade sa souris et son enthousiasme. Il
ferme les yeux et respire ses cheveux. Et son sourire. Il

ne pense à rien d'autre. Et ça l'inquiète. Niki tourne un peu le visage vers lui.

– Eh, mais qu'est-ce que tu fais ? Tu dors ?

– Mais non !

– Tu avais les yeux fermés ! Allez, regarde ça… Il y en a plusieurs… *The Blower's Daughter* et *Cold Water* sont celles de Damien Rice, mais il y a aussi *Smack My Bitch Up*, des Prodigy, elle est bien, celle-là, hein ? Et puis, ces deux autres que je ne connais pas, *How Soon Is Now* et *Come Closer*. Ecoutons un peu…

Niki clique… la chanson démarre. *Come on closer, I wanna show you what I'd like to do…*

– C'est beau, hein ? Ça dit…

– Non, non, Alex, laisse-moi faire. Je sais que tu parles anglais. Mais moi, il faut que je prépare mon bac. La prof dit que j'ai une bonne prononciation mais que je ne comprends pas bien le sens.

Niki ferme les yeux et écoute attentivement… *You sit back now, just relax now, I'll take care of you…* Puis elle clique à nouveau sur le lecteur virtuel et la remet au début.

– Attends, ça ne vaut pas ! Voilà.

Elle la réécoute. Et cette fois, elle est sûre d'elle.

– « Viens plus près, je veux te montrer quelque chose que j'aimerais faire… Assieds-toi dos à moi, maintenant détends-toi, je vais prendre soin de toi… » J'ai un doute sur ce « dos à moi ».

Elle repart un peu en arrière. « Oui, ça doit être ça… » Le preview continue jusqu'à *Hot temptations, sweet sensations infiltrating through, sweet sensations, hot temptations coming over you*. Elle rit.

– Je t'en prie, je t'en prie, laisse-moi réécouter juste ça. Voilà, au moins, je pourrai dire que j'ai bossé un peu mon anglais.

Tandis que le lecteur répète la chanson, Niki se lève et éteint les lumières. Seuls. Dans le salon. Les canapés en cuir blanc reflètent une douce lueur qui vient de l'extérieur. Une voiture passe au loin, on n'entend pas son klaxon, ni même le bruit de son moteur.

Niki ouvre la fenêtre de la terrasse. Le souffle lent du vent. Puis elle se déshabille. Pendant un instant, Alessandro se demande avec inquiétude si le type de l'immeuble d'en face n'est pas en train de regarder. De voler des yeux ce qui ne lui appartient pas. Mais non. Rien que l'obscurité. La robe de Niki glisse doucement le long de sa peau. Elle se couche à ses pieds, humble courtisane. Elle l'enjambe d'un petit pas léger. Elle a encore ses chaussures en toile, avec les lacets autour des chevilles. Elle n'a pas de soutien-gorge. Elle s'approche mais reste debout devant le canapé.

– Tu m'embrasses ?

Alessandro s'approche et l'embrasse doucement sur la bouche.

– Attends, je veux mettre quelque chose.

Il va vers la bibliothèque, la laissant seule un instant. Les jambes écartées, la lune qui la dessine comme une frêle jeune fille aux contours de crème, avec ce parfum léger qui émane d'elle.

Alessandro revient vers Niki. Il est torse nu, lui aussi. Il lui tire les cheveux en arrière, d'un geste délicat et amoureux. Niki ferme les yeux. Une musique démarre. *She's the one.*

– Tu te souviens ?

– Bien sûr, il y a des moments qu'on ne peut pas oublier.

Elle sourit, dévoilant ses dents parfaites, qui brillent dans la pénombre de la pièce. Le reflet d'un poisson qui saute, la nuit, dans la mer des Caraïbes, changeant de direction de temps à autre, emmenant avec lui dans les profondeurs la lune et son reflet.

– Un moment, j'ai cru que tu te l'étais déjà mis…

– Quoi donc ?

– Comment ça, quoi donc ? Le préservatif.

– Je n'y avais pas pensé…

Il la tire vers lui, lui caresse les seins, la serre, l'embrasse.

– Mmm, tu sens bon…

Niki sourit et l'embrasse avec passion. Elle s'amuse. Oui. Un baiser amusant, avec la langue, un baiser qui sent l'amour et le jeu. Un baiser plein de saveurs, d'envies, de mer ouverte et de tant d'autres choses. Une langue qui a des rêves à raconter. Ils s'allongent sur le canapé. Niki a mis de la crème sur ses jambes, parfum léger, un pré fleuri, mystérieux, caché derrière un bois, tout à découvrir.

– Tu me fais penser à un faon qui court, trébuche, tombe parmi les fleurs, et se relève, plein de feuilles, de pétales, de camomille, de marguerites, de violettes sauvages, de roses bigarrées et d'herbes aux mille odeurs…

Niki sourit.

– Mais qu'est-ce que tu racontes ?

– Je raconte, je raconte…

– Comment ça se fait que tu dis des bêtises comme ça, tu veux m'impressionner ? Tu sais, tu ne t'en souviens peut-être pas, mais on a déjà fait l'amour…

– Tu es bête, je te le dis parce que parfois c'est bon d'être un peu stupide…

Il l'embrasse à nouveau. C'est vrai, quand on tombe amoureux, c'est beau d'être stupide… Mais le problème, c'est qu'on ne s'en aperçoit pas, on ne s'en rend pas compte… Serais-tu en train de tomber amoureux, Alex ? Il se le demande. Et il se sent encore plus stupide. Il pourrait même rougir. Mais la pénombre te sauve toujours,

elle te met en sécurité, te fait rêver, te permet d'être stupide…

– Tu ne serais pas en train de me faire un numéro
tout prêt, non ? Parfois, on dirait que tu fais des choses
toutes étudiées… ce n'est pas joli. On se croirait dans
une de tes publicités.

Niki s'écarte.

– Il faut que je te dise la vérité… j'avais oublié qu'on
avait déjà fait l'amour.

– Idiot.

Niki lui donne un petit coup sur le dos puis, doucement, elle se laisse à nouveau embrasser. Alessandro
sent croître son désir. Il la pousse doucement, la main
sur son torse, et elle se laisse tomber en arrière sur le
canapé. Elle soupire pendant qu'il lui enlève sa culotte.
Le cuir est frais sous sa peau. Alessandro la regarde. Elle
est belle. Et elle a dix-sept ans. Quatre de plus que la fille
de Pietro. Mais est-ce que c'est de ma faute ? Non, c'est
de la faute de Pietro qui a fait des enfants trop tôt. C'est
pour ça qu'il a encore besoin de liberté… Quelqu'un a
dit qu'il y a un temps pour chaque chose… Mais maintenant ? Maintenant, de quel temps s'agit-il ? Qu'y a-t-il
à attendre, encore ? Soudain, un élan. De la faim. Du
désir. Je ne comprends plus rien, elle me déshabille et je
la laisse faire. Je regarde par la fenêtre et je sens d'autres
parfums, le voisin a les lumières éteintes, cette fois c'est
elle qui me pousse, elle le fait avec douceur, elle sourit, étend mes jambes et s'allonge sur moi. Elle est osée.
Plus osée. Aïe. Elle l'a fait exprès. Avec ses grands yeux,
elle me regarde. Elle sourit. Elle est très osée. Elle est
belle. Elle est innocente. Je me laisse aller. Je ferme les
yeux.

Et si Elena arrivait maintenant ? Elena a les clés de la
maison. Elle pourrait. Il faut que je change la serrure.

Mais non. Qu'elle vienne. C'est elle qui a décidé de s'en aller. Oui, qu'elle vienne. Et même, si elle pouvait venir. J'attire Niki à moi et je lui souris. Nous nous embrassons avec envie. Elle a déjà un peu mon odeur. Et je décide de lui faire l'amour.

– Eh, mais tu n'as rien mis, pour de bon… tu fais attention, hein ?

Elle le regarde d'un air inquiet.

– Pourquoi pas ? C'est toi qui l'as dit. Il ne faut pas faire de numéro tout prêt.

Elle secoue la tête et m'embrasse.

– Tu me plais trop.

– Toi aussi.

Puis un éclair. Oh, non, il faut absolument que je change la serrure.

Ma mère aussi a un double des clés.

54

Deux semaines, parfois, ça passe très vite, parfois, on dirait que ça dure une éternité. Comme maintenant. Mais, pour Alessandro, il est agréable de remplir ce temps. Du temps libre, pas du temps perdu, pour lui. Ce temps « contraint » à l'attente d'un verdict… japonais. Dîners dans des lieux divers et variés. Découvrir Niki jour après jour. Le goût de la fille aux jasmins, toujours différent, doux, amer, au miel, à la myrtille… au chocolat. Aux nuances aussi belles que le plus capricieux des couchers de soleil. Enfant. Jeune fille. Femme. Puis à nouveau enfant. Parfois, se sentir coupable. D'autres fois, si heureux que ça fait peur. Mais peur de quoi ? De tomber trop amoureux ? Que ça puisse finir ? Que tout change, l'âge, le travail, ma vie jusqu'ici, au point que ça ne marche pas ? Et avec Elena, alors ? Syntonie totale, mille choses faites ensemble, les mêmes expériences, la même façon de vivre. Oui. Nous étions parfaits. Tellement parfaits que même notre échec a été parfait. Non. Les Japonais vont bientôt répondre, maintenant. Et moi je veux en profiter à fond. Bonheur léger. Sans arrière-pensées. Comme ça vient. Oui, je veux rester sur cette vague. *Marée haute*. Comment il avait interprété cette chanson, Enrico ? Ah oui. *Tu sei dentro di me come l'alta marea* (« Tu es à l'intérieur de moi comme la marée haute »). C'est la peur de la profondeur de ce que tu crées et que tu ne sais pas diriger. *L'immensa paura che tu non sia mia* (« L'immense peur que tu ne sois pas mienne »). Superbe, Enrico. Toujours pas de nouvelles de Tony Costa. Comment ça se fait que cette enquête prenne autant de temps ? De toute façon, le prix est fixe, il ne gagne pas plus en faisant traîner. Je l'ai appelé, aujourd'hui, mais il a dit qu'on se rappelait à la fin du mois. J'espère qu'il n'y a pas de problème. Soudain, la voix de Niki.

— Trésor ? Qu'est-ce que tu fais ? Tu es encore dans la baignoire ? Mais tu es fou ? Moi je vais à mon match, tu te rappelles qu'aujourd'hui on a la finale du tournoi de volley ?

— On a ?

— Ben oui… moi et mes amies ! Mais tu t'en souvenais, non ?

— Bien sûr que oui.

— Non, tu ne t'en souvenais pas !

— Mais si ! Je suis en train de me faire beau pour toi… et pour tes amies.

Alessandro sort de l'eau. Et ainsi, même s'il est plein de savon et de mousse, on voit qu'il a envie d'elle.

– Crétin !

Niki rit et lui envoie une serviette.

– Je vais te donner un coup juste là, tu vas voir…

– Aïe !

Niki se tourne. Son regard est malicieux.

– Écoute, pourquoi on n'en reparle pas après le match ?

– Il y a des sujets qu'il vaut mieux affronter tout de suite…

Tout mouillé, il essaye de l'attraper. Niki s'enfuit.

– Alex, mais qu'est-ce que tu fais, j'ai la finale ! Tu es vraiment un gamin, parfois… allez. Je suis sortie avec toi parce que je pensais que tu étais un homme !

– Je refuse totalement mon rôle paternel, le complexe d'Œdipe, la recherche du père, *et cætera et cætera*.

– Mais tu es fou, un père, j'en ai déjà un, et je suis loin d'en chercher un autre avec toi. Tu devrais juste espérer que lui ne te cherche pas ! Allez, j'y vais, je prends mon scooter. J'espère que tu vas me rejoindre !

Niki sort de la salle de bains. Alessandro lui crie de loin :

– Bien sûr que je te rejoins, mais c'est la finale de quoi ? Avec tous les sports que tu fais…

– Crétin !

Alessandro ouvre le robinet de la douche. Crétin ? Il ne manquait plus que ça… Il se prépare en vitesse. Tout doucement, quand on est ensemble, tout devient normal. Et on finit par oublier cet amour « qui rend extraordinaires les gens ordinaires ». Vite. Parfois trop vite. Mais Elena est encore présente. Tandis qu'il se rince, tandis que l'eau emporte le savon, quelque chose lui revient. Directement du passé. Ce jour-là.

Pendant un instant, il a pensé qu'il s'agissait d'un cambriolage. Alors il s'est mis à courir dans toute la maison. Non, ils n'ont pas pris l'ordinateur portable. Ni la télé. Le lecteur DVD est encore là. Il continue son inspection, dans toutes les pièces. Armoires vides, cintres qui traînent, vêtements éparpillés. Comment ça se fait qu'ils n'aient pris aucun objet de valeur ? Il a regardé sur la table de nuit, c'est là qu'il l'a vue. Une enveloppe. Il s'est approché. « Pour Alex. » Alors il a ouvert cette lettre. Il l'a lue très vite, sans réussir à croire à ces mots, à ces phrases sans adjectifs, essentielles, pauvres, misérables. Sans un pourquoi, un comment, un quand, un où. Et puis, cette dernière ligne.

« Respecte mes choix comme j'ai toujours respecté les tiens. Elena. »

Là, il a compris. Voilà ce qu'ils ont volé. L'amour. Mon amour. Celui que j'avais construit jour après jour, avec patience, avec envie, avec soin. Et c'est Elena la voleuse. Elle l'a pris et elle l'a emporté, en sortant par la porte principale d'une maison qu'ils avaient aménagée ensemble. Quatre ans de petits détails, le choix des rideaux, la disposition des pièces, les tableaux accrochés en fonction de la lumière qui suivit la course du soleil. Pouf. En un instant, toute cette activité, toutes ces petites discussions sur comment organiser la maison, disparues. Évanouies. Ils m'ont volé l'amour, et je ne peux même pas porter plainte. Alors Alessandro est sorti dans la nuit, sans avoir le courage d'appeler un ami, quelqu'un, d'aller voir ses parents, ses proches, sa mère, son père, ses sœurs. N'importe qui à qui il puisse dire « Elena m'a quitté ». Rien. Il n'a pas pu. Il s'est promené, perdu dans la Rome de tant de films et de réalisateurs aimés, Rossellini, Visconti, Fellini. Leurs histoires dans ces rues, dans ces recoins. Rome a perdu de sa couleur. Elle est en noir et blanc. Un spot triste, comme un de ses premiers projets. Il venait d'entrer à l'agence. Il s'en rappelle comme si c'était hier. Tout était en noir et blanc, et à la fin le produit apparaissait. Un petit yaourt qui redonnait de la couleur à toute la ville. Et maintenant ? Maintenant, qui pourrait bien apparaître, dans ce dernier plan ? Elle. Rien qu'elle. Place de la République. Elena est assise sur le bord de la fontaine. Elle se tourne. Premier plan, son sourire. Alors, toute la ville reprend sa couleur. En surimpression, en rouge flamboyant, apparaît l'inscription : « Mon amour, je suis revenue. » Mais ce film ne passe dans aucune salle. Et sur cette place, il n'y a personne, sauf deux étrangers assis sur le bord de la fontaine. Ils regardent un plan de la ville. Ils le tournent et le retournent sans trouver le bon côté. Ils sont peut-être perdus. Mais ils rient. Parce qu'ils sont encore là, eux. Peut-être qu'ils ne se perdront pas. Alessandro continue à marcher. Le plus triste, c'est que demain je dois aller à une réunion très importante avec des Japonais. À Capri. Je voudrais appeler le bureau et dire : « Je ne viens pas, je me sens mal. Arrêtez le monde, je veux descendre. » Mais non. Il a toujours fait son devoir. Je ne peux pas ne pas y aller. Ils ont cru en moi. Je ne veux décevoir personne, moi. J'avais cru en Elena. Et Elena m'a déçu. Pourquoi ? Moi j'y croyais. J'y croyais. Alors il est monté dans le train, il a cherché sa place et il a attendu une demi-heure avant le départ. Une belle femme, dans les cinquante ans, s'est assise en face de lui. Elle portait une alliance et elle a passé tout le temps au téléphone avec son mari. Alessandro, sans le vouloir, a écouté ce coup de fil. Doux, sensuel, amusé. Moi aussi, j'avais demandé à Elena de m'épouser. Nous aussi, nous aurions pu passer nos journées loin de l'autre, chacun à son travail, mais toujours unis, proches, et de temps en temps nous appeler pour un bisou, un petit coucou, une plaisanterie, comme cette femme devant moi avec son homme. Nous nous serions dit des mots d'amour au-delà du temps, pour toujours, en riant nous aussi. Mais non. Tout ça n'est plus possible. Alessandro se met à pleurer. En silence. Tout doucement. Il met ses lunettes de soleil, des Ray Ban sombres, qui cachent sa douleur. Mais les larmes, quand elles coulent, sont comme des enfants sur une plage. Tôt ou tard, ils finissent dans l'eau. Alors Alessandro soulève ses lunettes et laisse libre cours à ses larmes. Sa joue se mouille et ses lèvres ont un goût de sel. Un peu honteux, il tente de les sécher avec le dos de sa main. La dame s'en rend compte et, un peu gênée, elle met fin à sa conversation. Puis elle s'adresse à lui, gentille et généreuse.

– Qu'est-ce qui se passe, vous avez eu une mauvaise nouvelle ? Je suis désolée…

– Non… c'est-à-dire, je me suis séparé…

Et Alessandro n'arrive à le dire qu'à elle, à une inconnue.

– Pardon…

Il a un petit rire, tout en essuyant ses larmes, en reniflant.

La dame sourit et lui passe un mouchoir en papier.

– Merci.

Alessandro se mouche, puis sourit lui aussi.

– C'est que, vous entendre si gaie, tout à l'heure, au téléphone avec votre mari, après tant de temps que vous êtes ensemble…

La dame sourit.

– Ce n'était pas mon mari.

– Ah.

Alessandro regarde ses mains, son alliance. La femme s'en aperçoit.

390

– Oui, je sais. C'était mon amant.

– Ah… je suis désolé.

– Non. Il n'y a pas de quoi.

Ils ne disent plus un mot jusqu'à la fin du voyage. Jusqu'à Naples. Arrivés à la gare, la femme le salue.

– Au revoir, et portez-vous bien…

Elle sourit, puis descend. Alessandro prend son bagage et descend, lui aussi. Il la suit du regard et, peu après, la voit dans les bras d'un homme. Il l'embrasse sur la bouche et lui enlève son chariot des mains. Ils marchent le long du quai. Puis il s'arrête, lâche le chariot et la porte vers le ciel en la serrant fort. Alessandro regarde bien. Cet homme a une alliance. Ça doit être son mari. Bien sûr, ça pourrait aussi être l'amant, marié lui aussi. Mais parfois les choses sont plus simples qu'on ne les imagine. Ils marchent vers la station de taxis. Elle se tourne, l'aperçoit, lui fait signe de loin et enlace à nouveau son mari. Alessandro lui renvoie son sourire. Puis il attend tranquillement un taxi. Il serre les dents. Continue son voyage. L'hydroglisseur l'emmène à Capri. Mais Alessandro ne voit même pas la mer. Elle est bleue, propre, plate. Mais il est plus loin que ces hublots sales de sel et d'éclaboussures, et surtout gris comme son cœur. Puis, Via Camerelle, à la réunion avec les Japonais. Il respire profondément. Et soudain quelque chose change. La douleur se transforme un peu. Par l'intermédiaire de l'interprète, il les amuse, les enchante, les rassure, raconte quelques anecdotes italiennes. Il se couvre la bouche de la main quand il rit. Il s'est renseigné sur cette coutume à eux. Ils considèrent le fait de montrer ses dents comme mal élevé. Alessandro est précis. Tatillon. Préparé. Presque parfait. Une chose est certaine : dans son travail, il ne veut pas décevoir. Puis il se met à parler du projet pour leur produit. Ça lui est venu comme ça, d'un coup. Mais, en l'entendant, les Japonais s'enthousiasment, sont comme des fous et finissent même par lui taper dans le dos. L'interprète aussi est heureux, il dit qu'ils lui font plein de compliments, qu'il a eu une idée géniale. Et Alessandro donne le coup final quand, après leur avoir dit au revoir, il leur tend sa carte de visite en la tenant des deux mains, exactement comme on fait au Japon. Ils sourient. Conquis. Alessandro peut rentrer chez lui. Il a fait son devoir, il n'a déçu personne. Au contraire. Il a fait mieux. Il a donné une nouvelle idée, une idée qui a plu. Simple. Une idée qui a fait sourire. Exactement comme cette vie qu'il voudrait maintenant.

Plan fixe sur un paysage. Un train passe. Intérieur. Une femme, assise à sa place, pleure. Zoom avant. La femme pleure toujours. Lentement, longuement, devant les autres voyageurs qui se regardent, ne sachant pas bien quoi faire. Le train s'arrête, les passagers descendent. Chacun a quelqu'un à embrasser, quelqu'un qui l'attendait. Seule la femme qui pleurait n'a personne pour l'attendre. Mais d'un coup, elle sourit. Elle s'approche de la voiture. Le nouveau produit des Japonais. Elle part avec. Désormais, elle est heureuse. Elle a retrouvé son amour avec cette voiture. « Un amour qui ne trahit pas. Un moteur qui ne s'éteint pas. »

Quand il l'a entendue, Leonardo, son directeur, a trouvé l'idée fantastique.

– Tu es un génie, Alessandro, un génie. Un volcan de créativité. Avec une histoire simple, un spot d'effet. Une femme qui pleure dans un train. Superbe. Un peu comme dans *Le Choix de Sophie*, on ne sait pas pourquoi elle pleure, on sait juste pourquoi elle rit, à la fin. Tu es un génie. Et quand je pense qu'ils voulaient que le protagoniste du spot soit un homme. Un homme. Mais tu as raison, ça ne serait pas crédible, où on peut voir ça, de nos jours, un homme qui pleure? Dans un train, en plus…

– C'est vrai, ça. Où on peut voir ça…

Alessandro sort de la douche et se sèche. Puis il s'habille. Tu sais ce que c'est, le problème, dans cette vie? C'est qu'il n'y a même pas de temps pour la douleur.

55

La balle s'élève. Deux filles s'élancent vers le filet. Niki compte bien ses pas. Un, deux, et elle bondit. Mais, de l'autre côté, deux adversaires ont déjà tout compris et font un mur. La balle smashée de Niki rebondit, glisse et retombe dans son camp.

– Pffiitt !

Coup de sifflet de l'arbitre, qui tend le bras vers la gauche. Point à l'adversaire.

– Nooooon !

Pierangelo, l'entraîneur, gesticule, enlève sa casquette et la jette sur une table. Une chose est sûre, ce ne sont pas les courbes des joueuses qui le distraient. Il est agacé par leurs erreurs. Les adversaires ont le service. Juste à ce moment-là, la petite porte au fond de la salle s'ouvre. Et voilà Alessandro qui arrive, impeccable dans son blazer marine, son pantalon bleu clair en tissu chevronné et sa chemise rayée bleu et blanc, encore tout parfumé de la douche qu'il vient de prendre. Il sourit. Il a quelque chose à la main. Niki l'aperçoit et lui rend son sourire, puis elle fait une petite grimace comme pour dire : heureusement que tu es arrivé !

À partir de là, c'est comme si un porte-bonheur infaillible avait fini dans la poche de l'entraîneur. Son équipe ne peut pas perdre. Services, murs, passes, volées, et smashes, smashes, smashes. Et un incroyable jeu d'équipe. Et à la fin... victoire !

— Le Mamiani gagne par vingt-cinq à seize.

Les filles hurlent, se jettent dans les bras les unes des autres et sautent toutes ensemble, chacune avec les mains posées sur les épaules d'une autre. Mais Niki finit par se pencher, se dégager et s'enfuir. Elle court comme une folle, encore luisante et toute trempée de sueur, et elle saute dans les bras d'Alessandro, en passant ses longues jambes autour de la taille du jeune homme, toujours impeccable dans sa veste en lin.

— On a gagné !

Elle l'embrasse longuement, baiser légèrement salé.

— Je n'en doutais pas. Tiens, c'est pour toi.

Alessandro lui donne un paquet.

— Tiens-le comme ça, en position verticale.

— Qu'est-ce que c'est ?

— C'est pour toi... ou plutôt pour elle.

Alessandro sourit pendant que Niki déballe son cadeau.

— Non... trop belle... une plante de jasmin.

— Tu ne pouvais pas ne pas avoir quelque chose à toi... fille aux jasmins.

Ils continuent à s'embrasser sans se rendre compte de rien, des gens qui passent tout près d'eux, vainqueurs et vaincus d'une finale importante, mais au fond pas si importante... Au bout d'un moment, Alessandro n'arrive plus à la porter, et ils tombent au milieu des chaises des tribunes. Ils ne se font pas mal, ils rient, et ils continuent à s'embrasser. Il n'y a rien à faire. Parfois, l'amour gagne vraiment sur tout.

56

Un peu plus tard. Chez Alessandro. Après avoir terminé la discussion de la douche, de la mousse... bref, après. Niki sort de la salle de bains, une serviette roulée sur la tête, encore chaude de vapeur, et pas seulement, les joues rouges et un air doux d'après l'amour.

– Alex, mais qu'est-ce que c'est que ça ?

Elle lui tend une feuille avec un plan du salon plein de meubles, fauteuils et tables basses. Alessandro la regarde.

– Ah, ça...

En fait, il s'en souvient parfaitement. Comment aurait-il pu oublier ? La dispute d'Elena au téléphone avec le vendeur, la remise qu'il n'avait pas voulu lui faire, et puis tous ces autres coups de fil, les discussions sur le retard de la livraison de cette montagne de meubles encombrants et hors de prix. Ils sont tous dessinés sur ce plan. Et surtout, à la date d'aujourd'hui, ils ne sont pas encore arrivés.

– Mmm... ça... C'est un plan du salon.

– Mais tous ces meubles, ils étaient là avant ?

– Non. Ils seront là après...

– Quoi ? Mais je n'y crois pas. Ils sont horribles ! Ils vont tout alourdir.

Alessandro n'en revient pas. C'est exactement ce qu'il avait dit à Elena.

– Mais bon, l'appartement est à toi, tu fais ce que tu veux, hein…

Ça, c'est exactement le contraire de ce que lui avait répondu Elena. Alessandro sourit.

– Tu as raison… dommage.

– Dommage ? Mais tu as déjà payé ?

– Non. Je dois payer à la livraison.

– Qui devait avoir lieu…

Niki regarde la feuille.

– … il y a quatre mois ? Mais tu peux tout annuler et redemander la caution, peut-être même la faire doubler. Appelle tout de suite ! Allez, je te fais le numéro…

Niki attrape le magnifique téléphone sans fil sur la table basse – la seule table du grand salon – et compose le numéro du magasin de meubles, écrit à la main dans un coin de la feuille. Elle attend que ça sonne, qu'on décroche, puis elle passe le combiné à Alessandro.

– Vas-y, parle…

– Arredo Casa Style, vous désirez ?

Alessandro regarde la feuille qu'il a dans les mains et il trouve le nom, souligné : Sergio, le vendeur qui s'est occupé d'eux.

– Oui, allô, je cherche Sergio. Je suis Alessandro Belli…

– Oui, bien sûr, je me rappelle. Toutes mes excuses, vos meubles ne sont pas encore arrivés parce que nous avons eu un problème en Vénétie. Mais ils partent bientôt. Et ils arriveront sans aucun doute avant la fin du mois…

– Excusez-moi, Sergio, mais je n'en veux plus.

– Mais comment, si votre dame… nous avons passé une journée entière à discuter… elle a même fini par me forcer à lui faire une remise, ce qui nous est défendu par les propriétaires. J'ai dû me disputer avec eux…

396

– Alors rassurez-les. Vous ne devez me faire aucune remise. Les délais sont dépassés. Je ne ferai pas de problèmes, je veux seulement que vous me rendiez ma caution. Merci, et au revoir.

Il raccroche sans lui laisser le temps de répondre.

– Ça, c'est toi qui me l'a appris.

Il sourit à Niki. Puis il respire. Détendu, satisfait, un soupir et une sensation de liberté qu'il n'a jamais éprouvée avant. Niki le regarde, puis regarde le salon.

– C'est mieux comme ça, non ?

– Très très mieux.

– On ne dit pas très mieux.

– Dans ce cas, si, et puis Mme Bernardi ne peut pas m'entendre.

Alessandro l'attire à lui et l'embrasse.

– Merci.

– De quoi ?

– Un jour, je t'expliquerai.

– Comme tu veux.

Ils s'enlacent, ils s'embrassent. Puis Niki se lève.

– Écoute, si tu as envie, un de ces jours je t'accompagne dans le centre, quand tu iras te choisir de nouveaux meubles.

Elle se dirige vers la salle de bains pour s'habiller.

– Mais des trucs légers, hein ? Et seulement si tu as envie. Sinon, vas-y tout seul, bien sûr.

Niki entre dans la salle de bains, mais en ressort tout de suite.

– De toute façon, vu ce que tu allais faire… moi je m'emmènerais, si j'étais toi !

Puis elle le regarde une dernière fois, sérieusement.

– Et puis, c'est ton appartement, non ?

– Bien sûr.

– Donc, si ça devait se reproduire… même si j'espère vraiment que non… souviens-t'en !

Et elle disparaît définitivement dans la salle de bains.

Alessandro apparaît sur le pas de la porte.

– Ça n'arrivera pas.

– Tu crois ?

– J'en suis sûr…

– Autant que du fait que tu ne serais jamais sorti avec une mineure ?

Alessandro sourit.

– Ben, ça c'était mon rêve.

– C'est ça !

Niki enfile son T-shirt.

– Parce que ça te fait faire un plongeon dans le passé !

– Ça me fait faire toutes sortes de plongeons ! Allez, dépêche-toi, on va manger quelque chose dehors.

Niki met son pantalon et le regarde.

– Tu sais, ce n'est pas l'âge qui fait la femme. Allez, bouge…

Elle le pousse sur le côté.

– … je veux voir ce que tu as dans le frigo. Ce soir, on dîne à la maison.

Alessandro est surpris. Agréablement surpris. Puis il revient au salon et met un CD. *Save Room*, John Legend. Il s'allonge sur la chaise longue, monte un peu le volume avec la télécommande. Il ferme les yeux. Qu'il est bon d'être avec une fille comme ça. Si seulement elle était un peu plus vieille… un peu. Pas tellement, juste trois-quatre ans, qu'elle ait au moins plus de vingt ans. Qu'elle ait fini le lycée. Le temps. Le temps au temps. Mince, en tout cas elle m'a vraiment aidé dans mon travail… Et puis, quand on est tous les deux… Il entend la voix de Niki dans la cuisine.

– Pâtes courtes on longues ?

Alessandro sourit.

– Quel rapport, ça dépend de la sauce, non ?... Bon, d'accord, courtes.

– OK !

Alessandro se détend à nouveau. Il se laisse aller encore plus. Musique lente. Plus lente...

– Alex ?

– Oui ?

– C'est prêt... mais tu t'étais endormi ? Tu es incroyable ! Douze minutes. Le temps de la cuisson.

– Je ne dormais pas. Je rêvais de toi.

Il entre dans la cuisine.

– Et de ce que tu pouvais avoir préparé. Mmm... ça sent bon. Ça a l'air bon. Voyons voir.

– Quoi donc ?

– Si tu es un habile escroc ou une habile cuisinière.

Alessandro s'assied à table. Il remarque une petite fleur tout juste cueillie sur la terrasse, dans un petit verre de vodka. Deux bougies allumées près de la fenêtre réchauffent l'atmosphère. Curieux, Alessandro goûte le *rigatone*, puis ferme les yeux et se perd dans cette saveur délicate, réelle, complète. C'est vraiment bon.

– Eh, mais c'est fantastique ! Qu'est-ce que c'est ?

– Moi j'appelle ça la sauce carbonara paysanne. C'est une de mes inventions, mais on peut la perfectionner.

– C'est-à-dire ?

– Dans ton frigo, plusieurs ingrédients de base manquaient.

– Moi je trouve ça délicieux comme ça.

– Parce que tu n'as pas encore goûté quand c'est parfait. Il faut des carottes coupées toutes fines, et puis un peu d'écorce de citron...

– Eh bien, trouver une belle fille, pas trop mûre, qui sache déjà cuisiner comme ça, c'est un rêve !

– Celui que tu faisais tout à l'heure ?

– Non. Je n'en rêvais pas tant.

– Quoi qu'il en soit, je te rassure tout de suite… Je ne sais faire que deux plats. Donc, quand tu auras aussi goûté le deuxième… on recommencera.

Alessandro sourit tout en mangeant cette drôle de carbonara paysanne. Elena ne m'avait jamais rien fait de semblable. Bon, d'accord, quelques salades avec des drôles d'ingrédients, framboises ou fruits des bois, pistaches grillées ou grenades… Et puis, quelques plats recherchés, français et luxueux. De toute façon… De toute façon ce n'était pas son argent. Mais jamais rien de vraiment cuisiné. Jamais d'odeurs de cuisine, de vapeur, d'ail poêlé, de pâtes en sauce. De cette cuisine qui a tant le goût d'amour.

Niki ouvre une bouteille de vin.

– Ma carbonara paysanne se mange avec du vin blanc. Ça te va ?

– Très bien.

– Je l'ai mis un peu au congélateur.

Alessandro touche la bouteille.

– Mais elle est déjà très froide !

– Il suffit de passer la bouteille sous l'eau avant de la mettre dans le congélateur, et le tour est joué.

– Tu sais tout sur tout, hein ?

– J'ai vu mon père le faire.

– Bravo… et tu as appris beaucoup d'autres choses, de ton père ?

Niki lui sert à boire.

– Comment ne pas me faire avoir, dans certaines occasions.

Elle se verse à boire et lève son verre. Alessandro se nettoie la bouche et prend le sien. Ils trinquent. Un son de cristal vénitien emplit l'air, envahit la cuisine. Niki sourit.

— Je crois quand même que cette leçon, je ne l'ai pas bien comprise…

Elle boit en le regardant intensément.

— Mais j'en suis heureuse…

Ils continuent à manger, bavardage léger et tranquille. Une salade est assaisonnée. Des pans de vie passée, de films compliqués, de films d'auteurs, de peur. Une pêche est épluchée.

— Imagine que, quand j'avais quinze ans et que j'étais en Amérique, je suis allé voir Madonna avec des amis. Elle avait vingt ans, elle était grosse et personne ne la connaissait.

— Moi je l'ai vue l'an dernier à l'Olympique avec Olly et Diletta… Erica n'est pas venue parce que Giorgio s'est emmêlé avec les billets… Elle a quarante ans, elle est mince et célèbre…

Et d'autres extraits de vie passée, et surtout passée loin l'un de l'autre. Tout doucement. L'un après l'autre. Les morceaux d'un puzzle coloré, amusant, parfois douloureux, difficile à raconter : des émotions, de petites vérités, quelques mensonges sans gravité, quelque chose qu'on n'est pas capable de raconter, même pas à soi-même.

Niki se lève et s'attaque à la vaisselle. Alessandro l'arrête.

— La femme de ménage vient demain, laisse tomber… Allons au salon. On pourrait se voir un DVD.

À ce moment-là, on sonne à l'interphone. Niki se jette sur le canapé.

— La femme de ménage est déjà arrivée ?

Alessandro va à la porte.

— Je ne sais pas du tout qui ça peut être.

En fait, il a bien une idée. Elena. Et il est terrorisé. Il voudrait ne jamais se retrouver dans cette situation. Mais quelle situation, Alex ? Tu ne lui dois rien. Bon, au moins elle n'a pas utilisé ses clés pour monter. Elle a peut-être pensé qu'après plus de trois mois tu pourrais être avec quelqu'un d'autre…

— Oui, qui est-ce ?

— Alex, c'est nous, Enrico et Pietro.

— Qu'est-ce qui se passe ?

— Quelque chose d'important. On peut monter ?

— Bien sûr.

Alex ouvre la porte de l'immeuble.

— C'est qui ? demande Niki en zappant d'une chaîne à une autre.

— Deux amis.

— À cette heure-ci ?

— Eh oui.

Il regarde sa montre.

— Il est neuf heures et demie.

On sonne à la porte. Alessandro va ouvrir.

— Salut, vieux.

Pietro l'embrasse, puis siffle et essaye de le toucher entre les jambes.

— Qu'est-ce que tu fabriques avec le monstre ?!

— Allez, arrête.

Alessandro se reprend, puis ajoute tout doucement, presque en chuchotant :

— C'est que je ne suis pas seul… Venez, je vous la présente.

Ses deux amis le suivent. Pietro regarde Enrico.

— Tu crois que c'est… ?

– Non. Ça ne peut pas être elle. Après ce qui s'est passé avec nous…

– Tu n'as pas encore compris, hein ? Les femmes sont un sujet qui n'a rien à voir avec la raison, et toi tu veux à tout prix la faire intervenir.

– Tout ce que tu voudras, mais ça ne peut pas être elle.

Alessandro entre au salon, suivi par ses deux amis.

– Voilà. Je vous présente Niki.

Niki émerge doucement de derrière le canapé, pieds nus sur les coussins.

– Salut ! Vous voulez manger quelque chose ? J'ai fait des pâtes…

D'un bond, elle escalade le canapé.

– Un peu de vin ? Un Coca ? Un rhum ? Bref, quelque chose ?

Enrico regarde Pietro. Il fait un petit sourire satisfait, comme pour dire : « Tu as vu ? Ce n'est pas elle. » Puis il lui dit doucement :

– Tu ne nous auras pas.

– De quoi vous parlez ?

Alessandro s'approche, curieux. Mais juste à ce moment-là, le portable de Niki sonne. Elle escalade à nouveau le canapé pour aller le prendre dans son sac posé sur une chaise.

– Allô, oui…

– Ciao, Niki, c'est maman. Tu es avec Olly ?

– Non, je suis avec d'autres gens.

– En effet, elle a appelé, elle te cherchait.

– Je lui avais dit que je sortais. Olly est toujours jalouse.

– Tu es seule avec quelqu'un ?

– Noooon. On est plein, je t'assure.

– Je ne te crois pas.

403

– Allez, maman, tu me fais honte…

Niki comprend qu'elle ne s'en sortira pas comme ça. Elle couvre le micro.

– Excusez-moi mais ma mère est un peu parano. Vous pourriez faire un peu de bruit, tous en même temps ? Pour lui faire comprendre qu'on est nombreux ?

Pietro sourit.

– Bien sûr !

Niki a à peine le temps d'enlever sa main, Pietro, Alessandro et Enrico se mettent à faire du bruit.

– Alors, qu'est-ce qu'on fait ? On passe prendre les autres ?

– Oui, il y a une fête chez mon amie Ilaria, ou plutôt non, chez Alessandra !

Niki fait signe que ça va. Puis elle s'éloigne un peu et continue à parler à sa mère.

– Alors ? Tu es contente ? Tu as entendu combien on est ? Tu me fais vraiment passer pour une débile. Quand est-ce que tu auras un peu confiance en moi ? Peut-être quand je grandirai et que j'aurai cinquante ans ?

– C'est qu'il se passe tellement de choses, de nos jours… Niki, c'est le monde qui nous fait perdre confiance…

– Tu peux être rassurée, maman, je vais bien et je vais bientôt rentrer à la maison.

– Figure-toi que ton père est convaincu que tu as un nouveau petit ami, qui fait partie d'un autre groupe…

– Bah, tu peux le rassurer, lui aussi. Je suis en chasse, et toujours parmi les mêmes…

– Niki…

– Oui, maman ?

– Je t'aime.

– Moi aussi, et je ne veux pas que tu t'inquiètes.

Elle raccroche, regarde un instant son téléphone. Une pensée douce, malgré tout. D'un côté, l'idée de lui avoir échappé. De l'autre, le plaisir que ça compte autant pour elle. Elle sourit intérieurement et retourne au salon.

– Merci, hein… vous avez été bien aimables !

Pietro sourit et ouvre les bras.

– Il n'y a pas de quoi !

– Mais oui, ce n'est rien, poursuit Enrico.

– Vous êtes sûrs que vous ne voulez rien boire ?

– Non, non, vraiment.

– OK, alors vu qu'il n'y a rien à la télé, ni sur le câble, je vais aller au Blockbuster du coin prendre un DVD. Ça ferme à onze heures. Alex, des préférences ?

– Ce que tu veux.

– OK. Vous voulez que je rapporte de la glace ?

– Non, non, laisse tomber.

Pietro se touche le ventre.

– Comme tu vois, j'ai déjà donné.

– On est au régime…

– OK, à tout de suite, alors.

Niki sort en fermant la porte derrière elle.

Pietro se met les mains sur la tête.

– De la glace ?! Mais qui a parlé de glace ! J'aurais dû lui dire : apporte-moi tout de suite une de tes copines, n'importe laquelle pourvu qu'elle soit comme toi !

– Mais quel âge elle a ? demande Enrico.

Alessandro se sert à boire.

– Elle est jeune.

Pietro s'approche et prend un verre, lui aussi.

– Enrico, mais qu'est-ce que ça peut te faire, son âge, c'est une bombe atomique !

– Pietro !

– Elle est mieux que les Russes, que toutes les Russes à la fois !

Il se verse à boire. Et il descend son whisky d'un coup. Puis, excité comme un fou :

— Je t'en prie, je t'en prie, dis-le-moi quand même, même si ce n'est pas important… quel âge elle a, cette Niki ?

— Dix-sept.

Pietro se laisse tomber sur le canapé.

— Mon Dieu, je me sens mal… ce cul, ce cul !

— Mais qui ?

— Toi, elle, je ne sais pas… j'en perds mes mots !

Puis il se relève d'un coup.

— Alex !

— Oui ?

— Mais on ne va pas en prison, pour une fille de dix-sept ans, n'est-ce pas ?

— À partir de seize.

— Ah oui. Alors ça me plaît encore plus, je jouis rien qu'à l'idée.

— Pietro, tu sais que tu es vraiment malade ?

— Je n'ai jamais dit le contraire. J'ai ça en tête depuis que je suis petit. Non, depuis que je suis né. D'ailleurs, c'est la première chose que j'ai vue, et je n'ai plus réussi à oublier…

Enrico lui donne un coup de pouce, puis demande, curieux lui aussi :

— Mais comment tu l'as rencontrée ? Elle est manne-quin pour un de tes spots ?

— Pas du tout. On a eu un accident.

Pietro secoue la tête.

— Double cul. Voilà pourquoi on ne te voit plus, ces temps-ci. Les dîners, les fêtes, l'autre soir, les quarante ans de Simone… Voilà où tu t'étais perdu.

— Non, je me serais plutôt retrouvé. Vous savez quoi ? Je n'ai jamais été aussi bien de ma vie.

– Je te crois… Qui pourrait aller mieux que toi ? Tu as de la chance qu'ils aient inventé le Viagra. Elle, elle croit peut-être que tu es vraiment comme ça. Normalement…

– Ce que tu es stupide ! Pour commencer, je n'en prends pas, et je n'en ai pas besoin… Je parle d'autre chose. C'est une sensation complètement nouvelle. Je me sens moi-même. Je dirais même que je suis peut-être moi-même pour la première fois de ma vie. Peut-être que je m'étais senti comme ça à dix-huit ans, ma première histoire, mais c'est tout.

Pietro se lève du canapé.

– Allez, Enrico, allons-nous-en, laissons-le dans son paradis… mais bon, moi je n'y crois pas, qu'il ne prend pas de Viagra.

– Encore ?

Pietro le regarde.

– Eh, écoute… mais ça ne serait plutôt pas que vous êtes juste amis, c'est-à-dire…

Il fait une sorte de pistolet avec son pouce et son index et le fait tourner dans le vide.

– … que vous ne faites rien ?

Alessandro le pousse doucement vers la porte du salon.

– Dehors, dehors, dehors ! Je ne te réponds même pas.

– Ah, tu vois, je me disais bien qu'il y avait quelque chose de bizarre.

– Oui, oui, tu peux penser ce que tu veux.

Alessandro ouvre la porte. Enrico les rejoint sur le palier.

– Toi et moi, il faut qu'on s'appelle à la fin du mois, pour cette histoire…

– Bien sûr.

Alessandro les regarde pendant un instant.

– Au fait. Pourquoi vous êtes passés ? Vous avez dit que c'était quelque chose d'important…

Enrico et Pietro se regardent.

– Non, c'est qu'on ne te voyait plus beaucoup, en plus tu t'étais séparé d'Elena il n'y a pas longtemps, bref, on voulait savoir comment tu allais…

Alessandro sourit.

– Merci. Maintenant vous avez compris, non ?

Pietro prend Enrico par la veste et le tire dans l'ascenseur.

– Un peu, qu'on a compris ! Tu te portes à merveille ! Allez, on y va… Laissons-le à son Eden. Ah, et puis surtout, demande-lui si elle a une copine.

Alessandro sourit et ferme la porte. Pietro appuie sur RdC. Les portes de l'ascenseur se referment. Pietro se regarde dans le miroir. Il arrange sa veste. Enrico s'appuie à la paroi et regarde son reflet dans le miroir.

– On a bien fait de ne pas lui dire ?

Pietro croise son regard perplexe dans le miroir.

– Je ne sais même pas de quoi tu parles…

– Du fait qu'hier soir…

– Je sais. C'était pour dire que c'est mieux comme ça. Comme s'il ne s'était rien passé. Tu ne voudrais pas lui ruiner son paradis ?

Il sort sans l'attendre, monte dans la voiture. Enrico le rejoint.

– Non, bien sûr. Donc il ne le saura jamais.

– Peut-être que oui, peut-être que non, répond Pietro en baissant la vitre.

– La vie nous répondra. Ce n'est toujours qu'une question de temps. Ne presse pas les choses.

Il démarre. Enrico monte dans sa voiture. C'est vrai. C'est juste une question de temps. Pour lui aussi tout est plus facile, maintenant. Il y a une échéance. La fin du mois. Oui, à la fin du mois il saura tout. Il n'y aura plus de doutes. Paradis. Ou Enfer.

57

Chambre indigo. Elle.
Soudain. Bip bip.

« Mon amour, demain je passe te prendre à sept heures. J'ai une surprise pour toi. Tu dis toujours ke je suis romantik. Mais pour notre anniversaire je vais te surprendre ! »

Elle lit le message. C'est vrai. Demain, c'est notre anniversaire. Le premier. Mince. Je ne peux pas rentrer tard, le lendemain j'ai une interro à la première heure. Je le sens, je vais avoir sommeil. Pff. Cet après-midi, il faut que je lui achète un cadeau. Sommeil ? Il faut ? Un cadeau ? Mais qu'est-ce que tu racontes ? Eh, pssst, tu te rappelles ? C'est le type qui te faisait tant vibrer, l'an dernier. Celui aux épaules larges et aux yeux gentils. Celui qui plaît tant à ta mère et à ta tante. Compris ? C'est lui… lui. Et aujourd'hui ça fait un an que vous êtes ensemble. Ça devrait être « j'ai envie de lui acheter un cadeau », et même « le » cadeau. Et puis, qu'est-ce que ça peut faire, si on se couche à six heures du matin ? C'est ça que je devrais me dire. N'en avoir rien à faire. Bonheur, folie, envie de courir, de crier… et d'aimer, d'aimer. Mais non. Pourquoi je suis comme ça ? Je pense à dormir, plutôt que d'être contente de sortir. Je veux l'aimer. Mais non, non. Ce n'est pas ça, qu'on dit. On dit « je l'aime », et c'est tout. La fille court dans sa chambre et ouvre son armoire. Un, deux, trois, quatre cintres avec de jolies robes courtes. Mais ce qui manque, ce n'est pas le choix. C'est le désir d'être belle pour lui. Elle les regarde une à une. Elle les effleure de la main. Elle s'arrête un peu sur une robe gris-bleu avec des petits dessins orientaux. Sa préférée. Elle essaye de s'imaginer habillée ainsi, devant lui, au restaurant. Elle cherche à débusquer dans sa fantaisie un cadeau à lui offrir. Mais il n'y a pas de joie. Il n'y a pas de frisson. Il n'y a rien. Silence. Peur. Obscurité. Alors elle pleure de rage. Elle pleure parce qu'elle ne ressent pas ce qu'elle devrait. Elle pleure parce que parfois ce n'est la faute de personne, tu voudrais ne faire souffrir personne mais tu te sens méchante, ingrate. Des questions, trop de questions pour cacher la seule vérité qu'elle sait déjà. Mais l'admettre, c'est autre chose. L'admettre, ça signifie prendre un virage et changer de route. Elle se cherche, elle se regarde dans le miroir, mais elle ne se trouve pas. C'est une autre qu'elle voit.

58

Dring. Dring. Dring. L'interphone sonne gaiement. Alessandro se secoue et glisse presque de sa chaise longue. Il pose sa main sur le parquet, se lève et court vers l'interphone.

Dring. Dring. Dring. Presque en rythme.

– Qu'est-ce qu'il y a ? Qu'est-ce qui se passe ?

– Alex, c'est moi, tu m'ouvres ?

Alessandro appuie deux fois sur le bouton et retourne au salon. Mais quelle heure il est ? Dix heures et quart. J'ai dormi une demi-heure, en gros. Alessandro ouvre la porte juste au moment où Niki arrive. Elle est encore essoufflée.

– Je suis montée à pied pour garder la forme… Mais qu'est-ce que tu faisais ? Tu dormais, hein ?!

Il tente de se justifier.

– Non, non, j'étais là-bas, je surfais un peu sur Internet…

– Ah oui…

Niki se penche et constate que tout est éteint dans le bureau.

– Tu as même éteint le PC ?

Alessandro l'enlace et l'attire à lui.

– Oui, tu vois… je suis très rapide…

Il l'embrasse.

– Qu'est-ce que tu as pris, comme film ?

– *Closer*.

– Ah, celui de la musique… Je ne l'ai pas vu.

– Il est bien. J'ai une idée. Pourquoi on se met pas sous la couette pour le regarder ?

– Pourquoi, c'est un film osé ?

– Quel cochon ! Bon, d'accord, c'est peut-être un peu osé, mais ce n'était pas pour ça… J'aime bien l'idée de le voir sous la couette, comme si on était chez nous…

Alessandro la regarde. Étonné. Niki fait une grimace.

– Oui, je sais, toi tu es chez toi… mais je voulais dire, comme si on habitait ici ensemble, bref, comme si on était vraiment un couple, tu comprends ?

Alessandro sourit.

– Tu sais, je voulais juste te dire… que tu es très belle…

Niki sourit, puis va dans la chambre. Elle se déshabille rapidement. Elle enlève son pantalon, sa culotte, son T-shirt, son soutien-gorge… Elle insère le DVD dans le lecteur sous la télé. Mais quand elle entend Alessandro arriver, elle se couvre la poitrine, fait un bond et se glisse dans le lit. Elle remonte le drap jusqu'à son menton. Puis elle prend la télécommande.

– Tu veux le voir en anglais ?

– Non, merci. Demain, j'ai déjà une réunion avec des Allemands…

– OK, alors en italien. Allez, dépêche-toi, j'ai déjà appuyé sur le bouton, le film va commencer.

Alessandro se déshabille et s'installe près d'elle.

– Bravo, juste à temps, ça commence !

Niki s'approche, se frotte contre lui, pose ses pieds froids sur ses jambes chaudes, sa petite poitrine douce contre son bras. Puis le générique, quelques images, des dialogues amusants, réalistes. Une photo, une chanson, une histoire d'amour qui commence. Un aquarium. Une rencontre. Puis tout devient un peu confus. La main de Niki, légère, glisse sous les draps. Vers le bas. Plus bas. Le long de son corps. Sa jambe… Elle joue, s'amuse, effleure, touche et ne touche pas. Puis plus haut, le ventre. Alessandro s'agite. Niki rit et soupire, vient contre lui, pose sa jambe sur les siennes. Et les mains se multiplient, comme un désir soudain qui devient une histoire d'amour. Inventée, rêvée, suggérée par un simple film, et puis qui devient vraie, comme tous les mots qu'un lit peut raconter. Et en un instant, ces moments durent toujours, peut-être qu'un jour ils seront oubliés, mais pour l'instant, c'est pour toujours.

Plus tard. Encore plus tard. Niki se tourne de l'autre côté et entreprend de sortir du lit. Mais quelque chose grince. Alessandro se réveille.

– Eh… où tu vas ?

– Il est deux heures. J'ai dit à mes parents que je rentrais tôt. J'espère qu'ils sont déjà couchés. Cette fois, tu t'es endormi, hein ? Tu ne peux pas nier, mon amour…

412

– Qu'est-ce que tu as dit ?

– Allez, ne sois pas casse-pieds.

Niki ramasse ses vêtements, un peu gênée.

– Non, non, attends, attends…

Alessandro s'assied en tailleur sur le lit, couvert par les draps.

– Répète le dernier mot…

Niki laisse tout tomber par terre et remonte sur le lit. Elle se met les mains sur les hanches, debout, jambes écartées, et le regarde de haut.

– Je suis désolée. J'ai décidé. Tu as bien entendu. Excuse-moi, mais je t'appelle mon amour.

59

Il a acheté un beau blouson neuf, en jean délavé, un Fake London Genius. Celui dont on lui avait tant parlé. Dans ses cheveux il a mis ce gel bleu qu'ils mettent un peu tous dans le quartier. Un peu de gomina fait toujours bon effet. Même ce rappeur le chante, comment il s'appelle, il n'est pas très connu. Fabio quelque chose. Peut-être qu'un jour on s'en souviendra. Qui sait… Mauro regarde son reflet dans une vitrine. Est-ce qu'il a tant l'air d'un bourrin de banlieue ? Bof… J'ai même mis une grosse boucle d'oreille, celle qui brille. Je la mets seulement quand je vais au stade voir la Roma, l'équipe magique. À la maison, ça ne leur plaît pas. Ma mère me saoule. Mon père, la seule fois où il m'a vu avec, s'est mis à rire comme un fou, il était en train de manger et il a failli s'étrangler. Mon frère Carlo a dû lui taper dans le dos. Ma petite sœur Elisa a failli se mettre à pleurer.

« Pédé », m'a dit papa quand il s'est remis. Il a bu une gorgée d'eau et il est sorti, en me cognant au passage avec son épaule, comme il fait quand il est agacé. Agacement. Agacement. Il est agacé par moi. Seulement par moi. Je le vois bien à comment il me regarde, quand je sors le matin. Quand je rentre. Quand je dors. Une fois, je me suis réveillé et je l'ai trouvé près de mon lit, assis dans le gros fauteuil où Elisa dort d'habitude. Il me regardait. Ma sœur était à l'école. Carlo était déjà au travail. Maman était partie faire les courses. Et lui il était là, dans ce fauteuil, il me regardait fixement. Quand j'ai ouvert les yeux et que je l'ai trouvé là, pendant un instant j'ai cru que c'était un rêve. Et puis j'ai réalisé et je lui ai dit « Salut, papa ». J'ai même souri. Pas facile, de sourire juste quand tu te réveilles. Alors, il s'est levé. Il s'est gratté le ventre avec sa main rugueuse. Il était pas rasé. Il a rien dit, il est sorti. Rien. Il m'a rien dit. J'y pense souvent, à ce matin-là. Je me demande combien de temps il était resté à m'observer.

Mauro se regarde encore dans la vitrine, il arrange sa chemise, il coiffe tant bien que mal ses cheveux gominés. Il tourne le visage de l'autre côté. Ça fait bourrin, un peu de barbe ? Bah… Qu'est-ce que j'en sais, moi. Va les comprendre, ceux-là. Dans le doute, je l'ai laissée un peu longue. Il sourit à ces pensées. Puis il fait un mouvement à la John Travolta pour se remettre en place l'entrejambe. Au cas où ça porte bonheur. Bon, c'est sûr, pour être bourrin, il est bourrin… John. Un bourrin international. Et puis, moi, je l'ai, lui. Il touche la poche intérieure de son blouson. Le petit ours Totti est là. Avec un sourire et un soupir de confiance en lui, Mauro pousse la porte vitrée et entre dans l'immeuble.

— Droite, gauche, voilà, séparez-vous par groupes, comme ça. Les bruns par ici, les blonds par là.

Une jeune fille trie de façon rapide et décidée les garçons qui arrivent.

– Alors, écoutez bien. Préparez une photo où vous écrirez vos nom, numéro de téléphone, âge, quartier et taille.

Un jeune homme lève la main.

– Oui, dis-moi, qu'est-ce qu'il y a ?

– Ben, avant vous avez dit les bruns de ce côté, les blonds de l'autre. Mais moi je suis quoi, châtain ?

La fille soupire et lève les yeux au ciel.

– Bon… alors, châtains et autres couleurs, y compris les roux, vous allez toujours avec les blonds, d'accord ? Autre chose. Si vous pouviez m'épargner les questions de ce genre, je vous jure que je vous en serais reconnaissante.

Deux bourrins bruns se regardent et rient.

– Oh, alors une dernière question. T'as pas un stylo ?

– Pour moi aussi.

La fille prend quelques stylos, les pose sur la table et s'éloigne. Les deux bourrins la regardent.

– Oh, elle a pas dit comment elle serait reconnaissante…

– Non, mais elle a envie, celle-là, ça se voit. Si tu te la fais, ensuite elle est reconnaissante à vie !

– Et tu peux plus t'en défaire, après.

Ils rigolent, contents de leur blague. Quelques garçons s'asseyent sur un canapé. Un autre s'appuie contre le mur. Les deux bourrins notent tous les renseignements derrière leurs photos. Mauro écrit très vite. Il l'a déjà fait. Ou plutôt, il savait que ça se faisait comme ça. Il avait vu Paola le faire. Cent fois. Mais il ne savait pas que ces photos coûtaient si cher. Deux cents euros pour une demi-heure de photos. Mauro rend la sienne le premier. Puis il donne un petit coup à sa poche et parle tout doucement à l'ours Totti pour se porter bonheur. « Bah… Faut espérer que ça soit de l'argent bien investi… »

La fille prend quelques feuilles éparpillées sur son bureau, en même temps que les photos que son assistante a réunies et mises dans un dossier. Elle se dirige vers une pièce plus grande, et ajoute avant d'y entrer :

– Vous, vous attendez ici.

– Ben ouais, fait un bourrin, et on irait où ? Maintenant qu'on a passé les écrits… vivement les oraux…

La fille secoue la tête et disparaît dans l'autre pièce.

Mauro compte. Ils sont une dizaine. Pas beaucoup. Il aurait cru plus. Oh, et puis l'important, c'est que j'y sois, moi. Un sur dix. C'était comment, la chanson ? Bah… Il a envie de rire. Il se sent sûr de lui. Mais oui, je suis mieux que ces types-là. Il les observe un par un. Mais regarde-moi un peu celui-là. Les cheveux longs, c'est *has been*. Et celui-là. Où tu vas, comme ça ? Les cheveux tout droits. Qu'est-ce qui se passe, tu t'es pris une belle frayeur ? Mauro étudie le look de chacun. Il y en a même un qui est venu en costume cravate. Bien bourrin, hein ? Mais ils ont tous l'air faux. Le bourrin doit être un peu zonard. S'il se met en costard, il faut au moins qu'il ait un marcel, en dessous… Ça pardonne pas. Mauro ouvre son blouson et touche son débardeur à lui, un blanc, un peu plastifié, parfait. Moulant. On voit sa « tortue » en dessous. C'est comme ça que doit être un homme, sans fioritures. Il faut qu'on voie qu'il sue. La fille revient.

– Alors… Giorgi, Maretti, Bovi et tous les autres blonds et châtains, vous pouvez y aller. On garde vos photos pour d'autres occasions. Merci d'être venus.

Les blonds, les châtains et les roux sortent de la pièce en grommelant. L'un d'entre eux s'enfuit bien vite, un dossier sous le bras. Il a peut-être un autre casting. Il n'y a plus que Mauro et le type en costume. Mauro le regarde. Il s'assied à califourchon sur le bras d'un fauteuil. Dans le bureau du manager, les stores sont baissés. Une belle femme apparaît derrière la vitre transparente. Elle est blonde, elle a un visage serein, les cheveux attachés. Elle doit avoir dans les trente ans. C'est une belle femme, pense Mauro, pas mal du tout. Ça doit être la chef. Il se penche un peu pour essayer de lire son nom sur la porte. Elena quelque chose. Joli nom. La femme glisse un mot à son assistante, qui lui fait signe que oui. Puis elle sort de la pièce et ferme la porte derrière elle.

— Bien, elle a demandé que vous vous mettiez debout ici, au centre de la pièce…

Mauro et le type vont vers le centre.

— Ici, sur ce tapis rouge, merci.

Mauro se rend compte que le type en costume cravate a les cheveux très bruns, longs derrière la tête, attachés par un élastique. Un peu comme une coiffure japonaise. Mais ses cheveux sont gras, leur teinte foncée, et il a les sourcils touffus. Ils sont tout proches, maintenant. Le type est un peu plus grand que lui. Il a les épaules plus larges. Il se tient les jambes un peu écartées et il balance son bassin en direction de la vitre. Il mâche un chewing-gum et sourit à la femme de l'autre côté. La femme lui rend son sourire et va s'asseoir au bureau. Le type se tourne vers Mauro et lui sourit, à lui aussi. Et même pire : il lui fait un clin d'œil. Sûr de lui. Trop sûr. Elena, derrière la vitre, fait signe à son assistante de la rejoindre. Mauro se rassied sur le canapé et regarde dans l'autre pièce. Il voit qu'Elena a pris sa photo. Voilà. Ma photo… Elena pose sa main dessus. Elle a l'air convaincue. Puis son assistante lui dit quelque chose. Alors Elena regarde à nouveau les deux photos. Elle a l'air indécise. Elle observe encore à travers la vitre. Mauro s'en aperçoit et détourne immédiatement le regard. Il se tourne de l'autre côté. Il voit le type, confortablement assis, balancer sa jambe posée sur le bras du fauteuil, dévoilant sous son pantalon foncé une botte avec des motifs latéraux brillants. Mauro se tourne à nouveau vers l'autre pièce. Il voit Elena déchirer une photo, qui tombe dans la poubelle sous sa table, près de ses belles jambes. Et dans ce vol, il voit son rêve se briser. Cette photo déchirée était la sienne. L'assistante sort du bureau d'Elena.

— Alors, je suis désolée, mais nous avons décidé que…

Sur le fauteuil, le type en costard s'est redressé un peu, mais il a toujours les jambes écartées.

— Mais où est passé l'autre garçon ?

Le bourrin à la queue-de-cheval sourit.

— Boh ! Il est sorti.

L'assistante hausse les épaules.

— Rien à faire, la politesse se perd. De toute façon, c'est toi qu'on avait choisi. Viens, on va faire un essayage pour la taille.

Le bourrin se lève du fauteuil et arrange son pantalon comme un cavalier. Puis il sourit à la fille.

— Mais la taille de quoi ? Oh… Ma belle ?!

L'assistante se tourne, une main posée sur la hanche, et le fixe, sérieuse, la tête penchée sur le côté.

— La taille des vêtements.

Le bourrin sourit et acquiesce.

— Ah, ben, si tu savais ce que j'ai imaginé…

Et il la suit, content, quel que soit son rôle.

60

– Salut, qu'est-ce que tu fais ?

– Je suis en réunion. Et toi ?

– Dans les toilettes. Tu passes me prendre à la sortie ? Je sèche la dernière heure.

– Je ne peux pas, on est en train de faire le point sur l'organisation de toute la campagne promotionnelle, dans l'hypothèse où les Japonais diraient oui.

– Pff, mais tu es toujours occupé. Et pour le déjeuner ?

– *Idem*. Ça va durer.

– Mon Dieu, tu es pire que des toilettes de boîte occupées. Rappelle-toi que je suis ta muse inspiratrice. Avec moi, tu as toujours plein d'idées.

Alessandro rit.

– Oui, en particulier certaines idées.

– Mmm, avec ces idées-là, ça serait dommage de ne pas se voir. Tu es sûr que tu es en réunion à l'heure du déjeuner, aussi ?

– Sûr. On s'appelle dans l'après-midi. On peut peut-être se voir ce soir.

– Non, pas peut-être, on se voit !

– OK, OK…

Alessandro sourit.

– Même les Japonais ne sont pas aussi exigeants.

– Quand on se voit, je te fais faire hara-kiri.

– Laisse-moi réfléchir… en effet, ça doit être super…

– Le voisin sera un peu dérangé par tes cris…

Niki raccroche. Elle retourne en classe juste au moment où Mme Bernardi commence ses explications.

– Alors, nous sommes juste après la guerre, et le néo-réalisme se reconstruit sur le modèle vériste. On dépeint la réalité et on dénonce les problèmes sociaux et politiques de l'Italie, le retard des campagnes, l'exploitation, la misère. Chez Verga, cette dénonciation n'était pas aussi explicite. L'œuvre de Verga est réévaluée dans un essai critique important de Trombatore[1]…

Olly grimace en entendant le nom. Elle fait un geste de la main, sans équivoque. Erica se penche vers Niki.

– Alors, qu'est-ce qu'il t'a dit ?

– Rien, il est occupé.

– Ouh ouh.

– Qu'est-ce que ça veut dire, ouh ouh ?

– Ça veut dire ouh ouh. Interprète-le comme tu veux.

– Allez, Erica, ne sois pas lourde. Parfois, tu es insupportable. Qu'est-ce que tu veux dire ?

– Que pour lui tu restes une petite fille. Je te l'ai dit dès le début. Que tôt ou tard, ça allait lui passer. Trop de différence. Ça ne fonctionne qu'à la télé et au cinéma. Ces types se mettent avec des filles plus jeunes, mais ça ne dure pas longtemps… Et puis, je l'ai lu dans une revue de ma mère.

– Oui, et Olly m'avait aussi dit qu'il était marié, ce qui n'était pas vrai.

– Quel rapport, il est seulement un peu en retard sur le planning. Quoi qu'il en soit, la revue disait qu'en vivant une histoire avec une fille beaucoup plus jeune, l'homme espère rajeunir avec elle, jusqu'au moment où il se rend compte que ça ne marche pas. Tous ces trucs que tu me racontes, les chansons de Rice et de Battisti,

---

1. Littéralement, « baiseur ».

les jasmins, les dîners romantiques chez lui... c'est trop beau, c'est comme un rêve.

– Et alors?

– Alors, tôt ou tard, on finit par se réveiller.

– Je te déteste quand tu es comme ça.

Niki jette son agenda sur sa table. Mme Bernardi arrête de parler.

– Qu'est-ce qui se passe, au fond?

– Je suis désolée, j'ai fait tomber mon agenda.

La prof fronce les sourcils, observe Niki pendant quelques instants en silence, puis décide de la croire. Elle reprend son explication.

– ... Une frontière avec le néoréalisme. Je vous rappelle aussi *Les Hommes et les autres*, d'Elio Vittorini, et *Le Sentier des nids d'araignées*, de Calvino. Bon, pendant le peu de temps qui nous reste...

Olly fait deux petites cornes cachées sous sa table et regarde Diletta en mimant avec la bouche « tiens ».

– ... nous parlerons de la première phase du néoréalisme...

Erica attend un moment, puis se penche à nouveau vers Niki et lui dit à voix basse :

– Il te fait tout le temps écouter Battisti. Il te fait passer des messages.

– Mais qu'est-ce que tu racontes?

– Oui, oui... par exemple, il ne t'a jamais fait écouter la chanson qui dit *Aver paura d'innamorarsi troppo...* (« Avoir peur de trop tomber amoureux... »), ou l'autre, *Prendila così, non possiamo farne un dramma, conoscevi già, hai detto, i problemi miei...* (« Prends-le comme ça, on ne va pas en faire un drame, tu avais dit que tu connaissais mes problèmes... »), ou bien *Ho scelto te, una donna per amico, ma il moi mestiere è vivere la vita...* (« Je t'ai

421

choisie, toi, une femme pour ami, mais mon métier c'est de vivre la vie… »).

– Si, il a tous ses disques. Et alors ?

– Et alors ! Il ne pourrait pas être plus clair ! Il t'utilise, un point c'est tout !

– Mais cette chanson finit par *Ti amo, forte e debole compagna*… (« Je t'aime, forte et faible compagne… »)

– Oui, mais elle dit aussi *L'eccitazione è il sintono d'amore al quale non sappiamo rinunciare e le conseguenze spesso fan soffrire*… (« L'excitation est le symptôme d'un amour auquel on ne sait pas renoncer, et les conséquences font souvent souffrir… »)

Erica sourit et hausse les épaules.

– Alors, qu'est-ce que tu en penses ?

– Que Battisti ne te fait pas du bien !

– OK, comme tu veux, moi je t'aurai prévenue. « Il n'y a pas pire sourd que celui qui ne veut pas entendre »… Et surtout, « l'espoir est un rêve de réveil »…

– Mais ce n'est pas de Battisti, ça.

– Non, en effet. C'est d'Aristote…

– Je crois que si tu continues comme ça, tu pourras présenter Battisti au bac !

61

Dernière heure. La cloche sonne. Les couloirs se remplissent en un rien de temps, c'est la débandade générale, pire que si une alarme s'était déclenchée. À la sortie, devant la porte, Erica, Diletta et Olly s'arrêtent un moment.

– On se voit plus tard ?

– Non, il faut que je révise.

– Moi cet après-midi je sors avec Giorgio.

– Et Niki ?

– La voilà !

– Eh, Niki !

Mais elle ne les entend pas, elle fait un geste de la main pour dire « on s'appelle plus tard », puis elle part à toute allure sur son scooter.

– Ondes, cette fille a un grave problème.

– Oui… Le pire.

– C'est-à-dire ?

– Elle est amoureuse.

Diletta met les mains dans les poches de son jean.

– Tu appelles ça un problème ? Elle a de la chance.

– Plus tu aimes, et plus tu te fais mal.

Olly monte sur son scooter.

– Je vous laisse méditer là-dessus et je vais déjeuner chez mon père qui veut me présenter sa nouvelle petite amie. On s'appelle.

Elle démarre.

Niki pile. Elle n'a jamais atteint son but aussi vite. Elle regarde autour d'elle. Droite. Gauche. Rien. Son cœur bat à tout rompre. Pas de Mercedes. Niki scrute tout le parking une dernière fois. Il a dû la mettre au garage. Elle sort son portefeuille de son sac à dos, fouille dans ses papiers. Un ticket de caisse d'une boutique de vêtements, sa carte de la salle de sport, une autre d'un vendeur de kebabs. Ah, plus que deux points et j'aurai droit à un sandwich gratuit. Une photo de Fabio ! Ça alors, je ne me la rappelais pas. Elle la déchire et la jette dans une poubelle. Elle continue ses recherches et finit par la trouver. Sa carte de visite. Elle compose rapidement le numéro de son bureau. Elle ne l'a pas mis en mémoire dans son téléphone. Elle n'aurait jamais pensé à l'appeler là-bas… Quelqu'un finit par décrocher.

– Allô, bonjour, je suis Niki Cavalli, j'aurais voulu parler au docteur Alessandro Belli.

– Pardon, qui est-ce ?

– Niki. Niki Cavalli.

– Oui, un instant, je vous prie.

On la met en attente. Une musique moderne. Niki est impatiente. Elle essaye de battre le rythme avec son pied, mais elle est nerveuse. Difficile de battre le rythme quand on a l'impression que le temps ne passe pas. Finalement, la standardiste reprend la ligne.

– Non, je suis désolée, le docteur est sorti pour déjeuner.

– Ah… et vous savez où il est allé ?

– Non, je suis désolée. Vous voulez laisser un message ?

Mais Niki a déjà raccroché. Elle remet son Nokia dans sa poche et part comme une fusée sur son scooter. Elle parcourt toutes les rues des alentours. Elle regarde à droite, à gauche, ralentit au stop, elle ne voudrait pas y laisser sa peau, mais à peine les voitures passées, elle accélère à nouveau. Encore à droite. Puis à gauche. Puis toute la ligne droite. Mince. Mais où il peut être ? Elle n'a pas le temps d'y penser. La voilà. Sa voiture. La Mercedes MI immatriculée CS 2115 est arrêtée au bord de la route. Il n'y a qu'un restaurant, par ici. De l'autre côté de la rue. Niki arrête son scooter et court vers le restaurant. Elle regarde par la vitre, le cherche, mais discrètement, pour ne pas se faire remarquer. Soudain, elle l'aperçoit. Le voilà. À une petite table du fond. Dans la dernière salle du restaurant, près de la baie vitrée. Je ne peux pas y croire. Alors, Erica avait raison. À l'intérieur du restaurant, Alessandro remplit le verre d'une belle blonde, puis il lui sourit.

— Tu veux autre chose ?

— Oui…

Elle lui rend son sourire.

— Un tiramisu, s'ils en ont… Aujourd'hui, j'ai vraiment besoin d'un tiramisu. Rien à faire du régime.

Alessandro sourit et lève la main.

— Garçon ?

Un jeune homme s'approche immédiatement.

— Un tiramisu pour elle. Et un ananas, merci.

Le serveur disparaît. Alessandro regarde à nouveau la jeune femme. Puis il pose une main sur la sienne et la caresse.

— Allez, peut-être que maintenant que tu m'en as parlé tout va changer. Vraiment, je ne m'y attendais pas…

La jeune femme sourit.

Niki, qui de dehors a assisté à toute la scène, est comme folle. Elle s'éloigne de la vitre. Elle se tourne, secoue la tête, ses yeux se remplissent de larmes. Elle est bouleversée. Elle se sent devenir écarlate.

Alessandro serre fort la main de la jeune femme.

— Je suis heureux d'être ici avec toi, tu sais…

— Moi je me sens un peu coupable.

Alessandro la regarde avec curiosité.

— Et pourquoi ?

Soudain, ils entendent un drôle de bruit. Ça vient de dehors. La jeune femme regarde la première vers la baie vitrée.

— Alex… Mais cette fille est en train de…

— Où ça ?

— Là, dehors ! Regarde ! Mais ce n'est pas ta voiture, ça ?

Niki donne de grands coups de pied dans les portières, les roues, les phares, avec toute sa force, cette force que seule la rage te donne. Elle tourne autour de la Mercedes en lui sautant quasiment dessus.

– Niki ! C'est Niki !

– Tu la connais ?

Alessandro jette sa serviette sur la table et se précipite dehors. Il regarde à droite, puis à gauche, et traverse la rue en courant.

– Niki ! Arrête ! Qu'est-ce que tu fais ? Arrête ! Tu es folle ou quoi ?

Niki continue à donner des coups de pied dans l'aile. Alessandro se jette sur elle, la serre fort pour l'arrêter, la tire et la soulève de terre.

– Niki, arrête !

Niki fait des moulinets avec ses pieds.

– Lâche-moi ! Lâche-moi tout de suite ! Tu étais en réunion, hein ? Tu ne pouvais pas venir me chercher. Pas de déjeuner, ça va durer… Avec ces connards de Japonais, hein ?! Rends-moi tout de suite mes idées. Rends-les-moi ! Salaud !

Elle hurle, et continue à donner des coups de pied.

Alessandro desserre son étreinte.

– J'ai dû sortir. Un rendez-vous imprévu.

Niki se tourne et explose, en soufflant la bouche tordue sur ses cheveux qui lui tombent sur le visage.

– Bien sûr, je t'ai vu, en effet, main dans la main avec ton rendez-vous imprévu…

Juste à ce moment-là, la jeune femme qui était assise avec Alessandro traverse la rue et s'approche d'eux.

– Mais qu'est-ce qui se passe ?

Alessandro lâche enfin Niki, qui soupire et se recoiffe. Mais elle est encore très en colère.

– Rien. Je te présente Niki. Niki, voici Claudia, mon rendez-vous imprévu, et surtout… ma sœur.

Niki voudrait s'enfoncer six pieds sous terre. Elle laisse tomber ses bras le long de son corps. Puis, d'une voix d'outre-tombe, elle tente un « Enchanté » suffoqué.

Elles se serrent la main. Niki est très gênée, elle a les mains moites, l'embarras la bloque complètement. Claudia essaye de dédramatiser.

– Alex t'a mise en colère, hein ? Il est comme ça…

Alessandro sourit.

– Non, c'est une méthode importée du Japon. Ils font comme ça. Ils se défoulent sur d'inutiles propriétés luxueuses, par exemple des voitures, pour se libérer de leur stress. Et comme Niki m'a beaucoup aidée pour un projet, elle s'est beaucoup impliquée, elle est fatiguée… Bref, c'est la formule de paiement qu'elle a choisie.

Niki relève la tête et sourit tout doucement.

– Oui, et malheureusement c'était la dernière mensualité… Bon, Alex, moi j'y vais. Mes parents m'attendent. Je serai chez moi cet après-midi, je révise. Appelle-moi quand tu veux… Si tu as envie de travailler sur d'autres idées… Tu sais, on pourrait aussi… étudier de nouvelles formes de paiement.

Alessandro se gratte la tête.

– OK. Tu sais… j'ai peur de te dire que je suis occupé. Je crois que serai libre, mais alors très libre !

Niki fait un signe de la main à Claudia. Puis elle monte sur son scooter et démarre. Elle est plus tranquille, maintenant. Mince, mince, mince. Je suis vraiment passée pour une conne. Satanée Erica, elle et ses interprétations de Battisti. Mais elle ne résiste pas longtemps. Elle éclate de rire. Quelle scène absurde… Puis elle se met à chanter, plus guillerette que jamais. Une chose est certaine. Personne n'a jamais été aussi heureux de rencontrer la sœur de quelqu'un.

Alessandro et Claudia rentrent dans le restaurant. Il reprend tout de suite la conversation là où ils l'avaient laissée.

– Alors, pourquoi tu te sens coupable envers moi ?

– Bah… Parce que Davide était ton ami. C'est toi qui me l'as présenté, et moi je l'ai épousé. Et si maintenant ça se passe mal entre nous…

– Claudia, ce n'est pas que ça se passe mal. C'est un moment. Ça arrive, dans les couples. L'important, c'est que tu aies décidé de construire quelque chose avec lui… Tu as décidé ?

– Oui.

– Alors sois tranquille. Le plus dur est fait. Maintenant, tout sera plus simple. Choisir, c'est le sommet de la montagne. Ensuite, les choses s'arrangent toutes seules. Ça va passer.

Ils se rasseyent. Entre-temps, le tiramisu et l'ananas sont arrivés. Ils se remettent à manger. Claudia le regarde, curieuse mais aussi un peu amusée.

– Et toi, qu'est-ce que tu fabriques ces temps-ci ?

– Moi ? Je travaille beaucoup. Je sors avec mes amis… Je ne pense pas trop à Elena.

Claudia indique la baie vitrée avec sa petite cuillère.

– Et cette espèce de cyclone, Niki ?

– Elle ? C'est une amie.

Claudia lève un sourcil.

– Une amie, hein ? « Moi j'y vais. Mes parents m'attendent. Cet après-midi, je révise… » Elle n'est pas un peu jeune, cette amie ?

– Peut-être, mais elle est très mûre.

– Elle n'a pas encore son bac…

– Non, en effet. Je l'aide un peu dans ses révisions.

Claudia laisse tomber sa cuillère dans son assiette.

– Alex ?

– Pardon, Claudia, mais c'est toi qui es venue me chercher pour me raconter que ça ne va pas entre toi et mon ami, *alias* ton mari, non ? Et pourtant, vous avez la différence d'âge et toutes les qualités requises pour réussir votre mariage, non ? Et alors ? Tu vois, en amour, il n'y a pas de formule magique.

Claudia secoue la tête, mais finit par sourire.

– Tu as raison. J'espère seulement que je serai là…

– Quand ?

– Quand tu la présenteras aux parents.

62

Fin d'après-midi.

« Tu es en train de faire d'autres dégâts ? » Alessandro envoie le message.

La réponse arrive très vite. Niki, aussi rapide que d'habitude. Et même plus.

« Mais non, je suis à la maison, je fais bien pire… je pense à toi. »

Alessandro sourit. Il répond aussi vite qu'il peut, mais le pouce de Niki est difficile à battre. Même avec l'écriture intuitive.

« On se voit ? »

Moins de dix secondes.

« Bien sûr ! Je suis très heureuse, comme ça on pourra faire la paix pour de bon. Mais où ? »

Alessandro s'applique, il est un peu plus rapide que tout à l'heure. « Je suis en bas de chez toi. Dans la première rue à droite. »

« OK, je te rejoins. »

Moins de dix secondes plus tard, Niki ouvre la porte de son immeuble, la referme et se jette sur lui en l'embrassant.

– Mon amour ! Pardon, pardon, pardon !

Elle continue à l'embrasser. Alessandro rit, il ne sait pas quoi dire. Il n'est pas habitué. Il ne s'y attendait pas. D'habitude, avec Elena, surtout au début, il attendait des heures en bas de chez elle avant qu'elle ne descende. Mais cette pensée s'évanouit en une fraction de seconde.

– Mon Dieu, quelle scène absurde, tout à l'heure ! Avec ta sœur, en plus ! Si seulement ça avait été juste une copine à toi.

– Si ça avait été juste une copine à moi, tu aurais continué à donner des coups de pied dans ma voiture.

Niki reprend son sérieux.

– C'est vrai. Tu as raison, je suis comme ça, je ne peux rien y faire ! Et je crois qu'il ne faut pas que tu essayes de me changer.

– Et qui a parlé d'essayer ? Je déteste l'échec…

– Crétin ! Tu sais, si je veux, je peux changer… C'est que ça serait une erreur de changer pour toi. Ça voudrait dire que je ne suis pas la personne que tu cherches, que je ne suis pas celle qu'il te faut. Comme si je faisais semblant d'être une autre. Alors, tu as en tête une autre fille avec qui j'ai en commun, je ne sais pas… le prénom ? Tu connais une autre Niki ?

Alessandro sourit.

– Dis-moi, on pourrait éviter de faire de la philosophie ? On est très mauvais dans cette matière. Moi je pense qu'il y a juste deux points à éclaircir.

Niki croise les bras sur son torse. Alessandro essaye de les lui décroiser.

– Ceci est une fermeture de l'écoute, un manque d'ouverture, un refus du monde.

– Écoute, moi je me tiens comme je veux. Dis-moi plutôt ce que tu as à me dire... De toute façon, je savais bien que tu allais me faire une semonce.

Alessandro la regarde, surpris.

– Quel mot désuet !

– Une paternelle, un lavage de crâne, un savon, une engueulade, un reproche, un sermon, une réprimande, un blâme, une remontrance, une admonestation. Ça va ? C'est bien de ça qu'on parle ?

– Et tu es qui, toi ? Un dictionnaire vivant des synonymes ?

– Dis-moi ce que tu as à me dire, ne change pas de sujet.

Alessandro prend une grande inspiration.

– Attends, attends...

Niki l'arrête. Elle ferme les yeux et ouvre les bras. Puis elle lève ses mains ouvertes devant elle, genre yoga.

– Dis-moi juste une chose : c'est fini entre nous ?

Alessandro la regarde. Elle est belle, comme ça, avec ses mains ouvertes, suspendues dans le vide, avec ses cheveux abandonnés qui lui descendent sur les épaules, le long de ce cou qui a encore une odeur d'enfant, avec ces joues lisses, ces yeux fermés, sans une ombre de maquillage, et toute cette vie et ces rêves devant elle. Alessandro laisse tomber ses mains sur ses jambes.

– Non. C'est-à-dire, pour moi, ce n'est pas fini.

Niki ouvre les yeux et sourit. Cette fois, elle a décroisé les bras. Elle sourit en se mordant la lèvre supérieure, elle a les yeux brillants, rêveurs, un peu émus. On dirait qu'elle a envie de pleurer.

– OK, excuse-moi, Alex. Dis-moi ce que tu veux.

Il se frotte les mains sur son pantalon.

– Bien. Disons que je ne sais pas par où commencer.

– Commence par où tu veux. L'important, c'est là où tu finis.

– Alors… Ce n'est pas pour les coups de pied dans ma voiture, tout à l'heure…

– Oh, bien sûr, disons que ça, ça peut rentrer dans les dégâts causés par notre fameux accident, non ?

– Ne plaisante pas. Donc, moi je suis très bien avec toi, j'aime t'écouter, j'aime te raconter mon travail et j'aime tout ce que nous faisons ensemble…

Niki se tourne vers lui et le regarde en coin, avec un petit sourire malicieux.

– Oui, Niki, oui, surtout ça, ou plutôt non, ça aussi… C'est que, je pense que tu as trop d'attentes. Tu penses que ça peut durer, et moi je ne sais pas ce qui peut se passer. Personne ne peut jamais le savoir. C'est justement pour ça que je veux pouvoir me sentir serein dans tous mes choix, sans hypothéquer sur rien. Je n'ai pas envie d'avoir de responsabilités, même dans une histoire simple et belle…

Niki le regarde.

– J'ai compris. Tu veux redevenir un jeune garçon, et moi je suis la bonne personne avec qui le faire, c'est ça ?

– Non. Rien à voir.

– Ça a à voir. Tu as dit que tu ne voulais pas de responsabilités. Sinon, tu commencerais une histoire avec moi, et on verrait bien où ça nous mènerait. Peut-être que ça irait très bien, et qu'un jour on déciderait de construire une famille, d'avoir des enfants.

– Mais Niki, on ne peut pas être sûrs de ça.

Niki sourit et se met à jouer avec les pointes de ses cheveux.

– Écoute, Alex, tu me fais toujours écouter ce disque que t'a fait ton ami Enrico.

– Eh bien ? Qu'est-ce qu'il y a, il ne te plaît pas ?

– Tu plaisantes ? J'adore Battisti. D'ailleurs, il y a même une chanson qui me semble justement faire référence à notre histoire. Elle fait comme ça… Je chante un peu faux, hein, n'y fais pas attention, écoute juste les paroles.

Niki se met à chanter, et en même temps elle sourit.

– *Chissà, chissà chi sei ? Chissà che sarai ? Chissà che sarà di noi ? Lo scopriremo solo vivendo…* (« Qui sait, qui sait qui tu es ? Qui sait qui tu seras ? Qui sait ce qu'il en sera de nous ? Nous le découvrirons en vivant… »)

Niki s'arrête et le regarde.

– Bon, j'ai compris, si jamais tu fais une pub chantée, tu ne m'embaucheras pas, mais est-ce que j'ai bien rendu l'idée ?

– Oui, parfaitement. Mais peut-être que tu ne te rappelles pas la chanson en entier, parce que après elle dit…

Alessandro se met lui aussi à chanter.

– *Mi sto accorgendo che son giunto dentro casa, con la mia cassa ancora con il nastro rosa… Senti adesso eh… e non vorrei aver sbagliato la mia spesa o la mia sposa.* (« Je m'aperçois que je suis arrivé à la maison, le ruban rose encore sur ma caisse… Écoute maintenant, hein… et je ne voudrais pas m'être trompé de courses, ni d'épouse. »)

– Eh, tu exagères ! Tu en es déjà là ! Tu t'inquiètes déjà de ce moment… Il est tôt pour en parler !

Alessandro prend un CD et le glisse dans le lecteur. Piste six. Avance rapide. Il trouve ce qu'il veut lui faire écouter. *Comunque adesso ho un po' paura, ora che quest'avventura sta diventando una storia vera, spero tanto tu sia sincera* (« Quoi qu'il en soit, là j'ai un peu peur, maintenant que cette aventure devient une vraie histoire, j'espère tellement que tu es sincère ! »)

Niki lui prend la main, en embrasse la paume.

– Qu'est-ce que tu veux me dire, Alex ? De quoi tu as peur ? Nous ne savons jamais rien de nous, de l'amour, du futur, Lucio a raison, nous le découvrons en vivant. Qu'est-ce qu'il y a de plus beau ?

Alessandro secoue légèrement la tête.

– Un de nous deux souffrira. Il y a trop de différence d'âge.

– Et tu as peur que ça soit toi ? Tu penses que pour moi c'est une aventure ? Ça serait moins étonnant que ça soit le cas pour toi… Toutes mes amies disent…

Alessandro hausse les épaules.

– Eh ! Je ne pensais pas avoir autant la cote avec elles ! Si c'est pour ça, mes amis aussi me le disent.

– Qu'est-ce qu'ils disent ?

– Amuse-toi tant que tu peux, jusqu'à ce qu'elle en ait marre.

– Oui, bien sûr, ils sont tous mariés ou en couple, certains ont même des enfants, ils vivent mal ce passage de ta vie parce qu'ils voudraient le faire, eux aussi. Alex, c'est toi qui dois décider. C'est seulement une question de peur, à mon avis…

– Peur ?

– Peur d'aimer. Mais, je le répète, il n'y a rien de plus beau. Quel plus grand risque vaut la peine d'être couru ?

Il est si beau de se donner complètement à quelqu'un d'autre, de s'en remettre à lui, et de ne penser qu'à le voir sourire.

– Oui, c'est magnifique. Mais entre nous, il y a vingt ans de différence…

Niki prend une feuille dans sa poche.

– Bon, de toute façon je savais que tôt ou tard on aurait mis ça sur le tapis. Alors je me suis préparée. Voilà… Tom Cruise et Katie Holmes, Luca Cordero di Montezemolo et Ludovica Andreoli, Woody Allen et Soon-Yi, Pierce Brosnan et Keely Shaye Smith… Ensuite, il y a tous ceux qui avaient le même âge, à un ou deux ans près, et qui se sont séparés quand même. Mais cette liste n'entrait pas dans un camion !

Niki prend la liste et la jette sur le siège arrière.

– Je savais qu'elle me servirait, un jour ou l'autre. Mais j'espérais que non. Le plus bel amour est un calcul faux, une exception qui confirme la règle, cette chose pour laquelle tu as utilisé le mot jamais. Qu'est-ce que j'ai à voir avec ton passé, moi, je suis une variable folle de ta vie. Mais je ne peux pas t'en convaincre. L'amour n'est pas sagesse, il est folie… Ils ont fait une pub, là-dessus. C'est toi qui l'as faite ?

– Non…

– Ah, tu vois… Peut-être qu'il te l'ont proposée et que tu as eu peur. Alex, comme j'aimerais que tu sois courageux…

Alessandro lui caresse doucement les cheveux, lui dégage le visage. Puis il lui sourit. Il chante à nouveau « J'espère tellement que tu es sincère… » et il l'embrasse. Un baiser lent, doux, qui voudrait parler avec sérénité de tout, de tellement, de trop. J'ai envie de tomber amoureux, Niki, d'aimer, d'être aimé, j'ai envie d'un rêve, j'ai envie de construire, j'ai envie de certitudes. Essaye de me comprendre. J'ai besoin d'oublier tout ce qui s'est passé pendant ces vingt ans passés sans toi. Un baiser sait dire tout ça ? Ça dépend de ce que savent les lèvres légères qui le reçoivent.

Soudain, une voix stridente. Accusatrice.

– Ah ! Je t'ai coincée, je savais qu'il y avait quelque chose de bizarre…

Alessandro et Niki s'éloignent l'un de l'autre. Devant eux, comme dans un tableau encadré par la vitre ouverte de la Mercedes, une image terrible.

Dans l'obscurité du soir est apparu Matteo, le petit frère de Niki. Il rit, et surtout il a un portable à la main. Un Nokia N73. Coque compacte, forme arrondie, mémoire 42 Mb et… 3,2 méga pixels pour faire des photos, reproduire et enregistrer des films de très haute qualité. Bref, un de ces téléphones qui font vraiment tout.

Niki fait mine de descendre de la voiture.

– Matteo, je vais te tuer !

Matteo s'échappe à quelques mètres.

– Attention, je te préviens, j'ai fait un petit film et j'ai aussi pris quelques photos. Je voulais appeler maman en visio, mais je pense que je vais plutôt lui envoyer un MMS. Si tu essayes de me prendre le portable, j'appuie sur envoi. Et pour toi, c'est la fin.

Matteo regarde Alessandro.

– Oh, mais c'est qui, celui-là ? Il a commencé par te violer, et puis finalement tu étais d'accord ?

– Matteo, arrête. Rentre à la maison, je te rejoins.

– C'est qui, ton nouveau petit copain ?

– Matteo, je t'ai dit de t'en aller !

– Je m'en fiche, tu n'es pas en position pour commander, OK ?

Niki saute de la voiture, mais Matteo est habitué aux surprises de sa sœur et il s'élance à son tour, prenant appui sur une paire de Puma noires adaptées à la situation et à ses onze ans. Il s'élance, échappe en se baissant aux tentatives de Niki de l'attraper. Il vire à droite et se faufile entre deux voitures garées.

– Matteo, viens ici ! Viens ici si tu en as le courage.

– Oui, bien sûr, pour que tu me piques mon téléphone ? Et puis quoi encore ? Tu crois que je suis idiot ?

– Matteo, s'il te plaît, ne reste pas au milieu de la route, c'est dangereux.

– Bah, merci du conseil, *sister*, mais maintenant je rentre à la maison, et puis on parle de tout ça, mais alors tout, hein ?

– Oui, oui, va-t'en.

Matteo ne bouge pas.

– Oh… Tu vas partir, oui ?

– Niki, ne tarde pas trop… Maman m'avait envoyé te chercher pour le dîner. Je t'avais vue sortir. Mais je n'aurais jamais pensé…

Niki tente une plongée entre les deux voitures, mais Matteo est plus rapide, il fait le tour de la première voiture, mettant entre eux une bonne distance de sécurité.

– Tu as fini ?

– OK, OK, je m'en vais. Au revoir, monsieur…

Et il fait une petite révérence polie. Puis il repart vers la maison. Niki remonte dans la Mercedes.

– Voilà, tu vois ? Aujourd'hui on s'est présentés nos frère et sœur respectifs.

– Mais il a quel âge ?

– Il vient d'avoir onze ans.

– Il est précoce, hein ?

– Il lit de tout, sait tout sur tout, joue à tout, passe son temps sur Internet… C'est lui qui m'a fait la liste des différences d'âges entre gens célèbres…

– Il a été gentil.

– Oui, très… En échange, il a voulu deux billets pour la compétition de World Wrestling Entertainment au Palalottomatica. Plus que gentil… il a été cher !

– Je n'ose pas imaginer combien ça va te coûter de détruire le film et les photos.

– Mais non, il sait que je ne risque pas tant que ça. C'était juste un petit baiser. Bon, c'est sûr, s'il avait filmé la soirée des jasmins, là j'aurais eu besoin de ton aide… Il est fou !

– Pourquoi ?

– Mon frère a un rêve. Il veut à tout prix une Harley XL 883c Sportster Custom bicolore, une des plus chères. Alors il se balade avec le portable de papa, quand il réussit à lui prendre, parce qu'il a une meilleure définition que le sien, et il espère pincer un VIP en flagrant délit pour lui faire du chantage et gagner plein d'argent. Ou bien, pour envoyer le film à une émission de télé à scandale.

– Il n'est pas bête, pour un garçon de onze ans. Il a un avenir tout tracé.

– Bah. Moi j'espère juste qu'il sortira de cette obsession pour l'argent.

– À moi, il me semble sympathique… Je pourrais l'embaucher comme *filmaker*, ça pourrait être une idée publicitaire, le premier spot tourné par un enfant de onze ans !

– Du moment qu'il n'envoie nulle part notre petit film… Bon, je te dirai comment se sont passées les négociations.

Niki se penche et l'embrasse sur la bouche, en cachant leurs deux visages de ses mains. Puis elle sort de la voiture.

– Maintenant, il va falloir faire attention. Il y a toujours le danger d'un scoop…

– Oui, rit Alessandro.

– À moins que…

– À moins que ?

– À moins que je ne te présente mes parents.

–. Bah, dans *Mon beau-père et moi*, il arrivait plein de trucs à Ben Stiller…

– Oui, mais je ne crois pas que ça ferait rire mes parents autant que ce film.

– Au pire ton père fera comme Jack Byrnes.

Niki ferme la portière.

– Allez, je plaisante, je suis sûre que ça pourrait marcher, entre eux et toi.

Alessandro sourit.

– Je te dirai quand je me sentirai prêt. Et surtout, quand je serai convaincu que ça pourrait marcher avec tes parents…

Il démarre et s'éloigne. Il l'aperçoit dans le rétroviseur qui lui fait un petit signe de la main. Alessandro sort son bras par la fenêtre et la salue. Puis il la voit se diriger vers son immeuble. Quelle belle fille. Même son frère est sympathique. Si jeune, et déjà maître chanteur. Mais les défauts ne se transmettent pas de frère à sœur. Ou bien si ? Pendant un instant, il imagine toute sa vie mise en danger. Puis quelque chose lui revient à l'esprit, et là c'est sa soirée, qu'il imagine mise en danger. Ses parents l'attendent pour dîner.

63

Mauro, sur son vieux Kymco, arrive en bas de chez Paola. Il lève la tête et la voit sur son balcon. Elle fume une cigarette, et s'aperçoit soudain de sa présence.

– Ah, te voilà !

Mauro la salue par un signe de tête.

– Attends, je descends.

Paola écrase sa cigarette par terre sous sa chaussure neuve à semelle compensée, puis elle donne un coup de pied au mégot qui passe sous la rambarde et finit pas très loin de Mauro. Il éteint son scooter et reste assis dessus. Paola sort de l'immeuble. C'est sûr, elle est belle, pense Mauro, et même, qu'est-ce que je dis, elle est magnifique. Et grande, en plus. Il lui sourit. Paola écarquille les yeux, heureuse, curieuse, adrénalinique.

– Alors ? Mais où tu étais ? Je t'ai appelé plein de fois, ton portable était éteint. Quand c'est moi qui le fais, tu te plains. J'ai même appelé chez toi, mais tes parents ne savaient pas où tu étais… Qu'est-ce que tu fichais… Ils sont inquiets, tu sais…

– Ils s'inquiètent quand ça les arrange.

Paola s'approche de Mauro et lui met les mains sur les hanches.

– Alors ? Raconte. Ça a duré tant que ça, le casting ?

Paola regarde sa montre, mais sans enlever sa main de la hanche de Mauro.

– Il est neuf heures et quart…

– Putain, ils m'ont gardé longtemps, hein ?

– Allez, raconte-moi, je suis trop curieuse.

– J'ai été recalé.

– Non… Je suis désolée, mon amour.

Paola le serre, s'approche pour l'embrasser, mais Mauro s'écarte.

– Allez, ça suffit…

Paola s'éloigne un peu. Elle a envie de s'énerver, mais elle se retient.

– Allez, Mau', ne sois pas comme ça. C'est normal, ça arrive à tout le monde. C'était ton premier casting…

Mauro croise les bras, puis prend une cigarette dans sa poche. Paola remarque son blouson neuf.

– Super ! Il est neuf ?

– C'est un Fake.

– Avec ça, tu vas faire des ravages.

Mauro tire sur sa cigarette puis fait un demi-sourire.

– Et puis quoi, encore. Je l'ai acheté exprès pour le casting. De l'argent foutu en l'air. Comme pour les photos. Ça m'a coûté un max.

Paola s'illumine. Elle est à nouveau curieuse.

– Allez, tu les as ici ? Tu me les montres ?

Mauro sort une enveloppe de son top case. Il les lui passe à contrecœur.

– Tiens.

Paola les pose sur la selle du scooter. Elle ouvre l'enveloppe et les regarde une à une.

– Elles sont belles. Il est vraiment bon, ce photographe. Ouah, elle est belle, celle-là ! Et sur celle-là, tu es vraiment beau. On dirait Brad…

Mauro la regarde.

– Tu peux toutes les garder, si tu veux. Je ressemble à Brad, mais ils en ont choisi un autre, un bourrin… Il devait être pistonné…

Paola remet les photos dans l'enveloppe.

– Oh, Mau', mais tu sais combien de castings j'ai fait avant d'être prise à celui de l'autre jour, hein ? Non, mais tu as une idée ?

– Non, je sais pas.

– Eh ben, je vais te le dire. Un tas. Et tu t'énerves parce qu'ils te prennent pas au premier ? Oh, mais la route est longue pour réussir, et si tu te décourages dès le début tu n'y arriveras jamais.

Paola tire sur son pull.

– Ces photos sont vraiment belles. À mon avis, tu es très photogénique, tu rends très bien, je le dis sérieusement, pas parce qu'ils t'ont pas pris...

– C'est ça, oui...

– Je te jure.

Mauro prend l'enveloppe, l'ouvre et regarde les photos. Il a l'air un peu plus convaincu.

– Tu crois ?

– Je suis sûre.

Mauro reprend un peu confiance en lui. Il indique une photo.

– Regarde celle-là. Regarde, regarde. À qui je te fais penser ?

– Pour moi, tu ressembles à Banderas.

– Ouais, Banderas. D'abord Brad, ensuite Banderas, mais tu te fous de ma gueule ? Allez, regarde bien, j'ai essayé de prendre la même pose que lui quand il essaye de draguer cette actrice, allez...

– Oh, je vois pas...

– Oh, mais Johnny Depp ! Tu sais, quand il est devant chez cette fille, dans ce film où il y a une mère et une fille qui changent tout le temps de ville. *Il cioccolato*.

Paola secoue la tête.

– J'ai compris, mais le film s'appelait *Chocolat**.

---

* Les termes en italique suivis d'un astérisque sont en français dans le texte original.

442

– Ouais, c'est pareil… Pas vrai, mon amour ? Tu vois de quelle scène je parle ? C'est moi, non ?

Paola sourit.

– Oui, oui, c'est vrai.

Mauro, un peu détendu, remet la photo dans l'enveloppe.

– De toute façon, ils m'ont pas pris.

– Peut-être qu'ils n'avaient pas besoin de Johnny Depp, cette fois-ci.

– Boh, il y a rien à faire…

Mauro secoue la tête et sourit.

– … tu dis toujours la bonne phrase au bon moment.

– Non, c'est ce que je pense vraiment.

Mauro s'approche et la prend dans ses bras.

– OK, tu sais qu'on dit que Johnny Depp en a un énorme. Et moi, tout de suite… eh ben je lui ressemble sur tous les points. Je ne sais pas ce qui me prend. Bah. Ça doit être que tout à l'heure j'étais énervé et je te regardais, tu remettais ton T-shirt sur tes seins, oh, je me suis senti mal. Touche, touche là.

Il prend la main de Paola et la pose sur son jean. Paola la retire rapidement.

– Allez, tu es con, ici, en bas de chez moi, avec mon père qui risque de se mettre au balcon. S'il te voit faire ça, tu sais ce qu'il te fait. Tu seras tellement défiguré que tu ne pourras pas faire un casting pendant deux ans…

Mauro s'approche d'elle et l'embrasse tendrement.

– Mon amour, on va un peu dans le garage ? Allez, j'ai envie.

Paola penche la tête sur le côté. Les mots que Mauro lui susurre à l'oreille lui procurent un frisson inattendu. Il sait comment la prendre.

– OK, on y va. Mais pas trop longtemps, hein ?

Mauro sourit.

– Pas trop longtemps… on ne peut pas se presser, pour certaines choses…

– Ouais, tu dis ça, mais des fois on dirait une Ferrari.

– Quelle vipère !

Mauro démarre le scooter. Il a retrouvé sa bonne humeur. Il enfile son casque pendant que Paola monte derrière lui et l'entoure de ses bras. Ils font le tour du bâtiment et s'arrêtent devant le garage.

– Chut…, dit Paola en descendant, doucement, ne fais pas de bruit, si mon père nous entend ça va barder.

Mauro met le scooter sur sa béquille.

– Ton père pourrait bien être un peu compréhensif, non ? Tu sais combien de fois il a dû le faire avec ta mère ?

Paola lui donne un coup de poing sur l'épaule.

– Aïe, tu m'as fait mal.

– J'aime pas que tu plaisantes là-dessus.

– Mais sur quoi ? C'est l'amour. La plus belle chose du monde.

– Oui, mais tu n'en parles pas avec respect.

– Mais qu'est-ce que tu racontes ? Tu crois que tes parents ont pas fait l'amour ? On peut pas le dire ? Et toi, pardon, mais comment ils t'ont faite ? Par l'opération du Saint-Esprit ? Allez, viens.

Il l'attire dans la voiture de son père, une vieille Golf bleue à cinq portes.

– Aïe, va doucement, doucement !

Mauro lui déboutonne son pantalon, et en même temps il glisse une main dans le col en V de son pull. Ses doigts explorent le soutien-gorge, effleurent les seins, cherchent les tétons.

– Tu ne peux pas savoir comme j'avais envie, tout à l'heure, dans la rue.

– Et là, non ?

Paola l'embrasse dans le cou.

– Là, encore plus.

Mauro défait sa braguette. Puis il prend la main de Paola et la guide vers le bas. Comme tout à l'heure, dans la rue. Mais là, c'est différent. Là, c'est le bon moment. Paola lui mord légèrement les lèvres, et tout doucement elle soulève l'élastique de son boxer. Elle glisse sa main et explore, elle aussi. Elle cherche lentement, puis le trouve. Mauro sursaute. Et ce mouvement brusque fait tomber quelque chose de la poche de son blouson. Mauro s'en aperçoit. Il arrête la main de Paola. Il éclate de rire.

– Regarde un peu ! Un voyeur !

Ce disant, il le fait sortir de la pénombre.

– Le petit ours Totti !

– Quoi, tu l'avais sur toi ?

Mauro hausse les épaules.

– Oui, comme porte-bonheur. Mais ça n'a pas marché.

– Allez, il a fait tout son possible, mais même le Gladiateur peut se tromper, non ? Tu verras, la prochaine fois ça marchera, grâce à lui tu seras pris, et ça sera encore plus magique[1] !

Puis un bip. Le téléphone de Paola.

– Qui c'est ? Qui c'est qui t'envoie un message à cette heure-ci ?

Merde, pense Paola, mais je ne l'avais pas éteint ?

– Mais rien, j'avais demandé un service… C'est pour la convocation de demain matin.

---

1. Allusion au surnom du joueur Totti et à celui de l'équipe la Roma, la *squadra magica*, « l'équipe magique ».

Avant que Mauro ait même le temps d'y penser, elle lui saute dessus et l'embrasse. Elle remet sa main dans son boxer, le sort et bouge sa main de haut en bas en regardant Mauro droit dans les yeux.

– Tu as envie de me prendre ? Parce que moi, j'en meurs d'envie.

Mauro l'embrasse et lui dit entre ses dents :

– Moi aussi.

– Mais tu en as un ?

– Non, j'ai oublié d'en prendre.

– Alors rien. Tu te contenteras de ma bouche.

Elle le regarde une dernière fois dans les yeux, puis disparaît de sa vue, en descendant lentement dans la pénombre de la voiture, entre ses jambes, là où éclôt le désir. Un désir si fort qu'il a réussi à faire oublier un message arrivé sur le portable de Paola.

64

Enrico arrive chez lui.

– Mon amour, tu es là ?

Il pose sa veste sur le dossier d'une chaise, dans le salon.

– Je suis là, j'arrive.

Camilla sort de la chambre à coucher.

– Excuse-moi, je ne t'ai pas entendu, j'étais au téléphone…

Elle l'embrasse rapidement sur la bouche. Puis elle prend la veste pour la ranger. Enrico la suit. Tandis qu'elle ouvre l'armoire, il l'enlace par-derrière. Il se perd dans ses cheveux, son parfum intense. Il l'embrasse dans le cou.

— Tu étais au téléphone avec qui ?

Camilla range la veste, referme l'armoire et se dégage de son étreinte.

— Je ne sais pas si tu la connais. Une fille de la salle de gym. Ils veulent organiser un dîner pour la fin des cours, la semaine prochaine… Je prépare quelque chose à manger ou tu veux sortir ?

— Non, je suis fatigué, je préfère rester à la maison.

— Moi aussi, je suis crevée. Et demain il faut que je me lève tôt.

Enrico la suit à la cuisine et l'observe pendant qu'elle déplie la nappe.

— Qu'est-ce que tu dois faire de beau ?

— Maman m'a demandé si je pouvais l'accompagner en voiture acheter du tissu. Elle veut changer ses rideaux.

Enrico la regarde encore.

— Bon, je vais me laver les mains, et puis je reviens te tenir compagnie.

— Mais non, mets-toi sur le canapé, regarde un peu la télé. Je t'appelle quand c'est prêt.

Enrico va vers la salle de bains, mais il ne s'y arrête pas. Il continue, puis s'arrête un instant et se retourne. Il la voit, au fond, à la cuisine, elle prend une poêle. Enrico continue sur la pointe des pieds et va dans la chambre. Il s'assied, regarde le téléphone. Il l'observe pendant quelques instants. Il regarde autour de lui, puis le prend, appuie sur le bouton. Il s'allume tout de suite. Pas de code pin, Camilla les a en horreur. Elle a toujours peur de les oublier. Bouton vert. Derniers numéros composés. Rien. Aucun appel. Tous effacés. Enrico l'éteint et va à la salle de bains. Merde. J'aurais peut-être dû regarder les appels reçus. Il se lave les mains. Mais je ne peux pas faire ça. Je tiens trop à Camilla. Il s'essuie. De toute façon, dans quelques jours, les doutes seront levés. Il saura. Et il ne pourra plus s'en laver les mains. Il devra prendre une décision.

Flavio est à moitié allongé sur le canapé. La petite Sara se jette sur lui pour jouer. Elle a plus d'un an, maintenant. Elle s'amuse à ne pas lui laisser regarder la télé en paix, et il se prête au jeu. À ce moment-là, il entend une clé dans la serrure.

– Cristina, c'est toi ?

– Quelle question. Si c'était un voleur, qu'est-ce qu'il t'aurait répondu ? Non, je suis un voleur. Je fais mon coup et je m'en vais.

Flavio se lève et essaye de l'embrasser. Mais Cristina a plein de sacs, elle lui en passe deux.

– Tiens. Rends-toi utile. Porte-les à la cuisine. Et attention, il y a des œufs dedans.

Puis elle aperçoit Sara qui traverse le salon en marchant, pas très assurée, un jouet à la main.

– Flavio ! Mais Sara est encore debout ?

– Elle t'attendait, elle voulait te dire bonne nuit.

– Elle devrait dormir depuis une heure. Tu as dit que tu rentrais tôt. Je te l'ai demandé exprès, pour que tu puisses la coucher… Elle se serait réveillée à une heure, je lui aurais fait manger quelque chose et elle se serait rendormie, et surtout j'aurais pu me coucher, moi aussi. Demain matin j'ai les épreuves pour l'examen de promoteur… Mais bien sûr, tu t'en fous, toi. Je dois tout faire, dans cette maison…

Cristina traverse le salon sans dire un mot et attrape Sara au vol, si bien que la petite fille laisse tomber son jouet.

– Viens, ma petite chérie, on va faire dodo.

Cristina disparaît dans la petite chambre, la fillette suspendue à son cou, comme un sac. Flavio se rassied sur le canapé. Le générique de *Friends* vient de terminer. La présentatrice réapparaît à l'écran. « Bonsoir, nous voici réunis pour les défis de ce soir… "Sans adversaire, la vertu pourrit"… comme dit Sénèque. »

Flavio sourit. Serait-ce un signe ?

– Mon amour, moi je sors !

Susanna accourt dans la salle à manger où Pietro est en train de remettre sa veste et sa cravate.

– Mais comment ça, j'avais compris que tu dînais tranquillement avec nous, ce soir.

– Mais non, mon amour, tu as oublié ? Ce soir je vais à la Pergola avec l'administrateur délégué de la nouvelle société que nous avons comme client. Je suis passé en coup de vent pour dire bonne nuit à Carolina et Lorenzo…

Puis il lui prend le visage dans ses mains. Il l'embrasse longuement, passionnément. Du moins, c'est ce qu'elle croit.

– … et pour t'embrasser.

Susanna sourit. Avec lui, elle se sent belle, encore désirable. Il y arrive toujours.

– Ne rentre pas trop tard. On ne passe jamais de temps ensemble…

– J'essayerai, mon étoile. Mais tu sais comment ça se passe, dans ces cas-là…

Puis il ouvre la porte, sort et disparaît dans l'escalier. Susanna rentre dans l'appartement. Elle ferme la porte. Non, je ne sais pas comment ça se passe, dans ces cas-là. Tu ne m'as jamais emmenée.

Quelques minutes plus tard, Pietro est au volant de sa voiture. Il prend son portable et compose un numéro.

– Mon étoile, j'arrive.

Alessandro sonne à l'interphone, tout essoufflé. Il est en retard.

Quelqu'un répond.

– Qui est là ?

La porte s'ouvre. Alessandro monte deux à deux les marches de l'entrée puis prend l'ascenseur. Arrivé à l'étage, les portes s'ouvrent. Elle est déjà là à l'attendre

– Alex, enfin, j'étais inquiète. Pourquoi tu arrives si tard ? On est déjà tous à table… Mais on n'a pas commencé.

Alessandro embrasse rapidement sa mère.

– Tu as raison, maman, une réunion de dernière minute.

Ils entrent au salon où les membres de la famille sont déjà pour la plupart autour de la table.

– Bonsoir tout le monde ! Désolé pour le retard…

Sa mère le prend par le bras.

– Et Elena ? Où tu l'as laissée ?

Claudia le regarde. Alessandro a envie de répondre « non, maman, je ne l'ai laissée nulle part, c'est elle qui m'a laissé ». Mais il sait bien que sa mère ne comprendrait pas ce genre d'humour. Comme la plupart des gens, d'ailleurs.

– Elle va finir encore plus tard que moi.

– Mais vous travaillez trop ! Dommage… ça m'aurait fait plaisir de la voir… Bon, allez, asseyons-nous.

Alessandro s'assied à côté de son père.

– Alors, comment ça va ? Bien ?

– Bien, fiston. Toi, je ne te le demande pas, tu m'as l'air en grande forme.

– C'est vrai.

Il regarde son reflet dans le cadre d'un tableau. Il décide de penser à autre chose en s'adressant à ses sœurs et à leurs maris.

– Comment ça va tout le monde ?

– Bien !

– Tout va bien !

– Oui, bien !

– Bien, mais j'ai faim.

Davide, le casse-pieds habituel. Alessandro déplie sa serviette. Une façon un peu grossière de me faire payer mon retard. Il regarde Claudia. Ils se sourient. Puis Alessandro lui fait un clin d'œil et acquiesce. Comme pour dire, tu as raison de le quitter. Mais quelques secondes plus tard, il lui fait signe que non. Ce n'est pas vrai. Ne fais pas de conneries, Claudia.

La mère appuie sur la sonnette reliée à la cuisine. Dina arrive immédiatement. C'est un rituel qui se répète depuis toujours.

– Dina, pardon, mais vous pouvez remporter cette assiette ? Elle est de trop. Malheureusement, Elena ne vient pas. Elle passera plus tard pour le dessert.

Alessandro se penche vers sa mère.

– Tu sais, je ne crois pas qu'elle pourra passer…

– Je sais, mais pourquoi on est obligés de tout raconter ?! Au personnel, en plus…

– C'est vrai… quel idiot.

Dina revient avec un chariot plein de plats. Alessandro jette un coup d'œil. Gnocchi à la tomate et tagliolini aux courgettes. Double plat de pâtes. Pas mal. Dina pose une assiette devant chacun.

– Vous nous apporterez aussi des couverts à service, s'il vous plaît…

– Ah oui, bien sûr, madame.

Dina retourne à la cuisine.

– Oh, il n'y a rien à faire. Depuis qu'elle est entrée dans cette maison, il y a plus de trente ans, elle oublie toujours de les apporter, et elle partira en l'oubliant encore…

Margherita, la plus jeune sœur, s'essuie la bouche avec sa serviette.

– Maman, remercie plutôt le ciel qu'elle ait résisté tout ce temps. La plupart de nos amis ont chez eux des Philippins ou des étrangers à la provenance douteuse qui ne cuisinent pas aussi bien… à l'italienne !

Luigi, son mari, se penche en avant pour ne pas se faire entendre. On ne sait pas bien par qui, d'ailleurs.

– Et surtout, dans ces cas-là tu ne sais pas qui tu héberges chez toi. Par exemple, prends Mme Della Marre, regarde comment elle a fini.

Ils continuent à parler à bâtons rompus. D'un nouvel impôt, d'un livre abandonné au milieu. Un film suédois. Un autre chinois. Un festival. Une exposition. Une coupe de cheveux horrible. Une nouveauté américaine dont Davide a entendu parler mais dont il ne sait absolument rien de précis, et qui pourrait bien être une bonne idée, si seulement on comprenait quelque chose à ce qu'il raconte pour l'expliquer.

Ensuite, côtelettes à la printanière, artichauts frits, soufflé de patates et de légumes. Et puis, d'autres nouveautés. Quelque chose entendu au journal télévisé. Une nouvelle terrible. Un très jeune garçon a tué ses parents. Une autre nouvelle, absurde mais gaie. Et puis, les enfants d'amis qui vont se marier. Des billets pris pour un concert à Milan, un chanteur étranger très connu. Et une indiscrétion sur une star, un des ragots habituels, une tromperie construite, ou bien réelle. Et puis, la possibilité d'aller voir le spectacle de Fiorello, même si on ne trouve plus de billets, même si désormais ils coûtent plus que des vacances pour toute une famille.

Soudain, Margherita se lève. Elle cogne sa fourchette contre son verre.

– Une minute d'attention. Moi aussi je dois vous annoncer quelque chose. Peut-être pas aussi important que certaines choses que j'ai entendues jusqu'ici, mais pour moi c'est fondamental ! Bientôt, je rattraperai ma sœur Claudia. Moi aussi, j'attends un autre enfant !

Silvia, la mère, saute sur ses pieds, éloigne sa chaise et court vers Margherita. Elle la prend dans ses bras, la couvre de baisers.

– Mon amour, quelle bonne nouvelle. Bientôt, je serai la grand-mère de quatre petits-enfants ! Tu sais déjà ce que c'est ?

– Un petit garçon. Il naîtra dans quatre mois et demi.

– Magnifique ! Vous aurez un garçon et une fille, comme Claudia !

La grande sœur mange un autre artichaut frit.

– Moi je le savais déjà. Chez nous, c'est le garçon l'aîné.

– Vous avez déjà choisi le prénom ?

– On hésite entre Marcello et Massimo.

Alessandro regarde sa sœur Margherita puis hausse un sourcil.

– Moi, je préfère Massimo…

Claudia et Margherita se tournent vers lui.

– Et pourquoi ?

– Ben, c'est un nom de vainqueur…

– Ah…

Luigi se lève.

– Je suis d'accord.

Il met ses mains sur ses hanches, prend un air convaincu. Et montre sa préférence avec conviction.

– Je m'appelle Massimo Decimo Meridio, commandant de l'armée du Nord, général des légions Félix, servi-
teur loyal du seul véritable empereur, Marc Aurèle. Père
d'un fils assassiné, mari d'une femme tuée, je me venge-
rai, dans cette vie ou dans l'autre.

– Oui, lui il préférerait Massimo. Le gladiateur.

– Bien sûr. Et un jour, on se fera peut-être faire le
même tatouage, tous les deux, comme celui de notre
grand capitaine !

D'une vision historique, il est passé à une interprétation footballistique…

Silvia rit et se rassied à sa place. Elle embrasse son
mari.

– Luigi, tu as entendu cette bonne nouvelle ? Nous
avons créé une famille splendide, mon amour.

Silvia s'assied plus confortablement, puis elle pose sa
main sur le bras d'Alessandro.

– Et toi, mon trésor ? Quand est-ce que tu auras
quelque chose à nous annoncer ?

Il s'essuie la bouche avec sa serviette.

– Tout de suite, maman. Mais je ne sais pas si c'est
une bonne nouvelle.

– Bah, dis-la-nous, on te dira…

– OK. Mesdames et messieurs, Elena et moi nous
sommes séparés.

Silence soudain. Glacé. Intense. Claudia regarde à
gauche et à droite. Finalement, elle intervient pour sauver son frère.

– Excusez-moi, il n'y a plus d'artichauts ?

Un peu plus tard. Tout le monde sort de l'immeuble.
Bises. Poignées de main en promettant de se revoir bientôt. Peut-être une pizza, un cinéma, pourquoi pas. Même

si on finit toujours par ne rien faire. Margherita rejoint Alessandro qui lui dit :

— Salut, petite sœur, je suis heureux pour toi !

— Moi je ne suis pas heureuse pour toi. J'aimais bien Elena. Où tu vas en trouver, une comme ça, maintenant ?

Elle l'embrasse sur la joue en secouant la tête.

Claudia la regarde s'éloigner, puis elle s'approche d'Alessandro.

— On dirait toujours qu'elle connaît la vie mieux que tout le monde. Ou du moins, les choses de l'amour…

— Elle est comme ça, tu le sais…

— Je n'aime pas ça. Elle est trop sûre d'elle. Elle sait tout sur tout… Au fait, Alex… pendant un instant, j'ai cru que tu allais annoncer directement la vraie, la grande nouvelle.

— C'est-à-dire ?

— Mesdames et messieurs, je me suis mis avec Niki, une fille explosive de dix-sept ans.

Alessandro regarde Claudia et lui sourit.

— Tu es folle… J'aurais risqué gros avec maman… et puis surtout, on aurait risqué de perdre papa. Il aurait fait un infarctus !

— Moi je pense que c'est lui qui l'aurait le mieux pris. Tu le sous-estimes toujours.

— Tu crois ? Peut-être…

— Bon, allez, salut.

Claudia l'embrasse sur la joue et s'éloigne.

— Claudia ?

— Oui ?

— Merci, hein.

— De quoi ?

— De cet artichaut dont tu n'avais même pas envie.

– Pas de quoi ! En tout cas, préviens-moi quand tu décides de lancer ta bombe atomique… Je me mettrai au régime deux jours avant !

65

Les jours passent lentement. Quand on est triste. Parfois, ils passent trop vite. Quand on est heureux. Des jours suspendus, la réponse des Japonais devrait arriver bientôt. Un tour en voiture avec le CD de Battisti. Enrico a choisi une bande-son parfaite pour eux. Soudain, Niki explose de joie.

– Alex, j'ai une idée géniale…

Alessandro la regarde d'un air inquiet.

– Au secours. Dis-moi.

– On essaye de faire tout ce que dit la prochaine chanson ?

– OK, mais alors tout tout, hein ?

– Ce n'est pas moi qui reculerai…

– OK, alors c'est moi qui choisis la chanson…

– Non, ça ne vaut pas… Mets random, et on prend celle qui vient au hasard.

Alessandro appuie sur un bouton du lecteur. Puis ils attendent, curieux et amusés, ce qui sera leur destin prochain.

« Dans un supermarché, une fois par mois, pousser un Caddie plein bras dessus bras dessous avec toi… »

– Non, je n'y crois pas… C'est super dur !

– Maintenant qu'on l'a dit, il faut le faire. Allez, on y va.

Ils garent la voiture devant le supermarché du Village olympique et descendent. Un euro pour le Caddie. Ils décident de remplir le frigo pour mille autres dîners.

– Peut-être qu'un jour on pourrait inviter tous nos amis, non ? Qu'est-ce que tu en dis ?

– Bien sûr !

Alessandro pense à Pietro, Enrico, Flavio, et surtout à leurs femmes, avec Niki, Olly, Diletta, Erica et compagnie. Peut-être un peu difficile de trouver des sujets de conversation consensuels.

« Et parler des surgelés qui sont de plus en plus chers, faire la queue tandis que tu t'appuies contre moi. »

Et la regarder courir dans tous les rayons en souriant. Se perdre entre une salade à peser et les pêches, qu'elle adore. Et redevenir un petit garçon. La chanson continue. Et les épreuves sont de plus en plus difficiles.

– Mais tu es sûre ? Et si tes parents s'en rendent compte ?

– Tout va bien… Je leur ai dit que j'allais au lycée et puis que je dormais chez Olly. Elle me couvre… Allez, quel trouillard ! C'est moi qui prends le risque, non ?

– Comme tu veux.

« Se préparer à partir avec skis et chaussures, se réveiller avant six heures… »

Alessandro passe la chercher très tôt, il se gare un peu loin de l'immeuble. Il la voit sortir en courant, encore endormie. Ils partent. Au bout d'un moment, Niki s'endort sous la couette qu'il a posée sur elle. Tout en conduisant, il la regarde et sourit. Elle est si belle qu'il n'y a pas de mots pour la décrire.

« S'arrêter dans un petit restaurant pour prendre un sandwich… »

Ça, c'est plus facile. Ils sont tous deux affamés. Ils commandent un énorme sandwich dont la garniture toute fraîche déborde des deux côtés. Et ils mangent en riant.

– Mais il reste combien ? C'est encore loin ? Ça fait des heures qu'on roule !

– On arrive bientôt. Pardon, Niki, mais tu voulais de la neige, non ? Il n'y en a pas avant le Brennero.

– Ouais, mais c'est loin, le Brennero.

– C'est là où c'est ! Et enlève tes pieds du tableau de bord, mon trésor !

À la réception de l'hôtel, pour la première fois elle est émue de donner ses papiers. Mais le portier ne fait attention à rien, pas même à son âge.

« Et rester deux jours au lit, sans plus partir… »

Là-dessus, pas de problème non plus. Ça commence maintenant.

– Alex, je peux appeler mes parents, sinon ils vont s'inquiéter ?

– Bien sûr, mais pourquoi tu me demandes ? Tu as ton portable, non ?

– Chut, tais-toi, ça sonne. Allô, maman ? Tout va bien.

– Niki, mais où tu es ? Un drôle de numéro s'est affiché, un 00 43, l'Autriche…

Alessandro apparaît sur le pas de la porte de la chambre, écarquille les yeux et secoue la tête. Il lui dit tout bas.

– Mais tu es folle ? Tu lui dis ça maintenant ?

Mais Niki rit. Sûre d'elle, tranquille.

– Je sais, maman, on voulait essayer nos planches de snowboard. On est parties. Oui, on dort chez la cousine d'Olly et on rentre demain soir tard.

– Mais Niki, pourquoi tu ne m'as rien dit, tu te rends compte ?

– Parce que sinon tu te serais inquiétée, comme d'habitude, et tu ne m'aurais pas laissée partir… maman ?

Silence.

– Maman, on a pris le train. Et cet après-midi, après avoir skié, on révise.

– OK, Niki… Mais rappelle-moi tout à l'heure…

– Bien sûr, maman. Et embrasse papa.

Elle raccroche et fait un soupir.

– Merde, j'avais complètement oublié, ils ont changé le téléphone du salon, ils en ont pris un avec un mouchard !

Alessandro se met les mains dans les cheveux. Il va dans l'autre pièce.

– Je n'y crois pas… je me suis mis dans de beaux draps…

Niki le rejoint.

– Ton vrai problème, c'est que je vais te forcer à essayer une planche de snow !

Plus tard, sur les pistes, dégringolades, tentatives vaines et chutes dans la neige. Niki sert de maître à cet empoté aventureux, un peu raide, qui se lance et tombe. Mais qui n'a pas peur. Il a retrouvé l'envie d'essayer, de tomber, de se relever… Et qui sait, peut-être d'aimer.

Ensuite, dans le hall de l'hôtel, une partie de billard farfelue, où ce sont plutôt les queues qui finissent dans les trous. Puis un sauna, et un peu de télé. Et puis, la chambre. Un coup de fil à maman.

– Oui, j'ai révisé jusqu'à maintenant…

Un mensonge qui ne fait de mal à personne. Mais elle se sent tout de même un peu coupable. Ça ne dure qu'un instant, puis elle raccroche. Alessandro et Niki se regardent dans les yeux. « Et te courir après en sachant ce que tu veux de moi… » Il n'y a rien de plus beau que de s'aimer.

Et puis, repartir tranquillement, le lendemain, conduire sans hâte, en sachant que ce que tu cherches est à côté de toi. Toucher de temps en temps sa jambe pour vérifier que tout est vrai. La route défile. Et la musique t'accompagne. Le monde avance. Mais il ne dérange pas, il ne fait pas de bruit. Alessandro baisse un peu le son. Il la regarde dormir sur le siège passager. Un peu maussade. Puis il sourit. Ses pieds sur le tableau de bord, naturellement. Et puis, arriver à Rome, qui avec elle semble être une autre ville. « Demander les dépliants touristiques de ma ville et passer la journée avec toi à visiter des musées, des monuments et des églises en parlant anglais, puis rentrer à la maison à pied en te vouvoyant. »

— Eh, tu sais que le bac, c'est bientôt ? Tu vas m'aider, hein ?

— Bien sûr, tu plaisantes. En plus, tu m'as tellement aidé avec LaLune.

— Mais tu ne me dois rien… Tu dois le faire parce que tu as envie.

— Mais non, je disais ça dans le sens où c'est évident que je vais t'aider, quand on peut on se donne un coup de main.

— Ça ne va toujours pas. Ça a toujours un air de dette.

— Oh, tu compliques tout. Alors je ne t'aide pas !

— Voilà, tu vois, là c'est mieux… Au fond de toi, tu ne veux pas m'aider. Mais tu l'as, ton bac, toi ?

— 59 sur 60.

— Tu n'es qu'un vieux !

Un instant de silence.

— Vieux !

Niki éclate de rire.

— Un point de moins que la perfection ! Quelle blague !

– On va voir si tu fais mieux.

Niki sourit et se met contre lui.

– Pourquoi pas ? Pourquoi pas ?

Et puis, la question la plus difficile.

– Pardon, mais tu m'aimes ou pas ?

Et la réponse la plus simple.

– Je ne sais pas, mais en tout cas je suis avec toi !

66

Quelques jours plus tard. Les Ondes et les autres filles font un entraînement de volley, pour garder la forme.

– Alors, tu es prête ?

Soudain, comme un coup de tonnerre. Des basses profondes et chaudes sortent des deux enceintes de la chaîne posée par terre. La musique envahit le gymnase de l'école. Deux vieilles Converse rouge et blanc battent le rythme. Elles connaissent bien la musique. Une main bat le tempo sur un carreau de la fenêtre. Niki arrête de jouer. Elle se tourne et se plante devant lui, les mains sur les hanches.

– Alors tu insistes. Pourquoi tu veux gâcher tout ce qu'il y a eu de beau entre nous ?

Mais Niki n'a pas le temps de terminer, une chanson démarre. Fabio a une expression railleuse. Il chante en play-back sur sa musique.

« Ce n'était pas un hasard, cette nuit-là, jeune étoile, si tu es tombée dans mon lit… Je n'en avais pas envie, ça je le sais. Promesses douces et mensonges de jeunesse. Parce que maintenant, tu t'enfuis. Le passé te fait mal.

Rappelle-toi que ce n'était pas un hasard… cette nuit-là, jeune étoile, si tu es tombée dans mon lit. »

Niki le regarde. Elle a les yeux humides.

— Tu es vraiment un salaud, Fabio. Un énorme salaud, Fabio Fobia, ou quel que soit ton nom.

Elle s'enfuit, avant qu'il ne la voie pleurer pour de bon. Il ne mérite pas ses larmes. Fabio Fobia n'appuie pas sur « stop ». Il laisse le morceau continuer un peu. Il s'assied par terre, croise les jambes, s'allume une cigarette.

— Qu'est-ce que vous avez à me regarder comme ça ? Allez, jouez, jouez…

Il hausse le volume.

« Rappelle-toi que ce n'était pas un hasard… cette nuit-là, jeune étoile, si tu es tombée dans mon lit. »

Une fille passe la balle à celle qui est au service. Mais Diletta arrête la balle, la laisse rebondir par terre. Puis elle va vers la chaîne et l'éteint.

— Ça me gêne, ce bruit.

Elle se dirige vers les vestiaires.

— Oui, oui, faites les belles. De toute façon, il faut bien que vous passiez par nous pour jouir !

— Eh, comme ça tu ne te feras que des ennemis.

Fabio se tourne. Olly est à la porte du gymnase.

— Pourquoi tu te comportes comme ça, tu crois que ça fait partie de ton personnage ? Tu as beau faire de belles chansons, elles sont trop méchantes… et toi aussi. Et avec la méchanceté, on ne va pas loin.

Fabio Fobia tire deux taffes sur sa cigarette, puis la jette par terre. Il l'écrase. Il fait tourner la pointe de son pied dessus avec force pour l'éteindre. Puis il passe à un millimètre d'Olly. Il la force presque à se coller au mur. Et il lui chante : « Rappelle-toi que ce n'était pas un hasard… cette nuit-là, jeune étoile, si tu es tombée dans mon lit… » Fabio Fobia reprend sa chaîne, la met sur son épaule et passe à nouveau devant Olly. Puis, sans lui accorder un regard, il s'éloigne dans la cour du lycée. Olly reste sur le pas de la porte. Elle le regarde partir, avec une pensée distraite et une autre, beaucoup plus décidée.

67

Alessandro est assis dans le fauteuil, à son bureau. Mains derrière la tête, appuyé contre le dossier en cuir. Il examine d'un air amusé les différentes hypothèses pour la publicité de LaLune, disposées avec ordre sur la grande table. Une musique sort de la chaîne. Mark Isham. Relaxant, juste ce qu'il faut.

– Je peux ?

– Entre.

Alessandro se redresse. C'est Andrea Soldini.

– Viens, Andrea, assieds-toi. Alors, du nouveau ? Nous n'avons pas besoin de raccourci, non ?

Andrea Soldini sourit en s'asseyant en face de lui.

– Non. Nous attendons le verdict. Mais je dirais qu'il n'y a pas de doute, non ?

Alessandro se lève.

– Non, je ne crois pas. Mais il vaut mieux ne pas crier victoire avant de savoir ce qu'ont vraiment décidé ces sacrés Japonais.

Il va vers la machine.

– Café ?

– Très volontiers.

Andrea le regarde charger la machine. Alessandro prend un paquet, l'ouvre, en sort deux dosettes, les met dans la machine et appuie sur le bouton.

— Tu sais, Alex, quand tu venais dans mon bureau pour voir Elena, eh bien, je ne pensais pas que tu étais comme ça…

— Comment « comme ça » ?

— Tu es différent. Tu es sûr de toi, tranquille, agréable. Voilà. Tu es agréable.

Alessandro revient à la table avec les deux cafés, deux sachets de sucre et des petits bâtonnets en plastique.

— On ne sait jamais comment sont les gens avant de les connaître personnellement, hors des contextes habituels.

Andrea ouvre le sucre, le verse et remue son café.

— C'est vrai. Parfois on ne connaît même pas la personne avec qui on vit.

— Qu'est-ce que tu veux dire ?

Andrea le regarde.

— Moi ? Rien. Je disais ça comme ça.

Il boit son café. Alessandro en fait autant, puis le regarde fixement.

— Parfois, je ne te comprends pas. Pourquoi il faut toujours que tu te sous-évalues, que tu te sous-estimes ?

— Je me le demande depuis toujours, le problème est que je ne trouve pas de réponse.

— Mais si tu ne crois pas en toi-même…

— … Oui, je sais, comment est-ce que les autres pourront y croire ?

— Peut-être que les Russes, ce soir-là, te trouvaient très sympathique. Il n'y avait pas besoin que tu te sentes mal…

Andrea finit son café.

– Ne m'en parle pas… Quand je pense à cette soirée, je me sens mal à nouveau…

– Je t'en prie, épargne-moi l'arrivée d'une autre ambulance…

Andrea sourit.

– Chef… C'est un plaisir de travailler avec toi.

– Et pour moi de t'avoir dans mon équipe. Tu n'arrives pas à te voir de l'extérieur, mais je t'assure que tu fais très bonne impression.

Andrea se lève.

– Bien ! Merci pour le café. J'y vais.

Il va vers la porte, puis s'arrête.

– Cette fille… Niki…

– Oui ?

– Je ne sais pas si ça plaira aux Japonais, mais je trouve qu'elle a vraiment fait du très bon boulot.

– Oui, moi aussi. Ces dessins sont vraiment nouveaux et surprenants.

Andrea s'arrête un instant sur le pas de la porte, puis il sourit à Alessandro.

– Je ne parlais pas des dessins…

Il ferme la porte. Alessandro n'a pas le temps de lui répondre. Juste à ce moment-là, son portable émet un bip. Il regarde l'écran. C'est un message. Il l'ouvre. Niki. Quand on parle du loup… Comment il disait, déjà, Roberto Gervaso ? « La vie est une aventure avec un début décidé par les autres, une fin qu'on ne veut pas et des tas d'intermédiaires choisis complètement au hasard. » Dans la série… Alors, pourquoi je m'inquiète ? Leonardo s'inspire souvent de lui pour les petits mots qu'il écrit à sa femme. Et ils sont encore ensemble… Ça aussi, c'est un hasard. Alessandro lit le message de Niki. Il sourit. Et il répond le plus vite qu'il peut. « Bien sûr. » Il l'envoie. Il prend sa veste et sort. Je préfère cette phrase d'un anonyme : « On s'aperçoit par hasard. On se rencontre par un baiser. »

68

Niki sort de l'immeuble. Elle regarde autour d'elle, indécise. Alessandro klaxonne deux fois, puis il fait un appel de phares. Niki met sa main devant ses yeux pour mieux voir, comme un jeune marin en vedette, plus sensuelle que tous ceux de *Querelles de Brest* réunis. Puis elle le voit de loin et court vers la voiture. Alessandro lui ouvre la portière et elle plonge à l'intérieur.

– Vite, vite, démarre, mes parents vont sortir.

Quelques secondes plus tard, ils sont hors de portée. Niki rit et regarde la voiture.

– Pff… je ne t'avais pas reconnu. Mais qu'est-ce que c'est que cette voiture ? Tu as compris que la véritable créativité vient du peuple, hein ? C'est pour ça que tu as pris cette vieille charrette, dis la vérité.

– Mais non, c'est à ma mère. Je lui ai demandé de me la prêter.

– Incroyable. Tu as décidé de faire réparer la tienne ? Mais on ne devait pas faire un constat ? Tu sais, Mario, mon mécanicien, il aurait pu te la remettre à neuf, tu y aurais même gagné.

Alessandro est amusé.

– Non, non, ma voiture est toujours aussi cabossée, grâce à toi. Celle-ci, je l'ai prise pour toi.

– Pour moi ?

– Oui, elle est manuelle.

Niki regarde la main d'Alessandro entre les deux sièges. Il passe de la troisième à la quatrième.

– Oh… merci ! Tu es trop fort… tu as pensé à moi.

Elle s'arrête un instant.

– Attends, tu l'as demandée à ta mère ? Parce qu'elle est manuelle, pour moi… Mais alors, tu lui as parlé de nous ?

Elle lui saute dessus, l'embrasse, le faisant dévier de la route.

– Du calme, Niki, sinon on va cabosser celle-là aussi !

– Encore plus ?! Et comment elle s'en rendra compte ?

– Les mères se rendent toujours compte de tout. Imagine que j'utilisais cette voiture quand j'avais ton âge.

Tout en le disant, il essaye de ne pas faire peser cette étrange vérité.

– Elle voyait quand j'avais fumé, quand j'avais bu, et même si j'avais fait des trucs avec une fille…

– Des trucs ? Mais comment tu parles ? Mon Dieu, ce que tu es ringard ! Et puis, pardon, mais tu as fait « des trucs » dans cette voiture, et ensuite tu me promènes dedans ?

Elle le frappe, pour rire.

– Pardon, mais c'était il y a plus de vingt ans !

– Et alors ? Tout ce que tu as fait depuis que tu as dix-huit ans me rend folle. Ce qui veut dire, en gros, depuis que je suis née… Plus ou moins. Je voudrais pouvoir revenir en arrière dans le temps, comme un *rewind* sur un DVD, et te voir. Ou même mieux, directement au cinéma. M'asseoir au premier rang avec un cornet de pop-corn et regarder le film de ta vie, en silence, sans que personne me dérange.

– Bah, ça vaut aussi pour moi. Moi aussi, j'aimerais bien aller au cinéma voir les scènes les plus importantes de ta vie…

– Oui, mais toi tu verrais un court-métrage ! Tu n'as pas perdu grand-chose. Toi, tu as la possibilité de tout vivre de moi !

– Toi aussi. Le plus beau jour est celui qui reste à vivre…

– Écoute ça ! Boum, tu viens de l'inventer… Et toutes les parties de jambes en l'air que tu as faites dans cette voiture, qu'est-ce que tu en fais ? Tu les oublies, peut-être ?

Alessandro la regarde et tourne plusieurs fois la tête vers elle.

– Je n'y crois pas.

– Quoi ?

– Tu es jalouse. Tu sais ce que dit Battisti ?

– Désormais, je sais tout de Battisti. Bien sûr que je le sais. *Gelosia cara amica mia, è proprio un tarlo, una malattia, quella di non saper scordare ciò che da me non puoi sapere, tutti i miei amori precedenti fanno più male del mal di denti, tutti quei baci che ho già dato vanno via con un bucato…* (« La jalousie, ma chère amie, c'est vraiment un ver qui te ronge, une maladie, celle de ne savoir oublier ce que tu ne peux pas savoir de moi, tous mes amours précédents font plus mal qu'une rage de dents, tous ces baisers que j'ai déjà donnés ne s'en vont pas avec l'eau du bain… »)

– Tu es balèze, hein ?

– Un peu, oui… après toutes les compils et les interprétations d'Enrico que j'ai entendues ces derniers jours…

– Et alors, tu comprends toute seule que l'homme aussi souffre… Même chanson, c'est toujours lui qui le dit… *In confidenza amore moi qualche problema ce l'ho anch'io, per non parlare dell'effetto delle tue ex cose di letto.* (« Mon amour, moi aussi j'ai quelques problèmes de confiance, pour ne pas parler de l'effet de tes ex affaires de lit. »)

– Oui, oui, ne change pas de sujet ! Avoue ! Tu as fait l'amour dans cette voiture, oui ou non ?

Alessandro y réfléchit un instant.

– Non.

– Jure-le !

– Je le jure. Juste un baiser, une fois, au *drive-in* d'Ostie.

– Au drive-in ! Quel chance ! Moi je ne l'ai vu que dans les films.

– On fait la paix ?

– À toute blinde.

– Paix à toute blinde ?

– Oui, c'est ma façon de dire quand je n'ai pas du tout envie de me disputer.

– OK, alors je me gare, comme ça tu conduis. Et pas à toute blinde, hein ? Arrête-toi de temps en temps.

La voiture s'approche lentement du bord de la route et s'arrête. Niki enjambe Alessandro.

– Niki, attends, je descends.

– Allez, ne fais pas le vieux, reste à l'intérieur, on ira plus vite.

S'ensuit un entrelacs confus, les clignotants s'allument, Alessandro se cogne contre le tableau de bord. « Aïe », une jambe de travers, Niki qui rit.

– Mais combien tu pèses…

Et ce jean trop serré… Mais finalement, chacun trouve sa place.

– J'y vais ?

– Vas-y. Mais doucement.

Niki appuie sur l'embrayage. Elle passe la première.

— Comment je me débrouille ?

— Très bien… parce que tu n'as pas encore démarré. Appuie sur l'embrayage et lâche doucement l'accélérateur.

Niki s'exécute. La voiture démarre lentement.

— Bien, maintenant passe la seconde.

Niki appuie de nouveau sur l'embrayage et change de vitesse.

— Voilà, c'est fait, la seconde…

— Ça a grincé.

— Et alors, je l'ai passée, non ?

Et ils s'en vont dans la circulation du soir. Une vitesse après l'autre. Quelques grincements. Quelques sursauts. Un clignotant mis un peu trop tard. Un coup de frein de trop. Alessandro met ses mains sur le pare-brise.

— Aïe, mais pourquoi tu freines comme ça ?

— Pardon…

Niki redémarre. L'auto-école se poursuit.

— Tiens le volant à dix heures dix.

— Ça fait tard.

— Tu dois rentrer ?

— Non, ça fait tard, dix heures dix, il faut que je tienne le volant maintenant, non ? Sinon on va rentrer dans quelqu'un !

— Pas mal…

— Si tu la fais au bureau, cette blague, tout le monde rigolera… De toute façon, c'est fatigant, de le tenir comme ça…

— Là, tu es recalée.

— Je fais appel.

Niki soupire et accélère. Elle redémarre en seconde.

— Bien.

Le moteur s'éteint.

– Mal. Je te recale encore.

Et ils continuent, elle s'améliore doucement, accélère de temps en temps, conduit lentement, sans trop d'à-coups.

– Eh, Niki, mais tu es sur le périphérique.

– Oui, c'est plus facile.

Elle se met à chanter.

– « Et recommencer à voyager. Et de nuit, avec les phares, éclairer la route pour savoir où aller. Avec courage, gentiment, gentiment. Doucement, voyager… »

Un petit bruit sourd fait sursauter la voiture.

– « … en évitant les trous. Sans pour autant te faire lâcher tes peurs, gentiment, sans fumée, avec amour. »

– Qu'est-ce que tu fais, tu t'arrêtes ?

– Oui, de toute façon j'ai très bien conduit. Je suis fatiguée.

Niki s'arrête sur une petite aire de stationnement.

– Et puis, si ce que tu m'as dit est vrai, je veux inaugurer moi-même la voiture de ta mère.

Elle allume la radio et éteint tout le reste.

Obscurité. Soupirs. Mais qui se croisent, amusés, légers. Qui déboutonnent, cherchent, trouvent. Une caresse, un baiser. Et encore un autre baiser, et une chemise qu'on enlève. Une ceinture qui s'ouvre. Une fermeture Éclair qui se baisse lentement. Un plongeon. Dans le noir. Heureux d'être là… Le noir fait de désir, d'envie, de légère transgression. La plus belle, la plus douce, la plus désirable. Des voitures passent sur la route, rapides. Des phares qui éclairent une seconde puis disparaissent. Des rayons de lumière qui peignent des bouches ouvertes, des désirs suspendus, soufferts, pris, des yeux fermés, puis ouverts. Et encore, encore. Comme dans les nuages.

Cheveux emmêlés et sièges inconfortables, mains qui donnent du plaisir, bouches à la recherche d'une morsure. Et les voitures qui continuent de passer, si rapides que personne n'a le temps de cueillir cet amour, qui suit le rythme de la musique que la radio passe au hasard. Et deux cœurs accélérés qui ne freinent pas, qui vont doucement se rentrer dedans.

Un peu plus tard. Une vitre encore embuée d'amour se baisse.

– Eh, il fait chaud, là-dedans.

– Une chaleur à crever.

Alessandro est en train de remettre sa ceinture. Niki tire sur son T-shirt. Une lumière soudaine les prend en plein visage. Les aveugle presque.

– Qu'est-ce qui se passe ?

– Un Ovni ?

La lumière se déplace latéralement. Une inscription apparaît. Carabiniers.

– Descendez, s'il vous plaît.

– Je n'y crois pas. Juste à temps.

Niki sourit en reboutonnant son jean. Deux carabiniers descendent de leur voiture, tandis qu'Alessandro et Niki ouvrent leurs portières respectives.

– Papiers, s'il vous plaît.

Soudain, tous les quatre se reconnaissent.

– Encore vous !

Niki murmure à l'oreille d'Alessandro.

– Mais on n'avait pas dit qu'on arrêtait de les voir ?

– Je pense qu'ils nous suivent.

Alessandro s'adresse à eux.

– Vous voulez quand même voir nos papiers ?

– Vous devez nous les présenter quand même…

Le carabinier le plus jeune s'approche de la voiture. Il éclaire avec sa lampe torche le papillon d'assurance sur le pare-brise.

– Pardon, mais vous n'aviez pas une Mercedes un peu cabossée ?

– Si…

– Et cette voiture, elle est à qui ?

– À ma mère.

– Ah, à votre mère… Pardon, mais quel âge vous avez ?

– C'est écrit sur mon permis, demandez à votre collègue.

L'autre lit à haute voix.

– 1970… Donc trente-sept ans.

– En juin, précise Niki.

Puis le carabinier regarde aussi la carte d'identité de Niki.

– Et la fille, dix-sept ans.

– Dix-huit en juin, précise encore Niki.

– Et qu'est-ce que vous faisiez, ici ?

Niki soupire. Alessandro lui serre le bras pour l'arrêter avant qu'elle ne dise quoi que ce soit.

– Nous avions entendu un bruit bizarre.

– Venant de la voiture de votre mère…

– Oui, comme vous le voyez, elle est vieille… Nous nous sommes arrêtés pour contrôler. Puis nous avons vu que tout allait bien, nous étions sur le point de repartir quand vous êtes arrivés.

Les deux carabiniers se regardent, puis leur rendent leurs papiers.

– Raccompagnez la jeune fille chez elle. Je pense qu'elle doit aller en cours, demain.

Alessandro et Niki sont en train de remonter en voiture quand l'un des deux le rappelle.

– Monsieur !

– Oui ?

Le carabinier lui indique son pantalon. Alessandro comprend et remonte vite sa braguette.

– Merci…

– De rien. Je ne fais que mon devoir. Au cas où vous rencontreriez les parents de la jeune fille… nous n'aurions pas le temps d'intervenir !

69

Alessandro se gare près de l'immeuble de Niki.

– On l'a échappé belle, hein ? Imagine s'ils étaient arrivés dix minutes plus tôt…

Niki hausse les épaules.

– C'est ça… Ils ne se seraient pas scandalisés, tu sais. C'est typiquement le genre à lire de drôles de journaux, aller dans des chat rooms avec des surnoms genre Le Téméraire ou Yoghi et à avoir leur armoire pleine de films porno…

– Et à quoi tu vois ça ?

– Oh, ne me le demande pas… Une femme sent ces choses-là… Et puis, tu sais, je le vois aussi à comment ils portent leur pistolet. En réalité, c'est une projection de leur truc…

Niki prend un air malicieux.

Alessandro se penche et lui ouvre sa portière.

– Allez, bonne nuit, va !

– Qu'est-ce qui se passe, tu es à nouveau excité ?

– Mais non, j'ai un match de foot. Et toi, qu'est-ce que tu fais ?

– Non, ce soir je reste à la maison. Il faut que je travaille un peu. Et peut-être que tout à l'heure mon ex va passer, il voulait me parler.

– Ah.

Alessandro se redresse, un peu rigide. Niki s'en aperçoit.

– Eh, mais qu'est-ce que tu fais ? Tu es fou ? Si je suis avec quelqu'un, c'est parce que je veux l'être. Donc, sois tranquille, ne me casse pas les pieds, et estime-toi chanceux !

Elle l'embrasse rapidement, puis descend de la voiture.

– Merci encore pour le cours de conduite !

Elle regarde à gauche et à droite, puis court vers son immeuble et disparaît à l'intérieur. Sans se retourner, comme d'habitude. Alessandro repart avec la voiture cabossée de sa mère.

– Eh, il y a quelqu'un ?

Niki referme la porte derrière elle.

– Maman, papa ?

Matteo apparaît au fond du couloir.

– Non, ils sont sortis.

– Qu'est-ce que tu faisais dans ma chambre ? Je t'ai vu.

– Je devais faire quelque chose sur l'ordinateur.

Niki enlève sa veste et la jette sur le canapé.

– Je t'ai dit cent fois de ne pas entrer dans ma chambre. Encore moins quand je ne suis pas là. Et puis, le plus interdit, c'est d'utiliser mon ordinateur !

Matteo la regarde.

– Eh, mais qu'est-ce qui se passe, ta prof est morte ?

– Crétin.

– J'ai compris. Pire… Le retraité t'a plaquée.

– Ha ha, comme c'est drôle, quel comique.

– Écoute, Niki, tu as peut-être oublié ça…

Il sort son Nokia.

– Le petit film compromettant. Je l'ai déjà téléchargé et sauvegardé, bien caché.

– Et tu l'as mis où ?

– Oui, bien sûr, je vais te le dire. Mais alors, tu n'as jamais rien compris à tous ces films policiers qu'on voit ensemble ? Si tu remets l'objet du délit, c'est la fin !

On sonne à la porte.

– Qui ça peut être ? Fabio m'a dit qu'il passerait, mais à dix heures.

– Non, ça doit être Vanni.

Matteo va ouvrir.

– … Oui, c'est lui. Salut, entre.

Un petit garçon grand comme lui, le pantalon tombant de la même manière, les cheveux juste un peu plus blonds, entre en traînant ses grosses chaussures.

– Alors, qu'est-ce qu'elle fait, ta sœur ?

– Je ne lui ai pas encore dit.

– OK, comme tu veux. Il y a du Coca ?

– Oui, va te servir dans la cuisine. En attendant, je lui explique…

Niki regarde Vanni s'éloigner, à l'aise, tranquille.

– Je n'ai pas bien compris, Matteo, il se balade chez nous comme s'il était chez lui ?

– Quoi, c'est un chien, il faut que je le tienne en laisse ?

– Tu sais très bien que maman n'apprécierait pas.

– Mais tu ne vas sûrement pas aller lui raconter. Alors, voilà…

Matteo sort de sa poche une feuille pliée en quatre. Il l'ouvre.

476

– Je t'ai tout imprimé ici.

– Ah, voilà ce que tu faisais dans ma chambre. Regarde toute l'encre de couleur que tu as utilisée !

– Qu'est-ce que tu es chiante. Lis.

Niki regarde attentivement la feuille.

– Quoi ? Qu'est-ce que c'est que ça ?

– Ne me dis pas que tu ne les connais pas.

– Bien sûr que je les connais. Mais je les évite. Et d'après toi, qu'est-ce que je devrais faire ?

– M'en trouver un et me l'apporter.

– Mais il n'en est pas question.

– Ne me dis pas que tu as honte, après ce que je t'ai vue faire…

– D'abord, tu ne m'as rien vue faire, parce que je n'ai rien fait. Ensuite, je trouve ça immoral de mettre des trucs comme ça entre les mains d'un garçon de ton âge.

– Premièrement : je ne suis pas tout seul, il y a aussi Vanni. Deuxièmement : nous ne sommes pas des petits garçons. Troisièmement : voici l'endroit où tu peux les trouver. Quatrièmement : si tu m'embêtes, tu sais ce que je fais… d'abord, je l'envoie à maman, qui pourrait peut-être te couvrir, mais tout de suite après je l'envoie à papa, qui arrive plus vite que Superman, et là ce ne sont pas les insultes qui vont pleuvoir… c'est les coups !

Niki arrache la feuille de mains de Matteo et sort de la maison comme une furie, en hurlant :

– N'ouvrez à personne, et si maman appelle, dis-lui que j'ai oublié quelque chose dans mon scooter et préviens-moi, compris ?

Niki descend l'escalier quatre à quatre, plie la feuille et la met dans la poche de son jean. Mais regarde-moi ça. Il faut que ça tombe sur moi. Avoir un frère obsédé. À ce moment-là, son portable sonne. Elle le prend et regarde l'écran. Il ne manquait plus que ça. Elle ouvre le Nokia.

– Oui.

– Salut, j'arrive.

– Je ne suis pas chez moi.

– Et tu es où ?

– Qu'est-ce que ça peut te faire, je n'ai pas de comptes à te rendre.

– Écoute, Niki, on ne va pas se disputer.

– Qui a parlé de se disputer, Fabio… Mais tu fais comme si on était encore ensemble… ce qui n'est plus vrai depuis quatre mois.

– Trois.

– Abstraction faite de cette petite rechute, qui ne veut pas dire se remettre ensemble. Ce n'est qu'en baisant une dernière fois qu'on conclut définitivement une histoire.

– Tu es dure.

– Parce que ta chanson d'aujourd'hui était tendre ?

– OK, tu as raison, c'est aussi pour ça que je t'appelle. Mais on peut se voir, plutôt que de parler au portable ?

– OK. Dans une demi-heure au 122 Viale Parioli. Chez Prima Visione.

– OK, merci… princesse.

Niki referme le téléphone. Princesse… Elle enlève la chaîne de son scooter et met son casque. Oui, c'est ça. Avant, j'adorais qu'il m'appelle comme ça. Maintenant, je ne supporte plus… Stop. J'ai décidé. Je le lui dis. Et elle démarre à toute allure.

70

Enrico arrive chez lui.

— Mon amour, tu es là ? Excuse-moi, je suis très en retard.

Camilla apparaît à la porte de la chambre, parfaitement habillée et maquillée. Tailleur foncé, fard à paupières léger, rouge à lèvres rosé. Et puis, un sourire.

— Je m'en doutais. Je t'ai déjà préparé ton sac pour le foot.

Enrico la regarde. Il n'arrive pas à dire un mot.

— Mais où tu vas ?

— Boire un verre avec cette amie de la salle de gym. Tu te rappelles ? Celle avec qui j'étais au téléphone, l'autre soir. Il y a aussi une autre fille qui nous rejoindra.

— Ah, oui. Et vous allez où ?

— Je ne sais pas, on n'a pas décidé.

— Oui, mais de quoi vous avez envie, dans quel endroit vous allez…

Camilla enfile sa veste.

— Bah, je ne sais pas. On se retrouve dans le centre.

Elle prend son sac, y glisse les clés de la maison et le ferme.

— Toi, quand tu vas jouer au foot, je ne te demande pas avec qui tu joues. Ou sur quelle action vous allez marquer. Ou ce que vous allez boire après.

— Quel rapport ? Et puis, on perd tout le temps.

Camilla secoue la tête et ouvre la porte.

— Avec toi, parfois, il est impossible de discuter. À tout à l'heure.

Et elle ferme la porte.

À tout à l'heure. Mais tout à l'heure quand ? Enrico s'assied sur le dossier du canapé, au milieu du salon. Ou plutôt, il s'écroule. Il voudrait lui demander plein de choses. Du genre : à quelle heure tu rentres ? Tu gardes ton portable allumé ? Ou bien : ne me dis pas qu'il ne capte pas. Ou bien, encore pire, ne me dis pas que tu n'as plus de batterie. Bref, pour le dire simplement : mais tu dois vraiment sortir ? Il se rend compte qu'il est encore plus en retard pour son match. Il se lève, va dans la chambre, met son gros sac de sport sur l'épaule et sort. En attendant l'ascenseur, il pense à autre chose. Je ne sais pas pourquoi, mais ce soir je ferais bien l'arbitre... L'ascenseur s'ouvre. Enrico entre et appuie sur RdC. Il se regarde dans la glace. Mais combien de temps il lui faut, au détective, pour me donner cette réponse, quelle qu'elle soit ? Moi, l'argent, je lui ai donné tout de suite. Et merde. Il court vers sa voiture. Il monte et démarre. Je ne sais pas si on fera un beau match ou si on perdra, comme d'habitude. Je sais seulement que j'ai hâte que ça finisse pour revenir à la maison. Et surtout pour voir si Camilla sera déjà rentrée.

Niki donne sa carte au vendeur, qui la passe dans la machine pour visualiser le nom.

– Mais elle est à qui, cette carte ?

– À mon frère.

– Qui s'appelle ?

– Matteo.

– Je n'ai pas de Matteo.

– Je vous assure.

– Non, je vous dis que ce n'est pas le nom qui figure sur la carte.

– Ah, pardon, elle est peut-être à Vanni.

Il appuie sur un bouton, on entend un bip.

– Oui, c'est ça, Vanni. OK, parfait. Donc, qu'est-ce que vous voulez ?

Niki lui passe la feuille pliée en quatre.

– Un de ces films.

Le vendeur parcourt la liste, les regarde un par un.

– On ne les a pas tous. Et les autres sont sortis.

– Quelle plaie !

Le vendeur regarde plus attentivement la liste. Il lève un sourcil.

– Il y en a que je n'ai même pas vus. Par exemple celui-là. *Nirvana!*, de Frank Simon, avec Deborah Wells et Valentine Demy. On m'a dit qu'il était terrible. Le scénario est plein de coups de théâtre. Tu l'as vu ? C'est un porno cult.

– Non, malheureusement je n'ai pas eu ce plaisir.

– J'aimerais bien te trouver quelque chose.

Niki le regarde avec suspicion. Le vendeur lui sourit.

– Malheureusement, tout ce que nous avons, c'est des films gays. Sur ta liste, il n'y a que des trucs hétéro.

– Eh oui.

Quelqu'un s'approche et rend un DVD, à la dernière minute.

– Voilà, et merci. Un vrai porno comme on les aime… Jessica Rizzo ne déçoit jamais.

Le vendeur le prend et le vérifie. Puis il sourit, content, et le passe à Niki.

– Voilà ! Il était sur ta liste.

Niki, gênée, prend le DVD. La personne qui vient de le rendre se dirige vers la porte, puis s'arrête et se retourne.

– Eh, mais c'est bien toi ! Niki ! Je n'étais pas sûr de t'avoir reconnue. Je suis Pietro, l'ami d'Alex…

Niki sourit, embarrassée.

– Mais oui… bien sûr… Je me rappelle.

– Ah… Alors nous avons en commun une très bonne mémoire, et puis aussi autre chose, apparemment…

Il indique le DVD. Niki tente de s'en sortir.

– Euh… oui… non… C'est que… j'ai perdu une sorte de pari…

– Écoute, je te trouve formidable. Avec ça, en plus, je vais devenir fou ! Et puis, ôte-moi d'un doute : tu vas regarder ça avec Alex ?

Niki est découragée. C'est inutile, de toute façon elle n'arrivera pas à le convaincre.

– Oui, mais ne lui dis pas. C'est une surprise.

– Je vous adore ! Vous avez de la chance. Moi j'ai toujours essayé, avec ma femme, mais elle n'a jamais voulu. Ensuite, on se plaint que les mariages ne durent pas. Bon, maintenant, excuse-moi, il faut que j'y aille.

Pietro s'éloigne vers la porte du magasin, puis il se retourne et revient soudain vers elle.

– Excuse-moi, Niki, une dernière chose… Tu n'aurais pas une amie… oui, bon, bref… Une amie qui aime ce genre de choses… à me présenter ? Une fille libérée, quoi. Un peu comme toi, voilà.

Niki pense immédiatement à Olly.

– Non, je suis désolée. Alex a trouvé la seule… libérée.

– OK, fais comme si je n'avais rien dit… Bon, je file, ils sont déjà tous sur le terrain. Salut !

Niki le regarde sortir. Elle prend le DVD et le glisse dans son sac. Elle dit au revoir au vendeur, qui lui fait un clin d'œil. Niki secoue la tête. Ma réputation est faite. Toutes ces années qui partent en fumée. Elle sort du magasin. Juste à ce moment-là arrive Fabio, qui gare tant bien que mal son Opel Corsa C'Mon couleur Magma Red, jantes métallisées doubles à cinq rayons. Musique à fond. Il descend et claque la portière. Il l'aperçoit.

482

– Eh, elle te plaît ? Je voulais te faire la surprise.

– Aussi bourrine que toi et ta chanson.

– Allez…

Fabio essaye de l'embrasser. Niki s'écarte en tournant la tête vers la droite. Fabio tente alors de l'enlacer et, avant qu'elle ne puisse s'échapper, il la serre fort.

– Je me suis trompé, tu me manques, Princesse. Sans toi, tout est plus stupide…

Niki ferme les yeux. Pourquoi juste maintenant ? Pourquoi si tard… Tellement trop tard. Elle se laisse aller dans ses bras, vaincue par la douleur de cet amour désormais perdu. Exactement à ce moment-là passe Enrico qui va jouer au foot. Le feu est rouge. Il s'arrête juste devant eux et, en attendant, laisse errer son regard dans la rue. Regarde ces deux-là. Ils sont beaux. Enlacés. Quel couple. Quelle belle fille.

Niki s'écarte de Fabio. Maintenant, Enrico la voit mieux. Et la reconnaît.

Mais elle… elle… C'est la fille de dix-sept ans d'Alex… Celle dont il est fou !

La voiture derrière lui klaxonne.

– Oh, tu vas bouger, oui ? C'est vert.

Enrico est obligé de démarrer. Quelle horreur. Pendant qu'Alex joue au foot, en plus. Toutes les mêmes. Et ce soir… deux arbitres sur le terrain ! Fou de rage, il accélère.

Niki se recule.

– Écoute, Fabio. On a été bien ensemble, c'est vrai. Peut-être qu'avec le temps, je ne sais pas, on deviendra amis.

Puis elle le regarde droit dans les yeux.

– Mais pas maintenant. Je n'en suis pas capable.

Elle baisse les yeux.

– J'ai besoin d'être seule.

Fabio s'approche d'elle, il lui relève doucement le visage.

– Seule ? Tu mens. Je sais que tu sors avec quelqu'un.

– Qui te l'a dit ?

– C'est important ?

Niki se raidit. Il a raison. Je me suis trompée. J'aurais dû lui dire tout de suite. On a souvent tort de vouloir être gentil. On se fait plein de problèmes, et en fait on fait du mal.

– Oui, je vois quelqu'un depuis quelque temps. J'espère que ça sera une belle histoire.

Fabio se plante devant elle.

– Plus belle que la nôtre ?

– Plus que celle que tu as voulu gâcher. C'est trop tard.

Niki fait mine de s'en aller.

– Eh non ! Tu ne fais pas ce que tu veux !

Il l'agrippe par son sac, qui s'ouvre. Le DVD tombe sur le trottoir. Fabio le ramasse.

– Et c'est quoi, ça ? Jessica Rizzo ? Mais c'est un porno ! Alors, moi, pour te faire faire quelque chose, pour te secouer un peu, j'ai eu un mal fou, et maintenant ce type arrive… et toi, qu'est-ce que tu fais ? Tu vas louer un porno pour le voir avec lui… C'est qui ? Monsieur miracle ? Mais qu'est-ce qu'il t'a fait ?

Niki lui prend le DVD.

– Ce que tu n'as pas fait, toi… Et ça lui est venu naturellement, en plus. Il m'aime.

Niki enfile son casque et part sur son scooter. Fabio va au milieu de la rue et hurle, le bras levé.

– Bien sûr, bien sûr… facile. Tu as toujours été forte, avec ces putains de phrases. Mais en attendant, tu es entourée de gens faux… tu verras ! Et je veux voir comment ça va finir, avec celui-là… dans pas longtemps, à mon avis… trois mois ! Salope !

71

Alessandro est sur le terrain. Il court partout, passant de temps en temps la balle à ses partenaires, attentifs ou distraits. Un peu plus loin Riccardo, le goal, s'échauffe en arrêtant comme il peut les tirs des joueurs. Pietro les rejoint enfin. Riccardo arrête une balle en la bloquant contre son torse.

– Ah, enfin ! Mais comment ça se fait que tu sois toujours en retard ?

Pietro arrive en courant.

– Je suis prêt !

– Tu viens de tirer un coup vite fait, pour être aussi joyeux ?

– Mais non !

Il s'échauffe en balançant ses pieds en arrière, faisant des petits sauts sur place pour essayer de se taper les fesses.

– Alex, c'est que…

Alessandro l'entend de loin et se tourne vers lui.

– C'est que quoi ? Maintenant c'est de ma faute, si tu es en retard ?

– Si ça pouvait être de ta faute… non, tu as un de ces culs !

Alessandro le regarde sans comprendre.

– Je t'expliquerai après.

– Oui, oui…, fait Riccardo, le gardien, mais au moins lui il arrive toujours à l'heure. Toi, cher Pietro, tu as déjà eu plusieurs avertissements. Encore un et je te suspends pendant un mois.

– Tu exagères !

– Tu sais, il y a plein de gens qui voudraient jouer avec nous, et je ne les appelle pas pour vous laisser la place, à vous qui arrivez toujours en retard, au lieu d'être heureux, et surtout ponctuels ! On dirait que vous me rendez un service.

Juste à ce moment-là, Enrico arrive à son tour sur le terrain. Mais il n'est pas aussi joyeux et solaire que Pietro.

– Enfin, lui aussi est arrivé… pas trop tôt, hein ? On peut commencer.

– Excusez-moi, je suis en retard…

Riccardo envoie la balle au centre du terrain.

– Oui, oui… allez, on y va.

Enrico s'approche d'Alessandro. Il a l'air désolé. Il le regarde tristement. Alessandro s'en rend compte.

– Enrico… mais qu'est-ce que tu as ? Oh, mon Dieu… ne me dis pas que je devais passer te prendre et que j'ai oublié.

– Non, non.

Mais le match vient de commencer. Un adversaire passe entre eux, la balle au pied, en direction de leur but. Pietro le suit de près.

– Eh, on joue ! Mais qu'est-ce que vous foutez ? Vous faites les poteaux, ou quoi ? Plus tard… vous parlerez de filles plus tard !

Alessandro se met à courir, tandis qu'Enrico le fixe encore un petit moment… Puis il se met à courir, lui aussi. Il part sur le côté, suivant le jeu. Si seulement il pouvait parler. Mais non, Alessandro serait trop mal. C'est à elle de lui dire, pas à moi. Puis il attend tranquillement le ballon, au centre du terrain, sur la gauche. Et Pietro qui dit qu'Alessandro a du cul… Oui, du cul. Qu'il est crétin, Pietro. La seule chance d'Alessandro, c'est qu'au moins il n'a pas à payer de détective.

72

Chambre indigo. Elle.

Et alors il comprit avec une extrême lucidité à quel point la situation était désespérée. Il sentit qu'il se trouvait au centre de la Vallée des Ténèbres et que toute la vie lui échappait. Il s'aperçut qu'il dormait beaucoup et qu'il avait toujours sommeil… Il regarda dans la chambre. Penser aux bagages le mit mal à l'aise. Il décida de ne les faire qu'au dernier moment.

C'est vrai. Les bagages. Moi aussi je devrais aller m'acheter un sac à dos. Le départ est proche. Mais avant de remplir mes sacs, je devrais me décider à jeter quelque chose d'autre. Quelque chose qui peut-être ne se voit pas, ne se touche pas, mais dont je me souviens. Elle regarde par la fenêtre. Il y a du soleil et bientôt j'ai rendez-vous dans le centre pour acheter les dernières choses dont j'ai besoin.

Où était-il ? Il avait l'impression de se trouver dans un phare. Mais en fait, c'était son cerveau qui diffusait une lumière blanche, aveuglante, qui tournait de plus en plus vite… Il le comprit… Et à l'instant où il sut, il cessa de savoir.

Elle sourit. Joie et douleur. Rien à faire. L'amour qui l'a emmené au ciel est le même qui le fait tomber. Que c'est beau. Et que c'est moche. Mais moi je me suis relevée. Je vais repartir. J'ai réussi. Et un jour je voudrais pouvoir remercier ce Stefano.

73

Une autre maison. Une autre chambre. Une autre couleur. À deux.

Comment c'était ? « Aucun rapport humain ne place l'un en possession de l'autre. Dans chaque couple d'âmes, les deux sont absolument différents. En amitié comme en amour, les deux, côte à côte, se mettent ensemble pour trouver ce que ni l'un ni l'autre ne peuvent atteindre seuls. » Diletta feuillette son vieil agenda de troisième. Oui, c'était ça. Je l'ai retrouvée. Sur le bureau, un plateau avec une théière fumante et deux grandes tasses colorées qui attendent d'être remplies de tisane aux fruits des bois. Chaque tasse a son initiale. O.N.D.E. Diletta les a trouvées aux puces. Elle se rassied sur le lit et lit la citation à voix haute. Olly, assise en tailleur par terre, fait une grimace.

– Écoute, mais pourquoi tu fais toujours ces grands discours ? Fais-toi un mec, un point c'est tout. C'est ça, la réponse ! C'est bien mieux que ce Kalil, Khilii, bon, ce Gibran quelque chose ! Tu es toujours en train de philosopher.

– Olly ! Je ne sais pas comment ça se fait, mais je remarque que ton acidité est directement proportionnelle à tes périodes d'abstinence.

– Non, ma belle, en fait j'ai donné hier soir ! Avec un type du BBC ! Et je dois dire que… il conduit vraiment bien ! Surtout quand il passe les vitesses.

– Olly !

– Oui, oui, Olly, en attendant moi je m'amuse et toi tu restes là, avec ta tête de trois kilomètres, parce que tu t'obliges à ne pas battre le fer. Prends exemple sur Erica. Elle est où, là ? Pas ici, en tout cas ! À coup sûr elle est allée se promener, et peut-être pas avec Gio' Condom.

– Condom ?

– Génial, non ? Monsieur Sécurité… À mon avis, c'est ça qui fatigue Erica… Et Niki ? Elle s'est embarquée sur un bateau trop grand pour elle… Les Ondes sont dans une période de grandes marées… Sauf toi. Tu pourrais faire une série télé sur tes aventures en tant qu'onde, j'ai même le titre : *Calme plat…*

– Mais qu'est-ce que tu veux ? Moi je voulais juste te lire mon idée du rapport, de l'amour. Quand tu appartiens à quelqu'un, ça ne va pas, ça te limite, tu risques de te perdre toi-même. Moi je veux un amour libre, grand, un paradis naturel. Et ce n'est pas facile de trouver quelqu'un qui pense comme moi.

– Qui pense, je ne sais pas, mais quelqu'un qui ferait volontiers un petit tour avec toi, ça c'est facile !

Diletta secoue la tête.

– Bon, alors c'est toi qui as raison… Mais au fond, qu'est-ce que tu en sais, Diletta, si tu ne te jettes pas à l'eau ?

Olly se lève et remplit les tasses d'eau chaude. Puis elle met dans chacune un sachet de tisane. Elle prend le plateau et le pose sur le lit. Elle passe sa tasse à Diletta en faisant bien attention à choisir celle avec la bonne lettre. Elles les lèvent vers le ciel, portant un toast sans alcool parfumé à la mûre et à la myrtille.

– À la E et à la N qui sont restées dans le placard de la cuisine, et à ceux qui ont le courage de se jeter à l'eau…

Elles rient. Et Gibran les regarde depuis l'agenda laissé ouvert.

74

Les vestiaires sont pleins de vestes et de pantalons rangés sur des cintres. Des gros sacs colorés, certains avec de vieilles inscriptions de sociétés sportives improbables, peut-être les squelettes d'un passé plus actif, sont posés par terre ou sur les bancs en bois. Odeur de renfermé et de chaussures. Quelques joueurs sont encore sous la douche.

– À mon avis, c'est la défense qui ne fonctionne pas. Il faut qu'elle joue encore plus haut.

– Et les milieux de terrain, alors? Tu crois que la balle tournait?

– Mais Antonio a raté plein de buts juste devant la cage. Il tire comme une banane!

Alessandro se frotte les cheveux avec sa serviette. Puis il s'assied sur le banc.

– Les gars, c'est quand même la énième défaite… À un moment, dans la vie, il faut accepter la réalité. Et le moment est venu… Il est temps qu'on arrête.

Pietro s'assied à côté de lui.

– Mais non, Alex, on est très forts. C'est qu'on joue trop en individuel, on veut tous faire la star! Il faudrait plus d'esprit d'équipe. Merde, les autres, au niveau des joueurs, ils étaient beaucoup plus faibles, mais tu as vu leur jeu d'équipe ? Nous, on en avait toujours un de moins en défense…

— Ben oui, tu ne revenais jamais…

— Oh, c'est toujours de ma faute…

Enrico s'est déjà rhabillé. Alessandro s'aperçoit que Flavio déambule nerveusement dans les vestiaires.

— Flavio, qu'est-ce que tu as ?

— Vous vous plaignez de la défense. Mais moi j'ai passé mon temps à courir. J'ai le cœur qui bat à deux cents. Écoute…

Flavio se porte la main à la gorge. Il écarte les doigts pour sentir ses veines.

— Écoute, écoute à combien il bat…

Il s'approche d'Alessandro et lui prend la main.

— Je n'arrive pas à respirer. Je suis encore en nage. C'est la deuxième fois que je m'essuie le front…

Enrico s'approche et écoute lui aussi son battement de cœur. Puis il retire sa main.

— Mais non, c'est normal. C'est comme ça que ça doit battre après un match. Tu es adrénalinique, c'est tout.

— Mais je continue à transpirer.

— C'est parce que tu as pris une douche trop chaude.

— Non, je n'arrive pas à récupérer… Je respire mal.

Flavio va au lavabo, ouvre l'eau froide et la laisse couler. Puis il se mouille le visage, et se sèche.

— Bon, on va voir si je me sens un peu mieux, comme ça.

Les autres ont fini de se rhabiller.

— Qu'est-ce qu'on fait, une pizza à la Soffitta ?

— Oui, ça me va.

— Alors on se retrouve devant.

Flavio enlève son peignoir.

– Non, moi je rentre. Et gardez vos portables allumés, au cas où… Je ne veux pas réveiller Cristina, je vous appelle vous.

Alessandro ferme son sac.

– Tu veux qu'on t'attende ?

– Non non, allez-y. Mais n'éteignez pas vos portables. Toi, au moins. D'accord ?

– OK. De toute façon, s'il y a quoi que ce soit, si ça ne capte pas, on est à la Soffitta.

Flavio enfile sa chemise. Puis il reprend sa serviette, se la passe sur le front. Rien à faire. Il transpire encore. Son cœur bat encore vite. Et si ça ne me passe pas ? Je me demande comment je vais m'endormir. Et puis, demain, il faut que je me lève tôt.

75

– C'est sûr, Flavio est vraiment un hypocondriaque chronique.

Pietro retrouve les autres à une table du fond.

– Si tu te sens aussi mal, alors pourquoi tu joues… Tu te gâches la vie, un point c'est tout. Reste chez toi, regarde un film… Mais pas un film qui fait peur, hein ? C'est la même chose !

– Le pauvre, ça doit être terrible…

– Et pour nous, alors, quand il a cet air de moribond.

Enrico ouvre le menu. Pietro le lui referme.

– Allez, tu sais déjà ce qu'ils ont, ici. On les connaît, leurs pizzas !

Alessandro tape du poing sur la table, amusé.

– Moi je veux une d'Annunzio ! J'ai une de ces faims…

– Tu vas manger de l'ail, de l'oignon et du piment ? dit Pietro d'un air malicieux.

– Bah, je les digère bien, moi.

– Non, mais… vu le rendez-vous spécial que tu as tout à l'heure…

– Oui, avec mon lit ! Je rentre chez moi, je n'ai pas de rendez-vous.

Pietro marque une pause.

– Hum…

Puis il ouvre le menu.

– Alors, voyons…

Alessandro le lui referme.

– Pardon, mais tu ne viens pas de dire que tu le connaissais par cœur ?

– Si, mais je ne me rappelais pas bien ce qu'il y a dans la Centurion…

– Tu ne me feras pas avaler ça. Pourquoi tu prends cette excuse du menu ? Tu as fait une tête bizarre, tout à l'heure. Et tu as dit « Hum ».

– Mais non.

– Si, tu as fait une tête bizarre. Tu ne fais jamais cette tête-là par hasard. Hum. Tu ne dis jamais hum par hasard.

– Mais non, c'est rien.

– Tu ne fais jamais rien pour rien.

Pietro regarde Enrico. Puis à nouveau Alessandro.

– OK. Qu'est-ce que tu veux savoir ?

– Ce que signifiait ce hum, associé à une tête bizarre.

– Même si ça peut mettre notre amitié en danger ?

– Carrément ? Allez, balance.

– Bon, donne-moi ta main. Promets-moi que quoi que je te dise, nous n'aurons pas de problèmes.

– Mais des problèmes de quoi ?

– Du genre, ne plus être amis.

– Écoute, Pietro, arrête ça et parle.

– Donne-moi ta main.

Alessandro tend la main, Pietro la lui serre et ne la lâche pas.

– Si je te dis ça, tu me devras un service, OK ?

– En plus ? Et comme ça, à l'aveuglette ? Non.

– Alors, rien à faire.

Pietro retire sa main.

– OK, OK. On reste amis et je te dois un service, mais décent… Allez, parle.

Pietro regarde Enrico. Puis Alessandro. Puis Enrico. Puis à nouveau Alessandro. Il ne sait pas comment lui dire. Puis il se lance.

– OK. Niki a loué un film porno. Je pensais que c'était pour le voir avec toi ce soir.

Silence glacé.

– Et comment tu le sais ?

– C'est moi qui le lui ai donné.

– Quoi ?

Enrico écarquille les yeux.

– Tu as donné un film porno à Niki ?

– Tu n'as pas compris. Je suis allé au vidéoclub pour le rendre, et Niki était à la caisse, c'était justement ce qu'elle avait demandé.

– Celui-là ?

– Je ne sais pas si c'était celui-là ou un autre, mais en tout cas un porno. Elle avait une liste à la main. Elle a pris celui de Jessica Rizzo. C'est un bon film, intense. Elle prend certaines…

– Ça suffit, tu me racontes des bobards.

Pietro le regarde méchamment.

– Voilà, je le savais. Notre amitié est en danger ?

Silence. Pietro insiste.

– Réponds !

– Mais non, bien sûr que non.

– Et alors, comment tu peux penser que je raconte une connerie de ce genre, ça ne serait pas une bonne blague !

Alessandro respire profondément.

– Bon, OK. Niki a loué un porno. Et pas pour le voir avec moi. Peut-être que c'est pour le voir avec ses copines.

Pietro le regarde, soudain tout gai.

– Vraiment, elles sont comme ça ?

– Bah, d'après ce qu'elle m'a raconté… il y en a une qui est un peu bizarre. Ça se pourrait… peut-être qu'elles le font pour s'amuser un peu, pour rigoler, elles doivent être curieuses de comprendre ce que les hommes trouvent à ces films.

Comprenant que ça pourrait être une sorte d'expérience éducative, Pietro est très déçu. Puis Alessandro regarde Enrico, qui a les yeux baissés.

– Non, Enrico ? Ça pourrait être ça, pas vrai ? Qu'est-ce que tu en dis ?

Enrico lève les yeux et le regarde.

– Non. Ce n'est pas ce que je pense.

Puis il se tourne vers Pietro.

– Le DVD, tu l'as rapporté à Prima Visione, aux Parioli ?

– Oui, comment tu le sais ?

– En venant jouer, j'ai vu Niki.

– Elle devait aller au vidéoclub.

– Non. Elle venait d'en sortir.

– Bon, alors elle rentrait chez elle.

– Non. Elle était avec un garçon.

– Ça doit être un de ses amis.

– Ils étaient enlacés devant le vidéoclub.

Alessandro blêmit. Pietro s'en aperçoit et essaye d'arranger les choses.

– Ce n'était peut-être pas elle, tu as pu confondre.

– Au même endroit, à la même heure, après qu'elle a loué ce porno, justement celui que tu lui as passé ? Et puis, cette fille, c'est difficile de ne pas la reconnaître…

Une jeune serveuse, petite et grosse, arrive à leur table. Elle a un gros piercing dans le nez et de drôles de mèches orange dans les cheveux. Elle ouvre son carnet pour prendre la commande.

– Alors ? Vous voulez commander ?

Alessandro se lève d'un bond, balance sa chaise et sort du restaurant.

– Eh, qu'est-ce que j'ai dit ?

– Mais rien, rien, mademoiselle. Oui, oui, on va commander… Apportez-nous des bières, pour commencer. Ah, et vous avez la Pizza Désespérée ?

Alessandro est sur le trottoir. Il prend son Motorola, fait défiler les noms et compose son numéro. Il appuie sur le bouton vert. Un, deux, trois coups. Allez, merde. Merde. Réponds. Qu'est-ce que tu fais ? Où tu es ? Quatre. Cinq. Réponds. Tu as toujours ce putain de portable dans ta poche. Allez, réponds. Six. Sept.

– Allô ?

– Niki ? Où tu es ? Où tu étais, où tu étais ?

– Dans la salle de bains, je me lavais les cheveux. Mais qu'est-ce qui se passe ?

– Pour moi ? Rien. Qu'est-ce qui t'arrive à toi, plutôt ?

– Moi ? Moi rien. J'ai travaillé un peu, et là je vais me coucher.

– Et tu n'as rien fait d'autre ?

– Non… Ah si, bien sûr… mon crétin de frère, toujours avec cette menace de chantage rapport au petit film qu'il a fait de nous, m'a forcée à aller louer un film porno pour lui et son copain dépravé Vanni. J'ai même rencontré ton ami Pietro. Quel personnage, hein ?! Il rendait un porno avec Jessica quelque chose. Il te l'a dit ?

Alessandro s'arrête. Il retrouve un peu sa respiration. Il se détend, et recommence à sourire.

– Hum, non, il est parti tout de suite après le match. Il devait rentrer tôt.

– Ah, et puis j'ai passé un moment avec mon ex dans la rue. Je t'avais dit qu'il voulait me parler, non ? Il m'a retrouvée à Prima Visione. Il m'a fait toute une scène, et il a même essayé de m'embrasser. Et puis… C'était terrible…

– Quoi ?

– Quand tu te rends compte que tu te fiches complètement de quelqu'un que tu as tant aimé…

– C'est vrai.

– Alex ?

– Oui ?

– J'aimerais bien que ça soit toujours comme ça.

– Quoi ?

– Que tu m'appelles à l'improviste, le soir, presque désespéré… juste pour entendre ma voix.

Alessandro se sent coupable.

– C'est vrai.

– Tu me plais, comme ça. On s'appelle demain. Dors bien.

– Toi aussi… mon trésor.

– Tu m'as dit « mon trésor » !

– Oui, mais ne le prends pas à la lettre.

– Pff. Je t'appellerai Homme-Crabe. Un pas en avant et trois en arrière. Et pourtant, quand tu veux… tu es un vrai poulpe !

– Mmm, à bientôt, j'espère ! Bonne nuit.

– Alex, attends…

– Qu'est-ce qu'il y a ?

– On ne raccroche pas !

Alessandro rit.

– OK.

– Comment ça s'est passé, le match ?

– Bien… on a perdu !

– Bon, alors mal !

– Non, non, bien. Je n'aime pas changer mes habitudes…

– Et là, vous mangez ensemble, comme d'habitude.

– Oui, ils sont tous à table, ils m'attendent pour commander.

– Et tu es sorti juste pour m'appeler ?

– Oui.

– Tu es trop mignon ! Alors vas-y, il faut que tu dînes…

Ils se taisent pendant quelques secondes.

– Alex ?

– Oui ?

– Ce que tu es en train de penser, je le pense aussi…

Et elle raccroche. Alessandro sourit. Il regarde son portable et le remet dans sa poche. Puis il retourne dans la pizzeria. Pietro et Enrico, en le voyant arriver, posent leurs bières. Ils sont inquiets, puis surpris. Ils le voient sourire. Alessandro s'assied.

– Alors ? On commande ?

– Comment ça, tu n'es pas fâché ?

– Ça, elle est trop forte, cette fille, quoi qu'elle t'ait inventé, ça t'a fait du bien.

— Mais fâché pour quoi ?

Alessandro pique sa chope à Pietro et boit une longue gorgée, au goût délicieux.

Enrico secoue la tête.

— Tu préfères ne pas y croire, hein ? Et après, tu dis que je suis visionnaire.

Alessandro prend aussi la chope d'Enrico et boit une autre gorgée. Puis il s'essuie la bouche avec sa serviette.

— Les gars, grâce à vous j'ai compris quelque chose. Le mariage fait du mal. Il rend suspicieux. Il te fait voir les choses de façon déformée.

— C'est pour ça que tu résistes… Bon, nous aussi on a compris quelque chose.

Pietro se frotte les mains.

— On sait quel service on veut te demander.

76

Le lendemain. Viale Regina Margherita. Alessandro les regarde et secoue la tête.

— Je me serais attendu à tout, comme service, sauf à ça.

Enrico et Pietro, amusés, marchent à côté d'Alessandro en le prenant par le bras.

— Pardon, hein, mais toi tu t'amuses comme un fou, tu es redevenu un jeunot, regarde…

Pietro lui met une main sur le ventre.

— Tu as perdu au moins deux kilos et tu regardes même des pornos, comme on faisait à vingt ans. Et nous ? Nous, rien ? Tu veux nous tenir à l'écart ?

Alessandro se libère du bras de Pietro.

– Alors, *primo*, je n'ai vu aucun porno avec Niki. *Secondo,* vous m'avez coincé en me demandant un service que…

Alessandro prend la voix de Marlon Brando.

– … je ne peux pas refuser. *Terzio.* Et c'est peut-être le plus important. Peut-être que vous avez oublié, mais entre vous et moi il y a une petite différence. Vous êtes mariés !

Puis, s'adressant surtout à Enrico.

– Le mariage est comme une fleur. Il faut le contrôler chaque jour, en prendre soin, l'arroser, le suivre avec amour, l'alimenter…

– Ah, là-dessus je suis d'accord avec toi.

Enrico acquiesce.

– D'ailleurs, je voudrais bien savoir quand nous aurons une réponse.

– J'ai compris, mais tu n'attends même pas de savoir la vérité, tu te comportes déjà comme si !

– Mais quel rapport, c'est un jeu, ça…

Pietro, qui ne sait rien, essaye de comprendre quelque chose.

– Pardon, mais vous pourriez m'expliquer ? Je ne comprends rien.

Enrico regarde Alessandro.

– En effet, il n'y a rien à comprendre.

Alessandro tente de calmer le jeu.

– En effet, rien du tout… Pietro, ne t'inquiète pas… c'est une histoire entre nous.

Pietro hausse les épaules.

– Comme vous voulez.

Alessandro s'arrête devant le restaurant.

– Alors, je vous ai expliqué les règles, hein…

– Mais quelles règles ? C'est comme du speed dating. On verra bien comment ça se passe.

– Pietro, mais tu es con ou quoi ? Pour qui tu veux me faire passer ?

– *À la guerre comme à la guerre**.

Pietro rentre le premier dans le restaurant. Un endroit blanc, transparent, qui vient d'ouvrir. Le Panda.

– Mais regarde-moi ce salaud. Ah, je n'aurais jamais dû tenir ma parole. Allez, Enrico, on y va. Écoute, si toi au moins tu ne m'aides pas, je m'énerve pour de bon, sache-le…

Enrico sourit.

– Tu sais très bien que je suis venu par jeu. Je préférerais être ailleurs.

– OK, allez, allons voir ce que fait ce crétin.

Pietro est déjà au bar. Il a ouvert une bouteille de champagne et en verse dans des coupes.

– Regarde-moi ça…

Alessandro tente de le rejoindre, mais trop tard. Pietro a déjà disparu au fond de la salle.

– Me voici, je ne pouvais pas me présenter les mains vides.

Enrico et Alessandro le rejoignent. Pietro se déplace élégamment autour de la table.

– Tiens.

Il tend une coupe.

– Voilà, prends-en une, toi aussi… Et maintenant, on trinque ! À Niki et ses amies !

Niki lève sa coupe.

– Alors, voici Diletta.

– Salut !

– Erica.

– Enchantée.

– Et enfin, Olly !

Pietro passe une coupe à cette dernière, qui le gratifie d'un beau sourire.

– Salut.

– Salut à toi.

Pietro se tourne, enjoué, euphorique, imaginant ce qui pourrait se passer.

– Et eux, ce sont mes amis. Voici Enrico…

Enrico lève la main, un peu gêné.

– Bonjour.

– Lui, c'est Alex.

Pietro sourit, puis regarde Niki.

– L'une d'entre vous le connaît bien. Et même trop bien. Elle l'a même fait maigrir. Les autres, je ne sais pas…

Niki donne un coup de coude à Pietro.

– Les autres ne le connaîtront jamais aussi bien.

– Tu as raison…

Pietro lève son verre.

– Alors, trinquons. À l'amitié, qu'elle ne soit jamais trahie.

Toutes les coupes se lèvent.

– Et puis, au cas où, à ces trahisons qui rapprochent les amis.

Les filles se regardent sans comprendre. Olly hausse les épaules.

– Bah, moi ça m'a l'air cool…

Elle cogne son verre contre celui de Pietro. Les autres aussi trinquent.

– Tchin-tchin !

Un serveur s'approche de Pietro.

– Monsieur, la table est prête, comme vous me l'avez demandé.

– Très bien.

Pietro prend dans la poche de sa veste un billet de vingt euros et le lui passe par-derrière, la main fermée, sans se faire voir des autres.

– Mesdemoiselles et messieurs, je vous en prie, notre déjeuner nous attend…

Ils le suivent dans une petite salle séparée, au fond du restaurant. Niki s'approche d'Alessandro et le prend par le bras.

– Eh, très bonne idée, c'est marrant ! Tu es trop mignon.

Il lui sourit et pose sa main sur la sienne.

– Ça te plaît vraiment ? Je pensais que tu allais te fâcher, quand je te l'ai proposé…

– Mais non, au contraire. Ça veut dire que tu es tranquille, que tu es bien avec moi, que tu me présentes tes amis…

– Oui, bien sûr.

– Et puis, je suis contente qu'ils rencontrent mes amies, aussi. Au moins, quand on fera un dîner à la maison, on pourra tous les inviter, on sera à l'aise.

– Oui, bien sûr… et c'est surtout les femmes de mes amis qui seront contentes !

– Où est le problème ? On les invitera aussi, non ?

– Avec tes amies ? Tu sais ce qui se passerait ? Nos deux carabiniers viendraient nous chercher dans les décombres de l'immeuble, sans parler du voisin, qui nous tirerait dessus depuis sa terrasse dès qu'il entendrait les cris dans la maison.

– Tu crois ?

– J'espère que ça finira très tôt, aujourd'hui.

– OK, et rappelle-toi que tu me dois un service.

– Je me rappelle.

– C'est un service à l'aveuglette, hein ?

– Mais moi j'ouvrirai les yeux !

Alessandro secoue la tête et va vers la table. Il faut que j'arrête d'accepter de rendre des services aussi facilement.

– Eh, venez, il ne manque plus que vous.

Pietro indique une chaise. Il a laissé deux places côte à côte pour Niki et Alessandro.

– Bien. Alors ici, la cuisine est merveilleuse, méditer-ranéenne. Copeaux de fromage accompagnés de miel aux arômes complexes ou de fruits, qu'ils marient à des assiettes de charcuterie. Ou bien, salades d'oranges et de poires avec des noix et des morceaux de chateaubriand. Bref, tout ce qui peut suggérer et pousser à l'érotisme. C'est pourquoi, il me semblerait juste que ce dîner soit offert par celui ou celle qui l'a fait, dernièrement, dans l'endroit le plus bizarre…

Pietro regarde Alessandro.

– Je dirais que c'est toi… Tu es d'accord, garçon aux jasmins ?

Alessandro en reste bouche bée. Niki se tourne vers Erica.

– Je n'y crois pas. Erica !

– Olly avait vu qu'on discutait, et elle m'a demandé ce que tu m'avais dit… Et alors, moi…

Olly ouvre les bras.

– Mais qu'est-ce qu'il y a de mal ? Pietro m'a juste demandé si je savais quelque chose de croustillant sur vous ! Je trouvais ça marrant ! Et puis, c'est un ami, non ?

Alessandro secoue la tête, puis prend sa coupe de champagne.

– Oui, bien sûr, et même plus qu'un ami, un faux frère !

Et il vide son verre.

Diletta regarde autour d'elle, un peu perdue.

– Mais qu'est-ce que c'est, cette histoire de garçon aux jasmins ?

Alessandro prend le menu et l'ouvre.

– OK, OK, choisissez ce que vous voulez et mangez tant que vous pouvez. Je serai heureux de payer, tant qu'on parle d'autre chose !

Puis il sourit à Niki.

– Chères, douces, fraîches… Ondes silencieuses !

Le repas se poursuit, ils commandent, rigolent, Alessandro et ses amis revenant en arrière dans le temps, Niki et ses copines grandissant d'un coup. Et puis, tous au présent. Des mondes et des âges qui se rencontrent.

– Mais vous, vous allez en boîte ?

– Très souvent !

– Menteurs !

– On est allés au Goa pour l'anniversaire de Giorgia.

– Oui, pour ses quarante ans.

– Une tristesse…

– Oui, ses premiers et derniers quarante ans.

Diletta intervient.

– De toute façon, on peut être déjà vieille à dix-huit ans.

– Ah, moi je serai encore une petite fille à soixante ! rit Olly.

– Et puis, qu'est-ce que ça a à voir, l'âge ? L'âge ne compte pas…

– C'est bien vrai. À cette table, nous en avons un bel exemple… Un couple parfait : le couple aux jasmins !

– J'ai dit que je payais seulement si on n'en parlait plus !

Et encore. Champagne. Plats raffinés, frais, carpaccio de poisson, salades chaudes de la mer.

– Mais, le monde du travail, c'est comme celui du lycée ?

– Tu passes aussi des examens, mais la différence c'est qu'on te paye pour ça.

– Cool. Au moins c'est rentable.

– Ou bien on te recale, tu ne reviens pas en septembre et on arrête de te payer.

– Dramatique…

– Eh oui.

– Moi je voudrais être plus grande pour avoir déjà un enfant.

Pietro sourit.

– Chère Diletta, moi aussi je disais ça, et puis j'en ai eu deux. Et maintenant je me tais. Ce sont eux qui parlent…

Enrico soupire.

– Moi je n'en ai pas encore, et ça reste mon rêve…

Diletta le regarde et sourit.

– Voilà, tu vois, il y a des choses qui restent belles à n'importe quel âge…

Niki émiette un morceau de pain.

– Oui, comme l'amour.

Pietro finit son verre.

– Comme le sexe ! Ou plutôt, l'envie de le faire ! Et même, c'est encore mieux en vieillissant. Comme le vin… Plus il vieillit, meilleur il est.

– Oui, mais ça coûte très cher.

– La bouteille de vin ou le sexe ?

– Les deux, dans certains cas.

Diletta mange un petit bout de pain, et en utilise un autre pour saucer son assiette de moules poivrées.

– Quand même, moi je pense qu'il faut choisir un homme mûr.

Pietro lève la main.

– Voilà ! Moi je suis très mûr !

– Et très marié…

– C'est mieux, non ? Tu peux m'essayer sans risques. Je ne t'opprime pas, je ne te stresse pas, je ne passe pas mon temps à t'appeler pour savoir où tu es, je ne suis pas obsessionnel… Et puis, si ça se passe très bien entre nous, il y a aussi le divorce. Bref, tu n'as que les avantages. Je suis l'homme idéal.

– On voit déjà que tu n'es pas mûr, à ton discours… Tu ne me conviens pas, même en faisant abstraction du fait que tu es marié. On n'est pas mûr par son âge. C'est le comportement, qui compte. Moi, par exemple, il y a un type qui me court après, il a vingt ans mais il est plus mûr que vous tous.

Niki la regarde.

– Mais qui, Filippo ?

– Oui…

– Et pourquoi tu ne sors pas avec lui, alors ?

– Je n'ai pas envie d'y penser, pour l'instant. On n'est pas pressés…

Olly mange une moule, puis se lèche les doigts.

– Moi je pense que ce type… Filippo… Il n'est pas mal, mais il a l'air toujours pareil, comment il s'habille, ce qu'il dit… Il est méthodique.

Pietro regarde Enrico.

– À la Flavio.

– C'est qui ?

– Un ami à nous méthodique.

– À propos. Il s'est remis, hier soir.

– Ah, bien.

– Mais il ne se remet pas de sa vie, il est dominé par sa femme, passif et sous son emprise.

– Le pauvre.

Olly rit.

– Pourquoi vous ne l'avez pas amené ? J'aurais peut-être pu le sauver, moi !

– Non, Olly, il n'a pas la permission de sortir.

– Du travail ?

– Non, de prison.

– Mais il est en prison ?

– Oui, la prison Cristina-Coeli.

– Le pauvre pour de bon, alors.

– Le pauvre, oui. C'est quelqu'un qui gagne bien mais qui investit mal.

– Il faut savoir investir dans son propre bonheur.

Niki pose la tête sur l'épaule d'Alessandro.

– Ligabue le dit. « Quels intérêts y aura-t-il pour la vie que tu ne dépenses pas ? » En effet, mon Alessandro n'a pas eu de doutes. Dès qu'il m'a vue, il m'est rentré dedans !

Olly soupire et se verse à boire.

– Mon Dieu, la famille des jasmins est déjà dans la mièvrerie. Pauvres de nous. Notre boss perdu dans une mer de mélasse. Vive le champagne et la liberté faite de bulles, à la Vasco Rossi !

Pietro la regarde.

– Elle est superbe, cette chanson, moi aussi je l'écoutais, à ton âge.

Il pose sa main sur la sienne. Olly ne la retire pas. Enrico s'en aperçoit. Olly sourit à Pietro.

– Mais pourquoi, tu as grandi, depuis ?!

– Non !

Il prend sa coupe et la cogne contre celle d'Olly.

– Trinquons au jeune homme de trente-neuf ans le plus immature que tu rencontreras jamais…

Il lui sourit et lui fait un clin d'œil.

– À propos…

Erica les regarde tous.

– J'ai lu un article sur Internet, il y a quelques jours. Ça disait que votre génération est celle des « middle-scent ». C'est-à-dire, vous vous baladez en scooter, vous envoyez des textos, vous vous habillez à la mode, vous parlez comme les jeunes. Mais d'après vous, pourquoi vous vous comportez comme ça ?

Enrico réfléchit un instant.

— À cause de cette inquiétude de fond.

Diletta sourit.

— Comme dans Pessoa !

Enrico lui sourit.

— Oui, mais la nôtre est plus simple. Nous avons rêvé l'amour, nous l'avons poursuivi, nous l'avons trouvé, et puis nous l'avons perdu. Jour après jour, en pensant que le beau devait encore arriver, en attendant... et comme ça, nous avons laissé échapper le présent.

Diletta le regarde, dubitative.

— Vraiment, on devient comme ça ?

— Moi je ne suis pas comme ça.

Enrico regarde Alessandro.

— Ah, tu n'es pas comme ça ? Peut-être parce que tu n'as pas de scooter, parce que tu ne fais pas tout ce que disait Erica. Mais il y a des millions de gens comme toi...

— C'est-à-dire ?

— Qui n'affrontent pas la vie. Des gens qui ne grandissent pas. Le temps passe, ils travaillent pour penser à autre chose... et ils arrivent à quarante ans en se demandant comment c'est possible.

Niki se serre contre Alessandro.

— Moi je lui ai permis de retourner son sablier...

Erica boit sa première gorgée de champagne.

— Je ne supporte pas l'alcool, mais aujourd'hui j'ai décidé d'être saoule.

— Et pourquoi ?

— Giorgio, mon copain. Il a vingt ans et il est déjà comme ça.

— Eh bien, plaque-le.

– Je n'y arrive pas. Il est gentil.

– À un moment, tu regarderas ta vie, tu te rendras compte du temps qui a passé et tu te demanderas où tu as passé tout ce temps.

– À moins que Giorgio, en comprenant que tu es en train de te réveiller, ne te mette enceinte ! dit Pietro, qui vient de réapparaître après un long aparté avec Olly au bout de la table.

Enrico rit.

– Oui, exactement comme Cristina a fait avec Flavio. On ne le voit plus qu'au foot, et il ne vient même pas dîner avec nous après.

Pietro se lève.

– Bah, moi ça me semble une analyse cruelle et impitoyable d'années qui ont quand même eu leur charme. La culture, les expériences, les voyages qu'on a faits. Et donc… je m'en vais ! Au revoir.

Olly se lève elle aussi, et s'approche de Pietro.

– Salut, les filles, on s'appelle plus tard.

Alessandro les regarde sortir du restaurant, stupéfait.

– Eh, mais où vous allez ?

Puis il sourit, un peu inquiet.

– Pietro…

– Sois tranquille, on va juste faire un tour sur son scooter. Ça fait vingt ans que je n'ai pas conduit un scooter, que je n'ai pas senti le vent sur moi. Je pars en voiture tous les matins parce que j'accompagne ma fille à l'école, et le soir quand on sort on prend encore la voiture parce que le scooter abîme la coiffure de ma femme… Mais aujourd'hui, j'ai envie ! D'accord ? J'ai le droit de m'offrir un innocent tour de scooter dans ma ville ? Ou ça te semble trop ? Et puis, Olly est majeure, elle sait se tenir, non ?

Ce disant, il la prend par la main et va vers la sortie. Mais il s'arrête au bar.

– Pardon, vous pourriez me faire l'addition, s'il vous plaît ?

Il regarde intensément Olly.

– Ils m'ont offert ce cadeau… c'est le minimum que je puisse faire !

Olly s'approche du bar en faisant la grimace.

– Tu sais comment je conduis un scooter ?

– Non, mais je me l'imagine. Comme j'imagine tout le reste, d'ailleurs.

– Je ne crois pas…

Olly sourit, malicieuse.

– … Tu ne peux pas avoir autant d'imagination.

L'espace d'un instant, Pietro se sent à nouveau jeune, avec un vague manque de confiance en lui. Il ne sait pas bien quoi faire. Quoi dire. Il ne trouve pas de réponse toute prête, ironique, cynique. Mais il est excité. Très. Plus excité que jamais. Il paie avec sa carte de crédit. Puis il prend le reçu, le glisse dans son portefeuille et la conduit vers la sortie Il ouvre galamment la porte du restaurant. Il la laisser passer. Dehors, dans la rue, il y a peu de circulation.

– Je vais chercher le scooter et je reviens.

Olly s'éloigne en se déhanchant, amusée, plus femme que d'habitude. Pietro la regarde fixement. Puis il inspire profondément. Il sort un paquet de cigarettes de la poche de sa veste. Il en prend une. Il la tord et la glisse dans sa bouche. Puis il l'aspire et la cigarette se redresse d'un coup. Il l'allume. Une bouffée longue, pleine, dont il profite jusqu'au bout, goûtant à ce moment de liberté improvisée. Sans temps, sans but, sans hâte. Même la cigarette a meilleur goût que d'habitude. Olly arrive sur son scooter et s'arrête devant lui. Un deuxième casque est posé entre ses pieds. Elle se penche pour le prendre. Lentement. Puis elle sourit. Un jeu. Un regard. Et cette main, ce casque entre ses jambes. Et un autre sourire, qui devient une promesse. Mais, soudain, une voix.

– Pietro ! C'est toi ! Il me semblait bien avoir vu ta voiture.

Susanna et ses deux enfants sont devant lui. Lorenzo sourit, déjà petit homme du haut de ses sept ans.

– Salut, papa !

Carolina aussi lui dit bonjour, un peu plus indécise. Mais c'est normal, elle a treize ans. Pietro embrasse Susanna sur la bouche.

– Salut ! Quelle surprise !

Il ébouriffe les cheveux de Lorenzo. Puis il embrasse Carolina qui, jeune rebelle, ne laisse pas sa joue traîner trop longtemps. Olly assiste à la scène sans dire un mot. Pietro se relève. Il a retrouvé sa confiance en lui.

– Mais quelle bonne surprise… vraiment !

Puis il se tourne vers Olly.

– Ah, oui, excusez-moi…

Il indique la route.

– Alors, je vous disais, toujours tout droit, au prochain feu à droite, puis encore tout droit, et vous arrivez Via Veneto.

Olly démarre son scooter et s'éloigne, sans dire merci. Pietro la regarde partir, puis il secoue la tête.

– C'est incroyable ! On dirait que c'est elle qui m'a rendu service. Tu indiques la route, et on ne te remercie même pas. Les jeunes d'aujourd'hui…

Susanna sourit.

– Toi aussi, tu étais comme ça, à l'époque… Non, d'ailleurs, tu étais pire ! Quand on est jeune, c'est à la mode d'être mal élevé. Tu te rappelles ce que tu faisais ? Tu demandais un renseignement, et quand tu avais en gros compris le chemin tu repartais sans laisser à la personne le temps de finir son explication…

– Mais c'était il y a des siècles ! Au fait, qu'est-ce que vous faites ici ?

– On est allés voir mamie. Ma sœur nous a accompagnés, mais elle a dû repartir tôt, donc on se baladait pour rentrer à la maison. Et toi ?

Susanna indique le restaurant.

– J'ai déjeuné avec Enrico et Alex.

– Vraiment ? Ça fait longtemps que je n'ai pas vu Alex. Je vais entrer lui dire bonjour.

– Bien sûr.

Mais Pietro pense à toute la tablée. Et surtout aux trois jeunes filles, trop semblables à celle qui vient de partir sur son scooter.

– Non, en fait, il ne vaut mieux pas, Susanna… On a déjeuné ensemble parce qu'il voulait nous parler. Tu sais, il va mal, Elena lui manque… Et là, nous voir comme ça, bon, un couple, et puis Lorenzo, Carolina, nos enfants, toute la petite famille… tout ce dont il rêvait…

– Tu as raison. Je n'y avais pas pensé.

Susanna lui sourit.

– Tu es super.

– Pourquoi ?

– Parce que tu es sensible…

– Oh, arrête. Allez, je vous raccompagne à la maison ! Allez, allez… Vite. Comme ça ensuite je retourne au bureau.

Ils montent tous dans la voiture. Pietro démarre.

Olly s'est arrêtée au coin de la rue. Elle a tout suivi de loin. Elle revient en arrière, gare le scooter et retourne dans le restaurant.

– Eh, regardez qui voilà !

– Qu'est-ce qui s'est passé ? Vous vous êtes déjà disputés ?

Alessandro, inquiet, se tourne vers Enrico.

– Il a dû être un peu trop direct.

– Oui, elle va peut-être porter plainte…

Niki s'approche d'Olly.

– Alors ? On peut savoir ce qui s'est passé ?

– Il s'est souvenu qu'il est marié.

– C'est-à-dire ? Qu'est-ce qu'il t'a dit ?

– Rien. Il m'a indiqué le chemin pour aller Via Veneto. À droite, et puis toujours tout droit.

– Quel mufle.

– Quel trouillard. Il a préféré ramener sa femme et ses enfants chez eux.

– Quoi ?!

Alessandro, qui a tout entendu, en tombe presque de sa chaise.

– Susanna était dehors ?

Olly fait oui avec la tête. Enrico aussi blêmit.

– Mon Dieu, imaginez si elle était entrée et qu'elle nous avait trouvés ici. En train de déjeuner avec des jeunes filles de dix-sept ans.

Diletta lève la main.

– Moi j'en ai déjà dix-huit.

– Je ne crois pas que ça aurait fait une grosse différence, pour Susanna. Ni pour ma femme. Si elle l'apprenait.

À ce moment-là, le portable d'Alex sonne. Il le prend dans sa veste, regarde l'écran, mais ne reconnaît pas le numéro.

– Allô ? Oui, qui est-ce ? … Ah, oui… bien sûr… Oui, très bien, merci.

Puis il raccroche et remet le téléphone dans sa poche. Il regarde Enrico.

— Ce que tu m'avais demandé est prêt. Je peux passer le prendre demain.

Enrico se verse un peu de champagne. Puis il le boit d'un trait. Il pose son verre sur la table et regarde Alessandro. Heureusement que Susanna n'est pas entrée dans le restaurant. Susanna n'a rien découvert. Elle ne sait encore rien. Demain, Enrico, lui, saura tout. Mais tout quoi ?

77

Un peu plus tard. Dans l'après-midi. Le soleil entre par la fenêtre du bureau. Alessandro s'assied dans son fauteuil. Demain, il ira seul retirer ces photos. Enrico m'a donné l'argent. Il ne se sent pas de venir avec moi. Il ne veut pas affronter le regard de ce détective. C'est vrai, ça. Comment l'aurait regardé Tony Costa ? Aurait-il souri ? Aurait-il fait comme si de rien n'était ? Il a tout vu, lui. Il sait tout. Il n'a pas de doutes. Et surtout, il a les photos.

— Alex, Leo veut te voir dans son bureau.

La secrétaire passe en coup de vent, et prend quelques dossiers au passage.   .

— Tu sais ce qu'il veut ?

— Toi.

Alessandro remet sa veste. Il regarde sa montre. Quinze heures trente. Bah, c'était un déjeuner de travail. Oui, bon, de travail… j'avais une dette à payer. Et maintenant, j'en ai une autre envers Niki, qui a amené ses amies. Peut-être que je ne vais pas lui dire tout ça. Le problème, c'est que, comme disait Benjamin Franklin, les créanciers ont une bien meilleure mémoire que les débiteurs. Alessandro frappe à la porte.

– Entrez.

La pire surprise qui puisse lui arriver est confortablement assise sur le canapé de son directeur. Il a un café à la main et sourit.

– Salut, Alex.

– Salut, Marcello.

En un instant, Alessandro comprend tout. Les Japonais. Ils ont répondu. Et ça ne leur a pas plu. Ce qui revient à dire : Lugano.

– Tu veux un café, toi aussi ?

Alessandro sourit en essayant de prendre un air détendu.

– Oui, merci.

Ne jamais perdre le contrôle. Faire appel à des pensées positives. Il n'existe pas d'échecs, juste des occasions d'apprendre quelque chose de nouveau.

– Mademoiselle, vous m'apportez un autre café ? Avec un peu de lait froid à côté.

Leonardo sourit et raccroche l'interphone.

– Installe-toi…

Alessandro s'assied confortablement. Au moins, il se rappelle que je le prends avec du lait. Mais peut-être qu'il a oublié tous mes succès précédents. Sinon, pourquoi il me remettrait face à ce copywriter irritant et hypocrite ?

Leonardo s'enfonce dans son fauteuil.

– Alors, je vous ai appelés parce que, malheureusement…

Alessandro sent sa tête lui tourner légèrement.

– … la compétition est rouverte. Alex, tes splendides idées ne sont pas passées.

Marcello le regarde et lui sourit, faussement déçu.

516

On frappe à la porte.

– Entrez !

C'est la secrétaire avec le café. Elle le pose sur la table et sort. Alessandro prend le gobelet et y verse un peu de lait. Mais avant de boire, il regarde Leonardo d'un air sûr de lui.

– Je peux au moins savoir pourquoi ?

– Bien sûr.

Leonardo s'appuie contre le dossier de son fauteuil.

– Ils ont trouvé que c'était un excellent travail. Mais chez eux, d'autres ont déjà fait des produits dans ce genre, un peu sur le mode de la fantaisie. Tu sais, le Japon est la patrie des mangas et des créatures fantastiques déconnectées de la réalité. Et malheureusement, ces produits n'ont pas bien marché. Ils ont dit que l'air n'est plus aux rêves extrêmes. Il est temps de rêver de façon naturelle.

Alessandro finit son café et le pose sur la table.

– Rêver naturel…

Leonardo se lève et se met à déambuler dans la pièce.

– Oui, nous avons besoin de rêves. Mais des rêves auxquels nous pouvons croire. Une fille sur une balançoire accrochée aux nuages, ou bien qui fait du surf sur la vague bleue du ciel, c'est un rêve incroyable. Nous ne pouvons pas y croire. Nous refusons ce type de rêve. Et, par conséquent, le produit.

Leonardo se rassied.

– Et puis, qu'est-ce que j'y peux, moi… Ils sont japonais… Inventez-leur un rêve qui les fasse rêver en y croyant.

Leonardo redevient sérieux.

– Un mois. Vous avez un mois pour le faire. Sinon, nous serons définitivement hors jeu.

Marcello se lève du canapé.

– Bien, alors je crois qu'il n'y a pas de temps à perdre. Je retourne à mon staff.

Alessandro se lève et le suit. Leonardo les raccompagne à la porte.

– Bon, eh bien, bon travail, mes enfants. Rêvez bien... et beaucoup !

Marcello s'arrête sur le pas de la porte.

– Comme disait Pascoli dans *Alexandros, Poemi Conviviali*, en 1904, « le Rêve est l'ombre infinie du Vrai ».

Leonardo le regarde, satisfait. Alessandro feuillette ses livres mentaux en cherchant quelque chose qui fasse de l'effet pour marquer lui aussi un point. Vite, Alex. Vite. Pascoli, Pascoli, qu'est-ce qu'il a dit, Pascoli ? « Celui qui prie est saint, mais celui qui fait encore plus. » Quel rapport ? « Le nouveau ne s'invente pas : il se découvre. » Un peu mieux. Mais bon, qu'est-ce que je fais, je cite la même source que lui ? Il faudrait un autre nom. Oscar Wilde, d'habitude ça fait son effet. Mais là, la seule chose qui me vienne en tête, c'est... « Parfois il vaut mieux se taire et sembler stupide qu'ouvrir la bouche et ôter tous les doutes. » Je ne dis rien... Et Leonardo me fixe. Ah, ça y est. J'y suis. Un choix étrange mais courageux. Du moins je crois.

– Hum, oui, les grands rêves, tu sais, en nous ne meurent jamais. Comme les nuages, ils reviennent tôt ou tard, et toi dis-moi que tu rapporteras au moins un rêve, dans tes yeux.

Leonardo lui sourit.

– Et qui est ce poète ? Je ne m'en souviens pas...

– C'est Laura Pausini...

Leonardo y réfléchit un peu. Puis sourit et lui tape dans le dos.

– Voilà, bravo. Un rêve national-populaire. C'est ce qu'il nous faudrait…

Et il ferme la porte, les laissant seuls. Marcello le regarde.

– Tu sais, c'est bizarre, je me faisais à l'idée. Même si j'avais perdu, eh bien, j'avais l'impression d'être plus proche de toi, en quelque sorte. Je ne sais pas… Voilà, j'ai compris cette phrase de Fitzgerald : « Les vainqueurs appartiennent aux vaincus. »

– Ah, oui ? Eh bien, c'est avec plaisir que je t'aurais laissé ta liberté…

Marcello sourit.

– Nous avons tellement de choses en commun, Alex, je te l'ai déjà dit. Et maintenant, nous devons recommencer à rêver ensemble…

– Euh, pas ensemble… L'un contre l'autre. Et moi… Je serai ton cauchemar. Ah, au fait, ne cherche pas. C'est de Rambo.

78

Rione Monti. Alex conduit tranquillement. Petites routes étroites, grands édifices de différentes époques, crépis écaillés de vieilles boutiques d'artisans. La Mercedes passe à côté du Colisée, puis des Thermes et des marchés. L'Antique Subure. Niki a les pieds sur le tableau de bord. Alessandro la regarde.

Niki soupire.

– Écoute, ne me casse pas les pieds, c'est le minimum. Je suis déçue, amère. Quand je pense que mes idées n'ont pas plu à ces Japonais. Je me sens incomprise. Je n'ai pas encore mon bac italien, et on me recale déjà en langues orientales ! C'est un contresens, non ?

– À moi, ce qui me semble le vrai contresens, c'est que j'ai plein de problèmes mais que je suis ici, avec toi.

Quand ils arrivent entre Via Nazionale, Via Cavour et i Fiori, Niki baisse ses pieds.

– Fais-moi confiance ! C'est un endroit super ! On va peut-être avoir des idées et se remettre au travail. Allez, gare-toi, il y a une place là.

– Mais je ne rentre pas.

– Mais si, regarde.

Niki descend et déplace un scooter. Elle le fait se balancer sur sa béquille, en tirant d'un côté et de l'autre, jusqu'à le déplacer sur le côté.

– Maintenant, tu rentres.

Alessandro se gare avec difficulté. Il finit par toucher à l'arrière. Il descend et regarde le pare-chocs.

– Allez, de toute façon, quand tu la feras réparer, tu t'occuperas de ça aussi. On y va !

Elle le tire par la main le long d'un vieil escalier, dans l'obscurité d'une petite église.

– Mais où on est ?

– Tu n'as jamais entendu parler de TAZ ? Le centre social ? Tout le monde en parle, tu n'es pas au courant ?

Ils traversent l'église et débouchent sur une grande cour.

– Viens.

Niki le traîne derrière elle. Des jeunes gens colorés, habillés avec originalité, des petits chapeaux, des blousons vert militaire, des sweat-shirts longs aux manches déchirées, pendantes, des T-shirts à manches courtes superposés à d'autres, à manches longues, des pulls portés à même la peau, des piercings, des chaînes, des drôles de broches. Mode, inventions et fantaisie. Une odeur de viande grillée, quelques saucisses qui cuisent dans de grandes poêles. Un gril est prêt pour faire dorer un peu de pain. Un panneau improvisé indique des prix très bas. Un verre de vin, une bière, une grappa faite maison.

– Qu'est-ce que tu prends ?

– Un Coca.

– Allez, un peu de fantaisie ! Ils ont de tout, ici !

Un petit souffle de vent apporte des odeurs d'herbes et quelques rires lointains. Alessandro renifle l'air.

– Je le sens.

– Bon, eh bien, moi je vais prendre une part de gâteaux aux fruits et une grappa.

– Et moi une vodka.

– Viens, ils jouent. Tu sais que Vinicio Capossela vient ici de temps en temps ?

Près du petit bar improvisé, une basse, une guitare et une batterie, que des instruments usés, improvisent un truc à la Sonic Youth. Un jeune chanteur à la voix rauque chante dans un micro et se perche sur les notes, imitant vaguement Thom Yorke des Radiohead. Mais il est trop mélodique, il fait plutôt penser à Moby à ses débuts. Le bassiste, un rasta avec une chemise à carreaux, l'accompagne avec des petits chœurs. Deux filles dansent devant eux. Elles s'encastrent, s'effleurent, se défient presque à coups de bassin. Niki bat le rythme en mangeant sa part de gâteau. Puis elle prend une gorgée de grappa.

– Ouh, qu'est-ce qu'elle est forte ! Du pur distillat !

Elle pose son verre sur un vieux seau, tout près.

– C'est bien, ici, hein ? C'était une école… Et ce sont tous de potentiels consommateurs de LaLune…

– C'est vrai…

– Ici, tu peux ramasser à la pelle des rêves en tous genres, des rêves qui ne meurent pas, quoi qu'il arrive.

Peurs, espoirs, illusions, liberté. Les rêves ne coûtent rien et personne ne peut les faire évacuer...

Alessandro sourit et boit sa vodka. Puis il regarde les deux filles. L'une d'elles a un jean sur lequel sont dessinées de grandes .fleurs, style années soixante-dix. On dirait qu'elles sont faites à la main. L'autre a un top léger, clair, noué sous la poitrine. Niki se nettoie les mains sur son pantalon, quand soudain quelqu'un la prend par un bras et la fait tourner de force.

– Aïe ! Mais qui c'est ?

– Qu'est-ce que tu fais ici ?

C'est Fabio. Il porte un petit chapeau de marin qui tombe sur son front. Un pantalon large, noir, Karl Kani, taille extra large, et un T-shirt de sport Industriecologiche avec écrit dessus « Fabio Fobia ». Et puis, des « boots ». Un parfait Mc a.k.a., *master of ceremony*. Derrière lui, Cencio, le *breaker* du groupe de Fabio, danse frénétiquement, engagé dans une compétition de freestyle avec un autre type, en criant « fils de la contre-culture, sans peur, sans peur... ».

Fabio lui serre le coude plus fort et la tire vers lui.

– Alors, ma chère Boo ?

– Mais qu'est-ce que tu veux ! Laisse-moi ! Tu me fais mal.

– Et c'est qui, ce Barna ?

Fabio regarde Alessandro qui vient de se rendre compte de ce qui se passait et qui s'approche, son verre de vodka à la main.

– Eh, mais qu'est-ce qui se passe ?

– Qu'est-ce que ça peut te foutre, Barna, hein ?

– Barna ? Mais qu'est-ce que ça veut dire ?

– Ça veut dire que tu ne comprends rien et que tu t'habilles mal.

– Niki, ça va, tu vas bien ?

Mais Alessandro n'a pas le temps de finir sa question. Fabio pousse Niki contre un mur. Puis il envoie son poing droit, le plus fort qu'il peut, dans la mâchoire d'Alessandro qui, assommé par la rage du coup, s'écroule par terre.

– Voilà, pose-la-toi à toi-même, ta question, et réponds-y, tant que t'y es… Connard !

Cencio a assisté à la scène.

– Bravo B, bang, bang, bang !

Et, se foutant de tout et de tous, il continue à danser comme un fou, complètement absorbé par sa compétition de freestyle.

Fabio Fobia crache par terre et s'en va. Il disparaît au milieu d'autres jeunes qui accourent, effrayés, en voyant ce type étendu. Niki le rejoint. Elle s'agenouille près de lui.

– Alex, Alex, tu vas bien ? Apportez de l'eau, vite !

Niki lui donne de petites tapes pour le réveiller.

– Bougez, bougez, laissez-moi voir.

Un jeune garçon se glisse dans la foule et s'agenouille en face de Niki. Avec son pouce, il ouvre un œil à Alex. Il tire sur sa paupière. Puis il regarde Niki, l'air sérieux.

– Il a trop fumé ? Il a bu ? Il a pris un cachet ?

– Mais non, un connard lui a mis un pain dans la figure !

Quelqu'un arrive avec un verre d'eau. Il le passe à Niki qui mouille la pointe de ses doigts. Elle éclabousse le visage d'Alessandro, qui revient doucement à lui.

– Voilà, il va mieux. Merci.

Le jeune garçon soupire.

– Ouf, tant mieux. C'était mon premier patient.

L'une des deux filles qui dansaient s'approche, curieuse.

– Mais pourquoi, tu es médecin ?

– Ben, pas encore. Je suis en quatrième année.

– Ah, parce que moi j'ai toujours mal ici, au bras, quand je le plie.

– Fais voir.

Et ils s'éloignent, immergés dans le futur diagnostic d'un cas qui pourrait tout aussi bien être sentimental.

Alessandro prend appui sur ses coudes et secoue la tête pour retrouver sa lucidité. Il est encore tout retourné.

– Mon Dieu, quel coup…

Il se touche la mâchoire.

– Aïe. Ça me fait un mal de chien.

Niki l'aide à se relever.

– Eh oui. Ce salaud cogne fort.

– Mais qui c'était ?

– Mon ex !

– Il ne me manquait plus que ça…

Niki lui passe un bras autour de la taille. Elle le soutient tandis qu'ils traversent la foule de jeunes gens désormais totalement indifférents à ce qui s'est passé.

– J'ai vraiment bien fait de le quitter.

– Ah, ça, c'est sûr. Moi, en revanche, je me demande encore si j'ai bien fait de me mettre avec toi. Depuis que je te connais, j'ai démoli ma voiture, j'ai pris une tonne de PV, et maintenant on vient de me mettre un pain.

– Regarde le bon côté des choses…

– Tout de suite, je ne vois pas…

– Nous étions venus chercher des rêves. Et toi, comme d'habitude, tu as été le plus chanceux… Tu as vu les étoiles…

– Ha ha, elle est bonne, celle-là… Tu sais que j'avais réussi à passer trente-six ans sans jamais me battre ?

– Quelle barbe. Ça te manquait, cette expérience…

Alessandro la serre et montre qu'il souffre encore. Peut-être trop.

– En tout cas, après tout ce qui m'est arrivé, tu vas te sentir coupable et tu vas me trouver une autre idée géniale, un rêve naturel qui me fera gagner avec les Japonais.

– Ça, tu peux être tranquille.

Ils arrivent à la Mercedes. Niki retire son bras.

– En attendant, je te ramène chez toi, je vais te soigner comme il faut.

– À l'essence de jasmin ?

– Ça aussi.

Niki sourit.

– Je conduis ?

– Oui, comme ça on va directement à l'hôpital. Bien sûr !

Alessandro lui reprend les clés et se met à la place du conducteur. Niki monte à côté de lui. Avant de démarrer, il la regarde.

– Ôte-moi d'un doute. Combien de temps tu es restée avec ce type ?

Niki sourit.

– Trop longtemps, sans doute. Mais, si je te plais tant que ça, c'est aussi de sa faute !

Ils démarrent. La nuit vient de commencer, mais il reste bien des rêves à consommer.

79

Un après-midi, après le déjeuner. Un de ces après-midi tranquilles, sans trop de circulation, sans trop de bruit. Sans préparatifs pour un match. Même si, en réalité, cet après-midi sera tout sauf tranquille.

– J'ai déjà pris un pain de ton ex, explique-moi pourquoi je devrais encore prendre des risques…

– Mais il n'y a aucun risque, Alex… Du moins, je crois !

– Ah bon ? Alors, dis-moi ce que ça change que je le fasse ou non.

Niki soupire.

– Oh, mais tu compliques tout, là ! Tu as dit que je pouvais te demander n'importe quoi, non ?

– Oui, mais je ne pensais pas que ce « n'importe quoi » …

Niki se penche vers lui et l'embrasse tendrement. Alessandro est un peu fuyant.

– Tu ne m'achèteras pas comme ça.

– Moi, je t'ai rendu le service d'emmener mes amies pour ce déjeuner. Et puis, qui a parlé de t'acheter ? Je te prends en *leasing*. Si tu ne marches plus, je t'échange contre un nouveau modèle.

Alessandro s'écarte et la regarde en levant un sourcil.

– Pas mal, celle-là… sérieusement… Bref, je cours le risque d'être mis à la casse ?

– Pourquoi, ce n'est pas déjà le cas ?

– Non…

– Alors oui, tu cours ce risque, parce que je pourrais même toucher une prime.

– J'ai compris. Bon, j'y vais…

Alessandro descend de voiture. Il fait le tour et s'approche de la vitre.

– Au fait, dis-moi, et ta copine dessinatrice ?

– Olly ?

– Oui, oui. Elle y travaille ?

– À quoi ? Pardon, mais si on n'a pas d'idée, à partir de quoi tu veux qu'elle dessine ? Elle est bonne en dessin, mais pour ce qui est des idées, elle n'en a qu'une, une idée fixe…

– Si je comprends bien, mon ami Pietro l'a échappé belle.

– Tant mieux. Je crois que ça aurait été compliqué pour tout le monde. Bon, allez, vas-y.

Niki regarde sa montre.

– Il se fait tard.

– OK, je me dépêche.

Alessandro marche à grands pas et, arrivé au bout de la rue, il tourne à droite. Niki le regarde s'éloigner, puis elle met un CD. *Greatest hits*. Robbie Williams. Piste huit. Et pas par hasard. *I was her she was me, we were one we were free, and if there's somebody calling me on*… Mince, j'adorerais être là-bas. Je ne peux pas imaginer ce qui va se passer. Elle monte un peu le volume. Bah, au moins ils arrêteront de me poser toutes ces questions. Puis elle essaye de se détendre un peu. Et, naturellement, elle pose ses deux pieds sur le tableau de bord.

Alessandro ralentit un peu le pas. Je n'arrive pas à y croire. Qu'est-ce que je suis en train de faire ? J'ai vraiment perdu la tête. C'est-à-dire… Je vis un vrai drame, un nouveau choix des Japonais. Ils ont déjà refusé mes premiers projets. Maintenant, je n'ai plus qu'une seule et dernière chance. Et moi, qu'est-ce que je fais ? Je ne passe pas chaque instant de ma vie jusqu'à l'échéance dans mon bureau, à chercher des idées ? Non. Je l'emmène déjeuner, elle, la fille aux jasmins, une superbe fille de dix-sept ans que je fréquente depuis plus d'un mois, avec ses trois amies. Et maintenant, en échange de ce service, qu'est-ce que je fais ? La chose la plus absurde de ma vie. Je n'y crois pas. Je ne l'ai même pas fait au bout de deux ans avec Elena… Mais Niki me l'a demandé. Alessandro est presque arrivé. Non. Je ne peux pas. Tant pis. Je ne peux pas. Je me sens mal rien que quand j'y pense.

– D'accord, Niki, je ferai la connaissance de tes parents.

– Merci ! Comme je suis heureuse… Comme ça, au moins, ils me laisseront un peu plus libre de sortir avec toi.

À mon avis, ils vont plutôt lui interdire définitivement. Alessandro lit le nom sur l'interphone. Cavalli. Argh ! À l'aide ! Non, je retourne à la voiture. Oui, et ensuite ? Qu'est-ce qu'elle dira, Niki ? Voilà, je le savais. Et ça serait toi, l'homme mûr ? Tu es plus gamin que moi. Qu'est-ce que ça pouvait te faire, de discuter un peu avec mes parents. Moi, avec les tiens, je le ferais tout de suite. Bon, je peux toujours dire qu'ils n'ont pas répondu. Alessandro est encore planté devant l'interphone, quand un homme sort de l'immeuble. Grand, musclé, bien habillé. Il porte une petite valise, croque une pomme et a l'air très pressé.

– Je laisse ouvert ?

– Oui, merci.

Le monsieur lui tient la porte pour le laisser passer. Alessandro entre dans le hall. Silence. Il monte au premier étage, puis il lit sur une porte. « Appartement 2. Cavalli. » Voilà, c'est ici. Je ne peux plus m'échapper. Je dois le faire. Il approche son doigt de la sonnette, ferme les yeux… Et sonne.

– J'arrive !

Une voix aiguë arrive de derrière la porte.

– Me voilà…

Une belle femme, une épingle à cheveux dans la bouche et les mains dans les cheveux, ouvre la porte. Elle sourit.

– Excusez-moi, hein…

Elle enlève l'épingle de sa bouche, l'élargit en la tenant avec agilité entre ses doigts, et se la glisse dans les cheveux.

– Voilà, c'est fait ! Excusez-moi encore, mais il fait déjà chaud, et je me sens mieux les cheveux relevés.

– Bonjour…

– Oh, je vous en prie, entrez. Malheureusement, mon mari a dû filer.

Simona le fait entrer et referme la porte derrière lui.

– Vous l'avez peut-être croisé. Il vient de sortir, il était pressé.

– Ah, oui…

Alessandro pense à l'homme qu'il a croisé en bas. Bel homme, grand, élégant et surtout… baraqué.

– Nous nous sommes croisés, mais j'ai à peine eu le temps de le saluer.

– Il n'y a pas de problème. Je suis au courant de tout. Vous voulez un café ? Je viens d'en faire. Mais je vous en prie, asseyez-vous.

Alessandro jette un coup d'œil autour de lui. Un bel appartement, aux couleurs chaudes. Quelques tableaux minimalistes, des meubles clairs, disposés de façon à ne pas suffoquer les espaces. Il s'assied sur le canapé du salon.

– Oui, volontiers, merci.

Je suis au courant… Comment ça, au courant ? Trop forte, Niki ! Alors elle lui a dit. Ça va être beaucoup plus simple. Ils m'ont déjà accepté, en quelque sorte. Maintenant, ils veulent savoir qui je suis, oui, bon, qui est cet adulte qui sort avec leur fille. Simona revient avec un plateau où elle a mis deux tasses de café et le sucrier. Il y a aussi deux petits chocolats et un pot de lait. Elle pose le tout sur la table basse, devant Alessandro.

– J'ai l'air distraite, comme ça, mais j'aime savoir ce qui se passe dans notre famille.

– Je comprends.

Alessandro prend sa tasse et boit.

– Vous le prenez sans sucre ?

– Oui, ça a plus de goût.

– Mon mari dit la même chose. Mais vous n'avez pas de mallette ?

– Non, je me suis pour ainsi dire enfui du bureau. Je n'ai pas beaucoup de temps. C'est que ça me faisait plaisir de vous rencontrer. Nous n'avons pas encore été présentés comme il se doit.

Il se lève.

– Enchanté, Alessandro Belli.

Simona fait un beau sourire.

– Enchantée.

Elle lui serre la main. Elle est belle. Comme Niki. Deux femmes splendides, d'âges différents. Mais Alessandro n'a pas de doute sur celle qu'il préfère. Simona s'assied en face de lui.

– À moi aussi, ça me fait très plaisir de vous rencontrer. En attendant, il y a certaines choses que je voudrais vous dire. Qui pourraient être utiles. J'ai trente-neuf ans. J'ai eu ma fille très jeune, et je suis heureuse de l'avoir. Je tiens énormément à ma fille.

Alessandro voudrait dire « moi aussi », mais il comprend que ce n'est pas du tout le moment.

– Je comprends.

Il sourit à son tour.

– Et comme on ne sait jamais ce qui peut se passer dans la vie, je veux de la sécurité, pour ma fille.

– Bien sûr, je vous comprends.

– Niki est en terminale et elle ne sait pas bien quoi faire après. Et pourtant, elle a les idées très claires.

– Bah, c'est typique de cet âge. Ils peuvent être rebelles, faire mille choses, et d'un coup décider sans plus avoir aucun doute.

Simona sourit.

– Vous avez des enfants ?

– Non.

– Ah, dommage.

Alessandro en reste sans voix. Comment ça, dommage ? Cette femme est fantastique. Elle apprend que sa fille sort avec un homme qui a pratiquement son âge et elle trouve dommage qu'il n'ait pas d'enfants. Incroyable !

– Mais quel âge vous avez ?

Ça y est, je le savais. Ça se corse. Bah, il vaut mieux dire la vérité, de toute façon Niki lui a peut-être déjà dit. C'est une sorte de test.

– Moi ? Presque trente-sept.

Simona sourit.

– Vous faites plus jeune.

Alessandro n'en croit pas ses oreilles. C'est passé. Et en plus, elle me fait des compliments !

– Merci.

– C'est vrai… Mais vous savez, c'est bizarre que vous n'ayez pas d'enfants, Alessandro, parce que vous avez l'air de très bien connaître les jeunes. Quoi qu'il en soit, en ce qui me concerne, je n'ai aucun doute. Ça me fait vraiment plaisir que le choix soit tombé sur vous.

– Ah oui, ça vous fait plaisir ?

– Oui, mon mari m'a raconté votre conversation téléphonique.

– Notre conversation téléphonique ?

– Oui. Et je pense que votre proposition est tout à fait intéressante. Nous en avons parlé, et nous sommes d'accord. Nous souhaitons ouvrir cette assurance vie pour Niki.

– Ah…

– Vous savez, je regrette que vous n'ayez pas les formulaires avec vous. Nous les aurions remplis et signés tout de suite. Nous voudrions y mettre cinq mille euros par an.

– Je comprends…

Simona se rend compte qu'Alessandro a l'air déçu.

– Qu'est-ce qui se passe ? Ça vous semble trop peu ?

Alessandro se reprend immédiatement.

– Non, non, ça me semble très bien.

– Non, parce que, vous savez, pour l'instant, ma fille Niki est encore une gamine. Elle passe son temps dans son coin, avec ses amies, elle ne dépense pas grand-chose, mais quand elle aura une histoire sérieuse et importante, bon, après l'université, voilà, peut-être qu'elle aura envie de mieux s'habiller, elle dépensera plus pour ses vêtements. Et donc, ça me semble un très bon investissement.

– Bien sûr… Bien, je vais tout de suite avertir mon bureau de votre décision.

Alessandro se lève et va vers la porte.

– Vous rappellerez mon mari, de toute façon ?

– Bien sûr…

Simona sourit et lui serre la main.

– Merci, vous avez été très aimable.

– Je vous en prie, ce n'est rien.

Alessandro sort en refermant la porte derrière lui. Il secoue la tête, amusé. Ce n'est pas possible. Je n'y crois pas.

Simona est en train de débarrasser le plateau avec les tasses quand son portable se met à sonner. Elle le prend sur la table. C'est Roberto.

– Salut, mon amour.

– Salut, Simo, écoute, je voulais te dire que le promoteur ne passera pas. Il a eu un accident.

– Ah.

Simona est interdite. Alors, qui était ce jeune homme sympathique de presque trente-sept ans qui vient de sortir de chez moi ? Elle y réfléchit un instant. Elle passe toutes les hypothèses en revue. Une seconde plus tard, elle écarquille les yeux. Elle comprend. Et elle secoue la tête.

– Simona ?

– Oui, mon amour, je suis là…

– Je ne t'entendais plus. Qu'est-ce qui se passe ?

– Alors, mon amour, moi j'ai deux nouvelles à t'annoncer. Une bonne et une mauvaise.

– Commence par la mauvaise.

– Alors… Ta fille sort avec un type qui a vingt ans de plus qu'elle.

– Mais qu'est-ce que tu racontes ? Comment c'est possible ? Ça alors, non !

Roberto regarde autour de lui. Il est entouré de ses collègues et il ne s'est pas rendu compte qu'il criait. Il reprend le contrôle.

– Elle va m'entendre, ce soir. Et la bonne ?

– Il n'est pas mal, ce type.

Alessandro monte dans la voiture. Il soupire.

– Pff…

Niki, tout excitée, lui saute dessus.

– Alors ? Comment ça s'est passé ? Qu'est-ce qu'elle a dit, maman ? Allez, raconte ! Déjà, si tu es revenu, ça veut dire que ça s'est bien passé.

Alessandro la regarde, puis sourit.

– Il n'y avait que ta mère, et elle voulait investir pour toi… sur moi.

– Bon, c'est bien ! Elle a vu ton potentiel !

– Elle a plutôt vu un promoteur financier.

– Quoi ? Qu'est-ce que tu veux dire ?

– Apparemment, ils attendaient un type pour investir de l'argent, et quand j'ai sonné elle a cru que c'était moi…

– Trop fort ! Mais tu as aussi réussi à leur extorquer un peu d'argent ? Tout doucement, tu rentres dans tes frais pour l'accident de voiture ! À ce rythme… elle va se réparer toute seule, ta Mercedes.

– Ha, ha…

– Non, allez, sérieusement… Tu aurais pu lui dire que tu étais là pour moi, mais comme promoteur sentimental…

– Je n'ai pas réussi… Elle avait tellement confiance en cette assurance vie qu'elle voulait ouvrir… Elle aurait été trop déçue.

– Tu veux dire que ma mère n'a vraiment rien compris ? Zut, mais elle t'a fait entrer comme ça, tu aurais aussi bien pu être un violeur.

– Qu'est-ce que j'en sais, moi. Elle m'a ouvert la porte, elle m'a fait entrer, je n'ai pas eu le temps de me présenter qu'elle était déjà en train de me parler de toi, de l'investissement, de toutes les choses que tu voudras peut-être faire un jour… J'ai pensé qu'il était plus poli de l'écouter que de l'interrompre.

– Oui, bien sûr, tous les prétextes sont bons. Bon. De toute façon, tôt ou tard, je lui en parlerai moi-même. Elle dit toujours qu'on doit tout se raconter, sans se faire de problèmes.

– Elle dit ça ? Elle me plaît, ta mère.

– N'y pense même pas.

– Allez. En tout cas, elle tient vraiment à toi. Quand elle parlait de toi, de ta vie, de ta façon de t'habiller, de tes amies, oui, bon, bref… elle avait les yeux brillants.

– Oui, mais je veux voir ce qu'il en sera quand je lui parlerai de toi… je me demande la tête qu'elle va faire ! Accompagne-moi chez Erica, *please*. Aujourd'hui, on commence à réviser le programme d'italien pour le bac.

– OK.

Alessandro démarre. Corso Italia, cinéma Europa. Salaria. Puis Niki éclate de rire.

– Je voudrais surtout voir si mon père aura les yeux brillants quand il l'apprendra !

Alessandro se rappelle cet homme élégant, grand, pressé et surtout… baraqué. Pendant un instant, il voudrait avoir un rapport différent avec cette famille. Avoir eu un autre genre d'accident, par exemple. C'est-à-dire, du même genre, mais pas avec Niki. Bref, s'il devait à nouveau franchir le seuil de cette porte, il voudrait vraiment être promoteur financier.

– Voilà, arrête-toi ici ! On s'appelle plus tard ?

– Bien sûr !

– Tu penseras à moi en travaillant ?

– Bien sûr.

– Oui, mais tu réponds toujours bien sûr. Tu es en mode automatique ! À mon avis, tu ne m'écoutes même pas. Et ne me réponds pas bien sûr !

– Bien sûr… que je réponds pas bien sûr. Allez, Niki, je plaisante ! J'ai pas mal de choses en tête, c'est tout.

Niki s'approche et l'embrasse doucement sur la bouche. Puis elle lui pose les mains sur les tempes, comme pour l'empêcher de regarder autour de lui.

– Est-ce qu'un jour je passerai avant les Japonais et tous les autres ?

Alessandro lui sourit.

– Bien sûr !

– OK, alors, bercée par ce doux espoir, je te laisse partir.

Alessandro lui sourit, repart et lui fait un signe de la main par la fenêtre en s'éloignant. Il la voit rétrécir dans le rétroviseur. Il regarde sa montre. Il est presque trois heures et demie. J'ai tout juste le temps d'arriver à l'heure à mon rendez-vous. Et de comprendre enfin. En supposant qu'il y ait quelque chose à comprendre.

80

Des maisons, des immeubles aux murs abîmés, un pan d'aqueduc écroulé, et puis une grande étendue de vert. En haut, entre les arbres du sommet, une grotte. Et encore des murs, quelques affiches arrachées, une inscription floue. Et encore du vert, du vert, du vert. Et une voiture défoncée, bonne pour la décharge, rien de plus. Rien de plus. Mauro accélère tant bien que mal sur son scooter et avance, sans lunettes. Sans casque. Sans rien. Petites larmes au vent et yeux rouges. Sa main accélère tant qu'elle peut, dans l'espoir d'éloigner cette journée. Combien de garçons il y avait, à ce casting ? Mille, deux mille ? Bah. Ça a duré des heures. Ça ne finissait plus. Toute une journée, du matin au soir, jusqu'à neuf heures. Mauro regarde sa montre. Non, jusqu'à neuf heures et quart. Juste une petite bouteille d'eau et un sandwich pain de mie au jambon et artichauts, acheté au distributeur. D'ailleurs, il n'y avait pas beaucoup de choix : ça, ou bien ces gâteaux qui donnent encore plus soif. Et puis, rester sans bouger. Sans bouger, sur ces bancs durs, à attendre son numéro. Un numéro. Nous ne sommes qu'un numéro. Le grand Vasco disait : « Nous sommes seulement nous. » Mais nous qui ? Dans la salle, il y avait un type qui se baladait avec un appareil numérique et qui nous prenait en photo. Ils m'ont fait entrer, une question, et c'est tout. Mais qu'est-ce que tu peux comprendre, avec une seule question ? « Merci, très bien, nous vous ferons savoir. Nous vous appellerons. » Ils m'appelleront. Et maintenant ? Maintenant, rien, je rentre, et je ne vais pas quitter mon portable des yeux. Je leur ai laissé mes deux numéros. Au moins, si c'est occupé à la maison, il y a l'autre. La semaine dernière, j'ai attendu toute une journée à la maison, et ensuite ? Ensuite, rien. Est-ce que ma vie sera toujours comme ça ? Je peux devenir célèbre. C'est un droit que nous avons tous. Ils l'ont même dit à la télé, ce soir, dans ce talk-show. Ils ont montré un extrait d'un vieux film. « Chacun de nous a droit à son quart d'heure de gloire... » C'était ce faux blond qui le disait, ce type petit, américain, celui qui peignait des visages tous pareils, comme celui de Marilyn. Comment il s'appelait, Andy quelque chose... Bon, lui. Et moi ? Moi j'ai fait le casting du *Loft* et de tous les autres reality-shows qui démarrent. Un type m'a même demandé cent cinquante euros pour me tourner une Shworeel, « choril », c'est comme ça qu'il a dit, une vidéo qui montre mes qualités. Il va la faire circuler, et moi ça m'économise plein de démarches. Ouais. Bien sûr. J'y crois.

Mauro prend un virage serré pour retourner vers chez lui. Il se penche trop. Le scooter est un peu déséquilibré, mais il reporte vite son poids de l'autre côté et lève son pied gauche, prêt à le poser par terre au cas où. Le Kymco se stabilise, et il continue sa course vers chez lui. Tranquille. Il monte la grande côte. Quelques poubelles sont ouvertes. Quelques détritus par terre. Un vieux chauffe-eau. Son pot d'échappement résonne sur cette route solitaire. Mauro regarde à droite. Un terrain abandonné, comme une petite fuite latérale. Il sourit. Combien de fois on y a joué, avec les copains du quartier, sur ce terrain. Parfois, je m'y suis arrêté avec la voiture de papa, étape obligée avant de ramener Paola chez elle. Paola. Il se rappelle quelques moments dans la voiture. La musique dans l'autoradio. La chaleur de la nuit. Les sièges inconfortables qui grincent. Les pieds sur le tableau de bord. Les vitres embuées. L'odeur du sexe. Unique. Splendide. Inimitable. Plus tard, les vitres baissées, pour prendre un peu l'air. Un peu de fumée qui sort. Sourires dans la pénombre. Et ce parfum d'elle, d'elle tout entière, sur lui. Paola. Elle ne m'a pas appelé, aujourd'hui. Et quand j'ai essayé, moi, son portable était éteint. Peut-être qu'il ne captait pas. Il ne trouve pas de réponse. Il prend un dernier virage. Ça y est, il est arrivé. En la voyant, il sourit. Paola. Elle sourit aussi. De loin, elle lève le menton. Mauro la regarde en s'approchant. Il cherche encore ce sourire. Mais il a disparu. Il a déjà disparu.

81

La Mercedes MI est arrêtée au bord de la route, sous un vieux lampadaire gris, écaillé par le temps, comme beaucoup des choses qui l'entourent. Alessandro traverse la route. Une poubelle brûlée se balance, indécise et bringuebalante, sur une des deux roues qui lui restent. Un chat beige clair, un peu pelé, fouille dans des sacs à moitié ouverts, explosés, pleins d'ordures, posés par terre. Un habitant du coin qui pensait être un bon pivot a dû les jeter de son balcon en essayant de viser la poubelle. Rien à faire. Il a raté son coup. Mais son match était déjà perdu, de toute façon.

Alessandro prend l'ascenseur. Troisième étage. Le verre dépoli avec l'inscription « Tony Costa » n'a pas été changé. Il est encore cassé. Alessandro sonne.

– Entrez.

Il ouvre lentement la porte qui grince. Comme la première fois, il est accueilli dans une atmosphère chaleureuse mais un peu vieillotte. Des tapis élimés, une plante jaunissante. Cette fois, la secrétaire est assise à son bureau. Elle lève les yeux un instant, puis continue à se limer les ongles. Tony Costa vient à sa rencontre.

– Bonsoir, Belli, je vous attendais. Je vous en prie, asseyez-vous. Vous voulez un café ?

– Non, merci, je viens d'en prendre un.

– Moi aussi, mais j'ai envie de m'en concéder un autre. Adèle, tu t'en occupes ?

La secrétaire soupire, puis elle laisse tomber sa lime à ongles sur la table. Elle se lève, disparaît derrière la porte et va le préparer. Alessandro regarde autour de lui. Rien n'a changé. Peut-être juste ce tableau. Une peinture à l'huile, grande, gaie. Dans les tons bleu ciel, jaune et orange. C'est une femme sur la plage. Ses vêtements dansent dans le vent, et elle tient dans ses mains un grand chapeau blanc. Toute cette couleur ne semble pas à sa place dans la grisaille ambiante.

– Alors, Belli, comment vous allez ?

– Bien, tout va bien.

Tony Costa s'enfonce dans son fauteuil.

– Ça me fait plaisir. Vous êtes prêt ?

– Bien sûr.

Alessandro sourit. Puis il s'inquiète. Sans s'en rendre compte, il utilise ce « bien sûr » pour lui aussi. Est-ce qu'il y a une logique à ça ? Mais il préfère ne pas y penser. Il prend l'argent dans sa poche.

– Voici les mille cinq cents euros restants.

– Mais je ne vous demandais pas si vous étiez prêt à payer. Je vous demandais si vous étiez prêt… si vous êtes toujours convaincu de vouloir savoir.

– Oui, mon ami a encore cette intention.

Tony Costa sourit. Puis il pose ses deux mains sur la table pour s'aider à se lever du fauteuil.

– Bien.

Il se tourne et ouvre un meuble à tiroirs, dont il sort un dossier bleu. Dessus, il est écrit « Affaire Belli ». Il la pose devant Alessandro, puis se rassied.

– Voilà.

La secrétaire arrive avec le café.

– Merci, Adèle.

– De rien.

Elle retourne à sa lime à ongles.

Tony Costa ouvre le dossier.

– Alors, voilà, sur cette feuille, il y a toutes les sorties, les journées de filature, les trajets… Voyez, par exemple. 27 avril. Via dei Parioli. Épicier. Seize heures trente. Quand il y a un petit rond bleu à côté, ça veut dire qu'il y a aussi une photo. Elles ont toutes un numéro. Celle-ci, par exemple, c'est la numéro…

Tony Costa allonge le cou pour lire mieux.

– … seize. Et dans cette enveloppe, il y a la photo correspondant à la rue, le jour et l'heure.

540

Alessandro est satisfait devant la précision du travail. Parfait. Clair. Impossible de se tromper. Ce qu'on veut savoir, on ne peut pas ne pas le savoir.

– Tenez, voici votre argent.

Tony Costa prend les billets, les regarde, puis les met finalement dans un tiroir.

– Vous ne les comptez pas ?

– Il n'y a pas besoin. Dans notre métier, la confiance des personnes qui nous confient leurs secrets est partagée. Alors, voici toutes les photos. Vous voyez...

Il ouvre l'enveloppe et les éparpille sur le bureau. On dirait des cartes à jouer. Bah, il aurait peut-être mieux valu ne pas s'asseoir à cette table. Cette partie était peut-être de celles qu'il vaut mieux ne pas jouer. Et puis, ces cartes n'ont qu'un seul personnage. Camilla. Camilla qui marche. Camilla qui fait les courses. Camilla qui entre chez le coiffeur. Camilla en voiture. Camilla qui entre dans son immeuble.

– Comme vous voyez, Belli, ce travail a duré un mois. Et ce sont les premiers résultats.

Alessandro les regarde toutes. Camilla est toujours seule, ou avec une amie. Sur deux ou trois photos, elle est même avec Enrico. Mais il n'y a rien de dangereux, de compromettant, de surprenant.

Il pousse un grand soupir de soulagement.

– Bon, si on se fie à ces photos, alors il n'y a aucun problème.

Tony Costa sourit, ramasse toutes les photos et les met dans l'enveloppe.

– Ça, c'était pour vous montrer que je travaille sérieusement. Je n'ai pas volé l'argent que vous m'avez donné.

Puis il se lève et rouvre le meuble à tiroirs.

– Et puis, il y a ça.

Tony Costa pose un autre dossier sur la table. Il est rouge. Alessandro le regarde. Dessus, il y a juste écrit « Belli ». Tony Costa se rassied. Il met la main sur le dossier et le regarde.

– Là-dedans, il y a d'autres feuilles, d'autres journées, d'autres trajets. Et il y a aussi d'autres photos, cette fois avec un petit rond rouge. Ou bien, il n'y a absolument rien…

Il pousse lentement le dossier rouge vers Alessandro.

– Je vous en prie, prenez-le. Vous déciderez vous-même… ou mieux, votre ami… de ce que vous voulez savoir.

Alessandro prend les deux dossiers et se lève.

– Merci, monsieur Costa, vous avez été très aimable.

– Je vous en prie. Je vous raccompagne.

Tony Costa le précède. Il ouvre la porte du bureau et va vers l'ascenseur. Il pousse le bouton pour l'appeler.

– Excusez-moi, Belli, j'ai mis un peu plus de temps que prévu.

– Il n'y a pas de problème. Vous avez fait ce que vous deviez, non ?

Il indique les dossiers.

– Non, c'est que nous avons eu une petite crise…

Il fait un signe en direction d'Adèle, dans le bureau, assise à la table, encore occupée par ses ongles. Tony Costa tire la porte du bureau derrière lui, sans la fermer, puis s'approche d'Alessandro.

– Elle dit que je travaille trop, qu'on ne prend jamais de temps pour nous. Alors nous sommes partis une semaine au Brésil. Vous avez dû remarquer que nous sommes un peu bronzés…

Pas vraiment, en fait, pense Alessandro. En tout cas, partir au Brésil avec sa secrétaire… pas mal, d'être détective privé.

542

– Vous avez vu le nouveau tableau, dans le bureau ? Nous l'avons acheté à Bahia del Sol !

– Il est beau. C'est une femme du coin, non ? Elles s'habillent comme ça.

Tony Costa sourit.

– Oui. Adèle aussi a voulu s'habiller comme ça. Nous nous sommes bien amusés. Au fond, c'est un peu le voyage de noces que nous n'avons pas fait il y a vingt ans.

L'ascenseur arrive, les portes s'ouvrent. Tony Costa tend la main à Alessandro.

– Nous sommes mariés depuis longtemps, et c'est notre première crise… Mais nous l'avons dépassée.

– C'est bien. Ça me fait plaisir.

Tony Costa lui sourit.

– Vous savez, Belli, ça fait des années que je fais ce travail et j'en ai vu de belles… Mais en fait, j'ai compris une chose. Quand on rencontre une femme qui vaut le coup… il ne faut pas perdre de temps.

Il le regarde dans les yeux et lui serre la main. Puis il indique les dossiers.

– Dites-le à votre ami.

82

Paola mâche un chewing-gum. Grosse poitrine, pas besoin de silicone. Grande. Peut-être un peu trop de maquillage. Peut-être. Mais Mauro n'y prête pas attention. Elle est vraiment belle. Il arrête le scooter et descend.

– Paola, quelle surprise.

– Il faut que je te parle.

Il n'y a même plus l'ombre d'un sourire. Il s'est enfui, comme un de ces corbeaux gênants et lourds, presque étourdis d'avoir mangé quelque chose au hasard. Ces corbeaux que tu vois plonger en plein vol, s'enfuir d'une branche sans raison.

Mauro la regarde. Paola baisse les yeux. Il n'y a plus rien à comprendre. Ce regard baissé dit tout. Plus que tous les mots. Et puis, ce silence. C'est comme un cri. Mauro lui met une main sous le menton, le soulève un peu.

– Dis-moi, Paola. Qu'est-ce qui se passe ?

Elle se tait. Elle tourne la tête, se libère de cette main. Elle ne peut pas. Elle n'a pas le courage de rencontrer à nouveau ces yeux. Puis elle décide de se libérer de ce poids. Elle relève les yeux, affronte ceux de Mauro, soutient son regard, cette fois. Jusqu'au bout.

– Je voulais te dire…

Mauro baisse un peu les paupières. Comme pris par un raptus. Il essaye de regarder là-bas, plus loin, au fond de ceux de Paola, encore plus au fond, dans ces yeux qui ont été son salut. Des yeux d'amour, d'éclats de rire, de passion. Quand elle les a fermés, la première fois qu'il l'a prise, quand elle les rouvrait après ces baisers frais. Ces yeux sont si différents, maintenant. Éteints. Qu'est-ce qui se cache derrière ?

– Qu'est-ce que tu voulais me dire ?

– Alors, je t'explique…

Paola pousse un grand soupir, trop grand. Mauro se sent soudain comme un chat nerveux qui perçoit une menace. Danger. Paola s'en rend compte… Alors elle fait un petit sourire. Peut-être pour rendre plus acceptable ce qu'elle va lui dire. Comme si ce n'était plus une chose si importante, ou du moins quelque chose de passager, qui a une solution.

– Il vaut peut-être mieux qu'on ne se voie pas pendant quelque temps.

Mauro met la main devant son visage. Comme un parapluie.

– Mais qu'est-ce que ça veut dire, ça ?

Paola recule, elle a peur. Mauro s'en rend compte.

– Qu'est-ce qu'il y a ? Pourquoi tu as peur ? Quoi, t'as peur que je te frappe ?

Il parle plus doucement.

– Si t'as peur que je lève la main sur toi… alors ça veut dire qu'il y a une raison pour que t'aies peur que ça se produise…

Paola baisse les yeux. Elle n'en peut plus. Combien de fois a-t-elle imaginé et répété cette scène ? Presque chaque après-midi, depuis au moins un mois. Depuis ce jour-là. Ce casting. Depuis qu'elle l'a rencontré. Elle a répété cette scène plus que n'importe quel scénario qu'elle a étudié. Mais, cette fois, ça ne lui réussit pas. Elle n'est pas arrivée au bout. Pas comme elle aurait voulu. Comme elle avait décidé. Paola s'écroule. Au point où j'en suis, autant que Mauro le sache. Advienne que pourra.

– Non, rien, Mauro… j'ai rencontré quelqu'un… et…

Elle relève le visage, le regarde, essaye de sourire.

– C'est-à-dire… il ne s'est encore rien passé, hein ?

Mauro n'y croit pas, il ne peut pas croire à ce qu'il entend.

– Encore ? Comment ça, il ne s'est encore rien passé ?

– Si, je te jure, c'est vrai… Je n'ai rien fait.

– J'ai compris, mais ce « encore », qu'est-ce que ça veut dire ? Qu'est-ce qui doit se passer ? Qu'est-ce qui va se passer ?

Mauro change d'expression. Ses traits se tirent. Il blêmit.

– J'ai compris. C'est ce réalisateur qui t'a donné la
feuille, la fois où j'étais là, pas vrai ?

Paola sourit.

– Mais non, lui il est gay.

Puis elle reprend son sérieux, s'arrête un instant.

– Non, c'est son directeur de la photo. Antonio.

Paola sourit, heureuse, ouverte, satisfaite de sa sincé-
rité.

– Oui, bien sûr… Antonio.

Pour toute réponse, il fait un drôle de sourire. Puis il
envoie sa main ouverte, grande, décidée, de la droite vers
la gauche. Boum. Une baffe en pleine figure. Qui la fait
vaciller. La déplace, la secoue, l'étourdit, l'envoie valser.
Paola se relève, émerge, abasourdie, entre ses cheveux.
Elle se les arrange comme elle peut avec ses deux mains.
Elle les rassemble pour retrouver un peu la lumière.
Et là, au milieu, ses yeux apparaissent. Étonnés, surpris, effrayés. Et soudain, elle se couvre le visage. Parce
qu'elle comprend que ce qui est en train de s'abattre sur
elle, c'est… l'ouragan Mauro.

– Salope, connasse, infâme, espèce de bête en chaleur. Voilà pourquoi ton portable était éteint toute la
journée.

Il la frappe. Ses mains sont comme les ailes devenues
folles d'un moulin à vent. Qui descendent, remontent,
frappent. Jalousie et douleur. Comme un tracteur sans
conducteur, qui avance en zigzaguant. Mais qui ne mois-
sonne rien. Qui ne broie que les mèches blondes de la
pauvre Paola. Coups de poing, tapes, gifles, encore et
encore. Paola glisse, Mauro prend son élan et est sur le
point de lui balancer un coup de pied dans le ventre,

quand il est soudain tiré vers l'arrière. Il disparaît d'un coup, s'écrase contre un mur tout près.

– Ça suffit. Arrête, Mauro…

Paola rouvre ses yeux déjà bien gonflés. Elle se reprend. Se relève doucement, endolorie, choquée, étourdie par tous ces coups.

– J'vais la tuer, cette salope, laisse-moi !

Mauro essaye de se libérer, donne des coups de pied, sautille, se balance en arrière. Mais son père le tient fort. Il le serre contre lui comme s'il était enchaîné. Il le maintient, immobile, avec ses bras forts d'ouvrier de chantier, avec la même facilité que quand il était enfant.

– Arrête, Mauro. Calme-toi.

Et Paola s'enfuit, trébuchant presque, elle glisse, se débat encore un peu, puis disparaît au coin de la rue. Une portière claque. Une voiture démarre. Et la Volvo passe devant eux en crissant des pneus. Emportant Paola. Emportant une histoire et l'illusion qu'elle allait durer pour toujours. Père et fils restent seuls sur la petite place désolée d'une banlieue triste.

Renato le lâche, ouvre les bras pour le libérer de cet étau humain.

– Allez, Mauro, on va monter, le dîner est prêt.

Il sort ses clés de sa poche et ouvre la porte, puis il s'arrête un instant sur le seuil. Il se tourne vers son fils.

– Alors, tu montes ? Ta mère nous attend pour mettre les pâtes à cuire.

Mauro le regarde, les larmes aux yeux. Il démarre son scooter, monte dessus et s'éloigne sur les chapeaux de roue, manquant de glisser sur un caillou, avec son pneu arrière trop lisse pour ces routes.

– Mais où tu vas, Mauro ? Mauro ! Ne va pas chercher les ennuis ! Elle en a rien à foutre, de toi !

Son père hurle, tentant, à sa manière, d'être un bon père. Renato hurle et court derrière ce scooter qui se perd dans les derniers rayons du soleil. Poursuite inutile du bonheur.

83

Pour certains moments de la vie, la bande-son est encore à inventer. C'est pour ça qu'Alessandro, tout en conduisant, fouille dans ses CD pour trouver le plus adapté. Il en sélectionne un. *Big Fish*. La bande originale du film. Edward Bloom et son fils William. Parce que, parfois, des choses qui peuvent sembler bizarres, des impuretés, ne sont autres que des beautés différentes, que nous ne savons pas accepter. Du moins, pas encore. Puis il le voit. Il sort de sa Golf noire, regarde autour de lui, le cherche. Ils se sont donné rendez-vous Viale del Vignola. Là où ils se retrouvaient pour sécher les cours, pour se passer les devoirs avant d'entrer, pour se sauter dans les bras, heureux, juste après les résultats du bac. Reçus. J'ai pensé que c'était le seul endroit qui puisse nous rappeler des souvenirs, nos racines… ça fait du bien de penser au passé, quand le futur fait peur, penser que tout ne peut pas être balayé par un simple orage. Alessandro le regarde marcher. Enrico a l'air abattu, il s'approche de la Mercedes.

– Il y a du vent, ce soir.

Enrico monte dans la voiture et claque violemment la portière. Dans d'autres occasions, peut-être qu'Alessandro aurait fait la grimace. Mais pas ce soir.

– Alors, écoute…

– Non, Alex. Avant que tu ne dises quoi que ce soit. Je voudrais te remercier. Vraiment. Certaines choses n'ont pas de prix. Elles sont difficiles à demander, elles peuvent faire fuir les gens. Voilà, ça aurait pu être le cas, mais avec toi tout a l'air plus facile. Tiens…

Il lui passe une enveloppe, fermée.

– Là-dedans, il y a l'argent que tu m'as avancé, et un petit cadeau pour toi.

Alessandro le regarde, un peu embarrassé. Puis il ouvre l'enveloppe. Il y a un chèque, et aussi deux billets.

– Mince, des places pour le concert de George Michael ! C'est introuvable !

– Oui, je les ai eues par un collègue. Sa femme travaille pour le *tour manager*, ça n'a pas été difficile. J'ai pensé à toi et à Niki. Je me suis dit que George Michael pouvait vous plaire à tous les deux. Oh, et puis de toute façon, tu y vas avec qui tu veux, hein ?!

Alessandro regarde à nouveau les billets, puis les remet dans l'enveloppe.

– Il ne fallait pas.

– Ça me fait plaisir.

Puis Enrico reprend son sérieux.

– Alors, dis-moi, comment ça s'est passé, qu'est-ce que je dois savoir ?

– J'ai préféré qu'il ne me dise rien.

Soudain, Enrico le regarde dans les yeux, comme s'il y cherchait désespérément les traces d'un mensonge. Puis il se détend. Non, Alessandro ne sait vraiment rien. Ou alors, c'est un excellent acteur.

Alessandro attrape un dossier à l'arrière. Un seul. Le bleu.

– Tiens, tout est là-dedans.

Enrico le prend et le touche, l'effleure, le caresse presque. Ce petit ruban bleu qui enferme tous ses secrets. Il regarde Alessandro.

– Je peux ?

– C'est à toi, tu as payé pour ça.

Enrico s'apprête à défaire le ruban.

– Attends !

– Qu'est-ce qu'il y a, Alex ?

– Tu es sûr que tu ne veux pas l'ouvrir tout seul ? Ça te regarde, ça vous regarde. Bref… tu préfères peut-être que je ne sois pas là.

– Je ne sais pas ce que je vais y trouver. Donc je préfère que tu sois avec moi.

– OK, comme tu veux.

Alessandro le laisse faire. Enrico ouvre lentement le dossier. Puis, avide d'informations, de vérité, de mensonges dévoilés, il devient comme fou. Il se met à feuilleter les documents, à tout contrôler. Il parcourt les dates, les rendez-vous, les jours, les horaires, les lieux. Et enfin les photos. Il ouvre l'enveloppe. Camilla. Camilla seule. Camilla avec une amie. Camilla avec lui. Encore avec une amie. Puis seule, seule, seule. Seule et avec lui. Fin. Tout ça jusqu'à avant-hier. Enrico pousse un soupir. Il referme le dossier. L'approche de son visage. Le serre fort, le respirant presque. Alessandro le regarde.

– Eh… Enrico… tu te rappelles ? Je suis là !

Enrico se reprend.

– Oui, oui… tout va bien.

– Alors ?

– Bien, tout va bien. Sur chaque photo, il y avait tout ce qui me manque chaque jour, et rien de plus que ce que je suis heureux d'avoir. Elle est innocente.

— Tu parles comme un personnage de film policier américain… Elle est innocente… Qu'est-ce que ça veut dire ? Elle n'a personne d'autre, alors ?

— Elle est honnête. Elle est sincère. Je suis le seul homme. Le reste, ce sont ses amies, et tout ce qu'elle fait pendant la journée.

— Alors tu es satisfait ? Rassuré ? Mais tu ne te sens pas un peu sale… ça ne te gêne pas de l'avoir fait suivre, d'avoir cherché une confirmation ? Quand on aime quelqu'un, est-ce qu'on ne devrait pas lui faire une confiance aveugle ? Et si quelqu'un trahit notre confiance, ne vaut-il pas mieux l'apprendre de façon naturelle ?

Enrico le regarde d'un air sérieux.

— Toi, tu n'as pas ce problème. Peut-être que tu n'es pas vraiment amoureux de Niki. Peut-être que tu ne l'étais pas non plus vraiment d'Elena, si tu as pu clore avec autant de facilité une histoire comme la vôtre. Tu voulais l'épouser, non ?

— Oui.

— Et maintenant tu sors avec une petite jeune. Et surtout, tu n'as même pas l'air désespéré que ça soit fini avec Elena. Comme ça, boum, c'est fini, point.

— Tu te trompes, Enrico. Moi j'aime l'amour. La beauté de l'amour. La liberté de l'amour. J'aime l'idée que rien n'est dû, que l'amour des autres, leur temps, leur attention sont des cadeaux qu'il faut mériter, et non pas auxquels on peut prétendre. Même si on n'est pas vraiment en couple. On est ensemble par choix, pas par devoir. Oui, j'aurais voulu rester avec Elena pour toujours. Mais elle est partie. Elle a choisi de partir. Et maintenant, elle a sans doute quelqu'un d'autre… Qu'est-ce que je peux faire, à part continuer d'avancer ? Et continuer à l'aimer pour ce qu'elle m'a donné, qu'elle m'a fait éprouver, mais qui n'est plus ?

– Je crois que si tu avais attendu, au lieu de te mettre tout de suite avec Niki, elle serait revenue.

– Enrico, ça fait plus de trois mois. Elle ne m'a pas appelé. Jamais. En plus de trois mois.

– Je respecte ta façon de penser, Alex, et je n'ai rien contre Niki. J'espère que tu seras heureux avec elle. Ne m'accuse pas, ne critique pas mes peurs. J'aime Camilla. Mais j'ai aussi besoin d'un sentiment de sécurité.

Enrico descend de la Mercedes.

– Salut, Alex, et encore merci pour tout. J'espère ne plus jamais avoir besoin de toi pour quelque chose comme ça…

Alessandro sourit.

– Moi aussi ! Ah, au fait, le détective m'a dit de te dire quelque chose… Quand on rencontre une femme qui vaut le coup, il ne faut pas perdre de temps. Rentre chez toi, Enrico.

Enrico remonte dans la voiture et le serre dans ses bras. Puis il sort sans ajouter un mot. Il retourne rapidement à sa Golf, mais avant, il s'arrête devant une poubelle. Il l'ouvre, prend le dossier, le déchire en plusieurs morceaux et le jette dedans. Puis il monte dans sa voiture. Il regarde Alessandro une dernière fois et s'en va.

Alessandro reste encore un moment. Il rallume le lecteur CD. Il se laisse bercer par *Sandra's Theme*, de Danny Elfman, et se rappelle la dernière scène du film, la sortie de scène, le plongeon dans le fleuve. Alessandro baisse sa vitre. Un vent léger parle déjà d'été, mais tout bas. Il ferme les yeux, se laisse aller. Les Japonais. Elena. Le travail. L'amour. Et puis, l'imprévu. La fille aux jasmins. Niki. Ce manque absolu de filet de protection. L'excitation de marcher sur un fil, suspendu. Le rouge et le noir. Un plongeon là où l'eau est plus bleue.

Rien de plus. Mais est-ce qu'il y a vraiment de l'eau, là-dessous ?

Alessandro ouvre la boîte à gants. Le second dossier, le rouge, est toujours là, fermé. Avec son ruban bien serré. Il le regarde. Qu'est-ce qu'il y a, dedans ? Rien ? Tout ? Alessandro descend et va vers la poubelle. Il joue un peu avec le ruban rouge. Puis il pose le dossier, prend un briquet dans sa poche et y met le feu. Les feuilles se plient et brûlent lentement. De petites flammes crépitent, tandis que de la fumée légère monte vers le ciel, lentement, en dansant dans le vent, presque amusée, emportant tous ces secrets. Savoir ou ne pas savoir ? Là est le dilemme. Alessandro, artificier improvisé de la vie d'un autre. Petit Dieu de qui sait quelle vérité, grande ou inutile. Est-ce que j'aurais dû lui donner le deuxième dossier ? D'autres photos, d'autres secrets, peut-être de la douleur, de la trahison… Qui sait. En attendant, tout brûle. Et cette flamme railleuse s'agite dans le vent, riant presque, silencieuse. Comme si elle lisait. Elle sait. Et elle emporte avec elle toute solution possible. Il ne restera rien. Des cendres. Sinon l'amour. Et l'amour peut vraiment donner les bonnes réponses.

Alessandro prend son portable, cherche un numéro, appuie sur le bouton vert.

— Où tu es ? Oui, je sais où c'est. Je passe te prendre.

84

Madi, une jeune Philippine, nettoie des petits objets posés sur la table basse, devant les canapés. La porte s'ouvre. Alessandro entre en embrassant Niki. Avide, baisers avides. De rage, de confusion, de désir, de faim, de…

– Madi ? Mais qu'est-ce que vous faites encore ici ?

– Monsieur, le vendredi je fais jusqu'à vingt heures, vous vous rappelez pas ? Vous et l'autre dame dit de venir trois fois par semaine. Lundi, mercredi et vendredi. Aujourd'hui, vendredi.

Madi regarde sa montre.

– Dix-neuf heures trente.

Alessandro met une main dans sa poche, y trouve vingt euros et les tend à Madi.

– Aujourd'hui, vacances. Tout de suite, vacances, allez… Une promenade avec une amie, un tour dans les magasins, n'importe quoi, mais ouste.

Il la pousse vers la porte de service, dans la cuisine, celle qui donne sur l'escalier de secours. En passant, Madi attrape sa veste et son sac accrochés dans la cuisine, puis se laisse gentiment mettre dehors. Alessandro ferme le verrou, puis va au salon et ferme aussi la porte principale.

– Eh, mais où tu es ?

Dans le silence de la maison, Alessandro cherche Niki, amusé. Elle a dû se cacher. Il ouvre la porte d'une chambre. Puis de la salle de bains. Il regarde derrière un canapé, dans la chambre à coucher, sous la table. Mais une grande armoire mal refermée la trahit. Alessandro met un CD, en souriant. *Confessions On a Dance Floor*.

Puis il dit à haute voix :

– Où est la fille aux jasmins ? Où a-t-elle bien pu se cacher ?

Tout doucement, il s'approche de l'armoire. En se déshabillant. Il laisse tomber par terre sa chemise, son pantalon.

– Où est-elle ? Je sens son parfum, j'entends sa respiration, son cœur, je sens son envie, son sourire amusé...

Alessandro est nu, maintenant. Il éteint les lumières et allume une petite bougie. Puis il se glisse dans l'armoire.

– Où est le plus beau vêtement que je puisse mettre ?

Et Niki rit, en se couvrant la bouche des deux mains. Apeurée, excitée, surprise, incrédule d'avoir été découverte. Et elle se laisse embrasser, déshabiller, avec faim, avec rage, avec envie, entre les vêtements qui tombent des cintres, des costumes légers, unis, qui la caressent comme des feuilles qui, par terre, font comme un grand manteau marbré. Gris, gris clair, gris foncé, bleu rayé, craie. Un moment si doux. Ils glissent presque sur les habits. Et Niki en jette d'autres par terre. Chemises, pulls, pantalons, une confusion excitante. Alessandro la serre contre lui, roule avec elle, sent ses jambes, la touche, la serre et plonge là, dans son cou, et l'embrasse encore, baisers et petites morsures, et jambes infinies. Saveurs, odeurs, soupirs, humeurs, fuites, retours... Une mer déchaînée.

– Non, non. S'il te plaît, non...

Puis un sourire.

– Mais en fait, si. S'il te plaît, oui, oui...

Sa bouche, et ses doigts, encore. Et se perdre dans tous ses recoins, sans frontières, sans pudeur, en regardant, espionnant, résistant... En s'abandonnant.

Après la marée. Epuisés, étendus, abattus, doux, aimants, consommés dans ces draps, un peu plus loin.

– Eh, mais qu'est-ce qui t'a pris ?

Alessandro émerge entre les plis du drap. Il sourit.

– Quoi ? Où ?

– Je vois, tu n'es pas encore revenu. Tu n'avais pas l'air toi-même... Tu aimais d'une façon...

– D'une façon ?

– Sauvage, affamée. Peut-être un peu désespérée, aussi. Mais belle. C'est à cause de ta réunion de cet après-midi ?

– Plus ou moins !

– Bon, alors pour une fois… vive les réunions ! Attends, je veux te montrer quelque chose.

– Après tout ce que j'ai vu ?

– Idiot !

– Il y a d'autres étoiles ?

Niki se lève et allume l'ordinateur posé sur la table.

– Aujourd'hui, pendant que je travaillais chez Erica, on cherchait un truc sur Internet, et regarde ce que j'ai trouvé…

Son dos nu, vu de derrière, est magnifique. Alessandro s'approche et le caresse doucement. Il descend lentement jusqu'à ses hanches souples. Il s'arrête.

– Eh, comme ça je ne vais pas trouver… je fais n'importe quoi. Ah, voilà ! *www.ilfarodellisolablu.it*[1] Regarde cet endroit, comme c'est beau !

Alessandro s'assied à côté d'elle. Niki rit, amusée, heureuse, et voyage en rêvant à l'intérieur de ces pages, qui pendant un instant n'ont plus rien de virtuel.

– Tu vois, tu peux devenir gardien de phare ! Imagine, cinq cents euros et tu peux rester une semaine. Tout seul, à t'occuper de l'Île bleue.

Une série d'images s'affiche sur l'écran. Une petite clairière verte plonge dans une mer bleue, un peu plus bas. Puis des falaises. Puis, en haut, au milieu des roches, un grand phare blanc. Quelques vagues qui se brisent contre les rochers. Un panneau. Les indications pour une promenade. Et un sentier qui monte vers le phare,

---

1. « Le phare de l'île bleue ».

bordé de plantes grasses et d'arbustes marins, marqué par tous les pas qui ont voulu arriver jusque-là.

— Tu vois, de là tu contrôles les bateaux, leurs routes dans les courants dépendent de toi. Tu éclaires leur voyage, tu es le phare…

Niki s'appuie contre lui. Complètement nue, chaude, douce. Alessandro la respire tout entière.

— De même que toi tu es un phare pour moi.

Alors Niki sourit, puis elle se tourne et l'embrasse, avec cette bouche qui a encore le goût de l'amour, comme une petite fille capricieuse qui cherche un baiser et est sûre de le trouver. Alessandro prend son visage entre ses mains et la regarde dans les yeux. Et mille mots défilent dans ce regard. Silencieux, gais, romantiques, amoureux. Des mots cachés, des mots qui se courent après, des mots qui se poussent pour sortir comme un fleuve souterrain, comme l'écho lointain d'une vallée inconnue, comme ce grimpeur qui vient péniblement d'arriver au sommet d'une montagne et là, seul, hurle tout son bonheur au vent, aux nuages qui l'entourent. Niki baisse les yeux, puis le regarde à nouveau.

— À quoi tu penses ?

Alessandro lui sourit.

— À rien. Excuse-moi, je suis en pleine mer. Tu es mon phare. Ne t'éteins pas.

Après une douche. Après un apéritif en peignoir. Après un tour sur la terrasse, à parler de tout et de rien. Après quelques autres baisers. Après quelques blagues. Et un cri. Et une petite course poursuite, pour jouer. Après que le voisin est à nouveau sorti sur sa terrasse pour contrôler. Après qu'ils se sont cachés. Après avoir ri. Après. Voilà, après tout ça, Niki a faim. Alessandro sourit.

– Moi aussi. J'ai une idée. On va aller…

– Où ça ?

– Pas jusqu'au phare de l'Île bleue, mais dans un endroit très mignon.

Ils se préparent en vitesse, prennent la voiture et arrivent devant le restaurant Orient Express à San Lorenzo.

– Je ne connaissais pas ! Mais c'est une vraie locomotive ! Et on mange dans les wagons. Trop fort ! Comment tu connais ça, toi, hein ?

Elle le regarde avec suspicion.

– Est-ce que par hasard tu ne fréquenterais pas une autre fille de dix-sept ans, ou bien une un peu plus vieille, qui a déjà passé son bac et qui n'a rien à faire de ses journées ?

– Mais non. C'est Susanna, la femme de Pietro, elle aime bien trouver de nouveaux endroits, savoir tout ce qui se passe dans la ville.

– Elle me plaît, cette femme. D'ailleurs, j'ai trouvé Pietro sympa, l'autre jour, au déjeuner.

Alessandro se gare et descend.

– Bon… Alors. Pietro, tu ne l'as jamais vu.

– Mais comment ça, je ne l'ai jamais vu ? Tu es bête, ou quoi ? Il nous a même invités à déjeuner !

Alessandro lui prend la main et frappe doucement contre son front.

– Toc toc, il y a quelqu'un ?

Niki soupire.

– Oui, il y a plein de gens. Dîners, fêtes, gaieté et pensées joyeuses. Qui est-ce que tu cherchais ?

Alessandro sourit.

– Je cherchais celle qui ne dira jamais à Susanna, la femme de Pietro, qu'elle le connaît…

– Ah…

Niki sourit.

– J'ai compris. Excuse-moi, celle-là, elle était sortie faire un tour.

– Bon, maintenant on entre, alors fais attention…

– Pourquoi, il y a tes amis ?

– Bien sûr, sinon pourquoi je t'aurais dit tout ça ? Veinards, dans ta petite tête, encore en train de faire la fête, hein ?!

Alessandro indique à nouveau la tête de Niki.

– Sauf quand tu nous forces à travailler pour les Japonais ! Allez, on entre.

85

Roberto est au salon. Il a mis de la musique. Il verse du vin blanc dans deux verres. Frais, du Soave, un vin blanc sec de Vérone. Il a envie d'être un peu seul avec sa femme, de l'embrasser, d'être romantique, et puis, pourquoi pas, plus tard, de se perdre entre les draps. Ça fait longtemps que ça n'est pas arrivé. Faire avancer une histoire d'amour, ça nécessite aussi un peu de travail sentimental. Ça aide. Ça sert de liant. Roberto se détend. Lui non plus, il n'aime pas prendre de décisions à la va-vite, dans ce domaine. Si Simona entendait ces pensées, ça barderait pour lui. Pour elle, l'amour, c'est l'amour, un point c'est tout. Amour par hasard, amour naturel, amour envie d'aimer. Un peu comme dans ce film, *Family Man*, quand Nicholas Cage entre dans une dimension qu'il n'a pas réellement vécue, celle que Dieu, un beau jour, décide de lui faire entrevoir : comment les choses se seraient passées s'il avait épousé cette femme,

s'il avait eu des enfants avec elle, s'il avait tenu une promesse faite il y a des années, si… tous ces si qui, trop
souvent, nous gâchent la vie. Sans avoir un bon Dieu
réalisateur qui nous donne une réponse. Jack Campbell,
riche homme d'affaires, vit dans un loft luxueux, a plein
de femmes et roule en Ferrari. Mais un matin, le jour de
Noël, il se réveille dans le New Jersey avec à ses côtés
Kate, sa fiancée du lycée. Il voit ce qu'aurait pu être sa
vie. Et tout doucement il comprend qu'il ne serait peut-
être pas devenu aussi riche qu'il ne l'est aujourd'hui,
sûrement pas, mais qu'il aurait sans aucun doute été plus
heureux. S'il n'était pas parti travailler dans une autre
ville, en promettant de revenir. Promesse jamais tenue.
Et alors Dieu, une fois n'est pas coutume, lui donne la
possibilité de revenir en arrière, ou mieux, d'avoir une
autre occasion de ne pas décevoir Kate, sa Kate du lycée.
Roberto place un coussin derrière lui, tout en pensant à
ce film. Il est satisfait, tranquille, il ferme les yeux et soupire. Un moment de bonheur rare. Mais il se dit que le
bonheur ne doit pas être un point d'arrivée, mais un style
de vie. Qui disait ça ? Un Japonais. Ils sont forts, parfois,
ces Japonais. Voilà, moi j'ajouterais que le bonheur est
la capacité de savoir que tout ce qu'on est en train de
vivre, et même le simple fait de vivre, ne nous est pas
dû. Comme ça, on peut être heureux tout simplement,
sans trop de présomptions. Il ferme les yeux. Mais c'est
quoi, ces pensées ? La vie est simple, plus simple : c'est
un bonbon, pas trop sucré, qu'on devrait laisser fondre
dans sa bouche, doucement, sans le croquer, en le suçant.
Comme je vais faire avec ma femme tout à l'heure. Moi,
je ne suis pas Jack. Moi, j'ai tenu ma promesse. J'arrive
même à bien gagner ma vie. Qu'est-ce que je peux avoir
de plus ? Je pourrais ne pas m'en contenter, mais bon…
c'est ça, le secret…

La musique s'arrête d'un coup. Roberto ouvre les yeux. Simona est debout près du lecteur CD. Son doigt est encore sur le bouton *power*. C'est elle qui a éteint. Et puis, encore pire, elle sourit. Elle fait un de ces sourires qui sont tout un programme. Roberto n'a aucun doute. Il le connaît, ce sourire. Derrière ce léger mouvement des lèvres, derrière cette rangée de petites dents droites, se cache toujours une histoire invraisemblable… Drame, abandon, erreur. Excuse-moi, mais j'ai rencontré quelqu'un d'autre. Excuse-moi, mais je m'en vais. Excuse-moi, mais j'ai fait une bêtise. Excuse-moi, mais j'attends un enfant… Excuse-moi, j'attends un enfant, mais pas de toi. Excuse-moi, mais je ne sais vraiment pas comment te le dire. Excuse-moi, mais… bref, n'importe quel sujet, de n'importe quel genre, avec n'importe quel résultat, mais toujours avec une unique certitude… Ce que Simona va dire commencera par excuse-moi, mais…

Roberto n'en peut plus d'attendre. Il prend appui sur ses bras, recule ses fesses et se met bien contre le dossier du canapé.

– Qu'est-ce qu'il y a, Simo, pourquoi tu as éteint ? Tu as quelque chose à me dire ?

– Pardonne-moi…

Pardonne-moi. Mince, pense Roberto. Ce n'est pas excuse-moi… C'est pardonne-moi ! Merde ! Ça, je n'y avais pas pensé. Ça n'était encore jamais arrivé. Excuse-moi, mais… ce n'est rien, à côté de pardonne-moi. Pardonne-moi, ça veut tout dire. Merde, merde, merde. Qu'est-ce que tu as fabriqué, mon amour ? J'ai peur rien que d'y penser. OK, OK, mieux vaut rester calme. Ouvert. Confiant. J'ai lu le manuel. Ne pas croiser les bras. Ouverture. Générosité. Écoute. Qu'est-ce qui s'est passé, mon amour ? Gentillesse, gentillesse, gentillesse.

Et même fausseté, si ça peut servir. Tout pour arriver à la vérité.

– Dis-moi tout, mon amour, il n'y a pas de problème, vraiment, c'est comme si je t'avais déjà pardonné.

Roberto se force à sourire. Simona lâche ses cheveux et va lentement vers le fauteuil en face de lui. Elle s'assied, mais lentement. Trop.

– Mais non, je disais pardonne-moi, tu étais en train de te détendre avec de la musique et moi je l'ai éteinte comme ça, sans te prévenir.

– Ce n'est pas grave.

Roberto pose ses mains près de ses genoux.

De nouveau ce sourire… Ouverture. Gentillesse. Disponibilité. Acceptation. Tranquillité. Comme dans le manuel.

– Dis-moi, qu'est-ce qu'il y a ?

– Mais rien.

Simona sourit et met ses mains entre ses jambes, posées l'une sur l'autre. On dirait presque une petite prière. Roberto la regarde d'un air inquiet. Mon Dieu. Mains entre les jambes, fermées, rapprochées. Que disait le manuel ? Je ne me rappelle pas. Il plisse les yeux en tentant de visualiser la page. Il y avait même une photo de mains. Mais comment elles étaient ? Et puis, il y avait aussi la photo d'une personne. Oui. Mon Dieu. Sainte Marie. Mains jointes. Signe d'une requête extrême. Requête de quelque chose qui est au-dessus de tout. Inhabituel. Parfois impossible à réaliser, c'est pour ça qu'on unit les mains comme pour une prière, parce que seul un saint peut dire oui. Attention, une requête va arriver. Roberto la regarde et sourit, impassible, en essayant d'être le plus saint possible, celui qui exaucera son souhait. Ou du moins, c'est ce qu'il essaye de lui transmettre, avec ce sourire.

– Dis-moi, ma chérie, quel est le problème ?

– Je ne pense pas que ça soit un problème.

– Si tu me disais de quoi il s'agit...

Gentillesse, calme, ouverture, sérénité.

– ... Si tu m'en disais un peu plus, que je puisse comprendre et juger, moi aussi.

Il bouge un livre sur la table, exactement comme disait le manuel, « avoir l'air désintéressé, s'occuper d'autre chose pendant la prière, rendra la confession plus facile ». Roberto, en se rappelant le mot « confession », fléchit. Le livre glisse sur le côté, manque de tomber, mais il fait comme si de rien n'était. Simona le regarde. Elle plisse un peu les yeux, l'étudie pour mieux comprendre ce qu'il en est. Est-ce qu'il est vraiment aussi relaxé et bien disposé qu'il en a l'air ? Ou est-ce qu'il fait semblant ?

– Alors ?

Roberto se tourne et lui sourit à nouveau.

Simona décide de jouer sa dernière carte.

– Ça ne fait rien, on peut peut-être en parler tranquillement demain.

Du calme. Mais je suis calme, moi, très calme.

– Là il est tard, tu sais.

Elle l'a dit. Et maintenant, Simona sait bien qu'il y a deux possibilités. Si Roberto faisait semblant d'être détendu, maintenant il va se mettre à crier comme un fou, des trucs du genre « maintenant tu vas me dire, tu as compris, tu me casses les couilles avec tous ces préliminaires », ou même pire. Ou alors, s'il est vraiment tranquille, alors il dira juste « comme tu veux », « comme tu préfères », ou encore « fais pour le mieux, comme toujours ».

Roberto est surprenant. Il n'est pas détendu. Il est plus que ça.

– Je voudrais le savoir, parce que je crois que c'est quelque chose qui nous concerne tous les deux, et particulièrement toi, parce que je te trouve tendue… mais si tu préfères qu'on remette ça à demain, ça va aussi.

Je te trouve tendue. Bien. Montrer qu'il s'inquiète pour elle, quelle que soit la requête, passe après l'amour et l'importance qu'on donne à l'autre. Ce chapitre n'était pas dans le manuel. Roberto a compris toutes les règles, maintenant. Et même, Roberto est lui-même le manuel, désormais.

Simona sourit, bouge un peu ses jambes et finit par les recroiser. Mais pas comme Sharon Stone, non. Comme une petite fille. Et elle sourit toujours. Elle s'est détendue, maintenant, pense Roberto. Tant mieux. Elle frotte un peu ses mains, joue avec, puis les pose sur son ventre, sereine et heureuse. Bien. Il n'y a pas de problème. Roberto est vraiment détendu, maintenant. Simona lui sourit. Je peux tout lui dire.

– Aujourd'hui, je suis sortie avec Niki.

Roberto prend un air tranquille pour l'encourager à continuer.

– Ah, c'est ça… pendant un instant, j'ai pensé que…

Mais il s'aperçoit du regard de sa femme, qui s'aventure vers une plage privée…

– … que Niki n'était pas à Rome. C'est bizarre, je me demande pourquoi.

Simona se détend à nouveau. Roberto tente de rattraper le coup. Il prend son livre mais ne l'ouvre pas, par politesse. Et pour montrer qu'il est attentif à l'autre et à ce qu'elle va dire. Page trente du manuel. Il veut lui faire comprendre que quoi qu'elle dise, ensuite il lira son roman. Tranquillement. Aucune nouvelle ne pourra le déranger. Il lui sourit.

– On s'est amusées… et on a parlé.

– Ah.

Roberto joue avec le livre, mais l'attente le consume. Il voudrait lancer ce livre, ou même prendre ce manuel qui l'oblige à faire toute cette psychologie et le déchirer en mille morceaux. Simona, le voyant si tranquille, lui en concède un peu plus.

– Nous avons parlé d'elle, de son histoire d'amour.

– Ah.

Jusqu'ici, rien de mal, pense Roberto. Mais alors, qu'est-ce qu'il y a ? Qu'est-ce qui s'est passé ? Il y a quelque chose ? Du calme, du calme. Il faut avoir du tact.

– Écoute, Simona, c'est toi qui me l'as dit. Tu sais quelle aurait été ma manière d'affronter ce problème…

– Et tu as été très fort.

– Même s'il me semble absurde que quelqu'un soit venu chez nous, que tu aies parlé avec lui, que ce quelqu'un n'ait pas été le promoteur que nous attendions, et surtout il me semble absurde que maintenant on fasse tous les trois comme si de rien n'était, que nous n'abordions pas le sujet…

– Mon amour, en famille on se comporte trop souvent comme ça, ça t'est arrivé dans la tienne quand tu étais petit, ou dans la mienne… On accepte des choses en silence, on fait semblant de rien pour pouvoir vivre en paix… Nous avons décidé de ne pas la prendre en otage sinon, en bonne rebelle qu'elle est, elle se serait encore plus battue contre tout et tout le monde pour rester avec ce type qui a vingt ans de plus qu'elle.

– Rien qu'à t'entendre, je me sens mal, tu ne peux pas savoir… Je crois que je ne vais pas fermer l'œil de la nuit. Ne m'y fais pas penser… Et alors, qu'est-ce qui s'est passé ? Elle s'est remise avec l'autre ? Celui d'avant ? Le chanteur loser ?

– Roberto ! Non, ça non, quoi qu'il en soit.

Ah, alors ce n'est pas ça non plus.

– Elle s'est mise avec un autre ?

Roberto la regarde et ouvre les bras.

– Allez, mon amour, c'est normal, ça arrive à son âge, on se quitte, on se remet ensemble. Tu te rappelles, toi, avant de me connaître…

– Oui, je m'amusais bien.

– Tu mens. Tu t'ennuyais. Et puis tu m'as rencontré et tu as connu le vrai amour. Voilà, tu vois, peut-être que Niki aussi connaîtra l'amour, tôt ou tard. Rappelle-toi, mon amour, qu'elle n'a que dix-sept ans.

– Oh, ça, je sais. Je ne l'oublie pas.

– Moi, je n'arrive pas à oublier que son nouveau petit ami a presque trente-sept ans.

– En fait, quand on est sorties, elle m'a dit qu'elle était avec quelqu'un d'un peu plus âgé qu'elle, mais elle a fait semblant de ne pas savoir que je savais, elle n'a pas eu le courage de me dire qu'il a vingt ans de plus qu'elle !

– Mais c'est normal… Tu es sa mère, et c'est déjà bien qu'elle ne nie pas tout en bloc…

– Ah, tu la défends, en plus… Alors sache qu'elle a été allusive sur l'âge mais qu'elle m'a dit que c'est l'homme de sa vie, que ses intentions sont très sérieuses…

– Mon Dieu… Elle est enceinte.

– Mais non… Elle est juste amoureuse…

– Mais peut-être que ces vingt ans d'écart vont peser, à un moment, il ou elle va se rendre compte… et ça lui passera…

– Tu es cynique… Mais je crois que c'est plus sérieux que ce qu'on pensait…

– Pourquoi ?

– On est allées faire du shopping, je lui avais dit qu'elle pouvait s'acheter quelque chose, ouverture maximale pour la faire parler…

– Et alors ?

– Elle n'a rien voulu acheter.

– Mon Dieu… Alors on est dans de beaux draps.

86

Pietro et Susanna, Flavio et Cristina, Enrico et Camilla sont dans le dernier wagon de l'Orient Express. Camilla sourit en voyant Alessandro arriver de loin.

– Ah, Alex est arrivé !

– Où ça ?

– Là-bas, au fond…

Susanna regarde mieux.

– Mais qu'est-ce qui se passe, il s'est remis avec Elena ?

– Non…

Camilla lui donne un coup de coude.

– … ce n'est pas Elena, avec lui…

– Et qui c'est ?

Cristina prend une gorgée de vin.

– Vous êtes aveugles, ou quoi, vous ne voyez pas que cette fille a vingt ans de moins qu'Elena… et que nous.

Enrico sourit et mange un morceau de pain. Pietro déglutit, inquiet de ce qui pourrait se passer. Alessandro et Niki s'approchent de la table.

– Ah, vous voilà, on ne vous voyait pas. Elle, c'est Niki.

– Enchantée !

Niki serre d'abord la main à Camilla, puis à Susanna, à Cristina, et enfin aux hommes.

– Et voici Enrico, Flavio…

Pietro est de plus en plus inquiet. Il essaye d'éviter son regard.

– Et moi je suis Pietro, enchanté.

Niki fait semblant de rien.

– Salut, enchantée, Niki !

Alessandro avise deux places libres.

– On s'assied ici ?

– Bien sûr.

Alessandro s'assied à côté de Pietro et laisse Niki en bout de table.

– Je vais me laver les mains, vous m'excusez ?

Alessandro, qui s'était déjà assis, se relève puis sourit à Niki qui s'éloigne. Cristina la regarde.

– Jolie, cette fille, très jolie.

Elle regarde Alessandro.

– Merci.

– Comment tu l'as rencontrée ?

– Un accident de voiture.

– Vraiment ?

Camilla sourit.

– Quelle drôle de coïncidence. Enrico et moi, on s'est rencontrés parce que je n'avais plus d'essence dans mon scooter, et lui il m'a gentiment aidée.

– Oui, mais à l'époque vous alliez tous les deux au lycée, sourit Cristina. Ce jour-là, Niki aurait pu le suivre en poussette…

Alessandro déplie sa serviette et sourit.

– Non, en fait je crois qu'elle était encore un doux rêve pour ses parents.

– Quoi ?

Camilla ouvre la bouche.

— Mais Enrico et moi on s'est connus il y a vingt ans…

— C'est bien ça, elle est arrivée trois ans plus tard.

Susanna compte sur ses doigts…

— … Elle a dix-sept ans ?

Pietro intervient.

— Vous voyez ? Ma femme sait tenir les comptes, à part ceux de la maison.

Cristina regarde Alessandro, un peu tendue.

— Et qu'est-ce que ça veut dire ? Que de temps en temps tu vas sortir avec elle et ses copines, et que tu emmèneras aussi tes amis, c'est-à-dire nos maris ?

Alessandro essaye de ne pas regarder Enrico et Pietro.

— Mais non, quel rapport. On se voit, c'est tout. Je ne sais pas comment ça va évoluer. Je pense qu'il n'y a pas de quoi s'inquiéter…

Camilla le regarde, désolée.

— Ça veut dire que tu sais déjà que ça ne va pas durer ? Alors tu es vraiment un salaud. Elle a l'air solaire, ouverte, peut-être qu'elle y croit. Elle le vivra très mal.

— Mais non, je voulais juste dire que ce n'est pas la peine de vous inquiéter pour mes amis, c'est-à-dire vos maris.

Alessandro sent son portable vibrer dans sa poche. Un message. C'est Niki. « Alors, comment tu t'en sors avec la rafale de questions ? Tu survis ? Je reviens, ou je t'attends aux toilettes et on s'enfuit ? »

Alessandro sourit et répond le plus vite qu'il peut. « Ton phare les a aveuglés. Reviens, tout va bien. » Puis il remet le Motorola dans sa poche.

— Excusez-moi. Écoutez, je ne sais pas quels étaient vos rapports avec Elena. Maintenant, il y a Niki. J'aimerais seulement que vous fassiez sa connaissance. Et puis, comme on est amis, peut-être qu'on en parlera. On s'est toujours tout dit, non ?

Juste à ce moment-là, Niki apparaît au bout du couloir. Cristina baisse la tête pour ne pas se faire voir.

— La voilà, elle revient.

Susanna sourit.

— Ça me fait plaisir de la rencontrer. Mais tu sais à quoi je pense… que ma fille a treize ans. Dans quatre ans, elle pourrait nous ramener un type comme toi…

— Et alors ?

— Rien, je me dis que c'est idéal, ce dîner, au moins je me prépare psychologiquement pour l'événement, quand ça sera le tour de ma fille !

Tout le monde éclate de rire, juste au moment où Niki revient à table.

— Eh, qu'est-ce qui se passe ? De quoi vous parliez ?

— De toi, dit Alessandro. On te faisait plein de compliments. Ils ont décidé de tous retourner au lycée, si c'est l'effet que ça fait !

Niki s'assied.

— L'effet peut être bon, mais vous ne pouvez pas savoir comme le prof d'éducation physique est sévère !

Tout le monde continue à rire. Alessandro met la main sous la nappe et lui serre la jambe, pour lui donner confiance. Niki lui sourit.

— Messieurs dames, excusez-moi, mais vous avez choisi, vous voulez commander ?

Un serveur habillé en chef de train s'est matérialisé devant eux.

— Oui, bien sûr… qu'est-ce que c'est, les pâtes tchou-tchou ?

Le serveur explique différents plats. Quelqu'un commande de l'eau minérale.

– Apportez une bouteille d'eau plate et une d'eau gazeuse.

– Vous pouvez aussi apporter du pain chaud pour accompagner les hors-d'œuvre ?

– Et un bon Shiraz pour arroser le tout.

– Pour moi, juste une salade verte.

Parce que, on ne peut rien y faire, il y a toujours quelqu'un au régime. Ou du moins, qui essaye, devant les autres. Et puis, il y a aussi celui qui veut tenter les plats insolites.

– Qu'est-ce que c'est, les fromages fantaisie ?

– Des fromages accompagnés de différents miels, selon les saveurs.

– Parfait, je prends ça.

La soirée se poursuit, lente, douce-amère, savoureuse. Des pâtes, suivies de drôles de mélanges de poisson et de légumes.

– Ces brocolis aux crevettes sont délicieux. Quelqu'un veut goûter ?

Finalement, la différence d'âge n'est pas si importante, devant un bon dîner.

– Pendant qu'on attend la suite, on va fumer une cigarette dehors, ça vous dit ?

– OK, alors d'abord on sort entre hommes.

– Mufles !

– Mais vous vous n'êtes que deux à fumer !

– Mufles quand même !

Pietro, Enrico, Alessandro et Flavio sortent du restaurant. L'un d'eux s'assied sur un banc, un autre s'appuie contre un mur.

– Tu as une cigarette ? demande Pietro.

Flavio lui en offre une. Pietro l'allume, tire une bouffée, puis commence à parler.

– Quelle trouille, quand je vous ai vus entrer. Je me suis dit, si elle me salue, ça va chauffer. Qui aurait pu faire croire à Susanna que je l'ai rencontrée par hasard…

Enrico jette sa cendre par terre.

– En effet, ça ne s'est pas passé comme ça.

Flavio est curieux.

– Pourquoi, comment ça s'est passé ?

– Mais rien, intervient Alessandro, on est allés déjeuner un jour avec Niki et ses amies.

Pietro donne un coup de coude à Flavio.

– Tu sais, le jour où on t'a appelé mais tu n'es pas venu, comme d'habitude.

– Tant mieux ! Vous êtes fous. Alex, tu m'impressionnes. Mais imagine que nos femmes l'apprennent par hasard, qu'est-ce qu'elles penseront ? Tu comprends bien qu'elles ne nous feront plus jamais confiance… Elles ne nous laisseraient plus sortir avec toi. Même s'il ne s'est rien passé…

Alessandro acquiesce.

– Et pense que Pietro était sur le point d'aller faire un tour de scooter avec Olly, une amie de Niki, et qu'il a rencontré Susanna !

– Non !

– Si !

– Et qu'est-ce qu'il a dit ?

– Bah, je ne sais pas trop, que c'était une fille qui lui avait demandé un renseignement dans la rue…

Flavio les regarde.

– Écoutez, moi je ne veux pas de problèmes.

Il jette sa cigarette et retourne à l'intérieur. Pietro lui crie :

– Mais quels problèmes ? C'est la vie, Flavio, la vie !

Mais il est déjà rentré, il ne l'entend pas.

– Mais vous vous rendez compte ? Flavio est fini, lobotomisé. De temps en temps on a le droit de respirer un peu sans sa femme, mince ! Bon, d'accord, moi j'exagère, parfois, mais lui il exagère dans l'autre sens.

Puis Pietro regarde Enrico.

– Voilà, il faudrait un équilibre comme le vôtre ! Comme toi et Camilla. Vous êtes heureux, vous êtes libres, sans oppression, phobies ou contrôle permanent, non ?

Enrico sourit. Alessandro le regarde.

– C'est vrai… Bon, allez, on rentre. Je ne voudrais pas que Flavio, se sentant plus léger en notre absence, dise un mot de trop.

Alessandro, Pietro et Enrico rentrent juste au moment où Camilla, Cristina, Susanna et Niki sont en train de sortir.

– Changement de tour…

Tout le monde se sourit. Les deux seuls à échanger un rapide baiser sont Niki et Alessandro. Susanna allume une cigarette.

– J'aurais voulu être une petite souris pour écouter ce qu'ils se sont dit.

Cristina en allume une, elle aussi.

– Mais non ! Ils ont dû parler des trucs habituels. Peut-être que Flavio aura remarqué cette blonde, à la table du fond… qui est entièrement refaite, d'ailleurs !

– Laquelle ? demande Niki.

– Celle qui est derrière toi, tu ne l'as peut-être pas vue. Pietro aussi y jetait un œil, de temps à autre.

Susanna soupire en recrachant un peu de fumée.

– Imagine… Lorenzo, mon fils, quand il voit la publicité pour Vodaphone, il a les yeux brillants. Moi je lui ai demandé : « Mais pourquoi elle te plaît tant ? » Et il m'a répondu : « Parce qu'elle a des seins énormes ! »

Susanna mime un bon 95C.

– Vous avez compris, c'est tout son père, malade depuis l'enfance.

Elles rient, plaisantent et continuent à bavarder. Niki écoute, amusée, elle sourit, acquiesce, essaye de participer. Mais il y a les problèmes d'enfants, de nounou, de courses, de coiffeur, d'une amie à eux qui s'est séparée, d'une autre qui attend son troisième enfant. Et puis, l'histoire bizarre de la meilleure amie de cette dernière qui, l'ayant appris, en veut un elle aussi. La première a eu un enfant… Un mois plus tard, l'autre était enceinte. La première a eu un deuxième enfant… Un mois plus tard, l'autre était enceinte. Et maintenant… Elle a sûrement dû forcer son mari à travailler à un troisième enfant. Et ainsi de suite. Elles rient. Et Niki ? Niki se demande si sa vie ressemblera à ça. Est-ce que ce sera ça, la route éclairée par mon phare ? Pour l'instant, j'ai juste envie de dire une chose. Une chose géniale. Que je voudrais leur crier, à toutes. Eh, les filles, femmes des amis d'Alex, vous êtes au courant ? C'est de nouveau la mode du « longboard », la grande planche de surf et sa danse effrontée sur la mer ! Mais elle imagine leurs têtes, si elles apprenaient cette nouvelle surprenante.

– Et toi, Niki, qu'est-ce que tu en dis ?

– Hein ?

– Du fait d'avoir quatre enfants.

– Bah, du moment que tu t'en occupes vraiment et que tu ne prends pas une Philippine, alors oui, je suis d'accord.

– Donc Alessandro a un futur plein de petits ?

– Bah, pour l'instant il faut se demander s'il veut d'un futur avec moi…

Camilla sourit.

– Tu as raison, mieux vaut ne pas se presser…

Cristina demande, curieuse.

– Et tes parents, qu'est-ce qu'ils disent du fait que tu sois avec... oui, bon, avec quelqu'un de plus âgé que toi ?

Niki la regarde.

– Oh, ils disent et ils ne disent pas. Ils suspectent, en fait.

Cristina insiste.

– Mais ils l'ont rencontré ?

Niki y réfléchit. Ce n'est peut-être pas la peine de leur raconter l'équivoque du promoteur financier.

– Oh, maman a parlé avec lui, et je crois qu'il lui a plu. Disons qu'Alex a fait bonne impression.

Camilla sourit.

– Oui, Alessandro est un type super. Il inspire confiance à une mère.

Niki se rappelle l'équivoque.

– Oui, c'est vrai. Je crois vraiment que ma mère investirait sur quelqu'un comme lui.

Cristina et Susanna se regardent, curieuses, ne comprenant pas bien l'expression.

Niki s'en aperçoit.

– Dans le sens où elle prendrait le risque de la différence d'âge pour miser sur le bonheur de sa fille...

– Ah, d'accord.

Elles décident de rentrer. Le dîner se poursuit tranquillement et sereinement, ils goûtent aux poissons, aux légumes, et prennent tous des fruits en dessert.

– Il y a de l'ananas ? Alors, pour moi, de l'ananas, comme ça au moins je brûle un peu de graisse.

Et finalement, des gâteaux, et une entorse à la règle. Et puis, comme d'habitude.

– Pour moi, un café.

– Combien de cafés ?

– Vous avez de la chicorée ?

– Moi au lait, et froid.

– Moi un déca, et attention, hein, sinon je ne dors pas.

Puis, comme d'habitude au restaurant, l'addition, avec la question rituelle :

– Vous voulez une liqueur de citron, une grappa, un digestif ?

Un peu plus tard. Dehors. Derniers bavardages, poignées de main, bises. Tout le monde monte dans sa voiture avec la promesse de se revoir bientôt. Et avec une nouvelle curiosité en tête.

87

Chambre indigo. Elle.

Il est tard. Après-demain, c'est le grand jour. Quelle peur. Elle ferait peut-être mieux d'aller se coucher. Mais, comme toujours, c'est comme si l'ordinateur éteint sur le bureau l'appelait. Elle ne l'a pas encore ouvert, ce dossier. Mais le nom la rend trop curieuse. « Le dernier coucher de soleil. » Qu'est-ce que ça peut être ? La fille clique dessus et l'ouvre. D'autres documents Word. D'autres mots.

Cette clarté suspendue entre les persiennes et la mer. Mer et terre. Terre d'hiver, couverte de jaune. Mer, ce jaune tombé des feuilles qui recopient le sol. Mer et terre, incertaines et lointaines, qui essayent de se dire mais ne savent pas parler.

… Mais ne savent pas parler. Mince. C'est beau. C'est une espèce de poésie ? Un peu différent de tout ce que j'ai lu jusqu'ici dans cet ordinateur, qui ressemble à une malle au trésor dans une histoire de pirates. Ou à la lampe d'un Aladin qui s'amuse à la surprendre chaque soir, avant d'aller se coucher. Elle continue à lire.

Si tu es là et que tu choisis d'y rester, alors rappelle-toi les choses que tu ne sais pas, garde-les bien secrètes, ne les laisse pas s'échapper, un jour viendra où tu pourras les comprendre.
Si tu es là et que tu sais comment aimer, alors rappelle-toi les choses que tu donnes, garde-les ailleurs, ne les laisse pas revenir, un jour viendra où tu pourras les retrouver.
Si tu es là et que tu penses à partir, alors rappelle-toi les choses que tu veux, garde-les au chaud, ne les mets pas de côté, un jour viendra où tu pourras les mériter.

Elle s'arrête. Un voile léger et humide lui couvre soudain les yeux. Qu'est-ce qui se passe ? Pourquoi ces mots qui entrent font-ils si mal ? Est-ce que je l'ignore vraiment ? pense-t-elle en regardant l'écran, comme si un oracle antique venait de lui donner la réponse qu'elle cherchait depuis longtemps. L'amour est dans ces quelques lignes, l'amour comme elle le voudrait et comme elle n'a plus. Ou peut-être comme elle n'a jamais eu. Parce que l'amour n'est pas et ne peut pas être de la simple affection. Ce n'est pas de l'habitude ou de la gentillesse. L'amour est folie, c'est le cœur qui bat à deux cents à l'heure, la lumière qui descend le soir quand le soleil se couche, l'envie de se lever le matin juste pour se regarder dans les yeux. L'amour est ce cri qui l'appelle et lui fait comprendre qu'il faut changer. Lui. Elle se rappelle les moments vécus ensemble, les choses qu'il lui a toujours dites, son visage. Mais nous ne savons pas parler. Nous ne nous faisons pas de bien. Une larme chaude descend sur sa joue et tombe sur ses jambes nues. Peut-être que cette fille assise à son bureau, un soir de printemps, immobile devant un portable trouvé par hasard, éclairée par une lampe Ikea, ne sait pas encore ce qu'est l'amour. Mais, c'est sûr, elle sait ce que ça n'est pas.

Et des feuilles tombent, tels des soleils, et la neige tombe, mousse sur la mer. Deux personnes sont ensemble, on dirait un final.

Ce final qui lui manque et qui lui a toujours manqué. Ce final qu'elle a cherché comme une réponse qu'elle n'avait pas le courage de donner, pas même à elle-même. Ce final est peut-être arrivé. Il défile devant ses yeux comme le générique du film d'un amour terminé. Oui, le moment est venu de lui dire. C'est le moment de lui dire que ça a été beau, que même si les acteurs sortent de scène, le théâtre de la vie reste ouvert et prêt pour de nouveaux spectacles, que je lui souhaite tout le bien du monde et que je suis désolée. Mais le final est arrivé. Elle éteint l'ordinateur. Elle prend son sac et sort. Quand le cœur a décidé, quand il a trouvé le courage de changer de voie, il n'y a plus rien à attendre.

88

La portière de la voiture s'ouvre d'un coup. Elle se précipite à l'intérieur. Il la regarde.

– Je ne pensais pas que tu viendrais.

– Je suis curieuse, tu sais.

– Oui, mais ce matin, au lycée, tu n'as pas dit oui.

– Quel rapport, il y avait les autres juste derrière, je n'avais pas envie qu'elles m'entendent.

– Allez, on y va.

Ils démarrent et entrent dans le flux de la circulation nocturne. Une flopée de mp3 passe dans le lecteur.

– Le meilleur qu'il y ait, poupée. Bow Wow + Chris Brown, Jim Jones, Fat Joe…

– Que du hip-hop.

– Bien sûr. Et encore, je ne te fais pas écouter les trucs mythiques, Sangue Misto, Otierre et Colle der Fomento.

Elle écoute et parle. Mais elle parle trop, comme quand on est mal à l'aise. Elle pense qu'elle fait peut-être une erreur. Mais elle est curieuse, trop curieuse. Depuis des mois. Il est fort, il est beau. Et puis, maintenant, il est libre. Merde, je ne fais rien de mal. Un petit tour, rien de plus. La voiture se déplace à droite, à gauche, passe d'une file à l'autre comme elle peut. Feux, déviations, stops.

– Nous y voilà.

– On y va tout de suite ?

– Bien sûr. On va pas rester ici. Comme ça, je te fais écouter…

Ils descendent de la voiture et entrent dans un immeuble. L'ascenseur descend au –1. Ils prennent un long couloir sombre où sont alignées des portes de parking en tôle. Il s'arrête devant l'avant-dernière.

– C'est ici.

Il glisse la clé dans la serrure du bas et tire sur la poignée. La porte se lève. Une lumière s'allume automatiquement. Le garage est très grand, il y aurait de la place pour deux voitures, mais il n'y en a aucune. Il a été complètement transformé en studio. Il y a tout ce qu'il faut. Instruments, mixer, amplificateurs, trois micros.

– C'est complètement insonorisé. De dehors et d'au-dessus, on n'entend rien. Même pas les vibrations. Au lieu de mettre de la gomme isolante, qui ne permet de gagner que quelques décibels, j'ai fait construire des parois qui isolent d'un côté et qui propagent le son de l'autre, pour un champ sonore plus diffus, puis j'ai fait du bossage sur la moitié et j'ai mis des tapis par terre. Il y a même des résonateurs acoustiques. C'est ici que j'ai commencé, que je répète, que je crée, que je m'amuse. Et que personne ne me casse les couilles.

– Dis donc, tu t'y connais en technique. C'est super, ici ! Je peux essayer le micro ?

– Non, d'abord il faut que tu m'essayes, moi…

Il l'attrape par-derrière en la faisant tourner. Puis il l'embrasse longuement sur la bouche.

Et elle pense que ce n'est peut-être pas bien, qu'elle ne devrait pas être ici, que monter dans cette voiture était une erreur, qu'elle aurait pu résister à cette tentation et, pour une fois, ne pas donner raison à Oscar Wilde. Mais les mains du jeune homme la troublent, la font frisson-ner, la cherchent et la trouvent. Et les bouches jouent à s'attraper, les respirations s'impatientent, le rythme s'accélère, comme une chanson que tu viens de compo-ser, que tu avais en tête depuis longtemps mais que tu n'avais pas le courage de jouer.

– Tu es fantastique…

– Chut. Ne parle pas.

Ils continuent, ils s'accordent un *bis*, comme des artistes sur scène qui ne jouent pas les stars, qui ne se font pas prier. Mais une note résonne dans sa tête à elle, une sensation de faute qu'aucune paroi ne pourra absorber, qu'aucun casque ne pourra isoler. Olly y pense un instant. Mais ce n'est qu'un instant. Puis elle se laisse aller, comme une onde rebelle qui se laisse porter par le courant. Elle ferme les yeux. Elle préfère ne pas y penser. Parce que, parfois, mieux vaut ne pas trop fouiller sa conscience…

« …Et je voudrais une magie qui s'allume le matin et qui ne s'éteigne pas le soir. Quelqu'un à regarder et à qui dire ce que j'écris ici. » Stop. Diletta relit le nouveau passage qu'elle va mettre sur son blog. Elle le met à jour chaque soir. Une pensée. Une photo des Ondes. Les paroles d'une chanson. Une citation de film. Le passage d'un livre qu'elle veut se rappeler pour toujours. Et surtout, des mots à offrir. Voilà. Mis à jour. Mots emprisonnés dans le réseau, prêts à être lus, peut-être capturés par les bons yeux, ceux que Diletta attend depuis toujours. Qui sait. Elle éteint le portable et se jette sur son lit. En tout cas, il est vraiment marrant, ce Filippo. Toujours à traîner près de ce sacré distributeur automatique. Et puis il n'est pas mal. Il est beau. Il doit faire du sport. Soudain, le bip d'un message qui arrive. Diletta se tourne et prend son portable sur la table de nuit. « On se voit à minuit chez Alaska ? Réunion d'Ondes ! Bouge-toi ! Et lève-toi de ce lit, du moins tant que tu ne l'utilises pas comme il faut ! Olly. » Égale à elle-même. Diletta se redresse. Elle décide d'aller faire un tour. Elle cherche ses baskets, les enfile et sort comme ça, comme d'habitude, sans un trait de maquillage, ses longs cheveux détachés qui s'envoleront bientôt dans le trafic de Rome. Pour elle, c'est une nuit de surprises qui commence.

Un peu plus tard, Diletta passe Piazza del Popolo, prend en direction de la Porte et arrive à Piazzale

Flaminio. Puis à l'entrée du parc de la Villa Borghese. Éclairé même la nuit. C'est bizarre. Et, comme s'il faisait jour, ça grouille de gens qui entrent ou sortent après leur footing, peut-être pour manger une pizza qui rendra vains tous les efforts qu'ils viennent de faire. Deux filles rient en filant sur leurs rollers, tandis qu'un garçon fait des pirouettes sur son skate, montant et descendant du trottoir. Diletta s'apprête à repartir, quand elle l'aperçoit. Elle ne le reconnaît pas tout de suite. Mais au fur et à mesure qu'elle s'approche, elle distingue mieux ses traits. Elle se sent heureuse, d'un coup, sans raison apparente.

– Salut, tête de céréales ! lui crie-t-elle depuis sa voiture sans permis.

Filippo se retourne et s'arrête, posant ses mains sur ses genoux un peu pliés. Il respire fort mais n'a pas l'air essoufflé. Diletta se gare.

– Mais, qui est-tu ?

– Comment ça, qui je suis ?

Diletta baisse la vitre jusqu'en bas. Filippo rougit un peu, ce rouge dont même la course n'avait pas encore réussi à colorer ses joues.

– Diletta !

– En personne, et sans céréales. Qu'est-ce que tu fais ? Question idiote. Tu cours.

– Ben, oui. Je viens ici, maintenant que c'est ouvert la nuit. J'aime bien. En fait, je joue au basket, mais je m'entraîne aussi comme ça.

– Ça alors ! Moi je fais du volley ! On est tous les deux fans de ballons !

Elle rit, amusée, en essayant de s'arranger un peu les cheveux avec les mains.

– Oui ! Mais l'important, c'est de ne pas être balourds…

Ils rient ensemble. Et ce rire veut dire bien plus, même s'ils ne le savent pas.

– Écoute, mais alors, puisque tu fais du sport, ça te dirait de venir courir avec moi dimanche prochain ? On pourrait venir le matin, il fait plus frais…

Il se lance, en essayant d'adopter le ton le plus détaché possible, sans savoir s'il y réussit ou pas.

Diletta le regarde et fait une petite grimace.

– Bah, je ne sais pas, mais je ne crois pas.

Filippo perd d'un coup le contrôle de lui-même, sa voix trahit sa déception.

– … Tu préférerais l'après-midi ? Moi ça me va aussi, je disais ça comme ça…

– Mais non, je disais que je ne crois pas qu'il fera si frais que ça. Tu n'as pas vu comme il fait chaud, ces jours-ci ? On devrait venir à cette heure-ci, ou même plus tard… ou à cinq heures du matin. Mais mes parents ne me croiraient pas…

Le rouge, ce traître, refait son apparition sur les joues de Filippo, et même ses oreilles s'enflamment.

– Oui, ça serait dur de leur faire avaler ça. C'est peut-être mieux à sept heures du soir.

Diletta rallume le moteur de sa voiture.

– Alors… à dimanche ? On se retrouve ici ?

Diletta démarre, puis se tourne et le regarde.

– OK ! Et apporte une barre de céréales, pour après !

Elle s'éloigne.

Filippo la regarde partir. Comme au lycée. Et, peu à peu, il cesse de rougir. Dimanche. Elle et moi. Ici, au parc. Mais il ne sait pas encore que personne ne l'attendra devant ce portail.

89

Nuit. Trafic léger, trafic lent, trafic qui conduit on ne sait où. Vers de nouvelles histoires, vers une solitude cachée au sein d'un groupe, vers le désir fou et frénétique de revoir quelqu'un, qui a peut-être encore un peu envie de toi.

Nuit. Nuit dans un habitacle. Flavio conduit tranquillement. Cristina le regarde.

– Tu la connaissais déjà, la nouvelle copine d'Alex ?

– Non. Je savais qu'il sortait avec quelqu'un.

– Et tu savais qu'elle était aussi… jeune.

– Non, je ne savais pas.

Silence.

– En tout cas, je ne comprends pas ce qu'un type comme lui fait avec elle. À part les vingt ans d'écart…

Flavio continue à conduire tranquillement. Puis il décide de parler.

– Je ne la connais pas et je ne peux pas juger. Mais… je la trouve sympathique.

– Toi aussi, à vingt ans, tu étais sympathique. Tu étais gai, insouciant, marrant.

Flavio la regarde un instant, puis fixe à nouveau la route.

– À vingt ans, c'est facile d'avoir des raisons d'être joyeux. Tu penses que tu as encore tellement de temps devant toi que tu pourras changer ta vie cent fois. Et puis, tu grandis, et tu comprends que ta vie, c'est ça…

Cristina se tourne vers lui, l'observe.

– Qu'est-ce que ça veut dire, que tu n'es pas heureux de ce que tu es, de comment tu vis ?

– Moi si. Mais quand tu n'es pas heureuse, alors je ne le suis pas non plus. Je pensais que notre vie dépendait de notre bonheur à tous les deux.

Cristina se tait.

– Bah, tu savais comment j'étais, donc je ne comprends pas ce que tu attendais de moi ? Tu pensais que j'allais changer ?

– Non.

– Et alors ?

– Je pensais que tu allais être heureuse. Tu as voulu te marier, puis avoir un enfant… Tu as tout eu. Qu'est-ce qui te manque ?

Cristina ne dit rien pendant un instant, puis elle reprend.

– Tu sais ce qui me dérange vraiment ?

– Plus que le reste ?

Cristina le regarde avec curiosité. Flavio s'en rend compte et essaye de dédramatiser.

– Allez, je plaisante.

– C'est qu'il a fallu qu'Alex vienne dîner avec une gamine pour nous faire comprendre à quel stade nous en sommes.

Nuit. Nuit qui avance. Nuit qui défile. Nuit d'étoiles cachées.

Enrico conduit tranquillement. Camilla le regarde et sourit.

– Tu sais, moi je la préfère à Elena. Elle est mûre, tranquille, sereine, polie. Bon, bien sûr, parfois quand elle parle elle fait un peu gamine, mais c'est normal. Je pense qu'elle va devenir une très belle femme. Comment tu la trouves, toi, elle te plaît ?

Enrico sourit et pose une main sur la jambe de Camilla.

– Pas autant que toi à dix-sept ans. Et pas autant que toi aujourd'hui…

– Allez, dis-moi la vérité. Tu as trois ans de plus qu'Alex. Tu aimerais bien sortir avec une fille aussi jeune ?

– C'est une belle fille et je la trouve sympa. Mais ils pourraient bien se rendre compte qu'ils n'ont pas les mêmes objectifs. J'espère juste qu'elle ne se lassera pas d'Alex.

– Ou Alex d'elle.

– Il a l'air tellement bien…

– Oui, il est bien, mais on dirait que ça n'a pas tant d'importance que ça, pour lui… Peut-être qu'il pense encore à Elena…

– Non, je ne crois pas. C'est juste que, pour une histoire comme ça, il marche un peu sur des œufs, ça se comprend. Tu t'imagines ? Il doit avoir un peu peur de ce qui peut se passer. Qu'elle perde la tête. Ben oui, elle va au lycée, mais ensuite elle a tous ses après-midi et ses soirées de libres… alors que lui il a des horaires, son travail, ses réunions, ses engagements.

– Et tout ça, c'est plus important que l'amour ?

Camilla le regarde. Il lui sourit, puis il prend sa main et l'embrasse.

– Non, en effet, il n'y a rien de plus important que l'amour.

Nuit de nuages. Nuit de vent. Nuit légère. Nuit chaude. Nuit de feuilles qui dansent allègrement. Nuit différente. Nuit de lune.

Susanna le regarde fixement.

— Alors, tu ne m'as pas répondu.

— Je te l'ai dit, je ne l'avais jamais vue, et puis de toute façon elle ne me plaît pas.

— Oui, j'ai compris, mais l'autre jour, quand je t'ai rencontré devant ce restaurant, tu m'as dit que tu devais soutenir Alex parce qu'il n'avait pas le moral.

— Et c'était vrai !

— Mais si ça fait plus d'un mois qu'ils sont ensemble.

— Qu'est-ce que j'en sais, on dirait que tu sais tout, toi. Ce jour-là il n'avait pas le moral. Demande-lui.

— Je lui ai demandé, à elle. Et elle m'a répondu que tout va très bien, qu'ils s'aiment et qu'ils s'entendent bien.

— Mais bien sûr, qu'est-ce que tu voulais qu'elle te dise ?

— Et par hasard, l'autre jour, vous êtes allés déjeuner au Panda.

— Oui. Enrico, Alex et moi.

— Seulement vous trois ?

— Oui.

— Et vous avez dépensé tout cet argent ? J'ai vu la note…

— On a pris deux bouteilles de champagne, c'était de bon augure pour Alex… Mon amour, je travaille comme avocat pour son bureau et je ne lui avais même pas fait de cadeau…

Pietro essaye de l'embrasser, mais Susanna recule.

— Moi je pense que vous étiez avec Niki et ses amies, du même âge qu'elle… Et que vous avez forcé Alex. En plus, il ne l'avait sûrement pas dit à Niki, sinon elle ne les aurait pas emmenées, au moins par solidarité… Elle n'a rien d'une briseuse de foyers.

– Ça y est, voilà la psychologue. Tu devrais te faire embaucher par les RG. Tu imagines des plans géniaux et troubles derrière un simple déjeuner.

– De toute façon, tôt ou tard, je découvrirai quelque chose, j'en suis certaine.

Pietro tente à nouveau de l'embrasser.

– Oui, mais en attendant de découvrir je ne sais quoi, tu ne pourrais pas être un peu plus gentille ?

Elle fait semblant de résister, mais elle finit par céder à son baiser.

Nuit. Nuit de coups de fil, de jalousie. Nuit de luttes, de cœur, de fantaisie. Nuit de rencontres clandestines.

– Alors, tu es prêt ? Je vais tout de suite te dire comment ça s'est passé, d'après moi.

Alessandro regarde Niki, amusé.

– Oui, dis-moi, je suis curieux.

– J'ai plu à la femme d'Enrico, Camilla. Elle est sereine, j'ai vu que je la faisais rire. Elle m'a traitée un peu comme une amie. Elle me plaît. Susanna, en revanche… Elle s'appelle bien Susanna, la femme de Pietro ?

– Oui.

– Alors, je pourrais peut-être plaire à Susanna, mais elle n'a pas trop confiance. C'est-à-dire, ce n'est pas qu'elle n'a pas confiance en moi, mais elle a peur parce qu'elle sait que Pietro est fourbe… et moi je représente un risque de plus. Enfin, Cristina, elle, est totalement opposée. Complètement *out*. Je m'en suis bien rendu compte… J'ai bien vu, quand on est sorties fumer… elle me toisait. Comment j'étais habillée, ce que je disais, si j'étais d'accord ou non, elle me dévisageait point par point. Ça veut dire que je ne lui plais pas.

– Et pourquoi, d'après toi ?

– Qu'est-ce que j'en sais. Mais je crois que notre capacité à accepter les autres est proportionnelle à notre propre bonheur… si on y réfléchit, quand on est heureux, on est plus tolérants envers les autres, on est disposés à ne pas considérer les différences comme des défauts.

Alessandro la regarde.

– Tu commences à m'inquiéter… Mais qui es-tu vraiment ?

– Une fille qui passe son bac… C'est Newton, ça. Nous sommes des nains sur les épaules de géants, tu sais, toute cette histoire de Platon. Philosophie de comptoir.

– Oui, mais fondamentale quand même, tu devrais t'en souvenir. Tu ne sais pas ça ? On ne se souvient pas des systèmes globaux. On ne se souvient que des petits détails.

Le portable de Niki sonne. Elle le prend dans son sac.

– C'est Olly. Allô ? Ne me dis pas que tu t'es mise dans la panade, comme d'habitude. Eh… Tu ne vas pas venir dormir chez moi ?

Silence. Puis, soudain, des sanglots.

– Niki, viens tout de suite. Diletta.

– Quoi, Diletta ?

– Elle a eu un accident.

90

Alessandro conduit vite dans la nuit, Niki à côté de lui. Et mille coups de fil, mille questions, mille interrogations, mille pourquoi. Tentative désespérée d'y comprendre quelque chose. Ce n'est pas possible. Ce n'est pas possible. Hôpital San Pietro. Alessandro se gare à l'intérieur. Niki descend à toute allure et court jusqu'aux urgences. Elle file le long d'un couloir, quand elle aperçoit Olly et Erica, enlacées. Elles se jettent dans les bras les unes des autres.

– Je n'ai rien compris. Comment ça s'est passé ? Qu'est-ce qu'elle a ?

– Un type qui allait à deux cents avec une Porsche sur Corso Francia. Elle tournait au feu, il lui est rentré dedans. Sa petite voiture a capoté, elle a continué jusqu'au second feu. Elle est détruite, il n'en reste plus rien, que de la tôle cabossée.

– Oui, mais elle, comment elle va ? C'est grave ?

– Une jambe et un bras cassés. Et puis, elle s'est cogné la tête. C'est le problème. Ils essayent de comprendre s'il y a une commotion cérébrale. Ils l'ont déjà opérée… Regarde.

Les Ondes s'approchent d'une vitre. Dans la chambre glaciale et aseptique, peinte en bleu pâle, Diletta est toute bandée, immobile, allongée dans un petit lit qui a l'air trop étroit pour la contenir tout entière. Des fils se croisent et se perdent entre ses bras. Des sédatifs, des vitamines et des analgésiques pour contrôler son état de choc. Un peu plus loin, les parents de Diletta la regardent en silence, incapables de parler, comme suspendus, respirant avec difficulté. Ils s'aperçoivent quand même de l'arrivée de Niki. Un salut, un simple geste de la main. Pas un sourire, bien sûr.

– Mais que disent les médecins ? demande doucement Niki à Erica.

– Rien, ils ne se prononcent pas, ils ne veulent pas se prononcer. Ils ont dit que ça va être difficile…

– Difficile de quoi?

– Que tout revienne à la normale… qu'elle puisse parler à nouveau, par exemple.

Niki est bouleversée. Un ouragan, une vague de douleur immense, qui la colle par terre, la retourne, lui coupe le souffle, lui arrache de l'intérieur l'envie d'être gaie. Heureuse. Rage improvisée, stupeur, incrédulité. Se sentir trahie par la vie. Ce n'est pas possible. Pas Diletta. Diletta est forte. Saine. Sportive. Toujours gaie. Elle qui n'a jamais eu de petit ami. Et la vague continue de croître. Elle la suffoque. Parce que c'est comme si ça lui était arrivé à elle, et même pire. Elle ne le saurait pas, si c'était elle. Mais elle est là, elle la regarde et elle ne peut rien faire. Ce n'est pas possible. Elle n'y arrive pas, elle ne veut pas y penser. Les Ondes brisées. Puis, Niki va vers Alessandro, qui est resté à l'écart. Par crainte de déranger, de ne pas savoir quoi dire. Lui aussi est désolé pour Dilettta. Elle fait partie de ces gens que tu ne connais pas directement, que tu ne fréquentes pas, mais dont tu entends parler tous les jours par la personne avec qui tu es, et dont tu sais qu'elle la fait sourire. Et alors, c'est comme si ces gens t'appartenaient un peu. Ils finissent par te manquer un peu, à toi aussi. Niki s'approche et serre fort sa veste avec ses poings, elle lui arrache presque, elle s'agrippe à ce tissu, aussi désespérée que si c'était le seul rocher sûr dans cette mer d'absurde douleur. Puis elle s'appuie contre son torse et se met à pleurer, soumise, silencieuse, comme si elle noyait sa douleur dans cette veste. Par respect, par peur, pour ne pas faire sentir sa faiblesse aux parents désespérés de Diletta. Alessandro ne sait pas quoi faire. Alors il l'entoure doucement de ses bras et il la serre fort contre lui.

– Chut… chut, Niki…

Et son étreinte suffit à la calmer un peu. Une respiration profonde, lente, plus lente. Puis une autre. Et une autre encore. Les sanglots diminuent. Tout doucement. Un peu de calme dans cette veste. Comme une île rassurante. Une petite crique. Une rade où s'abriter de la tempête. Et puis de l'air. Une respiration plus profonde. Niki émerge des bras d'Alessandro. Elle se redresse, se reprend. Elle s'essuie le nez en se frottant avec les manches de son T-shirt. Elle arrange un peu ses cheveux, des deux mains, les met derrière ses oreilles. Et eux, un peu humides, obéissent. Ils reprennent poliment leur place et redonnent en silence leur éclat à ce visage.

– Ça va.

Elle essaye de se convaincre toute seule. Et puis, un petit sourire à Alessandro.

– Rentrons à la maison. Je reviendrai demain.

Ils s'en vont, dans le silence d'une nuit faite d'attente, de peur, d'impuissance, d'espoir, de prière. De la certitude d'un lendemain, ça oui, mais d'un lendemain qui pourrait n'être pas pour tout le monde. Qu'est-ce que la vie ? C'est bizarre de ne pas être trop distrait, trop pressé, de savoir s'arrêter. Et sourire. Et comprendre. Et fermer les yeux. Et sentir jusqu'aux secondes qui défilent. Et savoir les vivre toutes à fond. Et en profiter avec un sourire, une préoccupation, un espoir, une envie, un éclaircissement, n'importe quoi. Mais en profiter. En profiter sciemment. C'est ce que pense Niki en montant dans la Mercedes MI. Elle ne pense à rien d'autre. Elle n'a pas la force d'imaginer qu'elle peut perdre cette Onde.

91

Les jours suivants, les Ondes se relayent. Elles font des tours à l'hôpital. Apportent de temps en temps des glaces, quelque chose pour les parents de Diletta. Un journal, une revue, quelque chose à manger. Elles se relayent, Ondes d'une mer qui finira bien par se calmer, tôt ou tard. Quoi qu'il en soit, il faut y croire. L'une après l'autre, une marée sans fin. Des Ondes souriantes, gaies mais pas trop. Optimistes. Faire semblant de ne pas avoir de doutes. Certitudes. Tout va s'arranger. Et ne pas admettre, même pas un instant, même pas à soi-même, que ça pourrait ne pas se passer comme ça… Infatigables. Une histoire d'amitié qui ne se lasse pas. Elles se passent le relais en souriant. Niki. Olly. Erica. Parfois à deux, parfois à trois, elles continuent de préparer leur bac.

— Ça, on n'y échappera pas.

— C'est sûr.

— Eh, à sa façon, elle s'en tire bien, Diletta !

Elles rient, pleines d'espoir, en essayant d'exorciser l'accident. Derrière cette vitre, un souvenir de Diletta. Une anecdote amusante. Sa force démesurée. Sa beauté puissante, irrésistible, insolente, saine. Son talent pour le volley. Et ce petit ami qu'elle n'a jamais eu.

— Tu sais qui lui courait après, ces derniers temps ?

— Non.

— Filippo, de Terminale A.

— C'est pas vrai ! Il est super beau ! Et elle ?

— Elle, rien, comme s'il n'existait pas.

— Je n'y crois pas, mais elle est folle !

Olly secoue la tête.

— Merde, moi…

– Olly, ses parents sont là. Et puis, tu n'es pas une référence, toi.

– J'ai compris, mais vous aussi vous auriez succombé à ce type.

– Oui, mais pas tout de suite, comme toi.

– Parce que je suis plus sincère, et moins compliquée.

Éclats de rire, blagues, plaisanteries, comme si Diletta était là, en essayant de faire passer ces heures qui ne passent pas.

Même à la maison, tout est différent. Quand ces choses arrivent. Comme si une fenêtre qui était embuée avant te permettait soudain de mieux voir la vie.

Le soir de l'accident. Boum. Niki. Une gifle en plein visage.

– Aïe, maman, mais tu es folle !

– Moi ? C'est toi qui rentres aussi tard !

– Diletta est à l'hôpital, elle est dans le coma.

– C'est un peu gros, comme mensonge. Tu n'as pas honte ?

– Mais maman, c'est vrai, elle a eu un accident très grave.

– Ça suffit ! Va dans ta chambre.

Quelques jours plus tard, quand Simona comprend que tout ce que sa fille lui a dit est vrai, elle est morte de honte.

– Je suis désolée, ma chérie, je pensais que c'était un mensonge.

– Tu crois vraiment que j'aurais inventé un truc comme ça, mais pour qui tu me prends, maman ?

– Comment elle va, maintenant ?

– Rien. Ça n'a pas empiré, au moins. Mais ça ne s'est pas non plus amélioré. Je suis désespérée.

– Je suis désolée…

Simona enlace Niki, qui se met à pleurer dans ses bras. Elle s'abandonne, redevenue une petite fille, plus fille que jamais, plus petite que jamais. Simona la serre fort et voudrait lui offrir un autre sourire. Comme toujours. Plus que jamais. Avec un jouet. Avec un gâteau. Avec une poupée. Avec un vêtement. Avec un de ces petits désirs qu'elle a toujours su combler. Mais pas maintenant. Elle ne peut pas. Alors, il ne lui reste plus qu'à prier. Pour sa fille. Pour son amie. Pour la vie qui, parfois, te tourne le dos, et qui s'en fiche de ce que tu veux. Les jours passent, lents et épuisants. L'un après l'autre, sans la moindre trace de soleil dans ce petit tunnel. Maisons sombres et silencieuses. Se lever. Espérer. Se coucher. Se lever. Espérer. Se coucher. Chaque sonnerie de téléphone est une inquiétude, un pincement au cœur, un rêve, un désir… Mais rien. Rien. Avancer en silence.

92

Et puis, cet après-midi-là.

– *Sapere aude* : ose savoir !

Niki est assise près du lit d'hôpital. Elle lit à haute voix un texte de philosophie. Kant.

– Aie le courage de te servir de ton intelligence. Compris, Diletta ?

Niki pose le livre sur ses jambes. Elle regarde en vain ce visage tranquille, détendu, qui semble ne rien pouvoir entendre. Mais c'est son dernier espoir. Maintenir son attention éveillée. Un soupir. Niki tente d'être forte.

– Allez, inutile de faire la fourbe, il faut que tu révises Kant, toi aussi. Tu ne penses quand même pas que tu vas échapper au bac ? Pardon, mais on a dit qu'on faisait la fac toutes ensemble. Et les Ondes respectent toujours leurs promesses !

Niki reprend la lecture.

– Alors… Là, ça se complique. C'est pour ça que je voudrais que tu sois attentive. Nous passons à la gnosologie de Kant.

– Gnoséologie.

Une voix soudaine. Faible. Légère. Plaintive. Mais sa voix.

– Diletta !

Diletta est tournée vers Niki. Elle lui sourit.

– C'est avec un *e*. Tu te trompes, comme d'habitude…

Niki n'y croit pas. Elle fond en larmes. Elle rit et pleure à la fois.

– Gnoséologie, gnoséologie, je le répéterai des millions de fois, avec un *e*, avec un *e* ! C'est le plus beau mot du monde.

Elle se lève et l'embrasse maladroitement, en essayant de ne pas trop la bousculer, mais sans réussir à se retenir. Elle se perd, le visage dans le cou de son amie, et pleure encore, comme cette petite fille qu'elle a été, qu'elle est, qu'elle aime être.

– Et on dit que la philo fait dormir !

Cette petite fille qui a été récompensée. Qui a fait ses devoirs, jour après jour, et qui a reçu le plus beau cadeau du monde. La réponse à ses prières. Elle a retrouvé son amie. Elle voit entrer Olly, Erica, les parents, quelques cousins dont elle ne se rappelle pas le nom, et enfin l'infirmière.

– Dehors, dehors, laissez-la respirer, vous êtes trop nombreux, dehors !

– Ce ne sont pas des manières !

Sans parler de celles d'Olly…

– Merde ! C'est notre amie.

Tout le monde rit, même les parents, heureux ce jour-là de ne devoir gronder personne. Enfin libérées, Olly, Niki et Erica sortent de la chambre. Elles sont comme folles.

– Ce soir, tout le monde chez Alaska ! Mais non, qu'est-ce que je dis, je me jette dans la fontaine de Trevi. Allez, on se jette ?

– Olly, mais on l'a toutes déjà fait !

– Eh, mais peut-être qu'on rencontrera un beau mec comme ce… Marcello… Marcello… *Come here !*

– Voilà pourquoi tu veux faire ça… Tu es obsédée !

Elles rient encore. Puis elles s'enlacent, toutes les trois, en cercle, comme des joueurs de rugby, au milieu du couloir. Elles gardent la tête baissée.

– Pour Diletta…

– Hip hip hip, hourra !

Elles explosent en sautant très haut, toutes ensemble, en riant, en attirant l'attention des infirmières qui crient « Silence ! » et de ceux qui aimeraient bien pousser un cri de joie comme elles, mais qui ne peuvent pas encore.

Devant l'hôpital. Niki met son casque.

– Les filles, ce soir je reste à la maison pour travailler. Ça se rapproche sérieusement !

– On a perdu beaucoup de temps.

– Perdu ?! Mais non, on l'a gagné. C'est nous qui l'avons fait revenir ! Si on avait dû faire confiance à ces maudits médecins…

Un médecin passe justement devant elles à ce moment-là.

– Eh, mais ce n'est pas le type qui avait dit que Diletta ne parlerait plus ?

– Oui, on dirait bien…

– C'est lui !

Olly ouvre son top case, prend quelque chose. Puis elle monte sur son scooter, l'enlève de sa béquille et part en trombe, en se dirigeant droit vers lui.

– Mais qu'est-ce que tu fais ? Olly !

– Eh, docteur…

Le médecin se retourne.

– Oui ?

Olly lui envoie une bombe à eau en plein dans la figure.

– Prends ça, espèce de porte-malheur !

Le médecin, complètement trempé, se sèche les yeux avec un pan de sa blouse, tandis que les filles filent vers la sortie sur leurs scooters.

– Mais comment se fait-il que tu avais ça dans ton top case ?

– Ça m'était resté d'une vieille histoire dont tu te souviens sans doute…

– Mais c'était il y a des siècles ! Elle ne s'était pas dégonflée ?

– Je l'ai rechargée ces jours-ci. C'est Giancarlo qui s'en est occupé, celui qui habite dans mon immeuble.

– C'est-à-dire ?

– Tous les matins, je l'ai forcé à pisser dedans !

– Olly ! C'est dégueulasse !

– Depuis que ce médecin a dit ça, j'attends ce moment. Si ça pouvait l'empêcher de pisser d'autres sentences aussi salopes !

Elles s'éloignent en riant comme des bossus. Ondes rebelles, jeunes Robin des bois des sentiments, Don Quichotte en jupons qui, pour la première fois, même si c'est avec une bombe à eau, ont fait réfléchir ce stupide moulin à vent.

93

– Maman, maman, c'est incroyable !

Niki entre chez elle en criant comme une folle.

– Maman ! J'étais en train de lire du Kant à Diletta et elle s'est réveillée ! Maman, elle est remise, tu comprends ?

Simona se lève de la table où elle aide Matteo à faire ses devoirs. Elle la rejoint. La regarde. Puis la prend dans ses bras. La serre contre elle. Lève les yeux au ciel et les ferme, en soupirant intérieurement cette phrase : « Béni soit le Seigneur. » Puis elle la lâche.

– Niki, je suis vraiment heureuse. Viens, on va un moment dans ta chambre… Matteo, continue à faire ton exercice. Sinon, je ne t'emmène pas au foot…

– Mais maman…

– Tais-toi, ignorant. Tu as beau être un super footballeur, pas de devoirs, pas de match… C'est clair ? Pas comme ces footballeurs professionnels…

Matteo soupire.

– Quelle barbe.

Il feuillette rapidement son livre en essayant d'y comprendre quelque chose.

– Niki, je suis vraiment heureuse pour ton amie. Tu ne peux pas savoir à quel point.

– Moi aussi, maman.

– J'imagine. Écoute, je n'ai pas voulu te déranger jusqu'à aujourd'hui parce que, par rapport à tout ce qui s'est passé, certaines choses n'ont pas d'importance... sont insignifiantes.

– Bien sûr, maman, c'est tout à fait vrai. Mais sois tranquille, j'ai continué à réviser, tout ce temps.

Simona arrange ses cheveux.

– Ce n'est pas de ça que je voulais te parler... Je ne suis pas inquiète pour ton bac.

– Ah. Et pour quoi, alors ?

– Niki, dis-moi la vérité. Tu sors avec un garçon ?

Niki est indécise, pendant un instant.

– Ben... oui, je te l'ai dit, je vois quelqu'un.

– Oui, tu vois quelqu'un... Je n'ai jamais bien compris ce que ça voulait dire, se voir, mais je crois que ça indique un panorama assez général.

– De toute façon, maman, je n'ai pas envie d'en parler maintenant.

Simona marque une pause. Niki la regarde et essaye de poser la question le plus poliment possible.

– On a fini, maman ? Je peux y aller ?

– Non. Tu te rappelles que toi et moi on peut tout se dire, n'est-ce pas ?

C'est au tour de Niki de marquer une pause.

– Oui, bien sûr, on s'est dit ça... Et d'ailleurs, moi je t'ai toujours tout raconté...

Niki essaye de ne pas penser aux quinze, seize choses qu'elle a bizarrement oublié de lui dire.

– Je voudrais savoir une chose. Ce garçon que tu vois, tu as dit qu'il était un peu plus âgé que toi ?

Niki la regarde et lui fait un petit sourire. Il n'y a rien à faire, tu ne peux rien cacher à une mère. Surtout quand elle fait semblant de ne pas savoir.

– Oui, un peu...

– Combien ?

– Tu veux vraiment le savoir ?

600

– Bien sûr, si je te le demande.

Niki y réfléchit un peu, puis décide de se lancer.

– Il aura bientôt trente-sept ans.

Boum.

La réaction de Simona est immédiate. Elle lui envoie une gifle en plein visage.

– Aïe !

Niki a le souffle coupé et en reste sans voix. Elle a même envie de rire, l'espace d'un instant. Mais sa joue la brûle.

– Aïe…

Elle se masse la joue, puis regarde sa main d'un air étonné, comme si elle pouvait en porter les traces.

– Tu m'as fait mal !

– Bien sûr ! Ça aurait dû te faire du bien ?

– Maman, mais tu avais dit qu'on pouvait tout se dire…

– Oui, mais pas tout tout ! Dis-moi. S'il te plaît. Qu'est-ce que je vais dire à ton père, maintenant. Non, mais dis-moi…

– Ne lui raconte pas !

– Bien sûr, parce que d'après toi, il n'a pas déjà compris, depuis qu'il y a eu toute cette histoire embrouillée avec le promoteur financier ? Mais qu'est-ce qu'il voulait, hein ? Pourquoi il est venu ?

– Rien. Faire votre connaissance.

Simona regarde Niki en écarquillant les yeux.

– Pour me dire quoi, Niki, hein ? Pour faire quoi ? Il y a autre chose que je dois savoir ?

– Mais non, maman… tu ne vas pas encore devenir grand-mère…

Puis elle y réfléchit un peu.

– Du moins je crois !

Simona se met les mains dans les cheveux.

– Niki !

– Je plaisantais, maman, tout va bien. Il n'y a aucun danger.

– Qu'est-ce que ça veut dire ?

Simona la regarde, un peu plus tranquille. Un peu.

– Écoute, maman, je n'ai pas envie d'en parler maintenant. Il était juste venu se présenter, pour vous rassurer un peu…

– Bien sûr ! Après cette nouvelle, nous sommes tout à fait rassurés… Trente-sept ans… Non, mais trente-sept ans…

– Bientôt…

– Ah, bien sûr… Bravo, hein. Tu lui souhaiteras un bon anniversaire de ma part, au prétendu promoteur.

Simona sort de la chambre en claquant la porte. Niki va vers le miroir et regarde sa joue. Elle se la masse un peu. Puis elle sourit. Bah, au moins, je lui ai dit. Maintenant, elle le sait. Elle prend son Nokia dans sa poche et écrit rapidement un message.

« Mon amour, je suis très heureuse. Mon amie va bien, elle s'est réveillée ! Et puis, j'ai parlé avec ma mère. Je lui ai dit ! Un baiser spatial ! »

Le portable d'Alessandro fait un bip. Il est au bureau, à la recherche désespérée d'une idée pour les Japonais. Il lit le message, y répond immédiatement.

« Bien ! Je suis heureux, moi aussi. Mais qu'est-ce que tu as dit à ta mère ? Que ton amie va bien ? »

Puis il l'envoie.

Niki sourit et répond à une vitesse incroyable.

« Non… Que nous sommes bien ensemble ! »

Alessandro le lit. S'inquiète.

« Mais tu lui as aussi parlé de notre petite… "différence" ? »

« Oui »

« Et qu'est-ce qu'elle a dit ? »

« Rien. Elle m'a mis une baffe. Ah non. Attends…
Elle a dit qu'elle te souhaiterait ton anniversaire ! »

94

Quelques jours plus tard. Diletta va de mieux en
mieux.

– Mais tu te rends compte.

Olly déambule dans la petite chambre d'hôpital.
Diletta la regarde, amusée.

– Non. À mon avis, tu ne te rends pas compte… Et
vous ? Non, mais vous, vous vous rendez compte, oui ou
non ? Elle est folle !

Niki est assise à l'envers sur une chaise. Erica est
appuyée contre le mur.

– Mais de quoi ?

– Tu veux bien nous expliquer, qu'on en finisse ?

Olly s'arrête d'un coup.

– Vraiment, vous ne voyez pas de quoi je parle ? Elle
risquait de ne jamais se réveiller, pouf…

Olly claque des doigts.

– À cause d'un connard qui conduisait trop vite.
Et elle n'avait même pas essayé la plus belle chose du
monde. Mieux que la pizza de Gianfornaio. Mieux que
les glaces d'Alaska, San Crispino et Settimocielo réunies.
Mieux que la neige et la mer, la pluie et le soleil…

Erica la regarde.

– Et c'est quoi, la drogue ?

– Non, bien mieux… Le sexe !

Olly s'approche de Diletta et lui prend les mains.

– Tu ne peux pas courir ce risque. Plus maintenant. Je t'en prie, fais-moi confiance. Laisse-toi aller, croque cette délicieuse pomme…

Niki éclate de rire.

– Bien sûr. Toujours cette pomme. Ils se sont joué le paradis, pour cette pomme…

Olly ouvre les bras.

– Justement, Diletta, sois tranquille, tu ne risques plus rien… Et puis, je me suis trompée de fruit. Je voulais dire la banane.

Diletta donne un coup de pied sous son drap.

– Olly, mais pourquoi tu es toujours aussi bourrine ?

– Pardon, mais alors je n'ai pas compris… Un bourrin, c'est quelqu'un qui emploie les bons mots au bon moment ? Qui dit la vérité ? Alors oui, je suis une vraie bourrine ! Et je n'en ai pas honte. Parce que je suis aussi ton amie.

Olly s'éloigne du lit de Diletta et va vers la porte de la chambre. Elle l'ouvre et se penche dans le couloir.

– Viens.

Puis elle revient avec un grand sourire. Ses amies la regardent d'un air curieux.

– Qui elle a bien pu appeler ?

Niki ne sait pas quoi penser. Erica encore moins. Diletta, elle, a bien une idée.

– Voilà, tu te souviens de lui ?

En effet. C'est bien ce qu'elle soupçonnait.

Filippo, le beau garçon de terminale A, est à la porte, un splendide bouquet de roses rouges à la main.

– Salut, Diletta… J'ai demandé de tes nouvelles à tes amies, et Olly m'a dit que je pouvais passer te voir… Alors, me voilà.

Olly s'approche de Diletta.

– Bon, salut, nous on sort, on va réviser dehors. S'il y a quoi que ce soit, tu nous appelles.

Diletta rougit, puis lui dit tout bas.

– Mais tu n'aurais pas pu me prévenir ? Regarde comment je suis ! Je n'ai même pas de maquillage, je ne suis pas habillée, j'ai un bandage sur la tête…

Olly l'embrasse.

– Chut ! Sois tranquille. Et puis, si tu veux passer aux choses sérieuses, ne t'inquiète pas… on est dehors, on fait le guet.

Diletta essaie de la frapper.

– Mais qu'est-ce que tu racontes !

Le mouvement arrache presque la perfusion de son bras. Olly s'écarte juste à temps et esquive le coup en riant. Puis elle prend Erica et Niki par le bras et elles se dirigent vers la porte.

– Salut, nous on y va.

En sortant, elle fait un clin d'œil à Filippo.

– Compris ?

Filippo sourit. Puis il repère un vase avec des marguerites, près de la fenêtre.

– Je peux ?

– Bien sûr, bien sûr…

Diletta se relève un peu dans son lit. Filippo enlève les vieilles fleurs et les jette dans la petite poubelle sous la table. Puis il rince le vase au lavabo, le remplit d'eau fraîche et y met ses splendides roses. Il les arrange un peu.

– Voilà, comme ça elles auront de l'air, elles vont s'ouvrir… dans quelques jours, elles seront belles.

Diletta sourit.

– Moi, il me faudra un peu plus…

– Ce n'est pas vrai…

Fillippo la regarde.

– … Tu es belle comme chaque jour où je t'ai vue au lycée. En réalité, l'année dernière j'ai redoublé uniquement pour pouvoir te voir encore…

– Oui, bien sûr…

Filippo rit.

– Disons que quand c'est arrivé je me suis dit : bon, au moins je pourrai la voir encore…

Puis il la regarde droit dans les yeux. Diletta, gênée, passe sa main sur le drap, comme pour le lisser.

– Il fait chaud, hein ?

– Oui.

Filippo sourit et prend une chaise.

– Je peux ?

– Bien sûr.

Il s'assied.

– Merci. C'est l'été qui arrive. Mais nous, nous ne sommes pas pressés.

À l'extérieur, Olly a posé son oreille contre la porte de la chambre et essaye d'écouter. Niki la tire par le bras.

– Mais laisse-la tranquille… laisse tomber… ça ne te regarde pas !

– Un peu que ça me regarde, tu plaisantes, c'est moi qui y ai pensé, je l'ai même forcé à apporter des fleurs.

Erica lui donne un coup.

– OK, mais ce n'est pas toi qui as choisi ces belles roses !

– Non, ça non. Mais l'idée est de moi. Diletta voulait partir… aller voir la Grosse Pomme… maintenant, vu qu'elle est coincée ici pour un bout de temps, au moins elle pourra voir la Grosse Banane !

– Olly, il n'y a rien à faire, tu es fondamentalement bourrine.

Elles se bousculent et rient, courent dans le couloir, sous le regard agacé de quelques infirmières. Puis elles se lancent dans un chat improvisé.

– Touchée ! commence Olly en touchant Niki.

– Touchée !

Niki l'envoie à Erica qui se tourne, rapide comme l'éclair, et touche à nouveau Olly.

– Touchée ! Sans retour !

– Mais ça ne vaut pas…

Erica regarde au bout du couloir et elle s'aperçoit que les parents de Diletta sont à la porte de la chambre.

– Eh, les filles ! On devait faire le guet !

Mais finalement, elles sortent de l'hôpital en courant.

Et puis, d'autres journées. Plus tranquilles, maintenant.

– Mais vous restez toutes chez vous ? On sort, ce soir, non ? Allez, il y a une fête au Goa, un truc super, avec DJ Coko, et puis d'autres Anglais.

– Olly, le bac est dans pas longtemps, on doit réviser, et toi aussi d'ailleurs !

– Niki, mais on est en train de perdre les plus belles années de notre vie.

– Attends, qui c'est qui a dit ça ?

– Zero.

– Absolu ?

– Non. Renato Zero…

– C'est ça, va le chanter à mes parents, on verra bien ce qu'ils te répondront…

95

Brainstorming. Réunion au bureau. Intuitions. Fantaisies. Hypothèses.

– Non, ça ne va pas, ça. Déjà vu.

– Trop irréel !

– Ils veulent quelque chose de naturel.

– Et une ville où il n'y a que des dealers, et ils se passent le bonbon comme si c'était la drogue ?

Tout le monde se tourne vers Andrea Soldini.

– Bon, OK, j'aurai essayé, au moins.

Une semaine passe ainsi, sans résultat.

Et puis, ce jour-là, au bureau. Le téléphone d'Alessandro sonne. Il regarde l'écran et sourit. Rien à faire. Elle n'a pas résisté.

– Salut, Niki.

– Salut à toi. Mais tu ne me dis rien ?

Alessandro fait semblant de rien, au téléphone.

– Pourquoi, qu'est-ce que je dois te dire ? J'ai oublié quelque chose ?

– Tu as oublié quelque chose ? On est le 18 mai, aujourd'hui ! C'est mon anniversaire…

Alessandro rit sous cape.

– C'est vrai, mon amour, excuse-moi… excuse-moi… je passe te prendre tout de suite.

– Oui, oui, mais ça, je ne te le pardonnerai pas, hein ! Ne pas te rappeler ce jour… C'est moche, c'est mon premier anniversaire avec toi… et surtout, c'est la première fois que j'ai dix-huit ans !

– Tu as raison, pardonne-moi. Je suis chez toi dans un instant.

– Je ne sais pas si…

Niki regarde son téléphone. Il a raccroché. Alex m'a raccroché au nez. On a inversé les rôles… Mais il est devenu fou, ou quoi? Au bout de quelques minutes, Alessandro lui envoie un message.

– Descends, mon trésor… je suis en bas de chez toi.

Niki le lit. Bien sûr, c'est facile, comme ça. Tu oublies mon anniversaire, et ensuite il faut réparer… On va voir… si tu es capable de te faire pardonner.

Niki sort de chez elle et monte dans la voiture. Elle boude. Elle croise les bras et met exprès ses pieds sur le tableau de bord.

– Ose me dire quoi que ce soit.

– Mon trésor, pardonne-moi, pardonne-moi…

Il essaye de l'embrasser, mais elle résiste.

– Pas question! Tu ne m'as même pas préparé de cadeau, j'imagine.

– Je m'en occupe ces jours-ci, quelque chose de magnifique…

Niki lui donne un coup de poing sur l'épaule.

– Aïe!

– Je m'en fiche que ça soit magnifique, ce qui est grave, c'est que tu as oublié.

– Tu as raison, mais tu sais, le travail, la publicité pour les Japonais…

– Écoute, je n'en peux plus de cette histoire. Mets-toi avec une Japonaise, ça sera plus simple!

– Je vais y réfléchir… elles ne me déplaisent pas, tu sais… une belle geisha.

Niki lui donne un autre coup de poing.

– Aïe, je plaisantais!

– Pas moi!

Alessandro démarre.

– J'ai réservé dans un bel endroit, ça te dit?

Niki boude encore un peu.

– Je ne sais pas. On va voir si ça me passe. Tout le monde s'est rappelé mon anniversaire, aujourd'hui.

– Tout le monde qui ?

– Tout le monde tout le monde. Plein de gens. Sans parler des cadeaux que j'ai eus. En particulier des SS…

– Et c'est qui, ça ?

Alessandro la regarde, inquiet.

– Les Soupirants Séduits. À l'heure qu'il est, ils ont plus de chances que toi. Au moins, ils s'en sont souvenus, eux.

Alessandro sourit.

– Mon amour, je vais essayer de me faire pardonner, donne-moi au moins une chance. Tout le monde a droit à une deuxième chance.

Niki se tourne vers lui.

– OK, je t'en donne une. On verra bien ce que tu en feras.

– Je ferai mon possible.

Il regarde dehors et s'arrête.

– Tu peux me rendre juste un service ?

– Dis-moi.

Il indique le kiosque à journaux, devant eux.

– Tu peux me prendre *Il Messaggero* ? Je n'ai pas eu le temps de le lire, aujourd'hui.

Niki soupire.

– Tu travailles trop…

Elle descend. Alessandro se précipite sur son sac et fouille dedans. Rien. Toujours rien. Puis il regarde dehors, au cas où elle reviendrait plus tôt et le surprendrait. Niki paye et revient vers la voiture. Alessandro baisse la vitre.

– Tu pourrais me prendre aussi *Dove*, s'il te plaît ?

– Tu ne pouvais pas le dire avant ?!

– Tu as raison, excuse-moi, je suis désolé !

– « L'amour, c'est ne jamais dire je suis désolé… »
C'est toi qui m'as fait voir ce film, et tu l'oublies. Tu ne
veux rien d'autre ?

– Non, merci.

– Sûr ?

– Oui…

Alessandro lui sourit. Niki repart vers le kiosque. Il
reprend ses recherches. Il jette un coup d'œil à Niki
et cherche. Jette un coup d'œil à Niki et cherche. Elle
paye, prend les journaux et revient vers la voiture. Juste
à temps. Alessandro sourit. Trouvée ! Ouf. Tout va bien.
Parfait. C'est parfait ! Niki remonte dans la voiture.

– Excuse-moi, hein, mais en réfléchissant… Tu avais
vraiment besoin de tous ces journaux tout de suite ? On
va dîner… c'est mon anniversaire… tu vas vraiment
lire ?

– Tu as raison. C'est pour plus tard. On m'a signalé
un article.

Niki hausse les épaules. Alessandro repart. Met un
CD. Puis essaye de trouver un moyen de la distraire.

– Alors, tu as dit que tu avais eu des cadeaux. Qu'est-
ce qu'on t'a offert de beau ?

– Pas de beau… de magnifique !

– Allez, raconte-moi.

– Alors… mes parents, des boucles d'oreilles géniales
avec des perles et des petits diamants autour. Mon radin
de frère, un abonnement Blockbuster… plus pour lui
que pour moi, à mon avis… Mais il ne sait pas qu'ils
n'ont pas de pornos, là-bas ! Mes oncles et mes cousins
me donneront mes cadeaux la semaine prochaine, quand
on fêtera ça. Mon père veut faire les choses en grand,
dans l'hôtel d'un de ses amis.

– Ah, super ! Je vais enfin pouvoir faire la connaissance de ta famille…

– Bien sûr… Tu sais, après avoir oublié mon anniversaire, c'est déjà un miracle si tu me revois, moi…

– Mais tu ne me donnes pas de seconde chance, là.

– Tu me demandes l'impossible ! Tu crois que je vais te présenter à ma famille ?! Ça sera plus simple de trouver une idée pour les Japonais !

– Ne m'y fais pas penser. Dis-moi plutôt ce que t'ont offert tes amies les Ondes.

– Bah, je ne sais pas. Elles font les mystérieuses. Je ne sais pas quand elles me le donneront.

Alessandro sourit, mais ne lui montre pas.

– Ah, je vois.

Niki regarde dehors.

– Mais où on va ?

– On m'a dit qu'il y a un endroit où on mange très bien, près d'ici. Chez Renatone, à Maccarese.

– Ah bon, je ne connais pas…

Alessandro continue à conduire. Niki regarde la route. Il y a une bifurcation, mais Alessandro continue tout droit.

– Si tu voulais aller à Maccarese, tu aurais dû tourner à droite… Vers Fregene.

– Tu as raison, je me suis trompé, je vais continuer, on prendra la prochaine sortie.

Alessandro accélère un peu en regardant sa montre. On est dans les temps. Niki est plus tranquille, maintenant. Elle monte le volume de la musique, puis regarde à nouveau dehors. Alessandro ne prend pas non plus la seconde sortie.

– Eh, mais tu t'es encore trompé !

Alessandro sourit.

– Est-ce que j'ai encore une toute petite chance ? J'ai peut-être bien fait de me tromper…

Il prend à toute allure le virage à droite qui mène sous le grand bâtiment. Là où il y a les parkings.

– Nous y voici. Fiumicino. Et ça…

Il prend quelque chose dans sa poche.

– … ce sont deux billets pour Paris. Bon anniversaire !

Niki lui saute dessus.

– Alors tu n'avais pas oublié !

Elle l'embrasse, tout émue.

– Non… les journaux, c'était une excuse pour voir si tu avais ta carte d'identité sur toi. Et heureusement que tu l'avais, sinon j'aurais dû te dévoiler tout mon plan.

Niki le regarde, émue aux larmes. Juste à ce moment-là, le CD se met sur la dernière piste, et la chanson démarre. *Oh Happy Day…*

Alessandro regarde l'heure. Enrico et ses compilations. Rien à faire. Une vraie montre suisse. Et sur les notes de cette chanson, Niki l'embrasse à nouveau.

– Ça ne vaut pas. Tu n'avais qu'une chance. Je ne t'avais pas demandé, en plus, de me faire tomber amoureuse…

Elle fait semblant de le frapper. Puis elle s'arrête.

– Eh, mais il y a un problème.

– C'est vrai. Je n'y avais pas pensé. Il faut que tu préviennes tes parents. Bah, invente une excuse, de toute façon on rentre demain soir.

Niki sourit.

– Non, si ce n'était que ça… Un mensonge de plus ou de moins ! Et puis, maintenant, j'ai dix-huit ans, je peux vraiment tout dire à ma mère.

Mais elle repense à la dernière gifle. Il vaudrait peut-être mieux inventer quelque chose.

– Ça, ce n'est pas grave. Par contre, je n'ai aucune affaire avec moi.

Alessandro descend et va ouvrir le coffre. Il en sort deux petites valises identiques, une bleue et une bordeaux.

– Ça, c'est la mienne…

Il indique la bleue.

– … et ça c'est la tienne. J'espère que tu aimeras ce que j'ai choisi pour toi. Pour la taille, je dois avoir bon. Pour le goût, je me suis peut-être planté. Tu sais, je n'y fais pas trop attention. Tu me plais toujours, quelle que soit la façon dont tu es habillée… et puis, quand tu n'es pas habillée… tu me plais encore plus !

Niki l'embrasse, puis descend de la voiture. Ils entrent dans l'aéroport, chacun tirant sa petite valise à roulettes toute neuve, chacun sa couleur. Ils rient, plaisantent. Jeunes voyageurs sans rendez-vous. Sinon avec ce sourire.

– Tu es trop fort ! J'ai hâte d'ouvrir la valise, je suis curieuse… Je me demande ce que tu m'as acheté !

Alessandro sourit.

– Bah… J'ai osé. De toute façon, ça avait peu de chances de te plaire, alors autant que ça me plaise à moi, non ?

– Mon Dieu… j'espère que je ne vais pas devoir me balader en survêtement bariolé, genre super héros japonais !

– Tu verras… Ah, c'est là.

Niki s'arrête.

– Laisse-moi juste le temps d'arranger le coup avec mes parents…

Elle compose un numéro.

– Allô, maman, c'est Niki.

– Je vois. Où tu es ?

– Alors, tu es prête ? Je suis à l'aéroport. J'ai eu comme cadeau un sac avec dedans plein de vêtements neufs. Je vais prendre l'avion…

Elle s'arrête, met la main sur le micro et demande :

– À quelle heure on part, Alex ?

– À sept heures quarante, comme dans la chanson de Battisti… Mais nous, on ne se sépare pas, on part ensemble !

Il lui décrit brièvement les étapes du voyage. Niki sourit et reprend le téléphone.

– À sept heures quarante, pour Paris. On arrive à Roissy-Charles-de-Gaulle. Ensuite, on loue une voiture et on passe à l'hôtel se changer. Et puis, on va dans des bistrots, sur la rive gauche de la Seine, on dîne à Montparnasse, et demain on va faire un tour à Disneyland, après une balade touristique dans le centre. On rentre dans la soirée. Naturellement, je suis seule avec lui. Par « lui », je veux dire le prétendu promoteur financier que tu connais.

Silence à l'autre bout du fil. Niki marque une pause, puis reprend.

– Tu ne me crois pas, hein ?

– Non.

– Je le savais. Je suis avec mes amies, elles m'ont organisé une fête à leur manière, et je reste dormir chez Olly.

– OK, c'est mieux. Ne te couche pas trop tard, ne mange pas ou ne bois pas de choses bizarres. Envoie-moi un message pour me confirmer que tu restes chez elle. N'éteins pas ton portable.

– OK, maman.

– Ah, autre chose…

– Dis-moi.

– Bon anniversaire, ma chérie.

— Merci, maman. Allez, sinon je vais rater mon avion.

— Idiote… Amuse-toi.

Niki raccroche.

— Oh, moi je lui ai dit !

Alessandro lui sourit.

— Là on va vraiment rater l'avion. Cours !

Et ils se mettent à courir, tirant derrière eux leurs valises neuves, sans rien d'autre. Légers. Sans peurs. Sans hâte. Sans temps. La main perdue dans celle de l'autre. Rien de plus. Pas un rendez-vous, pas un souci, pas un devoir. Rien. Plus légers qu'un nuage.

96

— Voilà, c'est notre chambre.

— Elle est magnifique !

Niki pose sa valise sur le lit et l'ouvre tout de suite.

— Je te jure, je meurs d'impatience… Je veux voir !

Elle déballe les vêtements qu'il a choisis pour elle. Un pull en coton léger, couleur lilas. Un pantalon un peu plus clair. Une paire de chaussures Geox en toile avec des brillants. Un blouson en cuir noir. Une chemise blanche à col en pointe et aux poignets rigides, style Robespierre, pour rester dans l'esprit. Le reste est en tissu transparent, une soie légère et élégante. Et puis, cachée en dessous de tout le reste, une robe longue, noire. Niki la déplie et la met contre elle. Elle est magnifique. Un grand décolleté provocant. Une fermeture dans le dos. Les épaules restent libres, découvertes. Et la robe tombe très bas, elle couvre les magnifiques chaussures noires en satin, à hauts talons, avec des petites boucles sur les côtés. Aussi modernes qu'elle quand elle les essaye. Elle marche, défile pour lui, rit, danse dans cette chambre.

Ils descendent par le grand escalier, elle à son bras. Jusque dans le hall. Roi et reine d'une nuit fantastique. Unique. À la beauté si intense qu'elle en est presque imperceptible. Ils prennent un taxi et dînent sur les quais de Seine. Fruits de mer, champagne, croûtons faits avec des morceaux de baguette pour accompagner la soupe de poissons. Tout est si unique, si bon, si fort, si chaud. Comme ce bar au sel, frais, avec quelques gouttes de citron, aussi léger que l'huile qui le parfume, avec un peu de persil coupé très fin. Et encore du champagne. Un Français délicat s'approche d'eux avec une guitare. Un autre, avec des moustaches à la Dalí, apparaît derrière eux. Il a un accordéon. Ils jouent en souriant, bien qu'ils l'aient déjà joué des centaines de fois, *La Vie en rose*. Et une femme, oubliant son âge, se lève d'une table au fond du restaurant et se met à danser. Elle ferme les yeux, lève les bras vers le ciel, portée par la musique. Un homme, qui ne la connaît pas, ne la laisse pas seule. Il se lève, lui aussi. La rejoint. Elle sourit. Elle ouvre les yeux et cueille ces mains qui la cherchent. Peut-être qu'elle l'attendait. Ou qu'elle espérait. Qui sait. Ils dansent ensemble, petits héros sans embarras, sur ces notes qui parlent d'amour. Ils se regardent dans les yeux et sourient sans malice, conscients qu'on se rappellera d'eux un jour. Niki et Alessandro les regardent de loin. Ils se tiennent par la main et sourient, complices de cette magie splendide, de cette drôle de formule, de ce code secret qui commence et finit sans un pourquoi, sans une règle, comme une marée inattendue dans une nuit d'amour sans lune. Puis on apporte une crème renversée, une seule coupe avec deux cuillères. Niki et Alessandro se disputent en plaisantant les dernières bouchées. Et puis, du Passito de Pantelleria, un vin sec, surprise italienne parmi toutes ces saveurs françaises. Niki en prend une gorgée, et les lumières s'éteignent. Elle reste comme ça, son petit verre suspendu dans les airs. Au loin, dans la vitre du restaurant, on voit les reflets des lumières de la Seine. Les monuments, du haut de leur beauté effrontée, illuminent la nuit. Une musique démarre dans le restaurant. Du fond de la cuisine, une porte double, comme celle des saloons, s'ouvre pour laisser sortir un cuisinier en toque blanche. Il tient une main devant lui, un peu ouverte. Il protège quelque chose. Une lumière apparaît derrière ses doigts. Une petite flamme danse dans sa main. Elle croise les petits courants d'air du restaurant, qui portent les odeurs de divers aliments. D'un coup, le cuisinier enlève sa main. Et le gâteau qu'il porte resplendit dans toute la salle.

Fraises, Chantilly et croquant à la noisette et au sabayon. Le cuisinier se dirige vers leur table et le pose au centre. Tout le restaurant entame en chœur un drôle de « bon anniversaire » moitié français, moitié italien. Niki attend le bon moment et se lance. Elle souffle ses bougies. Quelqu'un prend une photo, quelqu'un d'autre rallume les lumières. Tout le monde applaudit. Niki sourit, gênée. Elle remercie. Et puis, comme ça, pour les faire rire, elle plonge son index dans le gâteau et, en bonne petite fille, le porte à sa bouche. Alessandro profite de cette distraction. Il met la main dans la poche de sa veste et, un peu gauchement, le pose devant son assiette.

– Bon anniversaire, mon amour… et merci de m'avoir donné cette seconde chance.

Niki, émue, étourdie, extasiée, prise par la fête, sourit et… le voit. Un petit étui bleu brille dans l'assiette aux bords décorés.

– C'est pour moi ?

Alessandro regarde Niki. Lui sourit. Elle ne dit rien. Elle n'en croit pas ses yeux. Elle l'ouvre. Et, tout douce- ment, c'est comme une aube qui pointe de ce paquet. Toutes les lumières du restaurant, toutes les bougies, tous les reflets le rejoignent pour en souligner la beauté simple. Un magnifique collier raffiné, subtil, élégant illu- mine soudain le sourire de Niki. Une petite lune rouge, faite de poussière de diamants, avec au centre un dia- mant en forme de cœur. Niki le regarde. Mille reflets dansent dans cette pierre, plus que dans un arc-en-ciel. Du bleu, du rouge, du bleu ciel, de l'orange. Et les joues de Niki se colorent, elles aussi, embarrassées.

– Il est magnifique...

Alessandro lui sourit.

– Il te plaît ? C'est moi qui l'ai dessiné, chez Viviani, Via delle Vite. Sens la boîte...

Niki approche son nez.

– Mmm, c'est léger, délicat... Qu'est-ce que c'est ?

– J'y ai mis quelques gouttes de cette essence...

Alessandro sort une petite fiole de sa poche, l'ouvre et en verse un peu sur son index.

– C'est pour toi. C'est une création pour toi.

Il lui touche doucement le cou, l'effleurant presque, derrière les oreilles. Niki ferme les yeux puis respire la fragrance délicate.

– Ça sent bon !

– C'est de l'essence de jasmins.

Alessandro se lève, prend le collier, va derrière Niki. Il lui passe un bras autour du cou, pose le diamant léger sur son cou. Puis il récupère tout doucement les fils d'or blanc. Il soulève ses cheveux, trouve le petit crochet, le ferme. Ensuite, il laisse lentement glisser la petite goutte. Il s'arrête, en équilibre instable, sur son décolleté. Niki ouvre les yeux et voit son reflet dans un miroir tout près. Elle porte immédiatement une main à son cou, se tourne un peu, penche la tête et sourit.

– C'est magnifique…

– Non. C'est toi qui es magnifique.

Les musiciens recommencent à jouer. L'homme et la femme, qui, tout à l'heure, dansaient, rient maintenant ensemble. Ils boivent un verre de merlot au bar. Un groupe de jeunes gens entre bruyamment, tout à leur gaieté de jeunesse. Mais la table de Niki et Alessandro est vide. Ils sont déjà loin, dans la nuit parisienne, enlacés sous les étoiles qui encadrent la tour Eiffel. Ils la regardent d'en bas. Des nuages, la lune, et puis ce métal qui s'entrecroise, des trous, des ascenseurs, des touristes qui se penchent, s'embrassent, indiquent de la main quelque chose au loin, qu'on voit de là-haut. Elle n'est jamais aussi grande, sur les cartes postales. Ils prennent un taxi pour se promener. Les Champs-Élysées, le Louvre, Pigalle, Montmartre, à nouveau la Seine. La promesse de revenir bientôt. Et puis, un souvenir de la dernière coupe du monde, ne pas oublier ce coup de boule, ni surtout cette réplique : « Rendez-nous la Joconde ! » Descendre du taxi, payer, marcher un peu dans la nuit. Près de la Seine, la Sainte-Chapelle. Ils entrent, jeunes touristes inexpérimentés qui se perdent dans la beauté des vitraux, de ces mille scènes bibliques que les fidèles appellent « l'entrée au paradis »… Et ils sont si heureux qu'ils n'ont pas le courage de désirer quoi que ce soit d'autre, ils n'osent pas, ils ont même honte de prier, sinon pour demander de ne pas se réveiller de ce rêve.

Égoïstes de leur bonheur, ils arrivent ainsi à l'hôtel.

– Pff… je suis crevée !

Niki se laisse tomber à plat dos sur le lit. D'un coup de pied, elle envoie balader ses chaussures neuves qui atterrissent à l'autre bout de la pièce. Alessandro enlève sa veste, la met sur un cintre et la range dans l'armoire.

– J'ai quelque chose pour toi…

– Encore ?

Niki se relève et s'appuie sur ses coudes.

– Mais c'est trop ! Tu m'as déjà offert toutes ces choses magnifiques.

– Ce n'est pas de ma part…

Alessandro s'approche du lit avec un paquet.

– C'est de la part des Ondes.

Niki le prend. Un paquet parfaitement emballé, avec au centre une petite carte.

– C'est Erica qui a fait le paquet, je reconnais sa minutie. Et l'écriture sur la carte, c'est Olly.

Niki ouvre le mot et le lit. « Salut, jeune fille de dix-huit ans en fugue ! On voudrait toutes être avec toi en ce moment… mais aussi avec lui !!! Alex nous plaît beaucoup. Après la surprise qu'il nous a dit qu'il allait te faire, nous avons abandonné toutes nos résistances… tu peux faire des Ondes ce que tu voudras ! Une belle orgie, ça serait bien, non ? »

Niki marque une pause. Il n'y a rien à faire, Olly est incorrigible. Puis elle reprend. « Allez, je plaisante… quoi qu'il en soit, on t'aime et on veut être avec toi à notre façon… fais-en bon usage ! Oui, bon… fais-lui voir les étoiles parisiennes ! »

Niki est tout étonnée. Mais qu'est-ce que c'est ? Elle touche le paquet, le palpe. Rien. Rien ne lui vient à l'esprit. Elle essaie de le tâter, le tourne et le retourne. Rien. Elle décide de l'ouvrir. Elle enlève le papier… puis comprend. Elle sourit, amusée. Une chemise de nuit en soie, bleu marine, pleine de dentelle et de voiles transparents. Elle danse en la tenant dans ses bras, contre elle, jusqu'à un miroir. Elle penche la tête d'un côté, en se regardant. Alessandro est allongé sur le lit, sur le côté, il voit son reflet. Leurs regards se croisent. Alessandro sourit.

– Ça devrait aller… essaye-la.

– Oui… mais alors, ferme les yeux.

Niki commence à se déshabiller, puis s'aperçoit que les yeux d'Alessandro ne sont pas complètement fermés.

– Tu triches.

Elle éteint la lumière. Des reflets nocturnes, quelques lampadaires au loin et des étoiles cachées espionnent par les rideaux à demi tirés de cette chambre. Niki s'approche du lit, d'Alessandro, mais reste à moitié debout, en appui sur ses genoux. On dirait qu'elle a été dessinée dans ce contre-jour bleu. Elle prend une voix chaude et sensuelle.

– Alors… comment ça me va ?

Alessandro ouvre les yeux. Il l'effleure de la main, légèrement, en cherchant la soie. Il lui caresse les jambes, puis plus haut, encore plus haut, les hanches, mais il ne trouve rien.

– Eh, mais tu es un nuage ?

Niki rit.

– Oui… tu as vu comme elle est légère, cette chemise de nuit. On ne la sent presque pas.

Un baiser, un éclat de rire. Et une nuit qui n'a plus de limites. Les étoiles françaises doivent bien finir par l'admettre. Oui. C'est une autre victoire. Les Italiens sont les meilleurs amants du monde.

Le lendemain, superbe petit déjeuner au lit. Croissants, œufs brouillés, oranges pressées et petits gâteaux. Et les journaux italiens, qu'ils n'ouvrent même pas. Ensuite, ils louent une voiture, directement à l'hôtel. Ils y montent tandis que le jeune réceptionniste arrive avec une carte pleine d'indications.

Alessandro conduit, Niki lui sert de copilote.

– Droite, gauche, encore à droite, tout droit… et puis au bout à droite.

Elle rit tout en mordant dans la baguette qu'elle a emportée. Alessandro la regarde.

– Eh, mais qu'est-ce que tu manges !

Niki termine sa bouchée, puis change d'expression.

– Oui… c'est vrai… J'espère que…

Alessandro la regarde, inquiet.

– Niki ?

Niki sourit.

– Tout va bien… je les ai eues la semaine dernière ! C'est que, quand je suis heureuse, j'ai une de ces faims…

Ils sortent de Paris, mais sans trop s'éloigner.

– Voilà, voilà, c'est là.

Niki indique un panneau.

– Disneyland, trois kilomètres. On est presque arrivés.

Ils se garent et descendent de la voiture. Ils courent main dans la main, prennent des tickets, entrent et se perdent parmi tous ces gens qui sourient comme eux, jeunes enfants de tous âges en quête de rêves.

– Regarde, regarde, il y a Mickey !

Niki lui serre la main.

– Alex, prends-moi en photo !

– Mais je n'ai pas d'appareil !

– Je n'y crois pas… tu as tout organisé à la perfection et tu n'as pas pensé à l'appareil photo ? Le truc le plus simple ?

– On va réparer ça tout de suite !

Ils achètent un Kodak jetable et immortalisent la poignée de main avec Mickey. Et aussi le baiser à Donald, l'embrassade avec Dingo, le salut à Tic et Tac, et une dernière photo avec Cendrillon.

– Mon amour, tu es magnifique avec cette petite couronne sur la tête !

Niki le regarde avec étonnement.

– Mais je n'ai pas de couronne sur la tête !

Puis Niki regarde Cendrillon, une superbe fille, grande, blonde, éthérée, avec un sourire magnifique. Et une couronne sur la tête. Niki jette un regard noir à Alessandro, qui sourit.

– Oups, pardon… j'ai confondu.

Alessandro s'enfuit, Niki lui court après et Cendrillon reste sur place, sans dire un mot, immobile devant son château, à les regarder. Puis elle hausse les épaules et va sourire à de nouveaux visiteurs. Elle ne peut pas comprendre qu'il s'agit de magie, là aussi.

Alessandro et Niki continuent leur tour, escaladent les montagnes rocheuses, entrent dans le monde de Peter Pan, font un tour en bateau avec le capitaine Crochet, accostent dans un western, mangent dans un saloon, puis se retrouvent soudain dans le futur, à bord d'une machine à remonter le temps. Ils rencontrent Léonard de Vinci, traversent différentes époques. Des hommes des cavernes à la Renaissance, de la Révolution française aux années vingt.

– Je vais même pouvoir dire à ma mère que j'ai révisé un peu mon histoire…

Ils continuent. Ils font un tour de Space Mountains, les montagnes russes supersoniques, dans le noir. Ils foncent vers la Lune, la rejoignent mais font un crochet soudain à droite, la dépassant, puis à nouveau vers le bas, les cheveux dressés et le cœur qui bat la chamade.

Leurs mains accrochées aux barres de protection métalliques, les yeux fermés, ils hurlent leur bonheur fou et sans bornes.

– On a tout essayé…

– Oui, on n'a rien raté.

– Mon Dieu, je suis toute retournée, je suis en nage… regarde, mon T-shirt est tout collant.

Alessandro s'approche et le touche.

– Mais il est trempé, dès qu'on arrive à la voiture tu te changes.

– Oui, je mettrai le sweat-shirt que j'avais hier. Oh, c'est quoi, ça ? Des épis de maïs !

Niki court comme une petite fille au milieu de la petite place de style antique, français, disneyien. Elle s'approche du vendeur de maïs et, après avoir hésité un peu, lui en indique un de son index maigre et timide. Alessandro la rejoint, paye et sourit. Jeune papa de cette fille qu'il a eue un peu trop tôt et qui ne lui ressemble en rien.

– Merci…

Elle mord dans l'épi, l'embrasse, mord, embrasse. Un baiser long. Très long. Trop long. Quelqu'un sourit et secoue la tête. Pensées cinématographiques. *Mon père, ce héros*. Ou mieux. *L'amour n'a pas d'âge*.

Alessandro regarde sa montre.

– Eh, il faut qu'on file. Sinon on va rater l'avion.

– Je le raterais volontiers, mais demain j'ai ma dernière interro d'histoire.

Ils s'enfuient en courant, un épi de maïs plein de morsures vole dans une poubelle sur le bord de la route. Puis Niki change de T-shirt derrière la portière de la voiture, drôle de vestiaire parisien.

– Allez, on y va.

Ils s'éloignent dans la nuit. Ils laissent la voiture au parking. Puis une brève file d'attente, les papiers, le check-in, les petites valises à roulettes. Alessandro enlève quelque chose de sa poche pour passer le contrôle de sécurité. Quand c'est le tour de Niki, ça sonne. Un policier français s'approche. Il prend un petit détecteur de métaux et le passe sur Niki en cherchant quelque chose.

– Niki, fait Alessandro derrière elle, mais qu'est-ce que tu as volé ?

– La coupe du monde !

Elle se met à chanter gaiement.

– Allez, sois sage, reste tranquille… sinon ils ne nous laisseront pas partir !

Mais Niki continue à chanter.

– Et puis, je ne l'ai pas volée, on l'a gagnée !

Alessandro se met à chanter lui aussi, puis il prend Niki par l'épaule. Ils s'en vont ainsi, de dos, mais ensemble, pas comme dans certaines chansons…

Des nuages légers, et un coucher de soleil lointain qui disparaît lentement à l'horizon. L'avion tangue un peu. Niki se blottit contre Alessandro. Puis, tout doucement, le vol redevient tranquille et elle s'endort. Alessandro la regarde, appuyée contre lui, et il lui caresse doucement les cheveux de la main gauche. Il les arrange un peu, les déplace pour mieux voir la ligne de son visage, délicate, si parfaitement dessinée, naturelle. Ces longs cils qui poursuivent qui sait quel rêve. Niki dort tranquillement, elle respire profondément, sereinement. La respiration d'une petite fille qui a couru toute la journée derrière son bonheur et qui, pour une fois, l'a attrapé.

L'avion sursaute, doucement d'abord, puis plus fort. Les moteurs se mettent à gronder. Niki se réveille d'un coup et se met dans les bras d'Alessandro, apeurée.

– Qu'est-ce qui se passe ? Au secours !

– Chut, sois tranquille, ce n'est rien.

Il la serre contre lui.

– On vient d'atterrir.

Niki soupire de soulagement, puis sourit. Elle se frotte les yeux et regarde par le hublot.

– Nous sommes rentrés à Rome.

Pas de queue, pas de bagages à récupérer, la voiture les attend au parking.

– Attends, j'appelle chez moi.

Niki allume son portable. Mais après avoir composé le pin, plusieurs messages arrivent. Elle les ouvre. Que des coups de fil de chez elle. Soudain, tout disparaît. Un appel. Elle regarde l'écran, fait signe à Alessandro de ne pas parler, puis répond.

– Allô, maman, salut !

– Oui, salut ! J'étais inquiète ! Ton téléphone était toujours éteint. Ça fait deux heures que je t'appelle. On peut savoir ce que tu fais ?

Niki hausse les épaules et sourit à Alessandro. Tu vois, ma mère ne me croit pas.

– Mais rien, maman, je me baladais dans le centre avec des amis.

– Oui, tu passes ton temps à te balader avec des amis, et toujours dans des endroits où le portable ne passe pas… c'est bizarre, à t'écouter on dirait que toutes les compagnies téléphoniques vont faire faillite. Ton portable ne prend jamais nulle part…

– C'est parce que vous m'en avez offert un d'occasion.

– Oui, c'est ça, fais de l'humour, si ça continue c'est toi que je vais vendre d'occasion. Je peux savoir où tu étais, tu avais dit qu'on se racontait tout.

– Oui, mais depuis cette gifle quelque chose a changé.

– Non ! Ce n'était qu'un incident de parcours, on ne peut pas toujours être d'accord sur tout.

Niki y réfléchit un peu.

– OK, comme tu veux. Je te l'ai déjà dit hier, de toute façon. J'étais à Disneyland, ensuite j'ai couru à l'aéroport de Paris parce qu'on était en retard, mais on a quand même réussi à prendre l'avion de huit heures… c'est pour ça que mon portable était éteint… là je suis à Fiumicino.

Silence.

– Maman ?

– Oui, je suis là… tu as de la chance de toujours avoir envie de plaisanter. Bon, tu es là dans combien de temps ?

Niki regarde Alessandro, puis sa montre. Elle hausse les épaules, comme pour dire : « J'ai essayé de lui dire pour la deuxième fois. Elle ne me croit pas… »

Alessandro lui fait signe qu'elle est folle, puis qu'ils arriveront dans une heure.

– Je suis là dans une heure et demie.

– Pas plus tard !

Elle raccroche.

Ils s'en vont dans la circulation romaine. Le périph. Des gens sont nerveux. Un bourrin passe son temps à déboîter pour doubler, d'abord par la gauche, puis par la droite. Impatient. Il poursuit sa route. Il s'éloigne dans sa Peugeot aux vitres teintées. Alessandro, lui, conduit tranquillement. Il la regarde de temps en temps. Niki est en train de ranger quelque chose dans son sac. Quand on revient de voyage, on a l'impression d'avoir plus de temps. On est serein. Parfois, un voyage aide à mieux cerner sa propre existence, à comprendre où on en est.

Combien de chemin on a parcouru, où on va, où on se perd, et surtout si on est heureux. Et à quel point.

Juste à ce moment-là, deux bips. Un message. Alessandro prend son Motorola dans sa poche. Une enveloppe clignote. Il l'ouvre. C'est Pietro. Ça fait un moment qu'il n'a pas eu de ses nouvelles. Mais ce qu'il lit est la dernière chose qu'il aurait voulu apprendre.

« Salut. On est tous chez Flavio. Son père est mort. » Alessandro n'arrive pas à y croire.

– Non.

Niki se tourne vers lui, effrayée.

– Qu'est-ce qui se passe ?

– Le père d'un ami est mort. Flavio. Flavio, tu l'as rencontré. Tu vois qui c'est ? Le mari de Cristina… Celle qui ne te supporte pas, d'après toi.

– Je suis désolée. Même si je ne le connais pas bien…

Ils arrivent en bas de chez Niki.

– Merde, je suis vraiment désolé. Heureusement qu'on est rentrés. Je vais chez lui.

Niki sourit.

– Bien sûr. Appelle-moi quand tu veux, quand tu as envie… Vraiment, quand tu veux. Je laisse mon portable allumé.

Alessandro lui sourit. Niki l'embrasse doucement, puis s'enfuit. Mais elle s'arrête un instant et sourit.

– Eh, ma valise est dans le coffre. Je te la laisse… Je passerai la prendre.

Alessandro attend que Niki entre dans l'immeuble. Un petit signe de la main, et il s'éloigne dans la nuit.

97

Ils sont tous venus. Les amis les plus proches, les vrais amis, ceux qui connaissent toutes les vérités d'une famille, ceux qui ont assisté en silence aux petites et aux grandes douleurs, et qui ont aussi fait la noce en se réjouissant des petites et grandes joies de la vie. C'est ça, l'amitié. Savoir doser le bruit de sa présence. Alessandro s'approche de Flavio et le serre dans ses bras. Tout. Beaucoup. Tellement.

Chacun se rappelle à sa façon les moments différents d'une même vie.

– Merde, Flavio, je suis désolé…

Ils se regardent dans les yeux et ne savent pas bien quoi se dire d'autre.

Ces occasions poussent inévitablement au silence. Être là, être présent, vouloir dire bien plus mais ne pas y arriver. Ainsi, tout se dit avec une tape dans le dos, une embrassade, une phrase qui te semble idiote, mais qui est la seule qui te vient. Qui te semble être la meilleure, la plus vraie, la plus sincère. Mais qui ne l'est pas. Ou peut-être que si, en un sens. Qui sait… c'est que tu as la gorge nouée. Si tu dis un mot de plus, tu sais que tu vas te mettre à pleurer. Tu as les yeux brillants. Et tu vois que d'autres sont plus forts que toi. Ils ne pleurent pas. Ils ont l'air sereins, comme s'il ne s'était rien passé. Ils réussissent à bien vivre leur douleur. Ou peut-être qu'ils n'en ont rien à faire, tu penses. Mais qui sont-ils ? Comme ces deux types, par exemple, sans doute des cousins… ils sont au fond du salon et discutent en riant, ils font même un peu de bruit. On dirait que le fait que quelqu'un soit mort est leur seule occasion pour se revoir. Ou peut-être que leur façon de faire n'est qu'une couverture astucieuse. Ne pas pouvoir se permettre le luxe de se sentir mal, de souffrir ouvertement, de pleurer librement, sans honte. Ce drôle d'impôt que notre caractère nous oblige parfois à payer, nous laissant à l'écart de la beauté des sentiments.

Alessandro, Pietro et Enrico tiennent compagnie à Flavio toute la nuit, et chacun, à sa façon, renonce à quelque chose pour pouvoir être près de lui. Ils en sont tous les trois heureux, et personne ne regrette ce qu'il a perdu.

Nuit de mots. Nuit de souvenirs. Nuit de confidences. D'anecdotes lointaines. De vieilles histoires que la douleur, avec son souffle puissant, fait parfois réémerger. D'épisodes passés, cachés, perdus mais jamais totalement abandonnés.

– Vous savez quoi, les gars…

Flavio prend une grosse gorgée de whisky et les regarde. Personne ne répond. Il n'y en a pas besoin. Flavio se remet à parler.

– Tu te mets à penser aux choses que tu ne lui a pas dites. Aux fois où tu l'as déçu. À ces choses que tu aurais voulu lui dire, ce jour-là, à ce que tu voudrais lui dire maintenant. Courir chez lui. Sonner à l'interphone. Le voir se pencher à la fenêtre. Papa… j'ai oublié de te dire une chose… tu te rappelles, cette fois où nous sommes allés… voilà.

Flavio regarde à nouveau ses amis.

– Ça fait mal. C'est peut-être une connerie… mais tu aimerais vraiment pouvoir la lui dire.

Quelques jours plus tard. L'enterrement. Fleurs. Phrases. Silence. Gens perdus de vue depuis longtemps qui refont surface. Comme certains souvenirs. Et puis, des salutations. Des poignées de main. De l'émotion. Tout le monde salue Flavio avec affection. Certains apportent des fleurs. D'autres viennent d'un passé lointain et disparaîtront à nouveau pour toujours, mais ne voulaient pas manquer ce dernier rendez-vous. Ensuite, la sépulture. Un dernier salut. Une dernière pensée. Et puis plus rien. Pfff. Un petit ballon qui s'éloigne vers le ciel. Silence. Toujours plus loin. Péniblement, les premiers grincements. Comme si la grande machine se remettait en marche. Des bruits fatigants, des chaînes mal huilées, des engrenages qui crissent, qui raclent. Mais elle repart. Voilà… Tchou, tchou ! Comme ce train au loin, à l'horizon, qui reprend sa route, sa course, qui augmente son rythme, souffle, encore, oui, vers des frontières lointaines, vers les jours futurs… Tchou, tchou… Et il souffle, il souffle encore. Ne pas s'arrêter. Ne pas s'arrêter. Et tout le monde, tout le monde continue d'avancer. Tôt ou tard, peut-être qu'ils réussiront à oublier quelque chose. Ou peut-être pas. Et dans ce doute aussi, il y a de la beauté.

98

La semaine suivante, Alessandro veut se faire un cadeau. Le dimanche matin, il l'appelle.

– C'était qui, ce matin tôt, au téléphone ?

– Alex.

La mère d'Alessandro, Silvia, rejoint son mari au salon et le regarde, inquiète.

– Un dimanche matin à cette heure-là ? Et qu'est-ce qu'il voulait, qu'est-ce qu'il t'a dit… ·

– Je ne sais pas. Il m'a dit : papa, je voudrais sortir avec toi.

– Mon Dieu, il doit s'être passé quelque chose…

– Mais non, mon trésor, il doit avoir quelque chose à me raconter…

– C'est bien ce qui m'inquiète.

Luigi sourit et hausse les épaules.

– Bah, je ne sais pas… Il m'a dit : est-ce qu'il y a quelque chose que tu voudrais faire avec moi, quelque chose que tu ne m'as jamais dit ?

Silvia regarde son mari d'un air abasourdi.

– Et tu voudrais que je ne m'inquiète pas ?

Luigi met sa veste, puis lui sourit.

– Non. Tu ne dois pas t'inquiéter. À mon retour, je te raconte tout.

Il entend sonner à l'interphone, va à la cuisine et répond. C'est Alessandro.

– Je descends tout de suite.

Silvia arrange la veste de son mari.

– Qu'est-ce que j'aimerais être avec vous.

Luigi lui sourit.

– Tu y seras…

Ils s'embrassent. Luigi sort et ferme la porte derrière lui.

Quelques instants plus tard, il est dans la voiture avec Alessandro.

– Alors, papa… Tu as pensé à ce que tu voudrais faire ?

Son père lui sourit.

– Oui. C'est sur la route de Bracciano.

Un peu plus tard, la Mercedes d'Alessandro est garée sous le soleil chaud de midi.

– Alors, n'appuyez pas trop sur l'accélérateur. Suivez les virages et ne freinez pas, on perd facilement le contrôle. Attention, hein… gardez bien le pied sur l'accélérateur dans les virages.

Alessandro regarde son père, à côté de lui. Il a un casque rouge. Il est drôle. Il sourit, il a l'air amusé, on dirait un enfant dans ce kart puissant.

– Tu es prêt, papa ?

– Je suis prêt… Celui qui fait le moins bon temps sur dix tours paye, d'accord ?

Alessandro sourit.

– D'accord.

Ils partent, Schumacher improvisés de cette drôle de compétition. Alessandro se fait dépasser tout de suite, mais ne lâche pas son père d'une semelle. Il accélère de temps en temps, regarde d'un air amusé cet homme de soixante-dix ans qui prend les virages la tête penchée sur le côté, pensant s'aider dans ce drôle de jeu des poids.

Ensuite, plus tard.

– Ah… je me suis bien amusé ! Combien tu as payé, Alex ?

– Qu'est-ce que ça peut te faire, papa… j'ai payé ce que je devais. J'ai perdu.

Ils montent dans la voiture. Alessandro conduit tranquillement vers la maison. Son père lui jette un coup d'œil de temps en temps. Il décide de reprendre un peu son rôle.

– Tout va bien, Alex, n'est-ce pas ?

– Tout va bien, papa.

– Tu es sûr ?

– Sûr.

Son père se détend.

– Bien. Je suis content.

Alessandro regarde son père, puis à nouveau la route. Puis à nouveau son père.

– Tu sais, papa, je suis vraiment content qu'on ait passé cette journée ensemble… Bien sûr, je pensais que tu aurais voulu faire quelque chose de différent…

Son père sourit.

– Peut-être parce qu'un fils attend toujours plus de son père…

Ils ne disent rien pendant quelques instants. Puis Luigi reprend, sur un ton tranquille.

– Tu sais, j'ai longuement réfléchi sur ce que je pouvais inventer. Et puis, je me suis dit : quoi que je lui dise, ça n'ira pas pour lui, c'est-à-dire…

Il se tourne et sourit à Alessandro.

– … ça ne sera jamais quelque chose à la hauteur de ce qu'il attend de moi… C'est pour ça que, finalement, je me suis dit qu'il valait mieux te dire simplement la vérité. Je me suis dit que tu allais m'apprécier justement pour ça, et que je n'allais pas te décevoir…

Alessandro le regarde et sourit à son tour.

– Et ça, c'est quelque chose dont j'avais toujours rêvé… Depuis que je suis jeune, j'ai envie de faire du kart… je n'en avais jamais fait…

– Et aujourd'hui, tu as réussi…

– Oui.

Son père le regarde, un peu perdu dans ses pensées.

– Tu m'as laissé gagner.

– Non, papa. Tu étais vraiment rapide. Tu as même failli te retourner dans un virage.

– Oui, mais je n'ai pas levé le pied de l'accélérateur, sinon j'aurais perdu le contrôle. Une belle course, vraiment.

– Oui. Très belle.

Arrivé en bas de chez ses parents, Alessandro s'arrête.

– Et voilà…

Son père le regarde.

– « Quand je mets un vert, ça ne veut pas dire de l'herbe, quand je mets un bleu, ça ne veut pas dire du ciel… »

Alessandro le regarde, surpris. Il ne comprend pas.

– C'est d'Henri Matisse. Je sais que ça n'a rien à voir, mais ça m'a bien plu quand je l'ai lu.

Luigi descend de la voiture et se penche pour lui dire au revoir.

– Tu sais, Alex, un jour tu te souviendras de moi pour cette phrase qui n'est pas de moi, ou bien pour ce virage… Je ne sais pas ce qui est pire.

– Ce qui serait pire, c'est que je ne me souvienne pas de toi.

– Ah, ça, sans aucun doute… Ça serait pire pour moi, ça voudrait dire que je n'ai rien fait de bon.

– Papa…

– Tu as raison… Laissons tomber. Au fond, j'ai réussi à battre mon fils, à soixante-dix ans. Au fait, ta mère va me poser tout un tas de questions. Une chose est certaine, elle va vouloir savoir comment ça se passe avec Elena, si elle est revenue.

Alessandro sourit.

– Alors, dis-lui que tu as gagné la course de kart… Et que je suis heureux.

99

Les jours passent. Jours de lycée. Jours de travail. Jours d'amour. Jours importants. Alessandro est en réunion avec son team.

– Alors, vos propositions sont bonnes, très bonnes… mais il manque encore quelque chose. Je ne sais pas quoi, mais ça manque…

Puis il regarde autour de lui.

– Mais où est Andrea Soldini ?

Dario hausse les épaules tandis que Michela, Giorgia et d'autres gens du staff ricanent.

Juste à ce moment-là, Andrea Soldini entre, essoufflé.

– J'étais descendu un instant, excusez-moi, je devais envoyer un paquet…

Alessandro le regarde.

– Mais pourquoi, est-ce qu'on devait envoyer de nouvelles épreuves justement maintenant ?

– Non.

Andrea Soldini est tout gêné.

– C'était une affaire privée.

Alessandro soupire.

– S'il vous plaît. Il ne nous reste plus qu'une semaine. Les épreuves qu'on fera, si on en fait, on les enverra par mail pour avoir l'approbation… Vous êtes tous sur le pont jusqu'à dimanche prochain, vous ne respirez pas, vous ne mangez pas, vous ne dormez pas.

Dario lève la main.

– Et baiser, tout en pensant à la publicité, on peut ?

– Si ça doit te faire venir une idée, oui.

– C'est ça, il ne pense à rien, lui, il vient, un point c'est tout…

Tout le monde rit. Une fille rougit. Alessandro rappelle son staff à l'ordre.

– S'il vous plaît, ça suffit ! Allez, on se remet au travail… alors, où on en était ?

Juste à ce moment-là, son portable sonne.

– Excusez-moi un instant.

Il va à la fenêtre.

– Allô.

– Joyeux anniversaire, joyeux anniversaire, joyeux anniversaire, Alex... Tu pensais que j'avais oublié, hein ?

Alex regarde sa montre. C'est vrai. On est le 11 juin, aujourd'hui. C'est mon anniversaire.

– Niki, tu ne vas pas me croire. J'avais oublié.

– Bon, alors je vais réparer ça pour tous les deux. J'ai réservé un endroit magnifique et je t'invite, tu crois que tu peux passer me prendre vers neuf heures ?

Alessandro soupire. En réalité, il voudrait surtout travailler. Ou mieux, il devrait. Il voit Lugano s'approcher...

– OK. Mais je ne crois pas que je finirai avant neuf heures et demie.

– OK. Bon travail, alors... et à plus tard.

Alessandro referme son portable, puis il se tourne. Tout son staff a sur la tête des petits chapeaux colorés, et sur la table il y a un grand plateau plein d'excellentes pâtisseries. Un sac de chez Mondi, fraîchement déballé, traîne encore au milieu.

– Bon anniversaire, chef ! Nous aussi, avec cette maudite LaLune, on a failli oublier.

Andrea Soldini a une bouteille à la main.

– C'est pour ça que j'étais descendu... j'avais tout laissé dehors... tôt ou tard, il allait bien falloir que tu te détendes un peu !

Alessandro sourit, embarrassé.

– Merci, tout le monde, merci.

Dario, Giorgia et Michela s'approchent, un paquet à la main.

– Meilleurs vœux, boss...

– Mais il ne fallait pas...

– On sait, mais comme ça on espère une petite augmentation.

– C'est de la part de nous tous…

Alessandro déballe son cadeau. Un magnifique lecteur mp3 et un CD, *Moon*, où il est écrit : « Bon anniversaire… pour rester dans le thème ! Ton précieux team ! »

Andrea Soldini débouche la bouteille et verse le champagne dans les gobelets en plastique que Dario lui passe.

– Allez, prenez les verres, faites-les passer…

Finalement, tout le monde en trouve un. Alessandro lève le sien. D'un coup, c'est le silence total. Alessandro s'éclaircit la voix.

– Alors, ça me fait très plaisir que vous vous en soyez souvenus. J'aime beaucoup ce cadeau, l'idée du CD est très amusante… Et, quand vous voulez… je vois que vous êtes créatifs, vous avez des idées ! Donc, j'espère que vous en trouverez vite une qui nous permettra de prétendre à une victoire désirée, soufferte et méritée !

Puis il lève son verre.

– À nous tous, conquérants de LaLune !

Ils l'imitent en souriant, au son de bon anniversaire chef, bon anniversaire Alex. Bon anniversaire… Alessandro sourit en trinquant avec tout le monde. Il boit une gorgée. Mais petite. Il ne veut pas exagérer. Et surtout, le cadeau d'anniversaire qu'il préférerait, c'est une idée pour les Japonais.

Dans l'après-midi, tout son staff travaille consciencieusement, en écoutant le CD. Chacun fait une proposition, donne une idée. Andrea Soldini a trouvé une vieille publicité parue dans un journal, il y a bien longtemps.

– Tu vois, Alex, ce n'était pas mal…

Il pose la revue sur la table, devant lui. Alessandro se penche en avant pour mieux voir. Andrea Soldini en profite pour lui glisser quelque chose dans la poche.

Alessandro ne s'aperçoit de rien et continue d'examiner cette vieille publicité. Puis il secoue la tête.

– Non… ça ne va pas. C'est dépassé. C'est immobile.

Andrea Soldini hausse les épaules.

– Dommage. Bon, eh bien moi j'aurai essayé…

Il s'éloigne. Puis sourit discrètement. Peut-être que, en ce qui concerne la publicité, sa proposition n'a pas abouti. Mais pour le reste… il a parfaitement atteint son but.

100

Vingt heures trente. Alessandro entre dans l'ascenseur de chez lui, crevé. Il se regarde dans le miroir. Il y voit clairement toute la fatigue de la journée. Et surtout le stress de n'avoir pas encore trouvé l'idée gagnante. Les portes de l'ascenseur s'ouvrent. Alessandro met la main dans la poche de sa veste. Il prend ses clés. En ouvrant la porte d'entrée, il oublie immédiatement sa fatigue.

Qu'est-ce qui se passe? Qui est entré? Partout dans le salon, des petites bougies parfumées sont allumées. Les petites flammes dansent, mues par un vent léger. Une musique douce se diffuse dans toute la maison. Un parfum de cèdre rend l'air particulièrement frais et agréable. Au centre du salon, par terre, deux grands bols en terre cuite sont remplis de pétales de roses. Un parfum encore plus fort, enivrant, en émane. Alessandro ne sait pas quoi penser. Il n'y a qu'une personne qui ait les clés de la maison. Elle ne les a jamais rendues. Elena. Mais, juste à ce moment-là, ce doute, cette peur, cette drôle d'inquiétude sont balayés d'un coup. Une douce musique japonaise aux sons antiques, ancestraux, ces rythmes secs, impossibles à confondre. Elle sort de la pénombre de la chambre. Un kimono blanc, avec des petits dessins en argent, aussi léger que la ceinture qui la serre à la taille. Elle porte des nu-pieds et avance d'un pas court, rythmé, typique des vraies femmes japonaises. Les mains serrées devant son torse. Les cheveux relevés. Seule une petite mèche châtain clair, légère, a échappé à cette étrange capture.

– Me voici, mon seigneur…

Elle sourit. Alessandro a devant lui la plus belle geisha qui ait jamais existé. Niki.

– Mais comment tu as fait ?

– Ne te demande pas, mon seigneur… chacun de tes désirs est un devoir.

Elle lui enlève sa veste, la plie soigneusement sur le fauteuil du salon. Puis elle le fait asseoir, lui retire ses chaussures, ses chaussettes, son pantalon, sa chemise.

– Non, je veux savoir comment tu as fait…

– Un de tes esclaves, mon seigneur, m'a aidée…

Niki enfile à Alex un kimono noir.

– Et il m'a dit de te donner ça…

Niki donne un billet à Alessandro. Il l'ouvre.

Cher Alex,

J'ai pris tes clés dans ta poche et je les ai données à Niki. Elle en a fait un double et elle me les a rapportées. Comme tu as vu, elles sont à nouveau dans ta poche. Je crois que, parfois, une belle soirée vaut bien un petit risque.

Andrea Soldini

PS : Le champagne, c'est moi qui l'offre. Tout le reste…
non. J'espère que tu ne vas pas me licencier. Si c'était le
cas, bon, j'ai peut-être pris trop de risques, mais j'espère
que ça a valu la peine…

Alessandro referme le billet. Il entend dans son dos le bruit d'une bouteille qu'on débouche. Niki verse du champagne dans deux coupes. Elle en passe une à Alessandro.

– À l'amour que tu désires, mon seigneur, et à ton sourire le plus beau, j'espère qu'il est grâce à moi.

Ils trinquent. Un léger tintement se répand dans le salon, tandis qu'Alessandro boit le champagne froid, glacé, excellent, sec. Comme la main de Niki qui le conduit vers la salle de bains. Elle lui retire son kimono et l'aide à entrer dans la baignoire qu'elle vient de préparer.

– Détends-toi, mon amour.

Alessandro s'immerge dans l'eau chaude, mais pas trop. Température parfaite. Sur le bord de la baignoire, elle a posé plusieurs bougies de santal dans des petits bols. Au fond, des petits cristaux de sel bleu minéral sont en train de fondre. Une mousse légère se forme doucement, parfumant l'eau. Alessandro se laisse glisser, met sa tête sous l'eau, ferme les yeux. Dans ce silence. La musique arrive de loin, douce, dans l'eau. Tout est ouaté. Tout est tranquille. Je suis en train de rêver. Il se laisse aller. Même ses cheveux ondulent, se laissent bercer par ce calme aquatique. Peu après, quelque chose de lisse effleure ses jambes. Alessandro se relève, ressort la tête, crache un peu d'eau. Puis il la voit. Niki. Comme une petite panthère, elle glisse sur lui, complètement nue. Elle pose une jambe, puis l'autre, puis les plie. Puis un bras, puis l'autre, et elle avance ainsi, encore sèche, dans cette eau faite de petites bulles parfumées. La bouche ouverte, affamée d'amour, elle glisse sur lui, sur son corps. Et puis encore plus bas, sous l'eau. On ne voit plus que ses épaules et ses cheveux mouillés qui s'ouvrent, perdus dans l'eau, comme un poulpe effrayé qui déploie soudain ses tentacules, comme un feu d'artifice qui explose dans le ciel la nuit. Puis elle revient à la surface, mouillée, l'eau lui coulant sur le visage, sur le cou, sur les seins. Elle l'embrasse. Et encore. Et encore. Deux bouches perdues qui glissent, qui se trouvent, qui ne freinent pas, qui s'aiment. Et puis, à nouveau vers le bas, sans pudeur, comme une geisha parfaite qui trouve son seul bonheur dans le plaisir de son homme. Jusqu'au bout. Jusqu'à colorer cette eau bleue et parfumée de possible vie.

Un peu plus tard. Niki le douche et le sèche avec une grande serviette. Puis elle le fait étendre sur le lit. Elle lui monte sur le dos, nue, et elle fait couler un peu d'huile tiède d'un petit flacon qu'elle a maintenu jusqu'ici dans une casserole d'eau chaude.

– Ah… c'est chaud.

– Ça va se refroidir.

Avec ses mains fortes de volleyeuse, la championne Niki s'abat sur ces muscles, les détend, les relaxe, les contraint à l'abandon. Puis elle s'étend sur lui et fait glisser ses seins sur ses épaules. Et plus bas, sur son dos, jusqu'à lui masser les lombaires, les jambes, puis à nouveau vers le haut. Lui détendant les dorsales, le cou, les trapèzes. Puis à nouveau vers le bas. Comme une savonnette dure, lisse, folle, qui glisse dans tous les sens… et ne s'arrête plus.

– Ça s'appelle *body massage*.

Alessandro n'arrive plus à parler.

– À-mon-avis-tu-ne-vas-pas-au-lycée-Mamiami.

Ils rient, puis refont l'amour, et Alessandro s'endort. Puis se réveille. Et n'y croit pas.

– Niki, mais qu'est-ce que tu fais ?

Niki est étendue près de lui. Elle sourit, amusée.

– J'ai préparé le dîner.

Mais sur une table pour le moins particulière. Elle a disposé les meilleurs sushis et sashimis sur cette drôle d'assiette toute douce. Son ventre. Au bout, il y a un petit bol.

– Là, il y a la sauce soja… attention, ne la renverse pas, ça doit brûler !

Ils rient, et Niki lui passe les baguettes dans un petit sachet en papier. Alessandro n'en croit pas ses yeux.

– Tu es folle…

– De toi !

Alessandro sort les baguettes et les sépare.

– Et toi, tu ne manges pas ?

– Après, mon seigneur…

Alessandro regarde les sushis, puis les sashimis. Il ne sait pas par où commencer. Tout a l'air délicieux.

– Oh… mais dépêche-toi, Alex, j'ai faim !

Alessandro secoue la tête.

– Tu es un superbe exemple de bourrine-geisha.

Il se met à manger comme un vrai Alex-san. Il goûte à tout, de temps à autre il donne une bouchée à Niki qui sourit, amusée. Elle mord, malicieuse, arrachant des morceaux de sushis à ces petites baguettes. Puis elle se relève et verse de la bière Sapporo dans deux verres.

– Mmm… elle est délicieuse. Tu as vraiment bien fait les choses, Niki ! Je n'aurais rien rêvé de mieux. Sérieusement, c'était magnifique.

Niki penche la tête sur le côté.

– Sérieusement ?

– Sérieusement.

– Tu pardonnes à Andrea Soldini ?

– Je lui donne une promotion.

Niki rit, puis le prend par la main.

– Viens.

Ils finissent dans le salon, à moitié nus.

– Voilà. Tiens.

Niki lui passe un billet. Alex l'ouvre.

Je voudrais que ça soit le plus bel anniversaire de ta vie. Mais je voudrais aussi que ça soit le moins beau de tous ceux qu'on fêtera ensemble. Et je voudrais ne pas avoir perdu tout ce temps. Et je voudrais ne pas en perdre d'autre. Et je voudrais qu'on festoie chaque jour, comme si c'était notre « bon non-anniversaire », comme dans cette fable. Et même, encore plus. Je voudrais que nous soyons une fable. Je voudrais continuer à vivre ce rêve avec toi sans jamais me réveiller. Bon anniversaire, mon amour.

Alessandro referme le billet. Il a les yeux brillants. C'est beau. Très beau. Il la regarde.

– Dis-moi que c'est vrai, que je ne rêve pas. Et surtout, dis-moi que tu ne rentreras jamais dans personne d'autre avec ton scooter…

Niki éclate de rire, puis prend Alessandro par les épaules et le guide doucement.

– Viens… C'est pour toi…

Un paquet énorme, emballé, est caché dans un coin du salon.

– Mais comment tu as fait ?

– Ne me le demande pas. J'ai le dos en compote… Allez, ouvre-le !

Alessandro commence à déchirer le papier.

– Bah, tu sais quoi… ce sont tes voisins qui m'ont aidée !

– Je n'y crois pas ! Tu as réussi à te faire aider par celui qui en général m'envoie la police ; tu dois avoir de drôles de pouvoirs…

Alessandro termine de déballer le paquet et, quand il voit le cadeau, en reste sans voix.

– *La Mer et le Rocher*… la sculpture qui était à Fregene, chez Mastino.

– Mon amour, mais comment tu as fait, c'est un cadeau magnifique ! Mais c'est trop. Ça a dû te coûter une fortune…

– Ne t'inquiète pas. On dirait un comptable, pas un créatif ! Qu'est-ce que ça peut te faire ! C'est beau, de faire un cadeau sans penser au prix… bon, c'est sûr, cet été je vais devoir travailler comme serveuse pour Mastino, ou bien comme employée de plage, ou bien directement comme chaise longue… mais quelle satisfaction de le voir dans ton salon ! Ça n'a pas de prix…

Alessandro regarde la sculpture, perplexe. Niki s'en aperçoit.

– Qu'est-ce qu'il y a, ça ne te plaît pas ? Tu peux la mettre dans la salle de bains, ou dans la cuisine, ou sur la terrasse, ou bien la jeter… c'est à toi, hein… tu peux en faire ce que tu veux ! Je n'ai pas l'intention de décorer ton appartement, moi !

– Mais non, je réfléchissais. C'est le plus beau cadeau qu'on m'ait jamais fait. Tu sais, j'y ai pensé souvent… mais je croyais que Mastino ne s'en débarrasserait jamais.

– Moi aussi, et en effet, dans l'hypothèse qu'il ne me la donne pas, je t'ai aussi acheté ça…

Niki sort un petit paquet.

– Tiens…

646

– Mais Niki, c'est trop, tu pouvais me le donner à une autre occasion !

Alessandro le déballe.

– Un appareil photo numérique ! Mais il est magnifique !

– Comme ça, la prochaine fois qu'on ira à Disneyland, on n'aura plus de problèmes !

Niki sourit.

– Et puis, toi, super créatif… tu as tout, mais pas d'appareil numérique… ça peut toujours servir. Tu vois quelque chose, tu as une idée, tu appuies sur le bouton, tu prends une photo… et tac !

Alessandro sourit.

– Mets-toi là, près de la sculpture. Je veux l'inaugurer tout de suite.

Niki se cache derrière, puis se penche, un peu timide, en couvrant sa nudité.

– Je le fais pour toi. J'ai honte, moi… allez, dépêche-toi, sinon je change d'avis.

Alessandro cadre la photo. Elle est magnifique, dans la pénombre du salon, contre cette sculpture blanche.

– Ça y est. Regarde.

Alessandro s'approche de Niki et lui montre la photo.

– Ça pourrait être un tableau. J'ai même un nom. *La Mer, le Rocher… et l'Amour.*

Ils s'embrassent.

– À quelle heure tu dois rentrer ?

– Je ne dois pas rentrer. J'ai dit à mes parents que je travaillais chez Olly et que je restais dormir chez elle.

Alessandro lui sourit.

– Tu vois… parfois, ça sert, les révisions.

101

Plus tard. Nuit. Nuit noire. Lumières éteintes. Un vent léger qui vient de loin, de la mer. La pleine lune éclaire la terrasse. Les rideaux dansent doucement. Dans la pénombre de la chambre, Alessandro est éveillé. Il regarde Niki dormir. Il a enfilé sa chemise bleue. C'est drôle, la vie… je viens de fêter mes trente-sept ans avec une fille qui en a tout juste dix-huit. J'allais me marier. Et d'un coup, sans raison, je me suis retrouvé seul. Aujourd'hui, Elena n'a même pas pensé à me souhaiter mon anniversaire, pas un message, pas un coup de fil. Ou bien, elle a délibérément choisi de ne pas le faire. Mais pourquoi ? Pourquoi je cherche à l'excuser ? J'ai l'impression d'avoir une vie si incertaine, si confuse, avec le risque, et même la quasi-certitude, de me planter dans mon boulot et de finir à Lugano… et pourtant, là, je suis heureux.

Alessandro la regarde mieux. Mon bonheur dépend d'elle. De toi… Mais qui es-tu ? Est-ce qu'on peut vraiment vivre un conte de fées ? Ça ne serait pas plus simple que tu te lasses de tout ça ? Tu as encore tellement de choses à faire que j'ai déjà faites. Tu trouveras peut-être quelqu'un de plus drôle que moi. Plus enfantin. Plus simplement stupide. Quelqu'un qui pourra te faire sentir une fille de ton âge, plus toi-même, qui ait encore envie d'aller en boîte jusqu'à quatre heures du matin, de parler de choses inutiles, stupides et légères, belles, de choses sans but, qui ne servent à rien, qui ne doivent pas à tout prix avoir un sens, mais qui font rire… Et qui font se sentir bien. Les choses stupides me manquent.

D'un coup, Niki s'agite. Comme si elle entendait ces pensées. Elle se met sur le ventre et, toujours endormie, relève et plie ses jambes. Une drôle de position, bizarre, imparfaite. C'est à ce moment qu'Alessandro a l'idée. Nette. Claire. Parfaite. L'idée qu'il cherchait. Il sort immédiatement du lit, prend l'appareil numérique que Niki lui a offert. Puis il lève doucement les stores. Et il fait sienne cette image éclairée par la lune. Clic. Puis il attend. Au bout d'un moment, Niki se tourne. Et de nouveau clic, un autre cliché. Et puis, encore l'attente. Silence. Nuit. Et encore clic, et clic. Et une demi-heure après, un autre clic. Photo. Il vole ces images l'une après l'autre. Les kidnappe. Les fait siennes. Les emprisonne dans cet appareil magique. Puis il va à l'ordinateur, les transfère, les enregistre. Ensuite, il clique sur les icônes qui viennent de se créer, encore fraîches de créativité. Il travaille avec Photoshop. Il éclaircit, colore, modifie. L'aube pointe. Et Alessandro continue de travailler. Quand il termine, il est presque neuf heures.

– Mon amour, réveille-toi…

Niki se tourne dans le lit. Alessandro s'approche d'elle. Elle lui sourit quand elle ouvre les yeux.

– Mais quelle heure il est ?

– Neuf heures. Je t'ai apporté le petit déjeuner.

Posés sur la table de nuit, il y a un café au lait encore fumant, un yaourt, du jus d'orange et des croissants.

– Il y a même des croissants ! Alors tu es sorti… Mais ça fait combien de temps que tu es réveillé ?

– Je n'ai pas dormi !

– Quoi ?

Niki se redresse.

– Et pourquoi, tu étais malade ? C'est les sashimis ?

– Non, tout était délicieux, et toi tu es magnifique. Et surtout, tu as été parfaite.

Niki croque dans un croissant.

– Toi aussi…

– Non, toi plus…

Elle prend une gorgée de jus d'orange.

– Bah, disons que dans ces cas-là la geisha a la situation en main… et je t'assure que je ne dis pas ça pour être vulgaire…

– Je sais. Mais je voulais dire que tu as été parfaite dans ton sommeil.

– Pourquoi, qu'est-ce que j'ai fait ?

– Tu m'as inspiré. Viens…

Niki finit son jus d'orange et sort du lit. Elle suit Alessandro au salon. Et en arrivant, elle n'en croit pas ses yeux. Accrochées au mur, elle voit quatre grandes photos d'elle, qui dort dans des positions des plus bizarres.

– Han… Mais qu'est-ce qui s'est passé ?

Alessandro sourit.

– Rien, c'est toi en train de dormir…

– Je vois, mais j'ai dû faire des cauchemars. J'ai mal dû digérer les sushis ou les sashimis… regarde là… Je me tords dans tous les sens, je me demande à quoi je rêvais…

– Je ne sais pas. Mais tu m'as fait rêver, et j'ai trouvé l'idée.

Alessandro s'approche de la première photo, où Niki a les jambes recroquevillées.

– Voilà, il y a une fille qui dort dans une drôle de position, qui fait un mauvais rêve…

Alessandro se déplace vers la deuxième photo. Niki y est toute tordue, elle a un bras qui pend du lit et touche le sol.

– Elle fait des cauchemars.

Alessandro passe à la dernière photo. Niki est à plat ventre, avec les fesses vers le haut qui tirent les draps.

– Elle fait des cauchemars épouvantables…

– Mon Dieu, mais là je me sentais vraiment mal !

Enfin, il s'arrête à la quatrième et dernière photo. Elle est tournée vers le mur.

— Et voici l'idée !

Il la retourne. Niki y dort tranquillement. Elle a une expression sereine, béate, les mains autour de l'oreiller et un sourire léger, comme une petite moue de satisfaction. Elle est superbe. Et au-dessus, il y a le paquet de bonbons avec une inscription énorme : « Avec LaLune... tu rêves ! »

Alessandro la regarde, heureux.

— Alors ? Ça te plaît ? Moi je trouve ça magnifique, tu es magnifique, toi et LaLune êtes magnifiques ensemble !

Niki regarde à nouveau la succession de photos.

— Oui... c'est super ! Bravo, mon amour.

Alessandro n'en peut plus de joie. Il enlace Niki et la soulève, la couvre de baisers.

— Comme je suis heureux... je t'en prie, dis-moi que tu seras mon *testimonial*... la fille aux jasmins devient la fille aux bonbons... je t'en prie, dis-moi que ça sera toi, sur les panneaux.

— J'aimerais bien... mais ils ne voudront jamais de moi, Alex...

— Quoi ? Tu es parfaite, tu es la nouvelle Vénus des bonbons, tu es la Joconde sucrée ! Tu seras sur tous les panneaux du monde, tout le monde te verra, tu seras célèbre dans les contrées les plus lointaines, dans les coins les plus différents. Si on retourne à Disneyland, c'est Mickey et les autres qui te demanderont un autographe !

— Mais Alex...

— Je t'en prie, dis-moi oui.

— Oui.

— OK, merci.

Alessandro court vers les photos, les décroche l'une après l'autre, les rassemble, les pose sur la table pour les mettre dans l'ordre puis les glisse dans une chemise.

– OK… on y va ? Tu te prépares ? Comme ça je t'accompagne, et ensuite je vais directement au bureau.

– Ne t'inquiète pas, j'ai mon scooter.

– Tu es sûre ? Alors je peux y aller ?

– Vas-y, moi je vais prendre mon temps avant de partir…

– Prendre ton temps ? Tu peux faire ce que tu veux, rester autant que tu veux, te remettre au lit, finir ton petit déjeuner… prendre un bain, une douche, regarder la télé… mais moi je file, hein…

Alessandro prend la chemise, met sa veste et va vers la porte. Puis il s'arrête et revient en arrière. Niki est restée plantée au milieu du salon. Il l'embrasse longuement sur la bouche.

– Excuse-moi, mon amour, j'ai perdu la tête…

Il s'écarte et inspire un grand coup.

– Merci, Niki… tu m'as sauvé une deuxième fois.

Et il sort du salon en courant.

102

– Leonardo est là ?

– Dans son bureau, il est au téléphone…

Alessandro n'attend pas une seconde et entre dans le bureau de Leonardo sans même frapper.

– Tu es prêt ? J'ai trouvé. Tout est là-dedans.

Alessandro indique la chemise. Leonardo le regarde, incrédule. Alessandro et son enthousiasme.

652

– Excuse-moi, mon amour, mais un fou est entré, il faut que je raccroche… je te rappelle.

Leonardo repose le combiné.

– Qu'est-ce qui se passe ? Qu'est-ce que tu as, là-dedans ?

– Ça.

Alessandro ouvre la chemise et pose les trois photos sur la table, l'une après l'autre. Niki qui dort dans des positions bizarres. Sur le ventre, mais toute recroque-villée, un bras par terre, les fesses en l'air. Puis il s'arrête. Attend un instant. Capte encore plus l'attention de Leonardo, qui le regarde maintenant avec curiosité, attentif, soudain en alerte. Comme un limier qui a flairé sa proie…

– Tu es prêt ? Ta-da !

Il pose la dernière photo sur la table. Niki qui dort pai-siblement sous les bonbons et au-dessus l'inscription : « Avec LaLune… tu rêves ! »

Leonardo regarde. Ne dit rien. Puis touche délicate-ment la photo. Comme inquiet de pouvoir l'abîmer. Il se lève, fait le tour de la table, va vers Alessandro et le serre dans ses bras.

– Je le savais, je le savais… il n'y a que toi qui pouvais y arriver. Tu es le plus grand, le meilleur.

Alessandro se dégage de son étreinte.

– Attends, Leonardo, attends avant de te réjouir. C'est quoi, la date limite ?

– Demain.

– Envoyons-les immédiatement. Essayons, allez, pour voir ce qu'ils disent…

Leonardo y réfléchit un instant, puis décide et sourit.

– Tu as raison, inutile d'attendre. Allez, on y va.

Ils courent tous deux vers la salle des graphistes et passent une clé USB à une assistante.

– Giulia, enregistre les photos qui sont là-dedans !

La fille s'exécute immédiatement.

– Voilà, c'est bien. Maintenant, prépare un mail pour les Japonais avec les photos en pièces jointes, puis laisse-nous la place, s'il te plaît.

Alessandro s'assied à la place de Giulia et écrit rapidement un message en anglais. Puis il envoie le mail. Leonardo le regarde d'un air perplexe.

– Alex, mais ce n'est pas un peu exagéré d'écrire ça à leur directeur du marketing ?

– Il m'a semblé être un homme plein d'humour… et au fond, écrire qu'en Italie nous avons déjà commencé à rêver, ce n'est pas mal. Et puis, de toute façon, Leo, la vraie question, c'est si ça va leur plaire ou non…

Ils restent plantés devant l'ordinateur, attendant une réponse.

– Écoute, je l'imagine.

Alessandro ferme les yeux.

– Il vient de relever son courrier. Il ouvre les fichiers… Voilà, maintenant il imprime les photos… Il les secoue pour les faire sécher.

Alessandro ouvre les yeux et regarde Leonardo, puis lève les yeux au ciel et continue.

– Maintenant, il les apporte en salle de réunion, les met sur des panneaux, prend son téléphone, convoque toute la commission…

Leonardo regarde sa montre.

– Voilà, ils viennent d'arriver. Certains s'asseyent, les regardent. D'autres se lèvent, veulent les voir de plus près. Puis le directeur arrive. Il veut les voir de très près. Il fait le tour de la table, s'approche du panneau, regarde la première, la deuxième, la troisième, s'arrête sur la dernière. Longtemps. Encore un peu. Puis il se tourne vers les autres… voilà, c'est le moment décisif. Maintenant, il

sourit et secoue la tête… Ça y est, ils ont décidé. Le directeur charge quelqu'un de répondre à notre mail… Voilà,
on devrait recevoir une réponse maintenant…

Alessandro et Leonardo s'approchent à nouveau de
l'ordinateur. Cliquent sur envoyer/recevoir. Aucun message. Rien.

– Le directeur est indécis. Il y réfléchit encore…

Leonardo intervient.

– Ou bien quelqu'un a dit quelque chose. Ils veulent
peut-être un autre titre…

– Peut-être. Mais trop d'attente n'est pas un bon
signe.

– Ça dépend. Pas de nouvelles, bonnes nouvelles…

À ce moment-là apparaît la notification « Vous avez
un nouveau message ».

Alessandro s'assied à l'ordinateur. Il clique pour
faire disparaître la notification. En bas à droite, une
icône indique que le serveur est en train de télécharger.
Alessandro attend. En tête de la liste des messages reçus,
le mail des Japonais. Alessandro se tourne vers Leonardo,
le regarde. Leonardo lui fait un signe de tête.

– Qu'est-ce que tu attends… allez, regarde.

Alessandro clique sur le mail, l'ouvre.

– *Incredible. We're dreaming too…*

Alessandro n'en croit pas ses yeux. Il pousse un cri
de joie. Il se lève, saute de joie, puis embrasse Leonardo.
Ils se mettent à danser, entraînant Giulia qui danse avec
eux, heureuse, par solidarité, ou peut-être par pur sens
du devoir. Et à ce moment-là passent Giorgia, Michela,
Dario et Andrea Soldini. Ils les voient sauter comme des
fous, hurler de joie, danser… Leonardo et Alessandro
sont euphoriques. Giulia, épuisée, s'est écroulée dans
le fauteuil. Ils entrent tous dans la pièce. Mais Andrea
Soldini est le plus rapide, il court vers Alessandro.

– C'est ce que je pense ? Dis-moi que c'est ce que je pense…

Alessandro lui fait signe que oui avec les yeux, avec la tête, avec tout.

– Oui ! Oui !

– Génial !!!

Ils se mettent tous à danser ensemble. Andrea sautille sur place, fait une drôle de danse mexicaine, une pâle copie de la danse de Bruce Willis dans *Le Dernier Samaritain*. Puis il va danser avec Alessandro.

– Dis-moi une chose… Tu n'es pas fâché pour cette bouteille de champagne, n'est-ce pas ?

– Fâché ? C'est ton cadeau qui m'a fait gagner !

Ils continuent à danser, heureux, confus, fatigués, déchaînés, enfin détendus, ils lâchent toute la tension accumulée depuis des jours et des jours.

Marcello, Alessia et les autres membres du staff adverse se précipitent. Ils ont entendu les cris. Alessia sourit. Elle a tout compris. Alessandro lui fait un clin d'œil de loin. Puis il lève le bras en serrant le poing, en signe de victoire. Alessia regarde Marcello puis, sans même lui demander, entre dans la pièce et s'approche d'Alessandro.

– Félicitations, vraiment… votre projet est sans doute le meilleur… comme toujours, d'ailleurs.

Alessandro arrête de danser, reprend son souffle.

– Je t'assure que je ne pensais pas que j'y arriverais, cette fois-ci.

– C'est vrai. C'était difficile.

– Non. Tu n'étais pas là.

Ils se regardent un instant, puis se serrent dans les bras l'un de l'autre. Alessia s'écarte et le regarde.

– Je pourrai toujours t'appeler chef ?

– Non. Continue à m'appeler Alex.

Marcello, en voyant cette scène, s'éloigne, suivi des autres membres de son staff.

103

Alessandro explique tout à tout le monde. Il montre les photos. Donne un peu d'indications sur les prochaines étapes. Puis il va dans son bureau et appelle Niki.

– Salut ! Ça a marché ! On a gagné ! Tu es le modèle idéal, naturel, parfait ! Tu es la testimonial de LaLune… Non, d'ailleurs, tu es carrément LaLune !

Niki rit à l'autre bout du fil.

– Vraiment ?

– Oui… on a dansé comme des fous quand la réponse est arrivée du Japon. Et j'ai déjà parlé avec le directeur, c'est toi qui seras le testimonial… dans le monde entier.

Il marque une pause.

– Si tu as envie…

– Bien sûr que j'ai envie, mon amour.

Alessandro marque une autre pause.

– Merci, Niki. Sans toi, je n'aurais jamais réussi.

– Oh, si. Tu aurais peut-être mis un peu plus de temps, mais tu aurais réussi.

Alessandro sourit.

– Et toi, qu'est-ce que tu fais ?

– Rien, je me suis baladée toute nue dans la maison, ça m'a beaucoup plu ! Peut-être que tes voisins m'ont vue… mais tu sais, on est amis, maintenant. Ils n'ont pas appelé les carabiniers. Et puis, je me suis remise au lit, j'ai écouté de la musique, je me suis rendormie, je me suis réveillée… je t'ai cherché dans le lit, puis je me suis rappelé que tu étais au bureau. Alors j'ai pris une douche, je me suis fait une salade de fruits, j'ai mangé un yaourt qui n'était pas encore périmé… et j'ai répondu au téléphone.

— Bien.

Alessandro réfléchit un instant.

— Tu as répondu au téléphone ?

— Je plaisantais… Mais juste parce que personne n'a appelé…

— Idiote… et tu n'as pas travaillé ?

— Oh, on dirait ma mère !

— À partir de demain, je serai pire que ta mère… Rappelle-toi que le bac approche, je serai collé à toi comme ton ombre, je t'obligerai à réviser. Moi j'ai réussi. Toi aussi, tu dois réussir.

— Oh, j'espérais qu'on allait se faire un autre petit voyage !

— Après le bac…

— Mais après le bac, je pars avec les Ondes…

— Et tu reviens quand ?

— Je reviens quand je reviens… Pourquoi, tu ne m'attends pas ? Eh, j'espère que cette victoire n'est pas en train de te changer… le succès international te monte à la tête ?

— Le succès n'est rien si tu n'as personne avec qui le partager.

— Bravo, alors partage-le avec moi… Mais maintenant je vais rentrer chez moi.

— Tu ne m'attends pas ?

— Non, je ne peux pas. Ce que tu viens de dire est tellement beau que je veux le garder toute la nuit…

— Mais…

— Ne dis rien d'autre, tu vas tout gâcher !

Et elle raccroche. Alessandro regarde son téléphone. Niki et sa folie magique. Niki et sa beauté jeune. Niki et sa force, Niki et sa poésie. Niki et sa liberté. Niki la fille aux jasmins. Niki et LaLune. Puis il pense à quelques autres indications à donner pour la maquette et pour toute la campagne publicitaire. Il passe quelques coups de fil de travail. Mais il n'y a rien à faire. Rien n'arrive par hasard. Et le succès aussi peut devenir un problème.

104

Plus tard. Alessandro regarde sa montre. Il est vingt heures trente. Il n'a pas vu le temps passer… quand tu te sens bien, quand tu es heureux, le temps passe vite. Parfois, il semble ne rien vouloir savoir. Bon, ça suffit. J'ai trop travaillé. Et puis, le plus gros est fait. Nous avons gagné, et surtout je reste à Rome. Alessandro rassemble quelques documents, les met dans une chemise qu'il glisse dans son sac. Puis il sort du bureau, traverse le couloir. Il salue quelques collègues qui sont encore au travail.

— Salut. Bonne soirée. Félicitations, Alex.

— Merci !

Il appelle l'ascenseur. Quand il arrive, il entre et appuie sur RdC. Mais, avant que les portes ne se ferment, une main les bloque.

— Je descends, moi aussi.

C'est Marcello. Il entre dans l'ascenseur.

— Salut.

Alessandro appuie sur le bouton, les portes se ferment.

– Bravo, Alex… tu as réussi.

– Oui. Je n'y croyais pas.

– Oh, je ne sais pas si c'est vrai… tu as toujours l'air si sûr de toi… ou bien c'était ce que tu voulais me faire croire ?

Alessandro le regarde. Bien sûr… être toujours tranquille, serein, avoir le contrôle de la situation. Même quand le sol s'écroule sous toi. Il lui sourit.

– C'est toi qui décides, Marcello…

– Je m'attendais à cette réponse. Parfois, le travail est comme une partie de poker. Soit on a la quinte en main, soit on le fait croire. L'important, c'est de savoir bluffer.

– Oui, ou bien d'être servi depuis le début et de faire semblant de n'avoir rien en main. Mais, cette fois, j'avais un poker.

– Oui, tu as eu de la chance.

– Non, je suis désolé, Marcello. La chance est le nom qu'on donne au succès des autres. Moi j'ai changé des cartes et j'ai gagné la partie. Il ne s'agit pas de chance, j'ai simplement été bon.

– Tu sais, j'ai lu une très belle phrase de Simon Bolivar : « C'est dans les défaites qu'on apprend l'art de gagner. »

– Et moi j'en ai lu une de Churchill : « Le succès est la capacité à passer d'un échec à l'autre sans perdre l'enthousiasme. » Tu es jeune, et encore assez enthousiaste.

Marcello se tait. Puis il le regarde, et sourit :

– Tu as raison. Tu as été bon et tu as gagné cette partie, mais moi j'en ai peut-être gagné d'autres. J'irai à Lugano. Et puis, Rome m'a donné tout ce qu'elle pouvait me donner. Je commence à m'ennuyer de ce que j'ai ici.

Ils arrivent au rez-de-chaussée, les portes s'ouvrent. Alessandro met la main en avant, l'invitant à sortir le premier.

— C'est bizarre, quand je perds au foot je pense toujours que ce sont les autres qui ne courent pas. Le problème, c'est que les autres pensent la même chose de moi. Au fond, la vérité est autre. « Parfois, le gagnant est seulement un rêveur qui n'a pas lâché. » Jim Morrison. À la prochaine, Marcello.

Alessandro s'éloigne en souriant. Marcello reste là, avec ses quelques années de moins et une défaite de plus.

105

Les jours suivants sont joyeux. Ce bonheur qui vient de l'équilibre, de la sérénité, du fait de ne rien chercher de plus que ce qu'on a.

Alessandro et Niki révisent ensemble, lisent des livres, se reposent, révisent encore. Alessandro se retrouve à nouveau sur les bancs du lycée et se rend compte qu'il ne se rappelle plus rien de ce qu'il a appris. Puis il s'étonne en interrogeant Niki :

— Mais alors, tu travaillais vraiment, quand tu disais que tu restais chez toi…

— Bien sûr ! Je le veux, ce bac, cet *esame di maturità*, je veux être mature !

— Comme moi ?

— Oui, parfois tu es même sur le point de tomber de l'arbre…

Ils rient, plaisantent, se perdent dans le sexe, se retrouvent dans l'amour.

Assis sur le canapé, lui devant son ordinateur, elle qui surligne au Stabilo.

Dîners tranquilles, musique. Alessandro met la ballade n° 1 en *sol* mineur, op. 23, de Frédéric Chopin. Niki passe, l'enlève et met Beyoncé. Alessandro ressort du bureau et remet sa musique classique. Niki repasse et remet Beyoncé. Finalement, ils se retrouvent devant la chaîne et font la paix.

– Allez, Niki, on ne va pas se disputer… On va faire comme ça : on écoute autre chose.

Et il met *Transfiguration*, de Henry Jackman.

– Eh, c'est bien, ça, Alex… On dirait celui que tu écoutes toujours… Bach, non ?

Et puis, un DVD, un film qu'on a raté, qu'on a déjà vu mais pas ensemble, qui avait plu aux deux. *Le Gladiateur, Pour une nuit, Coup de foudre à Notting Hill, Lost in Translation, Rencontre avec Joe Black*, et encore *Taxi Driver*, puis *Le Dernier Tango à Paris, Closer* et *Pretty Woman*. De la cour à la basse-cour. Et pas forcément dans le bon sens.

Et puis, un drôle de cocktail, une salade de fruits folle, une salade inventée… endives, maïs, foie gras, pignons, noix, vinaigre balsamique. Et une autre encore plus folle, avec des petits morceaux d'orange sicilienne, des raisins secs, du fenouil et de la laitue pommée. Et un vin froid sicilien, un sauvignon choisi au hasard et mis au freezer une heure plus tôt, maintenant aussi parfait que les heures d'amour. Et chaque seconde qui passe est un baiser qui marque le temps, une encoche qui rappelle que cet instant n'a pas été perdu.

Étudier la nuit, réviser le jour avec les amies, tandis qu'il est au bureau pour préparer la campagne. Et puis, déjeuner au Panthéon, comme deux jeunes touristes curieux de Rome mais qui n'ont pas le temps de visiter les musées, les monuments et les églises, parlant anglais. Mais ils n'ont plus de doute sur la question : « Pardon, mais est-ce que vous m'aimez ? »

– Je dois aller réviser…

– Et moi je dois aller travailler…

Ils rient. Comme pour dire : je ne sais pas… mais ça me va.

106

Et puis, ce jour-là.

Comme un orage d'été, comme une trombe d'air dans l'ennui d'Ostia. Comme un réveil un dimanche matin tôt, comme quand tu dors et que quelqu'un te réveille. Comme ce jour-là.

– Alex, mais où tu es ?

– Chez moi.

– Tu ne pourrais pas passer dans le centre…

– Non… Je suis en retard, je dois rendre les dernières maquettes pour les panneaux.

– Mais de toute façon tu es toujours là, près de moi.

Niki rit.

– Bien sûr.

– Eh… tu es bizarre.

– C'est que je suis en retard.

– OK, alors je vais aller retrouver mes amies. Ce soir, je ne peux pas sortir, c'est l'anniversaire de ma mère.

– OK, on s'appelle tout à l'heure.

Alessandro referme son portable. Il inspire longuement. Très longuement. Il voudrait que cette inspiration
ne finisse jamais, qu'elle l'emmène très loin. Comme ce
ballon échappé de la main d'un enfant devant une église.
Qui s'élève vers le ciel. Qui rend triste. Puis il se tourne
vers elle.

– Pourquoi tu es passée ?

Elena est debout au milieu du salon. Elle a les bras
le long du corps. Elle porte une jupe bleu ciel assortie
à sa veste. Elle tient entre ses mains un magnifique sac
dernier cri. Louis Vuitton. Blanc avec des petites lettres
dorées. Elle le tient d'une main et joue avec la poignée
en y passant ses petits ongles, peints en blanc pâle. Elle
est légèrement bronzée. Un maquillage doux fait ressortir le vert de ses yeux et ses cheveux, coupés récemment,
dégradés, sont abandonnés sur ses épaules.

– Tu n'avais pas envie de me voir ?

– J'avais envie de recevoir au moins un message de toi
pour mon anniversaire.

Elena pose son sac sur la table, s'assied sur le canapé,
en face de lui.

– J'ai pensé que t'appeler ce jour-là était une de ces
choses qu'on fait par obligation. Une de ces choses que
font les couples qui n'ont pas le courage de s'oublier.

Alessandro lève la tête.

– Et toi, tu as trouvé ce courage ?

– Non. Je le trouve maintenant. Tu m'as manqué.

Alessandro ne dit rien.

– Tu me manques encore.

– Je suis là…

– Tu es loin.

Elena se lève et va s'asseoir près de lui.

– Ça fait si peu de temps, et tu es déjà tellement loin.

– Je ne suis pas loin, je suis là.

– Tu es loin.

Alessandro se lève du canapé, se met à marcher dans le salon.

– Pourquoi tu as disparu ?

– Tu m'as fait peur.

Alessandro se tourne vers elle.

– Je t'ai fait peur ? Mais comment…

– Tu m'as demandé de t'épouser.

– Et ça t'a fait peur ? Ça aurait dû te faire plaisir, te rendre heureuse. N'importe quelle femme voudrait se l'entendre demander par l'homme qu'elle aime.

– Moi je ne suis pas n'importe quelle femme.

Elena se lève et va vers lui. Alessandro lui tourne le dos. Elle l'enlace par-derrière.

– Et moi, je ne t'ai pas manqué ?

Elle pose la tête sur son épaule. Alessandro ferme les yeux, sent son parfum. White Musk. Il s'insinue lentement en lui, l'enveloppe. Puis l'enserre comme un serpent, l'étourdit. Elena l'embrasse dans le cou.

– Comment tu peux m'avoir effacée, nos moments d'amour, nos éclats de rire, nos week-ends, nos dîners, nos fêtes… les mille choses que l'on s'est confessées, promises. Tout ce que nous avons rêvé.

Alessandro ferme les yeux. En un instant, il revoit tous ces moments, comme ça, comme un film. Avec leur bande-son. Avec leur sourire. Leurs sorties, leurs vacances à la mer, leurs retours en voiture la nuit, quand elle s'endormait… Il l'aimait. Alessandro sourit. Elena l'enlace plus fort, met ses mains autour de sa taille, les glisse sous sa veste. Elle le fait pivoter. Alessandro ouvre les yeux. Ils sont brillants. Il la regarde.

– Pourquoi tu es partie…

– Ne pense pas au passé. Je suis revenue…

Elena sourit.

– … et ma réponse est oui.

<h2 style="text-align:center">107</h2>

Le lendemain. Le plus difficile.

Alessandro est au coin de la rue, en bas de chez Niki. Il envoie un message avec son portable et attend la réponse. Au bout de quelques secondes, plus rapide que jamais, elle arrive. Dans son rétroviseur, il la voit sortir de chez elle. Elle regarde autour d'elle, à droite, à gauche, puis elle aperçoit la voiture d'Alessandro et elle court vers lui, joyeuse comme à son habitude. Peut-être encore plus. Alessandro sent son cœur se serrer. Il ferme les yeux. Quand il les rouvre, Niki est devant lui. Elle ouvre la portière et plonge dans la Mercedes.

– Salut !

Elle se jette sur lui avec enthousiasme, l'embrasse. Alessandro sourit. Mais ce n'est pas le même sourire que d'habitude. Il est calme. Tranquille. Pour ne pas perdre le contrôle de la situation.

– Mais où tu étais ? Je t'ai appelé hier, plusieurs fois. Ton portable était toujours éteint.

Alessandro évite de la regarder.

– Tu ne peux pas savoir combien j'ai dû travailler. Mon portable était déchargé, il s'est éteint tout seul et je ne m'en suis même pas rendu compte…

Il la regarde, essaie de lui sourire, mais quelque chose ne fonctionne pas. Niki s'en aperçoit. Elle s'éloigne de lui, s'assied mieux sur son siège. Soudain sérieuse.

– Qu'est-ce qui se passe, Alex…

– Rien, il ne se passe rien. J'ai seulement pensé à toute notre histoire. Depuis qu'on s'est rencontrés, jusqu'à aujourd'hui…

– Et il y a quelque chose qui ne s'est pas bien passé ? Tu as fait quelque chose de mal ? Dis-moi si j'ai fait une erreur…

– Tu n'as fait aucune erreur.

– Et alors…

– C'est la situation, qui est une erreur.

– Mais c'est toujours cette histoire de différence d'âge… Je savais, que tu allais me le ressortir tôt ou tard. Alors je me suis préparée.

Niki sort de la poche de son jean une autre feuille.

– Alors… Puisque les exemples où l'homme est plus âgé ne t'ont pas suffi, je veux te donner des exemples de couples où les hommes sont beaucoup plus jeunes que les femmes… Alors… Melanie Griffith et Antonio Banderas, Joan Collins et Percy Gibson, Madonna et Guy Ritchie… Demi Moore et Ashton Kutcher, Gwhyneth Paltrow et Chris Martin… et ça se passe très bien, pour eux tous… Personne n'a rien à redire à ça.

– Non, peut-être que c'est moi qui me suis trompé…

– Mais trompé en quoi ? Tu as peur que je puisse m'en aller ? Mais on n'a qu'à essayer, non, on essaye déjà… Ne nous porte pas la poisse ! C'est toi qui l'as dit, des centaines de fois… ce n'est qu'en le vivant qu'on le saura. Et maintenant, qu'est-ce que tu fais, tu renies ton Lucio Battisti ?

Alessandro sourit.

– Non, Niki, mais ça c'est une chanson.

– Et alors ?

– C'est de la vie, qu'on parle.

667

– Qui peut être plus belle qu'une chanson.

– Quand on a dix-huit ans…

– Tu es lourd, là…

– Non, Niki, sérieusement. J'y ai pensé toute la nuit, ça ne peut pas aller. Je te l'ai déjà dit. Ne me mets pas en difficulté.

Niki se tait, le regarde.

– Je t'ai montré mon amour, je me suis exposée, envers et contre tout. Tu ne peux pas me dire ça. Ce n'est pas correct. Les choses finissent quand elles ont une raison pour finir, une raison valide. Tu as une raison valide ?

Alessandro la regarde. Il voudrait lui en dire plus, mais il n'y arrive pas.

– Non. Je n'ai pas de raison valide. Mais je n'en ai pas non plus pour rester avec toi.

Silence. Niki le regarde. C'est comme si le monde s'écroulait sur elle, tout à coup.

– Vraiment ? Tu n'en as pas ?

Alessandro ne dit rien.

– Alors, c'est le motif le plus valide de tous.

Niki descend de la Mercedes, s'éloigne sans se retourner, et disparaît aussi soudainement qu'elle était apparue. Silence. Et cette difficulté. Ne pas lui avoir dit. Ce silence est comme un grondement. Alessandro démarre et s'éloigne.

Niki continue à marcher. Elle se sent mourir. Elle ne peut pas arrêter ses larmes. Elle voudrait ne pas sangloter, mais elle n'y arrive pas. La rue semble silencieuse. Tout semble silencieux. Trop silencieux. Une partie de son cœur s'est éteinte. Un vide énorme s'empare soudain d'elle. Des échos lointains de la voix d'Alessandro, ses rires, ses mots gais, ses moments de passion, de désir, de rêve. Pouf. Tout s'est évanoui en un instant. Plus rien. Juste cette phrase : « Je n'ai pas de raison valide de rester avec toi. » Boum. Un canard à l'aube et un coup de fusil. Un verre dépoli et un caillou lancé. Un enfant à vélo qui tombe les mains en avant et se les écorche. Douleur. Voilà. Par sa faute. Vouloir être avec un comptable des sentiments, le comptable de l'amour, le commercial habile qui arrive à te faire économiser un sourire. Quelle tristesse. Il était comme ça, l'homme que j'aimais ? Niki arrive à la porte de son immeuble. Elle l'ouvre et entre. Elle parcourt le couloir comme une jeune zombie sans vie.

Simona sort de la cuisine. Elle apporte un plat de pâtes sur la table.

– Ah, te voilà, mais où tu étais passée ? Viens, on mange, on est tous à table.

– Non, maman, excuse-moi, j'ai mal au ventre…

Elle va dans sa chambre, ferme la porte et s'allonge sur le lit. Elle prend son oreiller dans ses bras. Elle pleure. Heureusement, sa mère ne l'a vue que de dos, sinon elle aurait tout de suite compris son vrai problème. Mal d'amour. On n'en guérit pas si facilement. Et il n'existe pas de médicaments. Ni de remèdes. On ne sait pas quand ça passe. On ne sait pas non plus combien ça fait mal. Seul le temps fait du bien. Beaucoup de temps. Parce que, plus un amour a été beau, plus la souffrance de la fin sera longue. Comme en mathématiques : valeurs directement proportionnelles. Mathématiques sentimentales. Malheureusement, Niki pourrait avoir dix sur dix dans cette matière.

108

Ondes réunies. Mais il y a de la bourrasque.

– Je vous l'avais dit, moi... il était trop parfait ! Romantique, rêveur, généreux, drôle... Bien élevé jusqu'au bout des ongles. Il y avait forcément un loup...

Olly se jette sur le lit de sa mère, convaincue par ses affirmations.

Erica et Diletta secouent la tête.

– Mais qu'est-ce que tu racontes ? Pourquoi tu crois que tu sais tout sur ce sujet...

– Parce que je sais...

– Juste parce qu'il ne te plaisait pas, ça ne veut pas dire que ça devait mal se passer...

– Il n'était pas mal... Mais je n'y peux rien, cet Alex ne m'a jamais convaincue...

Niki, assise dans un fauteuil, a le visage entre les mains. Elle est détruite, inconsolable, elle écoute ses amies discuter de son histoire d'amour. Elle regarde Olly à droite, puis Diletta et Erica à gauche, puis à nouveau Olly. Comme si elle suivait un match de tennis passionnant... Sauf que là, la joueuse qui a été éliminée, c'est elle.

Olly s'assied en tailleur sur le lit.

– Mais qu'est-ce que vous dites... d'abord, il était tout amoureux, et ensuite... Pouf, il disparaît d'un coup ! Ce n'est pas bizarre, ça ? Sans une raison, un pourquoi, rien... Je vais vous le dire, moi... Ou bien il en a une autre, ou bien, pire, son ex est revenue à la charge ! Et vous ne savez pas à quel point j'aimerais me tromper...

Diletta se lève.

– Oui, d'ailleurs, je suis sûre que tu te trompes !

Olly rit.

– Oui, oui, bien sûr… Justement toi, qui n'as jamais couché avec personne…

– Mais qu'est-ce que ça change, si j'avais déjà baisé j'en saurais plus sur les hommes ?

– Bah, tu pourrais commencer à t'orienter un minimum… C'est facile, comme ça, non ?… Tu es là, à cracher des sentences, sans avoir jamais testé le produit. Par exemple… Niki, excuse-moi de te poser la question, hein, mais comment ça se passait, le sexe, entre vous ?

Niki sourit, toujours inconsolable.

– Je suis désolée… Parfait, sublime, merveilleux, irréel… Je ne sais pas, je ne peux pas trouver de meilleurs mots… C'était un rêve.

– Bon… Il en a une autre.

– Qu'est-ce que tu racontes, espèce de porte-malheur !

– Écoutez, on pourrait essayer de résoudre ce dilemme avant le bac… Il n'y a pas de solution.

Niki acquiesce.

– Elle a raison. Je crois que c'est lui qui a la seule vraie réponse…

Juste à ce moment-là, la porte de la chambre s'ouvre.

– Olly ! Mais qu'est-ce que vous faites ?

Olly se lève du lit, pas du tout étonnée.

– Maman, tu as l'air d'oublier qu'on passe notre bac, cette année…

Puis elle sourit à ses amies.

– On révisait…

– Mais vous devez vraiment réviser dans ma chambre ?

– Ça nous fait du bien de réviser ici…

Puis elle dit tout bas à ses amies.

– L'ennemi…

Et elles sortent en traînant Niki derrière elles, en la poussant, en essayant de la faire rire, en saluant poliment la mère d'Olly, prêtes à défier à nouveau le monde.

109

Les minutes passent. Les heures passent. Quelques jours passent. Elle a tout lu. Elle a tout fait. Mais il est si difficile d'échapper à son propre silence. Un sage japonais le dit bien : tu peux échapper au bruit du fleuve et des feuilles au vent, mais le vrai bruit est à l'intérieur de toi. Et puis, Niki s'en fiche complètement d'avoir une bonne note dans cette matière. Elle préférerait tellement être recalée, en mathématiques sentimentales. Sur ce, elle frappe à la porte.

– Entrez !

– Salut, Andrea.

– Niki ! Quelle bonne surprise ! Mais les panneaux ne sont pas encore prêts… Tu es devenue une modèle super bien payée ! Tu vas être célèbre dans le monde entier !

Niki le regarde et secoue la tête. C'est vrai… mais je ne suis pas célèbre pour l'homme que j'aime… Elle aimerait le dire, mais elle se tait. Elle arrive même à sourire.

– Crétin… Tu sais où est Alex ? Sa secrétaire m'a dit qu'il n'était pas dans son bureau.

– Non. Je crois qu'il est descendu. Il est peut-être au bar d'en face. Je ne sais pas.

– OK, merci… à la prochaine.

Andrea Soldini regarde Niki prendre l'ascenseur. La pauvre, elle est au fond du trou, tandis qu'Alessandro est au bar d'en face. Mais il y a bien d'autres choses qu'Andrea Soldini sait. Même si, parfois, il vaudrait mieux ne rien savoir.

Niki sort de l'immeuble, marche sur le trottoir. Elle aperçoit la Mercedes garée de l'autre côté de la rue. Voilà sa voiture. Peut-être qu'il est vraiment au bar. Niki s'approche de la vitre et regarde à l'intérieur. À la dernière table du fond, devant une orange pressée, Alex est assis. Elle le voit parler, bavarder, sourire à la fille assise en face de lui. De temps en temps, il lui touche la main.

– Tu as compris, ils veulent me donner tout de suite un autre projet, je ne peux pas dire non…

– Mais on avait dit aux Merini qu'on ferait un voyage avec eux.

– Je sais, dans ce cas peut-être pas la première semaine de juillet, mais la dernière. Ou bien en août !

À ce moment-là, Alessandro la voit. Reflétée dans le miroir du bar. Niki est là, devant la vitre. Alessandro s'excuse.

– Excuse-moi, je dois aller vérifier quelque chose dehors…

– Vas-y, en attendant j'ai un coup de fil à passer.

Elena ne s'est rendu compte de rien. Alessandro se lève et sort du bar.

– Salut…

Alessandro se déplace un peu, pour être hors de la vue d'Elena.

– Qu'est-ce que tu fais ici ?

– J'étais venue te voir à ton bureau… et je t'ai vu ici. Main dans la main avec cette fille.

Niki indique Elena, à l'intérieur du bar, qui parle au téléphone. Puis elle regarde à nouveau Alessandro et lui sourit.

– J'ai failli démolir ta voiture encore une fois.

Alessandro se tait. Niki cherche timidement ses yeux.

– C'est ton autre sœur, pas vrai ?

– Non.

– C'est qui ?

Alessandro ne dit toujours rien.

– C'est celle qui voulait aménager ton appart' ?

– Oui.

Niki est amère.

– Et tu me disais que tu n'avais pas de raison valide pour rester avec moi… tu m'as fait me sentir nulle, tu m'as fait croire que je n'avais pas été à la hauteur, que j'avais fait des erreurs. Tu m'as fait me remettre en question par rapport à moi-même. Tu m'as fait sentir moins sûre de moi que jamais… J'ai passé des jours entiers à penser, à espérer… Je me suis dit : peut-être qu'il finira par accepter ce qui ne va pas chez moi, quoi que j'aie dit ou fait… Ou bien, pire, quoi que je n'aie pas fait et qu'il attendait de moi… Je me suis sentie plus seule que jamais. Sans raison. Pleine de doutes. Et toi… tu savais tout. Mais alors, pourquoi tu ne m'as pas dit tout de suite qu'elle était revenue ? Pourquoi ? Je l'aurais compris, j'aurais tout accepté plus facilement.

– Je suis désolé.

– Non. Alex, c'est toi qui m'as fait voir ce film… « L'amour, c'est ne jamais devoir dire "je suis désolé". » Et je vais même ajouter… c'est aussi savoir dire quand on est salaud.

Alessandro ne dit toujours rien.

– Tu ne dis rien. Bien sûr, dans ces situations, c'est bien plus simple de se taire… bon, alors je vais te dire une chose. Dans quelque temps, je passe mon bac. Bien sûr, je suis mal, je n'arrive pas à travailler, mais je vais peut-être l'avoir. Je veux l'avoir. Mais ce que je me demande, c'est quand tu deviendras mature, toi… Tu sais, Alex, tous ces mois tu m'as comblée de cadeaux, mais tu as repris le plus beau. Mon conte de fées.

Et elle s'éloigne, monte sur son scooter, secoue la tête et réussit même à sourire. Parce qu'elle est comme ça, Niki.

110

Quand Niki arrive chez Alaska, ses amies n'ont aucun doute. Ne serait-ce que parce qu'elle fond en larmes. Elles la prennent dans leurs bras. Olly regarde Diletta. Puis Erica. Mais elle ne marque aucun point. Elle ferme les yeux. Se mord les lèvres. Elle est vraiment désolée d'avoir eu raison. Elles essayent toutes de faire rire Niki, lui offrent une glace, parlent d'autre chose, tentent de la distraire. Mais Niki est désespérée. Elle ne s'y attendait pas. Ça non. Vraiment pas.

– Je pouvais tout imaginer, je vous jure, tout… mais pas ça. Il est retourné avec son ex. Ça veut dire… que c'est fini.

Un après-midi, peu de temps après, Olly décide de faire une folie. Dans le fond, ce ne sont pas les possibilités qui manquent.

– Niki, descends !

Elles crient toutes ensemble. Et elle, Olly, la grande organisatrice, se glisse dans la voiture et klaxonne comme une folle. Pon pon pon…

Niki se penche à la fenêtre.

– Qu'est-ce qui se passe ? C'est quoi, ce bazar ?

– Dépêche-toi, on t'attend.

Niki regarde la voiture, puis ses amies.

– Je n'ai pas envie de descendre.

– Tu n'as pas compris… si tu ne descends pas, c'est nous qui montons, et on met ton appart' sens dessus dessous.

– Oui, et moi je me fais ton père !

– Tais-toi, Olly !! OK, je descends. Arrêtez ce boucan !

Quelques secondes plus tard, elle est en bas. Elle court, curieuse, vers la Bentley dernier modèle.

– Mais qu'est-ce que vous faites ?

– On a organisé une journée *ad hoc* pour toi… Pour nous, pour moi… Bref, parce que j'ai envie. Allez !

Olly pousse Niki vers la voiture. Elles montent. Le chauffeur, une jeune femme de trente ans qui s'appelle Samantha, sourit et passe la première.

– Là où vous m'avez dit, Olly ?

– Oui, merci.

Puis, s'adressant à Niki :

– Alors, j'y ai bien réfléchi… Nous, les Ondes, nous ne devons permettre à aucun Alex, ou n'importe quel homme, de nous faire verser une larme pour lui ! C'est clair ?

Elle monte le volume de l'autoradio. Les Scissor Sisters inondent la voiture. *I don't feel like dancin'*. Elles chantent, et dansent, et rient, et mettent la pagaille. Elles poussent Niki, la tirent, l'ébouriffent, essayent de la faire rire. Même Samantha sourit, et elle s'amuse avec ces quatre folles assoiffées de bonheur.

– Vous êtes arrivées.

– Bien, allez, les filles, on descend… Première étape ici, au Spa du Hilton. Tout est réservé, et surtout payé… Allez, les Ondes, on entre !

Olly les pousse à l'intérieur du Spa, dans ce drôle de temple de style romain. Un peu plus tard, elles sont toutes les quatre nues, avec seulement une grosse serviette autour de la taille. Olly fait le guide.

– Vous voyez… ici, il y a environ deux mille mètres carrés de pur plaisir. Bon, c'est sûr, ce n'est pas celui que je préfère… mais ça peut aller.

Elles se laissent toutes rapidement aller. Abandonnées dans cette piscine intérieure chauffée, à regarder les nuages passer à travers la coupole en verre. À rire, à bavarder. Et puis, une cascade suédoise, un hydromassage et une promenade dans des vasques de pierres chaudes.

– Et maintenant, Chocolate Therapy !

– C'est-à-dire ?

– C'est très à la mode, en ce moment…

– Mmm, c'est bon, le chocolat…

– Mais il ne s'agit pas de le manger ! C'est lui qui mange ton stress…

Erica se touche les fesses, se pinçant un peu la cuisse.

– Et ici ? Il s'occupe de manger quelque chose, ici aussi ?

– Ah, non, pour ça il faut faire un traitement ayurvédique…

– C'est-à-dire ?

– C'est vrai, c'est quoi ?

Olly sourit.

– C'est un traitement qui remonte à la civilisation indienne d'il y a cinq mille ans. Et pour ce problème qui te préoccupe tant… tu devrais faire un massage avec gants de soie… Mais c'est encore tôt, tu n'as pas un gramme de cellulite !

– À mon avis, tu as des actions dans ce Spa, tu en sais trop…

– Mais non, c'est ma mère qui a tout essayé dans ce domaine… avec de piètres résultats, certes, mais elle me raconte ça tous les jours !

Un peu plus tard, elles remontent en voiture avec Samantha, en route vers une nouvelle aventure.

La voiture est garée à l'entrée du Parc du Veio. Olly, Niki, Diletta et Erica suivent un petit sentier dans le bois. Entouré de buissons, de pins, de palmiers. Et une prairie à l'anglaise, parfaitement entretenue, avec des lumières douces, cachées, et une musique douce qui accompagne le frottement léger des plantes pliées par le vent tiède de l'été.

– Et ici, qu'est-ce qu'il y a ?

– Ça s'appelle *Tête à tête**…

– C'est-à-dire ?

– C'est un petit restaurant qui a une table et une cuisine très exclusives, seulement pour deux personnes…

– Mais on est quatre !

– Je leur ai fait faire une entorse à la règle !

Les Ondes s'asseyent à table et sont accueillies par des serveurs. Elles regardent la carte et discutent de ces plats extraordinaires. Olly commande un excellent vin à un maître d'hôtel discret qui s'est subitement matérialisé près de leur table. Puis elles commandent à manger avec plaisir, naviguant entre des plats italiens, français, chinois, et même arabes.

– Non, je vous en prie… Ça, non. Avec toute la bonne volonté du monde, je ne peux pas… On ne commande rien de japonais, hein ?!

Niki rit. Elles rient toutes. Un peu de douleur vient d'être exorcisée.

– Figurez-vous que si on vient en charmante compagnie… eh bien, après le dîner dans le parc… on peut

aussi s'arrêter dans un délicieux petit bungalow romantique...

– Ça alors ! Waouh !

– C'est fort...

– Moi j'y laisserais bien Olly...

– Oui, mais elle risque de te le démonter...

– Moi, je le prendrais en location, et j'y mettrais
Diletta... Et puis, on lui enverrait tous les jours un type
différent, à l'heure de la visite... et tant qu'il ne se passe
rien, elle ne sort plus...

– Oui, une prison érotique à l'envers...

Diletta les regarde, hautaine.

– Moi je résisterais quand même...

Puis plusieurs serveurs arrivent l'un après l'autre, les
invitent à se lever et les enlacent. Olly, Diletta, Erica et
Niki se regardent, abasourdies.

– Mais qu'est-ce qui se passe ? Qu'est-ce qu'ils font ?

– Bah, je ne sais pas...

– Oh, mais ils n'auraient pas entendu notre conversation...

– Diletta, profites-en, va...

Le maître d'hôtel approche.

– Excusez-nous, mais nous sommes en train de lancer
cette initiative, ce sont des *free hugs*, les câlins gratuits...
C'est une thérapie contre la solitude, la mélancolie,
l'ennui, la dépression et la tristesse...

– Vous vous moquez de nous, ou quoi ?

– Pas du tout. Cette initiative a été lancée en septembre en Australie et reprise dans de nombreuses villes
italiennes, à commencer par Gênes avec René Andreani.
Nous sommes des *freehuggers*, des libres câlineurs... Ça
nous ferait très plaisir que vous participiez à cette initiative...

Olly sourit.

– Moi je suis déjà des vôtres… Mes amies vous le confirmeront… je suis convaincue depuis toujours de la grande force de ces câlins, oui, de ces *free hugs*… Bien sûr, il me semble plus utile, parfois, comment dire, de ne pas rester à la surface des choses, d'aller un peu plus au fond… Et surtout, comment dire, de choisir le « bon » câlin, mais ce ne sont que des détails, finalement…

Un peu plus tard, elles retournent à la Bentley pour un dernier rendez-vous, incroyablement amusant.

– Je n'y crois pas…

– Eh bien, n'y crois pas…

– Regarde…

Elles entrent dans une petite salle au dernier étage du Grand Hôtel Eden. Et c'est bien vrai. Vasco Rossi est là.

– Tu y crois, maintenant ?

– Mais ce n'est pas possible…

– C'est l'*after show*, un endroit où se détendre après le concert. Pour seulement cinquante personnes, dont nous…

– Mais comment tu as fait, Olly ?

– Je connais un de ses gardes du corps… Un *free hug* très significatif…

– Olly !

– Allez, les filles, je plaisante… Vous avez une très mauvaise image de moi… Et maintenant je suis entrée dans le rôle, je le fais exprès… Mais où est la vérité, où est le mensonge ? Va savoir…

Et elle s'éloigne avec ses amies joyeuses, amusées, qui regardent leur idole passer entre les tables, chanter un morceau d'une chanson, boire un verre de quelque chose et ensuite rire avec elles. Vasco. Vasco qui envoie des messages avec son portable vers les étoiles, qui sait quels mots et pour qui… Vasco et sa voix un peu rauque. Mais pleine de récits, d'histoires, de déceptions, de rêves et d'amour. Cette même voix qui t'a suggéré de ne pas chercher un sens à cette vie. Ne serait-ce que parce que cette vie n'a pas de sens.

Olly les regarde de loin. Elle voit ses amies bavarder, curieuses, demander des informations, parler avec lui à bâtons rompus. Niki sourit. Elle s'arrange les cheveux. Elle pose une autre question. Elle est enfin distraite, curieuse, tranquille, elle pense à autre chose. Olly sourit. Elle est heureuse qu'elle soit heureuse. Comme ça, elle se sent un peu moins coupable pour ce qu'elle a fait.

111

L'homme s'adapte à tout. Il surmonte la douleur, conclut des histoires, recommence, oublie, finit même par atténuer les grandes passions. Mais parfois, il suffit d'un rien pour comprendre que cette porte n'a jamais été fermée à clé. Alessandro rentre chez lui, pose son sac sur la table.

– Elena, tu es là ?

– Oui, Alex, je suis là !

Elena arrive, pressée, et l'embrasse rapidement. Puis elle se dirige vers la salle de bains.

– Excuse-moi, j'étais en train de ranger des choses que j'ai achetées…

Alessandro enlève sa veste et la pose sur le dossier d'une chaise. Puis il va à la cuisine, prend un verre, la bouteille de vin blanc dans le frigo, et s'en sert un peu. Elena se joint à lui.

– Alex, tu ne sais pas ce qui m'est arrivé aujourd'hui. J'essayais de remettre un peu d'ordre dans la maison…

– Oui…

– Je voulais ranger un peu. À propos, tu es sûr que cette drôle de sculpture, *Le Poteau et la Vague*…

– … *La Mer et le Rocher.* Eh bien ?

– Non, je disais, tu es sûr de vouloir la garder ?

– Tu me l'as fait mettre sur la terrasse, en quoi elle te dérange, là ?

– Non, ce n'est pas qu'elle me dérange, c'est qu'elle n'a rien à voir avec le style de tout le reste.

– Mais c'est une sculpture !

– Oh, dis-moi… mais tu l'as payée cher ? Parce que, si tu l'as payée cher, on la garde…

Alessandro ne peut certainement pas lui dire que c'est un cadeau.

– Oui… je te dis seulement que je suis encore en train de la payer…

– Alors on peut peut-être la remettre au salon. Bon, qu'est-ce que je te disais ?… Ah oui, je rangeais un peu la maison, quand je me suis rappelé que tous les meubles du salon devaient encore arriver. J'ai appelé le fabricant et j'ai parlé à Sergio, tu te souviens, le vendeur ?

Bien sûr que je m'en souviens. Mais je ne vais quand même pas lui dire. Elena continue.

– Bon, ça ne fait rien… Alors, je te dis… On s'est disputés, mais alors disputés… on a hurlé pendant plus d'une heure. Tu te rends compte que ça fait des mois et qu'ils ne nous ont toujours rien livré… et tu sais comment il s'est justifié, le vendeur ? Quel menteur, il a dit que c'est toi qui avait tout annulé.

Alessandro finit son verre en s'étranglant presque. Elena continue, combative.

– Mais tu te rends compte… Je n'en ai rien eu à faire, le sang m'est monté à la tête. Alors, tu sais ce que je lui ai dit ? Ah bon ? Alors, puisque c'est comme ça, je les annule pour de bon.

Alessandro pousse un long soupir de soulagement. Elena s'approche de lui.

– Qu'est-ce qui se passe ? Tu es fâché ? Je n'aurais peut-être pas dû, on aurait peut-être dû en parler d'abord… mais j'étais à bout de nerfs… Je n'aime pas qu'on se moque de moi. Et puis, si tu les voulais vraiment, on va repasser une commande, mais ailleurs…

Alessandro pousse un autre soupir, se laisse tomber sur le canapé et allume la télé.

– Tu as très bien fait…

Elena se poste devant la télé, les jambes écartées et les mains sur les hanches.

– Mais qu'est-ce que tu fais ?

– Je regarde s'il y a un bon film.

– Mais tu plaisantes, ou quoi ? On est attendus à l'Osteria del Pesce… allez, il y a Pietro et les autres, et aussi deux nouveaux couples d'amis. On est déjà en retard. Va te préparer !

Alessandro éteint la télé, se lève et va dans la chambre. Il ouvre l'armoire. Il est indécis. Chemise blanche ou noire. Finalement, il sourit. Que c'est bon, quand il y a un juste milieu. Il enfile une chemise grise.

112

Plus tard, au restaurant.

– Vous nous apporterez des *antipasti* variés, froids et chauds.

– Vous voulez aussi un peu de charcuterie ?

– Oui, et puis des crevettes, aussi, s'il y en a… et un peu de carpaccio d'espadon et de loup…

Le serveur s'éloigne juste au moment où arrivent Alessandro et Elena.

– Nous voilà. Salut tout le monde !

– Alors, qu'est-ce que vous racontiez de beau ?

Elena s'assied entre Susanna et Cristina.

– Alors, moi je vous dis tout de suite que je me suis acheté le cache-poussière d'été de chez Scervino, il est magnifique…

Camilla la regarde, curieuse.

– Combien tu l'as payé ?

– Une bagatelle… mille deux cents euros. C'est cher, mais c'est Alex qui me l'a offert. Il a eu sa promotion, on peut se permettre quelques excès.

– Alors, en effet, ce n'est pas cher…

Tout le monde rit, continue à parler de nouveaux restaurants, d'amies trahies par leurs maris, d'un nouveau coiffeur, d'un autre qui a fermé, d'une bonne du Cap-Vert qui chante dans la maison, d'une autre, Philippine, qui se réveille toujours en retard, et d'une Péruvienne qui est un vrai cordon-bleu.

– Quoi qu'il en soit, les Italiennes sont imbattables. Seulement, on n'en trouve plus. Moi, par exemple, j'avais ma nounou… tu ne peux pas savoir, elle cuisinait divinement…

Souvenirs lointains. Tout doucement, Alessandro écoute, suit cette route. Puis se perd. Revient en arrière dans le temps. Pas beaucoup. Paris. Il la voit courir dans les rues, manger dans un petit restaurant typiquement français, beaucoup de confusion et quelque chose en plus. Elle. Niki. Qu'est-ce qu'elle peut bien faire, maintenant. Alessandro regarde l'heure. Elle doit être en train de réviser. Elle a le bac dans quelques jours. Il l'imagine chez elle, dans sa chambre, cette chambre qu'il a vue en coup de vent quand il est passé pour un promoteur financier. Alessandro rit intérieurement. Mais Pietro s'en aperçoit.

– Vous avez vu ? Alex sourit. Donc il est d'accord avec moi…

Alessandro revient immédiatement à la réalité. Maintenant. Ici. Comme aspiré. Malheureusement.

– Oui, bien sûr… bien sûr.

Elena intervient, effarée.

– Mais bien sûr quoi ? Pietro était en train de dire que de temps en temps ça fait du bien d'être infidèle parce que ça améliore les relations sexuelles des couples mariés…

– Et moi je disais bien sûr, bien sûr… pour vous qui n'avez plus de bonnes relations… mais tu ne m'as pas laissé terminer.

Elena est rassurée.

– Ah, bon…

Enrico se lève.

– Bon, c'est à nous… on va fumer.

Les autres hommes se lèvent, ils sortent tous du restaurant. Pietro s'approche d'Alessandro.

– Il n'y a rien à faire, hein, tu t'en tires toujours…

– Bah, parce que je suis entraîné… toi, tu racontes toujours la même chose, tu passes ton temps à essayer de justifier l'extra-sexe…

– Mais non, je ne parle pas de ça… Je me demande à quoi tu pensais…

Enrico intervient.

– Je vais te le dire, moi, à quoi il pensait… à la jeune fille, son amie…

– Ah… Celle-là, pas besoin de la tromper… Elle et ses copines, elles te réduisent en compote, elles se frottent tellement à toi que tu n'as même plus la force physique d'aller voir ailleurs !

Alessandro se tait. Pietro revient à la charge, curieux.

— Tu as eu des nouvelles, tu l'as vue ? À mon avis, elle pourrait accepter de te voir même dans ta situation, maintenant que tu es à nouveau avec Elena. Fais-moi confiance…

Alessandro le pousse. Puis sourit.

— Mais qui ? Je ne sais pas de qui tu parles.

— Bien sûr, tu ne sais pas de qui je parle… La fille aux jasmins.

Enrico pousse Pietro à son tour.

— Allez, arrête… fais attention…

Il indique du regard deux autres amis à eux qui sont un peu plus loin. Ils discutent gaiement.

— Qui ? Eux ? Mais ils n'entendent pas… et même s'ils entendaient, ils ne diraient rien. Ils n'auraient pas intérêt. Vous n'avez peut-être pas compris. Ici, personne n'a la conscience tranquille.

Enrico jette sa cigarette.

— Bon, moi je rentre.

— OK, nous aussi… Qu'est-ce que vous faites, vous venez ?

Les deux autres amis les suivent. En les voyant revenir, les femmes se lèvent à leur tour.

— Changement !

Quelques secondes plus tard, elles sont à l'extérieur. Elena s'approche des deux nouvelles amies.

— Alors, vous étiez déjà venues dans ce restaurant ? Vous avez vu comme on y mange bien ?

— Oui, vraiment…

Elles se mettent à bavarder. Un peu plus loin, Cristina s'approche de Susanna et regarde dans leur direction.

– Elena a l'air heureuse et contente, donc j'ai raison…
il ne lui a absolument rien dit.

– Il lui a peut-être dit, elle pourrait être mal et ne pas
le montrer…

Susanna secoue la tête.

– Elle n'en est pas capable. Elena parle beaucoup, on
dirait une grande gueule, comme ça, mais en réalité elle
est très sensible…

– Je suis désolée, mais vous n'avez rien compris.

Camilla s'approche et les regarde comme si c'étaient
deux grandes naïves. Elle sourit.

– Nous avons des amis en commun, Elena et moi.
Je vous assure que c'est la meilleure comédienne que je
connaisse.

Ce disant, elle secoue la tête et jette sa cigarette par
terre.

– Bon, moi je rentre, la suite a dû arriver.

Après les plats viennent les desserts. Puis les fruits, le
café, et une grappa ou un digestif. Tout a l'air de se dérou-
ler comme d'habitude. Le même rythme. Toum. Toum.
Les mêmes conversations. Toum. Toum. Toum. Mais
soudain, tout ralentit. Tout semble terriblement inutile.
Alessandro les regarde, regarde autour de lui. Il voit tout
le monde parler, des gens rire, des serveurs se déplacer.
Beaucoup de bruit, mais aucun bruit réel. Du silence.
Comme s'il flottait, comme s'il manquait quelque chose.
Tout. Et Alessandro comprend. Il a disparu. Ce moteur
a disparu, le vrai, celui qui fait tout avancer, qui te fait
voir la connerie des gens, la stupidité, la méchanceté, et
bien d'autres choses, mais toujours avec le bon degré de
détachement. Ce moteur qui te donne la force, la rage,
la détermination. Ce moteur qui te donne une raison de
rentrer chez toi, de chercher un autre grand succès, de
travailler, de suer pour atteindre la ligne d'arrivée. Ce

moteur qui décide ensuite de te laisser te reposer entre ses bras. Facile. Magique. Parfait. Moteur amour.

113

Les jours passent lentement, l'un après l'autre, tous égaux. Ces jours étranges dont on ne se rappelle même pas la date. Quand, pendant un instant, tu comprends que tu n'es plus vivant. Ce qui est en train de t'arriver, c'est le pire. Tu survis. Mais peut-être qu'il n'est pas encore trop tard.

Et puis, un soir. Ce soir-là. Soudain. Vivre à nouveau.

– Ouf, il fait chaud… mais tu n'as pas chaud, Alex ?

Elena se tourne vers lui. Alessandro conduit tranquillement, la fenêtre ouverte.

– Non, il fait chaud mais il y a de l'air.

– Voilà… mais je voudrais que tu fermes, ça me dérange. Je suis allée cet après-midi chez le coiffeur, je vais être toute décoiffée… Tu as la clim, non, alors mets-la !

Alessandro préfère ne pas discuter. Il remonte la vitre et allume la clim. Il règle le thermostat sur 23.

– C'est encore loin, chez les Bettaroli ?

– On est presque arrivés.

Elena regarde par la fenêtre et voit un fleuriste.

– Arrête-toi là, on va acheter un bouquet, quelque chose, on ne peut pas arriver les mains vides.

Alessandro s'arrête. Elena descend de la Mercedes et s'adresse à un jeune Marocain. Elle montre des fleurs, demande les prix. Puis, encore indécise, elle opte pour un autre bouquet. Alessandro éteint la clim. Il baisse la vitre et allume la radio. Comme par magie, un morceau se termine et un autre commence. Et pas n'importe quel morceau. *She's the one*… Alessandro s'enfonce dans son siège. Un sourire nostalgique s'empare soudain de lui. *When you said what you wanna say… And you know the way you wanna say it… You'll be so high you'll be flying*… Robbie Williams continue de chanter. Mais qu'est-ce que je veux, moi… il se rappelle leur première rencontre. Elle étendue par terre. Lui, inquiet, sortant de sa voiture… Puis elle ouvrant les yeux. Le regardant. Souriant. La musique continue… *I was her she was me… We were one… we were free*… Ce moment-là. La magie d'une nuit de début d'été. Chaud. Froid. Lentement, le verre s'embue. Et en bas, sur la vitre, un cœur réapparaît… Ce cœur. L'espace d'un instant, c'est comme si Niki le dessinait à nouveau. Avec ses mains, avec son sourire. Comme cette fois-là. Comme elle avait fait, ce jour où ils avaient fait l'amour. Après avoir mis ses pieds sur le tableau de bord. Après avoir soupiré. Ce moment-là.

— Allez ! Ne dessine pas sur la vitre, ça ne s'enlèvera jamais.

— Oh ! lala, qu'est-ce que tu es lourd ! Moi je le fais quand même…

Et elle avait ri à nouveau. Puis elle mit sa main pour qu'il ne voie pas. Et elle avait dessiné ce cœur sur la vitre. Et elle avait écrit à l'intérieur. La voilà. Cette petite inscription aussi réapparaît. « Alex et Niki… 4ever. » Parce que certaines choses ne s'effacent jamais. Elles reviennent. Comme la marée haute.

Niki et son sourire. Niki et sa joie. Son bonheur. Son envie de vivre. Niki femme, enfant. Niki. Juste Niki. La fille aux jasmins. Niki moteur amour.

Juste à ce moment-là, Elena remonte dans la voiture.

– J'ai pris ça… je trouvais ça joli. Ça coûtait plus cher que le reste, mais au moins on fera bon effet.

Alessandro la regarde, mais il ne la voit pas. Il ne la voit plus.

– Moi je ne viens pas à la fête.

– Quoi ? Comment ça, tu ne viens pas ? Qu'est-ce que tu as, tu es malade ? Il s'est passé quelque chose ? Tu as oublié quelque chose à la maison ?

– Non. Je ne t'aime plus.

Silence. Puis sa voix.

– Mais qu'est-ce que ça veut dire, qu'est-ce que ça a à voir, là tout de suite, que tu ne m'aimes plus… tu te rends compte de ce que tu es en train de me dire ?

– Oui, je m'en rends parfaitement compte, malheureusement je ne m'en rends compte que maintenant. J'aurais dû te le dire tout de suite.

Elena se met à parler, parler, parler. Mais Alessandro n'entend pas. Il met le moteur en marche. Baisse la vitre. Et sourit. Il décide qu'il veut être heureux, totalement heureux. Pourquoi il ne le serait pas… qui le lui interdit ? Il se tourne vers Elena et lui sourit. Où est le problème ? Tout est si simple. Si clair.

– J'en aime une autre.

Là, Elena se met à hurler, et Alessandro monte le volume pour ne pas l'entendre. Elle coupe rageusement la musique. Elle continue avec ses cris, ses mots, ses insultes. Tandis qu'Alessandro conduit tranquillement, regarde devant lui et voit enfin la route. Il n'entend pas les raisons, les mots. Il n'entend même plus les cris. Enfin, il n'écoute plus que la musique de son cœur. Puis il s'arrête d'un coup. Elena le regarde. Elle ne comprend pas.

– Nous sommes arrivés chez les Bettaroli.

Elena descend, abasourdie. Elle claque très fort la portière. Avec rage. Avec une violence inédite. Méchamment, comme si elle voulait la décrocher de la Mercedes. Et Alessandro repart. Il a plein de choses à faire, maintenant. Il rentre chez lui, se verse un verre de vin, met un peu de musique. Puis il allume son ordinateur. Je veux trouver un hôtel dans le coin, pour avoir la paix dans les jours à venir. Puis, quand Elena aura repris toutes ses affaires, je reviendrai ici. Soudain, il est curieux de savoir si quelqu'un lui a écrit. Peut-être elle. Il relève son mail. Trois messages. Deux spams, et un message d'un expéditeur qu'il ne connaît pas : vraiami@hotmail.com. Curieux, il l'ouvre. Ce n'est pas une pub. C'est une vraie lettre. D'un inconnu.

Cher Alessandro, je sais que parfois on ne devrait pas s'immiscer dans la vie des autres, on devrait n'en être que simple spectateur, surtout si on n'est pas très intime… mais moi j'aimerais être ton ami, vraiment, ton « vrai ami ». Je crois que tu es fondamentalement bon et que ta bonté pourrait te pousser à ne pas faire les bons choix. Parfois, on pense à notre vie comme si elle était la réponse qui rassure les autres. On fait des choix pour leur plaire, pour apaiser notre sentiment de culpabilité, pour chercher l'approbation de quelqu'un. Sans comprendre que le seul moyen d'être heureux est de choisir ce qu'il y a de meilleur pour nous-mêmes.

Alessandro continue à lire le mail, curieux et en même temps inquiet de cette incursion inattendue dans sa vie.

Donc, avant que tu puisses renoncer à quelque chose pour ne pas blesser quelqu'un, je voudrais que tu lises cette lettre que je t'ai envoyée.

Alessandro continue à lire. Une autre lettre. Mais elle n'est pas d'un vrai ami. Elle est d'une personne qu'il connaît vraiment. Et bien. Ou du moins, qu'il pensait connaître bien. Il n'aurait jamais pu suspecter ça. Il lit, tout doucement, et n'en croit pas ses yeux. Mais, mot après mot, il commence à tout comprendre, à s'expliquer enfin le pourquoi de petites choses qui lui semblaient absurdes auparavant.

114

Nuit. Nuit noire. Nuit de surprises. Nuit absurde. Nuit de douce vengeance.

Alessandro est assis au salon. Il entend le bruit de la clé dans la serrure. Il enlève le champagne du seau avec la glace et s'en verse un peu. Il reste assis, la regarde entrer. Elena pose son sac sur la table. Alessandro allume la lumière. Elle prend peur.

– Ah, tu es réveillé… je pensais que tu serais parti… ou que tu dormirais.

Alessandro la laisse parler. Elena s'arrête et le regarde dans les yeux. Déterminée.

– Tu as quelque chose à me dire ?

Alessandro sirote tranquillement son champagne.

– Bon, alors vu que tu n'as rien à me dire, c'est moi qui vais parler… tu es un vrai salaud. Parce que tu m'as fait…

Elena déverse une série d'insultes, de rage, d'absurdités et de méchanceté. Alessandro sourit, la laisse parler. Puis, d'un coup, il se lève et va prendre sur la table une feuille pliée en deux. Il l'ouvre. Elena s'arrête.

– Qu'est-ce que c'est que ça ?

– Un mail. Qui m'est arrivé il y a quelques jours. Mais, malheureusement, je ne l'ai vu que ce soir.

– Qu'est-ce que ça peut me faire, à moi…

– À toi, peut-être rien, parce que tu le sais déjà. À moi, beaucoup, parce que je ne le savais pas. Je ne l'aurais jamais imaginé, d'ailleurs. Dans ce mail, il y a une lettre de toi.

– De moi ?

Elena pâlit.

– Oui, de toi. Je te la lis. Au cas où tu ne t'en souviendrais pas… Alors. « Mon amour. Ce matin je me suis réveillée, j'avais rêvé de toi. J'étais encore tout excitée en repensant à ce que nous avons fait. Et surtout, ça m'excite à mourir de savoir que tu es en réunion avec lui. Tu pourras passer, à midi ? J'ai envie de… »

Alessandro s'interrompt. Il baisse la feuille.

– Ça, je saute, parce que c'est une série de cochonneries… voilà, je reprends là. « J'espère que tu gagneras, comme ça tu resteras à Rome et on pourra être ensemble… Parce que avec toi, Marcello, je me sens… »

Alessandro pose la feuille sur la table.

– Mais Marcello, ce jeune crétin qui aurait dû prendre ma place… il a perdu. Il a fini à Lugano, et par hasard, à l'improviste… pouf, comme c'est bizarre… après son départ, tu as réapparu dans ma vie… tu y as réfléchi, et étrangement, après sa défaite, tu as décidé de m'épouser…

Elena est pétrifiée. Alessandro sourit, prend une autre gorgée de champagne.

– Et moi qui avais du mal à te dire que je ne t'aimais plus.

Il se lève, passe à côté d'elle, puis ouvre la porte de la salle de bains et prend deux valises. Il ouvre la porte de l'appartement et les met sur le palier.

– J'ai pris tout ce qui était à toi, et aussi quelques cadeaux et tout ce qui pouvait d'une manière ou d'une autre me faire penser à toi. Livres, stylos, parfum, savons, tasses… Je voudrais que tu fasses comme les fées des films, que tu disparaisses pour toujours.

Alessandro claque la porte. Puis il ferme à double tour et laisse la clé dans la serrure. Ensuite, il reprend la bouteille de champagne, met la musique à fond et va dans sa chambre. Plus heureux que jamais. Je n'ai même pas à me chercher d'hôtel. Maintenant, il ne me reste plus qu'à comprendre qui est ce « vrai ami », et surtout… si je peux encore récupérer mes jasmins.

115

Devant chez Alaska. Olly saute dans les bras de Niki.

– Merde ! J'ai réussi, j'ai réussi ! Je sens que j'ai réussi ! Je l'ai eu mon bac !

– Mais les résultats ne sont que dans un mois.

– Oui, mais j'y crois, et puis j'essaye de vous porter bonheur, à vous aussi.

– Tu es folle, comme ça tu vas nous porter la poisse !

– Les filles… on part bientôt…

Erica s'approche avec une carte, l'ouvre.

– Alors, je vous montre. On prend le train à la gare de Rome, très tôt.

– À quelle heure ?

– À six heures.

– Mais il n'y en avait pas un plus tard…

– De toute façon, tu peux dormir, dans le train…

– Et puis, tu as toutes les vacances pour récupérer…

– Bah, moi, en vacances, je voudrais faire autre chose…

– Olly, ça suffit !

– Vous voulez jeter un coup d'œil… alors, ensuite, à Patras, on prend le car et on longe la côte jusqu'à Athènes. Il y a plein d'endroits magnifiques. À Rhodes, il y a la plage de Lindos, il paraît qu'elle est très belle, pleine de jolis petits coins… Et puis, Mykonos, plage et vie nocturne. Santorin, avec son volcan et ses couchers de soleil célèbres dans le monde entier. Ios, appelée l'île de l'amour, mais aussi l'île des folles nuits de la Chora, alias « *the village* ». Et puis, moi je veux absolument voir Amorgos, où Luc Besson a tourné *Le Grand Bleu*.

Diletta regarde son téléphone d'un air rêveur. Niki s'en aperçoit.

– Qu'est-ce que tu fais ?

– Filippo vient de m'envoyer un message. Qu'il est romantique.

– Qu'est-ce qu'il t'écrit ? Fais voir.

Olly essaye de lui arracher le téléphone. Mais Diletta est plus rapide, elle se tourne de l'autre côté. Olly la prend par le bras et insiste.

– Lâche-le !

Niki intervient.

– Allez, laisse-la tranquille ! On a compris, on a compris… mais au moins, raconte-nous un peu comment il est ! Pardon, hein, mais nous on s'inquiète pour toi depuis des lustres, et maintenant, au meilleur moment… tu nous exclus.

Diletta reprend son téléphone et lit, à nouveau rêveuse.

« Je voudrais être toutes les Ondes et partir avec toi… »

– Quel salaud !

– Il est gonflé !

– Oui… mais les Ondes, c'est nous, un point c'est tout !

Juste à ce moment-là, une voix s'élève.

– Bien sûr ! Les Ondes sont parfaites, uniques… et surtout fidèles.

Sur le bord de la route, appuyé à un poteau tordu, Fabio. Avec un ami, un de ces types inutiles avec qui il traîne d'habitude. Jean déchiré, blouson Industriecologiche déchiré, chaussures en toile déchirées, même son T-shirt est déchiré.

– Attention, le voici !

Diletta suit Erica.

– Oui, il a parlé… Fabio Fobia, l'homme des grandes vérités. Le gourou.

– Vous avez entendu, maintenant mon disque passe à la radio.

Niki intervient.

– Bien sûr… tu t'es fait un disque tout seul. Tu as fait dépenser plein d'argent à ton père et tu as forcé ton loser de copain qui bosse à Radio Azzurra 24 à le passer de temps en temps.

– Mon ami n'est pas un loser.

– Peut-être… mais tout le reste est vrai.

– Eh bien ? Qu'est-ce qu'il y a de mal ?

Niki soupire.

– Rien… Laisse tomber. Plutôt, on pourrait savoir ce que tu es venu faire ? Ça ne t'a pas suffi, ce que tu as fait à mon ami ? Tu as apporté la preuve de ce que je t'ai toujours dit…

– Quoi donc ?

– Que j'avais raison, tu peux écrire toutes les chansons que tu veux, mais il y a certaines choses qu'on ne peut dire qu'avec le cœur. Utiliser la violence pour reconquérir une fille… quel poète tu fais…

Niki s'approche de lui et le regarde méchamment.

– Avec cette connerie, tu t'es grillé. Tu ne m'auras plus jamais, même pas comme amie.

Fabio recule.

– Qu'est-ce que ça peut me faire. Je peux tout avoir de la vie, moi. Pas comme ce vieux… celui-là, il t'a trouvée, et il ne te lâche pas parce qu'il a peur. Les années passent. Il sait que ses chances diminuent.

Niki regarde ses amies. Elles la regardent. Elles se taisent toutes. Seule Olly a l'air nerveuse. Fabio continue.

– Quand je pense que je me suis même fait une Onde…

Niki le regarde, étonnée.

– Oui, ça doit te sembler bizarre… mais j'ai « surfé » avec une de tes fidèles amies.

Niki les regarde toutes. Diletta. Erica. Olly. Elle s'arrête un peu plus longuement sur cette dernière. Olly baisse les yeux. Elle a l'air gênée. Fabio s'en aperçoit.

– Bravo, Niki… tu as compris… Quand tu veux, tu comprends les choses toute seule.

Olly regarde Niki. Un regard triste. Désolé. Elle cherche de l'aide dans les yeux de son amie.

– Ne le crois pas, Niki. C'est un salaud, il veut nous monter l'une contre l'autre…

Fabio sourit et s'assied.

– Bien sûr… bien sûr. C'est des conneries. Tu veux que je te raconte les détails, Niki ? Tu veux que je te parle de tous ses grains de beauté, en particulier un qu'elle a dans un endroit bizarre… Ou tu préfères que je te parle de son tatouage, que je te dise comment et où il est ?

Olly continue.

– Ne le crois pas, Niki, je t'en prie. C'est sa parole contre la mienne. Il a su par quelqu'un d'autre, pour mon tatouage. Il veut juste nous faire du mal.

Niki lève la main.

– OK, OK… Maintenant, ça suffit, Fabio. Va-t'en. Quoi qu'il se soit passé, tu ne m'intéresses plus. Et si ça s'est passé, c'est encore mieux. Ça ne fait que confirmer ce que je pensais…

Fabio se lève et la regarde.

– C'est-à-dire ?

Niki sourit.

– Que tu es un salaud… tu es méchant, inutile, tu ne fais que du mal, tu es un parasite, tu vis la vie comme si c'était une guerre. Comme ceux qui disent que plus on a d'ennemis, plus on a d'honneur… Mais tu sais quoi ? C'est facile, de se faire un ennemi. Et même très facile… Il suffit d'être salaud. Exactement comme toi. Le vrai honneur, c'est de se faire un ami, tu dois te faire apprécier, aimer, estimer, te donner, être loyal… c'est beaucoup plus difficile, plus fatigant…

Elle s'approche d'Olly et lui sourit.

– … mais c'est aussi beaucoup plus beau.

Fabio secoue la tête. Il monte derrière son ami sur son scooter.

– Allez, on se casse. Elles sont trop débiles. C'est le festival des bons sentiments et de l'hypocrisie, ici.

Niki sourit.

– Mais alors, tu vois que tu ne comprends vraiment rien… Nous, nous ne sommes pas débiles… Nous sommes les Ondes.

116

Une semaine plus tard. Tout est plus clair et même le ciel semble plus bleu. La secrétaire entre dans le bureau d'Alessandro.

– Il y a ce monsieur pour vous.

– Merci… faites-le entrer.

Alessandro s'assied à son bureau. Il sourit en le voyant entrer. Tony Costa. Il a l'air plus mince que la dernière fois qu'il l'a vu.

– Vous avez maigri.

– Oui, ma femme m'a mis au régime. Alors, voici ce que vous m'avez demandé. J'ai réussi à me procurer les notes, elles ont toutes eu leur bac. Mais aucune d'elles ne connaît encore les résultats. Niki Cavalli a eu 80/100.

Bien, pense Alessandro. Elle va être contente, elle s'attendait à moins, et en plus je ne l'ai pas aidée.

– Son numéro de portable a changé, mais je n'ai pas encore trouvé le nouveau. Elle part dans deux jours avec ses amies…

Tony Costa feuillette son bloc-notes.

– Voilà, avec les Ondes, c'est comme ça qu'elles s'appellent, et elles vont en Grèce. Santorin, Rhodes, Mikonos et Ios.

Tony repose son bloc-notes.

– C'est cette dernière qui vous intéresse, on l'appelle l'île de l'amour.

Alessandro sourit.

– Merci. Combien je vous dois ?

– Rien. L'avance me suffit. C'était un travail trop simple.

Alessandro accompagne Tony Costa à l'ascenseur.

– J'espère vous revoir un jour pour d'autres raisons. Vous m'êtes sympathique.

– Merci, vous aussi.

Alessandro attend que les portes de l'ascenseur se referment. Puis il retourne dans son bureau. Juste quand il va fermer la porte, Andrea Soldini arrive.

– Alex ! Mais il ne fallait pas…

Alessandro va s'asseoir dans son fauteuil et sourit.

– Tu parles… ce n'est pas grand-chose.

– Tu appelles ça pas grand-chose ? Tu m'as fait un superbe cadeau ! Un Macintosh MacWrite Pro, super rapide, en plus ! Mais… pourquoi ?

– Je voulais te remercier, Andrea… Tu m'as beaucoup aidé.

– Moi ? Mais les idées sont venues de toi, ces photos, le slogan, cette fille ! Niki est parfaite ! Tu as vu les panneaux ? Ils sont en train de perfectionner les couleurs pour l'Italie, mais je suis sûr qu'ils seront magnifiques. C'est une pub simple et géniale.

– Oui, à l'étranger elle marche très bien. On verra quand elle sortira ici.

– Tu dis très bien, à l'étranger ? Il paraît que les bonbons ont déjà inondé le marché international. Ils ont cartonné partout ! Tu as cartonné.

– Quoi qu'il en soit, ce n'est pas pour ça que je voulais te remercier, ou plutôt, pour ça aussi…

– Et pour quoi, alors ?

– Je t'ai offert cet ordinateur pour m'acquitter du mail que tu m'as envoyé… mon ami. Ou mieux : « vrai ami ».

Andrea Soldini ne sait plus où se mettre.

– Mais moi…

– Ça n'a pas été difficile. Tu connaissais Marcello. Tu as travaillé avec Elena. Tu avais accès à son ordinateur. Et surtout, Niki t'était sympathique… Le mail a été envoyé à vingt heures quarante-cinq d'un ordinateur de notre compagnie. L'autre jour, à cette heure-là, il ne restait que toi et Leonardo. Et lui, je ne crois pas qu'il pense à mon bonheur. Donc… c'était toi.

– Je n'aurais pas dû ?

– Tu plaisantes ? Avant, je me sentais coupable, et maintenant je suis heureux… Profite de ton ordinateur ! Et puis, je t'en prie, quoi qui se passe, si tu veux être mon « vrai ami » … ne m'envoie plus de mail !

– OK, chef. Alors, il y a autre chose que je dois te dire.

Alessandro le regarde, perplexe.

– Je dois m'inquiéter ?

– Non. Je ne crois pas… Ou du moins j'espère. Tu te rappelles l'histoire du raccourci ? La personne du staff adverse qui m'informait sur leurs idées ?

– Oui. Et alors ?

– Je crois que je me dois de te le dire. C'était Alessia. Elle préférait te voir gagner, même si elle partait à Lugano et que tu restais à Rome.

– Je ne m'y attendais pas. Comment elle va ?

– Mieux…

Andrea Soldini est un peu gêné.

– On s'est mis ensemble…

– Génial !

Alessandro se lève de son fauteuil et le serre dans ses bras.

– Tu vois qu'il y a des gens qui t'apprécient ?!

117

Et encore une autre nuit. Nuit noire. Nuit de gens heureux. Nuit de lumières, de sons, de klaxons, de fête. Nuit qui finit trop tôt. Nuit qui n'en finit plus. Déception. Amertume. Tristesse. Désespoir. Trop de choses pour les mettre dans une seule nuit. Je ne compte pas. Je ne compte pas. Pour elle, je ne compte pas, je n'ai jamais compté. Mauro file sur son scooter. Sans casque. Sans lunettes. Sans rien. Larmes. Et pas seulement à cause du vent. Merde, merde, merde. La seule poésie qu'il soit capable de composer, la seule rime, la seule musique facile à jouer, simple, comme sa banlieue. Musique de rage et de douleur. Musique de mal d'amour. Il file et il ne sait pas où aller. Il pleure, sanglote et n'a pas honte. Avance, scooter, avance. Je veux en finir. Il continue, prend le périph, continue à se perdre dans une ville qu'il ne sent plus sienne, qui ne lui appartient pas. Pourquoi, merde, pourquoi ? Je suis trop mal. Trop. Putain, Paola. Tu es une vraie salope. Une énorme salope. Et dans le désespoir, la pensée la plus stupide, la plus basse, la plus enfantine. Ces jours-ci, le type n'a pas pu la toucher. Elle avait ses trucs. Il rit. Piètre consolation. Il se sent un peu plus serein, en conduisant dans la nuit. Il sort du périph. Puis ralentit un peu. Il fait zigzaguer le scooter sur le bord de la route, à droite et à gauche de la ligne blanche qui chevauche une petite marche créée par l'asphalte tout juste refait. Le scooter monte et descend sur les pavés. Tin tin tin. Le bruit des pneus sur ces cailloux rehaussés, et puis de nouveau le silence du gris de l'asphalte neuf. Et puis de nouveau tin tin tin. Et ainsi de suite, petit jeu métropolitain stupide de qui n'a pas envie de penser. Ne pas penser. Mauro inspire un bon coup, puis crache tout l'air vers le haut, par la bouche. Et une autre inspiration, encore plus longue, plus que la première, et de nouveau expirer l'air. Voilà. Il se sent mieux. Oui, il se sent mieux. Il continue à conduire. Prend le pont. Deux prostituées sont plantées au bout de la rue. Elles viennent vers lui. L'une d'elles a une jupe très courte devant, elle lui montre son pubis nu. Quelques rares poils sous la lumière du lampadaire. Fatigués de respirer la pollution. L'autre, perchée sur des talons hauts, laqués rouges, se tourne et se penche en avant pour lui montrer ses fesses nues, blanches, fermes. Mauro tourne, passe tout près d'elles, essaye de leur donner un coup de pied. Comme ça, pour rire. Mais les deux Polonaises ne comprennent pas ce genre de blagues. Elles l'insultent dans leur langue. L'une d'elles ramasse un caillou et le lance vers lui. Rien. Cible manquée. Il finit sur le bord de la route. Mauro se dit qu'elles n'ont sûrement pas passé leur enfance à faire des tirs à Luna Park. Lui si… Il s'entraînait avec l'argent de son père à envoyer une stupide balle de ping-pong dans un pot transparent. Si tout allait bien, il rentrait à la maison avec un sachet d'eau et un poisson rouge dedans. Qui se noyait dans les toilettes une semaine plus tard. Mauro fait une embardée, puis tourne et descend du pont, disparaissant dans la nuit. Les deux prostituées restent dans le froid, devant un feu qui s'éteint lentement, en attendant un autre client à qui vendre un peu de sexe, dans l'espoir d'un vrai amour. Parce que le vrai amour, tout le monde le cherche. Sans devoir le vendre ni l'acheter. Mais peut-être qu'il ne passera jamais par ici.

Mauro sourit en retournant vers chez lui. Merde, cette brune qui m'a montré son cul, je me la serais bien faite. Elle m'a excité. C'est que j'ai pas un rond, putain. Et il retombe dans le désespoir. Images confuses. Paola. Paola quand il l'a connue. Paola à une fête. Paola qui se déshabille. Paola qui rit. Paola et sa première fois. Paola avec lui, sous la douche, ce jour où il n'y avait personne chez elle. Paola à la montagne, leurs seules vacances. Ces petites vacances. Petites vacances d'un jour dans une chambre d'hôtel. Avec ce couple friqué qui faisait du snow-board, lui beaucoup plus âgé qu'elle. Du vin blanc. Et le dîner sous les étoiles. Paola. Où elle peut être, maintenant? Où elle sera, demain? Où elle sera, dans ma vie? Il se sent à nouveau désespéré. Il se perd. Pense, se rappelle, souffre. Il n'a plus de larmes. Et presque plus d'essence, non plus. Merde, mais j'en ai mis quand? Il y avait un plein, tout à l'heure. Soudain, il se rend compte qu'il est arrivé en bas de chez lui. Mais il n'a pas envie de monter. Il a peur que quelqu'un soit encore debout. Peur qu'on lui pose des questions, de devoir donner des réponses. Alors, avec les quelques gouttes qui lui restent, il continue à rouler. Il s'arrête un peu plus loin. Il descend, accroche le scooter et se dirige vers le pub. Le seul qui reste ouvert jusque tard, dans le coin. Mais qu'est-ce que je dis. Il est encore tôt, ce soir. Mauro regarde sa montre. Il est onze heures. Je pensais qu'il était plus tard. Les nuits qui font mal passent lentement. Il pousse la porte du pub. Une main se pose sur son épaule.

– Oh, qu'est-ce que tu fais ici?

Gino, la Chouette, apparaît devant lui.

– Oh, putain, tu m'as fichu une de ces trouilles...

– On entre ? On boit un verre, je t'offre ce que tu veux, comme au bon vieux temps.

La Chouette le prend par le bras, le traîne à l'intérieur et le fait asseoir, presque de force, sur un des tabourets du fond. Puis il se laisse tomber sur un autre tabouret, en face de Mauro, et lève immédiatement la main pour se faire voir de la fille derrière le bar.

– Qu'est-ce que tu veux ?

Mauro, timide.

– Je ne sais pas. Une bière.

– Mais non, on se fait un whisky, ici ils en ont du bon.

Il s'adresse à la fille.

– Eh, Mary, tu nous apportes deux verres de ce que j'ai bu hier soir ? Bien servis, hein ? Fais pas la radine... et sans glace.

Puis il s'approche de Mauro, les bras en avant, posés sur la petite table en bois.

– Oh, hier soir je me suis descendu toute une bouteille.

Puis il se tourne à nouveau vers Mary.

– J'ai attendu qu'elle finisse et je l'ai raccompagnée chez elle avec la voiture d'hier...

La Chouette s'approche de Mauro et fait un geste avec les doigts de la main, les fait tourner sur eux-mêmes, comme pour dire qu'il l'a piquée.

– On s'est arrêtés en bas de chez elle. Oh, et ben comme j'avais la trouille que les poulets repèrent la bagnole, et puis à cause de la bouteille de whisky, et ben il m'a fait une mauvaise blague, l'ami Joe.

La Chouette se touche entre les jambes.

– Alors, j'ai pris un autre petit coup... et après, la plus belle baise des deux dernières années.

À ce moment-là, Mary arrive avec deux verres et la bouteille.

– Mais ne buvez pas trop, hein.

Elle regarde Gino et lui sourit.

– Ça ne fait pas du bien, de boire…

La Chouette lui sourit.

– Mais finalement, ça fait aussi du bien, non ?

Mary sourit, secoue la tête et s'éloigne dans sa jupe moulante, un peu en nage, une ceinture à la taille et les cheveux relevés par des petits chouchous. Mais, surtout, avec la certitude d'être regardée.

La Chouette prend son whisky avec sa main droite et pose la gauche sur le bras de Mauro, puis fait des mouvements de haut en bas avec sa tête.

– Je crois que je vais lui mettre une autre correction, ce soir.

Puis il boit une gorgée, la tête en arrière. Mais il s'aperçoit que Mauro, lui, n'a pas encore touché à son verre. Rien. Il ne bouge pas. Tranquille. Trop tranquille. Un peu abattu.

– Oh, mais qu'est-ce que t'as ?

La Chouette lui met une main derrière la tête et la lui secoue.

– Alors ? T'es devenu muet ? Qu'est-ce que t'as, dis-le à papa. Putain, ce que t'es mou ! Qu'est-ce que t'as, on a buté ton chat ?

Mauro reste impassible. Puis il prend le verre, le porte à ses lèvres, y réfléchit un instant, puis prend une longue gorgée. Quand il rabaisse la tête, il plisse les yeux.

– Ah, mais c'est fort !

La Chouette acquiesce.

– Il est pas fort, il est bon. Alors, on peut parler, maintenant ? Qu'est-ce qui t'arrive ?

Mauro prend une autre gorgée de whisky.

– Mais rien… Paola.

– Ah, ta copine. Je te l'avais dit, elle aime le confort, celle-là.

– Tu m'as porté la poisse.

– Non. Tu te l'es portée tout seul. Toutes les filles veulent du confort. Surtout…

– Surtout ?

– … quand elles sont belles. Y a toujours quelqu'un qui attend pour leur donner du confort.

Mauro se tait.

– Et tu sais ce que c'est, le problème ?

– Non, c'est quoi ?

– C'est qu'elles le savent très bien.

La Chouette acquiesce, secoue la tête, puis prend une grande gorgée. Mauro le regarde et l'imite. Une longue gorgée, jusqu'au bout, sans s'arrêter. La Chouette le regarde avec admiration.

– Ouah, ça t'a plu, hein ?

Mauro secoue fort la tête, l'agite, comme pour se libérer de quelque chose qui lui est resté en travers de la gorge.

– J'ai le remède pour toi, fais-moi confiance…

La Chouette prend des sous dans sa poche. Il trouve dix euros et les jette sur la table.

– C'est-à-dire ? demande Mauro.

– Le raccourci pour lui payer du confort. Tu verras, en deux soirs, tu la chopes à nouveau, ton amoureuse…

Mauro est indécis. Il regarde la Chouette droit dans les yeux.

– Tu crois ?

– Je ne crois pas, c'est mathématique. Mais tu dois venir avec moi.

La Chouette se lève, se dirige vers les toilettes. Mauro le suit. L'autre ferme la porte derrière lui et s'appuie contre elle, pour être sûr que personne n'entre.

— Tiens.

Il sort un sachet transparent de la poche de son jean. Il est plein de poudre blanche.

— Ce qu'il te faut, c'est une ligne de coke. J'te l'offre comme baptême.

La Chouette décroche le miroir du mur et le pose sur le lavabo.

— J't'ai même trouvé un nom. Faucon Pèlerin. La Chouette et le Faucon Pèlerin. Ça te plaît ?

— Oui. Mais qu'est-ce qu'on doit faire ?

La Chouette se penche sur le miroir et aspire une ligne de coke avec un billet de vingt euros roulé.

— Facile. Tiens, les clés de ma moto. J'ai un double. Tu dois m'accompagner chercher une voiture chez une amie, et puis tu rentres chez toi avec ma moto. Et moi je passe la prendre demain matin. Facile, non ?

Mauro sourit.

— Très facile.

Gino, la Chouette, passe les vingt euros roulés à Mauro.

— On y va, Faucon, plus tôt on y est, plus tôt on a fini.

Mauro se penche et fait lui aussi disparaître une ligne blanche. Il se relève, et le nez lui pique encore quand il entend la Chouette dire :

— Et imagine qu'avec ça tu te fais cinq mille euros. Tu vas pouvoir le lui payer, son confort, à ta Paola.

Ils sortent des toilettes, tous deux étonnamment joyeux. La Chouette salue la fille derrière le bar avec une petite promesse dans les yeux.

— Ciao, Mary, à plus tard. Si je finis tôt, je repasse…

Et il lui fait un clin d'œil. À l'extérieur, il serre Mauro dans ses bras.

— Oui, je repasse, et je te repasse comme hier.

Il éclate de rire.

— On y va, Faucon.

Ils disparaissent sur la grosse moto, en direction du centre-ville.

118

Ce soir-là, ils sortent tous les quatre. Enrico, Pietro, Alessandro, et même Flavio, qui a bizarrement eu la permission. Ils passent une folle soirée, comme ça n'était pas arrivé depuis longtemps. Ils vont au F.I.S.H., un restaurant Via dei Serpenti, commandent de l'excellent poisson et boivent le meilleur vin. Ils se racontent plein de choses, se confessent des petites vérités.

— Et donc, c'est ton assistant qui t'a envoyé ce mail avec la lettre d'Elena à ce jeunot !

Pietro secoue la tête.

— Je te l'avais dit... les femmes sont toutes des truies ! Et vous, qui n'êtes jamais d'accord avec moi... c'est une mission éducative, ce que je fais, moi...

— Oui, éducative de ton fifre !

Alessandro se verse à boire.

— Tu sais, pendant un instant, j'ai cru que c'était toi, l'amant d'Elena...

Pietro le regarde, atterré.

— Moi ? Mais comment tu as pu penser ça ?! Plutôt que de faire un truc pareil à l'un d'entre vous... je vous jure, je vous jure que je ferais la chose qu'il m'est le plus difficile d'imaginer… Voilà, je préférerais encore devenir gay ! Et vous savez combien ça serait dur, n'est-ce pas ?

Pietro s'arrête. Il s'assombrit. Il vide son verre d'un trait, puis le pose sur la table, bruyamment.

– Susanna a découvert que je l'avais trompée, elle veut me quitter. Je suis détruit.

Flavio le regarde.

– Tu aurais pu imaginer qu'elle allait le découvrir, tôt ou tard. Tu en as fait de belles. Tu as couché avec toutes les femmes qui passaient.

Alessandro lui met une main sur l'épaule et demande :

– Mais comment elle l'a découvert ? Elle a reçu un mail, elle aussi, par hasard ?

– Non, elle m'a vu dans la rue. En train d'embrasser une fille.

– Ouais, mais tu es fou.

– Oui, je suis fou… et je suis fier de ma folie ! Et puis, ce n'est pas tout, mais pendant qu'on attend… je vais même aller me fumer une cigarette ! Qui vient avec moi ?

– Moi, je viens…

Enrico se lève à son tour.

– OK, nous on vous attend… mais ne restez pas trop longtemps…

– Pas de problème…

Pietro et Enrico sortent du restaurant. Pietro allume la cigarette d'Enrico, puis la sienne, et sourit à son ami.

– Alors…

– Alors quoi ?

– Tu vois, j'avais raison, on a bien fait de ne pas dire à Alex qu'on avait vu Elena embrasser ce jeunot dans ce restaurant… Son assistant s'en est chargé…

Enrico hausse les épaules.

– C'était un hasard… Alex et Elena auraient pu se remettre ensemble, arriver de nouveau au mariage, et se marier pour de bon, cette fois… Et si ensuite ça n'avait pas marché? Alors tu te serais senti coupable de t'en être lavé les mains…

– Ce n'était pas mon devoir de parler et de décider pour eux…

– Pour moi, en revanche, c'est une question de responsabilité… C'est trop facile de toujours laisser les autres prendre les décisions. Imagine comme ça aurait été différent si à l'époque ce type s'en était lavé les mains…

– Tu es excessif… tu ressors cette vieille histoire, maintenant. Il me semble qu'à l'époque la responsabilité était un peu différente, non? Moi je disais juste qu'on n'était pas pressés, qu'on pouvait attendre… que peut-être les choses auraient pu se régler sans que notre amitié soit mise en jeu. Et en effet, ça a été le cas. Je pense que ça n'aurait pas fait plaisir à Alex d'apprendre cette nouvelle par nous. Qu'on lui casse son rêve. Les amis, c'est comme une île à l'abri des courants…

– Ouais… À propos… il fait froid, moi je rentre.

Enrico jette sa cigarette par terre et l'éteint.

– Et puis, j'ai une nouvelle à annoncer.

– Bonne?

– Excellente… Allez, dépêche-toi, je t'attends à l'intérieur.

Pietro sourit. Il tire une dernière bouffée. Il est tranquille, serein. Pour lui, c'était le bon choix. Ne pas raconter avoir rencontré Elena et Marcello dans ce restaurant. Il éteint sa cigarette par terre, puis il va retrouver ses amis. Mais même Pietro ne sait pas combien le choix d'Alessandro était le bon. Donner ou ne pas donner une tournure personnelle aux événements.

Un vrai dilemme. Mais une chose est certaine : si ce dossier rouge n'avait pas été brûlé, aujourd'hui cette discussion si joyeuse et cordiale entre Enrico et Pietro n'aurait plus été possible. Pour une seule et unique raison. Enrico n'aurait jamais pu partager sa femme avec personne. Encore moins avec un ami. Même aussi sympathique que Pietro.

Dans le restaurant, Enrico interrompt la conversation générale.

— Les gars, j'ai quelque chose à vous dire. Camilla attend un bébé !

— Non ! C'est super !

— Fantastique !

Alessandro prend la situation en main.

— Garçon… apportez-nous tout de suite une bouteille de champagne ! Et toi, Pietro, sois gai, merde ! Essaye de reprendre confiance. Tu vas voir, tu vas la reconquérir, Susanna…

Enrico sourit, embrasse Flavio.

— Et toi ? Tu n'as rien à nous dire ?

— Si…

Il se sert un verre de vin, en attendant le champagne.

— J'ai viré Cristina de la maison. Elle m'avait vraiment cassé les couilles.

— Quoi ? Je ne te crois pas.

Ses amis en restent sans voix, anéantis. Flavio les regarde l'un après l'autre, puis sourit.

— Ensuite, elle est revenue. Elle était calmée. Depuis, ça va vraiment mieux. Maintenant, je ne me sentirai plus coupable d'aller jouer au foot, de ne pas ranger mes affaires ou de rester une demi-heure sur le canapé à ne rien faire. En plus, elle est plus affectueuse avec moi. Et puis, je sortirai plus souvent avec vous… donc attention, je vais vous surveiller.

Pietro lui tape dans le dos.

– Je suis vraiment heureux ! Tu aurais dû faire ça plus tôt…

Flavio le regarde de travers.

– Bah… mieux vaut tard que jamais, non ?

– Si tu sors avec nous et que tu nous surveilles, Susanna sera plus tranquille, et moi je pourrai faire tout ce que je voudrai !

– Ah, non ! Pas question… attention, je lui raconterai tout !

La bouteille de champagne arrive.

– Allez, trinquons…

Pietro la débouche, en verse dans les quatre verres puis lève le sien.

– Alors, à l'amitié entre nous, qu'elle ne finisse jamais ! À Alessandro qui a eu le courage de douter de moi, justement lui qui ne nous donne aucune garantie sur le fait qu'il n'est pas gay…

– Moi, gay ?

– Bien sûr ! Plaquer une bombe comme Niki… si tu n'es pas gay… alors qui l'est ?! Allez, courage, Alex… C'est le bon soir pour faire ton *coming out*. Ouvre-toi à nous… on se chargera de te reboucher.

Tout le monde rit.

– Quels bourrins vous faites ! Blague à part, moi j'ai une idée… et il faut se dépêcher. Niki part demain.

Ils continuent à boire du champagne, tandis qu'Alessandro raconte son idée, et ils s'amusent comme des fous. Mais il faut quand même du courage pour passer à l'action. Alors ils commandent aussi de la grappa et du rhum. Et puis, tant qu'ils y sont, du whisky, aussi. Bref, à la fin ils sont tous ivres.

En voiture. Atmosphère très éthylique.

– Lentement, lentement, va lentement…

– Plus lentement que ça… et je recule.

Alessandro, plus saoul que les autres, gare la Mercedes sur le pont de Corso Francia. D'abord, ils sont passés au bureau chercher ce dont ils avaient besoin, et ils ont fait un sacré raffut quand le gardien n'a pas voulu les laisser monter parce qu'ils étaient ivres. Mais Pietro est très fort, dans ces cas-là. Il sait boire une bonne bouteille, mais il sait aussi « huiler » un gardien. Bref, finalement ils ont réussi. Et les voilà en place pour la grande idée d'Alessandro.

Flavio est inquiet.

– Les gars, on a presque quarante ans, je vous en prie, allons-nous-en…

– Mais Flavio, c'est ça qui est beau !

Ils descendent tous de la voiture et montent sur le pont. Alessandro trébuche sur la grosse marche, trop haute pour lui, et surtout pour son taux d'alcoolémie. Il tombe, mais se relève. Il ramasse la petite bombe rouge et regarde autour de lui.

– Chut…

Enrico l'aide.

– Viens, monte là-dessus pour écrire.

– Il ne va pas tomber du pont ?

– Mais non ! Je vais très bien !

Pietro s'approche de lui.

– Alors, tu as décidé ce que tu veux écrire ? Tu as une phrase ?

Alessandro sourit, toujours aussi saoul.

– Bien sûr… depuis que je te connais, j'ai été l'homme le plus heureux du monde, et ensuite…

Flavio l'interrompt.

– Eh, mais tu es sur un pont avec une bombe de peinture à la main. Tu dois écrire une phrase, pas un poème !

– C'est vrai, tu as raison…

Alessandro se tient à lui.

– Tu veux dire, comme cette phrase qu'on voit un peu partout, « Toi et moi… trois mètres au-dessus du ciel » …

– Mais celle-là tout le monde l'a déjà utilisée. Tu es un créatif, toi.

– C'est sûr, venant de toi on s'attend à mieux ! Quelque chose de simple, mais qui fasse mouche.

Alessandro s'enflamme.

– Je l'ai ! J'y vais.

– Sûr ?

– Oui.

Alessandro grimpe, monte sur le pont prend la bombe et se met à écrire.

« Aime-moi, f… »

Mais, juste à ce moment-là, des phares éclairent Alessandro et tous les autres. « Attention. » Une voix métallique sort d'un mégaphone. « Ne bougez pas. Les mains bien en vue. Ne bougez pas. »

Alessandro essaye de se couvrir les yeux, puis il les voit. Il n'y croit pas. Ce n'est pas possible. C'est eux ! Les deux carabiniers. Serra et Carretti.

– Allez, descendez de là.

Alessandro, Enrico, Flavio et Pietro les rejoignent.

– Excusez-nous, on faisait juste une blague…

– Bien sûr, bien sûr… donnez-nous vos papiers.

Puis Serra regarde Alessandro.

– Toujours vous, hein…

– Mais… moi… ne pensez pas ça…

– Vous êtes ivre, en plus. Écoute-moi ça, il n'arrive pas à parler…

Flavio essaye de se justifier.

– Moi je n'ai pas bu grand-chose…

– Oui, oui, maintenant vous venez avec nous au poste.

Ils montent dans la voiture des carabiniers, l'un sur l'autre, en se lamentant.

– Aïe… ne poussez pas, ça fait mal.

– Pour une fois que je sors, je me fais arrêter. Qu'est-ce que je vais lui dire, à Cristina ?

– Que tu portes la poisse.

Serra se tourne vers eux.

– On peut savoir ce que vous étiez en train d'écrire ?

Alessandro, tout fier, répond :

– Je voulais écrire : aime-moi, fille aux jasmins ! Voilà, c'était… pour elle, qui est… moteur amour.

Serra regarde son collègue.

– La fille aux jasmins qui est moteur amour ? Mais qu'est-ce qu'il raconte ?

Carretti hausse les épaules.

– Laisse tomber… Ils sont tous bourrés.

Alessandro lui tape sur l'épaule.

– Je ne suis pas bourré. Enfin, si, je suis bourré, mais je suis très lucide, c'est vous qui ne comprenez pas… Je voulais écrire cette phrase pour lui faire comprendre à quel point elle compte, parce qu'elle part, demain elle part en Grèce, vous comprenez ? Sur l'île de l'amour… et si elle rencontre quelqu'un, hein ? Elle pourrait rencontrer quelqu'un en Grèce parce qu'elle ne sait pas à quel point elle compte pour moi, parce qu'elle veut m'oublier… Et ça sera de votre faute si ça arrive… vous le savez, non… si ça arrive, moi je vous dénonce… espèce de salauds !

Et il ne sait pas que cette phrase, même s'il est bourré, lui vaudra une plainte et une nuit au poste.

119

Nuit. Nuit de nuages. Nuit obscure. Nuit coquine.

Elena vient de sortir du théâtre. Un spectacle amusant, plein de jeunes acteurs, dont certains ont fait des pubs dans son agence. Ils ne pouvaient pas ne pas l'inviter. Elle a rapporté plus d'argent à leur compagnie que deux saisons consécutives dans le meilleur théâtre de Rome.

Elena arrive chez elle. Elle descend de sa BMW Individual Série 6 Coupé, couleur bleu onyx métallique, flambant neuve. Il va vers la porte. Elle a à peine le temps de glisser la clé dans la serrure et de la retirer qu'elle se sent tirée vers l'intérieur, traînée dans le hall d'entrée. Elle finit par terre, dans l'escalier, près de l'ascenseur. Elle se prend les pieds dans le paillasson de la dame de l'appartement n° 1, celle qui cuisine toujours des oignons. Mais, ce soir, il n'y a aucune odeur, aucun bruit, trop de silence. La Chouette et le Faucon Pèlerin se jettent sur elle.

– Chut, tais-toi, pas un mot, sors tout de suite les clés de ta voiture.

La Chouette lui met une main sur la bouche, tandis que Mauro la reconnaît soudain. C'est elle, la fille du casting, celle qui était dans la pièce vitrée, qui avait mes photos dans les mains et qui les a déchirées, qui ne m'a pas voulu.

Elena le regarde. Elle voit de la méchanceté dans ses yeux. Elle plisse les siens pour essayer de comprendre quelque chose. Qu'est-ce que je lui ai fait, à ce type ? On se connaît ? Qui c'est ? Pourquoi il n'arrête pas de me fixer ? Terrorisée, n'y comprenant plus rien, elle mord très fort la main de la Chouette et se met à hurler.

— À l'aide, à l'aide, aidez-moi !

La Chouette hurle à son tour et agite sa main dans les airs, pour tenter d'atténuer la douleur de la morsure. Pour toute réponse, comme froide vengeance, il met une droite à Elena, en plein visage. Elle tombe en arrière et se cogne la tête contre la marche. Un instant de silence. Tout est comme suspendu. Mauro a la bouche ouverte. Il est paralysé. La Chouette le pousse.

— Oh, Faucon, qu'est-ce que tu fous, tu dors ? Prends son sac, vite, on se casse.

Mauro ramasse le sac. Il regarde Elena une dernière fois. Elle est allongée par terre sur les marches, immobile. Mauro la fixe, mort de peur. Des portes commencent à s'ouvrir, on entend des verrous tourner. Des gens réveillés par les bruits, par les cris d'Elena. Mauro s'enfuit dans la nuit, monte sur la grosse moto, allume le moteur et part sur les chapeaux de roue. La Chouette fouille dans le sac, trouve les clés, démarre la BMW et se perd dans la nuit.

120

Le lendemain matin, chacune arborant fièrement les nouvelles Ray Ban que Diletta leur a offertes à toutes, elles partent. Un taxi les emmène à la gare. Le jour se lève. Sacs à dos remplis, T-shirts numérotés, un, deux, trois et quatre... avec une petite onde bleue. Niki en remet un à chacune en souriant. Elle a aussi dessiné un petit cœur rouge. Erica a acheté un grand carnet en moleskine.

– Eh, les filles, ça, c'est le journal de bord des Ondes... Pour commencer, sur la première page, j'ai déjà écrit une grande nouvelle. J'ai quitté Giorgio.

– Nooon !

– Je n'y crois pas !

– Tu plaisantes ! Ce n'est pas possible.

Erica fait signe que si.

– Et ce n'est pas tout. Je vais faire des ravages. Je vais rattraper le temps perdu. Je vais mettre le feu. Sur chaque page, il y aura un nom différent...

Elles courent sur le quai, montent dans le train et s'installent dans leur compartiment. Elles s'enferment à l'intérieur. Elles ont encore des choses à se raconter et à inventer, à rêver ensemble. Elles rient et plaisantent. Leur train démarre tout juste. Mais elles, elles sont déjà parties.

– J'ai sommeil. Il est trop tôt. Je vais arriver avec des cernes.

– Mais qu'est-ce que tu voulais ? Tu sais, le train pour Brindisi, on ne pouvait pas le prendre à midi, on aurait raté le bateau !

– Il y a des avions, non ? Là ça va prendre des siècles.

– Ouais, bien sûr, les avions ! Mais on a le temps, nous, qu'est-ce qui presse ? C'est notre voyage de bac, tu comprends ? Le bac ! Il faut le sentir, le renifler, le vivre, le souffrir. Et puis, tu n'es pas une princesse, toi...

– Si, une princesse au petit pois !

– Erica a raison. Nous sommes les Ondes. Sac à dos et pas beaucoup d'argent en poche.

— On prend quoi, comme bateau ?

— Hellenic Mediterranean Lines. J'ai réservé le pont, hein ? C'est mieux que les fauteuils inconfortables qui ne s'allongent pas. De toute façon, on a des tapis de sol et des sacs de couchage.

— Super, Erica !

— Et s'il pleut ? demande Diletta.

— Tu te mouilles ! lui répond Olly. Ou bien tu as amené ton Filippo pour te protéger ?

— Non, il est chez lui, tu le sais, et il me manque déjà…

— Oooh ! Maintenant elle va nous faire une tête de trois pieds de long pendant tout le voyage… On ne va pas te le voler, sois tranquille. Filippino est à la maison, il t'attend.

— Idiote !

Niki remet les écouteurs de son iPod. Elle n'a pas enlevé ses lunettes, bien qu'il soit tôt et que le soleil ne soit pas aveuglant. Elle a téléchargé quasiment tout Battisti depuis iTunes. Ces mots font mal, mais elle ne peut pas s'en passer. Parfois, la douleur t'absorbe tellement que spontanément tu as envie de l'alimenter. Le paysage défile par les fenêtres. Comme les souvenirs dans son cœur. Erica lui tape sur la jambe.

— Eh, tu dors ? Oh, la Grèce nous attend ! Pour deux célibataires depuis peu comme nous, ça va être la fête !

— Oui, oui, et moi je vous emmène à l'abordage !

Olly danse sur son siège.

— Allez ! Oh, j'ai dit allez !

Elle se met à crier. Un couple âgé se tourne et la regarde. Niki fait un demi-sourire, pour ne pas décevoir ses amies. Mais ensuite elle regarde à nouveau dehors, en cherchant des distractions qui n'arrivent pas. Le train avance vite, le soleil se lève. Parfum de vacances, de liberté, de légèreté. Mais ça aurait dû être différent. Ça aurait pu être différent. Mes amies sont heureuses. Elles ont toutes trouvé leur route, ou quitté la mauvaise. Elles savent toutes où aller. Moi, je me laisse porter. Mais c'est peut-être comme ça que ça marche, quand tu te sens mal. « Avoir dans les chaussures l'envie d'avancer. Avoir dans les yeux l'envie de regarder. Mais rester… prisonnier d'un monde qui ne nous laisse que rêver, que rêver… »

Une nuit sur le bateau. La mer, les vagues, le courant. Et ce sillage qui s'éloigne. Et les pensées qui n'arrivent pas à prendre le large. Niki est appuyée au parapet. Des jeunes gens passent. Quelqu'un, sur une vieille chaise longue tout imprégnée de sel, lit un vieux roman de Stephen King, quelqu'un d'autre le dernier Jeffery Deaver. Thriller. Terreur. Peur. Niki sourit, puis regarde à nouveau la mer. Elle n'a pas besoin d'un livre pour avoir peur. Elle se serre fort toute seule. Elle se sent seule. Elle voudrait tellement arrêter cette larme. Elle voudrait ne pas avoir aimé. Elle voudrait ne pas aimer encore. Mais elle n'y arrive pas. Et cette larme tombe, plonge dans la mer bleue, salée comme elle. Niki rit toute seule. Elle renifle. Essaye de ne pas pleurer. Elle y arrive, un peu. Les vacances commencent. Allez, bon sang… Cette douleur n'a pas du tout l'intention de s'arrêter.

Midi. Olly vient de ranger son sac de couchage et baye aux corneilles, aussi loin que sa mâchoire le lui permet. Puis elle se lève et regarde le port qui approche.

— Eh, tu m'expliques comment tu as réussi à dormir jusqu'à maintenant ? Les gens te marchaient quasiment dessus.

– Et alors ? Je t'ai dit que j'avais sommeil. Et puis, on nous vole du temps. Tu ne m'avais pas dit qu'il y avait une heure de plus, ici. Voleurs. Tu me fais lever à l'aube, tu me fais… Quoi qu'il en soit, j'ai agi.

– Dans quel sens ?

– Hier soir, pendant que vous avez fait les frileuses et que vous êtes allées dormir dans le couloir, moi j'ai fait la connaissance de ce type…

Olly indique un garçon, un peu plus loin, appuyé contre le parapet du pont. À côté de lui, sur une chaise longue, un énorme sac à dos bleu.

– Il est de Milan, il fait ses études à l'Institut polytechnique. Super beau. Il va retrouver ses amis qui sont déjà partis, lui il avait un examen. Je lui ai dit qu'on allait à Rhodes et je lui ai donné mon numéro de portable. Comme ça on pourra se retrouver.

– *Borda.*

– *Borda ?*

– Oui, hier soir, pendant qu'on faisait les frileuses dans le couloir, on a rencontré deux types de Florence. Ils disent comme ça quand il se passe quelque chose : *borda.*

– Ah. Et comment ils étaient ?

– Bof. Un pas mal, mais l'autre était plutôt une copie antipathique de Danny de Vito.

– Un rêve…

– Allez, viens, ils ont déjà appelé pour descendre.

Niki met son sac sur son dos, tandis que Diletta fait des acrobaties pour prendre son portable dans la poche de son jean. Enfin. Elle l'ouvre et lit le message qui vient d'arriver. « Salut ma belle, comment ça va ? Tu sais que je t'aime et que tu me manques ? Dépêche-toi de revenir, qu'on parte en Espagne… »

Diletta sourit et envoie un baiser à l'écran du téléphone. Olly la voit.

– Ça commence bien ! Allez, les Ondes, on y va.

Elle se met à courir, passe à côté du garçon de Milan, qui lui sourit et lui fait signe avec l'index de la main droite pour dire « on s'appelle ». Erica, Diletta et Niki la suivent. Elles descendent du bateau. Une foule de têtes, de casquettes, de manches courtes, de sacs à dos, de valises colorés, de voix et de sons se déverse sur le quai de Patras, avant de s'éparpiller. Saluts, au revoir, rendez-vous de gens qui se connaissaient déjà ou qui se sont rencontrés pendant la nuit sur le bateau. Un labrador court partout, comme fou, jusqu'à ce qu'un petit garçon aille le chercher et le traîne par son collier.

– Eh, il y a un magasin, là. On va s'acheter de la crème bronzante ? Je l'ai oubliée.

– Non, on fait un petit tour, d'abord. Et puis, on doit prendre le bus. En attendant, regarde : ça, c'est le mont Panathénien.

– Quelle barbe, Erica. On dirait une prof en voyage scolaire ! On doit, on doit ! Le mont, le mont ! On est en vacances ! Sans doute les meilleures vacances de notre vie !

Niki regarde autour d'elle. À droite du quai, il y a un grand parking. Un peu plus loin, un petit bar.

– Allez, on va se balader un peu.

Les Ondes marchent dans la foule. Petites ruelles étroites, circulation intense, et puis monter, descendre, rire, s'arrêter devant une vitrine. Ensuite, l'amphithéâtre, la forteresse, l'Horloge, le quartier de Psila Alonia, d'où on voit toute la mer Ionienne. Niki se sent bizarre, Diletta passe son temps à envoyer des textos, Erica essaye de lire un peu le guide mais personne ne l'écoute, et Olly parle à tous les gens qu'elle croise, plus ou moins. Légère folie de ces vacances ensemble. Envie de nouveauté. De folies, de non-temps. De liberté. De totale grande liberté. Et puis Niki. Envie de… Nostalgie et tristesse. Le souvenir d'un amour fort. Et beau. De ces amours qui durent et qu'on n'arrive pas à effacer du tout au tout.

Et une autre semaine. Climat doux, chaud mais pas trop. Agréablement estival. Niki est assise à la terrasse d'un bar, entourée par des murs blancs typiques. Elle mange un yaourt et observe les gens qui passent.

– Mais tu sais qu'il y a plein de stars qui viennent ici ? C'est génial !

– Et puis, Mykonos est vraiment jolie, avec toutes ces ruelles, les pubs, les boîtes, les magasins toujours ouverts ! Je vais m'y installer !

– Avant, on l'appelait la capitale estivale des gays, j'adore, c'est la patrie de la tolérance !

– Oui, mais il y a aussi des hétéros notoires ! Et hier, sur la plage ?! Ces types de Milan sont super ! Niki, tu as chopé le plus beau ! Emmanuele est canon !

– Olly, moi je n'ai chopé personne ! C'est toi qui as fait des ravages. Mais tu te rends compte que, depuis qu'on est parties, sans compter le Milanais du bateau, tu en as déjà eu trois ?! Le blond de Naples, l'autre de Ravenne qui ressemblait à Clark dans *Smallville*, et puis l'étranger…

– Oui ! Le Français tout mignon qui t'a offert de la lavande !

– Ben oui. À quoi ça sert, les vacances ? Et puis, allez, qu'est-ce que tu attends ? Il bave devant toi, ce type ! De toute façon, ce soir on se retrouve en boîte, je suis curieuse de voir ce que tu vas faire. Bon, c'est sûr, après le vent qu'il s'est pris hier soir… le pauvre…

— Le pauvre… je ne pouvais pas, je n'avais pas envie de l'embrasser.

Les jasmins. La terrasse. La nuit. Les sourires. C'est ce que Niki a pensé quand ce beau garçon, après mille compliments, s'est approché de ses lèvres… Et elle n'a pas pu. Elle n'a pas voulu. Elle n'a pas réussi. Alors elle lui a souri et elle s'est éloignée, en lui faisant une légère caresse sur la joue.

— Quel gâchis !

— Mais, demain, on retourne à Super Paradise Beach ? demande Diletta en écrivant un texto.

— Non, j'aimerais bien aller à Elià Beach. Il y a une petite crique tranquille, et ensuite un chemin dans les rochers qui mène à Paranga Beach. Tu sais, Niki, ils font du surf, là-bas. Tu pourrais essayer, non ?

— Je ne sais pas, Erica, je verrai demain. Mais ça me va, d'aller là-bas.

— Oh, demain on loue des scooters. J'en ai marre des horaires de bus, au moins on pourra rester à la plage jusqu'à l'heure qu'on veut.

Olly s'approche de Diletta.

— Quand on revient à Rome, je vais voir ce salaud d'Alex et je lui casse la gueule. Regarde dans quel état il nous l'a mise, dit-elle tout bas en indiquant Niki.

— C'est vrai. Mais on ne va pas laisser tomber.

— On va prendre une douche ? crie Olly en se levant de sa chaise. Et se faire belles pour la soirée ? J'ai tout préparé ! C'est le grand soir. Je me suis renseignée. Apéritif chez Agari, un bar en pierre où il n'y a pas grand monde mais où les serveurs sont tous canon, et pour deux consommations ils t'offrent la troisième. Si on se débrouille bien, on pourra même avoir des cocktails.

— *Borda !*

— Ensuite, on ira manger sur le port, à Little Venice. C'est plein de bars ! On y mange mieux que dans les restaurants. Salade de feta, pita gyros, la version grecque du kebab, avec sauce tsatziki et paprika ! Et puis, moi je reprends une moussaka, c'est trop bon ! De toute façon, ce n'est pas l'activité physique qui manque, pour brûler tout ça.

— *Borda !* disent les Ondes en chœur.

— Et puis, on va danser ! D'abord au Scandinavian, et ensuite il y a une fête au bord de la piscine du Paradise ! On économise quinze euros chacune parce que les types de Milan, avec qui on a rendez-vous là-bas, connaissent quelqu'un. Ensuite, le Cavo Paradiso nous attend… C'est là qu'on finit la nuit… *Musique house* pour exorciser ce crétin de Fobia, et puis l'endroit est magnifique. Discothèque en plein air sur une falaise. Quand le soleil se lève, tu vois les gens danser aux premières lueurs de l'aube ! Alors, vous êtes prêtes ?!

— Ouiiii !

Les Ondes lèvent leurs bras au ciel et crient, heureuses. Niki fait un effort pour se réjouir, elle aussi. Et elles s'en vont dans les ruelles noires de monde, vers leur appartement. Elle abandonne un instant ses pensées. Ce souvenir continu. Cette marée d'amour qui trop souvent, sans raison, la submerge. Elle se laisse aller avec ses amies les Ondes. Elle les enlace, elles marchent bras dessus bras dessous, en chantonnant et en marchant en rythme.

Une autre semaine. Un sourire sincère apparaît entre les rides sombres et brûlées par le soleil des visages des anciens qui descendent la ruelle pavée vers la place. Niki sourit à une femme qui tisse un panier, entourée des couleurs des bougainvilliers. La lumière est aveuglante, réfléchie par les murs blancs. Le ciel est bleu et pur.

Les Ondes viennent de descendre du car, après avoir parcouru une route tortueuse et panoramique, avec Olly qui s'accrochait au bras de Diletta à chaque virage. Erica a déjà défini leur première étape, le monastère de la Panagìa Hozoviotissa. Il faut bien une heure pour y grimper, mais cela vaut la peine. Un millier de marches creusées dans la falaise à pic sur la mer.

— Mais vous êtes folles, ou quoi ?

— Oui. Allez, courage, on y va.

Erica, Niki et Diletta, énergiques, montent sans trop de mal. Olly reste à la traîne et s'arrête toutes les deux minutes, avec l'excuse d'admirer la vue. De temps à autre, quelques oliviers offrent un peu d'ombre. En haut de la montée, encastré dans la montagne à trois cents mètres d'altitude, le voilà. Blanc, lui aussi, comme tout le reste, le monastère a l'air d'une forteresse. Des moines anachorétiques accueillent les touristes, en observant comment ils sont habillés. L'un d'entre eux offre immédiatement aux filles de longues jupes à fleurs, en souriant.

— C'est quoi, la dernière mode grecque ? Vous auriez un paréo, aussi ?! Bleu, par exemple ?

— Olly ! Un peu de respect… c'est pour entrer. C'est un lieu de prière, et nous on est à moitié nues.

Olly fait une grimace et met la jupe. Puis elles entrent en silence. Surprise, les moines arrivent avec des verres à la main.

— Qu'est-ce que c'est ? dit Olly en enlevant sa jupe. Ils nous droguent ?

— Non, répond Erica, c'est le loukoum, une douceur au miel. Ils te donnent ça pour te remettre de la montée.

— C'est aphrodisiaque ?

— Oui, pour les dents.

— Et maintenant ?

– Maintenant, rien. Profite du paysage…

La mer, tout autour, est un véritable spectacle. Niki observe en silence.

– À quoi tu penses ? lui demande Diletta.

– À la chanson d'Antonacci.

– Laquelle ?

– … *Certe volte guardo il mare, questo eterno movimento, ma due occhi sono pochi per questo immenso e capisco di essere solo. E passeggio dentro il mondo e mi accorgo che due gambe non bastano per girarlo e rigirarlo…* (« Parfois je regarde la mer, ce mouvement éternel, mais deux yeux sont peu pour cette immensité, et je comprends que je suis seul. Je me promène dans le monde et je m'aperçois que deux jambes ne suffisent pas pour le parcourir encore et encore… »)

Diletta ne dit rien. Puis un bip arrive sur son portable. Elle regarde Niki, un peu gênée.

– Excuse-moi…

Niki l'observe tandis qu'elle prend son téléphone dans la poche de son short, l'ouvre et lit. Un petit sourire, presque retenu, lui illumine le visage.

– C'est Filippo ? demande Niki.

– Oui… mais ce n'est rien, il dit juste qu'il va à l'entraînement…

– Ne mens pas… Je suis heureuse pour toi, tu sais. Ce n'est pas parce que je suis mal que je n'arrive pas à être contente que mes amies soient amoureuses…

– … Il dit qu'il m'aime et qu'il m'attend.

Niki lui sourit, puis s'approche d'elle et la serre dans ses bras.

– Je t'adore, championne.

Olly arrive.

– Je peux me joindre à vous ?

Niki et Diletta se tournent.

– Mais oui, viens !

– Moi aussi !

Erica s'approche elle aussi, et cette accolade devient plus forte, le symbole de l'amitié qui les lie pour toujours. Les Ondes unies devant la mer.

– Et maintenant ?

– À seulement quatre kilomètres, il y a Katapola.

– Seulement ? Moi je prends des bonbonnes d'oxygène…

– Allez, on y va, il y a des petites maisons à pic sur la mer, des pêcheurs, on pourra peut-être faire un tour à dos d'âne ! Et puis, il y a la plage d'Agios Panteleimon. Allez, ça sera un peu fatigant, mais le guide dit que ce sont des endroits magnifiques…

– On y va !

Elles s'élancent sur le sentier et descendent jusqu'à la mer. Elles posent leurs sacs à dos sur le sable et achètent une pastèque à un vendeur ambulant qui la garde au frais dans son vieux triporteur plein de glace. Elles se déshabillent et se jettent à l'eau. Elles s'éclaboussent. Ensuite, elles coupent la pastèque en grandes tranches, la dévorent, se la mettent sur la tête. Puis elles retournent dans l'eau chaude, avec toujours ces petits casques sucrés sur la tête, et bavardent jusqu'au coucher du soleil. Belles, simples, heureuses, abandonnées. Fatiguées, mais d'une fatigue saine, celle qui te prend quand tu fais ce qui te plaît, quand tu te sens bien, quand tu es entourée de gens que tu aimes. Ensuite, encore quelques jours et quelques autres aventures dont se souvenir. À mettre de côté, pour quand il y en aura besoin… Et puis, retour à la maison. Rome.

121

Presque un mois plus tard.

Les parents de Niki sont en voiture, arrêtés à un feu rouge. Tous deux la bouche ouverte. Tous deux incapables de dire un mot. Sur la place, il y a une série de panneaux publicitaires gigantesques. Et sur chaque panneau, Niki. Niki qui dort sur le ventre, Niki qui dort les fesses en l'air, un bras par terre, et enfin Niki qui vient de se réveiller, les cheveux emmêlés et un petit paquet à la main. Elle sourit. « Tu veux rêver ? Prends LaLune. »

Roberto se tourne vers Simona, encore abasourdi.

— Mais elle l'a faite quand, Niki, cette pub pour ces bonbons ?

Simona essaye de rassurer Roberto. Elle doit à tout prix donner l'impression qu'elle et Niki se disent encore tout.

— Oui, oui, elle m'en avait parlé… mais je n'avais pas compris que c'était aussi grand !

Le père de Niki redémarre, pas très convaincu.

— Elles sont bizarres, ces photos. Elles n'ont pas l'air construites, on dirait qu'elles sont… volées, voilà, comme si elles avaient été prises chez quelqu'un. Ils l'ont bien étudiée. On dirait qu'elle dort vraiment. Et ensuite, qu'elle vient de se réveiller. C'est le même visage que celui que je vois tous les dimanches matin depuis dix-huit ans…

Simona soupire.

— Oui, ils sont vraiment forts.

Roberto la regarde à nouveau, un peu plus convaincu et heureux.

— Et tu crois qu'elle est bien payée, pour cette publicité ?

– Oui, je crois que oui…

– Comment ça, je crois que oui… Vous n'avez pas parlé de ça ?

– Mais, mon amour, je n'ai pas envie d'être trop sur son dos. Sinon, elle ne me raconte plus rien.

– Ah oui… tu as raison.

Quand ils arrivent en bas de chez eux, une surprise encore plus grande les attend. Alessandro est là. Il attend. Simona le reconnaît et essaye de trouver un moyen de préparer son mari.

– Mon amour…

– Qu'est-ce qu'il y a, mon trésor ? Il faut acheter du lait ? J'ai oublié quelque chose ?

– Non… Tu vois, ce jeune homme…

Elle indique Alessandro.

– Oui. Et alors ?

– C'est le faux promoteur financier dont je t'avais parlé. Et surtout, il est ce qui compte le plus pour Niki, en ce moment.

– Lui ?!

Roberto se gare.

– Oui. Peut-être que tu auras du mal à l'admettre, mais il a un certain charme…

– Eh bien, je dois dire qu'il le cache bien.

– Toujours aussi spirituel. Laisse-moi parler, vu que je le connais. Attends-moi à la maison.

Roberto tire le frein à main, coupe le moteur.

– Oui… mais ça ne va pas finir comme dans *Le Lauréat*, à l'envers ?

– Crétin !

Simona lui donne un coup. Elle le pousse hors de la voiture. Roberto descend, marche à côté d'elle, ils arrivent devant Alessandro. Roberto l'ignore, passe devant lui et monte à l'appartement. Simona s'arrête devant lui.

— J'ai compris, vous avez réfléchi et vous voulez me faire faire un investissement bizarre…

Alessandro sourit.

— Non. Je voudrais faire savoir quelque chose à Niki. Je sais qu'elle rentre demain. Est-ce que vous pouvez lui donner ça?

Alessandro lui donne une enveloppe. Simona la prend, la regarde et y réfléchit.

— Ça va lui faire mal?

Alessandro ne dit rien pendant un moment, puis il sourit.

— J'espère vraiment que non. Je voudrais que ça la fasse sourire…

— Moi aussi. Vraiment. Et mon mari encore plus.

Puis, sans le saluer, elle s'en va. Alessandro remonte dans sa Mercedes et s'éloigne. Simona rentre à la maison. Roberto vient vers elle.

— Alors, qu'est-ce qu'il voulait?

— Il m'a donné ça.

Elle pose l'enveloppe sur la table. Roberto la prend, tente de lire à contre-jour.

— On ne voit rien.

Il regarde sa femme.

— Moi, je l'ouvre.

— Roberto, il n'en est pas question.

— Alors, mets de l'eau à bouillir.

Simona est étonnée.

— Tu as déjà faim? Tu veux dîner? Mais il est sept heures et demie.

— Non, je veux ouvrir l'enveloppe avec de la vapeur.

— Mais où tu as appris ça?

— Dans *Diabolik*, il y a bien longtemps…

— Alors, je me demande combien de lettres à moi tu as ouvertes.

— Peut-être une… mais on n'était pas mariés.

— Je te déteste ! Qu'est-ce qu'il y avait, dedans ?

— Rien. C'était une facture.

— J'espère au moins que tu l'as payée !

— Non, c'était la facture d'un cadeau pour moi…

— Je te déteste doublement !

Roberto regarde à nouveau l'enveloppe. Il la tourne entre ses mains.

— Écoute, moi je l'ouvre.

— Pas question ! Ta fille ne te le pardonnerait jamais. Elle n'aurait plus confiance en toi.

— Oui, mais elle aura confiance en toi, qui me l'avais interdit. Moi je lui dirai que tu ne voulais pas que je l'ouvre, qu'on s'est disputés… et toi tu gagneras plein de points ! On fait comme les policiers américains pendant les interrogatoires, tu fais la gentille et moi le méchant. Mais au moins, comme ça, on saura ce qu'il lui dit…

Simona arrache l'enveloppe des mains de Roberto.

— Non, ta fille a dix-huit ans, elle est majeure. Elle est sortie par cette porte et elle reviendra toutes les fois qu'elle en aura envie. Mais c'est sa vie. Avec ses sourires. Ses douleurs. Ses rêves. Ses illusions. Ses pleurs. Et ses moments de bonheur.

— J'ai compris, mais je voudrais seulement savoir si cette lettre sera douloureuse pour elle…

Simona prend la lettre et la met dans un tiroir.

— Elle l'ouvrira elle-même quand elle rentrera, et elle sera heureuse qu'on l'ait respectée. Elle sera peut-être heureuse de ce qu'elle lira, aussi. Du moins j'espère. Maintenant, je vais aller préparer le dîner…

Simona retourne à la cuisine. Roberto s'assied sur le canapé et allume la télé. Il lui crie :

– Voilà : c'est ce « du moins j'espère », qui m'inquiète.

122

– Eh, mais qu'est-ce que tu fais ?

– Je suis venu chercher quelques affaires. Des documents que je ne veux pas laisser au bureau.

Leonardo lui sourit.

– Écoute, Alex, je n'ai jamais été aussi heureux… Au Japon, ils ont reconfirmé sur toute la ligne. Et tu sais que la France et l'Allemagne nous ont demandés aussi ?

– Ah, oui ?

Alessandro continue à prendre des feuilles dans les tiroirs. Il les parcourt. Inutiles. Il les jette à la poubelle.

– Oui. Ils ont déjà préparé tout le dossier. On doit faire une campagne sur un nouveau produit, qui sortira dans deux mois… Une lessive au chocolat… mais qui sent la menthe ! Une idée absurde, à mon avis… Mais je suis sûr que tu sauras comment la faire accepter par ton plus grand ami : le peuple.

Alessandro prend les derniers documents et se relève. Il fait une légère flexion vers l'arrière en se mettant les mains dans le dos. Leonardo s'en aperçoit. Il sourit.

– L'âge, hein… Mais tu as quand même fini par battre ce jeunot. Tiens, voici les détails, je t'ai laissé le reste de la documentation sur ton bureau…

– Je crois qu'il va falloir que tu rappelles le jeunot de Lugano…

– Comment ça ? Qu'est-ce que tu veux dire ?

Leonardo le regarde en écarquillant les yeux.

– Que je m'en vais.

– Quoi ? On t'a offert, un nouveau poste, hein ?!
Dans une autre boîte ? Dis-moi qui c'est ? La Butch &
Butch, c'est ça ? Dis-moi qui c'est, je les massacre.

Alessandro le regarde tranquillement. Leonardo se
calme.

– OK, réfléchissons. Nous, on peut te payer plus.

Alessandro sourit et passe devant lui.

– Je ne crois pas.

– Comment ça, je veux voir ! Donne-moi le chiffre.

Alessandro s'arrête.

– Tu veux connaître le chiffre ?

– Oui.

Alessandro sourit.

– Bon. Il n'y a pas de chiffre. Je pars en vacances. Ma
liberté n'a pas de prix.

Il va vers l'ascenseur. Leonardo lui court après.

– Ah, mais alors c'est différent. On peut en parler. Il
est inutile que je rappelle ce jeunot… Qu'est-ce qui se
passe, tu es fâché ?

– Non, pourquoi ? J'ai gagné…

– Ah, oui, oui, bien sûr… Bon, j'ai une idée. Pendant
que tu pars, je charge Andrea Soldini de commencer à
s'occuper de tout. Qu'est-ce que tu en dis ?

– Bien, ça me fait plaisir… Et surtout, je dois te dire
que je suis très content d'une chose…

Leonardo le regarde avec curiosité.

– Quoi ?

– Que tu te sois rappelé son nom.

Alessandro appuie sur le bouton RdC. Leonardo sourit.

– Mais bien sûr… comment je pourrais l'oublier… Il est très fort.

Au dernier moment, Alessandro bloque la porte.

– Ah, écoute, je crois aussi que tu devrais laisser Alessia rester à Rome. Ne l'envoie pas à Lugano. Elle est précieuse, ici, fais-moi confiance.

– Bien sûr, tu plaisantes ?! C'est comme si elle n'était jamais partie… Mais dis-moi plutôt… Quand est-ce que tu rentres, toi ?

– Je ne sais pas…

– Mais où tu vas ?

– Tu ne comprendrais pas…

– Ah, j'ai compris… C'est comme cette pub du type avec la carte de crédit qui se retrouve tout nu sur une île déserte…

– Leonardo…

– Oui ?

– Ce n'est pas une publicité. C'est ma vie.

Puis Alessandro sourit.

– Tu me laisses partir, s'il te plaît ?

– Bien sûr, bien sûr…

Leonardo libère les portes de l'ascenseur, qui se ferment lentement.

– Moi je reste ici, je t'attends… Reviens vite.

Puis il se penche et crie dans la fente :

– Tu sais… tu es irremplaçable !

123

Niki tourne la clé dans la serrure de chez elle. Roberto et Simona entendent ce bruit familier. Ils sont heureux et souriants, curieux et amusés de tout ce qu'elle leur raconte, des lieux, des anecdotes, des aventures de leur jeune fille tout juste majeure. Belle, bronzée, un peu amaigrie... mais surtout incroyablement mûrie.

— Vous ne pouvez pas savoir ce qu'a fait Olly. Elle a bu comme un trou à une fête sur la plage, une rave, qui a duré jusqu'au matin. Et je pense qu'elle a pris quelque chose, aussi. Elle a été mal pendant deux jours. Elle ne se rappelait plus rien. Même pas qui on était.

Roberto et Simona écoutent, terrorisés, en faisant semblant de rien, essayant même d'avoir l'air amusé.

— Et puis, Erica a eu une histoire avec un Allemand, une sorte de Hulk blond. Elle a dit qu'elle voudrait aller à Munich, ce week-end. Diletta, elle, était prise en otage par son portable. Je ne sais pas combien de fois elle a appelé Filippo. Et quand ça ne prenait pas ou qu'elle n'avait plus de crédit, elle faisait la queue pendant des heures pour appeler d'un fixe. Un premier amour qui la rend totalement dépendante. Je vous jure, elle nous racontait tous les jours ce qu'ils s'étaient dit, les messages envoyés et reçus, quelle barbe ! Une *neverending story* !

Simona la regarde.

— Et toi ?

— Oh, moi... moi je me suis amusée, c'était bien, très bien. Tranquille. Maman, regarde ce que je me suis acheté.

Niki sort de son sac à dos une chemise blanche, toute froissée, avec un col en V et des petites pierres le long de l'encolure. Elle la met contre elle.

— Ça te plaît ? Je ne l'ai pas payée cher.

— Oui, c'est joli !

Mais Simona n'a pas le temps de répondre que Niki court de nouveau vers son sac à dos.

– J'ai aussi des cadeaux pour vous. Un paréo pour maman… et pour toi, papa, des sandales en cuir !

Roberto les prend.

– Elles sont magnifiques… merci. Mais c'est quelle taille ?

Niki le regarde, contrariée.

– Ta taille, papa, quarante-trois !

– Ah, elles avaient l'air petites.

Simona se lève et ouvre le tiroir.

– Nous aussi, nous avons quelque chose pour toi.

Elle sort l'enveloppe d'Alessandro. Niki reconnaît immédiatement l'écriture.

– Excusez-moi.

Elle va dans sa chambre, ferme la porte et s'assied sur le lit. Elle tourne et retourne l'enveloppe entre ses mains, puis finit par l'ouvrir.

« Salut, douce fille aux jasmins… » Elle continue à lire, en souriant, parfois émue, d'autres fois riant. Elle lit, sourit. Elle se rappelle des lieux, des faits, des phrases. Elle se rappelle des baisers et des saveurs. Et beaucoup plus. À la fin de la lettre, elle n'a plus de doutes. Elle sort de sa chambre, va au salon retrouver ses parents. Roberto et Simona sont assis sur le canapé, ils essayent de s'occuper, de se distraire, d'une manière ou d'une autre. Simona feuillette une revue, Roberto regarde les coutures de ses sandales, les étudie avec tellement d'attention qu'on dirait qu'il veut monter une usine pour fabriquer les mêmes. Simona la voit entrer. Elle ferme sa revue et tente d'être tactique, comme si cette lettre n'avait pas grande importance. Mais elle meurt de curiosité, elle donnerait tout pour savoir ce qu'elle contenait. Elle fait un petit sourire, pour ne pas être trop envahissante.

– Tout va bien, Niki ?

– Oui, maman.

Niki s'assied en face d'eux.

– Maman, papa, il faut que je vous parle…

Elle commence. Elle ne s'arrête plus. Ses parents écoutent en silence cette espèce de fleuve, toutes les raisons pour lesquelles ils ne peuvent absolument pas lui dire non.

– Voilà. J'ai fini. Alors, qu'est-ce que vous en pensez ?

Roberto regarde Simona.

– Je te l'avais dit, qu'on aurait dû ouvrir cette lettre…

124

Sous le lavabo blanc, à genoux, les mains sur les carrelages froids de la salle de bains. Il fait chaud. Il essuie son front perlé de sueur avec la manche de son blouson. Puis il voit une paire de Converse arrêtées à quelques pas de lui. Le jeune plombier sort de sous le siphon. Et Olly lui sourit.

– Tu veux de l'eau ? Un Coca ? Un café ? Un thé ?

Elle voudrait faire un peu comme Tess McGill, la jeune secrétaire entreprenante de Katherine Parker dans le film *Working Girl* et dire aussi… « moi ? », mais ça lui semble un peu déplacé. Le jeune plombier s'assied par terre, s'appuie au lavabo et lui sourit.

– Un Coca, merci.

Il la regarde sortir. Elle a une jupe courte, un T-shirt court, des chaussettes courtes. Tout est court, sauf ses jambes. Très longues. Et puis, elle est gentille. Qu'est-ce que ça peut lui faire, à une fille comme elle, de venir ici demander à un type comme moi si j'ai envie de boire quelque chose. Olly revient.

— Tiens, j'ai mis une rondelle de citron. Je l'ai coupée avec mon petit couteau…

Olly le lui montre.

— Il te plaît ? C'est un Arresoja, un couteau sarde, très coupant, c'est un artisan de Fluminimaggiore qui les fait. Très rare.

Le jeune plombier le prend et le regarde. Olly continue sa description.

— Tu vois, la lame est marquetée avec un aigle et le manche est en corne de cerf.

Le jeune plombier l'ouvre.

— Il est beau.

Puis il boit une gorgée de Coca. Il a vraiment soif. Il fait très chaud, là-dessous. Olly s'assied sur le bord de la baignoire. Elle croise les jambes, un genou sur l'autre, comme ça on ne peut pas voir sa culotte. Le jeune plombier la regarde. Pendant un instant, il y pense, et il est tout gêné. Mais ça ne dure qu'un instant.

— Merci.

— Oh, de rien. Au fait, d'habitude, c'est un autre plombier qui vient chez nous. Comment ça se fait que ça soit toi, aujourd'hui ? Ça ne me dérange pas du tout, hein, mais je me demandais.

Le jeune plombier continue de dévisser le tuyau sous le lavabo et a du mal à parler.

— Celui qui venait avant, c'est mon frère. Maintenant, on travaille ensemble. Ça ne fait pas longtemps, en fait… Bon, j'ai presque fini.

— Je ne voulais pas te presser !

— Voilà.

Le jeune plombier enlève le tube et le renverse dans la petite bassine, où tombent un peu d'eau et beaucoup de cheveux. Mais pas seulement. Tin. Un bruit sourd sur le plastique bleu.

– Tu vois ? J'ai réussi. Elle ne s'est pas perdue, ta bague.

Le jeune plombier la passe à Olly, qui sourit. Il remonte le tube et le serre fort avec une clé anglaise.

– Voilà, c'est fait.

Il sort de sous le lavabo, tout en sueur. Il regarde sa montre.

– Tu as vu ? Vingt minutes, ça ne m'a pas pris long-temps…

– Non. Tu es un magicien ! Moi qui pensais ne plus la revoir…

Le jeune plombier la regarde. Puis il se penche et rouvre l'eau sous le lavabo. Il décide de se lancer. En plus, de là-dessous, elle ne peut pas voir son visage. Au pire, elle ne me répond pas.

– Tu aurais eu des problèmes avec ton petit ami, hein ?

– Mais non, avec ma mère, au pire ! C'est elle qui me l'a offerte pour mon bac… J'ai eu 78/100, inespéré… Surtout pour elle. Pour une fois, elle a décidé de me récompenser. Si je l'avais perdue, ça se serait mal passé. Je l'imagine déjà : Olimpia, tu n'as de respect pour rien ni personne, tu perds tout ! Tu sais combien de temps ça m'a pris pour te faire faire cette bague sur mesure, pour trouver quelque chose qui puisse te plaire ?

Le jeune plombier sourit et regarde la bague.

– C'est vrai qu'elle est belle.

– C'est la même que celle que portait Paris Hilton sur la dernière photo avec son dernier petit copain. Mais à mon avis ma mère a fait à l'économie, je ne pense pas que les diamants soient ceux de l'original !

– Elle a été gentille d'y penser, quand même.

– Oui.

Le jeune plombier charge sa caisse à outils sur son épaule et va vers la porte. Olly l'accompagne.

– Merci pour tout, dit-elle en lui montrant la bague.

– Je t'en prie. Merci pour le Coca.

– Tu plaisantes ? Ah, au fait…

Olly s'arrête et met la main sur son front.

– Zut, j'allais oublier, je te jure ! Combien je te dois ?

Le jeune plombier y réfléchit un instant. Juste un instant. Puis il secoue la tête.

– Mais rien, allez, ça va comme ça. Ça m'a pris que vingt minutes.

– Tu plaisantes ? Pas question. Ton frère demandait cent euros rien que pour le déplacement. Si tu continues, je ne t'appelle plus, je ne m'adresse plus qu'à lui.

Le jeune plombier met ses mains dans ses poches.

– OK, mais juste cinquante euros.

Il sort sa carte de visite.

– Et promets-moi que tu m'appelleras moi, pas mon frère. Je te ferai faire des économies, promis.

Olly regarde la carte. Le nom de famille avant le nom. Sabatini Mauro. Et puis, il y a un plombier dessiné comme un dessin animé. Elle réussit à ne pas rire.

– Tu es plus sympa que ton frère. Mais ne lui dis pas, hein ?

Juste à ce moment-là, la mère d'Olly arrive à la porte. En la voyant avec ce garçon, habillé en bleu de travail et portant une caisse à outils, elle s'inquiète.

– Olly, qu'est-ce qui se passe ?

– Mais rien, maman, pourquoi il faut toujours que tu t'inquiètes ? Mon ami est passé me dire bonjour, je ne l'avais pas vu depuis les vacances…

Olly fait un clin d'œil à Mauro.

– Bonjour, madame.

– Bonjour, excusez-moi, je pensais… non, rien, je ne pensais à rien.

– Maman, je lui ai montré la bague que tu m'as offerte, il l'a trouvée magnifique.

Mauro sourit.

– Oui, elle est de très bon goût. On dirait un peu celle de Mlle Hilton.

La mère secoue la tête.

– En effet, c'est la même.

Elle entre dans l'appartement avec ses courses.

– Au revoir…

Olly s'approche de lui et l'embrasse sur la joue. Mauro reste un moment interdit.

– Tu sais, je ne suis pas certaine que ma mère n'est pas en train de surveiller.

Elle s'approche de son oreille et lui dit tout doucement.

– On pourrait peut-être s'appeler de temps en temps… sinon, elle comprendra que j'ai menti.

Mauro sourit.

– Bien sûr, pour ne pas qu'elle te grille…

Olly va à la cuisine. Sa mère est en train de ranger les courses.

– Tiens, prends ça, mets-le en bas.

Sa mère lui passe des détergents.

– Je t'ai acheté les yaourts que tu voulais.

– Merci…

Sa mère finit de vider les sacs.

– Tu sais, c'est drôle. Ton ami ressemble comme deux gouttes d'eau au plombier qui vient toujours chez nous. Pendant un moment, j'ai cru que quelque chose s'était cassé dans la salle de bains, ou que tu avais encore fait des tiennes.

– Mais non. Cela dit, tu as raison, il lui ressemble, moi aussi j'y ai pensé.

Elle regarde à nouveau sa bague.

– Merci, maman, elle est magnifique !

– Je suis heureuse qu'elle te plaise.

Elles s'embrassent. Sa mère la serre dans ses bras puis l'écarte et la regarde.

– Espérons juste que tu ne la perdras pas, comme tu fais d'habitude.

Olly s'appuie contre sa poitrine, comme ça fait très longtemps qu'elle n'avait pas fait.

– Maman, mais non, sois tranquille.

Puis elle regarde sa bague encore mouillée.

« Informations radio. Bon après-midi. Ce matin, les carabiniers ont réussi à déjouer un important trafic de stupéfiants. Alertés par le va-et-vient continu au domicile d'un couple de personnes âgées, ils font irruption à l'aube. M. Aldo Manetti et sa femme ont été trouvés en possession de plus de quinze kilos de cocaïne. Les deux époux ont été arrêtés. Depuis de nombreuses années, ils fournissaient en drogue tout le quartier Trieste, le Nomentano et quelques faubourgs du Salario. Football. Encore un rachat pour la… »

Elle, mais plus dans sa chambre indigo. Le moment est venu de le restituer. Elle est trop curieuse. Et au fond, c'est aussi une bonne action… La fille met son clignotant. La route est mal éclairée mais elle réussit quand même à lire le nom. Via Antonelli. Oui, ça devrait aller, par là. Elle continue à conduire. Du petit lecteur de sa voiture sans permis sortent les bons mots, au bon moment. « La spécialité du jour est le sourire que tu me fais. Dans un monde dépouillé, il se distingue plus que jamais. Il fait ressortir les côtés obscurs de l'hypocrisie et grimpe aux murs comme de la glycine… » Elle sourit et se regarde. Oui, cette robe lui va vraiment bien. Le gris et le bleu l'ont toujours mise en valeur. Un stop. Puis elle tourne à droite. « Et pour moi, qui désormais vivais dans le désenchantement. Comme un phare qui s'est allumé, le sourire que tu me fais. » Sacré Éros. Ça devrait être tout près. Mais où ils ont mis leurs bureaux, ceux-là ? Espérons qu'il y ait encore quelqu'un, il est huit heures. Je suis toujours en retard. Elle prend une rue pleine d'immeubles du XIXᵉ siècle. Elle ralentit et regarde les numéros. Cinquante. Cinquante-deux. Cinquante-quatre. Voilà. Cinquante-six. Elle s'arrête et se gare, un peu en biais. De toute façon, cette voiture est petite, c'est comme une Smart. Avant d'enlever la clé, les dernières paroles de la chanson. « Il te fallait, toi, pour débusquer mon âme, il te fallait, toi, qui ouvres de plus en plus… un nouvel âge. » Un nouvel âge. Oui, c'est comme ça que je me sens, Éros.

Elle descend, prend le sac et ferme la voiture. Elle monte sur le trottoir et s'approche des interphones. Elle lit les noms. Giorgetti. Danili. Benatti… Voilà. Elle sonne. Et pendant qu'elle attend, son cœur bat fort.

– Oui, qui est là ?

Elle est surprise par la voix criarde. Elle s'approche de l'interphone.

– Eh, oui, c'est moi… C'est-à-dire… je cherchais Stefano, s'il est là.

– Oui, il vient de sortir du bureau. Il descend. Si vous attendez, vous allez le voir.

Ah. Bien. Je n'ai même pas besoin de monter. C'est-à-dire, il descend. Et il va me voir. Il ne sait même pas qui je suis ! Qu'est-ce que je lui dis ? Comment je me mets ? Jambes droites ? Ou bien je m'adosse à la voiture, un peu plus en pose ? Ou bien je tiens le sac devant moi, des deux mains, genre « tiens, le paquet » ? Non, il vaut mieux que… Elle n'a pas le temps de finir. Un jeune homme pas très grand, vêtu d'une veste légère en lin, ouvre la porte et la referme derrière lui. Lorsqu'il lève la tête, il aperçoit une fille avec une robe très courte, gris et bleu, qui regarde en l'air. On dirait qu'elle parle toute seule. Stefano fait une drôle de grimace de surprise, puis fait mine de s'en aller. Elle baisse la tête, le regarde. Silence.

— Excuse-moi !

Stefano se retourne.

— Oui ? C'est à moi que tu parles ?

— Il n'y a que toi, ici ! Ne serais-tu pas Stefano, par hasard ?

— Oui, pourquoi ?

— C'est à toi !

Elle lui tend le sac avec l'ordinateur.

— À moi ? Qu'est-ce que c'est ?

Stefano s'approche, prend le sac, l'ouvre en le tenant en équilibre sur son genou plié. Puis son visage change d'un coup.

— Non ! Je n'y crois pas ! Mais c'est mon portable ! Tu ne peux pas savoir ! Il y a un tas de trucs que je n'avais pas sauvegardés ! Ça m'a pris un temps fou, j'ai même dû réécrire certaines choses. Ça fait longtemps que je l'ai perdu ! C'est-à-dire, je ne l'ai pas perdu, on me l'a volé !

— Bien sûr, si tu le laisses sur une poubelle, qu'est-ce que tu espères ? Qu'un éboueur te le rapporte, ou bien un chat errant ?!

Stefano la regarde.

— Mais qui tu es, toi, comment tu as fait…

— Le chat. Je suis le chat qui est passé par là ce soir-là et qui l'a trouvé. Puis je l'ai allumé. Tu n'avais même pas de mot de passe. C'est absurde ! Tout le monde peut lire tes documents. Très risqué !

— Je n'en mets pas parce que, distrait comme je suis, je l'oublie toujours…

— Je vais t'en donner un facile : Erica.

— Erica ?

— Oui, enchantée.

Elle lui tend la main.

— Tu ne peux pas l'oublier ! C'est le nom de ton ange gardien.

Stefano est encore étonné, mais il finit par sourire. Erica continue.

— Écoute, qu'est-ce que tu fais maintenant ? Il est presque neuf heures. Tu travailles beaucoup, hein ?

— Oui, dernièrement j'avais plein de choses à finir pour la maison d'édition. Qu'est-ce que je fais… Je vais manger, comme tout le monde. J'ai une de ces faims !

— Moi aussi !

Silence.

— Bon, bien sûr, si tu es marié, fiancé, maqué… tu m'arrêtes tout de suite. Je comprendrais… Ou bien, si tu penses que je suis une obsédée qui va te violer dès qu'on aura fait cent mètres. Je te comprendrai aussi.

Silence.

— Mais qu'est-ce que tu racontes ? Maqué… Mais non… Qui voudrait de moi ?!

Il rit. Un sourire qu'Erica n'a jamais vu. Un sourire de lune lointaine, de mer qui va et qui vient, de tous ces mots qu'il lui a dits les semaines précédentes. Un beau sourire.

— Allez, je te suis redevable. Tu as raison. On mange ensemble ? Ça te va, une pizza ? Je ne peux pas me permettre plus !

— Et si je te viole ?

– Bah, je fais tous les matins… des « lardominaux » !
Tu crois que je pourrai me défendre ?!

Erica rit.

– Tu es à pied ?

– Non, j'ai ma voiture.

– Laisse-la ici, c'est un quartier tranquille. Ça te dit
de marcher ? C'est une belle soirée et il y a une pizzeria
tout près d'ici.

– OK.

Ils s'éloignent.

– Eh, écoute comme elle est belle, je l'écoutais en
venant ici…

Erica lui passe l'écouteur de son iPod. Stefano se l'installe avec peine. Puis il se met à marcher au rythme de
la musique.

– Eh, pas mal du tout, vraiment. Tu sais, moi je
n'écoute que du classique…

– C'est vrai ? J'aimerais bien apprendre à en écouter,
ça m'a l'air si…

– Vieux ?

– Non, pas vieux, mais… bizarre… Difficile ! C'est-
à-dire, peut-être… pour moi, à comprendre…

Stefano sourit.

– Je suis sûr que tu t'en sortirais très bien… Mais
c'est qui, eux ?

– Les Dire Straits… *Money for nothing*…

– Ah, oui, je les connais.

Elle sourit. Et lui aussi, pendant que commence *Sul-
tans of Swing*. Ils continuent comme ça. Comme toutes
les premières fois. Et le monde autour semble s'arrêter
pour les laisser passer, pour les voir s'éloigner ensemble,
vers un simple dîner, qui annonce tant de nouvelles
choses à raconter.

« Et maintenant, cinéma. Hier, le nouveau film du réalisateur Piero Caminetti est sorti dans plusieurs salles. Dans la grande salle du cinéma Adriano, où les acteurs étaient présents, à la fin de la projection le public a longuement sifflé la jeune actrice débutante, Paola Pelliccia. Son interprétation a été jugée peu crédible, parfaitement à côté du rôle. Le personnage principal, en revanche, interprété par le célèbre acteur… »

Même ville. Un peu plus loin, un peu plus tard. Dehors, les voitures passent à toute allure. Mais on entend à peine le bruit de la circulation. Ou du moins, c'est ce qu'il lui semble. Une chanson sort des haut-parleurs, juste au bon volume. *Know no fear I'll still be here tomorrow, bend my ear I'm not gonna go away. You are love so why do you shed a tear, know no fear you will see heaven from here…* Elle ne la connaissait pas. Mais elle est belle. Oui, je n'aurai pas peur, parce que tu seras encore là demain. N'aie pas peur, tu verras le paradis d'ici… Il la prend par la main.

— Mais ils ne sont pas là, tes parents ?

— Non. Le dimanche, ils vont toujours dîner dehors, et puis au cinéma.

— Frères, sœurs ?

— Tu sais bien que je suis fils unique.

Il lui serre délicatement la main.

— Viens. Je te montre.

Il ouvre une porte couleur noyer qui donne sur une grande pièce lumineuse, pleine de livres. Il ne lui donne pas le temps de demander « Tu lis beaucoup ? », parce qu'il lui offre une réponse encore plus importante. Un baiser long, intense, profond l'emporte. Et cette chambre semble une mer qui se balance l'été, un ciel qui observe deux nuages blancs se courir après. Robbie Williams passe sur la chaîne du salon… et on dirait le vent quand il parle des arbres et les secoue, racontant les endroits lointains, qu'il vient de visiter… *We are love don't let it fall on deaf ears. Now it's clear, we have seen heaven from here…* Le paradis est simplement la chambre à coucher d'un garçon qui joue au basket et qui a chaque matin une pensée gentille pour elle, une pensée au goût de céréales et fruits des bois. Le paradis est la couverture bleue et légère d'un grand lit qui les accueille comme un pétale qui tombe parmi les vagues. Et elle se laisse porter, douce et un peu effrayée, mais heureuse d'être là, d'avoir accepté ce voyage qu'ils sont sur le point de faire ensemble. Sans partir. Sans bagages. Sans cartes ni plans. Parce que, en amour, les routes et les paysages sont une découverte continue. Parce que personne ne te les enseigne. Ou peut-être que si. C'est sa respiration qui te guide. Il te dit où tourner. Où ralentir. Où t'arrêter… Et puis repartir, sans peur. Filippo la regarde, allongée, magnifique. Et il lui semble n'avoir jamais vu autant de lumière arriver de deux yeux. Il lui semble que la vie a soudain un sens et que tout ce qu'il a fait jusqu'ici, il l'a fait pour en arriver là. Dans ce nouveau paradis, destination bonheur. Cette chambre. Il s'approche doucement et la caresse, il entend sa respiration devenir plus lente et plus profonde, apeurée, petite onde perdue dans cette mer sur laquelle ils s'embarquent.

– Moi… je ne l'ai jamais fait, lui susurre-t-elle à l'oreille.

– Moi non plus.

– C'est ta première fois ?

– Oui… avec toi.

C'est peut-être vrai. Ou peut-être pas. Mais il est si beau de croire au bonheur. Et cette réponse en vaut cent, mille, elle vaut tout un passé qu'il n'importe plus de connaître. Parce que, quand tu fais l'amour avec la personne que tu aimes, c'est toujours la première fois, c'est toujours un départ. Diletta le regarde et le serre très fort. Elle se sent protégée, accueillie et aimée. Alors, ce lit devient un bateau au milieu des vagues. Des vagues calmes, légères, des vagues qui bercent. Des vagues qui ne font pas peur. Des vagues vers une nouvelle île, déserte, juste pour eux.

« Fait divers. Le jeune Gino Bassani, plus connu par son surnom de la Chouette, a été grièvement blessé lors d'un échange de coups de feu. Il avait déjà été arrêté pour vol de voitures et trafic de stupéfiants. Cette fois, il a tenté un coup trop gros pour lui en s'introduisant… »

Plus tard. La photo d'une grande falaise fouettée par la mer est accrochée entre la porte et l'armoire. Diletta la regarde. Elle sourit. Filippo lui caresse les cheveux, les dégage, libère son visage. Puis l'embrasse doucement sur la joue.

– Tu es magnifique. Après l'amour.

– Toi aussi. Tu as vu ?

– Quoi ?

– Les rochers.

Filippo se tourne et regarde lui aussi la photo.

– Oui, c'est une photo que j'ai faite quand je suis allé en Bretagne, l'été dernier. Tu sais, on l'appelle le Royaume du vent. Tu peux faire la route des phares, de Brest à Ouessant, en partant de celui de Trézien, à Plouarzel. Mais moi, ce qui m'a plu, c'est les falaises. Solides, fortes, toujours à repousser la mer et finalement… en faisant totalement partie.

Un autre baiser léger sur ces lèvres rouges, douces, sentant encore l'amour.

– Tu y as déjà pensé ? Les rochers résistent aux vagues, au sel, au vent, mais se laissent modeler, ils changent de forme, avec le temps ils deviennent lisses, ils perdent leurs angles, on dirait qu'ils sont mous…

Diletta s'appuie contre lui.

– Les vagues et les rochers… comme l'amour entre les gens. On se rencontre, on se choisit, on part en pleine mer…

Filippo prend son visage dans ses mains.

– Et toi, petite vague, tu t'es laissé aimer…

Ils s'enlacent. Puis elle le regarde, se serre fort contre lui. Et sourit, cachée entre ses bras.

– J'ai attendu longtemps parce que j'avais peur… Je voudrais tellement avoir été stupide. Ne me fais pas avoir raison.

– Tu as été intelligente de m'attendre… Et d'avoir peur. Mais maintenant, tu serais stupide de ne pas vivre notre bonheur.

« L'état du célèbre chanteur Fabio Fobia semblerait stationnaire. Il a été impliqué dans une rixe dans un centre social sur la Tiburtina. À la fin de son concert, une jeune fille n'aurait pas apprécié son comportement insistant. Une bagarre a donc éclaté entre le chanteur et le jeune homme qui accompagnait la jeune fille, qui a eu le dessus. Fabio Fobia est encore hospitalisé. Nous diffusons maintenant un morceau de son dernier single, qui est arrivé en finale du concours des jeunes voix de Villa Santa Maria, dans les Abruzzes : "Pardonne-moi si je me suis trompé, je me souviens de tout ce que tu m'as offert. Un sourire. Un baiser. Un voyage jamais commencé"… »

Le serveur arrive avec deux pizzas marinara fumantes. Il a déjà apporté deux bières fraîches. Erica le regarde.

— Il faut que je t'avoue quelque chose.

— Dis-moi.

— Tu écris trop bien. Tu m'as tenu compagnie, pendant toutes ces semaines. J'ai lu ce qu'il y avait dans ton ordinateur.

— Allez ! C'est vrai ?

— Ça t'embête ?

— Mais non. Au fond, quand on écrit, c'est pour être lu, tôt ou tard. Et tant mieux si c'est par une étrangère !

— C'est drôle, parce que moi j'ai l'impression de te connaître depuis toujours. Parce que je t'ai lu.

— Qu'est-ce qui te plaît, en particulier ?

— Mais… par exemple, beaucoup de passages du dossier qui s'appelle « Martin ». C'est ton nom de plume, pas vrai ? C'est beau. Voilà, là tu as écrit des choses vraiment belles… je les ai même recopiées dans mon agenda. Il y a la dernière phrase, celle qui dit : « À l'instant où je sus, je cessai de savoir. » C'est magnifique !

Stefano se tait. Mange un peu de pizza. Mais il a une drôle d'expression. Erica continue.

— Et puis, il y a cet autre dossier, celui qui s'appelle « Le dernier coucher de soleil ». Là, je dois dire que tu as donné le meilleur. Il y a des passages superbes ! Mais tu ne l'as pas encore fini, celui-là, n'est-ce pas ?

Stefano arrête de manger. Il pose sa fourchette dans sa grande assiette blanche. Il prend son bock et boit une gorgée de bière. Puis il se met à rire.

— Qu'est-ce qu'il y a, qu'est-ce que j'ai dit ?

— Non, rien… c'est que c'est drôle !

— Quoi ?

— Alors. Martin n'est pas mon nom de plume. C'est pour *Martin Eden*. Et ce que tu as lu dans le dossier, c'est ma traduction du roman de Jack London qui porte ce titre.

Silence.

– … Mais c'est ce qu'on nous faisait lire à l'école…

– Oui, c'est ça… Ils en sortent une nouvelle version, et j'ai été choisi pour le traduire. Et toi… Eh bien, heureusement, tu m'as sauvé, je n'aurais jamais réussi si tu ne m'avais pas rendu l'ordinateur avec tout le travail que j'avais déjà fait.

– Mais c'est vraiment Jack London ?

– Vraiment vraiment. Et je vais aussi faire le suivant, *Le Vagabond des étoiles*.

– Pff, je crois même que j'ai lu *Martin Eden*…

Silence.

– Alors, cet autre roman aussi, il est de Jack London ?

– Non.

– D'un ami à toi, alors.

– Non.

– D'un des auteurs de la maison d'édition ?

– Non. Il est de moi.

Silence.

– Tu te moques de moi ?

– Non, vraiment, il est de moi. Et tu es la première personne qui l'a lu…

– Allez ! Mais tu es trop fort !

Erica abat ses mains sur la table, si fort que les autres clients de la pizzeria se retournent.

– Tu es un mythe ! Tu écris trop bien ! Tu es mon écrivain préféré !

Elle prend son verre et le lève vers le ciel. Stefano sourit et l'imite. Les verres se touchent et se repoussent joyeusement.

– À l'homme aux mots justes !

Et elle ne sait pas encore combien ce toast est réel.

125

Alessandro marche sur la plage, souriant.

– Bonjour.

Mais M. Winspeare ne veut rien savoir. Ça fait plus de trois semaines qu'ils se rencontrent tous les matins durant leurs promenades respectives, mais que ce monsieur ne répond jamais à son bonjour. Alessandro ne désespère pas. Il continue, comme ça, comme il a appris à vivre. Ce ne sont pas les autres qui doivent nous changer dans ce qui nous semble juste, et surtout dans ce qu'on fait avec plaisir. En tout cas, cet endroit est vraiment beau. Elle avait raison, la fille aux jasmins. Alessandro sourit intérieurement, en regardant au loin vers la mer. Quelques bateaux passent le long de la ligne d'horizon. Alessandro se couvre les yeux avec sa main. Il essaye de regarder encore plus loin. Peut-être qu'il y a un ferry qui arrive, une inscription à lire, quelque chose qui puisse faire sourire. Puis il renonce. Non. Ils sont trop au large. Alors il regarde autour de lui. Les rochers, le pré vert qui monte de la falaise, le phare… L'île Bleue.

Elle est encore plus belle que ce qu'il avait vu sur Internet. Niki. Niki et son rêve. Faire pendant une semaine le gardien de phare. Alessandro sourit et retourne vers la maison. Les rêves existent pour qu'on essaye de les réaliser. Et chaque jour, on se dit : oui, je le ferai demain. Mais maintenant ? De quoi est-ce qu'on vit, maintenant… il prend la planche qu'il a apportée et la jette à l'eau. Il s'étend dessus et fait quelques brasses. Il s'éloigne vite de la côte. Il pose les coudes sur la planche et regarde si des vagues arrivent. Voilà, celle-là pourrait être bonne. Il tourne sur lui-même et essaye de faire quelques brasses. Rien. La vague passe en dessous. Il l'a perdue. Rien. Il laisse à nouveau ses jambes traîner dans l'eau et s'allonge sur la planche. Quand même, maintenant que j'y pense, j'en ai pris une, il n'y a pas si longtemps. C'était quand ? Il y a au moins dix jours. Je l'ai prise, pense Alessandro, je suis monté dessus et j'ai presque réussi à me mettre debout sur la planche. Mais c'était une trop petite vague, je suis tombé. Alessandro regarde à nouveau vers le large. Rien à faire. Il n'y a pas de mer, aujourd'hui. Alors il revient vers la rive, remet la planche dans sa cabine, prend une grande serviette bleue et se sèche rapidement. Il se frotte fort pour essayer d'enlever le sel et le froid de la mer de l'île du Giglio. Brrr. Voilà. Ça va mieux. Je me sens plus tonique. Alessandro s'assied sur un rocher, ouvre son sac à dos. Il y prend le livre qu'il s'est acheté et le feuillette. Un manuel de surf. Comment devenir surfeur en dix leçons. Il contient des explications sur comment les surfeurs célèbres se mettent debout sur leur planche juste au bon moment pour prendre des vagues d'au moins quatre mètres. Et puis des photos. Oui, mais elles n'arrivent jamais, ces vagues. Alessandro referme le livre. Elles n'arrivent jamais… Peut-être que j'ai de la chance. Il remet son sweat-shirt bleu et descend au village. Enfin, descend… Il n'y a jamais que deux cents mètres.

— Bonjour, madame Brighel.
— Bonjour, monsieur Belli, tout va bien ?
— Oui, merci… et vous ?
— Très bien, merci. Je vous ai mis de côté un bar tout frais, des patates et des courgettes, comme vous

m'avez demandé. Je me suis aussi permis de vous garder quelques oursins. Vous voulez une soupe aux oursins, monsieur Belli ?

— Pourquoi pas ? Je la goûterai volontiers.

Alessandro s'assied dans la petite auberge, comme il le fait désormais depuis plus de quinze jours.

— Voilà votre verre de vin blanc californien, et un peu de mousse de thon sur du pain grillé.

Mme Brighel se nettoie les mains sur le tablier qu'elle porte autour de la taille et lui sourit.

— Ça, vous l'aimez, ma mousse, hein ? Depuis que vous l'avez goûtée, vous en voulez tous les jours…

— Elle me plaît parce que vous la faites de vos mains, et avec amour… Et je ne vois pas pourquoi, quand on trouve quelque chose qui nous plaît, on devrait l'abandonner…

— Je suis d'accord avec vous, monsieur Belli.

Alessandro boit un peu de vin et sourit intérieurement. Je n'aurais pas pu me la poser plus tôt, cette question ? Bon… Ne désespérons pas…

— Bon, moi j'y retourne, monsieur Belli… Vous voulez autre chose, tant que je suis à la cuisine ?

— Non, madame Brighel. Mais prenez votre temps…

Un peu plus tard, elle revient à la table avec une surprise.

— Tenez, je veux vous faire goûter ces crevettes crues. Mon mari, M. Winspeare, vient de me les apporter. Il vous a dit bonjour, aujourd'hui ?

Alessandro boit encore une gorgée de vin, puis s'essuie la bouche.

— Non, madame Brighel.

— Ah… mais je suis sûre que ça arrivera.

— J'espère. L'important, comme pour tout, c'est de ne pas être pressé.

Mme Brighel s'arrête devant la table et essuie ses mains noueuses, encore pleines de l'eau des crevettes qu'elle vient d'écaler.

– Oh, j'aime votre philosophie. Oui, tôt ou tard, ça arrivera. Il ne faut pas être pressé… C'est très juste, ce que vous dites.

Elle retourne à la cuisine. Alessandro étale un peu de mousse sur le pain grillé. Oui, ne pas être pressé… Puis il goûte une crevette. Délicieuse. Il se lèche les doigts et les nettoie avec sa serviette. Il prend le verre de vin frais et boit une gorgée. C'est vrai, pourquoi être pressé ? J'ai quitté mon travail pour quelque temps. J'ai besoin de temps. Je n'avais plus de vie à moi. Leonardo, quand je lui ai dit, s'est mis à rire. Puis, quand il a compris que j'étais sérieux, il s'est fâché. Il m'a dit : « Deux autres grandes campagnes publicitaire vont démarrer, Alex, elles n'attendent que toi… » Mais il y a juste un petit détail, cher Leonardo : moi, je ne les attends pas. Moi j'attends de recommencer à vivre, de m'émouvoir à nouveau, de rire, de blaguer, de courir, de goûter chaque seconde, de respirer le temps, jusqu'au bout, ce temps que je veux vivre sans hâte. Oui. J'attends ce moteur amour, je t'attends toi, Niki. Soudain, il est assailli par un doute. Et si ses parents ne lui avaient pas donné l'enveloppe ? Et s'ils l'avaient déchirée, avec son billet pour venir ici ? Et s'ils ne lui avaient rien dit ? Moi je suis là, au large, sur l'île du Giglio, à cinquante minutes du port Santo Stefano, à environ trois heures de Rome, loin de tout et de tous, sans travail mais à nouveau avec ma vie. Mais elle n'est pas là, elle. Je suis seul. Gardien du phare. Avec Mme Brighel qui me prépare d'excellents petits repas, M. Winspeare qui pour l'instant ne me dit pas bonjour, et une planche de surf qui ne veut pas surfer avec moi dessus. Sans hâte… Espérons. Un autre jour est en train de passer.

Alessandro regarde le soleil qui se colore lentement de rouge. Cette mouette qui passe au loin, et un nuage léger, un peu plus loin, seul, immobile.

Puis, soudain. Pon pon. Pon pon. Un klaxon. Et juste après, sortant du virage, une vieille Volkswagen Cabriolet bleu ciel monte la côte en cahotant. Elle a l'air tranquille, sûre d'elle, exactement comme la jeune fille qui la conduit. Elle a un chapeau sur la tête, un béret basque, mais ces longs cheveux châtains, libres et sauvages, et ce sourire amusé ne laissent aucun doute. Niki.

Alessandro se lève et court à sa rencontre. Niki fait encore quelques mètres, puis freine brusquement, faisant caler la voiture.

— Eh, mais tu l'as passé, ton permis, oui ou non ?

— Oui, mais il me reste encore quelques cours. Tu sais, quelqu'un m'a laissée tomber.

Alessandro sourit, puis regarde sa montre.

— Ça fait vingt et un jours, huit heures, seize minutes et vingt-quatre secondes que je t'attends.

— Et alors ? Moi ça fait plus de dix-huit ans que je t'attends, et je ne me plains pas.

Elle descend de la voiture. Ils sont tout proches, sur la route. Le soleil rouge est en train de disparaître derrière cet horizon lointain, fait de mer.

Alessandro lui sourit, prend son visage dans ses mains. Niki lui rend son sourire.

— Je voulais voir combien de temps tu étais capable de m'attendre.

— Si j'avais été sûr qu'un jour tu arriverais, j'aurais aussi pu t'attendre toute la vie.

Niki s'écarte, se glisse dans la Coccinelle et appuie sur un bouton. La musique part. *She's the one* remplit l'air. Niki sourit encore plus.

– Voilà, on reprend d'ici. On en était restés où ?

– Là…

Il l'embrasse longuement. Avec passion, avec amour, avec espoir, avec amusement, avec peur. Peur de l'avoir perdue. Peur que, même après avoir lu sa lettre, elle ne soit jamais arrivée. Peur que quelqu'un d'autre l'ait emportée. Peur que son caprice lui soit passé. Il continue à l'embrasser. Les yeux fermés. Heureux. Sans peur, maintenant. Et avec amour.

Mme Brighel sort de l'auberge avec une assiette pleine de soupe chaude. Mais elle ne trouve personne à la table.

– Mais, monsieur Belli…

Puis elle les voit, sur le bord de la route, perdus dans ce baiser. Alors elle sourit. Son mari, M. Winspeare, arrive à ses côtés. Il observe la scène, lui aussi, et secoue la tête.

Alessandro s'éloigne un peu de Niki, la prend par la main.

– Viens…

Ils courent vers le phare, passent devant Mme Brighel.

– On revient bientôt, préparez pour deux…

Puis il s'arrête.

– Au fait, voici Niki.

La dame sourit.

– Enchantée !

Ils le saluent, lui aussi.

– Voilà, monsieur Winspeare, je vous présente Niki.

Et pour la première fois, M. Winspeare émet un drôle de grognement.

— Grunf…

Qui peut tout vouloir dire, ou rien. Peut-être qu'il était juste en train de s'étrangler. Mais peut-être que c'est un premier pas.

Niki et Alessandro courent jusqu'au phare.

— Voilà, ça c'est la cuisine, ça c'est le salon, et ça…

— Eh… mais qu'est-ce que c'est ?

— Tu as vu ? J'ai aussi apporté une planche pour toi…

— Comment ça, aussi ?

— Oui, j'en ai une pour moi.

— Et tu as réussi à t'en servir ?

— Non. Mais maintenant que tu es là…

— Alors, toi tu termines mes leçons de conduite, et moi je commence celles de surf.

— OK.

Ils montent le petit escalier.

— Ça, c'est la chambre. Avec vue sur la mer… Ici, il y a un petit bureau, et là, en haut de l'escalier, il y a le phare…

Ils montent les marches quatre à quatre, sortent sur la terrasse. Ils sont hauts, plus hauts que tout le reste. Un vent chaud, léger caresse les cheveux de Niki. Alessandro la regarde scruter le large. Ce nuage, qui semblait si loin tout à l'heure, est maintenant tout proche. Et puis, la mouette passe à nouveau. Elle fait une espèce de petite grimace, comme si elle les saluait, pas comme M. Winspeare. Et elle continue son vol, elle plane pour chercher un courant facile. Plus loin, à l'horizon, on voit le tout dernier quartier de soleil. Encore chaud, rouge. Mais il disparaît. Alors Niki ferme les yeux. Elle respire profondément, très profondément. Elle se remplit de la mer, du vent, du bruit des vagues, de ce phare dont elle a tant rêvé… Alessandro s'en aperçoit. Il l'enlace doucement par-derrière. Niki se laisse aller. Elle pose la tête contre son épaule.

— Alex...

— Oui.

— Promets.

— Quoi ?

— Ce à quoi je pense.

Alessandro se penche en avant. Niki a les yeux fermés. Mais elle sourit. Elle sait qu'il la regarde.

Alors Alessandro la serre un peu plus fort. Et il sourit, lui aussi.

— Oui, je te le promets... mon amour.

REMERCIEMENTS

Un merci particulier à Stefano, « el pazo », gai et drôle, qui m'a tenu compagnie cet été. Il m'a distrait dans les campagnes toscanes en se faisant raconter ce roman auquel il a cru tout de suite… Fou comme il est !

Un merci à Michele, le voyageur. Il m'a accompagné chercher le phare. Nous l'avons trouvé sur l'île du Giglio. Puis il m'a tenu compagnie pour trouver le reste.

Merci à Matteo et à son grand enthousiasme. La beauté de ses traits a été bien au-delà de mes simples mots. Je me suis toujours amusé au téléphone avec lui et je n'ai jamais cru qu'il était vraiment à New York. Peut-être que j'irai uniquement pour vérifier qu'il travaille pour de bon dans ce bureau.

Merci à Rosella et à son incroyable passion. Elle rêve tellement bien qu'on finit par croire à ses rêves !

Merci à Silvia, Roberta et Paola, même si je ne les ai connues que par téléphone, elles ont été parfaites, et puis merci à Gianluca, qui est venu chez moi en personne pour prendre les épreuves et s'est enfui sans même me laisser le temps de lui offrir un café.

Merci à Giulio et Paolo qui m'ont offert à Milan un dîner spécial, mais surtout agréable, ce qui est parfois le plus difficile.

Merci à Ked, qui m'a fait connaître tous ces gens.

Merci à Francesca qui veut changer de scooter mais ne le fait pas… Elle s'amuse plus à suivre mes aventures. Et elle me conseille toujours avec amusement et sagesse.

Merci à tous mes amis, les vrais, ceux qui sont là depuis toujours et qui sont aussi dans ce roman. Ils m'ont tenu compagnie dans la douleur, la rendant plus facile à accepter.

Merci à Giulia, qui a été très patiente et a toujours été à mes côtés avec son beau sourire. Elle a été mon phare dans cette période de bourrasque, quand la mer est agitée et que tu perds la terre de vue.

Merci à Luce, qui comme toujours me fait rire, et à mes deux sœurs Fabiana et Valentina, que je voudrais toujours voir rire.

Et puis, un merci très spécial à mon ami Giuseppe. Bah, que dire, dans ces cas-là… Parfois, les choses sont si belles que si tu dis quelque chose tu risques de tout gâcher. Alors, je préfère me taire et te dire simplement merci, papa.

Federico Moccia
dans Le Livre de Poche

J'ai envie de toi n° 31038

Step est de retour à Rome après deux ans d'exil à New York. Il s'installe chez son frère et retrouve ses anciens amis. Personne ne l'a oublié. Step est une légende vivante : beau gosse au cœur tendre, le coup de poing facile, il est leur idole. Un soir, il rencontre Gin qui essaie maladroitement de lui voler quelques euros. D'abord fou de rage, Step tombe vite sous le charme de Gin la rebelle… Leur relation est à la fois violente et tendre, ils se provoquent sans cesse mais ne peuvent se passer l'un de l'autre. Mais Step est plus vulnérable qu'il ne l'imagine. Quand Babi, la fille qu'il a aimée autrefois, lui parle de son prochain mariage, il tombe dans le piège… Follement romantique, l'histoire de l'amour impossible entre Step et Gin est devenue le roman culte de toute une génération en Italie.

038

Composition réalisée par Asiatype

Achevé d'imprimer en novembre 2010, en France sur Presse Offset par
Maury-Imprimeur - 45330 Malesherbes
N° d'imprimeur : 159230
Dépôt légal 1re publication : juin 2010
Édition 03 : novembre 2010
LIBRAIRIE GÉNÉRALE FRANÇAISE
31, rue de Fleurus - 75278 Paris Cedex 06

31/2901/2